COLETTE

EIFERSUCHT
LA VAGABONDE
DIE FESSEL
MITSOU

Paul Zsolnay

Berechtigte Übersetzung aus dem Französischen von Elisabeth Roth (Eifersucht), Grit Zoller (La Vagabonde und Die Fessel) und Alexandra Auer (Mitsou)

Titel der französischen Ausgaben:
La Chatte © Bernard Grasset 1933,
Renée Néré © Albin Michel,
L'Entrave © Flammarion 1913 und
Mitsou © by Colette 1919 renewed 1946.
Umschlag und Einband: Maria Blazejovsky
Filmsatz: Wulfenia, Feldkirchen
Druck und Bindung: May & Co., Darmstadt
Printed in Germany
ISBN 3-552-03802-7

CIP-Kurztitelaufnahme der Deutschen Bibliothek
Colette, Sidonie-Gabrielle:
Eifersucht. La vagabonde [u.a.] / Colette. [Berecht. Übers. aus d. Franz. von Elisabeth Roth . . .]. — Jub.-Ausg. — Wien ; Hamburg : Zsolnay, 1986.
Einheitssacht.: La chatte ‹dt.›
Einheitssacht. d. 1. beigef. Werkes: La vagabonde ‹dt.›
ISBN 3-552-03802-7

NE: Colette, Sidonie-Gabrielle: [Sammlung ‹dt.›]

Inhalt

Vorwort 7
Eifersucht 19
La Vagabonde 129
Die Fessel 357
Mitsou 547

Vorwort

von Angelika Grunenberg

»Vielleicht ist Colette der einzige klassische Schriftsteller unserer Zeit. Leichte Mädchen und ältere Damen, junge Männer, verheiratete Frauen richten ihre Bekenntnisse, ihre Fragen, ihre Gewissensprobleme an sie . . . Man möchte immer an Vergil schreiben, an Cervantes, Benjamnin Constant, Stendhal oder Proust, um zu erfahren, was sie an unserer Stelle tun würden. Von einem Klassiker erwartet man praktische Antworten, besondere Weisungen. Jedes klassische Werk liest sich wie ein Brief, der an die Menschheit adressiert ist.«

»Colette ist die einzige emanzipierte Frau in diesem Jahrhundert.«

Es war einmal vor hundert Jahren ein Garten in Burgund. Dort lebten unter der Obhut einer Fee, in friedlicher Eintracht, Menschen, Tiere und Pflanzen nach dem Rhythmus der Natur. Nie hätte uns die Kunde von diesem irdischen Paradies erreicht, wäre dort nicht auch ein kleines Mädchen aufgewachsen, das fünf wache Sinne und die Begabung einer Dichterin besaß. Und außerdem ein so perfektes Gedächtnis, daß es sich selbst am Ende seines langen Lebens noch der Gerüche, Farben, Formen, der Töne und Stimmen und auch der geringfügigsten Begebenheiten entsann. Dieses Mädchen mit dem dreieckigen Fuchsgesicht, den traurigen Augen, »diesem Mund wie ein Circonflex« und Haaren, »die so lang waren, daß man daran einen Eimer in einen Ziehbrunnen hinablassen konnte«, wurde eine der größten Schriftstellerinnen Frankreichs: die Colette. Pierre-Olivier Walzer zählt sie in seiner französischen Literaturgeschichte des 20. Jahrhunderts zu den »grands créateurs« unseres Zeitalters — neben Marcel Proust, Charles Péguy, Paul Claudel, André Gide, Charles-Ferdinand Ramuz, Paul Valéry, Guillaume Apollinaire. Ihre Bücher lösten einen Kult aus und brachten ihr — allerdings erst spät — literarische Ehren ein, unter anderen die Aufnahme in die Académie Goncourt, deren erster weiblicher Präsident sie wurde, und die Ernennung zum Grand Officier der Ehrenlegion — ein Privileg, das ebenfalls zum erstenmal in der Geschichte Frankreichs vergeben wurde.

Was wissen wir von ihr? Nicht viel mehr als die Schlagzeile einer Illustrierten: vom Variété zur Académie. Vage Ahnung einer sensationellen — oder anrüchigen? — Geschichte, Erinnerungen an Buchtitel, Filmtitel. Ihre Romane und Erzählungen sind seit 1927 in deutsch erschienen und haben bis heute hohe Auflagen erreicht. Doch anders als ihre kongenialen Zeitgenossen Proust, Gide, Valéry wird Colette bei uns zur Unterhaltungsliteratur gezählt. Für die Deutschen ist der wahre Dichter der Typ des verkannten Genies (um wieviel mehr die Dichterin!); anders in Frankreich, wo der große Dichter der populäre Dichter ist: er wendet sich ans Volk. Für den deutschen Geschmack war Colette zu populär. Obendrein behandelte sie Themen, die man, wenn überhaupt, nur in abstrakten wissenschaftlichen Abhandlungen duldete: fleischliche Liebe und die über ein Jahrhundert völlig tabuisierte intime Beziehung zwischen den Geschlechtern und zwischen gleichgeschlechtlichen Partnern. Colettes größter Fauxpas war aber wohl, daß sie es wagte — als Frau und mit einer Ehrlichkeit, die wie ein Schock wirkte — Wahrheiten über die weibliche Psyche ans Tageslicht zu fördern, die den Dogmen der bürgerlichen, patriarchalischen

Gesellschaft gefährlich werden konnten, falls man sie ernst nahm. Auch in Frankreich hatte Colette mit ihren Büchern Skandale erregt, weil sie die bourgeoisen Kritiker mit ihrer Offenheit vor den Kopf stieß. Aber in der breiten Öffentlichkeit, bei den »Midinetten und älteren Damen, den jungen Männern und verheirateten Frauen«, die ihr körbeweise Briefe schrieben, war sie verstanden worden, und das allein zählte schließlich. 1935, nach einer Umfrage der Zeitung »Le Matin«, die jahrelang ihre Romane als Fortsetzungsgeschichten abgedruckt hatte, galt Colette nicht nur als bedeutendste lebende Schriftstellerin Frankreichs, sondern auch als unbestrittene Instanz in allen Lebensfragen.

Es ist schwer, Colette zu übersetzen. Ihre Sprache ist eigenwillig, sie lebt von Klängen, Rhythmen, Farben, feinen Bedeutungsnuancen, einer Vermischung von Volks- und Hochsprache, Wortschöpfungen, die sich kaum in einem anderen Idiom adäquat wiedergeben lassen. Und so hat es sicher auch an den schwachen Übersetzungen der Anfangszeit gelegen, daß Colette bei uns verkannt wurde. Es gibt deutliche Anzeichen für eine Colette-Renaissance in Frankreich und Amerika, eingeleitet durch eine junge, vorurteilslosere Generation von Literaturwissenschaftlern. Auch in unseren Romanistik-Seminaren wird Colette immer häufiger als Thema gewählt. Im Rahmen wissenschaftlicher Untersuchungen werden Werk und Wirkung dieser französischen Schriftstellerin neuerdings in soziologischen, psychologischen, politischen Zusammenhängen betrachtet, um sie zu rehabilitieren. Frauengruppen diskutieren Colettes Einstellung zu Liebe, Ehe, Emanzipation.

Gerade zum richtigen Zeitpunkt also wurden vier der schönsten Romane Colettes neu übersetzt. Wieviel Sprachempfinden, Intuition, Phantasie dazu gehört, wird nur ermessen können, wer einmal versucht hat, Colette im Original zu lesen. Die Neufassungen von Alexandra Auer,

Elisabeth Roth und Grit Zoller verdienen besonders hervorgehoben zu werden. Ihr Stil ist klar, ihre Sprache unprätentiös und wohltuend einfach, da sie nicht — wie ihre Vorgänger — den vergeblichen Versuch unternehmen, die literarische Vorlage nachzuahmen. So gelingt es ihnen, jene bewundernswerte Aufrichtigkeit zu vermitteln, die zum Wesen und zur Wirkung dieser großen Schriftstellerin gehört. Der Leser wird dank dieser neuen Fassungen eine unerwartet nüchterne und genaue Beobachterin kennenlernen. Wie Thierry Maulnier wird er vielleicht ausrufen: »Andere Autoren haben mir neue Welten, Colette aber hat mir meine eigene Welt erschlossen.«

Colette hat ein Gesamtwerk von fünfzehn umfangreichen Bänden hinterlassen. Außer Romanen wie die Claudine-Serie »La Vagabonde«, »L'Entrave« (»Die Fessel«), »Mitsou«, »Chéri«, »La Chatte« (»Eifersucht«) auch Erzählungen, Tiergeschichten, Essays, Theaterstücke und -kritiken, Reportagen, Porträts, ein Opern-Libretto (»L'Enfant et les Sortilèges«, vertont von Maurice Ravel), Erinnerungen, Briefe. In Frankreich, England, Amerika wird Colette, dank neuer Quellen, gerade in den letzten Jahren wiederentdeckt. Dissertationen, Biographien, Artikel, Filme zeigen sie nicht bloß als Beispiel einer »écriture féminine«, wie das bei uns Usus ist, seitdem man schreibende Frauen sammelt wie seltene Abarten einer vertrauten Spezies, sondern als eigenständiges schöpferisches Genie.

Sidonie-Gabrielle Colette wurde am 28. Januar 1873 in Saint-Sauveur-en-Puisaye, einem Dorf im Département Yonne, zweihundert Kilometer von Paris entfernt, geboren. Von Geburt Burgunderin, von Vaters Seite, der aus Toulon stammte, »méridionale«, von der Mutter her Pariserin. Durch ihre Adern floß, auf einen Großvater mütterlicherseits zurückgehend, ein Sechzehntel Negerblut. Ihre Mutter Sidonie — d i e Sido aus Colettes Büchern — war in zweiter Ehe mit Jules-Joseph Colette verheiratet. Er hatte zusammen mit dem roten Band der Ehrenlegion den Posten eines Steuereinnehmers erhalten, nachdem er aus der Schlacht von Melegnano unter General Mac-Mahon mit nur einem Bein zurückgekehrt war. Colette war das jüngste von vier Kindern. Sie wuchs sehr behütet auf, inmitten eines ländlichen Paradieses, das sie nie vergessen konnte und in ihren Werken später wieder und wieder beschwor. Sido war eine Frau von großer Unabhängigkeit und Originalität. Sie erzog ihre Kinder so frei, daß sie in ihrem Erwachsenenleben Schwierigkeiten hatten, sich den herrschenden bürgerlichen Konventionen anzupassen.

1893 heiratet Colette. Ihr Mann, Henri Gauthier-Villars, Sohn eines seriösen wissenschaftlichen Verlegers, ist fünfzehn Jahre älter als sie. Er hat sich »in den Salons der besten und der schlechtesten Gesellschaft« von Paris einen Namen als Musikkritiker, Schriftsteller, Impresario und — was die junge Ehefrau leider recht bald erfuhr — als Frauenheld gemacht. Unter dem Pseudonym »Willy« veröffentlichte er schlüpfrige Romänchen, aber auch wissenschaftliche Fachliteratur mit großem Erfolg. Nur wenige enge Vertraute wußten, daß er seine Bücher von sogenannten »Negern« schreiben ließ. Zu diesen schlechtbezahlten Sklaven gehörte sehr schnell auch Colette. Sie waren kaum ein Jahr verheiratet, als Willy seine Frau aufforderte, ein paar Erinnerungen aus der Volksschule aufzuzeichnen und dabei nicht mit pikanten Details zu geizen. »Wir sind schlecht bei Kassa.« Um seiner Aufforderung Nachdruck zu verleihen, schloß er die unglückliche junge Frau für vier Stunden am Vormittag in ihr Zimmer ein. Folgsam schrieb sie ein paar Schulhefte voll. Willy war enttäuscht. Erst Jahre später, als wieder Ebbe in der Kasse ist, entdeckt er diese Hefte zufällig wieder und begreift, daß er einen Goldesel geheiratet hat. Er zwingt seine Frau weiterzuschreiben, was sie teils aus Lebensüberdruß und Langeweile, teils aus einem ihr selbst später unerklärlichen demütigen Gehorsam widerspruchslos tut. Erst allmählich entdeckt sie das

Schreiben als eine Notwendigkeit für sich selbst. Betrogen, alleingelassen, schließlich regelrecht vor die Tür gesetzt, wird Literatur für sie das einzige Mittel, um die Welt zu ertragen und darin zu überleben, zunächst weniger materiell als psychisch. In dem Maß, in dem das Schreiben für sie immer mehr zum Beruf wird, emanzipiert sie sich aus der traditionellen Frauenrolle, schafft sich eine eigene Welt, einen eigenen Lebensstil, einen unverwechselbaren künstlerischen Stil: »Sie entdeckt sehr früh«, schreibt die französische Romanistin Jacqueline Giry, »daß die Fülle des Lebens nur durch das Schreiben erreicht werden kann«, indem sie es wieder- und wiedererfindet.

Colettes erster Roman erscheint unter Willys Namen; auch der zweite, der dritte, der vierte. Im Jahre 1900 wird »Claudine à l'école« (»Claudine erwacht«) mit einem Schlag zum Bestseller, dem im Abstand von je einem Jahr die Fortsetzungen folgen: »Claudine à Paris« — »Claudine en ménage« — »Claudine s'en va«. Mit geschickten Reklametricks versteht Willy den Erfolg zu schüren. Nachdem er Claudine für die Bühne aufbereitet hat — in der Titelrolle die berühmte Schauspielerin Polaire, die eine verblüffende Ähnlichkeit mit Colette hat — bricht in Paris ein Claudine-Kult aus, der bis in die Provinz hinein alles mitreißt: Literatur, Theater, Film, Mode, Lebensstil, Umgangsformen, Moral. Es gibt Schulmädchenkleider, Tellerkragen, Bubikopf à la Claudine, es gibt Claudine-Parfüm, Claudine-Eiscrème, Claudine-Zigaretten. Tonnenweise bringt Willy Fotografien auf den Markt, die ihn und Colette als Vater und Tochter zeigen. Willy veranlaßt Colette und Polaire, sich das Haar abzuschneiden und als Zwillinge aufzutreten. In ihren »Souvenirs indiscrets« erinnert sich die Amerikanerin Natalie Clifford-Barney: »1902 wurde in den Kreisen, in denen sie verkehrten, allgemein angenommen, daß Colette und Polaire mit dem Einverständnis ihres ›Papa‹ ein Verhältnis hätten und daß die drei überdies ein Kleeblatt darstellten . . .«

Einige Kritiker erkannten trotz des geschmacklosen Reklamerummels die literarische Qualität der »Claudine«. Der Dichter Catulle Mendès erriet den wahren Verfasser und sagte es Colette auf den Kopf zu. Er warnte sie: »In zwanzig, dreißig Jahren werden Sie sehen, was es bedeutet, literarisch einen Typus geschaffen zu haben. Das ist Ihnen jetzt nicht bewußt. Es liegt eine Macht darin, aber es bringt auch eine Art Strafe . . .«

Wie recht er hatte. Der Skandal, der mit ihren Erstlingswerken verknüpft war, überschattete lange ihre Karriere als seriöse Schriftstellerin. Das Bild der Colette war für viele Jahre mit dem Bild der Claudine verschmolzen. Dieser Geist eines Enfant terrible, den sie da gerufen hatte, quälte sie noch im Alter. Als sie zum erstenmal nach fünfzig Jahren in »Meine Lehrjahre« die Geschichte von Willy und Colette erzählt, distanziert sie sich ausdrücklich noch einmal von ihrem Geschöpf, dessen jugendliche Selbstgefälligkeit sie ebenso ärgert wie die unterschwellige Lüsternheit, die alles zweideutig erscheinen läßt und die sie voller Scham an ihre »feige Unterwürfigkeit« erinnert.

Aber Aufsehen hatte schon gleich zu Anfang ihr literarischer Stil erregt, der beim Leser den Anschein erweckte, sie schreibe mühelos. Einem Interview in der »Times« zufolge soll sie behauptet haben, sie schreibe so leicht, wie sie ein Ei koche (während sie in Wirklichkeit »geduldig Tropfen für Tropfen ausschwitzte«). Der »feministische« Literaturkritiker Jean Larnac übernahm diese Legende von der »reinen Naturgewalt« Colettes, die er für eine typisch weibliche Eigenart hielt: »Sie schreibt, wie ein Apfelbaum Äpfel trägt.« Viele ihrer Kollegen, darunter Henry de Montherlant, rühmten ihren »natürlichen« Stil: »Der Schriftsteller mit dem natürlichen Stil ist das einzige Wunder in der Literatur.« Dieser natürliche Stil — Jugendstil wird er später genannt — war nach Jean Cocteau »die Tomate aus der Hand eines burgundischen Bauernmädchens« — ein Wurfgeschoß, das »wie eine Bombe in die Salons hineinplatzte, die durch die Affäre Dreyfus derart in Verwirrung geraten waren, daß sie Literarisches nicht mehr beachteten und alle Vorsicht fallen ließen.«

Nach ihrer Trennung von Willy — die Ehe wird 1906 geschieden — ist Colette gezwungen, sich ihren Lebensunterhalt zu verdienen, da ihr Mann die Einnahmen aus ihren Büchern (die enorm gewesen sein müssen) für sich behält und aus Rachsucht, daß sie sich seinem Einfluß entzogen hat, die Rechte an den Büchern für einen Spottpreis an den Verlag verkauft. Sie tritt als Pantomime, Tänzerin und Schauspielerin — in der Rolle der Claudine soll sie überzeugender sein als Polaire — an verschiedenen Theatern auf, wie das viele Frauen in ihrer Lage damals tun. Das Theater, das um die Jahrhundertwende eine uns heute unvorstellbare Bedeutung im kulturellen Leben hatte, war für Frauen der einzige Berufsschauplatz, an dem sie sich einigermaßen frei bewegen konnten. Er bot ihnen eine Möglichkeit der Selbstdarstellung und der Außenwirkung, wie sie sie im familiären Rahmen nicht hatten. Natürlich bezahlten sie ihre relative Freiheit mit ihrem Ruf. Als Colette zum erstenmal unter eigenem Namen veröffentlicht (»Dialogues de Bêtes«), bittet sie den Dichter Francis Jammes um ein Vorwort. Als Gentleman verwendet er sich darin mit seiner ganzen Reputation: »Madame Colette ist eine wirklich lebende Frau, die es gewagt hat, natürlich zu sein . . . Madame Colette hat nie aufgehört, die gutbürgerliche Frau im wahrsten Sinn des Wortes zu sein . . .«

In ihrer Freizeit, zwischen zwei Aufführungen, auf den zahlreichen Tourneen, die sie durch die Provinz macht, schreibt Colette, denn aus der Zeit mit Willy hat sie sich »die Gewohnheit des täglichen Schreibpensums« erhalten. Ihre Arbeitsdisziplin, auch bei den Proben, ist sprichwörtlich und fordert teils Respekt, teils Spott unter ihren Kollegen von der Bühne heraus. 1910 erscheint ihr erster bedeutender Roman »La Vagabonde«, in dem sie das Leben einer alleinstehenden, selbständigen Frau im Theatermilieu schildert. Realistische Beobachtung — »sie hat den analytischen Blick des Insektenforschers«, schreibt ein Kritiker tief beeindruckt —, psychologisches Einfühlungsvermögen, kompositorische Begabung, hohe Intelligenz und Ehrlichkeit und wieder ihr moderner ungekünstelter Stil werden gelobt. »La Vagabonde« wird für den Prix Goncourt vorgeschlagen. Colette schreibt als Kolumnistin in einer der führenden Pariser Zeitungen, »Le Matin« — wegen ihres noch immer angekratzten Rufs vorerst unter Pseudonym. Sie lernt den Chefredakteur kennen, Henri de Jouvenel, einen gutaussehenden ehrgeizigen Mann mit politischen Ambitionen und gesellschaftlichem Hintergrund. 1912 heiraten sie: sie in zweiter Ehe, er in dritter. Sechs Monate später bringt Colette, vierzigjährig, zur gleichen Zeit ihr erstes Kind und einen Roman zur Welt. Ihre Tochter, Bel-Gazou, wird auf das Landgut ihres Vaters geschickt, wo sie unter der Aufsicht einer englischen Gouvernante heranwächst. Der Roman »L'Entrave« (»Die Fessel«), der die Geschichte der »Vagabonde« fortsetzt und von der Kritik ebenso gelobt wird, schickt die Heldin Renée Néré, in der der Leser die Autorin zu erkennen glaubt, »in die freiwillige Gefangenschaft eines Lebens zu zweit«, eine Identifikationskrise, wie sie erschütternder bis heute nicht dargestellt wurde.

Trotz ihrer Ehe setzt Colette ihre Berufstätigkeit fort. Zum erstenmal hat sie ein offizielles Amt: sie ist literarische Redakteurin beim »Matin«, wo sie junge Talente betreut und ihnen, wie Georges Simenon später erzählt, sehr nützliche künstlerische Ratschläge erteilt. Hinter ihrem pompösen, mit Papieren und Büchern überladenen Schreibtisch, mit ihrer in kostbares Schildpatt eingefaßten Brille, sieht sie aus »wie der junge Arzt aus einem Lustspiel«, erinnert sich amüsiert einer ihrer Stiefsöhne.

1919 erscheint »Mitsou«, ein kurzer Kriegsroman, der im Milieu eines Variétés spielt und anhand einer Liebesgeschichte die geistige Entwicklung eines kleinen Tanzgirls schildert. Marcel Proust, mit dem Colette regelmäßig korrespondiert und dem sie den Roman schickt, antwortet ihr nach der Lektüre gerührt: »J'ai un peu pleuré ce soir . . .« Ihr Roman »Chéri«, der ein Jahr später zunächst als Fortsetzungsgeschichte im »Matin« abgedruckt wird, wird von der Kritik als ihr eigentlicher Durchbruch in die Reihen der Klassiker gefeiert. Gemeinsam mit Leopold Marchand macht sie ein Theaterstück daraus, mit dem sie ab 1925, nach der Scheidung von de Jouvenel, wieder auf Tournee geht. Sie spielt die alternde Kokotte Léa, die eine leidenschaftliche Affäre mit einem hübschen Gigolo hat, der ihr Sohn sein könnte. Colette ist mittlerweile vierundfünfzig Jahre alt und achtzig Kilo schwer, außerdem spielt sie schlecht. Die Kritiker sind wohlwollend bis boshaft, aber sie ist jetzt so berühmt, daß das Publikum ins Theater strömt, nur um sie zu sehen.

Fast zwanzig Jahre nach dem Tod ihrer geliebten Mutter schreibt Colette ihr legendär gewordenes Porträt »Sido«, in dem sie, wie eigentlich in allen ihren poetischen Naturschilderungen, von denen ihre Bücher durchdrungen sind, den Garten ihrer Kindheit beschwört. Sie läßt Sido als weibliche Urgestalt erstehen, die wie eine Königin über ihr kleines irdisches Paradies herrscht. Gegen das verlogene Mutterbild des faschistischen Blut- und Bodenkults und das biedere Frauenideal der dreißiger Jahre, das bis weit in die fünfziger Jahre propagiert wurde, wirkt Sidos Gestalt wie die Erscheinung aus einer anderen Welt.

»La Chatte« (»Eifersucht«) wird 1933 einer ihrer erfolgreichsten Romane. Wohl gerade deswegen hat er konservative (christliche) Literaturkritiker in Harnisch versetzt, spielt doch die intelligenteste Rolle in dieser Dreiecksgeschichte eine Katze! Colette liebte Tiere, sie hatte die besondere Begabung, sich in sie hineinzuversetzen, sie achtete Tiere und sprach mit der gleichen Ernsthaftigkeit über sie wie über Menschen. Von ihr stammt der Satz: »Les chats sont des bêtes divines — et juste à cause de cela méconnues.« (Katzen sind göttliche Tiere, und gerade deshalb verkannt.) Man warf ihr vor, daß sie — eine Heidin! — das Tier dem Menschen gleichsetze: »Colette wechselt nicht wirklich das Thema, wenn sie vom Tier auf den Menschen übergeht.« »Colette hat sich in mancher Wendung, teils unmittelbar, teils durch den Mund einer Heldin, gerühmt, dem Tier verwandter zu sein als dem Menschen, das Herz einer Hündin zu besitzen.«

Colettes angebliches Heidentum, das darin bestand, daß sie die göttliche Schöpfung mit niemals endender Begeisterung pries, den menschlichen Beitrag dazu jedoch mit Zweifeln beurteilte, hat 1954, als sie starb (am 3. August), den zuständigen Bischof dazu veranlaßt, ihr ein kirchliches Begräbnis zu verweigern.

Ja, sie war eine Ketzerin auf allen Linien. Keine Ideologie, keine Religion, keine Bewegung hat sie bis heute für sich vereinnahmen können, nicht einmal die Frauenbewegung. Dabei ist Colette für eine Revolution verantwortlich, die — für den französischen Roman zumindest — Folgen von großer Reichweite hatte. In seiner Literaturgeschichte bescheinigt ihr der Schweizer Romanist Walzer: »Sie hat den männlichen Helden vom Podest gestürzt, auf das ihn Generationen von Schriftstellern (und Schriftstellerinnen von George Sand bis Lucie Delarue-Madrus) gehoben hatten.« Doch Walzer, wie fast alle Literaturwissenschaftler, die bis heute über Colettes Bedeutung nachsinnen, übrigens auch Literaturwissenschaftlerinnen, kann in diesem Umsturz nur e i n e Absicht erkennen: den Machtwechsel der Geschlechter. In seinen Augen ersetzt Colette nur den Helden durch die Heldin, »die von nun an das Spiel führt und ihrerseits den Mann zum Objekt reduziert.«

Eines ist wahr: die Männer in Colettes Büchern sind keine überragenden Persönlichkeiten, die sich für Volk, Vaterland, Kriege, eine große Idee oder auch nur für ihre Familie aufopfern. Es sind meist liebenswürdige, empfindsame Egoisten, Kind-Männer. Aber auch ihre Frauen sind keine Mann-Weiber, die die Röcke raffen, um in Siegerpose auf das leergewordene Podest zu stürmen. Sie treten nur in den Vordergrund. Sie zeigen, daß sie nicht nur einen Körper, sondern eine Seele, Geist und Verstand haben. Sie lieben, wie sie seit eh und je geliebt haben, nur können sie jetzt zugeben, daß sie an der Liebe leiden, daß Ehe und Liebe zweierlei, ja daß selbst die Liebe und das Glück zwei verschiedene Dinge sind. »Sie lieben einander? Ja, es ist wie eine Krankheit.« Colettes Frauen, die niemals asexuelle Blaustrümpfe sind, sondern liebende Gefährtinnen, begreifen im Laufe ihrer Entwicklung, daß die Verständigung zwischen den beiden Geschlechtern von Natur aus nicht gegeben ist, sondern nur Wunschvorstellung, Utopie, und vor allem eine schmerzlich empfundene, immer wache Sehnsucht bleiben wird.

Bei Colette gibt es selten ein Happy-End, niemals Sieger, niemals Dauer. Alles bewegt sich, alles wandelt sich, strömt, fließt in einem Kreislauf, auf den auch der menschliche freie Wille keinen Einfluß hat. Maurice Goudeket, Colettes dritter Ehemann, der sie dreißig Jahre lang begleitete und sich in ihren letzten Lebensjahren, als sie von einer schmerzhaften Arthritis gelähmt war, als ihr »bester Freund« erwies, schrieb nach ihrem Tod, er habe niemals einen Menschen von solch intensiver Lebensfreude und einem so innigen Einverständnis mit der Natur erlebt. Und doch, fügte er angesichts einer gewissen Traurigkeit, die sich in Colettes Büchern und in ihrem ganzen Wesen zeigte, hinzu: »Ich glaube nicht, daß, wer stets weiter vordringt in seiner Untersuchung der Natur und ihres Räderwerks, zu sehr viel Optimismus gelangt.«

Eifersucht

Gegen zehn Uhr zeigten die Spieler des Familienpokers Ermüdungserscheinungen. Camille kämpfte wie alle Neunzehnjährigen dagegen an: sie fuhr hoch und sah plötzlich frisch und munter drein, um gleich darauf hinter gefalteten Händen zu gähnen und dann blaß, mit weißem Kinn, die Wangen fahl unter dem ockerfarbenen Puder, zwei glitzernde Tränchen in den Augenwinkeln, wieder hinter den Händen aufzutauchen.

»Camille, du solltest jetzt schlafen gehen.«

»Aber Mama, es ist doch erst zehn Uhr! Wer geht schon um zehn Uhr schlafen?«

Hilfesuchend blickte sie zu ihrem Verlobten hinüber, der erschöpft in einem Fauteuil hing.

»Lassen Sie sie doch«, sagte eine andere mütterliche Stimme. »Sie müssen sich noch sieben Tage gedulden. Im Augenblick sind sie ein bißchen albern, das ist verständlich.«

»Gewiß. Eine Stunde mehr oder weniger . . . Du solltest aber doch schlafen gehen, Camille. Und wir auch.«

»Sieben Tage!« rief Camille. »Heute ist ja schon Montag! Ich habe gar nicht mehr daran gedacht. Komm, Alain! . . .«

Sie warf ihre Zigarette in den Garten, zündete sich eine neue an, suchte die passenden Karten aus dem hingeworfenen Spiel, mischte sie und legte sie auf wie eine Hellseherin.

»Ich möchte wissen, ob wir ihn kriegen, den Wagen, diesen schicken kleinen Sportwagen, noch vor der Trauung! . . . Sieh mal, Alain! Da liegt er, bei der Reise, und mit der wichtigen Nachricht . . .«

»Wer?«

»Na, der Sportwagen!«

Alain wandte den Kopf, ohne ihn zu heben, zur offenen Terrassentür, durch die ein sanfter Duft nach Kräutern und frischem Heu hereindrang, da tagsüber der Rasen geschnitten worden war. Das Geißblatt, das sich um einen großen, abgestorbenen Baum schlang, sandte den honigsüßen Duft seiner ersten Blüten herein. Ein kristallenes Klirren kündigte den alten Emile an, der mit zitternden Händen den Abendtrunk und frisches Wasser brachte. Camille erhob sich, um einzuschenken.

Als letztem reichte sie ihrem Verlobten mit einem verschwörerischen Lächeln das beschlagene Glas. Sie beobachtete ihn beim Trinken und spürte eine plötzliche Erregung, als sie sah, wie er den Mund an den Rand des Glases preßte. Aber Alain war zu müde, um diese Erregung mit ihr teilen zu können, und er beschränkte sich darauf, die weißen Finger mit den roten Nägeln ein wenig zu drükken, als sie ihm das leere Glas abnahm.

»Kommst du morgen zum Mittagessen?« fragte sie ihn halblaut.

»Frag doch die Karten.«

Camille wich zurück und schnitt eine Grimasse.

»Aber Alain, man soll sich niemals über die Karten lustig machen, nie über einen Kanaldeckel steigen, nie unter einer Leiter durchgehen. Herr im Himmel!«

»Camille!«

»Verzeih, Mama . . . Aber Spaß beiseite — sehen wir einmal, was morgen ist! Der Pikbube, der brave Kleine, der charmante, schwarze, schnelle Bote, der es immer so eilig hat . . .«

»Warum eilig?«

»Damit er alles erzählen kann, natürlich. Er bringt doch die Neuigkeiten der kommenden vierundzwanzig Stunden, und sogar die der nächsten zwei Tage. Wenn du zwei

Karten zu seiner Rechten und zwei zu seiner Linken auflegst, sagt er auch die kommende Woche voraus . . .«

Sie sprach schnell und entfernte dabei mit einem ihrer spitzen Nägel die Lippenstiftreste aus ihrem Mundwinkel. Gleichmütig hörte Alain ihr zu.

Seit Jahren kannte er sie als modernes junges Mädchen. Er kannte ihre Art Auto zu fahren, ein bißchen zu schnell, ein bißchen zu gut, die Augen überall, stets eine derbe Grobheit an die Adresse der Taxichauffeure auf den Lippen. Er wußte, daß sie wie Kinder und Halbwüchsige lügen konnte, ohne rot zu werden; daß sie imstande war, ihre Eltern anzuschwindeln, um ihn nach dem Abendessen in obskuren kleinen Tanzlokalen zu treffen; dort aber tranken sie nur Orangensaft. Alain mochte keinen Alkohol.

Schon vor ihrer offiziellen Verlobung hatte sie ihm, im verborgenen und auch vor aller Welt, ihre sorgfältig abgewischten Lippen hingehalten, ihre reizlosen, stets hinter einer doppelten Tüllschicht gefangenen Brüste, und ihre wunderschönen Beine in makellosen Strümpfen, die sie heimlich kaufte, Strümpfe »wie die Mistinguette, nicht? Gib acht, Alain, meine Strümpfe«; Strümpfe und Beine, das war das Beste an ihr . . .

›Nein, sie ist hübsch‹, überlegte Alain, ›weil nichts an ihr häßlich ist, weil sie einen makellosen dunklen Teint hat, und weil der Glanz ihrer Augen zu dem ihrer gepflegten Haare paßt, die immer frisch gewaschen sind, perfekt sitzen — und die Farbe eines neuen Klaviers haben . . .‹ Er wußte aber auch, daß sie heftig werden konnte, und unstet war wie ein Gebirgsbach.

Schon sprach sie wieder vom Sportwagen:

»Nein, Papa! Kommt nicht in Frage, daß ich Alain bei unserer Schweizer Reise ans Lenkrad lasse! Er ist so unkonzentriert — und im Grunde chauffiert er gar nicht gern — ich kenne ihn doch!«

›Sie kennt mich doch‹, wiederholte Alain in Gedanken.

›Vielleicht glaubt sie das wirklich. Aber auch ich habe ihr schon x-mal gesagt: Ich kenne dich, Mädchen. Saha kennt sie auch. Wo steckt eigentlich diese Saha?‹

Er blickte sich nach der Katze um, erhob sich schwerfällig aus dem Lehnstuhl und stieg schlapp die fünf Stufen der Freitreppe hinunter.

Der riesige, von anderen Gärten umgebene Park verströmte den schweren Duft gedüngter, ständig zur Fruchtbarkeit gereizter Blumenbeete in die Nacht. Das Haus hatte sich seit Alains Geburt kaum verändert. »Das typische Haus eines einzigen Sohnes«, behauptete Camille, ohne ihre Abneigung gegen das unförmige Schieferdach und gewisse bescheidene Verzierungen an den Terrassentüren im Erdgeschoß zu verhehlen. Wie Camille schien auch der Garten das Haus nicht zu mögen. Sehr hohe Ulmen, von denen im fortgeschrittenen Alter schwarze abgestorbene Zweige herabfielen, verbargen das Haus vor den Blicken der Nachbarn und Passanten. Auf einem nahegelegenen, zum Verkauf stehenden Grundstück, dem Hof eines Pensionats, konnte man die gleichen alten Ulmen paarweise wiederfinden, Überbleibsel einer vierreihigen, herrschaftlichen Allee, Reste eines Parks, der vom modernen Neuilly allmählich verwüstet wurde.

»Alain, wo steckst du?«

Camille rief ihn von der Freitreppe her. Einer plötzlichen Laune folgend antwortete er aber nicht, sondern tastete sich mit den Fußspitzen entlang des frisch geschnittenen Rasens noch tiefer in die schützende Dunkelheit. Hoch am Himmel stand ein verschleierter, im Dunst der ersten warmen Tage übergroßer Mond. Ein alleinstehender Baum, eine Pappel mit glänzendem jungem Laub, schien alles Mondlicht auf sich zu ziehen, um es glitzernd wie die Tropfen eines Wasserfalls wieder abzugeben. Ein Silberstreif löste sich aus dem Gebüsch und strich lautlos um Alains Beine.

»Da bist du ja, Saha! Ich habe dich gesucht. Warum bist du heute abend nicht zu Tisch gekommen?«

»M'rrui«, antwortete die Katze, »m'rrui . . .«

»Was heißt hier m'rrui? Was ist denn das für eine Redensart?«

»M'rrui«, fuhr die Katze unbeirrbar fort, »m'rrui . . .«

Zärtlich und behutsam streichelte er den weichen Rükken, der flaumiger war als das Fell eines Hasen, ertastete die feucht-kühlen, von heftigem Schnurren geblähten Nüstern. »Bist ja meine Katze. Meine kleine Katze . . .«

»M'rrui«, sagte die Katze ganz leise. »R . . . r . . . rui . . .«

Wieder ertönte vom Haus her Camilles Ruf, und Saha verschwand unter einer nachtschwarzen Buchsbaumhecke.

»Alain! Wir gehen!«

Er eilte zur Treppe, und Camilles Lachen kam ihm entgegen.

»Von dir sieht man zuallererst die Haare!« rief sie. »Sagenhaft, wie blond du bist!«

Er lief schneller, nahm alle fünf Stufen auf einmal und fand Camille allein im Salon.

»Und die andern?« fragte er halblaut.

»Garderobe«, sagte sie im gleichen Tonfall. »Garderobe und Baustelle besichtigen. Allgemeine Verzweiflung: ›Nichts geht weiter. Das wird nie fertig!‹ Aber uns beiden kann das egal sein. Wenn man es ganz schlau machen will, behält man einfach Patricks Studio. Patrick kann sich ein anderes besorgen. Soll ich das in die Hand nehmen?«

»Aber Patrick gäbe doch das Hochhaus nur auf, um dir schönzutun . . .«

»Natürlich. Das sollte man ausnützen . . .« Sie strahlte diese so typisch weibliche Schamlosigkeit aus, an die Alain sich nicht gewöhnen konnte. Aber er beschränkte sich darauf, ihr diese vulgäre Art, immer »man« statt »wir« zu sagen, vorzuhalten.

Das hielt sie für einen zärtlichen Vorwurf.

»Ich werde mir schnell genug angewöhnen, ›wir‹ zu sagen . . .«

Wie nebenbei löschte sie die Deckenbeleuchtung aus, damit er Lust bekäme, sie zu küssen. Die Stehlampe, das einzige Licht im Raum, warf einen langen, scharfen Schatten hinter das junge Mädchen.

Camille verschränkte die Arme hinter dem Nacken und blickte ihn aufreizend an. Er aber sah nur den Schatten. ›Wie schön ihr Schatten an der Wand ist. Gerade so schlank, wie ich sie gerne haben möchte . . .‹

Er setzte sich, um den Schatten mit der Wirklichkeit vergleichen zu können. Geschmeichelt bog Camille sich zurück, straffte die Brüste wie eine indische Tänzerin. Aber der Schatten beherrschte dieses Spiel besser als sie. Sie löste die Hände und schritt langsam hinter ihrem Schatten her, der vollkommener war als sie. Als sie bei der offenen Terrassentür ankam, sprang der Schatten zur Seite und floh über den rötlichen Kies der Allee in den Garten. Im Vorüberhuschen umarmte er mit seinen langen Armen die im Mondlicht glänzende Pappel. ›Wie schade‹, seufzte Alain. Aber im gleichen Augenblick machte er sich leise Vorwürfe, nicht Camille selbst, sondern ein vollkommeneres Abbild von ihr zu lieben, wie eben diesen Schatten oder ein Porträt oder die lebhafte Erinnerung an gewisse Stunden und bestimmte Kleider . . .

»Was hast du denn heute bloß? Hilf mir wenigstens in mein Cape . . .«

Der Unterton dieses »wenigstens« und die Art, wie Camille unmerklich die Schultern gehoben hatte, als sie vor ihm in den Vorraum ging, mißfielen ihm. ›Sie braucht die Schultern gar nicht so hochzuziehen. Natur und Gewohnheit besorgen das ganz von selbst. Wenn sie sich nicht gerade hält, wirkt sie allein durch ihren Nacken schon untersetzt. Fast gedrungen.‹

In der Garderobe trafen sie Alains Mutter und Camilles Eltern, die, wie um sich aufzuwärmen, von einem Bein auf das andere stiegen und dabei schmutzig-weiße Abdrücke auf dem Bastteppich hinterließen.

Die Katze saß auf dem äußeren Fensterbrett und betrachtete sie, zwar nicht gerade feindselig, aber doch nicht besonders gastfreundlich. Alain nahm sich ein Beispiel an ihrer Geduld und ließ die üblichen Pessimismusbekundigungen über sich ergehen.

»Hier tut sich überhaupt nichts . . .«

»Seit einer Woche ist nichts weitergegangen . . .«

»Wenn ich Ihnen meine Meinung sagen darf, teure Freundin, wird das nicht vierzehn Tage dauern, sondern noch einen Monat — was heißt einen Monat, zwei Monate! — bis ihr Nest . . .«

Bei dem Wort »Nest« schaltete sich Camille so bissig in das friedliche Stimmengewirr ein, daß Alain und Saha die Augen schlossen.

»Aber wir haben doch unseren Entschluß bereits gefaßt! Es macht uns Spaß, bei Patrick einquartiert zu sein! Außerdem paßt es Patrick sehr gut in den Kram, er hat sowieso keinen Zaster. Pardon, Mama: . . . kein Geld. Wir schnappen unsere Koffer und hopp, schon sind wir im Himmel — oder zumindest im neunten Stock! Nicht wahr, Alain?«

Er öffnete die Augen, lächelte schief und legte ihr das helle Cape um die Schultern. Im Spiegel gegenüber fing er Camilles dunklen, vorwurfsvollen Blick auf, der ihn aber ungerührt ließ. ›Aha, ich habe sie nicht auf den Mund geküßt, als wir allein waren. Na, und? Dann habe ich sie eben nicht geküßt! Sie ist heute nicht auf ihre Kuß-Rechnung gekommen. Sie hat den um Viertel vor zwölf in einer Allee im Bois de Boulogne bekommen, den um zwei Uhr nach dem Kaffee, den um halb sieben im Garten; jetzt geht ihr der von heute abend noch ab. Nun, sie braucht ihn bloß auf die Rechnung zu setzen, wenn ihr etwas nicht paßt . . . Was habe ich denn nur? Ich bin schon ganz durcheinander vor Müdigkeit. Dieses Leben ist idiotisch; wir sehen einander zu wenig und viel zu viel. Montag gehe ich ganz einfach ins Büro und . . .‹

Bei der bloßen Vorstellung roch er den scharfen, chemischen Geruch neuer Seide. Das undurchdringliche Lächeln von Monsieur Veuillet erschien vor seinem geistigen Auge, und gleichzeitig hörte er Redensarten, die er trotz seiner vierundzwanzig Jahre immer noch fürchtete: ›Nein, nein, junger Freund. Wie soll sich eine neue Rechenmaschine um siebzehntausend Francs in einem Jahr amortisieren? Das ist das Problem. Erlauben Sie dem ältesten Mitarbeiter Ihres seligen Vaters . . .‹ Und als er im Spiegel das streitsüchtige Gesicht mit den schönen schwarzen Augen sah, die ihn durchbohrten, schlang er beide Arme um Camille.

»Alain! Was soll das?«

»Aber meine Liebe, lassen Sie ihn doch! Die armen Kinder . . .«

Camille errötete und machte sich los, dann streckte sie Alain die Wange mit einer so jungenhaft-geschwisterlichen Unbefangenheit hin, daß er beinahe an ihrer Schulter Schutz gesucht hätte: ›Mich hinlegen, schlafen . . . Ach Gott, schlafen, schlafen . . .‹

Vom Garten kam die Stimme der Katze:

»M'rrui, rrr-rrui . . .«

»Horch, die Katze. Bestimmt ist sie auf Jagd«, sagte Camille heiter. »Saha! Saha!«

Die Katze verstummte.

»Auf Jagd!« protestierte Alain. »Wo denkst du hin! Erstens ist es Mai. Und zweitens sagt sie doch: M'rrui!«

»Na und?!«

»Sie würde nicht M'rrui sagen, wenn sie auf Jagd wäre. Was sie da von sich gibt — und das ist eigentlich seltsam —, ist eine Warnung, fast wie der Lockruf für die Jungen.«

»Heiliger Himmel!« rief Camille aus und warf die Arme in die Höhe. »Wenn Alain einmal anfängt, die Katze zu verdolmetschen, dann ist kein Ende abzusehen!«

Sie sprang die Stufen hinunter. Im Garten entzündete der alte Emile gerade mit zitternder Hand zwei große, violette Lampen in altmodischer Kugelform.

Alain ging mit Camille voraus. Beim Tor küßte er sie unter dem Ohr, roch durch ein Parfüm, das sie alt machte, den guten Duft von Brot und dunklem Haar, und drückte die nackten Ellbogen des jungen Mädchens unter dem Cape. Als sie sich vor ihren Eltern ans Lenkrad setzte, fühlte er sich wieder wach und heiter. »Saha! Saha!«

Die Katze schnellte aus dem Schatten hervor, fast vor seine Füße, lief, wenn er lief, sprang ihm in weiten Sätzen voraus. Er ahnte sie, ohne sie zu sehen; sie stürzte vor ihm in die Halle und machte kehrt, um ihn auf der Freitreppe zu erwarten.

Mit gesträubtem Nackenhaar und flachgelegten Ohren sah sie ihm mit ihren dunkelgerandeten gelben Augen aufreizend entgegen, mißtrauisch, stolz und voll Selbstbewußtsein.

»Saha! Saha!«

Rief man sie auf eine bestimmte Weise beim Namen, halblaut, mit stark gehauchtem h, geriet sie außer sich. Sie schlug mit dem Schwanz, sprang mitten auf den Spieltisch und warf mit weitgespreizten Vorderpfoten die Karten durcheinander.

»Diese Katze, diese Katze . . .«, sagte die mütterliche Stimme. »Von Gastfreundschaft hat sie nicht die geringste Ahnung. Schau nur, wie sie sich freut, daß unsere Freunde fort sind!«

Alain brach in kindliches Lachen aus, ein Lachen, das er sich nur für daheim und für den engsten Familienkreis vorbehielt und das nie über die Ulmenallee oder das schwarze Gittertor hinausdrang. Dann gähnte er herzhaft.

»Mein Gott, siehst du müde aus! Kann man so müde aussehen, wenn man glücklich ist! Es ist noch Orangeade da. Nicht? Dann können wir ja schlafen gehen. Laß nur, Emile wird das Licht auslöschen.«

›Mama spricht mit mir, als hätte ich gerade eine Krankheit überwunden oder als bekäme ich wieder Paratyphus . . .‹

»Saha! Aber, Saha! So ein Teufel! Alain, könntest du bei dieser Katze vielleicht durchsetzen . . .«

Auf einem ihr wohlbekannten, senkrechten Weg, der auf der zerkratzten Seidentapete bereits markiert war, war die Katze fast bis an die Zimmerdecke geklettert. Einen Augenblick lang ahmte sie eine graue Eidechse nach, an die Wand gepreßt, die Pfoten weit gespreizt, dann mimte sie einen Schwindelanfall und stieß einen kurzen affektierten Schrei aus.

Gehorsam stellte sich Alain unter ihr auf und hielt ihr eine Schulter entgegen. Dicht an die Wand gepreßt glitt Saha herab wie ein Regentropfen an einer Fensterscheibe. Sie sprang auf Alains Schulter, und gemeinsam gingen sie ins Schlafzimmer.

Eine lange Goldregentraube, die schwarz vor dem offenen Fenster hing, verwandelte sich in ein längliches gelbes Gehänge, als Alain die Deckenbeleuchtung und die Nachttischlampe anzündete. Er neigte die Schulter und ließ die Katze auf das Bett gleiten. Dann wanderte er unschlüssig zwischen Zimmer und Badezimmer hin und her, wie jemand, der zu müde ist, um schlafen zu gehen.

Er beugte sich zum Fenster hinaus und blickte feindselig zu dem weißen Hügel der ›Baustelle‹ hinüber, dann öffnete und schloß er Laden und Kartons, in denen seine geheimen Schätze lagen: ein Golddollar, eine Reitgerte, die Uhrkette seines Vaters mit dem Achatanhänger, einige rote und schwarze Körner, die von einer exotischen Pflanze stammten; der Perlmuttrosenkranz von seiner Erstkommunion; ein schmaler, zerbrochener Armreif — die Erinnerung an eine temperamentvolle junge Geliebte, die schnell und geräuschvoll wieder aus seinem Leben verschwunden war . . . Was er sonst noch an irdischen Gütern besaß, waren bloß broschierte und gebundene Bücher, Briefe, Photographien . . .

Verträumt spielte er mit all dem Krimskrams, der glänzte und wertlos war wie die bunten Steinchen, die man in den Nestern diebischer Vögel findet. ›All das muß ich wegwerfen . . . oder soll ich es doch dalassen? Es liegt mir nichts daran . . . oder doch? . . .‹ Wie alle Einzelkinder hing er an all dem, was er nie mit anderen hatte teilen müssen und das ihm nie streitig gemacht worden war.

Plötzlich entdeckte er sein Gesicht im Spiegel und ärgerte sich über sich selbst. ›Geh doch endlich schlafen! Du bist ja ganz verfallen; eine Schande ist das!‹ sagte er zu dem blonden, schönen jungen Mann. ›Man findet mich nur schön, weil ich blond bin. Wenn ich dunkel wäre, wäre ich häßlich.‹ Wieder einmal kritisierte er seine Pferdenase, seine hageren Wangen. Und wieder einmal lächelte er sich zu, um seine Zähne zu zeigen, fuhr mit der flachen Hand über die Naturwelle seines dichten blonden Haares und war mit dem Grüngrau seiner von dunklen Wimpern umrandeten Augen zufrieden. Zwei tiefe Falten entstanden zu beiden Seiten des lächelnden Mundes, und um die tiefliegenden Augen lagen violette Schatten. Ein heller, struppiger Eintagesbart ließ seine Oberlippe dicker erscheinen. ›Es ist zum Weinen, wie ich aussehe. Nein, zum Grausen. Soll das ein Gesicht für eine Hochzeitsnacht sein? . . .‹ Im Spiegel sah er, wie Saha ihn von weitem ernsthaft betrachtete. »Ich komme schon!«

Er warf sich in die frischen Bettücher, wich dabei aber vorsichtig der Katze aus. Schnell begann er mit den rituellen Liebkosungen, die einer reinrassigen, zarten, vollkommenen Kartäuserkatze und ihrer zauberhaften Anmut gebühren. »Mein kleines dickes Bärchen . . . Bist ja mein Kätzchen . . . Meine Turteltaube . . . Mein seidiges Teufelchen . . .«

Sobald er das Licht gelöscht hatte, begann die Katze auf

seiner Brust sanft von einer Pfote auf die andere zu steigen; bei jedem Tritt drang eine ihrer Krallen ein wenig durch seinen Seidenpyjama, gerade tief genug, um Alain ein etwas ängstliches Vergnügen zu bereiten.

»Noch sieben Tage, Saha . . .«, seufzte er.

In sieben Tagen, sieben Nächten: ein neues Leben, auf einem neuen Bett, mit einer jungen, verliebten, ungezähmten Frau . . . Er streichelte das warme, saubere Fell der Katze, das nach geschnittenem Buchsbaum duftete, nach Thujen und fettem Gras. Sie schnurrte aus voller Kehle und gab ihm im Dunkel einen Katzenkuß: für einen Augenblick drückte sie ihre kühle Nase zwischen seine Nase und seine Lippen. Ein körperloser, schneller Kuß, den sie nur selten gewährte . . . »Ach, Saha, unsere Nächte . . .«

Die Scheinwerfer eines Wagens auf der nahegelegenen Straße durchbohrten das Blattwerk mit zwei weißen kreisenden Strahlen. Über die Wand des Zimmers huschten die vergrößerten Schatten des Goldregens und eines einzeln im Rasen stehenden Tulpenbaumes. Über seinem Gesicht sah Alain kurz das Gesicht der Katze aufleuchten; aus harten Augen starrte sie ihn an.

»Erschreck mich nicht«, bat er. Denn im Schlaf wurde Alain wieder schwach und ängstlich und verfing sich in den Netzen eines endlosen sanften Jünglingsalters . . .

Er schloß die Augen, während Saha wachsam den Reigen der Schemen verfolgte, die um schlafende Menschen tanzen, wenn die Lampe erloschen ist.

Er träumte immer sehr viel und stieg stufenweise in seine Träume hinab. Nie erzählte er nach dem Erwachen von seinen nächtlichen Abenteuern. Eifersüchtig hütete er diesen Bereich, der sich während seiner Kindheit erweitert hatte, da er als kränklicher und verhätschelter Junge wegen plötzlicher Wachstumsschübe und Untergewichtigkeit viel Zeit im Bett hatte zubringen müssen.

Er liebte seine Träume, er hegte sie, und um nichts in

der Welt hätte er die verschiedenen Etappen verraten, die ihn erwarteten. Bei der ersten Station, wenn er noch das Gehupe auf der Straße hören konnte, begegnete er im Kreise sich drehenden, verzerrten Gesichtern, vertraut und doch verunstaltet — und zog an ihnen vorüber wie an einer gutmütigen Menge, in die er da und dort hineingrüßte. Kreisend kamen sie ihm immer näher, blähten sich auf und wuchsen, schimmerten hell auf dunklem Grund, als empfingen sie ihr Licht vom Schläfer. Wie schwerelos schwebten sie, aus einem großen Auge starrend, um ihn herum. Sobald sie aber an einer unsichtbaren Wand angelangt waren, wurden sie von einer Art Gegenströmung erfaßt und weit zurückgetrieben. Im feuchten Blick eines runden Ungeheuers, in der Pupille eines vollen Mondes oder in jener eines strahlenbekränzten, gefallenen Erzengels erkannte Alain den immer gleichen Ausdruck, den gleichen Plan, den ihm noch keiner verraten hatte, von dem der Alain des Traumes jedoch sicher wußte: ›Morgen werden sie es mir sagen.‹

Manchmal vergingen sie, indem sie zerplatzten, sich in schwach leuchtende Teilchen auflösten. Ein anderes Mal bestanden sie plötzlich nur noch aus Hand, Arm, gedankenvollem Augapfel, Teilen von Nasen, Kinnen — aber stets war dieses vorgewölbte Auge da, das sich immer genau in dem Augenblick, da es sich erklären zu wollen schien, umwandte und nur sein anderes, schwarzes Gesicht zeigte . . .

Von Saha bewacht, verfolgte der schlafende Alain seinen täglichen Untergang, schwebte am Universum der aufgeblähten Gesichter und Augen vorüber, fiel durch eine finstere Zone, in der nichts als tiefste Schwärze herrschte, die aber unsagbar nuancenreich war und aus vielerlei ineinanderfließenden Farben zusammengesetzt schien, um endlich im reifen, vollkommenen und wohlgeformten Traum Fuß zu fassen.

Er stieß an eine Grenze, und gewaltiger Lärm ertönte,

der dem zitternden, langen Ton des Zimbals glich. Endlich landete er in der Traumstadt, war mitten unter den Passanten, den Bewohnern, die auf den Türschwellen standen, den Wächtern des goldbekränzten Platzes und den Statisten, die seinen Weg säumten. Er war ganz nackt, nur mit einem Spazierstöckchen bewaffnet, und dachte äußerst klar und umsichtig: ›Wenn ich meine Krawatte in einer ganz bestimmten Weise binde und dann etwas schneller gehe, und vor allem, wenn ich pfeife, wird wahrscheinlich niemand bemerken, daß ich ganz nackt bin.‹ Also knüpfte er seine Krawatte in Herzform und pfiff. ›Aber ich pfeife ja gar nicht, ich schnurre. Pfeifen geht so . . .‹ Aber er schnurrte noch immer. ›Ich bin noch nicht am Ende mit meinem Latein. Es geht doch bloß darum, über diesen Platz im gleißenden Sonnenlicht und um den Pavillon dort herum zu kommen, in dem die Militärmusik spielt. Das ist kindisch einfach. Ich stürze vor, mache tolle Sprünge, um die Aufmerksamkeit abzulenken, und lande im schützenden Schatten . . .‹

Aber er war wie gelähmt durch den glühenden, gefährlichen Blick eines dunkelhäutigen Statisten mit griechischem Profil, der ihn aus einem einzigen großen Karpfenauge anstarrte . . . ›Der Schatten . . . der Schatten . . .‹ Bei diesem Wort schlangen sich eilends zwei lange Schattenarme, von Pappelblättern lieblich rauschend, um Alain und trugen ihn mit sich fort. So konnte er in der bedeutungsvollsten Stunde der kurzen Nacht in der Gruft des Schlafes ausruhen, in welcher der aus dem Leben vorübergehend Verbannte seufzt, weint, kämpft und schließlich unterliegt, um am Morgen ohne Erinnerung in das Leben zurückzukehren.

Als Alain erwachte, schien die hochstehende Sonne auf den Fensterrahmen. Eine durchscheinend gelbe Goldregentraube hing über Sahas Kopf, einer entzauberten, unschuldig mädchenhaften Saha, die mit ihrer Toilette beschäftigt war.

»Saha!«

»Mrrä!« erwiderte die Katze laut.

»Was kann ich dafür, wenn du Hunger hast? Du hättest deine Milch längst verlangen können, wenn du es so eilig hast.«

Als sie die Stimme ihres Freundes hörte, wurde sie sanfter, wiederholte ihre Aufforderung etwas leiser und zeigte ihr rotes Mäulchen mit den weißen Zähnen. Unter dem Blick voll treuer, nur ihm geltender Liebe schrak Alain zusammen: ›Mein Gott, die Katze . . . was tun mit der Katze . . . Ich habe vergessen, daß ich heirate . . . und bei Patrick wohnen muß . . .‹

Er wandte sich dem Porträt im verchromten Metallrahmen zu, auf dem Camille wie in Öl gebadet glänzte. Auf ihrem Haar schimmerte eine Lichtpfütze, ihr tintenblauer Emailmund war glasig, die Augen starrten riesengroß durch zwei Wimpernbalken.

»Ein Meisterwerk«, brummte Alain.

Er erinnerte sich nicht daran, daß er selbst diese Photographie, die weder Camille noch sonst jemandem ähnlich sah, für sein Zimmer ausgewählt hatte. ›Diese Augen — ich habe sie schon irgendwo gesehen . . .‹

Er nahm einen Bleistift und wollte die Augen verschmälern, das übertriebene Weiß etwas mildern, verdarb aber alles noch mehr.

»Muäk muäk muäk . . . m-ä-ä-m-ä-ä-ä . . .«, sagte Saha zu einem kleinen Seidenspinner, der sich zwischen Fensterscheibe und Gardinen gefangen hatte. Ihr Löwenkinn zitterte, und sie stotterte vor Gier. Alain nahm den Schmetterling zwischen zwei Finger und reichte ihn der Katze.

»Vorspeise, Mademoiselle!«

Im Garten fuhr ein Rechen gemächlich über den Kies. Alain sah die Hand vor sich, die den Rechen führte, die Hand einer alternden Frau in einem dicken weißen Polizistenhandschuh, mechanisch in ihrer Bewegung, eigensinnig und sanft.

»Guten Morgen, Mama!« rief er.

Von weitem antwortete ihm eine Stimme, auf deren Worte er gar nicht hörte — er vernahm nur ein liebevolles, unwichtiges, aber notwendiges Gemurmel . . . Er lief hinunter, von der Katze dicht gefolgt. Bei Tag benahm sie sich oft wie ein ausgelassener Hund. Dann tobte sie die Treppen hinunter und raste, bar aller Magie, mit derben Sprüngen in den Garten.

Sie setzte sich auf den kleinen Frühstückstisch, zwischen die Sonnenflecken neben Alains Gedeck. Der Rechen, der verstummt war, nahm seine Arbeit langsam wieder auf.

Alain goß Saha die Milch ein, löste eine Prise Salz und eine Prise Zucker darin auf, und bediente sich dann selbst mit großer Ernsthaftigkeit. Wenn er allein frühstückte, mußte er sich nicht gewisser Gesten schämen, die er sich schon in der Trotzphase seiner Kindheit angewöhnt hatte: Er konnte nach Herzenslust alle »Augen« des Brotes mit Butter zuschmieren, er durfte die Stirn runzeln, wenn der Milchkaffee in seiner Tasse die durch eine Goldarabeske gekennzeichnete Hochwassermarke überstieg. Dem ersten dicken Butterbrot mußte ein zweites, dünnes folgen, dafür verlangte die zweite Tasse Kaffee ein Stückchen Zukker mehr . . . Schließlich wartete der ganz kleine Alain, der in dem schönen, blonden jungen Mann steckte, ungeduldig auf das Ende des Frühstücks, denn dann durfte er den Honiglöffel — einen alten, bräunlichen, verbogenen Elfenbeinlöffel — von allen Seiten ablecken.

›Jetzt frühstückt auch Camille. Im Auf- und Abgehen. Sie beißt abwechselnd in eine Schnitte mageren Schinkens zwischen zwei Zwiebackscheiben und einen Apfel. Und stellt eine Tasse ungezuckerten Tees von einem Möbel aufs andere, um sie jedesmal von neuem zu vergessen . . .‹

Er ließ seine Augen über das Reich seiner Kindheit schweifen, das Reich eines privilegierten Jungen, das er liebte und zu kennen glaubte. Über seinem Kopf zitterten unmerklich die Blattspitzen der alten, streng zu einem

Laubgang geschnittenen Ulmen. Ein dickes Kissen von rosa Leimkraut, umgeben von Vergißmeinnicht, thronte auf dem Rasen. Von dem dürren, abgewinkelten Ast eines abgestorbenen Baumes hing eine Schärpe aus Polygonien und violetter, vierblättriger Klematis herab, die sich bei jedem Hauch bewegte. Einer der Sprühapparate drehte sich auf einem Bein über dem Rasen und schlug ein weißes Pfauenrad, in dem ein Regenbogen zitterte.

»So ein schöner Garten . . . so ein wunderschöner Garten . . .«, murmelte Alain . . . Mit gekränktem Blick musterte er den stummen Haufen aus Schutt, Pfosten und Betonsäcken, der die Westseite des Hauses verunstaltete. ›Ah! Heute ist Sonntag, da arbeiten sie nicht. Für mich war diesmal die ganze Woche Sonntag . . .‹ Obwohl jung, eigensinnig und verwöhnt, lebte er nach dem Rhythmus eines gewöhnlichen Werktätigen und hatte den Sonntag im Gefühl.

Ein scheues weißes Täubchen bewegte sich hinter den Weigelien und den rosaroten Trauben der Deutzien. ›Das ist gar kein Täubchen, das ist Mamas Hand.‹ Der dicke weiße Handschuh dicht am Boden hob einen Zweig auf, zupfte das Unkraut aus, das über Nacht gewachsen war. Zwei Grünfinken pickten die Krümel des Frühstückbrotes vom Kies auf. Ohne nervös zu werden, beobachtete Saha sie aus den Augenwinkeln. Aber eine Meise, die mit dem Kopf nach unten über dem Tisch in der Ulme hing, zwitscherte die Katze herausfordernd an. Mit geschlossenen Pfoten, gesträubten Nackenhaaren, den Kopf nach hinten gebogen, sann Saha mit zornig geblähten Backen und feuchten kleinen Nüstern auf Rache.

»Schön wie ein Dämon! Schöner als ein Dämon«, flüsterte Alain ihr zu.

Er wollte den breiten Schädel streicheln, in dem wilde Gedanken hausten, aber die Katze biß ihn unvermittelt, um sich abzureagieren. Er betrachtete die zwei kleinen Blutperlen auf seinem Handballen mit der wütenden Erregung eines Mannes, den seine Gefährtin vor Lust gebissen hat.

»Du falsche Katze! Schau, was du mir getan hast . . .«

Sie senkte die Stirn, schnupperte am Blut und blickte dann ängstlich fragend zum Gesicht ihres Freundes auf. Aber sie wußte, wie sie ihn aufheitern und weich stimmen konnte, nahm ein Stück Zwieback vom Tischtuch und hielt es wie ein Eichhörnchen mit beiden Pfoten hoch.

Die Maibrise strich über die beiden hin und beugte leicht einen gelben Rosenstock, der nach blühendem Stechginster roch. Zwischen der Katze, dem Rosenstock, den Meisen und den letzten Maikäfern genoß Alain die Augenblicke, in denen die Zeit keine Rolle spielt, genoß die Angst und die Illusion, sich in seiner Kindheit zu verirren. Die Ulmen schienen ihm plötzlich riesengroß, die Allee verlor sich hinter den Bögen einer verdorrten Weinlaube, und wie der gehetzte Träumer, der plötzlich in die Tiefe stürzt, wurde sich Alain seiner vierundzwanzig Jahre bewußt.

›Ich hätte eine Stunde länger schlafen sollen. Es ist erst halb zehn. Und Sonntag. Auch gestern war für mich Sonntag. Zu viele Sonntage . . . Aber morgen . . .‹

Verschwörerisch lächelte er Saha zu.

»Morgen, Saha, ist die letzte Anprobe des Brautkleides. Ohne mich. Es soll eine Überraschung werden . . . Camille ist dunkel genug, um in Weiß schöner auszusehen . . . Und in der Zwischenzeit werde ich mir den Wagen ansehen . . . Sieht schon ein bißchen mickerig aus, so ein Zweisitzer, wie Camille immer sagt. Das hat man nun davon, so jung zu heiraten . . .«

Wie ein Fisch an die Wasseroberfläche schnellt, so schoß die Katze mit einem senkrechten Sprung in die Höhe und fing den schwarzgeränderten Schmetterling. Sie verschlang ihn, hustete, spuckte einen Flügel aus und putzte sich dann hingebungsvoll. Die Sonne spielte auf ihrem Kartäuser Katzenfell, das bläulich wie die Kehle der Ringeltauben schimmerte.

»Saha!«

Sie wandte den Kopf und lächelte ihn offenherzig an.

»Mein kleiner Puma! Geliebte Katze! Mein Luftgeist! Was wird bloß aus dir, wenn wir uns trennen? Sollen wir beide in ein Kloster gehen? Willst du . . . Ich weiß auch nicht . . .«

Sie hörte ihm zu, sah ihn zärtlich und zerstreut an, aber als die Stimme des Freundes plötzlich schwankte, wandte sie den Blick ab.

»Zuerst einmal fährst du mit uns, Autofahren macht dir nichts. Wenn wir das Kabriolett statt des Sportwagens nehmen, hast du hinter den Sitzen ein Sims . . .«

Er verstummte, und sein Gesicht verdüsterte sich, als er an die kräftige Mädchenstimme dachte, die wie geschaffen dafür war, im Freien zu schreien, die derb auf den A und O verweilte und die zahlreichen Vorzüge eines Sportwagens herunterzubeten wußte. ›Und wenn man das Verdeck zurückrollt, ist das einfach phantastisch, Alain — bei Vollgas zieht es einem die Wangenhaut bis zu den Ohren zurück . . .‹ »Bis zu den Ohren! Kannst du dir das vorstellen, Saha? Einfach gräßlich . . .«

Er preßte die Lippen aufeinander, zog ein langes Gesicht, wie es trotzige Kinder tun, die Meister in der Kunst des Verstellens sind.

›Aber das letzte Wort ist noch nicht gesprochen. Und wenn mir das Kabriolett lieber ist? Ich habe schließlich auch noch mitzureden!‹

Er musterte den gelben Rosenstock, als sei er das junge Mädchen mit der durchdringenden Stimme. Und wieder dehnte sich die Allee, die Ulmen wuchsen und der abgestorbene Weinstock belaubte sich. Das Kind Alain drückte sich in die Rockfalten seiner hochnäsigen, arroganten Tanten und beäugte eine andere, zusammengeschweißte Familie. In ihrer Mitte strahlte ein kleines Mädchen mit dunklem Teint, dessen große Augen in ihrem feindseligen und harten Glanz mit den schwarzen Korkenzieherlocken um die Wette funkelten. ›Sag guten Tag . . . Warum willst du nicht guten Tag sagen? . . .‹ hörte er ganz schwach eine Stimme aus vergangener Zeit, die in all den Jahren der Kindheit, der Jugend, der Mittelschule, der Langeweile beim Militär, der gespielten Würde und Geschäftigkeit nicht verklungen war. Camille wollte nicht grüßen. Sie sog an ihrer Wange und deutete steif den kurzen Knicks kleiner Mädchen an. ›Jetzt nennt sie das den Verrenkungsgruß. Aber wenn sie wütend ist, saugt sie immer noch an ihrer Wange. Seltsamerweise sieht sie dabei nicht einmal häßlich aus!‹

Er lächelte, und bei dem Gedanken an seine Braut wurde ihm warm ums Herz. Im großen und ganzen war er froh, daß sie ein gesundes Naturell hatte, auch wenn sie ein bißchen gewöhnlich war in ihrem Ungestüm. Mittenhinein in den unschuldigen Morgen beschwor er Bilder, die seiner Eitelkeit schmeichelten und sein Verlangen erregten, ihn aber bald in Besorgnis und Verwirrung stürzten. Als er wieder ruhiger wurde, fand er die Sonne zu grell, den Wind zu trocken. Die Katze war verschwunden, aber als er sich erhob, stand sie unversehens wieder neben ihm und begleitete ihn geschmeidigen Schrittes, wobei sie jedoch den runden Steinchen auf dem frisch besprengten Kiesweg sorgfältig auswich. Sie gingen miteinander bis zur »Baustelle«, inspizierten mit der gleichen Feindseligkeit den Schutthaufen, einen neuen Fensterstock, der noch ohne Glasscheibe in eine Mauer eingelassen war, die Installationsrohre und die Fliesen.

Beide nahmen sie Anstoß daran und versuchten, den Schaden abzuschätzen, der ihrer Vergangenheit und ihrer Gegenwart zugefügt wurde. Langsam starb eine alte, ausgegrabene Eibe mit geknicktem Haupt unter ihrem Wurzelhaar. »Ich hätte das niemals zulassen sollen«, murmelte Alain. »Es ist empörend. Du, Saha, kennst sie erst seit drei Jahren, diese Eibe. Aber ich . . .»

In dem Loch, das der Wurzelstock der Eibe im Boden

hinterlassen hatte, witterte Saha einen Maulwurf. Sein Geruch, oder auch nur der Gedanke daran, machte sie unruhig.

Für einen Augenblick geriet sie völlig außer sich, kratzte wie ein Foxterrier, wand sich wie eine Eidechse, hüpfte wie ein Frosch, bebrütete ein Erdknäuel zwischen ihren Schenkeln, wie es die Feldratte mit einem gestohlenen Ei macht, floh in wunderlichen Sprüngen aus dem Loch und saß dann plötzlich kühl, unnahbar und nur ein wenig atemlos auf dem Rasen.

Alain stand ungerührt da. Er blieb ernst, auch wenn Saha wieder einmal vom Teufel geritten wurde.

Bewunderung und Verständnis für die Katze waren ihm angeborene Grundeigenschaften, die ihm die Gabe verliehen, Saha mühelos zu verstehen. Wie in einem Kunstwerk las er in ihr, seit dem Tag, als er nach dem Besuch einer Katzenausstellung auf den glatten Rasen seines Gartens in Neuilly eine kleine, fünf Monate alte Katze niedergesetzt hatte, die er wegen ihrer vollkommenen Gestalt, ihrer frühreifen Würde, ihrer Bescheidenheit und ihrer Hoffnungslosigkeit hinter den Gittern eines Käfigs gekauft hatte.

»Warum haben Sie denn keine Angorakatze gekauft?« hatte Camille gefragt.

›Damals sagte sie noch Sie zu mir‹, dachte Alain versonnen. ›Was ich da heimbrachte, war nicht bloß eine kleine Katze. Es war auch ihre Vornehmheit, ihre grenzenlose Uneigennützigkeit, ihre Lebenskunst, ihre Seelenverwandtschaft mit der Elite der Menschheit . . .‹ Er errötete und entschuldigte sich im Geist. ›Ja, Saha, du hast etwas Menschenähnliches an dir . . .‹ Er war noch nicht so weit zu denken: ›Du bist wie ein Mensch‹, denn er gehörte einem Kreis an, in dem es undenkbar war, die Verwandtschaft des Menschen mit dem Tier anzuerkennen, geschweige denn, sie zu begreifen. Im Zeitalter der Sehnsucht nach einem Auto, einer Reise, einem seltenen Bucheinband oder Schiern blieb Alain »der junge Mann, der sich eine Katze angeschafft hat«. Seine kleine Welt hallte davon wider, die Angestellten des Hauses Amparat & Söhne, Rue des Petits-Champs, wunderten sich, und Monsieur Veuillet erkundigte sich nach »dem kleinen Vieh . . .«

›Bevor ich mich für dich entschieden habe, Saha, ist mir nie zu Bewußtsein gekommen, daß man die Möglichkeit der Wahl hat . . . Im übrigen . . . Über meine Heirat mit Camille sind alle froh, auch Camille, und es gibt Augenblicke, da freue ich mich darüber . . . und doch . . .‹

Er erhob sich von der grünen Bank, setzte das wichtigtuerische Lächeln eines Amparat jun. auf, der gönnerhaft die kleine Malmert zur Frau nimmt — »ein junges Mädchen, das nicht ganz unser Niveau hat«, pflegte Madame Amparat zu sagen. Es entging Alain jedoch nicht, daß die Waschmaschinen-Malmerts, wenn sie unter sich von den Seiden-Amparats sprachen, keine Gelegenheit ausließen, mit vorgerecktem Kinn festzustellen: »Die Amparats sind überhaupt nicht mehr im Seidengeschäft, Mutter und Sohn haben nur noch Anteile an der Firma, und der Sohn ist dort keineswegs der Chef . . .«

Die Katze hatte sich von ihren Eskapaden erholt, ihre Augen waren wieder sanft und golden, und sie schien auf einen weiteren Beweis der geistigen Übereinstimmung zu warten, auf das telepathische Murmeln, dem sie ihr silbern gesäumtes Ohr zuwandte.

»Du bist auch nicht nur der reiche, funkelnde Katzengeist«, sagte Alain nach einer Pause. »Dein erster Verführer, der weiße Kater ohne Schwanz — erinnere dich nur, du häßliches Tier, wie du ihm schamlos im Regen nachgelaufen bist . . .«

»Das ist keine Katzen-, sondern eine Rabenmutter«, hatte Camille sich empört. »Sie denkt nicht einmal mehr an ihre Kleinen, die man ihr weggenommen hat!«

»So etwas sagen nur sehr junge Mädchen«, fuhr Alain

trotzig fort. »Junge Mädchen sind immer gute Mütter — vorher.«

Ein dunkler, voller Klingelton hallte durch die ruhige Luft, und Alain fuhr schuldbewußt in die Höhe, als er die Räder über den Kies knirschen hörte.

›Camille! Es ist halb zwölf! Du lieber Himmel . . .!‹

Er schlug die Pyjamajacke vorne übereinander, und seine Hände zitterten so sehr, als er den Gürtel festzog, daß er sich zurechtwies: ›Na, na, was ist denn? Nächste Woche kommen noch ganz andere Dinge auf mich zu . . . Saha, gehst du mit zur Begrüßung?‹

Aber Saha war verschwunden, und schon stöckelte Camille dreist über den Rasen. ›Ah! Sie ist wirklich schön . . .‹ Angenehm schnürte ihm das zu Kopf steigende Blut den Hals zu, rötete seine Wangen, und er gab sich völlig Camilles Anblick hin — ganz in Weiß, eine schwarze Locke des gutgeschnittenen Haares an den Schläfen, eine winzige rote Krawatte am Hals und das gleiche Rot auf den Lippen. Unter der leichten, kunstvollen Schminke schimmerte bei genauerem Hinsehen ihre Jugend durch, man ahnte die weißen Wangen unter dem Ocker, die faltenlosen Lider unter dem Hauch von beige Puder um die großen, fast schwarzen Augen. Der neue Diamant an ihrer linken Hand zerschnitt das Licht in tausend bunte Funken.

»Oh!« rief sie aus, »du bist noch nicht fertig! Um diese Zeit . . .!«

Aber vor dem Gewirr der dichten blonden Haare, vor der nackten Brust unter dem Pyjama und vor der Verwirrung, die Alain das Blut in die Wangen trieb, verstummte sie, und ihr Jungmädchengesicht zeigte warme weibliche Nachsicht, so daß Alain es nicht wagte, ihr den üblichen Viertel-vor-zwölf-Kuß zu geben, den Garten-Kuß oder Bois-de-Boulogne-Kuß.

»Küß mich«, bat sie ganz leise, als flehte sie um Hilfe.

Linkisch, unruhig und hilflos in seinem leichten Pyjama, deutete er auf das Gebüsch mit den rosigen Blütentrauben, von wo die Geräusche der Baumschere und des Rechens kamen, und Camille wagte nicht, ihm um den Hals zu fallen. Sie senkte die Augen, brach ein Blatt ab, zog die glänzende Locke tiefer in die Wange. Aber am Beben der Nasenflügel sah Alain, daß sie versuchte, den Duft eines kaum bedeckten blonden Körpers einzusaugen, vor dem sie, wie ihm schien, nicht genug Angst hatte.

Beim Erwachen setzte er sich nicht sofort im Bett auf. Bis in den Schlaf von dem fremden Zimmer verfolgt, öffnete er die Augen nur einen Spalt und stellte fest, daß Vorsicht und Spannung auch im Schlaf nicht ganz von ihm gewichen waren, denn sein am Rand des Bettuches ausgestreckter linker Arm hielt sich bereit, tastend zu suchen, aber auch zurückzustoßen . . . Das große Bett zu seiner Linken war jedoch leer und ausgekühlt. Wäre gegenüber dem Bett nicht der Winkel des dreieckigen Zimmers gewesen, die ungewöhnliche grüne Dämmerung und ein Streifen hellen Lichtes, der gelb wie ein Bernsteinstab die beiden steifen, dunklen Vorhänge trennte, wäre Alain wieder eingeschlafen, eingewiegt von einem leise gesummten Liedchen ohne Text.

Vorsichtig wandte er den Kopf und öffnete die Augen. Bald weiß, bald hellblau, je nachdem, ob sie in dem schmalen Sonnenstreifen stand oder ins Halbdunkel zurücktauchte, sah er eine junge, nackte Frau, den Kamm in der Hand, eine Zigarette zwischen den summenden Lippen. ›Das ist doch eine Unverschämtheit!‹ dachte er. ›Ganz nackt? Wo, glaubt sie, ist sie hier?‹

Er erkannte die schönen Beine wieder, die ihm seit langem vertraut waren, aber der Bauch, der durch den tiefsitzenden Nabel gedrungener wirkte, erstaunte ihn. Eine kühle Jugendlichkeit ließ den Hintern weit weniger muskulös aussehen, und die Brüste saßen leicht über den sichtbaren Rippen. ›Ist sie etwa dünner geworden?‹ Der wuchtige Rücken, der ebenso breit war wie die Brust, schockierte Alain. ›Ordinär, diese Hinteransicht . . .‹ Gerade in diesem Augenblick stützte Camille die Ellbogen aufs Fenster, wölbte den Rücken und zog die Schultern hoch. ›Einen Buckel hat sie wie eine Putzfrau . . .‹ Da richtete sie sich auf, machte zwei tänzelnde Schritte und eine reizende Geste, als wollte sie jemanden umarmen. ›Nein, das stimmt nicht, sie ist schön. Aber was für eine Frechheit! Glaubt sie, daß ich tot bin? Oder findet sie das vielleicht natürlich, splitterfasernackt hier herumzuhopsen? Das wird aber anders werden . . .‹

Da sie sich dem Bett zuwandte, schloß er schnell die Augen. Als er sie wieder öffnete, hatte sich Camille vor den Frisiertisch gesetzt, den sie den »Unsichtbaren« nannten, weil er aus einer durchsichtigen Platte aus dickem Kristallglas bestand, die auf ein schwarzes Stahlgestell montiert war. Sie puderte sich das Gesicht, tastete mit den Fingerspitzen Wange und Kinn ab, lächelte plötzlich und wandte dann den Blick ernst und müde ab. Alain war entwaffnet. ›Sie ist also glücklich? Warum? Ich verdiene das eigentlich nicht . . . Warum ist sie bloß nackt? . . .‹

»Camille!« rief er.

Er nahm an, sie würde ins Badezimmer fliehen, die Hände über dem Schoß kreuzen, die Brüste mit irgendeinem Wäschestück verhüllen. Sie aber lief herbei, neigte sich über den liegenden jungen Mann und brachte den starken Duft der Brünetten mit sich, der sich unter ihre Arme schmiegte und in den blauschimmernden Flaum flüchtete, der auf ihrem kleinen Bauch sproß.

»Mein Liebling! Hast du gut geschlafen?«

»Ganz nackt!« sagte er vorwurfsvoll.

Sie riß ihre großen Augen in komischem Erstaunen auf.

»Na, und du?«

Da er tatsächlich mit nacktem Oberkörper dalag, wußte er keine Antwort. Für ihn stellte sie sich zur Schau, so stolz und bar aller Scham, daß er ihr etwas grob den zerknüllten Pyjama zuwarf, der auf dem Bett lag.

»Schnell, zieh das an! Ich will jetzt etwas essen.«

»Die gute Mère Buque ist auf ihrem Posten, alles klappt wie am Schnürchen!«

Sie verschwand. Alain wollte aufstehen, sich ankleiden und kämmen, aber Camille kam zurück, in einen neuen, voluminösen, zu langen Bademantel gewickelt; lachend brachte sie ein beladenes Tablett herein.

»Du liebe Zeit, was für ein Chaos! Küchenschalen, Steinguttassen, der Zucker in einem Karton . . . alles kreuz und quer durcheinander! . . . Mein Schinken ist völlig ausgedörrt . . . Die paar bleichsüchtigen Pfirsiche sind vom Abendessen übriggeblieben . . . Die gute Buque ist ein bißchen verloren in der vollautomatischen Küche. Ich muß sie noch auf Vordermann bringen . . . Dann habe ich erst Wasser für die Eiswürfel im Eisschrank nachgießen müssen . . . Wenn ich nicht da wäre! Aber jetzt ist der Kaffee für Monsieur heiß, die Milch kochend, und die Butter schön hart . . . Nein, das ist mein Tee, rühr ihn nicht an! Was suchst du denn?«

»Nichts, gar nichts . . .«

Beim Duft des Kaffees hatte er sich gewohnheitsmäßig nach Saha umgesehen.

»Wie spät ist es?«

»Endlich ein zärtliches Wort!« rief Camille. »Es ist sehr früh, mein lieber Mann. Auf dem Küchenwecker war es ein Viertel nach acht.«

Sie aßen, lachten viel und sprachen wenig. Am stärker werdenden Geruch der grünen Chintzvorhänge erriet Alain die Kraft der Sonne, die sie erwärmte. Er konnte seine Gedanken nicht von dieser Sonne draußen abwenden, von dem fremden Horizont, den neun schwindelerregenden Stockwerken, der eigenartigen Architektur des Quart-de-Brie, das sie eine Zeitlang beherbergen sollte.

Er hörte Camille zu, so gut er konnte, und war gerührt von ihrem Bemühen, so zu tun, als hätte sie vergessen, was sich in der Nacht zwischen ihnen ereignet hatte, und daß sie ihm in dieser Zufallsunterkunft die Erfahrung und Unbekümmertheit einer — nun, wenigstens acht Tage lang verheirateten Frau vorspielen wollte. Seit sie angezogen war, suchte er nach etwas, womit er ihr seine Dankbarkeit bezeugen konnte. ›Die arme Kleine nimmt mir weder das übel, was ich ihr angetan habe, noch das, was ich ihr nicht angetan habe . . . Nun, das Unangenehmste ist vorbei. Ob das in der ersten Nacht oft vorkommt, dieses Beinahe, dieser Kampf ohne Niederlage, aber auch ohne Sieg?‹

Herzlich legte er ihr den Arm um den Hals und gab ihr einen Kuß.

»Wie lieb du bist! . . .«

Sie hatte es so laut ausgerufen, so aus ganzem Herzen, daß sie rot wurde, und er sah, daß sie Tränen in den Augen hatte. Aber sie nahm sich zusammen und wich ihrer beider Rührung aus, indem sie unter dem Vorwand, das Tablett wegtragen zu müssen, vom Bett sprang. Sie lief zum Fenster, verfing sich mit dem Fuß in ihrem überlangen Bademantel, stieß einen derben Fluch aus und klammerte sich an die Vorhangschnur. Die Chintzvorhänge öffneten sich. Paris mit seinen Vorstädten, bläulich und grenzenlos wie die Wüste, mit einigen noch frühlingsfrischen grünen Oasen, mit durchscheinend blauen Kirchenfenstern, sprang in das dreieckige Zimmer, das nur eine Wand aus Beton hatte, während die beiden anderen fast ganz aus Glas bestanden.

»Schön ist das«, sagte Alain leise.

Aber er meinte es nicht ganz ehrlich, und seine Schläfe suchte die Stütze einer jungen Schulter, von der der Bademantel herabgeglitten war. ›Diese Wohnung ist nicht menschenfreundlich . . . Man kommt sich vor wie unter freiem Himmel . . . Und was ist bei Gewitter? Verlassen wie auf der Spitze eines Leuchtturms, inmitten von Albatrossen . . .‹

Camille hatte sich neben ihn gesetzt und legte ihm den Arm um den Hals. Furchtlos betrachtete sie bald den schwindelerregenden Horizont von Paris, bald den blonden, zerzausten Kopf. Ihr neuerworbener Stolz, mit dessen Hilfe sie voll Vertrauen der kommenden Nacht und den folgenden Tagen entgegensah, schien sich auf die Freizügigkeiten dieses Tages zu beschränken: das gemeinsame Bett zerwühlen, mit Schulter und Schenkel den nackten Körper eines jungen Mannes stützen, sich an seine Farbe, seine Rundungen, seine Angriffe gewöhnen, den Blick ohne Scheu auf die trockenen kleinen Brustwarzen heften, auf die Hüften, um deren Schmalheit sie ihn beneidete, auf das seltsame, kapriziöse Geschlecht . . .

Sie kauten an demselben geschmacklosen Pfirsich, lachten und zeigten einander die schönen, glänzenden Zähne und das Zahnfleisch, das ein bißchen blaß war, wie jenes erschöpfter Kinder.

„Der gestrige Tag!« seufzte Camille. »Wenn man bedenkt, daß es Leute gibt, die mehrmals heiraten!«

Da überfiel sie wieder die Eitelkeit und sie fügte hinzu: »Aber es klappte alles vorzüglich. Keine einzige Panne. Nicht wahr?«

»Ja«, sagte Alain lustlos.

»Ach du . . . du bist wie deine Mutter! Wenn man nur euren Rasen nicht verdirbt und keine Zigarettenstummel auf euren Kies wirft, findet ihr schon alles sehr gut. Nicht wahr? Obwohl unsere Hochzeit in Neuilly viel hübscher ausgefallen wäre. Nur hätte das die hochheilige Katze gestört . . . Stimmt's, du gemeiner Kerl? Wonach schaust du dich dauernd um?«

»Nach nichts«, sagte er ernsthaft, »weil es nichts zu schauen gibt. Den Toilettentisch kenne ich schon. Den

Stuhl kenne ich schon, und das Bett haben wir auch kennengelernt . . .«

»Möchtest du nicht hier leben? Mir gefällt es hier sehr gut. Denk nur, drei Zimmer, und jedes mit Terrasse! Man könnte doch einfach hierbleiben.«

»Man sagt: ›Wir könnten doch einfach hierbleiben‹!«

»Warum sagst du dann: ›Man sagt‹? — Ja, wenn man hier bliebe, wie wir sagen?«

»Aber Patrick kommt doch in drei Monaten von seiner Kreuzfahrt zurück.«

»Na, wenn schon! Er kommt zurück, man erklärt ihm, daß man bleiben will. Und schmeißt ihn hinaus.«

»So etwas würdest du tun?«

Energisch nickte sie mit dem schwarzen Schopf und gefiel sich, strahlend wie alle Frauen, in ihrer Unaufrichtigkeit. Alain wollte sie streng anschauen, aber unter seinem Blick veränderte sich Camille sofort, wurde so unsicher wie er selbst. Da küßte er sie hastig auf den Mund.

Stumm und eifrig erwiderte sie den Kuß, suchte mit einer Bewegung der Hüften die Bettgrube und tastete gleichzeitig mit der freien Hand, die einen Pfirsichkern umklammert hielt, nach einer leeren Tasse oder einem Aschenbecher.

Über sie gebeugt, sie zärtlich streichelnd, wartete er, bis seine Gefährtin die Augen wieder öffnen würde.

Sie preßte die Lider aufeinander, damit er die zwei glitzernden Tränen nicht sehen konnte. Er respektierte diese Zurückhaltung und diesen Stolz. Wortlos hatten sie beide ihr Bestes gegeben; die Wärme des Morgens und ihre duftenden, beweglichen Körper hatten es ihnen leicht gemacht.

Alain dachte an Camilles keuchenden Atem, an ihre Beweise liebevoller Fügsamkeit und brennenden, aber wohltuenden Eifers . . . Ihr Anblick erinnerte ihn nicht an eine Frau; beim zweiten Mal hatte er nur daran gedacht, daß er sie schonen mußte. Nun lag sie neben ihm,

Arme und Beine locker angewinkelt, die Hände halb geschlossen, und hatte zum erstenmal etwas Katzenhaftes an sich. ›Wo ist Saha jetzt? . . .‹

Unwillkürlich fuhr er Camille mit den Nägeln zart über den Bauch, ganz so, wie er Saha zu liebkosen pflegte. Sie erschauerte und stöhnte auf, streckte die Arme aus und versetzte Alain eine Ohrfeige. Beinahe hätte er zurückgeschlagen. Sie richtete sich auf und funkelte ihn unter einem Schopf wirrer Haare feindselig und drohend an. »Bist du etwa pervers?«

Er war verblüfft und brach in Lachen aus.

»Da gibt es nichts zu lachen!« schrie Camille. »Man hat mir immer gesagt, daß Männer, die Frauen kitzeln, pervers sind oder sogar sadistisch!«

Er stieg aus dem Bett, um besser lachen zu können, und vergaß, daß er nackt war.

Camille verstummte so plötzlich, daß er sich umdrehte und sie dabei ertappte, wie sie strahlend und etwas verdutzt diesen jungen Mann betrachtete, der in der Hochzeitsnacht ihr Mann geworden war.

»Ich gehe für zehn Minuten ins Badezimmer, wenn du nichts dagegen hast.«

Er öffnete die Spiegeltür, die in das äußerste Ende der längsten Wand, die sie »die Hypotenuse« nannten, eingelassen war.

»Anschließend will ich einen Sprung zu Mama . . .«

»Ja . . . Soll ich nicht mitkommen?«

Er sah unwillig drein, und sie wurde rot — zum erstenmal an diesem Morgen.

»Ich möchte nur nachsehen, ob die Handwerker . . .«

»Ach ja! Die Handwerker! Interessiert dich denn die Baustelle? Gestehe —«, und dabei kreuzte sie die Arme wie eine Tragödin. »Gestehe, daß du meine Nebenbuhlerin besuchen gehst!«

»Saha ist nicht deine Nebenbuhlerin«, sagte Alain schlicht.

›Wie könnte sie deine Rivalin sein?‹ fuhr er innerlich fort. ›Du kannst Rivalinnen nur in der Unkeuschheit haben . . .‹

»Du brauchst nicht so todernst zu protestieren, mein Liebling! Geh nur gleich! Vergißt du auch nicht, daß es ein Junggesellenessen bei Père Léopold gibt? ›Junggesellen‹ ist gut! Wirst du bald heimkommen? Denkst du daran, daß wir ein bißchen ausfahren wollen? Hörst du mir überhaupt zu?«

Er hörte vor allem, daß das Wort »heimkommen« eine neue, eigenartige, vielleicht sogar unannehmbare Bedeutung gewonnen hatte, und blickte Camille verstohlen an. Sie trug die Ermattung der Jungverheirateten zur Schau, betonte, indem sie die großen Augen noch weiter aufriß, die geschwollenen Unterlider. ›Wirst du wohl immer und zu jeder Zeit, sobald du erwachst, gleich so weit offene Augen haben? Kannst du denn die Augen nicht halbgeschlossen halten? Ich kriege Kopfschmerzen, wenn ich so weit aufgerissene Augen sehe . . .‹

Es war ein unfaires Vergnügen und eine feige Bequemlichkeit, ihr diese Dinge nur in Gedanken zu sagen. ›Schließlich ist es nicht ganz so unliebenswürdig wie die Wahrheit laut zu sagen.‹ Plötzlich hatte er es eilig, in das verflieste Bad, ins warme Wasser und in die Einsamkeit zu kommen, wo man so herrlich grübeln kann.

Aber als er sich von Kopf bis Fuß in der Spiegeltür, die in die »Hypotenuse« eingelassen war, erblickte, öffnete er sie doch nur langsam und mit Wohlgefallen und beeilte sich nicht, sie zu schließen.

Eine Stunde später, als er die Wohnung verlassen wollte, irrte er sich in der Tür und landete auf einer der Terrassen mit Aussicht auf das Quart-de-Brie. Wie einen Fächerschlag spürte er den Ostwind jäh im Gesicht, jenen Wind, der Paris in tiefes Blau taucht, den Rauch vertreibt und um das Sacré-Coeur pfeift. Auf dem Betongeländer standen ein paar Vasen, die von wohlmeinenden Händen herausgetragen worden waren und weiße Rosen, Iris und von Pollenstaub verunzierte Lilien enthielten . . . ›Die Erinnerung an den Vorabend ist niemals schön . . .‹

Trotzdem stellte er die ziemlich mitgenommenen Blumen in den Windschatten, bevor er hinunterging.

Wie ein Jüngling, der die Nacht außer Haus verbracht hat, schlich er sich in den Garten. Der berauschende Duft der Erde unter dem Wassersprüher, der schwach dampfende Dünger, der die prachtvollen, kostbaren Blumen nährte, die Perlenschleier des von der Brise bewegten Wassers — all das atmete er tief ein und entdeckte im gleichen Augenblick, daß er getröstet werden wollte.

»Saha! Saha!«

Erst nach einer Weile kam sie, und er erkannte dieses verlorene, ungläubige Gesicht nicht gleich, das aussah wie hinter den Schleiern eines bösen Traumes gefangen.

»Saha, mein Liebling!«

Er nahm sie hoch, glättete die zarten Flanken, die ihm etwas eingefallen erschienen, und klaubte Spinnweben, Tannennadeln und Ulmenblütenstaub von dem ungepflegten Fell . . . Sie erholte sich rasch, ihre Haltung, ihre goldglänzenden Augen nahmen wieder den vertrauten Ausdruck an, die Würde einer Katze . . . Unter seinen Fingern spürte Alain das unregelmäßige harte Herzklopfen und ein beginnendes, unsicheres Schnurren . . . Er setzte sie auf einen Eisentisch und streichelte sie. Aber als sie wie immer stürmisch und leidenschaftlich ihren Kopf in Alains Hand schmiegen wollte, schnupperte sie plötzlich an dieser Hand und wich einen Schritt zurück.

Alain schaute sich suchend nach der weißen Taube um, nach der behandschuhten Hand hinter dem Gebüsch mit den rosigen Dolden und dem glühend erblühten Rhododendron. Er war froh darüber, daß der schöne Garten von der »Zeremonie« des Vortages verschont geblieben und nur Camilles Wohnung verwüstet worden war.

›Die ganze Gesellschaft hier . . . Und die vier Brautjungfern, wie in Bonbonpapier . . . Und die Blumen, die sie abgerissen hätten, und die Deutzien, die als Ansteckblumen dicken Damen geopfert worden wären . . . Und Saha . . .‹

Er rief zum Haus hinüber:

»Hat denn Saha zu fressen und zu trinken bekommen? Sie sieht so seltsam aus . . . Mama! Ich bin da, Mama . . . .«

Auf der Schwelle zur Halle erschien eine wuchtige, weiße Silhouette, die von weitem antwortete:

»Stell dir vor, sie hat weder abends gefressen, noch heute morgen ihre Milch getrunken. Ich glaube, sie hat auf dich gewartet . . . und dir geht es gut, mein Junge?«

Ehrfurchtsvoll stand er vor seiner Mutter am Fuß der Freitreppe. Er bemerkte, daß sie ihm nicht wie gewöhnlich die Wange hinstreckte und die Hände über dem Gürtel verschränkt hielt. Er verstand diese mütterliche Zurückhaltung und teilte sie beschämt und dankbar. ›Saha hat mich auch nicht geküßt . . .‹

»Aber schließlich hat dich die Katze ja oft fortgehen gesehen. Sie hat sich noch immer mit deiner Abwesenheit abgefunden.«

›Aber ich bin noch nie so weit fortgegangen‹, dachte er.

Neben ihm auf dem Eisenhocker trank Saha gierig ihre Milch, wie ein Tier, das viel gelaufen ist und wenig geschlafen hat.

»Willst du nicht auch eine Tasse warmer Milch, Alain? Ein Stück Brot?«

»Ich habe gefrühstückt, Mama . . . Wir haben gefrühstückt . . .«

»Gefrühstückt! Ich kann mir vorstellen, wie das ausgesehen hat. In so einem Vogelhaus.«

Alain lächelte, weil seine Mutter immer »Vogelhaus« sagte, wenn sie das Hochhaus meinte. Wie ein Verbannter betrachtete er abwechselnd die Tasse mit den Goldarabesken, die neben Sahas Napf stand, und das runde und liebenswerte Gesicht seiner Mutter unter dem dichten, vorzeitig ergrauten Kraushaar.

»Ich habe dich noch nicht gefragt, ob meine neue Tochter zufrieden ist . . .« Sie fürchtete, er könnte sie mißverstehen, und fügte hastig hinzu: ». . . ich meine, ob sie wohlauf ist.«

»Durchaus, Mama . . . Wir werden den Wagen einfahren, du weißt ja . . .«

Saha und er blieben allein im Garten. Benommen von den Strapazen und der Stille, kämpften sie nicht gegen den Schlaf an. Von einer Minute auf die andere schlummerte die Katze ein. Sie lag auf der Seite, das Kinn emporgestreckt, das Zahnfleisch entblößt wie totes Wild. Die Flocken des Perückenbaumes und die Blütenblätter der Klematis rieselten auf sie herab, ohne daß sie bei der Berührung erzitterte, so tief versunken war sie in einen Traum, in dem sie wahrscheinlich die Geborgenheit und die uneingeschränkte Gegenwart ihres Freundes genoß. Ihre Haltung glich der einer Besiegten, die blassen, zurückgezogenen Winkel ihrer graugrünen Lippen zeugten von einer verzweifelten Nachtwache.

Auf der Spitze des verdorrten Baumes, um den sich Schlingpflanzen rankten, summte ein Bienenschwarm. Aus dem blühenden Efeu klang es im vertrauten Ton so vieler Sommer wie das Sirren eines Zimbals . . . ›Hier schlafen dürfen, auf dem Gras, zwischen dem gelben Rosenstock und der Katze . . . Camille sollte erst zur Essenszeit kommen, das wäre mir lieber . . . Und die Katze, ach Gott, die Katze . . .‹ Auf der »Baustelle« kratzte eine Mörtelkelle über ein Brett, ein Eisenhammer schlug auf eine Eisentraverse, und schon stieg in Alain der Traum von einem Dorf auf, das von geheimnisvollen Schmieden bevölkert war . . . Als vom Glockenturm des Lyzeums elf Schläge herübertönten, stand er auf und schlich sich davon. Er wollte die Katze nicht wecken.

Der Juni kam und mit ihm die längsten Tage des Jahres, die wenig geheimnisvollen Nachthimmel, deren Abenddämmerung im Westen und Morgengrauen im Osten von Paris ineinanderfließen. Unerträglich ist der Juni nur für Städter ohne Auto, für die Menschen, die zwischen den heißen Mauern im Gedränge leben müssen. Ein ständig bewegter Luftzug quälte die gelben Jalousien am Hochhaus, fuhr durch das dreieckige Zimmer, verfing sich in einer Ecke und dörrte die kleinen Ligusterhecken in ihren Kistchen auf den Terrassen aus. Die täglichen Spazierfahrten verhalfen Alain und Camille zu einem angenehmen, beschaulichen Leben, eingelullt von Hitze und Wollust.

›Wieso habe ich sie eigentlich ein junges, wildes Mädchen genannt?‹ fragte sich Alain erstaunt. Camille fluchte jetzt weniger beim Autofahren, verwendete weniger derbe Ausdrücke und ging nicht mehr so gerne in zwielichtige Lokale, wo junge Zigeunerinnen mit bebenden Nüstern sangen.

Sie aß ordentlich und schlief lange, öffnete ihre sanfter gewordenen Augen weit, erörterte ihre zahlreichen Pläne für den Sommer und interessierte sich für die »Baustelle«, die sie jeden Tag besichtigte. Es kam vor, daß sie sich lange im Garten von Neuilly aufhielt, wo sie Alain erwartete, wenn er das schattigkühle Haus Amparat & Söhne in der Rue des Petits-Champs verlassen hatte, müßig, bereit, den Nachmittag zu verlängern und auf den heißen Straßen dahinzufahren.

Dann ärgerte er sich. Er hörte sie von weitem den singenden Malern und Elektrikern Befehle geben. In einem wegwerfenden Ton stellte sie ihm belanglose Fragen, als fühlte sie sich verpflichtet, ihre neuerworbene Sanftheit aufzugeben, sobald er da war:

»Na, gehen die Geschäfte? Oder zeichnet sich immer noch eine Krise ab? Versuchst du auch fleißig, die getupfte Seide für die Fürsten der Haute Couture zu ergattern?«

Sie hatte nicht einmal Respekt vor dem alten Emile, den sie mit grenzenlos dummen Bemerkungen zur Verzweiflung brachte:

»Na, was halten Sie von unserem stillen Kämmerlein, Emile? So schön haben Sie das Haus doch noch nie gesehen!«

Darauf murmelte der alte Diener bedeutungslose und schlichte Antworten in seinen Bart, wie: »Nicht wiederzuerkennen. Seinerzeit hat es geheißen, das würde ein Haus im Haus . . . Aber so wird das gar nicht . . . Man wird sich sehr wohl fühlen, so ganz mit- und untereinander . . .«

Oder aber er ließ Komplimente auf Alain niederprasseln, in denen eine dumpfe Feindseligkeit mitklang: »Die junge Frau von Monsieur Alain sieht immer besser aus. Und sie hat auch eine sehr gute Stimme. Man hört sie bis zu unseren Nachbarn hinüber, so deutlich spricht sie. Eine Stimme, die man nicht überhören kann! Und . . . die junge Frau sagt immer genau das, was sie denkt. Unlängst hat sie dem Gärtner gegenüber erklärt, daß die Silenen ein Verhältnis mit den Vergißmeinnicht haben . . . Ich muß noch immer darüber lachen.«

Dabei erhob er seine blassen, austerngrauen Augen, die noch nie gelacht hatten, zum klaren Himmel. Auch Alain blieb ernst. Saha machte ihm Sorgen. Sie hatte abgenommen und schien die geheime Hoffnung aufgegeben zu haben, Alain täglich und allein wiederzusehen. Zwar lief sie nicht mehr davon, wenn Camille kam, aber sie begleitete Alain auch nicht mehr zum Gittertor, und wenn er sich zu ihr setzte, blickte sie ihn voll tiefer, bitterer Weisheit an.

›Derselbe Blick wie damals, als sie klein war und hinter den Gitterstäben hockte . . .‹ Ganz leise rief er sie: »Saha! Saha!« und hauchte dabei das h sehr stark. Aber sie sprang dabei nicht mehr in die Höhe, legte die Ohren nicht mehr zurück, und seit langem hatte sie nicht mehr ihr lautes »Mrräng!« oder ihr gieriges, gutgelauntes »Mr-ä-ä-ä« gerufen.

Eines Tages, als Camille und er nach Neuilly gerufen worden waren, weil das neue, enorme rechteckige Schwimmbassin die kleine Gartenterrasse, die es trug, zum Einsturz gebracht hatte, hörte er seine Frau seufzen:

»Das wird nie fertig werden!«

»Aber«, sagte er überrascht, »ich dachte, daß du im Grunde das Hochhaus mit seinen Kormoranen und Sturmvögeln viel lieber hast . . .«

»Das schon . . . Aber trotzdem . . . Das ist doch schließlich dein Haus hier, dein wirkliches Haus . . . Unser Haus . . .«

Sie lehnte sich an seinen Arm, ein bißchen schwach und ausnahmsweise unsicher. Das bläuliche Weiß ihrer Augen, das die Farbe ihres hellen Sommerkleides hatte, das perfekte und doch überflüssige Make-up ihrer Wangen, ihres Mundes und ihrer Lider ließen ihn gleichgültig.

Dennoch schien ihm, daß sie ihn das allererste Mal und ohne ein Wort um Rat fragte. ›Camille hier mit mir . . . Schon so bald! Camille im Pyjama unter den Heckenrosen . . .‹ Einer der Stöcke trug gerade seine Blütenlast, die sich schon beim Aufblühen entfärbte und deren orientalischer Duft abends bis zur Freitreppe drang. ›Camille im Bademantel unter der Ulmenlaube . . .‹ War es genaugenommen nicht besser, sie vorläufig im Aussichtsturm des Hochhauses wohnen zu lassen? ›Nicht hier, nein, nicht hier — noch nicht . . .‹

Der lichtgetränkte Juniabend zauderte vor der Nacht. In den leeren Gläsern auf dem Strohtischchen krochen rostfarbene Hummeln umher. Unter den Bäumen, mit

Ausnahme der Kiefer, breitete sich eine nicht faßbare Feuchtigkeit aus, ein Versprechen auf erfrischende Kühle. Weder die rosa Geranien, die ihren südlichen Duft großzügig verströmten, noch die feuerroten Mohnblumen litten unter der Hitze dieses Sommeranfangs. ›Nicht hier, nicht hier . . .‹ dröhnte es im Rhythmus seiner Schritte in Alains Kopf. Er suchte Saha, wollte sie aber nicht laut rufen, und fand sie auf der kleinen niederen Mauer liegend, die einen mit blauen Lobelien bedeckten Erdhügel stützte. Eingerollt wie ein Turban schlief sie, oder stellte sich wenigstens schlafend. ›So eingerollt? Zu dieser Stunde und um diese Jahreszeit? Das ist doch eine Winterstellung, der Turbanschlaf . . .‹

»Sahaliebling!«

Sie erzitterte nicht, als er nach ihr griff und sie in die Höhe hob. Beinahe gleichgültig öffnete sie die wunderschönen, tiefliegenden Augen.

»Mein Gott, bist du leicht! Aber du bist ja krank, mein kleiner Puma!«

Im Laufschritt brachte er sie zu seiner Mutter und Camille.

»Aber, Mama, Saha ist ja krank! Sie hat ein ganz struppiges Fell, sie wiegt so gut wie nichts, und du sagst mir kein Wort!«

»Sie frißt ja auch überhaupt nichts«, sagte Madame Amparat. »Sie will nicht fressen.«

»Sie frißt nicht! Und was weiter?«

Er wiegte die Katze an seiner Brust, und Saha ließ es mit kurzem Atem und trockenen Nüstern geschehen. Die Augen seiner Mutter unter den dicken weißen Locken glitten mit einem klugen Blick zu Camille hinüber.

»Nichts weiter«, sagte sie.

»Sie vermißt dich«, sagte Camille. »Sie ist doch deine Katze, nicht wahr?«

Er glaubte, daß sie spottete, und hob herausfordernd den Kopf. Aber Camilles Gesichtsausdruck hatte sich nicht verändert, und neugierig betrachtete sie Saha, die unter seiner Hand die Augen wieder schloß.

»Fühl mal ihre Ohren«, sagte Alain brüsk, »sie sind brennend heiß.«

Er überlegte nur einen Augenblick.

»Gut. Ich nehme sie mit. Mama, laß mir bitte ihren Korb geben. Und Sand für ihr Kistchen. Alles andere haben wir. Ihr versteht, daß ich unter keinen Umständen will . . . Diese Katze glaubt . . .«

Er unterbrach sich und wandte sich, etwas spät, an seine Frau. »Es macht dir doch nichts aus, Camille, wenn ich Saha mitnehme, solange wir noch nicht hier wohnen?«

»Was für eine Frage! . . . Aber wo willst du sie denn nachts unterbringen?« fügte sie so naiv hinzu, daß Alain wegen der Gegenwart seiner Mutter errötete und trocken antwortete:

»Das wird sie sich schon selbst aussuchen.«

Ihr Aufbruch glich einer kleinen Prozession. Alain trug die stille Saha in ihrem Reisekorb, der alte Emile bog sich unter dem Sack voll Sand, und Camille beschloß den Zug. Voll des Bewußtseins ihrer Verantwortung trug sie ein altes, ausgefranstes Kaschmirplaid, das Alain »Kaschasaha« nannte.

»Nein, ich hätte nicht gedacht, daß sich eine Katze so schnell umgewöhnt . . .«

»Eine Katze ist nur eine Katze. Aber Saha ist Saha.«

Voll Eitelkeit führte Alain Saha vor. Noch nie hatte er sie auf so engem Raum gehalten. Sie war eine Gefangene auf vierundzwanzig Quadratmetern, jederzeit sichtbar, und wenn sie sich der Katzenmeditation hingeben wollte, ihrem Verlangen nach Finsternis und Einsamkeit, mußte sie sich darauf beschränken, sich unter die ausladenden

Fauteuils zurückzuziehen, die frei im Studio umherstanden, oder in das winzige Vorzimmer, oder in einen der Wandschränke hinter den Spiegeltüren.

Aber Saha wollte allen Hindernissen trotzen. Sie paßte sich dem unregelmäßigen Rhythmus der Mahlzeiten, des Zubettgehens und Aufstehens an, wählte als Nachtquartier das Badezimmer und den Frotteehocker, erforschte das Hochhaus, ohne Abscheu oder Ungezähmtheit zur Schau zu tragen. Sie ließ sich herab, in der Küche das Geschwätz der Mère Buque anzuhören, die »die Mieze« mit roher Leber lockte.

Wenn Alain und Camille ausgingen, nahm sie auf der schwindelerregenden Brüstung der Terrasse Platz und äugte in die luftigen Abgründe hinab, verfolgte ruhigen Blickes die Rücken der weiter unten fliegenden Schwalben und Spatzen. Die Kaltblütigkeit, mit der sie hier oben saß, und ihre neue Gewohnheit, sich lange und bedächtig auf der Brüstung zu putzen, brachten Camille zur Verzweiflung.

»Tu doch irgend etwas!« schrie sie Alain an. »Wenn ich ihr zusehe, wird mir ganz schwindlig und ich bekomme Wadenkrämpfe!«

Alain lächelte mit der Überlegenheit des Fachmannes und bewunderte seine Katze, die wieder Gefallen am Leben und am Fressen gefunden hatte.

Nicht, daß sie aufblühte oder besonders fröhlich wurde. Sie hatte auch nicht ihr früheres, wie das malvenfarbene Gefieder einer Taube schimmerndes Fell. Aber sie war weniger bedrückt, wartete auf das dumpfe »Bum« des Fahrstuhls, der Alain zurückbrachte, und nahm von Camille die kleinen entgegenkommenden Gesten außerhalb der gewohnten Zeit an, zum Beispiel eine winzige Schale Milch um fünf Uhr, oder einen kleinen Hühnerknochen, der ihr von oben angeboten wurde wie einem Hund, den man springen lassen will.

»Nicht so!« schimpfte Alain. »So!«

Und er legte den Knochen auf die Badematte oder einfach auf den langhaarigen beigen Teppich.

»Was fällt dir ein, Patricks Teppich!« wies Camille ihn zurecht.

»Aber eine Katze frißt doch einen Knochen oder ein Stück Fleisch nicht von einer glatten Fläche! Wenn eine Katze einen Knochen vom Teller nimmt und ihn, bevor sie ihn frißt, auf den Teppich legt, sagt man, sie sei ungezogen. Aber die Katze muß ihre Beute mit der Pfote halten, während sie sie zermalmt oder zerreißt, und das kann sie nur auf der nackten Erde oder auf einem Teppich. Nur wissen das die Leute nicht.«

Verdutzt unterbrach ihn Camille:

»Und du, woher weißt du das?«

Das hatte er sich noch nie gefragt, und so zog er sich mit einem Scherz aus der Affäre:

»Psst! Das kommt daher, daß ich sehr intelligent bin . . . Aber sag es ja nicht weiter! Monsieur Veuillet hat keine Ahnung davon.«

Er belehrte Camille über die Sitten und Gebräuche der Katzentiere wie über eine Sprache, die überreich an Feinheiten ist. Ohne es zu wollen, wurde er dabei überheblich. Camille beobachtete ihn genau und stellte ihm Dutzende Fragen, die er arglos beantwortete.

»Warum spielt die Katze zwar mit einem Faden, hat aber Angst vor den Zugschnüren der Vorhänge?«

»Weil die Zugschnur für sie eine Schlange ist. Sie sieht wie eine Schlange aus. Und sie hat Angst vor Schlangen.«

»Hat sie schon einmal eine Schlange gesehen?«

Alain sah seine Frau aus den schwarzbewimperten, grüngrauen Augen an, die sie so schön fand. »Verräteraugen«, pflegte sie zu sagen . . .

»Nein . . . sicherlich nicht. Wo hätte sie denn eine sehen sollen?«

»Also?«

»Also erfindet sie die Schlange. Sie erschafft sie. Auch

du hättest Angst vor Schlangen, selbst wenn du noch nie eine gesehen hättest.«

»Ja, aber man hat mir schon von Schlangen erzählt, und ich habe sie auf Bildern gesehen. Ich weiß, daß es sie gibt.«

»Saha auch.«

»Wieso?«

Herablassend lächelte er sie an. »Wieso? Einfach so, von Geburt an, wie eben jedes höhere Wesen.«

»Dann bin ich also kein höheres Wesen.«

Er besänftigte sie, aber nur aus Mitleid.

»Mein Gott, nein . . . Tröste dich: ich auch nicht. — Du glaubst wohl nicht, was ich dir sage?«

Camille, die zu Füßen ihres Mannes saß, betrachtete ihn mit riesengroßen Augen, den Augen des kleinen Mädchens von früher, das nicht guten Tag sagen wollte:

»Ich muß dir wohl glauben«, sagte sie ernst.

Sie aßen nun fast jeden Abend daheim, »wegen der Hitze«, sagte Alain, »und wegen Saha«, beharrte Camille. Eines Abends, nach dem Essen, lag Saha auf dem Knie ihres Freundes.

»Und ich?« sagte Camille.

»Ich habe zwei Knie«, gab Alain zurück.

Aber die Katze nahm ihr Privileg nicht lange in Anspruch. Als hätte sie auf geheimnisvolle Weise verstanden, sprang sie auf den Tisch aus poliertem Ebenholz zurück, setzte sich auf ihr eigenes bläuliches Spiegelbild, und nichts an ihr erschien ungewöhnlich, außer der starren Aufmerksamkeit, die sie dem Unsichtbaren vor sich widmete.

»Was sieht sie da?« fragte Camille.

Jeden Abend zur gleichen Stunde war sie gleich hübsch in ihrem weißen Pyjama, mit etwas zerrauftem Haar, das locker über der Stirn lag, mit sehr braunen Wangen unter den Schichten von Puder, die sie seit dem Morgen übereinander aufgelegt hatte. Alain behielt mitunter seinen leichten Sommeranzug ohne Weste an, und Camille machte sich mit ungeduldigen Händen an ihm zu schaffen, zog ihm die Jacke aus, lockerte die Krawatte, knöpfte ihm den Kragen auf, rollte die Ärmel seines Hemdes auf und suchte seine nackte Haut. Das erschien ihm etwas frech, aber er ließ sie gewähren. Sie lachte ein wenig schmerzlich und zügelte ihre Lust. Er war es, der die Augen senkte, um eine Erregung zu verbergen, die nicht nur mit Wollust zu tun hatte. ›Welch wilde Begierde auf diesem Gesicht . . . Sie verzieht ihr den Mund . . . Eine so junge Frau! . . . Wer hat ihr beigebracht, mir so zuvorzukommen?‹

Sie saßen an dem runden Tisch, einen Servierwagen auf Gummirädern neben sich, an der Schwelle des Studios, neben der offenen Tür.

Drei hohe alte Pappeln, die Reste eines verbauten Gartens, wiegten ihre Wipfel auf der Höhe der Terrasse, und die riesengroße untergehende Sonne von Paris, düsterrot, in Dünsten erstickend, verschwand hinter den mageren Spitzen der Bäume, aus denen sich der Saft zurückzog.

Das Essen der Mère Buque, die schlecht servierte, aber gut kochte, machte den Abend heiter, und erfrischt vergaß Alain seinen Alltag im Büro Amparat und die Bevormundung von Monsieur Veuillet. Seine beiden Gefangenen im Aussichtsturm feierten ihn. »Hast du mich erwartet?« flüsterte er Saha ins Ohr.

»Ich habe dich kommen gehört!« rief Camille. »Man hört hier alles!«

»Hast du dich gelangweilt?« fragte er sie eines Abends und fürchtete, sie würde sich beklagen. Aber sie schüttelte verneinend ihren Schopf.

»Nicht die Spur! Ich war bei Mama. Sie hat mir ›die Perle‹ vorgestellt.«

»Welche Perle?«

»Die nette kleine Person, die drüben mein Stubenmädchen wird. Vorausgesetzt, daß der alte Emile ihr nicht ein Kind macht. Sie ist sehr gut.«

Sie lachte und rollte ihre langen Ärmel aus weißem Krepp auf, bevor sie die Wassermelone aufschnitt, um die Saha herumstrich. Aber Alain lachte nicht; er war entsetzt bei der Vorstellung, einen neuen Dienstboten in seinem Haus zu haben.

»Tatsächlich? Wenn man bedenkt«, sagte er kleinlaut, »daß meine Mutter seit meiner Kindheit das Personal nicht gewechselt hat . . .«

»Das merkt man«, unterbrach ihn Camille.« Lauter Museumsstücke!«

Sie biß in eine Melonenschnitte und lachte, das Gesicht der untergehenden Sonne zugewandt. Ohne besondere Sympathie bewunderte Alain, wie plötzlich ein gewisses kannibalisches Strahlen Camilles Gesicht beleben konnte, ein Blitzen der Augen, ein Zucken des schmalen Mundes und eine Art italienisches Temperament. Dennoch bemühte er sich, gelassen zu bleiben.

»Mir scheint, du siehst deine Freundinnen überhaupt nicht mehr? Vielleicht könntest du . . .«

»Welche Freundinnen?« herrschte sie ihn an. »Willst du damit andeuten, daß ich dir zur Last falle? Daß ich mich ein bißchen zu breit mache in deinem Leben?«

Er hob die Augenbrauen und schnalzte mit der Zunge. Sofort wurde sie unterwürfig und gab dem hochmütigen Mann nach.

»Du hast ja recht. Ich habe schon als Kind nie Freundinnen gehabt. Und jetzt . . . Kannst du dir mich mit einem jungen Mädchen vorstellen? Ich müßte sie wie ein Kind behandeln oder tatsächlich alle ihre schmutzigen Fragen beantworten: ›Und wie macht man dies? Und wie macht er dir das? . . .‹ Weißt du«, erklärte sie ziemlich bitter, »die jungen Mädchen, die halten nicht wirklich zusammen. Sie haben keine Solidarität. Das ist nicht wie bei euch Männern.«

»Na, na! Ich bin nicht einer von ›euch Männern‹!«

»Oh, das weiß ich nur zu gut«, sagte sie schwermütig. »Und manchmal frage ich mich, ob es mir nicht lieber wäre . . .« Schwermut befiel sie selten und überkam sie nur, wenn sie nicht alles frei heraussagen konnte oder Zweifel hatte, die sie nicht laut werden ließ. »Du«, fuhr sie fort, »hast außer Patrick, der fort ist, auch keine Freunde. Und selbst Patrick ist dir im Grunde gleichgültig . . .«

Sie unterbrach sich, als Alain eine bestimmte Handbewegung machte. »Aber sprechen wir nicht davon«, sagte sie altklug, »sonst gibt es Streit.«

Kindergeschrei tönte herauf und vermischte sich mit dem durchdringenden Zwitschern der Schwalben. Sahas schöne gelbe Augen, die allmählich zu nachtdunklen großen Pupillen wurden, fixierten unsichtbare flatternde Punkte im All.

»Sag, was starrt diese Katze eigentlich an? Es ist doch gar nichts dort, wohin sie schaut.«

»Für uns ist dort nichts . . .«

Alain dachte an den leisen Schauer und die lockende Angst, die seine Katzenfreundin früher bei ihm hervorgerufen hatte, wenn sie sich in der Nacht auf seine Brust legte, und er sehnte sich danach.

»Du fürchtest dich doch nicht vor ihr?« fragte er herablassend.

Camille lachte auf, als hätte sie diese beleidigende Bemerkung schon erwartet.

»Fürchten? Ich fürchte mich so ziemlich vor nichts!«

»Das kann nur ein kleiner Dummkopf sagen«, antwortete Alain verärgert.

»Offenbar«, sagte Camille achselzuckend, »spürst du das Gewitter.«

Sie wies auf die violette Wolkenwand, die mit der Nacht heraufstieg.

»Und du bist genau wie Saha«, fügte sie hinzu. »Du magst Gewitter nicht.«

»Niemand mag Gewitter.«

»Mir macht es nichts aus«, sagte Camille genüßlich. »Jedenfalls fürchte ich mich nicht davor.«

»Alles und jeder fürchtet sich vor Gewittern«, sagte Alain feindselig.

»Schön, ich bin aber nicht ›alles und jeder‹.«

»Doch. Für mich bist du alles«, sagte er mit unvermittelter und gekünstelter Liebenswürdigkeit, auf die sie jedoch nicht hereinfiel.

»Oh«, knurrte sie ganz leise, »ich werde dir . . .«

Er streckte ihr über den Tisch hinweg seinen blonden Haarschopf hin und ließ die Zähne blitzen.

»Schlag mich!«

Aber sie versagte sich das Vergnügen, diese goldenen Haare zu zausen, diesem leuchtenden Mund ihren nackten Arm hinzuhalten.

»Du hast eine krumme Nase«, rief sie ausgelassen.

»Das kommt vom Gewitter«, sagte er lachend.

Dieser feine Humor war nicht nach Camilles Geschmack, aber das erste dumpfe Grollen des Donners lenkte sie ab. Sie warf die Serviette weg, um auf die Terrasse hinauszulaufen.

»Komm! Man wird schöne Blitze zu sehen bekommen!«

»Nein«, sagte Alain, ohne sich zu rühren, »komm doch du.«

»Wohin?«

Er deutete mit dem Kinn auf ihr Zimmer. Auf Camilles Gesicht erschien der Ausdruck trotziger, stumpfer Gier, den er so gut kannte; dennoch zögerte sie:

»Aber wenn man vorher noch die Blitze anschauen würde?«

Er schüttelte den Kopf.

»Warum nicht, du Böser?«

»Weil ich Angst vor Gewittern habe. Du hast die Wahl. Das Gewitter oder . . . mich.«

»Oh! Glaubst du!«

Die Leidenschaft, mit der sie ins Zimmer lief, machte Alain stolz. Aber als er ihr nachkam, sah er, daß sie absichtlich eine der Wandleuchten neben dem großen Bett angezündet hatte, und löschte sie demonstrativ aus.

Als sie sich beruhigt hatten, prasselte der laue, nach Ozon duftende Regen durch die offene Tür herein. Während das Gewitter aufzog und Camille in Alains Armen lag, gab sie ihm zu verstehen, daß sie ihn seine Gewitterangst wieder vergessen lassen wollte. Er aber zählte die weiten Flächenblitze und die großen, gegen die Wolken aufzuckenden Lichtäste und rückte ein Stück von Camille ab. Sie gab es auf, stützte sich auf den Ellbogen und strich mit einer Hand durch die wellige Mähne ihres Mannes. Wie aus blauem Gips geformt tauchten ihre Gesichter bei jedem Blitz aus der Nacht empor und versanken wieder.

»Warten wir das Ende des Gewitters ab«, sagte sie zustimmend.

›Sieh an!‹ sagte sich Alain. ›So etwas sagt sie also nach einem Zusammensein, das es doch wirklich in sich hatte. Wenn sie wenigstens den Mund halten könnte. Wie Emile sagt — die junge Frau sagt, was sie denkt.‹

Ein wiederholt aufzuckender Blitz, lang wie ein Traum, spiegelte sich als Feuerzunge in der dicken Kristallplatte des »unsichtbaren« Toilettentisches. Camille preßte eines ihrer nackten Beine an Alain.

»Willst du mich beruhigen? Ich weiß schon, daß du keine Angst vor Blitzen hast.«

Er hob die Stimme, um das dumpfe Rollen des Donners und das Rauschen des Wolkenbruchs auf dem Flachdach zu übertönen. Er war müde und gereizt, zu jeder Ungerechtigkeit imstande und erschrak bei dem Gedanken, daß er nie mehr ganz allein sein würde. Fast zwanghaft versetzte er sich im Geist in sein ehemaliges Zimmer zurück, das niemand zu verschönern oder zu verunstalten versucht hatte. So stark war sein Wunsch, daß er die flachen, hellen Blumenbuketts der Tapete vor sich sah, das

Murmeln der alten, schlecht funktionierenden Zentralheizung hörte, die stets ein leises Fauchen unter dem Parkett verursachte, das wie ein Hauch von den Kupferlippen einer trockenen Höhle klang. Das Geräusch ging über in das Wispern des ganzen alten Hauses, in dem das Flüstern alter Dienstboten mitschwang, die, ausgepumpt vom vielen Dienen, halb vergessen im Souterrain lebten und die selbst der Garten nicht mehr hervorlocken konnte . . . ›Wenn sie von meiner Mutter sprachen, sagten sie untereinander nur »sie«. Ich aber war von dem Tag an, als ich zum ersten Mal eine lange Hose trug, immer »der junge Herr« für sie . . .‹

Ein trockener Donnerschlag riß ihn aus dem kurzen Schlummer, in den die Lust ihn hatte gleiten lassen. Seine junge Frau war auf die Ellbogen gestützt reglos über ihn gebeugt.

»Ich liebe dich sehr, wenn du schläfst«, sagte sie. »Das Gewitter zieht ab.«

Er hörte eine Bitte darin und setzte sich auf.

»Ich werde es ebenso machen«, sagte er. »Wie feucht es ist! Ich werde auf der Bank im ›Wartezimmer‹ schlafen.«

So nannten sie den schmalen Diwan, das einzige Möbelstück eines kleinen Durchgangszimmers mit Glaswänden, das Patrick als Bestrahlungsraum verwendete.

»O nein, nein!« bat Camille. »Bleib!«

Er aber war schon aus dem Bett geglitten. Ein Lichtschimmer zwischen den Wolken ließ ihn Camilles hartes, beleidigtes Gesicht erkennen. »Bäh, du mieser Kerl!«

Und nach dieser für ihn unerwarteten Äußerung zog sie ihn an der Nase. Mit einer unwillkürlichen Bewegung des Armes, die er jedoch nicht bereute, schlug er die respektlose Hand zurück. Ein plötzliches Aussetzen von Regen und Wind ließ sie beide wie betäubt in der Stille zurück. Camille rieb sich die gefühllose Hand.

»Aber . . .«, sagte sie schließlich, »aber — du bist ja brutal . . .«

»Möglich«, sagte Alain. »Ich mag es nicht, wenn man mich im Gesicht berührt. Genügt dir das? Greife mir nie ins Gesicht!«

»Aber wirklich«, wiederholte Camille langsam, »du bist brutal . . .«

»Sag das nicht zu oft. Im übrigen trag ich dir's nicht nach. Nur sieh dich vor.«

Er zog sein nacktes Bein zurück ins Bett.

»Siehst du dieses große graue Viereck auf dem Teppich? Es wird schon hell. Wollen wir jetzt schlafen?«

»Ja . . .«, sagte die gleiche unsichere Stimme.

»Also, dann komm!«

Er streckte den linken Arm aus, damit sie ihren Kopf darauflegen konnte, und gehorsam, mit vorsichtiger Höflichkeit kam sie der Aufforderung nach. Zufrieden mit ihr, boxte Alain sie kameradschaftlich, zog sie an der Schulter zu sich, hielt sie aber für alle Fälle in respektvoller Entfernung, indem er die Knie etwas anzog. Schnell schlief er ein. Camille, die nicht schlafen konnte, atmete vorsichtig und heftete den Blick auf den heller werdenden Fleck auf dem Teppich. In den drei Pappeln, deren Rauschen wie ein Regenguß klang, hörte sie die Spatzen das Ende des Gewitters bejubeln. Als Alain sich umdrehte und ihr den Arm entzog, spürte sie eine unbewußte Liebkosung: dreimal glitten seine Finger über ihren Kopf, als sei er gewohnt, ein Fell zu streicheln, das zarter war als ihr weiches Haar.

Es war gegen Ende Juni, als sich zwischen ihnen Zwietracht einnistete wie eine neue Jahreszeit mit ihren Überraschungen und mitunter Annehmlichkeiten. Alain sog sie in sich ein wie einen rauhen Frühling, der sich mitten im Hochsommer einstellt. Seinen Widerwillen, der fremden jungen Frau in seinem Geburtshaus einen Platz einzuräumen, trug Alain ständig mit sich herum. Er nahm sich keine Mühe, ihn zu verschleiern, schürte und hegte ihn im geheimen durch Selbstgespräche und die argwöhnische Betrachtung der neuen ehelichen Wohnung. An einem staubigheißen Tag, als sich nicht einmal hoch droben in ihrer provisorischen Bleibe ein Lüftchen rührte, rief Camille erschöpft: »Ach, lassen wir einfach alles liegen und stehen und fahren wir irgendwohin — was meinst du, Alain?«

»Ich bin dabei«, antwortete er ebenso prompt wie unaufrichtig. »Wohin soll es gehen?«

Während Camille Strandbäder und Hotelnamen aufzählte, hatte er seine Ruhe. Die Augen auf die ermattete, flach hingestreckte Saha geheftet, hatte er Muße zu überlegen und festzustellen: ›Ich will nicht mit ihr verreisen. Mir . . . fehlt der Mut dazu. Ich will gern spazierenfahren, wie wir es hier tun, abends heimkommen, meinetwegen auch spät in der Nacht. Das ist aber auch alles. Ich will keine Abende im Hotel, keine Abende im Kasino, keine Abende . . .‹ Er erzitterte: ›Ich brauche etwas Zeit; ich gebe zu, es dauert lang, bis ich mich an etwas gewöhne, ich habe einen schwierigen Charakter, ich . . . Aber ich will nicht mit ihr fortfahren . . .‹ Er schämte sich ein wenig, daß er »sie« sagte, wie Emile und Adèle, wenn sie untereinander halblaut von »der gnädigen Frau« sprachen.

Camille kaufte Straßenkarten, und sie fuhren mit dem Finger quer über ein Frankreich, das in Abschnitten auf dem polierten Ebenholztisch lag, der zwei Gesichter verkehrt und undeutlich widerspiegelte.

Sie rechneten Kilometer zusammen, schimpften auf ihren Wagen, zankten freundschaftlich miteinander und fühlten sich durch die wiedergefundene Kameradschaft wie neu belebt, fast wie neu geboren. Aber tropische Regengüsse ohne den geringsten Windhauch ertränkten die letzten Junitage und überschwemmten die Terrassen des

Hochhauses. Geschützt hinter verschlossenen Fenstern sah Saha den flachen Bächlein zu, die sich auf dem Mosaik dahinschlängelten und die Camille mit Tüchern auftupfte. Der Horizont, die Stadt, der strömende Regen nahmen die graue Farbe der ständig mit Wasser beladenen Wolken an.

»Sollen wir mit dem Zug fahren?« schlug Alain mit sanfter Stimme vor.

Er hatte vorausgesehen, daß Camille bei dem verfemten Wort ärgerlich werden würde. Sie wurde tatsächlich ärgerlich und fluchte.

»Ich fürchte«, fügte er hinzu, »du könntest dich langweilen. Alle diese Reisen, die wir einander versprochen haben.«

»Und die Sommerhotels. Und Ausflugsrestaurants. Und die bevölkerten Strände . . .«, fuhr sie weinerlich fort. »Siehst du, bei uns gibt es nur fahren, fahren, fahren. Wir wissen gar nicht, wie man eine Reise macht!«

Er merkte, daß sie in wehleidiger Stimmung war, und gab ihr einen brüderlichen Kuß. Sie aber drehte sich nach ihm um, biß ihn in die Lippen und unter dem Ohr, und wieder ließen sie sich von dem Zeitvertreib ablenken, der ihre Körper mühelos in verliebtem Getändel versinken ließ. Alain wurde dabei schnell müde. Wenn er mit Camille bei seiner Mutter zu Abend aß und ein Gähnen unterdrückte, senkte Madame Amparat die Augen, während Camille ein kleines, selbstgefälliges Lächeln aufsetzte. Mit stolzer Genugtuung nahm sie Alains fast gehässige Gewohnheit zur Kenntnis, ihren Körper zu benützen und sie nach der Umarmung keuchend zurückzustoßen, um sich schnell auf die kühle Seite des zerwühlten Bettes zu rollen.

Unbefangen folgte sie ihm nach, und er verzieh ihr das nicht, obwohl er schweigend immer wieder nachgab. Denn um diesen Preis konnte er nachher in Frieden den Ursachen dessen nachgehen, was er ihre ›Unvereinbarkeit‹

nannte. Er war klug genug, diese Ursachen nicht in ihrem häufigen körperlichen Beisammensein zu suchen. Die Erschöpfung half ihm, klarsichtig jene dunklen Bereiche auszuforschen, wo der Kampf zwischen Mann und Frau immer wieder neu ist und nie seinen Reiz verliert. Er eröffnete sich ihm dort, wo er ihn nie vermutet hätte, und wo er doch so offensichtlich war. So konnte Alain zum Beispiel außer sich geraten, wenn er sah, wie dunkelhäutig Camille war. Wenn er im Bett hinter ihr lag, erspähte er, daß die kurzen Haare des ausrasierten Nackens wie die Stacheln eines Seeigels angeordnet oder wie kartographische Schraffierungen auf die Haut gezeichnet waren und die kürzesten schon bläulich sichtbar wurden, bevor sie noch durch die kleinen schwärzlichen Poren drangen.

›Habe ich nie eine Brünette gehabt?‹ wunderte er sich. ›Zwei oder drei kleine Schwarze haben mir nicht den Eindruck von so dunkler Haut hinterlassen!‹ Er hob seinen eigenen weißen Arm gegen das Licht, den Arm eines Blonden, mit goldgrün schimmerndem Flaum und jadefarbenen Venen. Er verglich seine Behaarung mit dem violett flimmernden Flaum Camilles, dessen in exotischer Überfülle wucherndes Gekräusel das seltsame Weiß der Haut hervorhob.

Beim Anblick eines feinen, sehr schwarzen Haares, das am Rand des Waschbeckens klebte, wurde ihm übel. Dann wandte sich seine neurotische Aufmerksamkeit vom Detail ab und suchte die Schuld an ihrem Körper. Wenn er ganz ruhig den jungen Leib umschlungen hielt, dessen genaue Umrisse ihm die Nacht verschleierte, begann Alain einen schöpferischen Geist zu tadeln, der ebenso streng wie eine englische Erzieherin — ›nicht mehr Pflaumen als Reis, my boy, nicht mehr Reis als Huhn‹ — ohne jede Verschwendungssucht und ohne irgend etwas der Phantasie zu überlassen, Camille perfekt geformt hatte. Seine Mißbildung und sein Bedauern nahm er mit in den

Vorhof seiner Träume, mit in jene unbestimmbare Zeit, die dem schwarzen, von Stielaugen, Fischen mit griechischer Nase, Monden und Kinnen belebten Land vorbehalten war. Hier wünschte er sich dann, ein wohlgepolsterter Jahrhundertwende-Hintern, frei entwickelt unter einer fließenden Taille, möge Camilles spitze kleine Brüste wettmachen. Ein andermal fand er sich im Halbschlaf mit allem ab und hätte nur lieber einen wogenden Busen, eine bewegliche, doppelte Ungeheuerlichkeit aus Fleisch mit reizbaren Spitzen gehabt . . . Diese Begierden, die aus der Umarmung wuchsen und noch nachher ein wenig fortdauerten, hielten weder dem Tageslicht noch dem völligen Wachsein stand, sie bevölkerten nur jenen schmalen Übergang zwischen Alpdruck und wollüstigen Traum.

Wenn die Fremde, die er in den Armen hielt, erhitzt war, strömte sie den Duft von angesengtem Holz aus, von Birken und Veilchen, ein ganzes Bukett süßer und zäher Gerüche, die lange an den Handflächen haften blieben. Sie erregten Alain oft ganz unterschiedlich, und nicht immer weckten sie seine Begierde.

»Du bist wie der Duft von Rosen«, sagte er eines Tages zu Camille, »du nimmst einem den Appetit.«

Sie sah ihn unsicher an, legte den Kopf schief und nahm den unbeholfenen Ausdruck an, mit dem sie zweideutiges Lob entgegenzunehmen pflegte.

»Du verhältst dich wie anno 1830«, murmelte sie.

»Weniger als du«, erwiderte Alain. »Wirklich, weniger als du. Ich weiß auch, wem du ähnlich siehst.«

»Ich sehe aus wie Marie Dubas, das hat man mir schon gesagt.«

»Großer Irrtum, meine Kleine! Du siehst, wenigstens in der Augenpartie, allen jenen ähnlich, die zur Zeit Louisa Pugets hoch oben auf einem Turm geweint haben. Schon auf der ersten Seite ihrer Romane weinten sie, mit deinen großen, vorstehenden, griechischen Augen und diesem dicken Lidrand, der die Tränen nicht fließen, sondern auf die Wange springen läßt . . .«

Alle seine Sinne täuschten Alain und tadelten Camille. Freilich mußte er zugeben, daß sie tapfer und aufrecht gewisse Bemerkungen hinnahm, die nicht so sehr Worte der Dankbarkeit waren als vielmehr Worte der Herausforderung, und die ihm in jenen Stunden entschlüpften, in denen er sie abgekämpft mit einem matten Blick aus halbgeschlossenen Wimpern musterte und unduldsam, schonungslos ihre neuen Verhaltensweisen abschätzte: das etwas eintönige, aber bereits bewußt egoistische Feuer und die verschiedenen Fähigkeiten einer so jung Verheirateten. Es waren dies Augenblicke der Klarheit, der Gewißheit, in denen Camille sich bemühte, die nahezu vollkommene Stille des Zweikampfes, die Angst vor dem Balanceakt auf dem gespannten Seil zu verlängern.

Da sie selbst ohne Arglist war, ahnte sie nicht, daß Alain, der sich manchmal von den jeweiligen Provokationen und pathetischen Beschwörungen und sogar von einem neuen, wilden Zynismus narren ließ, seine Frau jedesmal so nahm, als wäre es das letztemal. Er machte sie sich untertan, genauso, wie er ihr die Hand auf den Mund gelegt hätte, um sie am Schreien zu hindern, oder wie er sie niedergeschlagen hätte.

Wenn er, wieder angezogen, aufrecht neben ihr im Sportwagen saß und sie genau betrachtete, fand er an ihr nichts mehr von dem, was sie ihm zur schlimmsten Feindin gemacht hatte. Denn sobald er wieder zu Atem kam und sein Herzschlag sich beruhigte, hörte er von selbst auf, der junge Mann mit dem Hang zur Dramatik zu sein, der sich die Kleider vom Leib riß, ehe er seine Gefährtin niederwarf; und das kurze wollüstige Ritual, die physische Anstrengung, die geheuchelte oder wahre Dankbarkeit, wurden zu unwiederbringlich Vergangenem. Dann erwachte die größte Sorge in ihm, die er als ganz ehrenhaft und natürlich ansah, die Frage, die den ersten Platz einnahm, weil sie ihn schon so lange beschäftigte, ›Wie kann ich verhindern, daß Camille mein Haus bewohnt?‹

Als sich seine Abneigung gegen »die Baustelle« gelegt hatte, setzte er vertrauensvoll seine Hoffnung auf die Rückkehr in sein Geburtshaus, auf das beruhigende Leben in Bodennähe, ein Leben, das sich zu jeder Zeit auf die Erde stützt und auf das, was die Erde hervorbringt. ›Hier bekomme ich noch einen Höhenkoller!‹ seufzte er, ›die Äste endlich wieder von unten sehen, die Bäuche der Vögel . . .‹ Bitter fügte er hinzu: ›Die Schäferstündchen sind auch keine Lösung!‹ Und er wandte sich wieder seiner unentbehrlichen Verbündeten zu: der Lüge.

An einem glühenden Nachmittag, an dem der Asphalt in der Hitze schmolz, wanderte er durch die verlassenen Gassen Neuillys, vorbei an sommerlich leeren Straßenbahnen und Gärten, in denen die Hunde gähnten, auf seinen Grund und Boden zu. Vor dem Fortgehen hatte er Saha auf die kühlste Terrasse des Hochhauses gesetzt und war in leiser Sorge fortgegangen, wie jedesmal, wenn er seine beiden Weibchen allein miteinander daheim zurückließ.

Garten und Haus schliefen, und die kleine Eisentür quietschte nicht. Zu rasch aufgeblühte Rosen, roter Mohn, die ersten rubinroten Blumen und vereinzelte Stauden von dunklem Löwenmaul leuchteten auf dem Rasen. An der Längsseite des Hauses klaffte die neue Tür, und in einem kleinen, funkelnagelneuen, ebenerdigen Gebäude blitzten zwei neue Fenster. ›Alles ist fertig‹, stellte Alain fest. Vorsichtig, wie in seinen Träumen, setzte er einen Fuß vor den anderen und trat nur auf das Gras.

Das Murmeln einer Stimme, die aus dem Souterrain heraufklang, ließ ihn innehalten, und er horchte, ohne sich konzentrieren zu können. Es waren nur die alten, vertrauten Stimmen — klanggewordene Dienstbeflissenheit, kultisches Gewisper, jene alten Stimmen, die seinerzeit »sie«, »der junge Herr« gesagt hatten und damit dem blonden kleinen Mann, der kindlichen Männlichkeit seiner zarten Erscheinung geschmeichelt hatten. ›Ich war einmal ein König‹, sagte sich Alain traurig lächelnd.

»Die wird also bald hier schlafen?« fragte deutlich eine der alten Stimmen.

›Das ist Adèle‹, dachte Alain. An die Wand gedrückt, lauschte er bedenkenlos.

»Natürlich«, flüsterte Emile. »Aber die Wohnung ist schlecht angelegt.«

Das Stubenmädchen, eine ergraute Baskin mit Bartwuchs, mischte sich ein:

»Das kann man wohl sagen! Im Badezimmer hört man alles, was im W.C. vorgeht. Monsieur Alain wird nicht entzückt sein.«

»Letztes Mal, als sie hier war, hat sie gesagt, daß sie in ihrem kleinen Salon keine Gardinen braucht, weil ja keine Nachbarn um den Garten sind.«

»Keine Nachbarn? Na, und wir, wenn wir in die Waschküche gehen? Was wird man da zu sehen kriegen, wenn sie mit Monsieur Alain beisammen ist?«

Alain vernahm leises Lachen, und der uralte Emile fing wieder an: »Oh, man wird vielleicht gar nicht soviel zu sehen bekommen . . . Die wird sich öfter zurückhalten müssen als er . . . Monsieur Alain ist nicht einer von denen, die sich einfach zu jeder Tages- und Nachtzeit auf dem Diwan gehenlassen . . .«

Es wurde still, und Alain hörte nur das Geräusch eines Messers auf dem Wetzstein, aber er blieb auf seinem Horchposten an der warmen Wand und blickte sich zwischen einer flammenden Geranie und dem beißenden Grün des Rasens nach Sahas mondsteinfarbenem Fell um . . .

»Ich«, sagte Adèle, »finde jedenfalls, daß einem von dem Parfum, das sie benützt, schlecht wird.«

»Und ihre Kleider«, ereiferte sich Juliette, die Baskin, »ihre Art, sich anzuziehen, das ist wirklich nicht sehr vornehm. Die gäbe eher eine Artistin ab, mit ihrem Hintergestell. Und was die uns erst für ein Stubenmädchen daherbringen wird. Offenbar irgendeine Person aus dem Waisenhaus, oder noch schlimmer . . .«

Ein Guckfenster klirrte, und die Stimmen erloschen. Alain fühlte sich schlapp und ein wenig zittrig und atmete wie jemand, der soeben von Mördern verschont worden ist. Er war weder überrascht noch empört. Nicht groß war der Unterschied zwischen der Meinung, die er von Camille hatte, und der Unerbittlichkeit der Richter im Souterrain. Aber sein Herz klopfte laut, weil er so niederträchtig und ungestraft gelauscht hatte, und weil Mitläufer, Komplizen ohne Pakt, seine Argumentation erhärtet hatten. Wie betäubt von diesem Schwall einhelliger Frauenfeindlichkeit, von dieser heidnischen Verherrlichung des männlichen Prinzips, trocknete er sich das Gesicht ab und holte tief Luft. Seine Mutter, die soeben aus ihrem Mittagsschlaf erwacht war, schlug die Fensterläden ihres Zimmers auf und sah ihn dastehen, die Wange immer noch an die Mauer gepreßt. Mit mütterlicher Klugheit rief sie leise:

»Nun, mein Junge . . . Dir ist doch hoffentlich nicht schlecht?«

Wie ein Liebhaber ergriff er über das Fensterbrett hinweg ihre Hände.

»Nein, nein, Mama. Ich bin nur auf einem Spaziergang vorbeigekommen.«

»Das war eine gute Idee.«

Sie glaubte ihm nicht, und sie lächelten einander an wie zwei Lügner.

»Dürfte ich dich um eine kleine Gefälligkeit bitten, Mama?«

»Einen finanziellen Zuschuß, möchte ich wetten? Ihr seid dieses Jahr wirklich nicht sehr gut dran, meine armen Kinder, das stimmt . . .«

»Nein, Mama . . . Bitte, ich möchte, daß du Camille nicht sagst, daß ich heute hier war. Da ich ohne Grund gekommen bin — ich meine, ohne einen anderen Grund, als dir guten Tag zu sagen — möchte ich lieber . . . Aber das ist nicht alles. Ich möchte, daß du mir einen Rat gibst. Ganz unter uns, ja?«

Madame Amparat schlug die Augen nieder, fuhr sich durch die weißen Locken und versuchte, der vertraulichen Mitteilung auszuweichen.

»Du weißt, ich bin nicht schwatzhaft. — Du überfällst mich so, ich bin nicht einmal gekämmt, ich schau' ja aus wie eine Zigeunerin . . . Willst du nicht lieber hereinkommen, hier ist es kühler.«

»Nein, Mama . . . Glaubst du, daß es eine Möglichkeit gibt — es ist nur so eine fixe Idee von mir — eine akzeptable Möglichkeit natürlich — die allen passen würde — eine Möglichkeit, zu verhindern, daß Camille hier wohnt?«

Er drückte die Hände seiner Mutter und wartete, daß sie erzittern oder sich zurückziehen würden. Aber sie blieben kühl und weich in den seinen liegen.

»Das sind so die Einfälle Jungverheirateter«, sagte sie verlegen.

»Wie meinst du das?«

»Ja. Bei Jungverheirateten läuft es entweder zu gut oder zu schlecht. Und ich weiß nicht, was besser ist. Aber es läuft nie ganz von selbst.«

»Aber, Mama, darum geht es doch gar nicht! Ich frage dich, ob es nicht eine Möglichkeit gibt . . .«

Zum erstenmal verlor er vor seiner Mutter die Haltung. Sie half ihm nicht, und er wandte verärgert den Kopf ab.

»Du redest daher wie ein Kind. Du läufst nach einem Streit bei dieser Hitze durch die Straßen und kommst her, um mir Fragen zu stellen, also wirklich, Fragen, auf die die Antwort nur Scheidung lauten kann, oder Trennung, oder weiß Gott was . . .«

Beim Sprechen geriet sie außer Atem, und Alain machte sich nun Vorwürfe, sie weniger Worte wegen so rot, so atemlos zu sehen. ›Genug für heute‹, dachte er besorgt.

»Wir haben nicht gestritten, Mama. Es gelingt mir nur nicht, mich an den Gedanken zu gewöhnen . . . weil ich nicht sehen möchte . . .«

Mit einer weit ausholenden, unbeholfenen Geste wies er auf den Garten, der sie umgab, den grünen Teich des Rasens, das Bett aus Rosenblättern unter den Lauben, den Bienenschleier über dem blühenden Efeu, das häßliche, aber ehrwürdige Haus . . .

Die Hand, die er festgehalten hatte, schloß sich, ballte sich zu einer kleinen Faust. Unvermittelt küßte er diese feinfühlige Hand. ›Genug, genug für heute . . .‹

»Ich gehe jetzt, Mama. Monsieur Veuillet wird dich morgen um acht wegen dieser Geschichte mit der Baisse der Aktien anrufen . . . Sehe ich immer noch so schlecht aus?«

Er hob die Augen zu ihr auf, die im Schatten des Tulpenbaumes grünlich leuchteten, neigte den Kopf zurück und verzog aus Gewohnheit, aus Zärtlichkeit und aus Diplomatie das Gesicht so, wie er es als Kind getan hatte. Ein leichtes Zwinkern, um die Augen schöner wirken zu lassen, ein verführerisches Lächeln, ein Schmollmund . . . Die mütterliche Hand öffnete sich, langte über das Fensterbrett, fand und berührte Alains wohlbekannte schwachen Stellen: das Schulterblatt, den Adamsapfel, den Oberarm — und die Antwort kam erst nach dieser Bewegung. »Ein bißchen besser . . . Ja, ein bißchen besser . . .«

›Ich habe ihr eine Freude gemacht, als ich sie bat, etwas vor Camille zu verheimlichen . . .‹ Beim Gedanken an die letzte mütterliche Liebkosung zog er den Gürtel unter der Weste fester. ›Ich habe abgenommen, ich werde mager. Keine Gymnastik mehr — keine andere Gymnastik mehr als die Liebe . . .‹

Er trug leichte Kleidung. Die erfrischende Brise trocknete ihn und trieb den bitteren Duft seines blonden, schwitzenden Körpers, der leicht nach schwarzen Zypressen roch, vor ihm her. Er verließ die heimatliche Bastion uneingenommen, die Gesellschaft im Souterrain unbehelligt, und der Rest des Tages würde ohne Schwierigkeiten vorübergehen. Bestimmt bis Mitternacht würde er neben einer arglosen Camille im Wagen sitzen und die Abendluft einsaugen, bald die Luft der Eichenwälder an den schlammigen Gräben, bald die trockene, nach Getreide duftende über den Feldern. ›Und ich werde Saha frischen Löwenzahn mitbringen!‹

Er machte sich heftige Vorwürfe über das Schicksal seiner Katze, die so still hoch oben auf dem Aussichtsturm lebte. ›Sie ist ganz in sich verkapselt, und durch meine Schuld . . .‹ In den Stunden ehelicher Spiele zog sie sich völlig zurück. Dann konnte Alain sie in dem dreieckigen Zimmer nirgendwo finden.

Sie fraß nur so viel, wie sie unbedingt brauchte, verlor ihre ausdrucksvolle Sprache, ihre Ansprüche, und ihre Hauptbeschäftigung war das Warten. ›Und wieder wartet sie hinter Gittern . . . Sie wartet auf mich.‹

Als er den Treppenabsatz erreichte, hörte er Camilles schrille Stimme durch die geschlossene Tür.

»Das ist dieses verfluchte Mistvieh! Verrecken soll sie, verdammt noch mal! Was?! . . . Nein, Mère Buque, wenn Sie sagen . . . Mich läßt das kalt. Völlig kalt!«

Er hörte noch einige Schimpfwörter. Ganz vorsichtig drehte er den Schlüssel im Schloß um, konnte sich aber nicht dazu entschließen, in seiner eigenen Wohnung den Lauscher zu spielen. »Ein verfluchtes Mistvieh? Was denn für ein Vieh? Ein Vieh im Haus?«

Im Wohnzimmer stand Camille in einem schlichten ärmellosen Pullover, eine kleine gestrickte Kappe wie von

Zauberhand am Hinterkopf festgehalten, und zerrte wütend Stulpenhandschuhe über ihre nackten Hände. Der Anblick ihres Mannes schien sie zu überraschen. »Du hier? Wo kommst du denn her?!«

»Ich komme nicht ›her‹, ich komme heim. Was ist los mit dir?«

Sie drehte den Spieß um und attackierte Alain:

»Du bist ganz schön aggressiv, wenn du ausnahmsweise einmal pünktlich kommst! Ich bin fertig, ich habe nur mehr auf dich gewartet!«

»Du kannst nicht auf mich gewartet haben, da ich ja pünktlich bin. Was war denn los? Ich habe ›verfluchtes Mistvieh‹ gehört . . . Was für ein Vieh?«

Sie schielte zwar ein wenig, hielt aber Alains Blick stand. »Der Hund«, rief sie. »Der verdammte Hund von unten, der Abend- und Morgenhund! Jetzt hat es ihn wieder gepackt. Hörst du ihn nicht bellen? Horch!«

Mit erhobenem Finger versuchte sie seine Aufmerksamkeit abzulenken. Gerade lange genug, daß Alain bemerkte, wie der behandschuhte Finger zitterte. Er gab einem naiven Bedürfnis nach Gewißheit nach.

»Stell dir vor, ich dachte, du sprichst von Saha . . .«

»Ich!« rief Camille aus. »Von Saha in einem derartigen Ton sprechen? Das würde ich nicht wagen! Was fiele mir denn ein! — Kommst du jetzt endlich? Komm schon!«

»Fahr inzwischen mit dem Wagen vor, ich komme dir nach. Ich hole mir nur noch ein Taschentuch und einen Pullover . . .«

Zuerst aber schaute er sich nach der Katze um und sah auf der kühlsten Terrasse, neben dem Liegestuhl, auf dem Camille manchmal nachmittags schlief, nur glitzernde Glasscherben, die er verblüfft betrachtete.

»Die Katze ist bei mir, Monsieur«, flötete die Stimme der Madame Buque. »Sie hat meinen Strohhocker so gern. Sie schärft sich die Krallen daran.«

›In der Küche!‹ dachte Alain schmerzlich. ›Mein kleiner

Puma, meine Garten-Katze, meine Flieder- und Maikäfer-Katze in der Küche! . . . Ah! Das wird jetzt anders werden!‹

Er küßte Saha auf die Stirn, sang ihr ganz leise einige der üblichen Verse vor und versprach ihr Löwenzahn und süße Akazienblüten. Aber er fand, daß die Katze und Madame Buque sich nicht ganz natürlich verhielten, vor allem Madame Buque.

»Wir kommen zum Essen zurück, oder nein, wir kommen wahrscheinlich nicht, Madame Buque. Hat die Katze alles, was sie braucht?«

»Ja, ja, selbstverständlich. Sie hat alles, was sie braucht«, sagte Madame Buque hastig. »Ich tu ja, was ich kann, ich versichere Ihnen . . .«

Die dicke Frau wurde rot im Gesicht und schien den Tränen nahe. Mit einer freundlichen, ungeschickten Geste streichelte sie den Rücken der Katze. Saha machte einen Buckel und stieß ein kleines »M'ä« hervor, ein armes, eingeschüchtertes Katzenwort, das ihrem großen Freund vor Trauer das Herz im Leib umdrehte.

Die Spazierfahrt fiel angenehmer aus, als Alain zu hoffen gewagt hatte. Camille saß aufmerksam am Volant, Hände und Füße in vollkommener Übereinstimmung, und fuhr bis zum Hügel von Montfort—Amaury. »Essen wir im Freien, Alain . . . Liebling?«

Sie lächelte ihn von der Seite an, schön wie immer in der Dämmerung. Die Wangen braun und durchscheinend, Augäpfel und Zähne im gleichen glänzenden Weiß.

Im Wald von Rambouillet schlug sie das Verdeck zurück, und der Fahrtwind blies das Rascheln des Laubes und das Plätschern des Wassers an Alains Ohr.

»Ein kleiner Hase!« rief Camille. »Ein Fasan!«

»Noch ein Hase! Ein bißchen schneller und . . .«

»Der hat jetzt aber Glück gehabt!«

»Du hast ein Grübchen in der Wange wie auf deinen

Kinderphotos«, sagte Alain, der wieder etwas lebendiger wurde.

»Sag das nicht zweimal; ich werde fett!« sagte sie und schüttelte sich.

Er beobachtete, wie sie wieder lachte und ihre Grübchen zeigte, und betrachtete aufmerksam den robusten Hals ohne jeden Venusring, den starren, gedrungenen Nacken einer schönen weißen Negerin. ›Tatsächlich, sie ist dicker geworden . . . Aber das macht sie verführerischer, denn auch ihre Brüste . . .‹ Sein Egoismus erwachte wieder, und griesgrämig überließ er sich dem uralten männlichen Kummer: ›Dick wird sie durch die Liebe . . . Auf meine Kosten wird sie dick . . .‹ Er ließ eine eifersüchtige Hand unter seine Weste gleiten, tastete seine Rippen ab und fand keinen Gefallen mehr an dem kindlichen Grübchen in ihrer Wange.

Als sie sich aber etwas später in einem bekannten Restaurant an den Tisch setzten und die Gäste an den Nebentischen im Sprechen und Essen innehielten, um Camille anzustarren, überkam ihn doch Eitelkeit. Und er lächelte seine Frau an, sie nickten einander zu und flirteten heftig miteinander, ganz so, wie es einem »hübschen Paar« zukommt.

Camille dämpfte ihre Stimme nur für ihn, und ihm allein galt der sehnsuchtsvolle Blick, die Aufmerksamkeiten, für die sie kein Publikum benötigte. Dafür nahm Alain ihr die Schale mit den rohen Tomaten und das Körbchen mit den Erdbeeren aus den Händen, bestand darauf, daß sie eingemachtes Huhn bestellte, und goß ihr Wein ein, den sie zwar nicht sehr mochte, aber schnell trank.

»Du weißt doch, daß ich Wein nicht mag«, wiederholte sie jedesmal, wenn sie ihr Glas leerte.

Die untergegangene Sonne hatte ihr Licht zurückgelassen. Der Himmel war fast weiß, mit kleinen, runden, dunkelrosa Wölkchen. Doch aus dem Wald, der dicht und hoch unmittelbar hinter den Tischen des Restaurants begann, schienen Nacht und Kühle Hand in Hand hervorzutreten. Camille legte ihre Hand auf die Alains.

»Was — was denn? Was ist los?« fragte er entsetzt.

Erstaunt zog sie ihre Hand zurück. Das bißchen Wein, das sie getrunken hatte, lachte feucht in ihren Augen, in denen das winzige, zitternde Bild der rosa Ballons glänzte, die an der Pergola hingen.

»Gar nichts ist los! Nervös wie eine Katze . . . Ist es denn verboten, meine Hand auf deine zu legen?«

»Ich habe geglaubt«, gestand er feige, »du wolltest mir etwas sagen, etwas Ernstes . . . Ich habe geglaubt«, sagte er schnell und atemlos, »du wolltest mir sagen, daß du ein Kind bekommst . . .«

Camilles schrilles Auflachen erregte die Aufmerksamkeit der Männer an den Nebentischen.

»Und das hat dich so aus dem Häuschen gebracht? Vor Freude oder — vor Ärger?«

»Ich weiß nicht recht . . . Und du — wie würdest du es aufnehmen? Wärest du froh oder nicht? Wir haben so wenig darüber nachgedacht . . . Ich wenigstens . . . Aber warum lachst du?«

»Dein Gesicht . . . Ganz plötzlich das Gesicht eines Verurteilten . . . Es ist zu komisch! Mir werden noch die Wimpern herunterfallen.«

Behutsam bog sie mit beiden Zeigefingern die Wimpern auf.

»Das ist gar nicht komisch, das ist sehr ernst«, sagte Alain, glücklich, das Thema wechseln zu können. ›Aber warum habe ich solche Angst gehabt?‹ dachte er.

»Das ist nur für jene Leute ernst«, sagte Camille, »die keine Wohnung haben, oder nur zwei Räume. Aber wir . . .«

Heiter, ruhig, beschwingt vom verräterischen Wein, rauchte sie und sprach, als wäre sie allein im Lokal, die Hüfte an den Tischrand gedrückt, die Beine übereinandergeschlagen.

»Zieh deinen Rock herunter, Camille.«

Sie überhörte ihn und fuhr fort:

»Unsereins hat das Wichtigste für ein Kind: einen Garten — und was für einen! Und ein traumhaftes Zimmer, mit eigenem Badezimmer!«

»Ein Zimmer?«

»Dein ehemaliges Zimmer, das man frisch ausmalen läßt — du, zum Beispiel, wirst so nett sein und nicht darauf bestehen, daß es mit einem Fries aus Entchen und Tannen auf himmelblauem Grund verziert wird . . . Das würde den Geschmack unserer Sprößlinge verderben . . .«

Er hütete sich, sie zu unterbrechen. Mit heißen Wangen plapperte sie unbekümmert und sah in Gedanken bereits alles vor sich. Noch nie war sie ihm so schön vorgekommen. Ihr faltenloser Halsansatz, auf dem sich die Muskeln abzeichneten, fesselte ihn ebenso wie ihre Nüstern, die den Rauch ausbliesen . . . ›Wenn ich ihr Vergnügen bereite und sie den Mund zusammenpreßt, dann bläht sie die Nüstern wie ein Fohlen . . .‹

Aus dem roten, verächtlich gekräuselten Mund hörte er derart verrückte Zukunftspläne, daß er sich nicht mehr darüber aufregte: Gelassen bewegte sich Camille in ihrem Frauenleben weiter, quer durch die Trümmer von Alains Vergangenheit. ›Donnerwetter, das nenne ich Organisation . . . Da kann ich noch was lernen!‹ stellte er fest. Ein Tennisplatz würde später die große, nutzlose Rasenfläche ersetzen . . . Die Küche, die Anrichte . . .

»Dir war wohl nie klar, wie unbequem die sind, und was für eine Platzverschwendung, was? Genau wie die Garage . . . Alles, was ich da sage, Liebling, sage ich nur, damit du weißt, daß ich viel über unseren endgültigen Haushalt nachdenke. Vor allem müssen wir Rücksicht auf deine Mutter nehmen, die so gütig ist, und dürfen nie etwas ohne ihre Zustimmung tun, nicht wahr?«

Er nickte oder schüttelte den Kopf auf gut Glück und sammelte die Walderdbeeren ein, die auf dem Tischtuch verstreut waren. Seit der Bemerkung »dein ehemaliges Zimmer« hatte er abgeschaltet und war fast gleichgültig geworden.

»Eine einzige Sache könnte uns drängen«, fuhr Camille fort, »Patricks letzte Postkarte stammt von der Balearen, also Achtung . . . Wenn er sich nicht gerade in den Badeorten herumtreibt, braucht er zur Heimreise weniger Zeit als unser Tapezierer, um mit allem fertig zu werden — den soll übrigens der Teufel holen, dieses Kind der Penelope, von einer männlichen Schildkröte gezeugt! Aber ich werde meine Sirenenstimme ertönen lassen: ›Mein kleiner Patrick . . .‹ Und du weißt ja, daß die ihm großen Eindruck macht, meine Sirenenstimme . . .«

»Von den Balearen . . .«, unterbrach Alain nachdenklich. »Von den Balearen . . .«

»Ein Katzensprung . . . Wo gehst du hin? Willst du denn schon gehen? Es ist so nett hier . . .«

Als sie aufstand, wurde sie plötzlich nüchtern, gähnte vor Schläfrigkeit und fröstelte.

»Ich chauffiere«, sagte Alain. »Zieh den alten Mantel an, der unter dem Kissen liegt. Und schlaf.«

Eine Salve von Eintagsfliegen, quecksilbrigen Schmetterlingen und steinharten Käfern trommelte gegen die Scheinwerfer. Wie eine Lichtwelle schien das Auto die von Flügeln schwirrende Luft zu durchschneiden. Kerzengerade, selbst im Schlaf bemüht, die Schulter und den Arm des Fahrers nicht zu behindern, schlief Camille tatsächlich im Sitzen ein. Nur bei jeder Straßenrinne nickte sie leicht mit dem Kopf.

›Von den Balearen . . .‹ wiederholte Alain. Die schwarze Luft und die weißen Lichtkegel der Scheinwerfer, die die geflügelten Tiere auffingen, zurückprallen ließen und vernichteten, beschworen den bevölkerten Vorhof seiner Träume herauf, jenes funkelnde Firmament aus leuchtenden Gesichtern und großen feindseligen Augen, die dem Morgen eine Rechnung präsentierten, ein Losungswort, eine verschlüsselte Botschaft. Er war so versunken, daß er die Abkürzung übersah und die Einfahrt nach Versailles verfehlte. Camille brummte im Schlaf. ›Brav!‹ lobte Alain. ›Gute Reaktion. Gute, treue, wachsame Sinne . . . Ach! Wie liebenswert du bist, wie gut wir uns verstehen, wenn du schläfst und ich wach bin . . .‹

Tau benetzte ihr unbedecktes Haar und ihre Schultern, als sie in ihrer Straße ausstiegen, die verlassen im Mondschein lag. Alain hob den Kopf: im neunten Stockwerk, in der Mitte der fast vollen Mondscheibe, wartete ein kleiner gehörnter Katzenschatten. Er zeigte ihn Camille:

»Schau! Sie wartet!«

»Du hast gute Augen«, sagte Camille und gähnte.

»Wenn sie herunterfällt! Ruf sie bloß nicht!«

»Da kannst du beruhigt sein«, sagte Camille. »Wenn ich sie rufe, kommt sie ohnehin nicht.«

»Mit gutem Grund«, kicherte Alain.

Kaum waren ihm die drei Worte entschlüpft, bereute er sie schon. ›Zu früh, zu früh. Der Zeitpunkt ist schlecht gewählt!‹

Camille, die den Finger schon auf den Klingelknopf gelegt hatte, hielt inne.

»Mit gutem Grund? Mit welchem Grund? Nun, so sag doch! Habe ich es diesem hochheiligen Tier gegenüber schon wieder an Respekt mangeln lassen? Hat sich die Katze über mich beklagt?«

›Das habe ich nun davon!‹ dachte Alain, während er die Garage schloß. Er ging über die Straße zurück zu seiner Frau, die kampflustig auf ihn wartete. ›Entweder tragen wir es gleich aus, und ich habe eine ruhige Nacht, oder ich breche mit einem netten Krach die Debatte von vornherein ab, oder . . . Nein, es ist zu früh!‹

»Na? Ich rede mit dir!«

»Gehen wir zuerst hinauf«, sagte Alain.

Wortlos standen sie im engen Fahrstuhl. Kaum waren sie in der Wohnung angelangt, warf Camille Kappe und Handschuhe weit von sich, wie um zu zeigen, daß sie immer noch streiten wollte. Alain kümmerte sich um Saha, lockte sie von ihrem gefährlichen Sitz weg. Geduldig und bemüht, ihm gefällig zu sein, folgte ihm die Katze ins Badezimmer.

»Wenn es vielleicht wegen der Worte ist — die du vor dem Abendessen gehört hast, als zu heimkamst . . .«, begann Camille spitz, als er zurückkam.

Alain hatte seinen Entschluß gefaßt und unterbrach sie müde: »Kleines, was werden wir einander jetzt sagen? Nichts, was wir nicht schon wüßten. Daß du die Katze nicht leiden kannst, daß du Madame Buque angeschrien hast, weil die Katze eine Vase zerbrochen hat, oder ein Glas — ich habe doch die Scherben gesehen. Ich werde dir antworten, daß ich an Saha hänge, daß du nicht eifersüchtiger sein könntest, wenn ich eine herzliche Zuneigung zu einem Freund aus Kindertagen bewahrt hätte — und darüber verginge die Nacht. Nein danke. Ich möchte lieber schlafen. Schau, ich rate dir, das nächste Mal schneller zu sein und dir einen kleinen Hund anzuschaffen.«

Erregt und verlegen in ihrem Zorn, den sie nicht abreagieren konnte, schaute Camille ihn mit hochgezogenen Brauen an.

»Das nächste Mal? Welches nächste Mal? Was willst du damit sagen? Schneller als wer?«

Da Alain die Achseln zuckte, wurde sie rot. Sie sah plötzlich sehr jung aus, und in ihren glänzenden Augen waren Tränen zu erkennen.

›Ach, wie langweilig das ist . . .‹, seufzte Alain innerlich. ›Sie wird gestehen. Sie wird mir recht geben. Wie langweilig! . . .‹

»Hör zu, Alain!«

Es kostete ihn Anstrengung, heftig zu werden und Autorität zu mimen.

»Nein, Kleines, nein, nein. Du wirst es nicht erreichen, daß ich diesen Abend, der reizend war, mit einer fruchtlosen Diskussion beende. Nein, du wirst keine Tragödie aus dieser Kinderei machen, ebensowenig wie du mich daran hindern kannst, tierlieb zu sein!«

Eine Art bittere Heiterkeit trat in Camilles Augen, aber sie sagte nichts. ›Ich war vielleicht ein bißchen zu grob. Kinderei war zu stark. Und was die Tierliebe betrifft — was verstehe ich eigentlich davon? . . .‹ Eine kleine, dunkelblaue Gestalt, wie eine Wolke von einem Silbersaum umrandet, auf dem schwindelerregenden Rand der Nacht sitzend, nahm seine Gedanken ein und schützte ihn vor der seelenlosen Gegend, wo er Zoll um Zoll sein Recht auf Einsamkeit, seinen Egoismus und seine Poesie verteidigen mußte.

»Gehen wir, meine kleine Feindin«, sagte er gnädig, aber es klang nicht echt, »gehen wir schlafen.«

Sie öffnete die Tür zum Badezimmer, wo ihr Saha, die sich schon zur Nacht auf dem Frottierhocker eingerichtet hatte, nur ein Minimum an Aufmerksamkeit zuzuwenden schien.

»Aber warum, warum . . . Warum hast du gesagt: das nächste Mal . . .«

Das Rauschen des Wassers übertönte Camilles Stimme und schnitt ihr das Wort ab. Alain antwortete nicht mehr. Als er zu ihr in das breite Bett kam, wünschte er ihr eine gute Nacht, küßte sie flüchtig auf die abgeschminkte Nase, während Camilles Mund ihm mit einem kleinen gierigen Laut das Kinn küßte.

Er erwachte früh und ging leise in das »Wartezimmer«, um sich dort auf den schmalen Diwan zu legen, der zwischen die zwei Glaswände eingezwängt stand.

Hier verbrachte er auch in den folgenden Nächten die letzten paar Stunden der Nacht. Er zog die undurchsichtigen Chintzvorhänge, die noch fast neu und doch von der Sonne schon halb ausgebleicht waren, auf beiden Seiten zu. Auf seinem Körper spürte er einen Hauch von Einsamkeit, den herben, katzenähnlichen Duft von Hauhechel und blühendem Buchs. Einen Arm ausgestreckt, den anderen auf die Brust gelegt, nahm er wieder die gelöste, selbstherrliche Haltung der Nächte seiner Kindheit ein. Auf dem schmalen First des dreieckigen Hauses kam er sich wie ein Ausgesetzter vor und war aus Leibeskräften bemüht, seine alten Träume wiederzufinden, die sich in den anstrengenden Liebesnächten verflüchtigt hatten.

Er entschlüpfte leichter, als es Camille lieb war, und obwohl er gezwungen war, auf engem Raum auszuweichen, sich sozusagen in sich selbst zurückzuziehen. Den anderen verlassen bedeutete ja nicht mehr, eine Treppe mit leisen Schritten hinunterzueilen, nicht mehr das Klappen einer Taxitür, nicht mehr einen kurzen Brief . . . Keine Geliebte hatte ihn je Camille vorausahnen lassen, ihre jungmädchenhafte Unbeschwertheit, ihre unberechenbare Lust, aber auch nicht ihre gekränkte Eitelkeit, wenn sie sich verletzt fühlte.

Wenn er sich weggestohlen hatte, auf der Bank im »Wartezimmer« lag und mit dem Kopf nach seinem kleinen Lieblingskissen aus Baumwolle tastete, horchte er nervös in das Zimmer hinüber, das er soeben verlassen hatte. Aber niemals öffnete Camille die Tür. Allein gelassen, zog sie die zerdrückte Decke aus wattierter Seide über sich, biß sich vor Ärger und Kummer in den Knöchel des Zeigefingers und senkte mit einem kurzen Klaps den verchromten Schirm der Lampe, die einen schmalen Streifen weißen Lichts quer über das Bett warf. Alain erfuhr nie, ob sie in dem leeren Bett schlief, wo sie so jung schon lernte, daß eine einsame Nacht ein gewappnetes Erwachen erzwingt; denn am nächsten Morgen war sie stets frisch, etwas zurechtgemacht, und sie gewöhnte es sich allmählich ab, im Frottiermantel über dem Pyjama vom Vorabend zu erscheinen. Aber nie konnte sie begreifen, daß die sinnliche Lust des Mannes eine kurze Jahreszeit ist, deren ungewisse Wiederkehr niemals einen neuen Anfang bedeutet. Lag er, umspült von der Nachtluft, allein da und ermaß die Stille und Höhe seines Turmes an den kaum hörbaren Sirenen der Schiffe auf der nahen Seine, zögerte der untreu Gewordene seinen Schlaf hinaus, bis Saha erschien. Blauer als alle Schatten huschte sie über den Sims der offenen Glaswand zu ihm. Dort aber blieb sie lauernd sitzen und stieg nicht auf Alains Brust, wie sehr er sie auch mit den ihr vertrauten Worten lockte.

»Komm, mein kleiner Puma, komm . . . Meine kleine Kletterkatze, mein Blümchen, Saha, Saha . . .«

Sie widerstand ihm und blieb auf dem Fenstersims sitzen. Er sah nur ihre Silhouette, die sich gegen den Himmel abzeichnete, ihr gesenktes Kinn, ihre gespannt zu ihm hin gerichteten Ohren, aber nie konnte er den Ausdruck ihrer Augen erspähen.

Manchmal saßen sie beide, noch bevor sich der Wind hob, in der trockenen Morgendämmerung auf der Ostterrasse und beobachteten Wange an Wange das Erblassen des Himmels und das Ausfliegen der weißen Tauben, die nacheinander die schöne Zeder der Folie-Saint-Jammes verließen. Gemeinsam wunderten sie sich, daß sie so weit entfernt von der Erde waren, so einsam, so wenig glücklich. Mit der leidenschaftlichen und geschmeidigen Bewegung einer Jägerin verfolgte Saha den Flug der Tauben und hauchte einige ». . . äk . . . äk«, ein schwaches Echo jener »Muäk, muäk« der Erregung, der Gier und der gewalttätigen Spiele.

»Unser Zimmer«, flüsterte Alain ihr ins Ohr, »unser Garten, unser Haus . . .«

Sie magerte weiter ab, und Alain fand sie schlank und liebreizend. Aber er litt darunter, daß er sie so sanft und so geduldig sehen mußte wie alle jene, denen ein Versprechen Halt gibt, auch wenn sie nicht mehr daran glauben.

Je mehr der aufblühende Tag die Schatten verkürzte, desto schläfriger wurde Alain. Zunächst ohne Strahlenkranz und vergrößert durch den Nebel über Paris, stieg die Sonne empor, wurde dann kleiner, leichter, glühend heiß und entzündete das Spatzengezwitscher in den Gärten. Auf den Terrassen, den Balkongittern, in den kleinen Höfen, in denen eingeengte Sträucher schmachteten, enthüllte das stärker werdende Licht die Unordnung einer warmen Nacht: ein vergessenes Kleidungsstück auf einem Rohrsessel, leere Gläser auf Blechtischen, ein Paar Sandalen. Alain haßte diese Schamlosigkeit kleiner, unter der Hitze leidender Wohnungen und sprang durch die offene Glastür in sein Bett zurück. In einem kleinen Gemüsegarten am Fuß des neun Stockwerke hohen Hauses hob ein Gärtner den Kopf, um diesen jungen Mann in Weiß zu beobachten, der wie ein Einbrecher durch die durchsichtige Wand ins Innere des Zimmers sprang.

Saha folgte Alain nicht. Bald neigte sie ein Ohr zu dem Dreieckzimmer, bald beobachtete sie leidenschaftslos das Erwachen einer fernen Welt unten auf dem Boden. Aus einem baufälligen Häuschen jagte ein losgelassener Hund stumm ins Freie, trabte durch den kleinen Garten und fand seine Stimme erst nach einiger Zeit ziellosen Laufens wieder. Frauen erschienen an den Fenstern, ein Dienstmädchen warf wütend Türen zu, schüttelte orangefarbene Kissen auf einem Flachdach aus, wie man es in Italien zu tun pflegt. Männer, widerstrebend erwacht, zündeten sich die erste bittere Zigarette an . . . Schließlich wurden in den vollautomatischen Küchen die elektrischen Kaffeemaschinen und die pfeifenden Teekannen angesteckt. Durch die Lüftungsklappe des Badezimmers drang das Parfüm und das rüde Gähnen Camilles . . . In ihr Schicksal ergeben zog Saha die Pfoten ein und stellte sich schlafend.

An einem Juliabend ruhten Camille und die Katze auf derselben Brüstung, die Katze hockend, Camille auf ihre verschränkten Arme gestützt, und warteten auf Alains Rückkehr. Camille mochte diese, der Katze vorbehaltene Balkonterrasse nicht, die durch zwei Scheidewände vor dem Wind geschützt, aber auch von der Terrasse auf der Vorderseite abgeschnitten war.

Die beiden tauschten einen forschenden Blick, aber Camille sprach Saha nicht an. Auf die Ellbogen gestützt neigte sie sich vor, als wollte sie die orangefarbenen Jalousien zählen, die in jedem Stockwerk an der schwindelerregenden Fassade hingen, und streifte dabei an die Katze an. Die erhob sich, um ihr Platz zu machen, und setzte sich etwas weiter entfernt wieder hin.

Sobald Camille allein war, ähnelte sie stark dem kleinen Mädchen, das nicht guten Tag sagen wollte. Ihr Gesicht wurde wieder kindlich durch den Ausdruck unmenschlicher Härte, der Kindergesichter veredelt. Sie ließ den Blick über Paris schweifen, über den Himmel, von dem sich das Licht mit jedem Tag früher zurückzog; es war ein unparteiisch strenger Blick, der nichts tadelte, nichts lobte. Sie gähnte nervös, richtete sich auf, machte gedankenverloren einige Schritte, beugte sich wieder vor und zwang die Katze herunterzuspringen. Würdevoll zog sich Saha zurück und wollte wieder in das Zimmer gehen. Aber die Tür an der Längsseite war geschlossen. Geduldig setzte sie sich hin. Einen Augenblick später mußte sie Camille den Weg freigeben, die mit forschen, langen Schritten begann, von einer Wand zur anderen zu gehen. Die Katze sprang wieder auf das Geländer. Wie im Spiel vertrieb Camille sie neuerlich, als sie sich wieder aufstützte. Und wieder rettete sich Saha zur geschlossenen Tür.

Den Blick starr in die Ferne gerichtet, wandte Camille ihr den Rücken zu. Die Katze fixierte Camilles Rücken, und ihr Atem ging plötzlich schneller. Sie erhob sich, drehte sich zwei- oder dreimal um sich selbst, blickte fragend auf die geschlossene Tür. Camille hatte sich nicht gerührt. Saha blähte die Nüstern, von einer Angst erfaßt, die würgendem Ekel nahekam. Ein langes untröstliches Miauen, die verzweifelte Antwort auf einen drohenden und stummen Plan, entschlüpfte ihr, und Camille wandte sich um. Sie war ein bißchen blaß, das heißt, die Schminke zeichnete sich deutlich in zwei ovalen Monden auf ihren Wangen ab. Sie bemühte sich, geistesabwesend dreinzuschauen, wie sie es unter einem menschlichen Blick getan hätte. Sie begann sogar mit geschlossenen Lippen zu summen und nahm im Rhythmus ihres Liedes ihren Spaziergang von einer Wand zur anderen wieder auf, aber die Stimme versagte ihr. Sie zwang die Katze, der ihr Fuß bedrohlich nahe kam, auf ihren engen Beobachtungsposten zurückzuspringen und von dort weiter zur rettenden Tür.

Saha hatte sich gefaßt und wäre eher gestorben, als einen zweiten Schrei auszustoßen. Die Katze hin und her hetzend, scheinbar ohne sie zu sehen, ging Camille wortlos auf und ab. Saha sprang auf die Brüstung, wenn Camilles Schritte auf sie zukamen, und wieder zurück auf den Boden des Balkons, wenn sie dem ausgestreckten Arm ausweichen wollte, der sie vom neunten Stockwerk hinuntergeworfen hätte.

Sie floh mit Methode, setzte ihre Sprünge überlegt an, hielt die Augen auf ihre Gegnerin geheftet und ließ sich weder zu Wutausbrüchen noch zu demütigem Flehen hinreißen. Die äußerste Erregung, die Todesangst, netzte die feinfühligen Sohlen der Pfoten mit Schweiß, der auf dem Stuckbalkon blütenförmige Spuren zurückließ.

Camille schien als erste zu erlahmen und ihre verbrecherischen Kräfte zu verzetteln. Ihr Fehler war, zu bemerken, daß die Sonne unterging, auf ihre Armbanduhr zu schauen und auf ein Gläserklirren in der Wohnung zu hören. Einige Augenblicke noch, und ihr Entschluß würde von ihr weichen wie der Schlaf vom Schlafwandler, und sie würde unschuldig und erschöpft zurückbleiben . . . Saha fühlte die Festigkeit ihrer Feindin wanken und verharrte einen Moment auf der Brüstung. Da stieß Camille sie mit beiden Armen in die Tiefe.

Sie hörte noch das Kratzen der Krallen auf dem Verputz der Mauer, sah noch, wie sich Sahas gewundener Körper mit der Kraft einer Forelle, die stromaufwärts schnellt, gegen die Luft stemmte. Dann taumelte Camille zurück und lehnte sich an die Wand.

Sie verspürte keinerlei Versuchung, in den kleinen, von neuen Ziegelsteinen eingefaßten Gemüsegarten hinunterzuschauen. Im Zimmer legte sie die Hände über die Ohren, zog sie wieder zurück, schüttelte den Kopf, als hörte sie das Sirren einer Stechmücke, setzte sich und wäre beinahe eingeschlafen. Aber die hereinbrechende Nacht ließ sie nicht ruhig sitzen. Sie stand auf und verjagte die Dämmerung, indem sie die gläsernen Lampen anzündete, die wie leuchtende Streifen und blendende Pilze aussahen. Auch die längliche Lampe mit dem verchromten Schirm drehte sie auf, die einen opalisierenden Schein über das Bett warf.

Sie bewegte sich federnden Schrittes, faßte die Gegenstände mit leichten, geschickten, verträumten Händen an.

»Ich bin wie schwerelos . . .«, sagte sie laut.

Sie zog sich um und kleidete sich in Weiß.

»Mein kleiner Puma«, sagte sie, Alains Stimme nachäffend. Bei dieser aufflackernden sinnlichen Erinnerung, die sie in die Wirklichkeit zurückbrachte, bekamen ihre Wangen wieder Farbe, und sie wartete auf Alains Kommen.

Gespannt lauschte sie auf das Brummen des Fahrstuhls, erzitterte bei jedem Geräusch — dem dumpfen Pochen, dem metallischen Klatschen und Kreischen der gurgelnden, vieltönigen Musik, die das mannigfaltige Leben in einem Neubau hervorbringt. Aber sie war nicht erstaunt, im Vorzimmer das dumpfe Schellen der Türklingel anstelle des Tastens eines Schlüssels im Schloß zu hören. Sie lief hinaus und machte selbst auf.

»Mach die Tür hinter mir zu«, befahl Alain, »damit ich mir ansehen kann, ob sie verletzt ist.«

In seinen Armen trug er die lebende Saha. Er ging geradewegs ins Zimmer, stieß die Sachen auf dem »unsichtbaren« Toilettentisch zur Seite, legte die Katze sanft auf das Glasbrett. Aufrecht und sicher hielt sich Saha auf den Pfoten, ließ aber den Blick ihrer Augen gehetzt umherirren, als wäre sie in einem fremden Raum.

»Saha!« rief Alain halblaut. »Es ist ein Wunder, wenn sie sich nichts getan hat. Saha!«

Sie hob den Kopf, wie um ihren Freund zu beruhigen, und schmiegte die Wange an seine Hand.

»Beweg dich ein bißchen, Saha . . . Sie geht! Oh — sechs Stockwerke tief fallen . . . Die Jalousie von dem Kerl im zweiten Stock hat sie aufgefangen . . . Von dort sprang sie auf das kleine Rasenstück des Hausmeisters. Der hat sie durch die Luft vorbeifliegen sehen. Er sagte: ›Ich habe geglaubt, es ist ein herunterfallender Schirm . . .‹ Was hat sie da am Ohr . . . Nein, es ist nur weiß von der Mauer. Warte, ich höre das Herz ab . . .«

Er legte die Katze auf die Seite und horchte die fliegenden Flanken ab, das winzige, aus der Ordnung geratene Räderwerk.

Als er mit geschlossenen Augen lauschte und die blonden Haare auseinanderfielen, sah es aus, als schliefe er auf Sahas Flanke, erwache dann mit einem Seufzer und bemerke nun erst Camille, die aufrecht und schweigend die beiden aneinandergeschmiegten Körper betrachtete.

»Unglaublich . . . Sie hat nichts — wenigstens kann ich nichts feststellen als ein entsetzlich laut pochendes Herz, aber das Herz einer Katze klopft auch normalerweise laut. Doch wie konnte das nur geschehen? Ich frage dich, als könntest du es wissen, meine arme Kleine. Von dieser Seite ist sie abgestürzt —«, sagte er und blickte auf die offene Glastür . . . »Spring auf den Boden, Saha, wenn du kannst.«

Sie sprang nach einem kurzen Zögern, legte sich jedoch sofort auf den Teppich. Sie atmete schnell und betrachtete das Zimmer weiter mit unsicherem Blick.

»Am liebsten würde ich Chéron anrufen . . . Aber schau, sie putzt sich ja! Sie würde sich nicht putzen, wenn sie eine innere Verletzung hätte! Ach, lieber Gott!«

Er richtete sich auf, warf seine Weste aufs Bett, kam auf Camille zu.

»Was für eine Aufregung! . . . Hübsch siehst du aus, so ganz in Weiß . . . Küß mich, mein kleiner Puma!«

Sie ließ sich in die Arme sinken, die sich endlich ihrer erinnerten, und konnte ein trockenes Schluchzen nicht unterdrücken.

»Aber nein! Du weinst?!«

Nun war er verunsichert und verbarg die Stirn in ihrem weichen schwarzen Haar.

»Ich — ich wußte nicht, daß du ein so weiches Herz hast . . .«

Sie war mutig genug, sich bei diesen Worten nicht abzuwenden.

Alain aber kehrte schnell wieder zu Saha zurück, die er wegen der Hitze auf die Terrasse führen wollte. Aber die Katze sträubte sich, begnügte sich damit, dem Abend zugewandt, der blau war wie sie, neben der Schwelle zu liegen. Von Zeit zu Zeit lief ein Zittern über ihren Rücken und dann spähte sie wachsam hinter sich in die Tiefe des dreieckigen Zimmer.

»Das ist der Schock«, erklärte Alain. »Ich wollte sie draußen hinsetzen . . .«

»Laß sie da«, sagte Camille schwach. »Wenn sie doch nicht will!«

»Ihre Launen sind Befehle. Noch dazu heute! Was es so spät wohl noch Eßbares gibt? Halb zehn!«

Mère Buque rollte den Tisch auf die Terrasse. Beim Essen hatten sie das östliche Paris vor sich, aus dem die meisten Lichter strahlten. Alain sprach viel, trank Rotwein mit Wasser verdünnt, zieh Saha der Ungeschicklichkeit, der Unvorsichtigkeit, der »Katzenirrtümer«.

»Ein Katzenirrtum, das ist so eine Art Fehlleistung, eine Schwäche, die ihre Ursache in der Domestizierung hat. Nicht zu verwechseln mit Ungeschicklichkeiten und den fast gewollten Heftigkeiten.«

Aber Camille fragte ihn nicht mehr: »Wieso weißt du das?«

Nach dem Essen trug er, gefolgt von Camille, Saha ins Wohnzimmer, wo sie nun endlich die Milch trank, die sie vorher verschmäht hatte. Beim Trinken zitterte sie am ganzen Körper, wie Katzen, denen man eine zu kalte Flüssigkeit vorsetzt.

»Der Schock«, wiederholte Alain. »Ich werde Chéron auf alle Fälle bitten, morgen früh vorbeizukommen und sie zu untersuchen. Oh, ich vergesse alles!« rief er ausgelassen. »Ruf doch den Hausmeister an. Ich habe die Rolle in der Portierloge gelassen, die Massart, unser verflixter Innenarchitekt, hinterlegt hat.«

Camille gehorchte, während Alain müde und entspannt in einen der umherstehenden Fauteuils sank und die Augen schloß.

»Hallo!« rief Camille in den Hörer. »Ja . . . Das muß sie sein . . . eine große Rolle . . . Danke schön.«

Er lachte mit geschlossenen Augen.

Sie war zu ihm zurückgekommen und sah ihn lachen.

»Wie du flöten kannst! Was bedeutet dieser neue Tonfall? ›Eine große Rolle . . . danke schön‹«, sagte er geziert. »Reservierst du ein so zartes Stimmchen für die Hausmeisterin? Komm, gemeinsam werden wir die letzten Schöpfungen Massarts gerade noch ertragen können.«

Er entrollte ein großes Zeichenblatt auf dem Ebenholztisch. Sofort sprang Saha, die jedes Papier liebte, auf die Tuschzeichnung.

»Wie süß sie ist!« rief Alain aus. »Sie will mir zeigen, daß ihr nichts weh tut. O du, meine gerettete Katze! Hat sie denn da nicht eine Beule am Kopf? Camille, fühl mal hier ihren Kopf . . . Nein, sie hat keine Beule. Aber fühle du auch, Camille . . .«

Eine arme, gehorsame kleine Mörderin versuchte aus der Verbannung zurückzukehren, die sie sich selbst auferlegt hatte, streckte die Hand aus und berührte sanft, mit ein wenig Haß, den Schädel der Katze . . .

Ein grelles Fauchen, ein Schrei, ein ruckartiger Sprung waren die Reaktion auf diese Geste. Camille schrie leise auf, als hätte sie sich verbrannt. Die Katze stand starr auf der ausgebreiteten Zeichnung, eine einzige flammende Anklage gegen die junge Frau, sträubte das Fell, entblößte die Zähne und das trockene Rot ihres Rachens . . .

Alain war aufgesprungen, um die eine vor der anderen zu schützen.

»Vorsicht! Vielleicht ist sie . . . übergeschnappt . . . Saha . . .«

Sie starrte ihn böse, aber so geistesgegenwärtig an, daß jeder Zweifel an ihrer Vernunft ausgeschlossen war.

»Was war los? Wo hast du sie berührt?«

»Ich habe sie gar nicht berührt . . .«

Sie sprachen leise, bewegten nur die Lippen.

»Also so etwas . . .«, sagte Alain. »Ich verstehe das nicht. Streck die Hand noch einmal aus.«

»Nein! Ich will nicht!« protestierte Camille. »Sie hat vielleicht die Tollwut . . .«, fügte sie hinzu.

Alain versuchte Saha zu streicheln, deren gesträubtes Fell sich wieder glättete und die sich an die vertraute Hand schmiegte, die Augen aber immer wieder auf Camille richtete.

»Na so was . . .«, wiederholte Alain langsam. »Halt, da hat sie ja einen Kratzer auf der Nase, das habe ich vorher nicht gesehen. Es ist eingetrocknetes Blut. Brav, Saha, brav . . .«, sagte er, als er die Wut in den gelben Augen wieder aufflackern sah.

Mit geblähten Backen, in starrer Kampfstellung, die gesträubten Barthaare nach vorn gerichtet, schien die wütende Katze zu lachen. Die Kampflust zog ihr die gelblichen Winkel des Maules auseinander, spannte die Kinnmuskeln, und das ganze Katzengesicht schien um eine allgemein verständliche Sprache zu ringen, um ein von den Menschen vergessenes Wort . . .

»Was ist denn das hier?« fragte Alain plötzlich.

»Was denn?«

Der Blick der Katze stachelte Camilles Mut und Verteidigungsbereitschaft an. Über die Zeichnung gebeugt, versuchte Alain feuchte Abdrücke zu deuten, vier kleine Flecken, um einen unregelmäßigen zentralen Fleck gruppiert.

»Ihre Pfoten — naß?« murmelte Alain.

»Sie wird ins Wasser getreten sein«, sagte Camille. »Du machst aus jeder Mücke einen Elefanten!«

Alain hob den Kopf und blickte in die trockene blaue Nacht. »Ins Wasser, in was für Wasser? . . .«

Er wandte sich seiner Frau zu, und er war, als er sie aus großen runden Augen anstarrte, plötzlich eigenartig häßlich.

»Du weißt nicht, was diese Spuren da bedeuten?« fragte er bitter. »Nein, du weißt nichts. Es ist Angst! Angstschweiß. Katzen schwitzen nur aus Angst. Also hat sie Angst gehabt . . .«

Vorsichtig hob er eine von Sahas Vorderpfoten auf und wischte mit dem Finger über die fleischige Sohle. Dann schob er den weißen Hautschaft zurück, in den die einziehbaren Krallen eingebettet sind:

»Sie hat sich alle Krallen gebrochen . . .«, sagte er mehr zu sich selbst. »Sie hat sich festgehalten . . . angeklammert . . . sie hat den Stein zerkratzt, als sie sich festhielt . . . Sie . . .«

Er unterbrach sich, nahm ohne ein weiteres Wort die Katze unter den Arm und trug sie ins Badezimmer.

Allein, regungslos sitzend, lauschte Camille. Sie hatte

die Hände ineinander verschlungen und obwohl nichts sie festhielt, schien sie doch wie gefesselt zu sein.

»Madame Buque«, sagte Alains Stimme, »haben Sie Milch?«

»Ja, im Kühlschrank.«

»Dann ist sie ja eiskalt.«

»Aber ich kann sie doch auf der Herdplatte wärmen . . . Das dauert keine zwei Minuten . . . Für die Katze? Sie ist doch nicht krank?«

»Nein, sie ist . . .«

Alains Stimme hielt kurz inne, um in einem anderen Tonfall fortzufahren. ». . . Sie ist vom Fleisch ein bißchen angewidert, bei dieser Hitze . . . Danke, Madame Buque . . . Ja, Sie können gehen. Bis morgen früh, auf Wiedersehen.«

Camille hörte ihren Mann hin- und hergehen, einen Wasserhahn aufdrehen, begriff, daß er die Katze mit Futter und frischem Wasser versorgte.

Ein verschwommener Schatten über der Metalljalousie wanderte über ihr Gesicht, in dem sich nur die großen Pupillen langsam bewegten.

Alain kam zurück, zog mit einer lässigen Bewegung den Gürtel fester und setzte sich an den Ebenholztisch. Aber er forderte Camille nicht auf, zu ihm zu kommen, und so mußte sie als erste sprechen.

»Du hast Madame Buque weggeschickt.«

»Ja. Hätte ich nicht sollen?«

Er zündete sich eine Zigarette an und schielte auf die Flamme des Feuerzeuges.

»Ich wollte, daß sie morgen früh . . . Aber es ist nicht wichtig, du brauchst dich nicht zu entschuldigen.«

»Ich entschuldige mich ja gar nicht, obwohl ich das eigentlich hätte tun sollen.«

Angezogen von der blauen Nacht ging er zur offenstehenden Tür. Er spürte ein leichtes Zittern, das aber nicht von der eben erlebten Aufregung herrührte, sondern vielmehr dem dumpfen, unheilvollen Tremolo in einem Musikstück glich. Von der Folie-Saint-Jammes stieg eine Rakete auf, zerstob in leuchtende Blätter, die im Fallen nacheinander verwelkten, und in der glitzernden Tiefe des nachtblauen Himmels herrschte wieder Frieden. Weißglühend leuchteten im Park der Folie eine Muschelgrotte, eine Säulenreihe und ein Wasserfall auf. Da trat Camille zu ihm.

»Gibt es da ein Fest? Warten wir auf das Feuerwerk . . . Hörst du die Gitarren?«

Er antwortete nicht, war ganz mit seinem seltsamen Zittern beschäftigt. Gelenke und Hände kribbelten, der Rükken war müde, von tausend Stichen gequält. Sein Zustand erinnerte ihn an die äußerste Ermattung, die Erschöpfung nach den Lauf- und Ruderwettkämpfen in der Sporthalle, von denen er früher, gleichgültig ob er gewonnen oder verloren hatte, mit Herzklopfen, todmüde und auf Revanche sinnend zurückgekommen war. Nur etwas in ihm war friedlich: das Bewußtsein, daß er sich nicht mehr um Saha sorgen mußte. Seit langem, oder auch seit kurzem — seit der Entdeckung von Sahas gebrochenen Krallen, seit Sahas wütender Angst, hatte er die Zeit nicht mehr genau gemessen.

»Das ist kein Feuerwerk«, sagte er. »Eher ein Tanz . . .«

An der Bewegung, die Camille neben ihm im Dunkel machte, wurde ihm klar, daß sie keine Antwort mehr erwartet hatte. Aber sie faßte sich ein Herz und nahm einen neuen Anlauf.

Er fühlte sie ganz furchtlos näher kommen, sah aus dem Augenwinkel das weiße Kleid, einen nackten Arm, eine von den Lampen im Zimmer gelblich beschienene und eine von der klaren Nacht verschluckte blaue Gesichtshälfte — ein durch die kleine, gerade Nase zweigeteiltes Gesicht mit einem großen, nur hie und da blinzelnden Auge auf jeder Seite.

»Ja, Tanz«, nickte sie. »Es sind Mandolinen, nicht

Gitarren ... Horch ... *Les donneurs ... de sérénades, et les belles écouteu- ...*«

Auf dem höchsten Ton kippte ihre Stimme um und sie hüstelte, um ihr Versagen zu kaschieren.

›Was für ein dünnes Stimmchen ...‹, staunte Alain. ›Was hat sie bloß mit ihrer Stimme gemacht, die sonst so gewaltig ist wie ihre Augen? Sie singt mit der Stimme eines kleinen Mädchens und wird heiser ...‹

Die Mandolinen verstummten, der Lufthauch trug das schwache Rauschen von Geplauder und Beifall herbei. Kurz danach stieg eine Rakete hoch, zersprang in einen Schirm gelblicher Strahlen, an denen feuerrote Tränen hingen.

»Oh!« rief Camille aus.

Wie zwei Statuen waren sie beide plötzlich aus dem Schatten aufgetaucht, Camille wie aus lila Marmor, Alain heller, die Haare grünlich und die Pupillen farblos. Als die Rakete erlosch, seufzte Camille auf.

»Immer ist es zu kurz«, sagte sie weinerlich.

In der Ferne ertönte wieder Musik. Aber eine Laune des Windes verwandelte den Klang der Instrumente in schrille Resonanzen, und die starken Schläge einer zweitonigen Paukenbegleitung stiegen schwerfällig bis zu ihnen herauf.

»Schade«, sagte Camille. »Sie spielen offenbar tollen Jazz. Das ist *Love in the night ...*«

Sie summte die Melodie mit einer kaum hörbaren, zitternden hohen Stimme, als hätte sie vorher geweint. Diese neue Stimme verdoppelte Alains Unbehagen, entfachte in ihm ein Bedürfnis nach Befreiung, die Lust, endlich das zu zerbrechen, was sich — seit langer, oder sehr kurzer Zeit? — zwischen Camille und ihm aufgetürmt hatte, etwas, das noch keinen Namen besaß, aber schnell wuchs, was ihn hinderte, Camille beim Hals zu packen wie einen Knaben, etwas, das ihn reglos an die von der Hitze des Tages noch warme Wand gedrückt hielt, und ihn wach und auf der Hut sein ließ. Er wurde ungeduldig und sagte:

»Sing doch weiter . . .«

Ein langsamer, dreifarbiger Funken, der wie das Geäst einer Trauerweide niedersank, malte Streifen auf den Himmel über dem Park und zeigte Alain eine erstaunte, mißtrauisch gewordene Camille:

»Was denn singen?«

»*Love in the night,* oder sonst etwas . . .«

Sie zögerte, lehnte ab:

»Sei still, damit man den Jazz hören kann . . . sogar hier heroben hört man, wie sanft er klingt . . .«

Er beharrte nicht weiter darauf, zügelte seine Ungeduld, unterdrückte den Schauer, der durch seinen ganzen Körper rann.

Ein Schwarm fröhlicher kleiner Sonnen kreiste schwerelos durch die Nacht und stieg in die Höhe. Alain verglich die Sonnen heimlich mit den Bildern seiner Lieblingsträume.

›Die hier muß ich mir merken . . . ich werde versuchen, sie mit hinüberzunehmen‹, überlegte er ernsthaft. ›Ich habe meine Träume zu sehr vernachlässigt . . .‹ Schließlich stieg über dem Park eine Art verschwommener Morgenröte auf, stieg immer höher, bis sie sich gelb und rosa verfärbte und in schimmernde Punkte, eindrucksvolle Strahlen und goldglänzende, grelle Streifen auflöste.

Kindergeschrei auf den unteren Terrassen begrüßte das Lichtwunder, in dem Alain die geistesabwesende, gedankenverlorene und auf das Leuchten in sich selbst konzentrierte Camille betrachtete . . .

Als es um sie wieder Nacht wurde, zögerte er nicht mehr und ließ seinen nackten Arm unter Camilles Arm gleiten. Schon bei der Berührung glaubte er, den weißen Arm vor sich zu sehen, der von der Sonne kaum gebräunt und in einen Flaum feiner Härchen gehüllt war, die bis zum Ellbogen goldkäferfarben und gegen die Schulter zu blässer auf der Haut wuchsen.

»Du bist ja ganz kalt«, murmelte er. »Ist dir nicht gut?«

Sie fing ganz leise zu weinen an, so unvermittelt, daß Alain sie in Verdacht hatte, mit ihren Tränen nur auf diese Gelegenheit gewartet zu haben.

»Nein. Es ist deinetwegen . . . Du . . . du liebst mich nicht.«

Er lehnte sich mit dem Rücken gegen die Mauer und drückte Camille an seine Hüfte. Er spürte, daß sie zitterte und kalt war, von den Schultern bis zu den über den hinuntergerollten Strümpfen nackten Knien. Mit ihrem ganzen Gewicht preßte sie sich an ihn.

»So, so. Ich liebe dich nicht. Gut. Kommt jetzt noch eine Eifersuchtsszene wegen Saha?«

Er spürte, wie durch alle Muskeln des Körpers, den er hielt, ein Schauer lief, ein Wiederaufleben von Abwehr und Energie. Ermutigt durch die fortgeschrittene Stunde hielt er die Gelegenheit für günstig und fuhr hartnäckig fort:

»Anstatt sich dieses lieben Tieres anzunehmen wie ich . . . Sind wir denn das einzige junge Paar, das eine Katze oder einen Hund hat? Willst du vielleicht einen Papagei, einen Seidenaffen, ein Taubenpaar, einen Hund, damit ich meinerseits eifersüchtig werde?«

Sie zuckte die Schultern und protestierte mit verkniffenem Mund in weinerlichem Tonfall. Mit hocherhobenem Kopf versuchte Alain seine eigene Stimme unter Kontrolle zu halten und ereiferte sich in Gedanken: ›Nur zu . . . noch ein paar Dummheiten, ein kleines Geplänkel, und wir sind da, wo wir hinwollen . . . Sie ist wie ein Krug, den ich umkehren muß, um sie ganz zu leeren . . . Also, weiter . . .‹

»Möchtest du einen kleinen Löwen, ein Krokodilbaby, nicht ganz fünfzig Jahre alt? Nein? . . . Dann mußt du dich also doch mit Saha anfreunden . . . Wenn du dir etwas Mühe gibst, wirst du sehen, daß . . .«

Camille befreite sich so heftig aus seinen Armen, daß er schwankte. »Nein!« schrie sie. »Das niemals! Hörst du? Niemals!«

Wütend seufzte sie auf und wiederholte leise: »O nein! Niemals!«

›Jetzt sind wir soweit‹, sagte sich Alain genußvoll.

Er drängte Camille ins Zimmer, ließ die Jalousien hinunter, drehte das gläserne Viereck an der Decke an und schloß die Terrassentür. Mit einem Sprung näherte sich Camille dem Ausgang, den Alain wieder öffnete: »Unter der Bedingung, daß du nicht schreist«, sagte er.

Er schob Camille den einzigen Lehnsessel zu und setzte sich rittlings auf den einzigen Stuhl am Fußende des frischüberzogenen Bettes.

Die Chintzvorhänge, die schon für die Nacht zugezogen waren, ließen Camilles Blässe und ihr weißes, verdrücktes Kleid grün erscheinen.

»Also?« begann Alain. »Nicht einzurenken? Eine furchtbare Geschichte: entweder sie oder du?«

Sie nickte kurz, und Alain begriff, daß er den scherzhaften Ton aufgeben mußte.

»Was willst du hören?« fing er nach einer Pause wieder an. »Das einzige, was ich dir nicht sagen will? Du weißt genau, daß ich auf diese Katze nicht verzichten werde. Ich würde mich schämen. Schämen vor mir und vor ihr . . .«

»Ich weiß«, sagte Camille.

». . . und vor dir«, fügte Alain hinzu.

»Oh, ich! . . .« sagte Camille und hob die Hand.

»Du zählst auch«, sagte Alain hart. »Du bist also alles in allem nur auf mich böse? Saha hast du nichts vorzuwerfen als die Liebe, die sie für mich empfindet?«

Ihre einzige Antwort war ein bekümmerter und zögernder Blick, und Alain war gereizt, daß er noch weiter in sie dringen mußte. Er hatte gedacht, daß eine heftige und kurze Szene die Dinge beschleunigen würde, und hatte sich auf ein leichtes Spiel eingestellt. Aber nach dem ersten Aufschrei hatte sich Camille wieder gesammelt und goß kein Öl mehr ins Feuer. Er versuchte es mit Geduld.

»Sag mir, Kleines — was ist denn los? Darf ich dich

›mein Kleines‹ nennen? Sag mir, wenn es sich um eine andere Katze als Saha handelte, wärest du dann weniger intolerant?«

»Natürlich«, antwortete sie sehr schnell. »Du würdest sie nicht so lieben wie diese.«

»Das stimmt«, sagte Alain mit berechnender Ehrlichkeit.

»Nicht einmal eine Frau«, ereiferte sich Camille, »nicht einmal eine Frau würdest du so sehr lieben.«

»Auch das stimmt«, sagte Alain.

»Du bist nicht so wie andere tierliebende Leute, du nicht . . . Auch Patrick liebt Tiere. Er nimmt die großen Hunde um den Hals, er balgt sich mit ihnen, er ahmt die Katzen nach, um zu sehen, wie sie dabei dreinschauen, er pfeift den Vögeln zu.«

»Ja. Er ist auch sonst umgänglicher«, sagte Alain.

»Aber mit dir ist das etwas anderes: du liebst Saha . . .«

»Das habe ich dir niemals verborgen, aber ich habe dich auch nicht angelogen, als ich dir sagte: Saha ist nicht deine Rivalin . . .«

Er unterbrach sich und schlug die Lider über seinem Geheimnis nieder, das ein Geheimnis der Reinheit war.

»Es gibt Rivalinnen und Rivalinnen«, sagte Camille sarkastisch.

Plötzlich wurde sie rot, brauste wie in einem Rausch auf und stapfte auf Alain zu.

»Ich habe euch gesehen!« schrie sie. »Am Morgen, wenn du die Nacht wieder auf deinem kleinen Diwan verbracht hattest . . . bei Tagesanbruch habe ich euch gesehen, euch beide . . .«

Sie streckte einen zitternden Arm in Richtung der Terrassen aus.

»Dort habe ich euch sitzen gesehen, alle beide . . . nicht einmal gehört habt ihr mich! Wange an Wange seid ihr dagesessen . . .«

Sie ging zum Fenster, schnappte nach Luft und kam wieder auf Alain zu.

»Du mußt mir jetzt ganz ehrlich sagen, ob ich unrecht habe, diese Katze nicht zu mögen, und ob ich unrecht habe, unter all dem zu leiden.«

Er schwieg so lange, daß sie sich von neuem aufregte. »Also los! Sag endlich etwas! Jetzt ist doch schon alles egal . . . Worauf wartest du?«

»Auf die Fortsetzung«, sagte Alain. »Den Rest.«

Er erhob sich sachte, beugte sich über seine Frau und senkte die Stimme, während er auf die Glastür wies:

»Das warst du, nicht wahr? Du hast sie hinuntergeworfen? . . .«

Mit einer brüsken Bewegung brachte sie das Bett zwischen sich und ihn, leugnete aber nicht. Er beobachtete diesen Fluchtversuch mit einem schiefen Lächeln:

»Du hast sie hinuntergeworfen«, sagte er nachdenklich. »Ich habe gleich gespürt, daß du alles zwischen uns verändert hast . . . Du hast sie hinuntergeworfen . . . Sie hat sich die Krallen abgebrochen, als sie versuchte, sich an der Mauer festzuklammern . . .«

Er senkte den Kopf, stellte sich den Mordversuch vor.

»Aber wie hast du sie hinuntergeworfen? Hast du sie bei der Nackenhaut gehalten? Hast du ihren Schlaf auf der Brüstung dazu ausgenützt? Hast du deine Tat schon lange vorbereitet? Habt ihr miteinander gekämpft — vorher?«

Er hob die Stirn, betrachtete Camilles Hände und Arme. »Nein, du hast keine Kratzspuren. Sie hat dich verraten, als ich dich gezwungen habe, sie zur berühren . . . Sie ist großartig . . .«

Er wandte die Augen von Camille ab und ließ seinen Blick über den Nachthimmel, das Sternengeflimmer und die Wipfel der drei Pappeln schweifen, die im Licht des Zimmers schimmerten.

»Also«, sagte er schlicht, »ich gehe.«

»Oh! Hör zu . . . hör doch . . .«, flehte Camille leise und inständig.

Trotzdem ließ sie ihn aus dem Zimmer gehen. Er öffnete die Wandschränke, sprach mit der Katze im Badezimmer. Das Klappern seiner Schritte sagte Camille, daß er Straßenschuhe angezogen hatte, und unwillkürlich schaute sie auf die Uhr. Er kam zurück und trug Saha in einem bauchigen Korb, den Madame Buque zum Einkaufen benutzte. Hastig angezogen, die Haare nachlässig gekämmt, ein Seidentuch lose um den Hals geschlungen, sah er aus, als käme er von einer Liebesnacht, und Camilles Augen füllten sich mit Tränen. Aber sie hörte, wie Saha sich im Korb bewegte, und kniff die Lippen zusammen.

»Also, ich gehe«, wiederholte Alain.

Er senkte die Augen, hob den Korb etwas hoch und verbesserte sich mit wohlüberlegter Grausamkeit:

»Wir gehen.«

Er befestigte den Deckel des Weidenkorbes und erklärte:

»Das war das einzige, was ich in der Küche finden konnte.«

»Gehst du nach Hause?« fragte Camille und zwang sich, Alains Ruhe nachzuahmen.

»Natürlich.«

»Wirst du denn . . . kann ich damit rechnen, dich dieser Tage einmal zu sehen?«

»Gewiß.«

Vor Überraschung wurde sie noch einmal schwach, und beinahe hätte sie gefleht, geweint, sich mit aller Kraft verteidigt.

»Und du«, fragte Alain, »bleibst du heute nacht allein hier? Fürchtest du dich nicht? Wenn du darauf bestehst, bleibe ich, aber . . .«

Er drehte den Kopf zur Terrasse.

»Aber, offen gesagt, habe ich keine besondere Lust . . . Was gedenkst du denn bei dir zu Hause zu sagen?«

Verletzt, daß er sie ausdrücklich zu ihrer Familie zurückschickte, richtete Camille sich auf.

»Ich habe ihnen nichts zu sagen. Das sind Dinge, die nur mich etwas angehen, glaube ich . . . ich brauche keinen Rat von meiner Familie.«

»Ich gebe dir vollkommen recht — fürs erste.«

»Außerdem können wir ja schon morgen entscheiden . . .«

Er hob die freie Hand, um diese bedrohliche Zukunft abzuwehren. »Nein, nicht morgen. Heute gibt es kein Morgen.«

Auf der Türschwelle wandte er sich um. »Ich habe meinen Schlüssel und das Geld, das wir hier haben, ins Badezimmer gelegt . . .«

Zynisch unterbrach sie ihn:

»Warum nicht auch eine Kiste Konserven und einen Kompaß?«

Sie spielte die Tapfere. Eine Hand in die Hüfte gestemmt, den Kopf aufrecht auf ihrem schönen Hals tragend, musterte sie ihn mit den Augen. ›Sie genießt meinen Abgang‹, dachte Alain. Er wollte es ihr mit gleicher Münze heimzahlen, eine Haarsträhne in die Stirn fallen lassen, den zwischen den Wimpern schmachtenden, verächtlich umherschweifenden Blick aufzusetzen, so wie er es in den vergangenen Stunden getan hatte. Aber er verzichtete auf dieses Gehabe, das schlecht zum Einkaufskorb gepaßt hätte, und beschränkte sich auf einen vagen Gruß in Camilles Richtung.

Sie wahrte die Haltung, die theatralische Pose.

Bevor er hinausging, sah er aus der Entfernung deutlicher die Ringe um ihre Augen und das feuchte Glänzen auf ihren Schläfen und dem faltenlosen Hals.

Den Garagenschlüssel in der Hand, überquerte er gedankenlos die Straße. ›Das kann ich nicht tun‹, dachte er, machte kehrt und ging zu der ziemlich weit entfernten Avenue zurück, wo in der Nacht oft freie Taxis vorüberkamen. Saha miaute zwei-, dreimal, und er beruhigte sie mit seiner Stimme. ›Ich kann das nicht tun, aber es wäre wahrhaftig viel bequemer, den Wagen zu nehmen. In der Nacht bis Neuilly zu kommen, ist fast unmöglich.‹ Da er damit gerechnet hatte, sich nun endlich entspannen zu können, war er um so erstaunter, daß er seine Kaltblütigkeit verloren hatte, seit er allein war, und auch der Spaziergang beruhigte ihn nicht. Endlich fand er ein leeres Taxi, und die Fahrt von fünf Minuten kam ihm lang vor.

Er zitterte vor Kälte in der lauen Nacht, als er unter der Gaslaterne auf das Öffnen des Gittertores wartete. Saha, die den Geruch des Gartens erkannt hatte, miaute kläglich in dem Einkaufskorb, den er auf den Gehsteig gestellt hatte.

Der Duft der Glyzinien in ihrer zweiten Blüte wehte durch die Luft. Alain zitterte immer heftiger und stieg von einem Fuß auf den anderen, wie man es bei großer Kälte tut. Er läutete noch einmal, denn trotz des dumpfen und ärgerlich lauten Klanges der großen Torglocke wachte niemand im Haus auf. Endlich erschien ein Licht im Garagengebäude, und er hörte die schleppenden Schritte des alten Emile auf dem Kiesweg.

»Ich bin's, Emile«, sagte er, als sich das bleiche Gesicht des alten Dieners gegen die Gitterstäbe preßte.

»Sie, Monsieur Alain!« sagte Emile und übertrieb sein Flüstern. »Die junge Dame ist doch hoffentlich nicht unpäßlich? Der Sommer ist so heimtückisch . . . Monsieur Alain haben einen Koffer, wie ich sehe?«

»Nein, es ist Saha. Lassen Sie, ich trage sie. Nein, zünden sie nicht die großen Lampen an, das Licht könnte Mama aufwecken . . . Machen Sie mir nur die Eingangstür auf und gehen Sie wieder schlafen.«

»Madame ist wach, sie mußte mir läuten, denn ich habe

die Torglocke nicht gehört. So kurz nach dem Einschlafen, nicht wahr . . .«

Alain beeilte sich, dem Wortschwall und den schlurfenden Schritten hinter ihm zu entkommen. Obwohl die Nacht mondlos war, stolperte er in den Biegungen der Allee nicht. Die große Rasenfläche, die heller war als die Beete, wies ihm den Weg. Der bewachsene, abgestorbene Baum inmitten des Rasens sah aus wie ein riesiger stehender Mann mit einem Mantel über dem Arm. Der Duft der Geranien in der feuchten Erde ließ Alain innehalten und schnürte ihm die Kehle zu. Er beugte sich nieder, öffnete tastend den Korb und ließ die Katze heraus.

»Saha, unser Garten . . .«

Er fühlte, wie sie aus dem Korb drängte, und aus Zärtlichkeit ließ er sie laufen, ohne sich um sie zu kümmern. Er schenkte ihr die Nacht, die Freiheit, die schwammige weiche Erde, die Insekten und die schlafenden Vögel.

Hinter den Fensterläden im Erdgeschoß wartete eine Lampe, und Alains Gesicht verdüsterte sich. ›Reden und wieder reden, meiner Mutter erklären . . . was erklären? Es ist so einfach . . . Es ist so schwer . . .‹

Er sehnte sich nur nach Stille, nach dem Zimmer, das mit den Sträußen in vergilbten Farben übersät war, nach dem Bett und vor allem nach heißen Tränen, lautem hustenrauhem Schluchzen . . . nach schuldhafter, heimlicher Entschädigung.

»Komm herein, mein Liebling . . .«

Selten war er im Zimmer der Mutter gewesen. Seine rücksichtslose Abneigung gegen Tropfenzähler, Digitalis-Tabletten und homöopathische Arzneien rührte von seiner Kindheit her und dauerte immer noch an. Aber als er das schmale, schlichte Bett und die Frau mit dem dichten weißen Haar sah, die sich auf die Hände stützte, konnte er nicht widerstehen.

»Weißt du, Mama, es ist gar nichts Besonderes . . .«

Diese dumme Phrase begleitete er mit einem breiten

Lächeln, das nur seinen Mund verzog und für das er sich schämte. Die Müdigkeit raubte ihm schlagartig jede Energie und zwang ihn zu einem Leugnen, dem er sich einfach unterwarf. Er setzte sich an das Kopfende des Bettes zu seiner Mutter und knüpfte sein Halstuch auf.

»Ich bitte um Entschuldigung wegen meines Aufzuges, ich bin gekommen, wie ich war . . . Immer komme ich zur unpassenden Zeit, ohne dich vorzuwarnen . . .«

»Aber du hast mich ja vorgewarnt«, sagte Madame Amparat.

Sie warf einen Blick auf Alains staubige Schuhe.

»Die reinsten Schornsteinfegerschuhe . . .«

»Ich komme nur von zu Hause, Mama. Aber ich mußte ziemlich lange ein Taxi suchen. Ich trug die Katze . . .«

»Ach!« stieß Madame Amparat verständnisvoll hervor, »du hast die Katze zurückgebracht?«

»Oh, natürlich . . . Wenn du wüßtest . . .«

Er stockte, von einer eigenartigen Diskretion zurückgehalten. ›Das sind Dinge, die man nicht erzählt. Das sind keine Geschichten für Eltern.‹

»Camille mag Saha nicht besonders, Mama.«

»Ich weiß«, sagte Madame Amparat.

Sie zwang sich zu einem Lächeln und schüttelte ihr krauses Haar. »Das ist ja ziemlich ernst!«

»Ja, für Camille«, sagte Alain bösartig.

Er stand auf, ging zwischen den Möbeln umher, die wie in Provinzhäusern unter weißen Schonbezügen versteckt waren. Seit er sich entschlossen hatte, Camille nicht zu verraten, wußte er nichts mehr zu sagen.

»Weißt du, Mama, es gab weder Geschrei noch zerbrochenes Geschirr . . . Der gläserne Toilettetisch hat nicht gelitten und die Nachbarn sind nicht zusammengelaufen. Ich brauche nur ein bißchen . . . ein bißchen Alleinsein und Ruhe . . . Ich verberge dir nicht, daß ich einfach nicht mehr kann«, sagte er und setzte sich wieder auf das Bett.

»Nein, das verbirgst du mir nicht«, sagte Madame Amparat.

Sie legte eine Hand auf Alains Stirn und drehte dieses junge Männergesicht, auf dem blasser Bart sproß, zum Licht. Er protestierte, wandte seine feuchten Augen ab, und es gelang ihm gerade noch, den Tränenstrom, den er sich versprochen hatte, zurückzuhalten.

»Wenn mein altes Bett nicht überzogen ist, Mama, wickle ich mich einfach in irgend etwas ein . . .«

»Dein Bett ist überzogen«, sagte Madame Amparat.

Auf diese Worte hin preßte er seine Mutter an sich, küßte sie blindlings auf Augen, Wangen, Haare, bohrte ihr die Nase in den Hals, stotterte »Gute Nacht« und ging schniefend hinaus.

In der Halle faßte er sich wieder und stieg nicht sofort die Treppe hinauf, weil ihn das Ende der Nacht und Saha lockten. Aber er ging nicht weit. Die Freitreppe genügte ihm. Er setzte sich im Schatten auf eine Stufe, und seine ausgestreckte Hand spürte das Fell, die feinen Antennen der Barthaare und die kühlen Nüstern Sahas.

Wie jedes schmeichelnde wilde Tier drehte und wand sie sich auf der Stelle. Sie kam ihm ganz klein vor, leicht wie ein junges Kätzchen, und weil er selbst Hunger hatte, meinte er, sie brauchte etwas zu fressen.

»Wir werden in der Früh essen, bald, der Tag bricht schon an . . .«

Schon roch sie wieder nach Minze, Geranien und Buchsbaum. Er kannte ihre Zutraulichkeit und wußte, daß sie sterblich war, dem Leben für vielleicht nur zehn Jahre geliehen, und er litt, wenn er an die Kürze einer so großen Liebe dachte.

»Nach dir wird mich wahrscheinlich jede haben können, die mich will . . . Eine Frau, mehrere Frauen . . . Aber niemals mehr eine andere Katze.«

Eine Amsel pfiff vier Töne, von denen der ganze Garten widerhallte, und verstummte dann. Aber die Spatzen hatten sie gehört und antworteten. Über dem Rasen und den blühenden Büschen stieg ein Hauch von Farben auf. Alain unterschied ein mürrisches Weiß, ein starres Rot, trauriger als Schwarz, ein leimiges Gelb in dem umgebenden Grün, eine runde gelbe Blume, die bald in grellerem Gelb aufzusteigen begann, verfolgt von Augen und Monden. Wankend, zum Umfallen müde, erreichte Alain sein Zimmer, warf die Kleider ab, deckte das Bett auf. Die Frische der Bettücher überwältigte ihn.

Er lag auf dem Rücken, einen Arm ausgestreckt; verschlossen und stumm saß die Katze auf seiner Schulter, die langsam erstarrte. Bleischwer und haltlos fiel er in tiefsten Schlaf. Ein Aufschrecken brachte ihm die Morgenfrühe zurück, das Wiegen der erwachten Bäume und das gutmütige ferne Kreischen einer Straßenbahn.

›Was hab' ich denn? Ich wollte doch . . . Ach ja, ich wollte weinen . . .‹ Er lächelte und schlief sofort wieder ein.

Er schlief unruhig, von wirren Träumen geplagt. Zwei- oder dreimal meinte er aufzuwachen, und sich des Ortes, an dem er schlief, bewußt zu werden, aber jedesmal wurde er durch den Anblick der Wände seines Zimmers irregeführt und nahm mürrisch ein geflügeltes, umherschwirrendes Auge wahr.

›Aber ich schlafe doch, ich schlafe . . .‹

›Ich schlafe . . .‹, antwortete er auch auf das Knirschen des Kiesweges. ›Wenn ich euch doch sage, daß ich schlafe!‹ schrie er den schleppenden Schritten vor der Tür zu. Die Schritte entfernten sich, und der Schläfer lobte sich im Traum. Aber der Traum war unter den wiederholten Bitten alt geworden, und Alain öffnete die Augen.

Aus der Sonne, die er im Mai auf dem Fenstersims zurückgelassen hatte, war eine Augustsonne geworden, die über den seidigen Stamm des Tulpenbaumes vor dem Haus nicht mehr hinausreichte. ›Wie ist der Sommer gealtert‹, sagte sich Alain. Er stand nackt auf, suchte etwas zum Anziehen und fand einen zu kurzen Pyjama mit engen Ärmeln und einen ausgebleichten Bademantel, den er freudig anzog. Es drängte ihn zum Fenster, aber er stieß sich an dem vergessenen Foto von Camille am Kopfende des Bettes. Neugierig prüfte er das kleine unscharfe Porträt auf Glanzpapier, das hier weiß, dort schwarz geworden war. ›Es ist ähnlicher, als ich dachte‹, stellte er fest. ›Wieso habe ich das nicht bemerkt? Vor vier Monaten sagte ich immer: Oh, sie ist ganz anders als auf dem Bild, fein und weniger hart . . . aber ich habe mich geirrt . . .‹

Ein langer, gleichmäßiger Windhauch lief murmelnd wie ein Fluß über die Bäume. Begeistert und mit schmerzhaft leerem Magen hing Alain seinen Gedanken nach: ›Herrlich ist das — wie ein Erholungsurlaub . . .‹

Um die Illusion voll zu machen, klopfte es an der Tür, und die bärtige Baskin trat mit einem Tablett ein.

»Aber ich hätte doch im Garten gefrühstückt, Juliette!«

Eine Art Lächeln huschte über ihr Gesicht mit den grauen Stoppeln.

»Ich dachte . . . Wollen Monsieur Alain, daß ich das Tablett hinuntertrage?«

»Nein, nein, ich habe zu großen Hunger, lassen Sie es hier. Saha kommt durchs Fenster . . .«

Er rief die Katze, die aus einem unsichtbaren Versteck auftauchte, als hätte sein Ruf sie geboren. Sie sprang auf die Kletterpflanzen, um den kürzesten Weg zu nehmen, und fiel zurück — sie hatte ihre abgebrochenen Krallen vergessen.

»Warte, ich komme!«

Er trug sie auf den Armen ins Zimmer, und sie schlemmten miteinander, sie Milch und Zwieback, er Brotschnitten und brühheißen Kaffee. An einer Ecke des Tabletts blühte eine kleine Rose aus dem Henkel des Honigtopfes.

›Die Rose ist nicht von meiner Mutter‹, überlegte Alain. Es war eine kleine, schlecht gewachsene Rose, etwas verdreht, eine Rose, die von den unteren Zweigen stibitzt worden war und den wilden Duft gelber Rosen verströmte. ›Das ist ein Liebesbeweis der Baskin . . .‹

Die strahlende Saha schien seit dem Vorabend dicker geworden zu sein. Mit aufgestellten Nackenhaaren, die die vier Moiréstreifen zwischen den Ohren stärker zur Geltung brachten, fixierte sie den Garten mit den Augen einer glücklichen Despotin. »Wie einfach das ist, nicht wahr, Saha — wenigstens für dich . . .«

Der alte Emile trat ein und bat um Alains Schuhe.

»Einer der Schnürsenkel ist ziemlich durchgewetzt . . . Monsieur Alain haben keinen anderen? Das macht nichts, ich werde einen von mir einziehen«, blökte er gefühlvoll.

›Das ist ja, als hätte ich Geburtstag‹, sagte sich Alain. Aber eben dieses Wort brachte ihm die Sorgen um all das zurück, was gestern noch alltäglich gewesen war: die Morgentoilette, die Fahrt ins Büro Amparat, die Stunde der Heimkehr, um mit Camille zu essen . . .

»Aber ich habe ja nichts anzuziehen!« rief er aus.

Das etwas rostige Rasierzeug, die runde rosa Seife, die alte Zahnbürste — er erkannte sie alle im Badezimmer und bediente sich ihrer mit der lachenden Freude eines Schiffbrüchigen. Aber er mußte in dem zu kurzen Pyjama hinuntergehen, die Baskin hatte seine Kleider mitgenommen.

»Komm, Saha, Saha! . . .«

Sie ging ihm voraus, und er lief ungelenk, auf unsicheren Füßen in den ausgefransten Bastsandalen hinterdrein.

Er ließ sich von den Strahlen der sanften Sonne einhüllen und kniff die Augen zusammen, die nicht mehr an das grüne Flimmern über dem Rasen gewöhnt waren, an die warmen Farben, die aus einem dichten, von rotem Salbei und Heliotrop gesäumten Block von Tausendschön aufstiegen.

»Oh, genau der gleiche Salbei!«

Dieses kleine herzförmige Beet hatte Alain immer nur

rot gesehen und immer eingefaßt mit Heliotrop, und von einem betagten mageren Kirschbaum beschützt, der manchmal im September einige Kirschen trug . . .

»Ich sehe sechs . . . sieben . . . Sieben grüne Kirschen!«

Er sprach zur Katze, die, wie jedes wilde Tier, das starken Geruch wittert, das Maul in ekstatischem Ekel offenhielt und aus funkelnden Augen ins Leere starrte, als der intensive Duft des Heliotrops zu ihr drang.

Zur Beruhigung knabberte sie an einem Grashalm, horchte auf Stimmen und rieb die Nase an den rauhen Zweiglein des gestutzten Hartriegels. Aber sie ließ sich zu keiner Ausschweifung, zu keiner unverantwortlichen Ausgelassenheit hinreißen und stolzierte vornehm unter dem Silberschimmer dahin, der sie von allen Seiten umgab.

›Neun Stockwerke tief hinuntergeworfen‹, überlegte Alain, während er sie betrachtete. ›Geworfen — oder gestoßen . . . Vielleicht hat sie sich gewehrt — vielleicht ist sie entkommen, um wieder eingefangen und hinuntergeworfen, ermordet zu werden . . .‹

Mit solchen Vorstellungen versuchte er, gerechten Zorn in sich zu entfachen, aber es gelang ihm nicht. ›Wenn ich Camille aufrichtig und von ganzem Herzen liebte — wie wütend wäre ich da . . .‹ Um ihn herum strahlte sein Königreich, bedroht wie alle Königreiche. ›Meine Mutter behauptet, daß in zwanzig Jahren niemand mehr Häuser und Gärten wie diese hier wird halten können. Möglich. Es macht mir nichts aus, das zu verlieren. Ich will nur nicht, daß hier jemand eindringt . . .‹

Er wurde nervös, als er Telefongeklingel im Haus hörte. ›Aber, aber, habe ich denn Angst? Camille ist nicht dumm genug, mich anzurufen. Das muß man ihr lassen: Ich habe noch nie eine junge Frau gesehen, die beim Telefonieren zurückhaltender ist als sie . . .‹

Aber er hatte keine Ruhe und lief, so gut es ging, zum

Haus, verlor seine Sandalen, stolperte über die runden Kiesel und rief: »Mama, wer ist denn am Telefon?«

Der dicke weiße Bademantel erschien auf der Freitreppe, und Alain schämte sich plötzlich, daß er gerufen hatte.

»Diesen dicken weißen Bademantel mag ich sehr, Mama, immer derselbe, immer derselbe . . .«

»Ich danke im Namen meines Bademantels für das Kompliment«, sagte Madame Amparat.

Sie ließ Alain noch einen Augenblick länger zappeln.

»Es war Monsieur Veuillet. Es ist halb zehn. Kennst du die Gewohnheiten des Hauses nicht mehr?«

Sie fuhr ihrem Sohn durchs Haar und knöpfte den zu engen Pyjama zu.

»Du siehst ja nett aus! Du wirst doch hoffentlich nicht den Rest deines Lebens bloßfüßig verbringen wollen, oder?«

Alain war ihr dankbar für ihre geschickte Frage.

»Davon kann keine Rede sein, Mama. Ich werde mich gleich um all das kümmern . . .«

Zärtlich unterbrach Madame Amparat seine ausladende, unsichere Geste:

»Wo wirst du heute abend sein?«

»Hier!« rief er, und Tränen stiegen ihm in die Augen.

»Mein Gott, dieses Kind!« rief Madame Amparat aus, und er nahm das Wort mit der Ernsthaftigkeit eines Pfadfinders auf.

»Das ist möglich, Mama. Ich wollte mir gerade darüber klar werden, was ich tun soll, um dieser Kindheit zu entwachsen . . .«

»Was du tun sollst? Vielleicht dich scheiden lassen? Das wäre eine ziemlich geräuschvolle Lösung.«

»Aber danach wäre Ruhe«, wagte er geschickt zu antworten.

»Würde denn eine vorübergehende Trennung — eine Kur, oder eine Reise nicht dasselbe Resultat bringen?«

Empört hob er die Arme.

»Aber, meine arme Mama, du weißt nicht . . . Du kannst dir gar nicht vorstellen . . .«

Schon wollte er alles sagen, das Attentat erzählen . . .

»Nun, ich will mir auch gar nichts vorstellen! Diese Dinge gehen mich nichts an, sei doch ein bißchen zurückhaltender«, sagte Madame Amparat hastig, und Alain nützte ihre unangebrachte Schamhaftigkeit aus.

»Es gibt da noch eine ärgerliche Seite, Mama, ich meine den familiären Gesichtspunkt, der sich mit dem geschäftlichen vermischt . . . Von Malmerts Standpunkt aus wird meine Scheidung unentschuldbar sein, so sehr Camille auch dafür verantwortlich ist . . . Erst dreieinhalb Monate verheiratet . . . Ich höre schon jetzt . . .«

»Wieso glaubst du, daß das Geschäftliche ins Spiel kommt? Ihr habt keine gemeinsame Firma, du und die kleine Malmert. Eheleute sind keine Geschäftspartner.«

»Das weiß ich wohl, Mama! Aber schließlich, wenn die Dinge die Wendung nehmen, die ich voraussehe, wird es eine grauenhafte Zeit mit Formalitäten und Besprechungen geben . . . Eine Scheidung ist nicht so einfach, wie man glaubt . . .«

Sie hörte ihrem Sohn zärtlich zu, denn sie wußte, daß gewisse Ursachen unvorhergesehene Wirkungen zeitigen, und daß ein Mann verpflichtet ist, sein Leben mehrmals nur mit Hilfe von Zufällen, Umwegen und Irrtümern ganz neu zu beginnen.

»Es ist nie einfach, das zu verlassen, was man an sich binden wollte«, sagte Madame Amparat. »So schlecht ist sie gar nicht, diese kleine Malmert. Etwas — etwas derb, ein bißchen manierlos . . . Nein, gar nicht so übel. Zumindest aus meiner Sicht . . . Ich will dich nicht überreden. Wir haben Zeit, darüber nachzudenken . . .«

»Dafür habe ich schon gesorgt«, sagte Alain mit etwas herber Höflichkeit. »Und obwohl ich es im Augenblick vorziehe, eine gewisse Geschichte für mich zu behalten . . .«

Sein Gesicht wurde plötzlich von einem Lachen, einer wiedergefundenen Kindlichkeit erhellt. Auf ihre Hinterpfoten aufgerichtet, fischte Saha mit eingebogener Pfote in einer vollen Gießkanne nach ertrunkenen Ameisen.

»Schau sie an, Mama! Ist sie nicht eine wundervolle Katze?«

»Ja«, seufzte Madame Amparat. »Sie ist deine Chimäre.«

Er war immer erstaunt, wenn seine Mutter ein seltenes Wort benützte. Dieses quittierte er mit einem Kuß auf ihre früh gealterte Hand mit den dicken Adern und jenen braunen Halbmonden, die Juliette, die Baskin, düster »Erdflecke« nannte. Als die Glocke am Gittertor erschallte, richete er sich auf.

»Versteck dich«, sagte Madame Amparat. »Wir stehen gerade den Lieferanten im Weg. Geh dich anziehen . . . oder willst du, daß dich der Fleischerjunge in diesem Aufzug überrascht?«

Aber sie wußten beide, daß der Fleischerjunge nicht am Haupttor zu läuten pflegte, und schon wandte sie ihm den Rücken zu, hastete die Freitreppe hinauf, mit beiden Händen ihren Bademantel hochraffend. Hinter den beschnittenen Spindelbäumen sah Alain die Baskin mit flatternder schwarzer Seidenschürze davonstürzen, und das Schlurfen von Pantoffeln auf dem Kiesweg verriet die Flucht des alten Emile. Alain schnitt ihm den Weg ab:

»Haben Sie wenigstens aufgemacht?«

»Ja, Monsieur Alain, die junge Dame ist mit ihrem Wagen . . .«

Entsetzt blickte er zum Himmel auf, zog die Schultern wie unter einem Hagelschauer hoch und verschwand.

›Nicht schlecht, diese Panik. Eigentlich wollte ich mich anziehen . . . sieh an, sie hat ein neues Kostüm . . .‹

Camille hatte ihn erblickt und kam geradewegs und ohne sich zu eilen auf ihn zu. In einem jener verwirrten, fast heiteren Augenblicke, die dramatische Stunden ausbrüten, dachte er bestürzt: ›Vielleicht kommt sie zum Essen . . .‹

Sorgfältig und nur leicht geschminkt, bewaffnet mit schwarzen Wimpern, schönen, blühenden Lippen und blendend weißen Zähnen, schien sie jedoch ihre Sicherheit zu verlieren, als Alain ihr entgegenging. Denn er näherte sich, ohne aus seiner schützenden Umgebung zu kommen, trat den Rasen unter den Bäumen, seinen prunkvollen Komplizen, nieder, und Camille starrte ihn mit den hungrigen Augen der Armen an.

»Entschuldige, ich sehe aus wie ein pubertärer Schüler . . . Wir waren doch nicht für heute morgen verabredet?«

»Nein . . . Ich habe dir dein großes Gepäck gebracht.«

»Aber das wäre doch nicht nötig gewesen!« wehrte er ab. »Ich hätte es heute von Emile holen lassen . . .«

»Apropos Emile . . . Ich wollte ihm deinen Koffer geben, aber dieser alte Trottel ist davongelaufen, als hätte ich die Pest . . . Der Koffer steht neben dem Tor auf dem Boden.«

Rot vor Demütigung kaute sie an ihrer Wange. ›Das fängt ja gut an‹, sagte sich Alain.

»Das ist mir schrecklich peinlich . . . Du weißt ja, wie er ist . . . Hör zu«, sagte er entschlossen, »gehen wir doch in die Laube, dort sind wir ungestörter als im Haus.«

Sofort bereute er seine Wahl, denn die Laube, dieser kleine Verschlag aus beschnittenen Bäumen um eine Lichtung, mit den Rohrstühlen darin, war früher ein Ort ihrer heimlichen Küsse gewesen.

»Warte, ich räume die Zweige weg. Es wäre schade um das hübsche Kostüm, das ich noch gar nicht kenne . . .«

»Es ist neu«, sagte Camille im Ton tiefer Trauer, als hätte sie gesagt: ›Es ist tot‹.

Sie setzte sich auf den Sesselrand und blickte um sich.

Zwei einander gegenüberliegende runde Bögen durchbrachen die Laubrotunde. Alain erinnerte sich, daß ihm

Camille einmal gestanden hatte: »Du hast keine Ahnung, wie sehr mich dein schöner Garten eingeschüchtert hat . . . ich kam zu euch immer wie das kleine Dorfmädchen, das mit dem Sohn des Schloßherrn im Park spielen darf. Aber trotzdem . . .«, und mit diesem Wort hatte sie alles wieder verdorben, mit diesem »trotzdem«, das auf den Reichtum der Waschmaschinen-Malmerts im Vergleich zu dem Niedergang der Firma Amparat anspielte . . .

Er bemerkte, daß Camille die Handschuhe anbehielt. ›Das ist eine Vorsichtsmaßnahme, die sich gegen sie selbst wendet . . . Ohne diese Handschuhe hätte ich vielleicht nicht an ihre Hände gedacht, an das, was sie getan haben . . . Ah! Endlich denn doch ein kleines bißchen Zorn . . .‹, sagte er sich und horchte auf sein Herzklopfen. ›Lang genug habe ich gebraucht . . .!‹

»Also«, sagte Camille düster, »also — was wirst du jetzt tun? Vielleicht hast du noch nicht darüber nachgedacht . . .«

»Doch«, sagte Alain.

»Oh!«

»Ja. Ich kann nicht zurückkommen.«

»Ich verstehe, daß du heute . . .«

»Ich will nicht zurückkommen.«

»Überhaupt nicht? . . . Niemals?«

»Was soll denn das heißen, ›niemals‹? Ich will nicht zurückkommen. Nicht jetzt. Ich will nicht.«

Sie sah ihn lauernd an, versuchte das Unechte vom Echten zu unterscheiden, die gewollte Gereiztheit vom wirklichen Zittern. Er zahlte ihr jeden Verdacht heim. ›Klein ist sie, heute morgen. Sie spielt ein bißchen das hübsche Mädchen aus kleinen Verhältnissen. Sie ist verloren in all dem Grün. Ganz schön unnützes Zeug reden wir da . . .‹

Von ferne erblickte Camille durch einen der runden Ausgänge die Ergebnisse der »Baustelle« an einer der Hausfassaden: ein neues Fenster, frisch gestrichene

Fensterläden . . . Tapfer wagte sie sich einen Schritt weiter:

»Und wenn ich gestern nichts gesagt hätte?« stieß sie unvermittelt hervor. »Wenn du nichts erfahren hättest?«

»Typisch Frau«, grinste er höhnisch. »Macht dir alle Ehre, diese Überlegung.«

»Ach!« sagte Camille kopfschüttelnd. »Ehre, Ehre . . . Es wäre nicht das erstemal, daß das Glück eines Paares von etwas abhängt, das nicht eingestanden werden kann oder nicht eingestanden wurde . . . Aber, ich habe das Gefühl, wenn ich diese Geschichte verheimlicht hätte, wäre ich nur einen Schritt zurückgetreten, um dann erst recht zu springen. Ich hätte nicht gedacht, daß du . . . wie soll ich sagen?«

Sie suchte nach dem Wort und drückte es durch das Ineinanderfalten der Hände aus. ›Es ist nicht klug von ihr, ihre Hände, die jemanden umbringen wollten . . .‹

»Du, du hältst überhaupt nicht zu mir«, sagte Camille. »Nicht wahr?«

Betroffen gab er innerlich zu, daß sie sich nicht irrte. Er schwieg, und Camille blieb hartnäckig. Mit einer klagenden, ihm wohlbekannten Stimme sagte sie:

»Stimmt's, du Böser? Sag!«

»Du lieber Himmel!« brach er los, »darum geht es doch nicht. Das einzige, was mich interessieren — an dir interessieren — könnte, ist, zu erfahren, ob du bereust, was du getan hast, ob es dir unerträglich ist, daran zu denken, ob es dich krank macht, wenn du daran denkst . . . Gewissensbisse, jawohl! So etwas gibt es — Gewissensbisse!«

Außer sich stand er auf, drehte eine Runde in der Laube und wischte sich mit dem Ärmel über die Stirn.

»Ach«, machte Camille gekünstelt und bemühte sich, zerknirscht dreinzusehen, »natürlich, schau . . . Es wäre mir tausendmal lieber, wenn ich es nicht getan hätte . . . Ich muß den Kopf verloren haben . . .«

»Du lügst!« schrie er mit verhaltener Stimme. »Du bereust nur, daß es dir mißlungen ist! Es genügt doch, dir zuzuhören, dich anzuschauen, mit deinem kessen Hütchen, deinen Handschuhen, deinem neuen Kostüm, mit allem, was du da ausgeklügelt hast, um mich herumzukriegen . . . Wenn deine Reue echt wäre, würde ich sie dir ansehen, ich würde sie fühlen!«

Er schrie leise, mit heiserer Stimme, und war auf einmal nicht mehr ganz Herr seines Zornes, den er vorher so mühsam heraufbeschworen hatte. Der abgenützte Stoff seines Pyjamas platzte am Ellbogen, und er riß den Ärmel fast zur Gänze ab und warf ihn in ein Gebüsch.

Camille hatte zuerst nur Augen für den nackten, gestikulierenden Arm, der sich seltsam weiß gegen den dunklen Hintergrund der Bäume abhob.

Er legte die Hände über die Augen und zwang sich, leiser zu sprechen.

»Eine kleine, unschuldige Kreatur, zart wie die schönsten Träume, ein kleines Lebewesen . . . Treu, imstande, ruhig zu sterben, wenn das, was sie erwählt hat, ihr fehlt . . . Das hast du in deinen Händen gehalten, über dem Abgrund, und du hast die Hände geöffnet . . . Du bist ein Ungeheuer . . . Ich will nicht mit einem Ungeheuer leben . . .«

Er senkte die Hände und zeigte sein feuchtes Gesicht, ging auf Camille zu und suchte nach Worten, die sie vernichten sollten. Sie atmete schwer und blickte aufmerksam von dem nackten Arm zu dem nicht weniger weißen, blutleeren Gesicht.

»Ein Vieh!« schrie sie empört. »Du opferst mich einem Vieh! Ich bin trotz allem deine Frau. Du verläßt mich wegen eines Tieres! . . .«

»Ein Tier? . . . Ja, ein Tier . . .«

Äußerlich wieder ruhiger geworden, verbarg er sich hinter einem geheimnisvoll wissenden Lächeln. ›Ich will gerne zugeben, daß Saha ein Tier ist . . . Wenn sie wirklich eines ist — was gibt es Höheres als dieses Tier, und wie könnte ich das Camille begreiflich machen? Sie ist zum Lachen, diese kleine, nette, empörte und tugendhafte Verbrecherin, die so tut, als wüßte sie, was ein Tier ist . . .‹ Er höhnte nicht weiter, denn Camilles Stimme rief ihn zurück.

»Du bist ein Ungeheuer!«

»Wie bitte?«

»Ja, du. Leider kann ich nicht erklären, warum. Aber ich versichere dir, daß ich mich da nicht täusche. Ich habe Saha aus dem Weg räumen wollen. Das ist nicht schön. Aber das zu töten, was sie behindert — oder sie leiden läßt —, ist der erste Gedanke, der einer Frau kommt, noch dazu einer eifersüchtigen Frau. Das ist normal. Das Abnormale, das Ungeheuerliche, das bist du, das ist . . .«

Sie gab sich Mühe, sich verständlich zu machen, und gleichzeitig nahm sie an Alain die unbeabsichtigten Zeichen wahr, die sie durcheinanderbrachten: den ausgerissenen Ärmel, den zitternden, beleidigenden Mund, die Wangen, in die das Blut nicht wieder steigen wollte, den wirren Schopf der zerrauften blonden Haare . . . Er protestierte nicht, ließ sich zu keiner Verteidigung herab und schien versunken in seine Gedankenwelt.

»Wenn ich eine Frau getötet hätte, oder aus Eifersucht hätte töten wollen, würdest du mir wahrscheinlich verzeihen. Aber ich hatte es auf die Katze abgesehen, also ist meine Rechnung unbegleichbar. Und du willst, daß ich dich nicht als Ungeheuer bezeichne . . .«

»Habe ich denn gesagt, daß ich das will?« unterbrach er hochmütig.

Sie hob ihre erschreckten Augen zu ihm auf und machte eine Geste der Ohnmacht. Düster und geistesabwesend schaute er jeder Bewegung der jungen, abscheulichen, behandschuhten Hand nach.

»Aber was wird man jetzt und in Zukunft tun . . . Was wird aus uns, Alain?«

Fast hätte er in seiner Unduldsamkeit aufgestöhnt und sie angeschrien: ›Man wird sich trennen, man wird schweigen, schlafen, atmen, einer ohne den anderen! Ich ziehe mich weit, sehr weit zurück, unter diesen Kirschbaum zum Beispiel, unter die Flügel dieser schwarzweißen Elster, oder in den Pfauenschweif des Wasserstrahls ... Oder in mein kaltes Zimmer, in den Schutz eines kleinen Golddollars, einer Handvoll Reliquien und einer Kartäuserkatze ...‹

Aber er beherrschte sich und log gefaßt:

»Im Augenblick gar nichts. Es ist zu früh, um einen ... einen endgültigen Entschluß zu fassen. Später werden wir sehen ...«

Diese letzte Bemühung um Mäßigung und Höflichkeit nahm ihm den Rest seiner Kraft. Als er sich erhob, um Camille zu begleiten, stolperte er bei den ersten Schritten. Gierig nahm sie die vage Hoffnung auf Versöhnung auf:

»Du hast recht, ja, es ist zu früh ... Etwas später ... Bleib nur, du brauchst meinetwegen nicht bis zum Tor zu kommen ... Mit deinem ausgerissenen Ärmel könnte man glauben, wir hätten gerauft ... Hör zu, ich werde vielleicht nach Ploumanach schwimmen fahren, zu Patricks Bruder und Schwägerin ... Denn beim bloßen Gedanken, jetzt bei meiner Familie zu leben ...«

»Nimm den Sportwagen«, schlug Alain vor.

Sie wurde rot vor Freude und dankte überschwenglich.

»Ich gebe ihn dir zurück, sobald ich wieder nach Paris komme, du könntest ihn vielleicht brauchen, verlang ihn sofort von mir ... Im übrigen verständige ich dich von meiner Abreise und meiner Rückkehr ...«

›Schon organisiert sie wieder, schon spinnt sie Fädchen, schlägt Brückchen, schon hebt sie auf, flickt, webt ... Es ist schrecklich. Ist es das, was meine Mutter für sie einnimmt? Vielleicht ist es tatsächlich sehr schön. Aber ich bin nicht mehr in der Lage, sie zu verstehen, oder gar sie zu belohnen. Wie wohl sie sich in allem fühlt, was mir unerträglich ist . . . Wenn sie nur jetzt schon ginge, wenn sie doch bloß ginge . . .‹

Sie ging und hütete sich, ihm die Hand hinzustrecken. Aber unter dem beschnittenen Bogen wagte sie es vergeblich, ihn mit ihren schöner gewordenen Brüsten zu streifen.

Als er allein war, ließ er sich in einen Rohrsessel sinken, und neben ihm auf dem Rohrtisch tauchte wie durch ein Wunder plötzlich die Katze auf.

Eine Biegung der Allee, eine Bresche im Laub gestatteten Camille, noch einmal von fern Alain und die Katze zu sehen. Sie blieb unvermittelt stehen und spürte den Drang in sich, umzukehren und zurückzugehen. Aber sie schwankte nur einen Augenblick und ging dann um so schneller weiter.

Denn während Saha wie ein Mensch Camilles Abgang beobachtete, spielte Alain, halb liegend, mit geschickter Hand, die er wie eine Pfote gekrümmt hielt, mit den ersten grünen, stacheligen Augustkastanien.

La Vagabonde

1

Halb elf . . . Ich bin schon wieder zu früh fertig. Brague, mein Partner, der meine Anfänge in der Pantomime überwacht hat, wirft mir das oft in sehr drastischer Weise vor: »Verfluchte Dilettantenmanieren! Nie kannst du es erwarten! Wenn es nach dir ginge, wäre man schon um halb acht fertig geschminkt.«

Drei Jahre beim Varieté und beim Theater haben mich nicht verändert — ich bin immer zu früh fertig.

Fünf Minuten nach halb elf — wenn ich jetzt nicht das oft gelesene Buch, das auf dem Toilettentisch herumliegt, zur Hand nehme, oder den »Paris-Sport«, über dem die Garderobiere vorhin meinen Augenbrauenstift gespitzt hat, werde ich mit mir allein sein, allein mit dieser verkleideten Richterin, die mir aus unergründlichen Augen unter dick mit blaßvioletter Schminke bedeckten Lidern aus dem Spiegel entgegenblickt. Sie hat leuchtendrote Wangen von der Farbe des Gartenphlox und dunkelrote Lippen, die glänzen, als wären sie lackiert . . . Sie sieht mich lange an, und ich weiß, sie wird sprechen . . . Sie wird sagen:

»Bist du es? . . . Hier ganz allein in diesem Käfig, zwischen weißen Wänden, die von müßigen, ungeduldigen Händen mit verschnörkelten Initialen versehen und mit unanständigen, kindischen Zeichnungen verunziert wurden? In diese Gipswände haben Fingernägel, rotlackiert wie deine eigenen, unbewußt den Hilfeschrei der Verlassenen eingraviert . . . Hinter dir, von einer Frauenhand eingeritzt, steht: ›Marie‹ . . . und das Ende des Namens bricht mit einem kühnen Bogen ab, wie ein Schrei . . . Bist es wirklich du, die hier ganz allein unter einer Zimmerdecke sitzt, die unter den Füßen der Tänzer bebt wie die Mauern einer laufenden Mühle? Warum bist du hier, so ganz allein? Und warum nicht anderswo? . . .«

Ja, das ist die bange Stunde der Erkenntnis . . . Wer wird wohl an meine Garderobentür klopfen, welches Gesicht wird sich zwischen mich und die verkleidete Richterin schieben, die mich im Spiegel belauert? . . . Der Zufall, gleichzeitig mein Freund und mein Gebieter, wird wohl noch einmal die Güte haben, mir die Schutzgeister aus seinem liederlichen Reich zu senden . . . Vertrauen habe ich nur noch zu ihm — und zu mir. Aber besonders zu ihm. Er zieht mich hoch, wenn ich absacke, er packt und schüttelt mich wie ein Hund, dessen Zähne sich in meine Haut graben . . . So kommt es, daß ich nicht mehr auf den Tod warte, wenn ich verzweifelt bin, sondern auf das Abenteuer, das alltägliche kleine Wunder, das wie ein glitzerndes Glied die Kette meiner Tage wieder schließt.

Das ist Vertrauen, das ist echtes Vertrauen, mit all seiner oft nur vorgetäuschten Blindheit, seiner geheuchelten Entsagung und seinem trotzigen Hoffen, selbst in Stunden, in denen man aufschreien möchte: »Alle lassen sie mich allein! . . .« Wirklich, an dem Tag, an dem mein Herr, der Zufall, in meinem Innersten einen anderen Namen bekäme, würde ich zu einer gläubigen Katholikin.

Wie der Boden heute abend zittert! Man merkt, es ist kalt: die russischen Tänzer wollen sich aufwärmen. Wenn sie alle miteinander »Juhu« schreien, mit so quietschenden, schrillen Stimmen wie junge Schweine, dann ist es zehn Minuten nach elf. Der Zeitablauf ist unfehlbar, er stimmt auf die Minute genau. Zehn Uhr: ich betrete meine Garderobe; Madame Cavallier singt: »Les Petits Chemineux«, »Le Baiser d'adieu«, »Le Petit quelqu'chose«. Drei Chansons. Zehn Uhr zehn: Antoniew und seine Hunde. Zehn Uhr zweiundzwanzig: Gewehrschüsse, Gebell. Ende der Hundenummer. Die eiserne Treppe knarrt, jemand hustet: Jadin kommt herunter. Sie hustet und flucht, weil sie jedesmal auf den Saum ihres Kleides tritt — ein unabänderlicher Ritus . . . Zehn Uhr fünfunddreißig: der Illusionist Bouty. Zehn Uhr siebenunddreißig: die russischen Tänzer, und um elf Uhr zehn bin schließlich ich an der Reihe.

Ich . . . Ich denke dieses Wort und sehe unwillkürlich in den Spiegel. Ja, ich bin's wirklich, das Gesicht mit einer Schicht malvenfarbener Schminke bedeckt, die Augen von fettglänzenden blauen Schatten umgeben, die allmählich ineinander fließen . . . soll ich warten, bis sich auch die Schminke in meinem Gesicht auflöst? Und wenn dann von meinem Spiegelbild nichts weiter übrigbliebe als ein wenig zerronnene Farbe, die wie eine große, schmutzige Träne am Glas klebt?

Wie kalt es hier ist! Ich reibe die Hände aneinander, die unter der rissig werdenden Schminke vor Kälte grau geworden sind. Wahrhaftig! Der Ofen ist eiskalt. Es ist Samstag, und samstags muß die Masse der kleinen Leute, ein lärmendes, schon etwas angeheitertes Publikum den Saal erwärmen. An die Künstlergarderoben hat man nicht gedacht.

Faustschläge donnern gegen die Tür, daß mir die Ohren krachen. Ich öffne meinem Kollegen Brague, der sonnenverbrannt und möglichst naturgetreu als rumänischer Bandit kostümiert ist.

»Wir sind dran, komm schon!«

»Ich weiß. Höchste Zeit! Hier kann man sich ja den Tod holen!«

Am Ende der Eisentreppe, die zur Bühne führt, hüllt mich die gute, trockene, staubige Wärme ein wie ein bequemer, schmutziger Mantel. Während Brague, gewissenhaft wie immer, das Aufstellen der Kulissen und die Montage der Scheinwerfer (für den »Sonnenuntergang«) überwacht, presse ich mechanisch ein Auge an das helle Guckloch im Vorhang.

Das Haus ist voll, wie meistens am Samstag in diesem beliebten Vorstadtvarieté. Der Saal ist dunkel, die Scheinwerfer können ihn nicht ausleuchten, aber ich wette hundert Sous, daß von der zehnten Parkettreihe bis zur zweiten Galerie kein einziger Hemdkragen zu finden ist! Dichter Qualm und der widerliche Geruch von kaltem Rauch und billigen, bis zur Kippe gerauchten Zigarren liegt über dem Ganzen . . . Dagegen wirken die Damen mit den Federhüten in den ersten Parkettreihen wie Blumenständer . . . Ein guter Samstag! Aber, um es in der derben Ausdrucksweise der kleinen Jadin zu sagen: »Ich pfeif' drauf, von den Einnahmen hab' ich nichts!«

Kaum ertönen die ersten Takte unserer Auftrittsmusik, fühle ich mich schon erleichtert, fortgespült, entrückt und jeder Verantwortung enthoben. Die Ellbogen auf den Balkon aus Pappe gestützt, betrachte ich ohne Ekel die dicke Staubschicht — Straßenschmutz, Dreck, Hundehaare, zertretenes Harz —, die den Boden bedeckt, wo ich in ein paar Minuten auf bloßen Knien liegen werde, und atme den Duft einer künstlichen roten Geranie ein. Von diesem Augenblick an bin ich nicht mehr ich selbst, alles ist gut. Ich weiß, daß ich beim Tanzen nicht ausrutschen werde, daß sich mein Absatz nicht im Rocksaum verfangen wird und daß ich unter Bragues Hieben niederstürzen werde, ohne mir die Ellbogen aufzuschlagen oder die Nase zu brechen. In der dramatischsten Szene werde ich ohne zu lächeln die unanständigen Geräusche überhören, die der kleine Bühnenarbeiter hinter den Kulissen erzeugt, um uns zum Lachen zu bringen . . . Scheinwerferlicht hüllt mich ein, die Musik bestimmt meine Bewegungen, eine geheimnisvolle Kraft beherrscht und beschützt mich . . . Alles ist gut.

Alles ist bestens! Unser unsichtbares Samstagspublikum hat uns mit einem Beifallssturm belohnt, in den sich Bravorufe, Pfiffe, Gezische und liebenswürdige Anzüglichkeiten mischen, und jemand hat mir gut gezielt eines dieser Nelkensträußchen zu zwei Sous zugeworfen, bleiche, kraftlose Nelken, die die Blumenverkäuferin in eine karminrote Flüssigkeit taucht, um ihnen etwas Farbe zu geben . . . Ich befestige die Blumen an meinem Jackenaufschlag; sie riechen nach Pfeffer und nach feuchtem Hund. Außerdem übergibt man mir ein Briefchen:

> Madame,
>
> Ich saß in der ersten Reihe; Ihr schauspielerisches Talent läßt mich vermuten, daß Sie noch über andere, besondere und ganz bezaubernde Talente verfügen. Würden Sie mir das Vergnügen machen, heute abend mit mir zu soupieren? . . .

Unterschrieben mit »Marquis de Fontanges«, mein Gott, ja und das Briefpapier stammt tatsächlich aus dem Café Delta . . . Wie viele Sprößlinge aus Adelsfamilien, die man für längst ausgestorben hielt, haben sich im Café Delta eigentlich niedergelassen? . . . So wenig wahrscheinlich es auch sein mag, vermute ich in diesem Marquis de Fontanges einen nahen Verwandten des Grafen von Lavallière, der mich vorige Woche zu einem »Five o'clock« in seine Junggesellenwohnung einlud. Das sind harmlose Schwindeleien, aber man ersieht daraus die schwärmerische Leidenschaft für die große Welt, die Ehrfurcht vor dem Adel, die unter sehr vielen speckigen Mützen in diesem heruntergekommenen Viertel steckt.

2

Wie immer schließe ich die Tür meiner Parterrewohnung mit einem tiefen Seufzer hinter mir. Ein Seufzen der Müdigkeit, der Entspannung, der Erleichterung wegen — oder ist es Angst vor dem Alleinsein? Nicht darüber nachdenken, bloß nicht darüber nachdenken!

Was habe ich nur heute abend? . . . Es wird der eisige Dezembernebel sein, der wie Flitter in der Luft hängt, schimmernde Höfe um die Gaslaternen webt und auf den Lippen zergeht, einen öligen Geschmack zurücklassend . . . Und dann dieses neue Viertel, in dem ich wohne, schneeweiß erstreckt es sich hinter der Rue des Ternes, ein Greuel für Augen und Geist.

Im grünlichen Gaslicht wirkt die Straße zu dieser Stunde seltsam weich und konturlos, wie Kastanien-Kaffeecreme mit gelbem Karamel — zerflossener Pudding mit Mandelsplittern darauf. Selbst mein Haus, das einzige in dieser Straße, sieht aus, »als wäre es unwirklich«. Aber die neuen Mauern und die dünnen Wände dieses Hauses bieten »alleinstehenden Damen« wie mir zu einem annehmbaren Preis eine recht behagliche Unterkunft.

Wenn man eine »alleinstehende Dame« ist, also gleichzeitig das schwarze Schaf, der Schrecken und der Paria für den Hausbesitzer, dann nimmt man eben, was man findet, man haust, wo es gerade geht, man zieht ein, auch wenn die Mauern noch nicht trocken sind . . . Das Haus, in dem ich wohne, beherbergt barmherzigerweise eine ganze Kolonie »alleinstehender Damen«. Im Halbstock wohnt die offizielle Geliebte des Herrn Young (von den Young-Automobilwerken), einen Stock höher die »feste« Freundin des Grafen von Bravailles; weiter oben empfangen zwei blonde Schwestern jeden Tag einen einzelnen Herrn, »Marke biederer Industrieller«; noch weiter oben haust ein schreckliches kleines Frauenzimmer, das Tag und Nacht lärmt wie eine losgelassene Hundemeute: Geschrei, Klavierspiel, Gesang und leere Flaschen, die aus dem Fenster fliegen.

»Sie ist der Schandfleck des ganzen Hauses«, hat Madame Young eines Tages erklärt.

Und im Erdgeschoß wohne ich; ich schreie nicht, ich spiele nicht Klavier, ich empfange selten Herren und noch seltener Damen. Das kleine Luder im vierten Stock ist viel zu laut . . . und ich zu leise; die Concierge nimmt sich mir gegenüber kein Blatt vor den Mund: »Ist doch komisch, man weiß nie, ob Madame zu Hause sind, man hört Sie nicht. Man möchte gar nicht glauben, daß Madame eine Künstlerin sind!«

Oh, welch ein grauer Dezemberabend! Mein Ofen riecht nach Jodoform, Blandine hat vergessen, mir eine Wärmflasche ins Bett zu legen, und selbst meine Hündin, schlecht gelaunt, knurrig und frostig, würdigt mich gerade noch eines gleichgültigen Blickes, ohne ihren Korb zu verlassen. Mein Gott! Ich verlange doch weder Triumphbögen noch Feuerwerke, aber trotzdem . . .

Ach, ich kann überall suchen, in den Zimmerecken, unter dem Bett, es ist niemand hier, niemand — außer mir. Der große Spiegel in meinem Zimmer wirft mir nicht mehr das geschminkte Gesicht einer Varietékünstlerin zurück — nur . . . mich selbst. Mich, so wie ich bin! Heute abend werde ich dem großen Spiegel nicht entkommen können, dem Selbstgespräch, dem ich hundertmal ausgewichen bin, das ich aufgenommen habe, um es dann zu meiden, bis es mich wieder überkommt, so vertraut . . .

Ach, ich fühle schon jetzt, wie aussichtslos jeder Widerstand wäre. Heute abend werde ich gewiß nicht müde, und das Zaubermittel Lesen — oh, das neue Buch, ein Buch, frisch aus der Druckerei, dessen Geruch nach feuchter Druckerschwärze und neuem Papier an Kohle, an Lokomotiven, an Abreise erinnert! — Der Reiz dieses Buches wird mich auch nicht ablenken — von mir, so wie ich bin! Allein, ganz allein, und zweifellos fürs ganze Leben. Jetzt schon allein! Das ist viel zu früh. Ich habe die Dreißig überschritten, ohne mich deshalb wertloser zu fühlen; denn dieses Gesicht, mein Gesicht, ist nur bemerkenswert durch seinen lebendigen Ausdruck, durch die Farbe der Augen und das trotzige Lächeln — ein Lächeln, das Marinetti meine »gaiezza volpina« nennt . . . Ein Fuchs ohne Schläue, ein Fuchs, den ein Huhn fangen könnte! Ein Fuchs, der die Gier nicht kennt und sich nur der Falle und des Käfigs erinnert . . . Ein fröhlicher Fuchs, der es satt hat, zum Klang der Musik zu tanzen, gefangen . . .

Wahrhaftig, ich sehe einem Fuchs wirklich ähnlich! Aber einem besonders hübschen Fuchs, das ist doch nichts Häßliches, nicht wahr? . . . Brague sagt wiederum, daß ich aussehe wie eine Ratte, wenn ich den Mund spitze und die Augen zukneife, um besser sehen zu können . . .

Ach, wie sehr ich diesen mutlosen Ausdruck um den Mund, diese schlaffen Schultern an mir hasse, und diesen ganzen matten Körper, der sich, stets ein wenig gebeugt, aufrecht hält . . . Und diese glanzlosen, ungepflegten Haare! Ich werde sie lange bürsten müssen, um ihnen wieder die Farbe von glänzendem Biberfell zu geben. Und die Augen, um die noch ein Ring blauer Farbe zu sehen ist, und die Fingernägel, auf denen der Nagellack schwache rote Spuren hinterlassen hat . . . Ich werde gut fünfzig Minuten brauchen, um ein Bad zu nehmen und um das alles wieder in Ordnung zu bringen . . .

Es ist schon ein Uhr . . . Worauf warte ich noch? Auf einen kleinen schneidenden Peitschenhieb, um das störrische Tier gefügig zu machen . . . Aber niemand wird mir diesen Hieb versetzen, da ich nun einmal ganz allein bin! Wie deutlich man das sieht in dem großen Spiegel, der mein Bild wiedergibt, daß ich schon daran gewöhnt bin, allein zu leben!

Für einen unwichtigen Besucher, für einen Lieferanten,

oder auch nur für Blandine, mein Stubenmädchen, würde ich mich aufrichten, würde die nachlässig schiefe Haltung meiner Hüften aufgeben und die Hände falten . . . Aber ich bin ja allein, heute nacht . . .

Allein! Es sieht ja fast so aus, als beklagte ich mich darüber!

»Wenn du allein lebst«, hat Brague einmal gesagt, »so doch nur deshalb, weil du es so willst, nicht wahr?«

Gewiß, ich will es »so« . . . und außerdem *will* ich es ganz einfach. — Nur, nun ja . . . Es gibt Tage, an denen die Einsamkeit auf eine Frau in meinem Alter wirkt wie berauschender Wein, der trunken macht vor Freiheit, und an anderen Tagen wieder ist sie wie eine bittere Medizin, manchmal sogar wie ein Gift, und man möchte mit dem Kopf gegen die Wand rennen.

Heute abend möchte ich lieber nicht darüber nachdenken. Ich möchte mich mit meinen Zweifeln zufriedengeben, und nicht ergründen, ob der Schauder, mit dem ich in mein kaltes Bett kriechen werde, ein Schauder der Angst oder ein Schauder des Wohlbehagens ist.

Allein . . . und wie lange schon! Denn die Einsamkeit ist mir bereits vertraut; ich spreche mit meiner Hündin, oder mit dem Feuer, oder mit meinem Spiegelbild . . . Das ist eine Manie, die bei Einsiedlern oder bei alten Gefangenen auftritt, aber ich bin doch frei . . . Und wenn ich Selbstgespräche führe, so tue ich das aus dem literarischen Bedürfnis heraus, meine Gedanken rhythmisch zu gliedern und auszuarbeiten.

Ich habe vor mir, auf der anderen Seite des Spiegels, in jenem geheimnisvollen Raum der Spiegelbilder, das Bild »einer Schriftstellerin auf Abwegen«. Man sagt auch von mir, daß ich »beim Theater« bin, aber niemals nennt man mich eine Schauspielerin. Warum? Das ist ein feiner Unterschied, ein höflicher Protest des Publikums und selbst meiner Freunde, die mir auf diese Art zu verstehen geben, welcher Rang mir in dem Beruf zukommt, den ich nun einmal gewählt habe. Eine Schriftstellerin auf Abwegen: das muß ich für die anderen bleiben, ich, die ich nicht mehr schreibe, ich, die ich mir das Vergnügen und den Luxus, zu schreiben, versage . . .

Schreiben! Schreiben dürfen! Das bedeutet: träumen vor einem weißen Blatt Papier, unbewußtes Gekritzel, das Spiel der Feder, die rund um einen Tintenklecks Kreise zieht, die das unvollkommene Wort benagt, zerkratzt, mit kleinen Pfeilen spickt, es mit Fühlern und Tatzen verziert, bis es kein leserliches Wort mehr ist, sondern sich in ein phantastisches Insekt verwandelt hat und als verzauberter Schmetterling fortfliegt.

Schreiben . . . Das bedeutet, den starren Blick wie hypnotisiert auf das silberne Tintenfaß heften, in dem sich das Fenster spiegelt — das ist ein göttliches Fieber, das Wangen und Stirn durchglüht, während ein glückseliges Ende die schreibende Hand über dem Papier erstarren läßt.

Und das bedeutet auch, die Zeit zu vergessen, das bedeutet, faul auf dem Diwan zu liegen; das bedeutet eine Überfülle an Phantasie und Schaffenskraft, aus der man zerschlagen und ermattet, aber reich belohnt hervorgeht, denn man ist ein Überbringer von Schätzen, die man nach und nach auf das unberührte Blatt Papier, in dem kleinen Lichtkreis unter der Lampe niederschreibt . . .

Schreiben! Mit wütendem Eifer sein Innerstes zu Papier bringen, rasch, so rasch, daß sich manchmal die Hand verkrampft und nicht weiterschreiben kann, überfordert von dem ungeduldigen Geist, der sie führt . . . nur, um am nächsten Morgen anstelle des goldenen Zweiges, der in einer flammenden Stunde aufs wunderbarste erblüht war, einen dürren Strauch, eine verwelkte Blume vorzufinden . . .

Schreiben! Lust und Leid der Müßiggänger! Schreiben . . . Auch mich überkommt von Zeit zu Zeit das Bedürfnis — quälend wie der Durst im Sommer —, etwas aufzuzeichnen, etwas zum Ausdruck zu bringen . . . Immer wieder nehme ich die Feder, um das gefährliche, trügerische Spiel zu wagen und unter ihrer biegsamen Spitze das schillernde, berauschende, flüchtige Wort einzufangen und ihm Gestalt zu geben . . . Doch das sind nur kurze Krisen — das Jucken einer alten Narbe . . .

Zum Schreiben braucht man zu viel Zeit! Und außerdem bin ich kein Balzac . . .

Meine zartestgefügte Erzählung zerbröckelt, wenn dauernd ein Lieferant läutet, der Schuhmacher seine Rechnung bringt, der Rechtsanwalt anruft oder der Theateragent mich in sein Büro bestellt: »Zu einer Soirée bei sehr vornehmen Leuten, die jedoch nicht gewöhnt sind, hohe Preise zu zahlen.« . . .

Nun, seitdem ich allein lebe, muß ich mir meinen Unterhalt selbst verdienen; dann die Scheidung, wieder muß ich mir meinen Lebensunterhalt selbst schaffen . . . All dies verlangt unglaublich viel Arbeit und Zähigkeit . . . Und wozu das alles? Gibt es für mich denn gar keinen anderen Zufluchtsort als dieses alltägliche Zimmer im nachgemachten Louis XVI.-Stil, keinen anderen Rastplatz als diesen unüberwindlichen Spiegel, dem ich vergeblich auszuweichen suche? . . .

Morgen ist Sonntag, nachmittags und abends Vorstellung im Empyrée-Clichy. Schon zwei Uhr! . . . Schlafenszeit für eine »Schriftstellerin auf Abwegen«.

3

»Beeil dich! Mein Gott, beeil dich doch! Die Jadin ist nicht da!«

»Wie, nicht da? Ist sie krank?«

»Krank? Ach was! Die macht sich einen schönen

Tag . . . Und wir können es ausbaden: Wir müssen zwanzig Minuten früher auftreten!«

Brague, der Pantomime, ist aus seiner Garderobe aufgetaucht und hat sich mir in den Weg gestellt; grauenhaft sieht er aus mit der grauen Schminke — und ich eile in meinen Ankleideraum, bestürzt bei der Vorstellung, daß ich zum erstenmal in meinem Leben zu spät fertig werden könnte . . .

Die Jadin ist nicht da! Ich beeile mich, zitternd vor Aufregung. Mit unserem Publikum ist nicht zu spaßen, besonders nicht bei der Sonntagsmatinee! Wenn wir »diese Bestie«, wie unser Inspizient sagt, zwischen zwei Nummern fünf Minuten »hungern« lassen, dann bricht ein Geheul los, und wie auf Befehl kommen Zigarrenstummel und Orangenschalen angeflogen.

Die Jadin ist nicht da . . . Darauf mußte man gefaßt sein, eines Tages mußte es so kommen. Die Jadin ist eine kleine Sängerin, die so neu in diesem Metier ist . . . daß sie noch nicht einmal Zeit gehabt hat, ihr kastanienbraunes Haar zu färben; mit einem einzigen Sprung ist sie von den äußeren Boulevards auf die Bühne gekommen, ganz verblüfft darüber, daß man mit Singen monatlich zweihundertzehn Francs verdienen kann. Sie ist erst achtzehn. Ihre Chance hat sie rücksichtslos ergriffen, und mit Ellbogentaktik und angriffslustig vorgebeugtem Körper scheint diese kleine, eigensinnige Person die Schläge eines unsicheren und rücksichtslosen Schicksals zu parieren.

Sie singt wie eine kleine Näherin oder wie eine Straßensängerin und kann sich gar nicht vorstellen, daß man auch anders singen könnte. Wie selbstverständlich überanstrengt sie ihre tiefe, rauhe, hinreißende Altstimme, die so gut zu ihrem rosigen, jungen Trotzköpfchen paßt. Gerade so wie sie ist, in ihrem viel zu langen Kleid, das im erstbesten Geschäft gekauft wurde, mit ihren kastanienbraunen, glatten Haaren, mit ihren gebeugten Schultern, die aussehen, als zöge sie noch immer den Wäschekorb, mit dem weißen Flaum über den Lippen, wo sie zu viel Puder aufgetragen hat — das Publikum vergöttert sie. Die Direktorin verspricht ihr für die nächste Saison »Die Strahlende« und eine zweite Hauptrolle — dann kann man auch über eine Zulage sprechen. Und die Jadin strahlt und jubelt auf der Bühne. Jeden Abend erkennt sie im Publikum auf der zweiten Galerie einen ihrer Jugendfreunde wieder und kann es durchaus nicht lassen, ihr rührseliges Liedchen zu unterbrechen, um den Burschen mit einer fröhlichen Grimasse und dem hellen Lachen eines Schulmädchens zu begrüßen und sich dabei auch noch kräftig auf den Schenkel zu schlagen.

Und ausgerechnet sie fehlt heute im Programm. In einer halben Stunde wird das Publikum toben und »Jadin! Jadin« schreien; sie werden mit ihren Holzpantinen trampeln und mit Kaffeelöffeln an die Gläser klopfen . . .

Das mußte einmal so kommen. Die Jadin, sagt man, ist nicht krank, und unser Inspizient brummt:

»Die Grippe — ach was! Wahrscheinlich ist sie über einen Bettpfosten gestolpert! Und dafür macht man ihr jetzt kostbare Umschläge! Sonst hätte sie doch abgesagt . . .«

Die Jadin hat einen Feinschmecker gefunden, der nicht aus diesem Viertel ist. Man muß leben . . . Sie hat doch schon gelebt, mit diesem, mit jenem, mit jedermann . . . Werde ich dieses kleine drollige Ding mit ihren »modischen« Hüten, die ihr fast die Augen verdecken und selbst erfunden sind, jemals wiedersehen? Erst gestern abend steckte sie ihr schlecht gepudertes Lärvchen in meine Garderobe, um mir ihre letzte Kreation vorzuführen: eine Mütze aus Kaninchenfell, »Marke Polarfuchs«, die viel zu eng war und Jadins kleine, rosige Ohren zu beiden Seiten flachdrückte . . .

»Attila, wie er leibt und lebt«, erklärte ihr Brague allen Ernstes.

Die Jadin ist fort . . . In dem langen Korridor, von dem

die winzigen quadratischen Garderoben abgehen, wird getuschelt und gekichert: Es sieht so aus, als hätte jeder diesen Seitensprung vorausgesehen, außer mir . . . Bouty, der kleine Komiker, der die melodramatischen Partien singt, spaziert, als Menschenaffe kostümiert, mit einem Glas Milch in der Hand vor meiner Garderobe auf und ab, und ich höre ihn prophezeien:

»Das war doch klar! Ich habe der Jadin noch fünf oder sechs Tage gegeben, höchstens einen Monat! Die Chefin wird toben . . . Aber das bringt sie noch lange nicht dazu, den Künstlern, die ihr Haus berühmt machen, eine Gehaltserhöhung zu gewähren . . . Denkt an meine Worte: Die Jadin wird wiederkommen, das ist ein kleiner Ausflug, weiter nichts. Das Mädchen hat ihre eigene Art zu leben, sie wird es nie lange bei einem allein aushalten können.«

Ich öffne meine Garderobentür, um mit Bouty zu sprechen, während ich mir die Hände mit einer weißen Creme einreibe.

»Hat sie Ihnen nichts davon gesagt, daß sie fortgehen will, Bouty?«

Er zuckt die Achseln und wendet mir seine rote Gorillamaske mit den weiß umränderten Augen zu.

»Warum sollte sie? Ich bin schließlich nicht ihre Mutter . . .«

Dann trinkt er in kleinen Schlucken seine Milch aus, eine bläuliche Milch, die aussieht wie eine Stärkemixtur.

Armer kleiner Bouty, der seine chronische Darmentzündung und seine Spezialmilchflaschen überallhin mitnimmt. Schminkt er sich seine rot-weiße Maske ab, dann kommt ein sanftes, kränkliches Gesicht zum Vorschein. Bouty hat feine, kluge Gesichtszüge, sanfte, schöne Augen und die Seele eines herrenlosen Hundes, bereit, sich an den Erstbesten zu hängen, der ihn nimmt. Seine Krankheit und sein harter Beruf bringen ihn um. Er ernährt sich von Milch und gekochten Makkaroni und findet noch die Kraft, zwanzig Minuten lang zu singen und seine Urwaldtänze vorzuführen. Wenn er die Bühne verläßt, bricht er kraftlos im Korridor zusammen und ist nicht imstande, sofort in seine Garderobe hinunterzugehen . . . Sein ausgemergelter Körper, wie tot am Boden ausgestreckt, versperrt mir oft den Weg, und ich muß die Zähne zusammenbeißen, um mich nicht niederzubeugen, ihn aufzuheben und um Hilfe zu rufen. Die Kollegen und der alte Chefbühnenarbeiter beschränken sich darauf, mit wissender Miene den Kopf zu schütteln, und erklären: »Bouty ist ein Künstler, der sich für seinen Beruf aufreibt.«

»Raus, raus! Höchste Eisenbahn! Sie haben zum Glück nicht allzusehr nach der Jadin gebrüllt.«

Brague schiebt mich die eiserne Treppe hinauf; die staubige Hitze, das Licht der Scheinwerfer, ich bin wie betäubt davon; dieser Morgen ist wie im Traum vergangen, der halbe Tag ist verflossen, und ich weiß nicht wie, zurück bleibt nur dieses nervöse Frösteln und ein Ziehen in der Magengegend, das ich immer dann verspüre, wenn ich mitten in der Nacht jäh aus dem Schlaf gerissen werde. In einer Stunde ist Essenszeit, und dann nimmt man ein Taxi und alles beginnt wieder von vorne . . .

Und all das noch einen Monat lang! Die gegenwärtige Vorstellung kommt ganz gut an; überdies müssen wir bis zur Revue durchhalten.

»Hier geht's uns wirklich gut«, sagt Brague. »Vierzig Tage lang brauchen wir an nichts mehr zu denken.« Und er reibt sich die Hände.

An nichts mehr denken . . . Könnte ich nur so sein wie er! Ich muß in diesen vierzig Tagen, das ganze Jahr über, mein ganzes Leben lang denken . . . Wie lange werde ich noch von Varieté zu Varieté wandern, vom Varieté zum Theater und vom Theater zum Kasino, und überall mitanhören müssen, wie man höflich von meinem »netten Talent« spricht. Außerdem rühmt man noch meine »deutliche Mimik«, meine »klare Vortragsweise« und meine »fehlerlose Gestaltung«.

Das ist sehr liebenswürdig. Das ist sogar mehr als unbedingt nötig. Aber . . . wohin soll das führen?

Na, ich sehe da schon wieder eine schwere Krise auf mich zukommen . . . Ich erwarte sie mit Ruhe, bin ich doch daran gewöhnt und kenne die verschiedenen Phasen, die immer gleich verlaufen und sich auch diesmal überwinden lassen werden. Niemand wird etwas davon merken. Brague schielt mich heute abend mit seinen durchdringenden Äuglein nur verstohlen an und weiß nichts Besseres zu sagen als: »Hör mal, bist du mit deinen Gedanken wieder weiß Gott wo?«

In meine Garderobe zurückgekehrt, wasche ich mir die Hände, an denen Johannisbeerblut klebt, und stehe wieder vor dem Spiegel, in dem wir einander messen, die geschminkte Richterin und ich, zwei ernste, würdige Gegnerinnen.

Leiden . . . Bedauern . . . Schlaflosigkeit, einsames Umherirren, all das verlängert die Nachtstunden bis ins Unerträgliche: Dem werde ich nicht entrinnen. Und ich sehe all dem mit einer Art Galgenhumor entgegen, mit der inneren Ruhe eines Menschen, der noch jung und widerstandsfähig ist und schon ganz andere Sachen durchgemacht hat . . . Zwei Gewohnheiten geben mir die Möglichkeit, meine Tränen zurückzuhalten: Erstens verberge ich meine Gedanken und zweitens pflege ich schwarze Wimperntusche zu verwenden . . .

»Herein!«

Es hat geklopft, und ich habe ganz unwillkürlich und gedankenlos geantwortet . . .

Es ist weder Brague noch die alte Garderobiere, sondern ein Fremder, groß, hager und schwarzhaarig; er verneigt sich und sprudelt ohne Übergang hervor:

»Madame, seit einer Woche sehe und bewundere ich Sie täglich in der ›Emprise‹. Sie müssen entschuldigen, wenn mein Besuch . . . ungehörig sein sollte, aber Sie werden einsehen, daß meine Bewunderung für Ihre Begabung und . . . Ihre Mimik . . . eine derart . . . formlose Einführung rechtfertigt . . . und daß . . .«

Ich finde kein einziges Wort der Erwiderung für diesen Schwachkopf.

Schweißnaß, noch ganz außer Atem, mit halbgeöffnetem Kleid trockne ich mir die Hände ab und betrachte ihn dabei mit so offenkundiger Wut, daß sein schöner Satz plötzlich zerbröckelt und erstirbt . . .

Soll ich ihn ohrfeigen? Seine beiden Wangen mit den Abdrücken meiner feuchten roten Finger zeichnen? Soll ich die Stimme erheben und diesem kantigen, knochigen Gesicht mit dem schwarzen Schnurrbart all die Schimpfworte entgegenschleudern, die ich hinter den Kulissen und auf der Straße gelernt habe? . . .

Er hat Augen wie ein finsterer Köhler, dieser Eindringling . . .

Ich weiß nicht, was mein Blick und mein Schweigen in ihm bewirkt haben, aber plötzlich verändert sich sein Gesichtsausdruck:

»Wahrhaftig, Madame, ich bin ein Dummkopf, ein richtiger, das sehe ich ein. Setzen Sie mich vor die Tür, ich hab' es wirklich verdient, aber nicht, ehe ich Ihnen meine aufrichtige Huldigung zu Füßen gelegt habe.«

Er grüßt wieder, wie jemand, der fortgehen will . . . und geht nicht. Mit der leicht dirnenhaft anmutenden Hinterlistigkeit des Mannes wartet er eine halbe Sekunde lang auf die Belohnung für seinen Umschwung, und — mein Gott, ich bin ja gar nicht so! — er erhält seine Belohnung.

»Also werde ich Ihnen jetzt, mein Herr, liebenswürdig sagen, was ich Ihnen vorher recht grob empfohlen hatte: Gehen Sie.«

Ich grinse gutmütig und zeige ihm die Tür. Aber er lacht nicht. Er bleibt stehen, den Kopf gesenkt, die freie Hand zur Faust geballt. In dieser Haltung wirkt er fast ein wenig bedrohlich, linkisch und unbeholfen, wie ein einfacher Holzfäller. Die Deckenlampe spiegelt sich in seinem glatten schwarzen Haar, das glänzt wie lackiert; aber seine Augen weichen mir aus, sie liegen tief in ihren Höhlen . . .

Er lacht nicht, weil er mich begehrt.

Dieser Mann hat nichts Gutes im Sinn — er will mich. Er ist nicht zu Scherzen aufgelegt, nicht einmal zu schlüpfrigen Scherzen. Schließlich wird mir das doch zu peinlich, und es wäre mir fast lieber . . . er zeigte sich erregter, so wie er sich fühlt in der Rolle eines Mannes, der gut gespeist hat und anschließend in der ersten Reihe einiges für sein Geld geboten bekam.

Das glühende Verlangen nach mir bedrückt ihn wie eine übergroße Last.

»Nun, mein Herr, wollten Sie nicht gehen?«

Er antwortet hastig, so als hätte ich ihn aufgeweckt:

»Doch, doch, Madame, natürlich gehe ich . . . Ich bitte Sie, mir zu verzeihen und . . .«

». . . den Ausdruck meiner vorzüglichen Hochachtung entgegenzunehmen!« vollende ich, ohne es eigentlich zu wollen.

Das ist gar nicht besonders komisch, aber er lacht — endlich lacht er und hat den bedrohlichen Ausdruck verloren, der mich so aus der Fassung brachte . . .

»Sehr freundlich von Ihnen, daß Sie mir aus der Verlegenheit helfen, Madame! Ich möchte Sie aber noch etwas fragen . . .«

»O nein! Nun machen Sie aber, daß Sie rauskommen! Ich habe unbegreiflich viel Geduld bewiesen, und ich riskiere eine Bronchitis, wenn ich nicht sofort aus diesem Kleid herauskomme, in dem ich geschwitzt habe wie ein Möbelpacker!«

Mit der Spitze des Zeigefingers dränge ich ihn hinaus, denn er bekam schon wieder diesen düsteren, starren Blick, als ich davon sprach, daß ich mein Kleid ausziehen müsse . . .

Als ich endlich die Tür hinter ihm fest geschlossen und verriegelt habe, höre ich seine gedämpfte Stimme fragen:

»Madame! Madame! . . . Ich möchte nur noch wissen, ob Sie Blumen mögen? Und welche?«

»Mein Herr, lassen Sie mich endlich in Ruhe! Ich frage Sie ja auch nicht, wer Ihre Lieblingsdichter sind und ob Sie das Meer dem Gebirge vorziehen! Gehen Sie!«

»Ich gehe, Madame. Guten Abend, Madame.«

Gott sei Dank! Aber dieser Gimpel von einem Mann hat mir geholfen, meine Depression zu überwinden — das ist immerhin etwas.

Seit drei Jahren mache ich nur noch Eroberungen von dieser Sorte . . . Der Herr aus der Parterreloge Nummer vier, der Gigolo von der zweiten Galerie . . . Ein Brief, zwei Briefe, ein Bukett, noch ein Brief . . . das ist alles! Mein Stillschweigen entmutigt sie bald, und ich muß gestehen, daß sie auch nicht sehr hartnäckig sind.

Das Schicksal, nunmehr mit Rücksicht auf meine Kräfte, scheint mich vor den hartnäckigen Liebhabern zu bewahren, vor den Jägern, die das Wild hetzen, bis es zusammenbricht . . . Die Männer, denen ich gefalle, schreiben mir keine zärtlichen Briefe. Ihre unbeholfenen, primitiven, eilig hingekritzelten Kärtchen bringen nur ihr Verlangen zum Ausdruck und nicht ihre Gedanken . . . Mit Ausnahme eines jungen Burschen, der mir auf zwölf langen Seiten seine demütigende und hoffnungslose Liebe gestand.

Er muß sehr jung gewesen sein. Er träumt davon, ein Märchenprinz zu sein — der arme Junge —, und reich und mächtig: »Ich schreibe Ihnen all das bei Tisch in dem Gasthaus, wo ich esse, und jedesmal, wenn ich den Kopf hebe und in den gegenüberliegenden Spiegel schaue, sehe ich meine widerliche Visage . . .«

Dieser kleine Verehrer mit »der widerlichen Visage« vermochte noch von jemandem zu träumen, von blauen Palästen und von verzauberten Wäldern.

Mich erwartet niemand auf einem Weg, der weder Ruhm, noch Reichtum, noch Liebe verspricht.

Es gibt überhaupt keinen Weg zur Liebe — ich weiß das. Die Liebe stellt sich uns in den Weg. Sie versperrt uns den Weg für immer, und gibt sie die Bahn frei, dann ist der Weg unbegehbar geworden, unterbrochen . . .

Was von meinem Leben geblieben ist, erinnert an eines dieser »Puzzles«, die aus zweihundertfünfzig wunderlich geformten, vielfarbigen Holzstückchen bestehen. Geht es mir etwa darum, dieses einfache Bild Stück um Stück wieder zusammenzusetzen: Ein friedliches Haus mitten im Wald? Nein, nein, jemand hat alle Linien dieser anmutigen Landschaft verwischt; ich werde nicht einmal mehr die Überreste des blauen Daches finden, auf dem gelb das Moos wächst, und weder den wilden Wein noch den dichten Wald, in dem es keine Vögel gibt . . .

Acht Jahre Ehe, drei Jahre Scheidung: so verging ein Drittel meines Lebens. Und mein Exgatte? Sie kennen ihn alle. Es ist Adolphe Taillandy, der Pastellmaler. Seit zwanzig Jahren malt er das gleiche Frauenporträt: vor einem dunstig goldglänzenden Hintergrund nach der Art von Lévy Dhurmer setzt er eine tief dekolletierte Frau, deren Haar sich wie ein kostbares Gespinst, wie ein Heiligenschein um ein samtweiches Gesicht legt. Die Haut an den Schläfen, in der Biegung des Halses und an den Rundungen des Busens schimmert so samtig bläulich wie die Haut schöner Trauben, die zum Zugreifen verführen . . .

»Potel und Chabot könnten es auch nicht besser!« hat

Forain eines Tages vor einem Pastellbild meines Mannes erklärt. Abgesehen von seinem berühmten »Samtglanz« hat Adolphe Taillandy meines Erachtens nach kein Talent. Aber ich gebe gerne zu, daß seine Porträts besonders auf Frauen unwiderstehlich wirken. Er malt alle in Blond. Sogar dem Haar von Madame de Guimont-Fautru, einer hageren Brünetten, hat er einen rötlich-goldenen Schimmer gegeben, von dem niemand weiß, was er dort zu suchen hat. Dieser Schimmer auf ihren blassen Wangen und auf ihrer griechischen Nase machte sie zu einer üppigen Venezianerin.

Taillandy hat auch mich gemalt, vor langer Zeit . . . Man kann nicht mehr erkennen, daß ich das bin, diese kleine Bacchantin mit der glänzenden Nase und dem Sonnenstrahl mitten im Gesicht, das aussieht wie eine Maske aus Perlmutt. Ich weiß noch heute, wie erstaunt ich war, als ich mich so blond sah. Ich erinnere mich auch, welch ein großer Erfolg dieses Pastell wurde und ebenso die Bilder, die nachher kamen: das Porträt von Madame de Guimont-Fautru, der Baronin Avelot, von Madame de Chalis, Madame Robert-Durand, der Sängerin Jane Doré — dann jene, die wegen der Anonymität ihrer Modelle weniger berühmt wurden: Porträts von Mademoiselle J. R., Mademoiselle S. S., Madame U., Madame Van O., Mrs. F. W. . . .

Das war die Zeit, in der Adolphe Taillandy mit dem Zynismus des schönen Mannes, der ihm so prächtig steht, erklärte:

»Ich will nur meine Geliebten als Modelle haben und als Geliebte nur meine Modelle!«

Ich habe bei ihm nie ein anderes Genie entdeckt als die außergewöhnliche Begabung zu lügen. Keine Frau, keine einzige seiner Frauen hat seine leidenschaftliche Freude am Lügen so sehr geschätzt, bewundert, gefürchtet und verflucht wie ich. Adolphe Taillandy log wie im Fieber, wollüstig, unaufhörlich, fast unbewußt. Für ihn war der

Ehebruch nur eine unter vielen Formen der Lüge — und nicht einmal die köstlichste.

Er log mit einer Kraft, mit einer Vielfalt und Unmäßigkeit, die auch im Alter nicht verlorengehen wird. Ich sah ihn die ausgeklügeltsten Intrigen ersinnen, sie mit viel Raffinement einsetzen, sie mit allen Zutaten eines meisterhaften Schurkenstreichs ausschmücken, und gleichzeitig seine Fähigkeiten und sein Genie an die primitivsten, gemeinsten, unnötigsten Betrügereien und an kindische, fast einfältige Hochstapeleien verschwenden.

Ich habe ihn kennengelernt, geheiratet und nahezu acht Jahre mit ihm gelebt . . . und was weiß ich von ihm? Daß er Pastelle malt und andere Frauen hat. Außerdem weiß ich, daß er täglich das verblüffende Wunder zustande bringt, für den einen wie ein Arbeitstier zu wirken, das nur für seinen Beruf lebt — für eine andere den verführerischen, leichtfertigen Wüstling zu spielen, für eine dritte den väterlichen Liebhaber, der einem flüchtigen Strohfeuer den erregenden Beigeschmack der Blutschande zu geben versteht; für eine andere wieder ist er der müde, enttäuschte, alternde Künstler, der den Herbst seines Lebens durch eine zarte Liebesidylle verklärt; es gibt sogar eine Frau, für die er einfach nur den guten Liebhaber spielt, dauerhaft und geil, ganz nach Wunsch — und dann ist da noch diese Gans aus gutem Hause, die leidenschaftlich in Taillandy verliebt ist und von ihm mit der ganzen buchstäblichen Grausamkeit eines »Künstlers« aus einem Gesellschaftsroman verletzt, gedemütigt, verstoßen und wieder aufgenommen wird.

Derselbe Taillandy schlüpft ohne Übergang in die Haut des romantischen »Künstlers«, der um nichts weniger konventionell, aber bedeutend unmoderner ist; der, um den letzten Widerstand einer braven, verheirateten Bürgersfrau, Mutter zweier Kinder, zu überwinden, die Pastellstifte hinwirft, eine Skizze zerreißt, echte Tränen weint, die in seinem Schnurrbart à la Wilhelm II. versickern, und nach dem breiten Künstlerhut greift, um sich in die Seine zu stürzen.

Es gibt noch eine Menge anderer Taillandys, ganz abgesehen vom schrecklichsten aller Taillandys: dem Geschäftsmann Taillandy, dem Spekulanten und Bauernfänger Taillandy, zynisch und roh, unterwürfig und scheu, je nachdem, wie es das Geschäft erfordert . . .

Und wer ist nun unter all diesen Gestalten der wahre Taillandy? Ich muß schlicht und einfach erklären, daß ich es nicht weiß. Ich glaube, es gibt gar keinen »wahren« Taillandy . . . Dieses Lügengenie, das der Phantasie Balzacs entsprungen sein könnte, hat eines Tages plötzlich aufgehört, mich zur Verzweiflung zu bringen, ja er hat sogar aufgehört, mich zu interessieren. Früher einmal war er für mich eine Art grausamer Machiavelli . . . aber vielleicht war er auch immer nur ein Fregoli.

Übrigens treibt er es in dieser Weise weiter. Manchmal denke ich ein wenig mitleidig an seine zweite Frau . . . Erfreut sie sich noch immer beseligt und verliebt ihres Sieges über mich, wie sie es nennt? Nein, jetzt fängt sie wohl schon allmählich an, entsetzt und ohnmächtig zu erkennen, welch einen Mann sie geheiratet hat.

Mein Gott! wie jung ich war, und wie sehr ich diesen Mann geliebt habe! Und wie habe ich um ihn gelitten! . . . Das ist kein Schmerzensschrei, kein rachsüchtiges Jammern, es ist nur ein Seufzer in einem Tonfall, als würde ich sagen: »Wenn Sie wüßten, wie krank ich vor vier Jahren gewesen bin!« Und wenn ich gestehe: »Ich war so eifersüchtig, daß ich zu Mord und Selbstmord fähig gewesen wäre«, so ist das kaum anders, als wenn Leute erzählen: »1870 habe ich Ratten gegessen . . .« Sie erinnern sich daran, aber nur die Erinnerung ist geblieben. Sie wissen, daß sie damals Ratten gegessen haben, aber sie können den Schauder des Entsetzens und den nagenden Hunger nicht mehr fühlen.

Nachdem ich das erstemal betrogen worden war, nach

den Auflehnungen und Unterwerfungen einer jungen Liebe, die durchaus hoffen und leben wollte, verlegte ich mich darauf, stolz und unnachgiebig, schweigend zu leiden — und ich begann zu schreiben.

Aus reiner Freude daran, mich in eine nahe Vergangenheit zu flüchten, schrieb ich einen kleinen Provinzroman, — »Efeu an der Mauer«, heiter, alltäglich und klar wie die Teiche in meiner Heimat, eine sittsame kleine Liebes- und Ehegeschichte, ein bißchen einfältig und recht anmutig. Sie wurde ganz unerwartet ein durchschlagender Erfolg. Meine Photographie war in allen Illustrierten, die »Vie moderne« verlieh mir ihren jährlichen Preis, und wir beide, Adolphe und ich, wurden zum »interessantesten Paar von Paris«, Leute, die man zum Diner einlädt und besonderen Ausländern vorstellt . . .

»Wie, Sie kennen die Taillandys nicht? Renée Taillandy ist sehr begabt« — »Ach nein! Und er?« — »Er . . . oh, er ist unwiderstehlich!«

Mein zweites Buch »Außerhalb der Liebe« hat sich nicht so gut verkauft. Und doch habe ich erst bei diesem Buch die ganze Lust des Schreibens ausgekostet, den geduldigen Kampf gegen den Satz, der allmählich geschmeidiger wird und sich einem schließlich zu Füßen legt wie ein gezähmtes Tier — regungslos wartend und lauernd, bis das Zauberwort fällt. Mein zweites Buch fand keinen großen Absatz. Aber es verschaffte mir — wie nennt man das? Ach ja — »die Achtung der Literaten«. Mein dritter Roman »Der Wald ohne Vögel« fiel durch und ist nie angekommen. Dieses Buch ist mir das liebste, für mich »mein unbekanntes Meisterwerk« . . . Man fand es weitschweifig, verworren, unverständlich und lang . . . Auch heute noch ist es mir lieb, ich schlage es auf und liebe mich darin von ganzem Herzen. Unverständlich? Für Sie vielleicht. Aber für mich wird seine warme Dunkelheit durch ein wunderbares Leuchten erhellt, mir genügt ein einziges Wort aus diesem Buch, um den Duft, die Farbe erlebter

Stunden aufs neue auferstehen zu lassen — es ist klangvoll und rätselhaft wie eine Muschel, in der das Meer rauscht, und ich würde es gewiß weniger lieben, wenn es auch Ihnen lieb wäre . . . Seien Sie unbesorgt! Ich werde nie wieder ein Buch wie dieses schreiben, ich könnte es gar nicht mehr.

Andere Aufgaben und andere Sorgen beschäftigen mich zur Zeit, und besonders die Sorge, wie ich mir meinen Lebensunterhalt verdienen soll — wie ich meine Bewegungen, meinen Tanz und den Klang meiner Stimme in klingende Münze verwandeln kann. Ich habe mich rasch daran gewöhnt und habe mit typisch weiblicher Geldgier sogar Geschmack daran gefunden. Ich verdiene mir meinen Unterhalt selbst, das steht fest. Im gegebenen Augenblick sage ich mir vergnügt wieder und wieder vor, daß ich mir ja meinen Unterhalt selbst verdiene. Das Varieté, wo ich als Pantomime, als Tänzerin und gelegentlich sogar als Schauspielerin auftrete, hat eine richtige, harte Geschäftsfrau aus mir gemacht — dort habe ich rechnen und feilschen gelernt und weiß mich nun zu wehren.

Das ist eine Fähigkeit, die auch die unbegabteste Frau sehr rasch erlernt, wenn ihre Freiheit und ihr Leben davon abhängen.

Niemand konnte verstehen, warum wir uns scheiden ließen. Aber hätte man mich denn vorher verstanden, meine langjährige feige Nachgiebigkeit? Leider ist es nur das erstemal schwer, zu verzeihen . . . Adolphe erkannte rasch, daß ich der besten, der weiblichsten Rasse von Frauen angehöre: Frauen, die das erstemal verzeihen, werden durch geschicktes Vorrücken zu Frauen gemacht, die alles dulden und sich schließlich damit abfinden . . . Oh, welch geschickten Lehrmeister ich an ihm hatte! Wie weise er Nachsicht und Strenge dosierte! . . . Es kam vor, daß er mich schlug, wenn ich zu widerspenstig war, aber ich glaube kaum, daß es ihm sehr viel Freude machte. Denn ein Mann, der im Jähzorn schlägt, trifft nicht gut, und sicherlich schlug er mich hin und wieder nur, um seinen Nimbus zu erhöhen. Während unserer Scheidung hätte man am liebsten mir die ganze Schuld zugeschoben, um den »schönen Taillandy« reinzuwaschen, den keine Schuld traf, als eben zu gefallen und zu betrügen. Fast hätte ich nachgegeben und mich mit gewohnter Ergebenheit wieder unterdrücken lassen, so eingeschüchtert war ich durch das Gerede um uns herum . . .

»Wie bitte? Er betrügt sie seit acht Jahren, und erst jetzt fällt ihr ein, sich darüber zu beklagen?«

Ernstzunehmende gute Freunde suchten mich auf, Freunde, die wissen, »wie das Leben so spielt«; ich bekam Besuch von älteren Verwandten, die recht vage argumentierten:

»Mein liebes Kind, was willst du eigentlich?«

Was ich eigentlich wollte? Das wußte ich im Grunde ganz genau. Ich hatte genug. Was ich wollte? Lieber sterben, als weiterhin das demütigende Leben einer Frau zu führen, »die alles hat, um glücklich zu sein«; Sterben, eher die Not riskieren, als Selbstmord zu begehen, aber nie wieder zu Adolphe Taillandy zurückkehren, jenem Adolphe Taillandy, der es ausgezeichnet verstand, mir zu drohen, ohne auch nur die Stimme zu heben, indem er mir im Ton eines Feldwebels furchterregend befahl: »Morgen beginne ich das Porträt von Madame Mothier. Du wirst die Güte haben, ihr nicht mehr so unfreundlich zu begegnen.«

Lieber sterben, eher ein schlimmes Ende riskieren, als ihn noch einmal dabei zu ertappen, wie er mit fahrigen Bewegungen einen zerknitterten Brief versteckt, oder ein zu offensichtlich gleichgültiges Telefongespräch führt; nie mehr den wissenden Blick des Dieners sehen müssen, und mich selbst im gleichgültigen Ton sagen hören:

»Solltest du diese Woche nicht zwei Tage bei deiner

Mutter verbringen?« . . . — Nur fort — mich nie mehr so weit erniedrigen lassen, einen ganzen Tag lang eine Geliebte meines Mannes herumzuführen, während er beruhigt und mit meiner Unterstützung eine andere umarmt! — Fort und sterben, nur nie mehr Unwissenheit heucheln, wach, mit eiskalten Füßen in einem viel zu großen Bett liegen und Rachepläne schmieden, die im Dunkel der Nacht geboren werden, bei jedem Schlag des aufgewühlten, von Eifersucht vergifteten Herzens grausamer werden und beim Geräusch des Schlüssels zerspringen und sich in Nichts auflösen, wenn eine wohlbekannte Stimme fragt:

»Wie? Du schläfst noch nicht?«

Ich hatte genug davon.

Man gewöhnt sich daran, weniger zu essen, man gewöhnt sich an Zahn- und Magenschmerzen, selbst an die Trennung von einem geliebten Menschen gewöhnt man sich — an die Eifersucht kann man sich nicht gewöhnen. Und dann geschah etwas, womit Adolphe Taillandy, der sonst an alles denkt, nicht gerechnet hatte: Eines Tages, als er mich recht unhöflich aus meinem eigenen Haus hinausgeworfen hatte, um Madame Mothier besser auf dem breiten Diwan des Ateliers empfangen zu können, kehrte ich nicht mehr nach Hause zurück.

Ich ging weder an diesem Abend nach Hause, noch am nächsten, noch an den folgenden. Und hier endet — oder beginnt eigentlich meine Geschichte.

Die traurige und kurze Übergangszeit, in der ich Vorwürfe, Ratschläge, Tröstungen und Glückwünsche in gleichbleibend mürrischer Stimmung über mich ergehen ließ, will ich nicht ausführlich schildern.

Die wenigen treuen Freunde, die an der Tür meiner winzigen, auf gut Glück gemieteten Wohnung läuteten, ließ ich ziemlich unfreundlich abblitzen. Verletzt, weil alle den Eindruck hinterließen, der öffentlichen Meinung, der sakrosankten, unfehlbaren, schmutzigen öffentlichen Meinung zu trotzen, um mich zu besuchen, zerschnitt ich mit einer zornigen Gebärde alles, was mich noch mit der Vergangenheit verband.

Und was kam dann? Die Einsamkeit? Ja, ich war einsam, bis auf drei oder vier Freunde. Das waren die Eigensinnigen, die Unverbesserlichen, entschlossen, alle meine Abfuhren zu ertragen. Wie unfreundlich ich sie empfangen habe, und wie teuer sie mir waren! Und wie sehr ich jedesmal, wenn ich sie gehen sah, befürchtete, daß sie nicht mehr wiederkommen würden!

Ja, die Einsamkeit. Vor ihr bin ich zurückgeschreckt wie vor einem Heilmittel, das auch tödlich wirken kann. Und dann entdeckte ich, daß . . . ich eigentlich nur genauso einsam war wie vorher. Begonnen hatte die Einsamkeit schon vor langer Zeit, in meiner Kindheit, und die ersten Jahre meiner Ehe konnten kaum als Unterbrechung gelten: Nachdem mich mein Mann das erstemal betrogen hatte, bin ich nüchtern und ohne viele Tränen wieder der Einsamkeit verfallen, und das ist das Banalste an meiner Geschichte . . . Wie viele Frauen haben dieses In-sich-Zurückziehen, dieses geduldige Sich-Verkriechen, das den empörten Tränen folgt, kennengelernt? Ich gestehe ihnen dieses Recht zu und schmeichle mir selbst dabei: Nur im Schmerz ist eine Frau imstande, sich über das Mittelmaß zu erheben. Dann ist eine Widerstandskraft grenzenlos; man kann diese Kraft bis zur Verschwendung mißbrauchen, ohne fürchten zu müssen, daß sie sich erschöpft, vorausgesetzt, daß man durch eine kindische körperliche Feigheit oder durch irgendeine fromme Hoffnung vor dem erlösenden Selbstmord bewahrt wird.

»Sie stirbt an gebrochenem Herzen . . . Sie ist an gebrochenem Herzen gestorben . . .« Schüttelt man nicht eher zweifelnd den Kopf, anstatt Mitleid zu empfinden, wenn man diese abgedroschenen Redensarten hört? Eine

Frau kann kaum an gebrochenem Herzen sterben. Sie ist so widerstandsfähig, so schwer umzubringen! Sie glauben, daß der Kummer sie innerlich zerfrißt? Keineswegs. Sehr viel häufiger gewinnt sie dadurch neue Kraft, wie schwach und leidend sie auch sein mag: eiserne Nerven, einen unbeugsamen Willen, die Fähigkeit zu warten und die Fähigkeit sich zu verstellen, die sie größer werden läßt und ihr die Verachtung jener einbringt, die glücklich sind. Sie übt sich in der Verstellung und im Dulden und wird geschmeidig wie durch eine tägliche, gefährliche Turnübung ... Denn sie ist unaufhörlich einer Versuchung ausgesetzt, der quälendsten, süßesten, dauerhaftesten und reizvollsten Versuchung: der Versuchung, sich zu rächen.

Hin und wieder kommt es vor, daß eine Frau zu schwach ist oder ihren Peiniger zu sehr liebt und ihn tötet ... Dann kann sie zur Verwunderung der ganzen Welt ein Beispiel dieser verblüffenden weiblichen Widerstandskraft ablegen. Sie wird ihre Richter ermüden, sie im Verlauf von endlosen Verhandlungen zermürben und schließlich erschöpft zurücklassen, so wie ein schlaues Tier junge Hunde zum besten hält ... Seien Sie gewiß, daß große Ausdauer und ihr eifersüchtig verborgener Kummer diese Frau geformt, veredelt und gehärtet haben.

»Sie ist stahlhart!« wird es von ihr heißen. Sie ist einfach »weiblich«, und das genügt.

Die Einsamkeit ... die Freiheit ... mein abwechslungsreicher und anstrengender Beruf als Schauspielerin und Tänzerin ... die Muskeln zufrieden und müde, meine neue Sorge, die alle anderen verdrängt hat, nämlich die, aus eigener Kraft Essen, Kleider und Wohnung zu verdienen ... das war dann mein Schicksal; aber auch das unbändige Mißtrauen, der Widerwille gegenüber der Welt, in der ich gelebt und gelitten habe, eine törichte Furcht vor den Menschen, Männern und auch Frauen ... Ein krankhaftes Bedürfnis, nichts von dem wissen zu wollen, was um mich herum vorging, mich nur mit verkümmerten Lebewesen zu umgeben, die kaum imstande waren zu denken . . . Und dann noch eine Wunderlichkeit, die sich sehr bald einstellte: nur auf der Bühne fühlte ich mich nicht verlassen, fühlte ich mich sicher vor meinen Mitmenschen — das Feuer beschützt mich vor allen.

4

Wieder ein Sonntag! . . . Und da dem hellen, kalten Wetter düsteres Nebelwetter gefolgt ist, machen wir — meine Hündin und ich — unseren täglichen »Erholungsspaziergang« erst zwischen elf und zwölf Uhr — nach dem Essen ist eine Matinee . . . Dieses Tier richtet mich zugrunde. Wäre ich allein, könnte ich mit der Métro in den Bois de Boulogne fahren, aber eigentlich ist mir der Hund die drei Francs für das Taxi wert. Schwarz wie eine Trüffel glänzt er in der Sonne, nachdem er mit Bürste und Flanellappen bearbeitet worden ist, und der ganze Park gehört ihm, mit lautem Gebell nimmt er ihn in Besitz, grunzt wie ein Schweinchen und läuft kläffend durch das dürre, raschelnde Laub . . .

Welch ein schöner Sonntag, und wie reizend ist der Bois de Boulogne! Das ist unser Wald, unser Park, denn Fossette und ich sind richtige Stadtstreicher, die das Land kaum kennen . . . Fossette läuft schneller als ich, aber ich komme besser vorwärts als sie, und wenn sie nicht gerade »Karussell« spielt, mit heraushängender Zunge, dann folgt sie mir in einer gehetzten Gangart, halb Trab und halb Galopp, die die Leute zum Lachen bringt.

Die Sonne schimmert durch den feinen, rosigen Nebel, eine matte Sonne, in die man hineinschauen kann . . . Von den kahlen Rasenflächen steigt ein zitternder, silbriger Nebel auf, der nach Pilzen duftet. Der Hutschleier klebt mir an der Nase, und mein ganzer Körper streckt sich, erwärmt durch die Bewegung und erfrischt durch die Kälte . . . was hat sich eigentlich in mir verändert seit meinem zwanzigsten Lebensjahr? An einem solchen Wintermorgen war ich auch in meiner Jugendzeit weder kräftiger, noch elastischer, noch hemmungsloser glücklich als jetzt . . .

Doch daran glaube ich nur, solange ich im Bois spazierengehe . . . Auf dem Heimweg belehrt mich meine Müdigkeit eines Besseren. Es ist nicht mehr die *gleiche* Müdigkeit. Mit zwanzig hätte ich diese vorübergehende Erschöpfung ohne Hintergedanken als angenehm empfunden und mich einfach ein wenig ausgeruht. Heute wird mir die Müdigkeit zur Last und bedrückt mich wie eine körperliche Unzulänglichkeit . . .

Fossette ist das geborene Schoßhündchen und eine richtige Komödiantin: Sie ist von der Bühne fasziniert und hat die fixe Idee, in große Luxuslimousinen einsteigen zu müssen . . . Und das, obwohl sie mir von »Stephan dem Tänzer« verkauft worden war und noch nie bei einer reichen Schauspielerin gewesen ist! »Stephan der Tänzer« ist ein Kollege. Er arbeitet zur Zeit in meiner »Schmiere«, im Empyrée-Clichy. Dieser blonde Gallier, den die Tuberkulose allmählich innerlich zerfrißt, muß zusehen, wie seine Armmuskeln erschlaffen, wie seine roafarbenen, mit goldig schimmerndem Flaum bedeckten Schenkel abmagern und wie seine breite Brust, auf die er mit Recht so stolz war, in sich zusammenfällt. Das Boxen hat er bereits aufgeben müssen, jetzt tanzt er und läuft Rollschuh. Er führt hier auf der abschüssigen Bühne Rollschuhkunststücke vor, gibt ab und zu Tanzstunden und verkauft Schoßhunde. Diesen Winter hustet er sehr viel. Oft kommt er am Abend in meine Garderobe, setzt sich und schlägt mir vor, »eine wunderschöne graugestreifte Dogge« zu kaufen, »die nur durch eine Intrige dieses Jahr nicht den ersten Preis gewonnen hat . . .«

Heute betrete ich gerade in dem Moment den unterirdischen Korridor, von dem die Umkleideräume abzweigen, um zu meiner Garderobe zu gelangen, als »Stephan der Tänzer« die Bühne verläßt. Schlank in der Taille, breit in den Schultern, eingezwängt in seinen myrtengrünen, mit falschem Chinchilla besetzten polnischen Dolman, die Pelzmütze auf dem Ohr, ist dieser Bursche mit seinen blauen Augen und seinen rosig angehauchten Wangen noch immer eine Augenweide für die holde Weiblichkeit. Aber er wird zusehends weniger, und sein Erfolg bei den Frauen beschleunigt seine Krankheit noch.

»Salut!«

»Salut, Stephan. Gut besucht?«

»Na, und ob! Ich möcht' gern wissen, was die hier zu suchen haben, die verfluchte Bagage — wenn es doch jetzt so schön ist auf dem Land . . . Hören Sie mal, Sie brauchen nicht zufällig . . . ich kenne ein Shipperkhündchen, das nur sechshundert Gramm wiegt . . . ein Gelegenheitskauf — ein Bekannter hat mir davon erzählt . . .«

»Sechshundert Gramm! Nein, danke, meine Wohnung ist zu klein!«

Er muß lachen und dringt nicht weiter in mich.

Ich kenne sie, diese Shipperkhündchen mit sechshundert Gramm, die Stephan verkauft. Sie wiegen bis zu drei Kilo. Das ist kein Betrug bei ihm, aber Geschäft bleibt Geschäft.

Was wird »Stephan der Tänzer« einmal tun, wenn er nur noch ein Stückchen Lunge hat, wenn er nicht mehr tanzen und nicht mehr mit den kleinen, hübschen Dingern schlafen kann, die ihm Zigarren, Krawatten und Drinks spendieren? . . . Welches Krankenhaus, welches Asyl wird das aufnehmen, was von diesem schönen, ausgepumpten Körper übrigbleibt? . . . Ach, wie traurig das alles ist, und wie unerträglich ist das Elend so vieler Menschen!

»Salut, Bouty! Salut, Brague . . . Gibt es Neuigkeiten von der Jadin?«

Brague zuckt nur wortlos die Schultern, ganz darin vertieft, sich die Brauen zu schminken, die er mit einem dunkelvioletten Stift nachzeichnet, weil »das grimmiger aussieht«. Er hat ein besonderes Blau für die Gesichtsfalten, ein besonderes Rötlichorange für das Innere der Lippen, ein besonderes Ockergelb als Hautfarbe, ein besonderes, sirupartiges Karminrot, um Blutspuren zu markieren, und ein ganz besonderes Weiß für die Maske des Pierrot, »dessen Herstellung ich nicht einmal meinem eigenen Bruder verraten würde«, wie er versichert. Übrigens verteilt er seine Farben mit viel Geschick, und ich finde außer dieser kleinen Schrulle nichts Lächerliches an dem klugen, fast zu gewissenhaften Schauspieler.

Bouty, der in seinem weiten karierten Anzug sehr mager aussieht, gibt mir einen rätselhaften Wink . . .

»Ich habe die gute Jadin gesehen. Am Boulevard mit einem Mannsbild! Mit Federn auf dem Hut, so lang wie mein Arm! Und mit einem Muff — so groß! Und ihr Aussehen! Allein damit kann sie sich in der Stunde hundert Francs verdienen!«

»Wenn sie wirklich hundert Francs in der Stunde verdient, dann kann sie sich nicht beklagen!« unterbricht ihn Brague lakonisch.

»Da kann ich dir nicht widersprechen, mein Alter. Aber die bleicht nicht auf dem Boulevard, die gehört zu denen, die nicht wissen, was Geld wert ist. Ich kenne die Jadin schon lange; sie hat mit ihrer Mutter im selben Hof gewohnt wie ich . . .«

Ich kann den kleinen Bouty durch die offene Tür meiner Garderobe, gegenüber der von Brague, beobachten, er ist plötzlich verstummt, ohne seinen Satz zu Ende zu sprechen. Er hat seinen halben Liter pasteurisierte Milch zum Abkühlen auf das Heizungsrohr gestellt, das dicht über dem Boden durch die Garderoben läuft. Sein ziegelrot und kreideweiß geschminktes Gesicht verrät nicht viel von seinem wahren Ausdruck, aber es kommt mir so vor, als wäre Bouty seit dem Abgang der Jadin noch niedergeschlagener als sonst . . .

Um mir die Schultern und die Knie zu pudern, die mit blauen Flecken übersät sind — Brague wirft mich nicht allzu sanft nieder! —, schließe ich die Tür. Allerdings in der Gewißheit, daß Bouty nichts mehr sagen wird. Wie die anderen — und auch ich selbst — spricht er fast nie über sein Privatleben. Diese Verschwiegenheit, diese hartnäckige Zurückhaltung hat mir in meiner Anfangszeit beim Varieté einen völlig falschen Eindruck von meinen Kollegen vermittelt. Selbst die mitteilsamsten, die eitelsten sprechen nur von ihren Erfolgen und ihrem künstlerischen Ehrgeiz und das mit der obligatorischen Übertreibung und in tiefem Ernst; die boshafteren klatschen über die »Schmiere« und über die Kollegen; die geschwätzigsten bringen immer wieder alte Künstlerwitze und Kulissenklatsch — aber höchstens einer von zehn hat manchmal das Bedürfnis, zu erzählen: »Ich habe eine Frau, ich habe zwei Kinder — meine Mutter ist krank — ich mache mir Sorgen um meine Freundin . . .«

Das Stillschweigen, das sie über ihr Privatleben bewahren, ist nur eine höfliche Art, einem zu sagen: »Alles übrige geht Sie nichts an.« Wenn sie einmal die weiße Schminke fortgewischt, ihren Schal umgebunden und ihren Hut aufgesetzt haben, verabschieden sie sich in einer Eile voneinander, die deutlich ebensoviel Stolz wie Zurückhaltung erkennen läßt. Fast alle sind stolz und arm; schwatzhafte Kollegen sind beim Varieté eine Ausnahme. Die stille Sympathie, mit der ich das Tun und Lassen meiner Kollegen seit drei Jahren beobachte, gilt allen in gleichem Maße, ohne einen von ihnen zu bevorzugen.

Die Künstler eines Kabaretts . . . Wie wenig man sie kennt und versteht, und wie schlecht man über sie spricht! Sie sind versponnen, hochmütig und in einer absurden, altmodischen Weise voll des Glaubens an die Kunst. Sie allein, sie, die Geringsten, wagen es noch, in feierlichem Stolz zu erklären:

»Ein ›Künstler‹ darf nicht . . . ein ›Künstler‹ kann es nicht akzeptieren . . . ein ›Künstler‹ gibt nicht zu . . .«

Sie sind stolz, gewiß, denn wenn auch oft Worte wie »Scheißberuf« oder »Hundeleben« über ihre Lippen kommen, so habe ich doch noch niemals einen von ihnen seufzen hören: »Ich bin unglücklich . . .«

Sie sind stolz und nehmen es ergeben hin, nur eine von vierundzwanzig Stunden wirklich zu leben! Denn danach vergißt das ungerechte Publikum diese Künstler, auch wenn es ihnen Beifall spendet. Die Zeitungen wachen peinlich genau über jeden Schritt der Mademoiselle X (vom Théâtre Français), deren Ansichten über die Mode, die Politik, die Kochkunst und die Liebe jede Woche für alle Welt den Gesprächsstoff bilden . . . Doch wer käme jemals auf den Gedanken, den intelligenten, zartfühlenden armen kleinen Bouty zu fragen, was er denkt und was er verschweigt, wenn er wieder in die Anonymität zurücksinkt und gegen Mitternacht den Boulevard Rochechouart entlang eilt, fast durchscheinend mager in seinem langen, »original englischen« Paletot vom Flohmarkt . . .

Zum x-tenmal wiederhole ich in Gedanken diese unerfreulichen Dinge. Und meine Finger tun währenddessen automatisch und flink ihr gewohntes Werk: weiße Creme, rosa Creme, Puder, dunkelrosa, blau, braun, rot, schwarz . . . Kaum bin ich fertig, als harte Krallen am unteren Rand meiner Tür kratzen. Ich öffne sofort, denn das ist die Pfote einer kleinen Brabanterhündin, die im ersten Teil der Vorstellung »auftritt«.

»Da bist du ja, Nelle!«

Sie kommt herein, selbstsicher und würdevoll wie eine wichtige Mitarbeiterin, und läßt mich ihre von der anstrengenden Vorführung noch ganz heißen Flanken streicheln, während ihre durch das Alter schon etwas gelblichen Zähne an einem Keks kauen.

Nelle hat ein glänzendes rostbraunes Fell und ein schwarzes Affengesichtchen mit wunderschönen, strahlenden Knopfaugen.

»Möchtest du noch ein Keks, Nelle?« Sehr wohlerzogen nimmt sie es, ohne zu lächeln.

Hinter ihr, im Korridor, wartet ihre Familie. Diese Familie ist ein schweigsamer, unzugänglicher, großer, hagerer Mann, der mit niemandem spricht, und zwei majestätische weiße Collies, die ihrem Herrn sehr ähnlich sind. Woher der Mann wohl kommt? Welche Wege haben ihn hergeführt, ihn und seine Collies, drei entthronten Prinzen gleich? Sein Gruß, seine Bewegungen sind die eines Weltmannes, auch sein schmales, kantiges Gesicht . . . Meine Kollegen nennen ihn »den Erzherzog« und kommen damit der Wahrheit vielleicht sehr nahe.

Er wartet im Korridor, bis Nelle mit ihrem Kuchen fertig ist. Es gibt nichts Traurigeres, nichts Würdevolleres, nichts Hochmütigeres als diesen Mann und seine drei Tiere, stolz ergeben in ihr Vagabundenschicksal.

»Adieu, Nelle . . .«

Ich schließe die Tür, und die Glöckchen der kleinen Hündin entfernen sich . . . Werde ich sie wiedersehen? Heute abend sind es zwei Wochen her, daß sie zum erstenmal aufgetreten sind, vielleicht ist die Spielzeit für »Antoniew und seine Hunde« schon abgelaufen . . . Wohin werden sie gehen? Wo werden Nelles schöne kastanienbraune Augen dann leuchten, Augen, die so deutlich zu sagen scheinen: »Ja, du streichelst mich . . . ja, du hast mich gern, ja, du hast eine Schachtel Keks für mich . . . aber morgen oder übermorgen müssen wir fort . . . Verlange nichts weiter als die Höflichkeit eines kleinen, netten Hündchens, das auf den Vorderpfoten gehen kann und den Salto mortale springt. Welch unerreichbarer Luxus sind doch Ruhe und Zärtlichkeit für uns . . .«

5

Von acht Uhr morgens bis zwei Uhr nachmittags scheint bei schönem Wetter in meiner Parterrewohnung, die zwischen zwei Häuserblocks liegt, die Sonne. Zuerst fällt ein einziger Lichtstrahl auf mein Bett, wächst dann zu einem leuchtenden Viereck, und schließlich wirft die Bettdecke einen rosa Widerschein an die Decke.

Träge warte ich, bis die Sonne mein Gesicht erreicht und mich durch die geschlossenen Lider blendet, und die Schatten der Passanten wie flüchtige, dunkelblaue Flügel über mich hinwegstreifen . . . Oder ich springe wie elektrisiert aus dem Bett und beginne mit irgendeiner fieberhaften Tätigkeit: Fossettes Ohren werden einer strengen Prüfung unterzogen und ihr Fell durch tüchtiges Bürsten auf Hochglanz gebracht . . . Oder ich inspiziere in dem unbarmherzigen Tageslicht alles, was an mir schon schlaff wird: die weißen, durchsichtigen Lider, die Mundwinkel, an denen das Lächeln allmählich eine traurige Falte hinterläßt, und diese dreireihige »Kette der Venus«, die eine unsichtbare Hand mir jeden Tag ein wenig tiefer in die Haut meines Halses drückt.

Diese strenge Prüfung wird heute durch den Besuch meines Kollegen Brague gestört, er ist wie immer sehr lebhaft, ernst und hellwach. Ich empfange ihn wie gewöhnlich in meiner Garderobe, nur mit meinem Kreppkimono bekleidet, auf dem Fossettes Pfoten an einem Regentag fünfblättrige graue Blümchen hinterlassen haben.

Es ist nicht nötig, mir für Brague die Nase zu pudern oder mit einem blauen Strich meine Lider zu verlängern . . . Brague sieht mich bei den Proben nur an, um mir zu sagen:

»Tu das nicht: das ist häßlich. Mach den Mund nicht so weit auf: du siehst aus wie ein Karpfen . . . Zwinkere nicht mit den Augen: du siehst aus wie eine weiße Ratte . . . Wackle beim Gehen nicht so mit dem Hintern: du siehst aus wie eine Stute . . .«

Brague war zwar bei meinen ersten Gehversuchen nicht dabei, aber meine ersten Schritte auf der Bühne hat er überwacht. Ich bringe ihm noch immer das Vertrauen einer Schülerin entgegen, und er vergißt auch nicht, mich immer wieder als »intelligente Dilettantin« zu bezeichnen, das heißt immer dann, wenn ihm eine Diskussion lästig wird und ihm viel daran liegt, seine Meinung durchzusetzen . . .

Heute morgen kommt er herein, greift sich mit beiden Händen an den Kopf, als wollte er eine Perücke aufsetzen, und da sein frisch rasiertes katalanisches Gesicht immer denselben Ausdruck aufgeweckten Ernstes trägt, der es so charakteristisch macht, kann ich nicht erkennen, ob er gute oder schlechte Neuigkeiten bringt . . . Er betrachtet meinen Sonnenstrahl, als wäre er ein Wertgegenstand, und wendet sich dann den beiden Fenstern zu:

»Wieviel zahlst du eigentlich für die Wohnung?«

»Das habe ich dir doch schon gesagt: Siebzehnhundert.«

»Und einen Fahrstuhl hast du auch . . . Wirklich schön sonnig, man könnte meinen, man sei in Nizza! . . . Aber ganz etwas anderes: Wir haben eine Privatsoirée.«

»Wann?«

»Wann? Heute abend natürlich.«

»Oh!«

»Was ›Oh!‹? Stört es dich etwa?«

»Nein. Führen wir die ›Pantoche‹ auf?«

»Nein, die wäre zu ernst. Du wirst tanzen. Und ich gebe meinen ›Neurasthenischen Pierrot‹.«

Ehrlich entsetzt springe ich auf.

»Ich soll tanzen! Ich kann nicht! Und außerdem habe ich doch meine Noten in Aix verloren! Und ich weiß die neue Adresse von der Kleinen nicht, die mich begleitet hat . . . Wenn wir wenigstens zwei Tage Zeit hätten . . .«

»Nichts zu machen«, sagt Brague unbeirrbar. »Die Badet hätte auftreten sollen, und nun ist sie krank.«

»So ist das also! Das fehlte gerade noch! Ich als Lückenbüßerin! Spiel den ›Pierrot‹, wenn es dir Spaß macht, ich tanze nicht.«

Brague zündet sich eine Zigarette an und sagt nur ein einziges Wort:

»Fünfhundert?«

»Für dich allein. Ich hab' dasselbe.«

Fünfhundert! . . . Ein Viertel meiner Miete . . . Brague raucht weiter, ohne mich anzusehen: Er weiß genau, daß ich annehmen werde.

»Also fünfhundert . . . Um wieviel Uhr?«

»Um Mitternacht, natürlich . . . Beeil dich, damit du die Noten und alles in Ordnung hast, ja? Auf Wiedersehen. Bis heute abend . . .«

»Ja richtig, die Jadin ist zurück!«

Ich öffne nochmals die Tür, die er schon hinter sich geschlossen hat.

»Nicht möglich! Seit wann?«

»Gestern, um Mitternacht, du warst schon fort . . . Sie sieht aus! . . . Na, du wirst sie ja sehen . . . sie singt wieder bei uns . . . Siebzehnhundert, sagst du? . . . Wirklich, famos . . . Und Frauen in jedem Stockwerk!«

Schwungvoll gemessenen Schrittes geht er davon.

Eine Soirée . . . Eine Privatsoirée . . . das Wort allein genügt schon, um mich zu entmutigen. Ich wage es Brague nicht zu sagen, aber mir selber gestehe ich es ein, während ich im Spiegel meine Leichenbittermiene betrachte und mir ein kleiner Angstschauer über den Rücken läuft.

Ich soll »sie« wiedersehen . . . Sie, denen ich so plötzlich den Rücken gekehrt habe, sie, die mich früher geziert »Madame Renée« nannten, um mir ja nie den Namen meines Mannes zu geben . . . Die Männer — und erst die Frauen! Die Frauen, die mich mit meinem Mann betrogen, und die Männer, die wußten, daß ich betrogen wurde . . .

Die Zeit, als ich in jeder Frau eine von Adolphes Geliebten sah — die gegenwärtige oder eine mutmaßliche —, ist vorbei, und die Männer haben auf mich, die verliebte Ehefrau, nie sehr viel Eindruck gemacht. Aber ich habe noch immer eine alberne, abergläubische Angst vor den Salons, wo mir Zeugen oder Komplizen meines einstigen Unglücks begegnen könnten.

Diese Privatsoirée verdirbt mir sogar das gemeinsame Mittagessen mit Hamond, einem schon etwas unmodernen Maler; er ist ein alter, treuer und kränklicher Freund, der von Zeit zu Zeit kommt, um bei mir seinen Milchbrei zu essen. Wir reden wenig, er legt seinen Kopf, den Kopf eines kranken Don Quichotte, an die Rückenlehne des Stuhles, und nach dem Essen spielen wir »einander Kummer machen«. Er spricht von Adolphe Taillandy, aber nicht um mich zu quälen, sondern um die Erinnerung an eine Zeit wachzurufen, in der er, Hamond, glücklich war. Und ich unterhalte mich mit ihm über seine junge, schlechte Frau, die er unüberlegt geheiratet hatte und die nach vier Monaten mit dem Erstbesten durchgebrannt ist . . .

Wir leisten uns Nachmittage voll Wehmut, die uns bedrücken, das Gesicht alt und verbittert machen und den Mund trocken vom Wiederholen all dieser trostlosen Dinge, und nehmen uns jedesmal vor, nie wieder davon anzufangen . . . Am nächsten Samstag essen wir wieder gemeinsam, sind froh, einander wiederzusehen, und unverbesserlich: Hamond fällt eine neue Anekdote über Adolphe Taillandy ein, und ich habe in einer Schublade einen alten Schnappschuß aufgestöbert, auf dem ich eine kleine, blonde, angriffslustige Madame Hamond im Arm halte, um — lauernd wie eine Schlange vor ihrem Opfer — zu beobachten, wie mein bester Freund die Tränen hinunterschluckt . . .

Aber heute verläuft unser Mittagessen recht unbehaglich. Hamond hat mir zwar, übermütig und ein wenig betrunken, schöne, dunkelblaue Dezembertrauben mitgebracht, von denen jede einzelne ein kleiner Schlauch voll faden, süßen Wassers ist, aber diese verdammte Privatsoirée verdirbt mir den ganzen Tag.

Um Viertel nach zwölf kommen Brague und ich in die Avenue du Bois. Ein schönes Haus! Hier kann man sich prächtig langweilen . . . Der steife Diener, der uns in das »Künstlerzimmer« führt, will mir aus meinem Pelzmantel helfen; unhöflich lehne ich ab: glaubt er vielleicht, daß ich in dieser Aufmachung — vier blaue Halsketten, ein geflügelter Skarabäus und ein paar Meter hauchdünnen Stoffes — darauf warten werde, bis es den Herrschaften beliebt, mich zu rufen?

Viel wohlerzogener als ich sieht der steife Diener über meine Ungezogenheit hinweg und läßt uns allein. Brague reckt sich vor dem Spiegel. In seiner weißen Maske und dem weiten Kittel des Pierrot wirkt er unheimlich mager . . . er mag Privatsoiréen auch nicht. Nicht, daß ihm die »Feuerwand« zwischen ihm und »ihnen« so sehr fehlt wie mir, aber er legt wenig Wert auf den »Salonkunden«, wie er sich ausdrückt, und gibt damit dem eleganten Publikum nur ein wenig von der gehässigen Gleichgültigkeit zurück, die es uns gegenüber an den Tag legt.

»Da schau her«, sagte Brague und reicht mir ein Kärtchen. »Glaubst du, daß sich diese Leute auch nur die Mühe geben, meinen Namen richtig zu schreiben? Bragne steht auf dem Programm!«

Zutiefst verletzt, die roten Lippen zusammengepreßt, verschwindet er hinter einer Tapetentür, nachdem ihn ein zweiter, ebenso steifer Diener sehr höflich mit seinem verstümmelten Namen dazu aufgefordert hat.

In einer Viertelstunde bin ich an der Reihe . . . Ich betrachte mich im Spiegel und finde mich häßlich ohne das grelle elektrische Licht, das in meiner Garderobe die Wände weiß erstrahlen läßt, das die Spiegel umgibt und der Schminke einen samtenen Schimmer verleiht . . . Wird ein Teppich auf der Bühne sein? Und ob sich die Herrschaften, wie Brague sagt, wohl eine kleine Rampe geleistet haben? . . . Die Perücke der Salome drückt an den Schläfen und verschlimmert meine Migräne . . . Mir ist kalt . . .

»Du bist dran, meine Liebe. Geh und tanz ihnen was vor!«

Brague, bereits wieder im Künstlerzimmer, trocknet sich das weißgeschminkte, schweißnasse Gesicht und zieht den Mantel an.

»Sehr feine Leute, nichts Besonderes. Sie machen nicht allzuviel Lärm. Natürlich unterhalten sie sich miteinander und reißen ihre Witze, aber nicht sehr laut . . . Hier sind zwei Francs fünfzehn, mein Anteil am Fahrgeld für das Taxi . . . Ich gehe jetzt.«

»Wartest du denn nicht auf mich?«

»Wozu denn? Du fährst in die Ternes und ich nach Montmartre, das liegt weit auseinander. Und außerdem muß ich morgen früh um neun eine Stunde geben. Gute Nacht! Bis morgen.«

Also los! Ich bin an der Reihe. Meine rachitische kleine Pianistin ist auf ihrem Posten. Ich lege mir, zitternd vor Nervosität, mit einer Hand den Schleier um, der mein ganzes Kostüm bildet, einen fünfzehn Meter langen, blauvioletten Schleier . . .

Anfangs kann ich durch das zarte Gewebe meiner Maske hindurch nichts unterscheiden. Meine bloßen Füße treten auf das harte, dünne Wollgewebe eines Perserteppichs . . . ach, und leider gibt es keine Bühne . . .

Ein kurzes Vorspiel belebt und erweckt den blauschillernden Schmetterling, den ich darstelle, und bewegt langsam meine Glieder. Nach und nach löst sich der Schleier, bläht sich auf, flattert, fällt zu Boden und gibt mich den Blicken der Anwesenden preis, die, um mich besser betrachten zu können, sogar ihr lautes Geschwätz unterbrochen haben . . .

Ich sehe sie. Ich sehe sie, obgleich ich sie nicht sehen will. Während ich tanze, mich drehe und am Boden krieche, sehe ich sie — und erkenne sie! . . .

Da, gleich in der ersten Reihe, sitzt eine noch junge Frau, die lange Zeit die Geliebte meines Ex-Gatten war. Sie war nicht darauf gefaßt, mich heute abend hier zu sehen, und ich habe schon lange nicht mehr an sie gedacht. Ihre traurigen blauen Augen — das einzig Schöne an ihr — zeigen Bestürzung und Angst . . . Mich fürchtet sie ja nicht, aber mein unerwarteter Anblick hat ihr schonungslos die Vergangenheit in Erinnerung gerufen. Die Erinnerung daran, wie sehr sie um Adolphe gelitten hat, sie, die alles für ihn aufgegeben hatte, die unbesonnen, unter lautem Geschrei und Tränen, ihren Mann und auch mich töten wollte, um mit Adolphe zu fliehen. Er liebte sie damals schon nicht mehr, sie war für ihn eine Last. Ich mußte ganze Tage mit ihr verbringen und hatte den Auftrag — was sage ich da? den Befehl! —, sie erst um sieben Uhr abends nach Hause zu begleiten. Und es hat wohl nie zuvor ein traurigeres Paar gegeben als uns beide, zwei betrogene Frauen, die einander haßten. Manchmal brach das arme Geschöpf — am Ende ihrer Kräfte — in Tränen aus, und ich sah zu, wie sie weinte, und blieb ungerührt, stolz darauf, daß es mir gelang, meine eigenen Tränen zurückzuhalten . . .

Und hier sitzt sie nun in der ersten Reihe. Man hat den Raum nach Möglichkeit ausgenützt, und ihr Stuhl steht so nahe dem Podium, daß ich ihr in einer spöttischen Liebkosung über die Haare streichen könnte — Haare, die sie blond färbt, weil sie allmählich grau werden. Sie ist alt geworden in den vier Jahren, und sie sieht mich entsetzt an.

Durch mich wird sie an ihre Sünde erinnert, an ihre Verzweiflung, ihre Liebe, die vielleicht schon gestorben ist . . .

Hinter ihr erkenne ich noch eine . . . und dann wieder eine . . . Sie kamen jede Woche zum Tee zu mir, als ich noch verheiratet war. Vielleicht haben sie mit meinem Mann geschlafen. Das ist nun belanglos . . . Keine einzige scheint mich zu kennen, aber etwas verrät doch, daß sie mich erkannt haben; die eine heuchelt Zerstreutheit und flüstert angeregt mit ihrer Nachbarin, die andere betont übertrieben ihre Kurzsichtigkeit und die dritte fächelt sich Luft zu, schüttelt den Kopf und flüstert immer wieder:

»Diese Hitze! diese Hitze!«

Sie haben ihre Frisuren geändert seit der Zeit, als ich dieser »feinen Gesellschaft« und den falschen Freunden den Rücken kehrte. Sie tragen alle den heute üblichen Haarschnitt, der die Ohren bedeckt und von einem breiten Seiden- oder Metallband gehalten wird, und sehen aus, als wären sie leidend oder schlecht gewaschen. Man sieht keine verführerischen Nacken mehr, keine zarten Schläfen, nur armselige, häßliche Fratzen — Backenknochen, Kinn, Mund, Nase — wie sehr doch die Mode dieses Jahres den Gesichtern alles Menschliche raubt . . .

An den Seiten und im Hintergrund stehen die Herren im dunklen Anzug. Sie drängen und beugen sich vor und fixieren mich mit der unverschämten Neugier des Weltmannes auf eine sogenannte »deklassierte« Frau, der man in ihrem Salon die Fingerspitzen geküßt hatte und die nun halbnackt auf dem Podium tanzt . . .

Na, na! Heute abend sehe ich aber wirklich zu klar, und wenn ich mich nicht zusammennehme, wird mein Tanz darunter leiden . . . Ich tanze und tanze . . . Eine schillernde Schlange windet sich über den Perserteppich, eine ägyptische Amphore neigt sich vor, eine Flut duftenden Haares fließt hernieder, eine Wolke steigt auf und entschwindet, stürmisch und bläulich schimmernd; ein katzenartiges Raubtier springt hoch, krümmt sich zusammen; eine Sphinx, gelblich wie Wüstensand, streckt sich und stützt sich auf, das Kreuz hohl und die Brüste gestrafft . . . Ich vergesse nichts, ich habe mich wieder ganz in der Gewalt. Vorwärts! Diese Leute, gibt es die denn überhaupt? . . . Nein, nein, nur der Tanz, die Lichter, die Freiheit und die Musik sind wirklich. Nur der Rhythmus, der in schönen Bewegungen Gedanken ausdrückt, ist wirklich. Eine einzige Drehung meiner Hüften, frei von allen Fesseln, genügt doch, um all diese Leiber verblassen zu lassen, die, in Mieder gezwängt, verkümmern, weil die Mode eine schlanke Linie fordert! Aber es gibt noch etwas Besseres, als sie zu demütigen; ich will sie für einen Augenblick nur bezaubern! Noch eine kleine Anstrengung: schon folgen die mit Juwelen beladenen Nakken mit leichtem Wiegen gehorsam meinen Bewegungen . . . Nun wird in ihren Augen dieses rachsüchtige Leuchten gleich verlöschen — und sie werden unterliegen und lächeln, alle diese verzauberten Bestien . . .

Der Tanz ist zu Ende — diskret gedämpfter Applaus unterbricht den Zauber. Ich verschwinde, komme wieder heraus und verneige mich lächelnd . . . ganz hinten im Salon sehe ich undeutlich einen Mann, der wild gestikuliert und »Bravo« ruft. Diese Stimme, diesen langen schwarzen Kerl kenne ich doch . . .

Aber das ist ja der Schwachsinnige von neulich! Das ist der »dumme Junge«! . . . Mein letzter Zweifel verfliegt, als er mit gesenktem Kopf in den kleinen Salon tritt, wo ich mich mit meiner Pianistin getroffen habe. Er ist nicht allein, ein zweiter schwarzgekleideter Kerl begleitet ihn, und der sieht ganz so aus, als ob er der Hausherr wäre.

Er verneigt sich: »Madame . . .«

»Monsieur . . .«

»Gestatten Sie mir, daß ich Ihnen dafür danke, daß Sie in letzter Minute eingesprungen sind, und . . . und daß ich Ihnen meine Bewunderung ausdrücke . . .«

»Sie sind zu gütig, Monsieur . . .«

»Henri Dufferein-Chautel.«

»Sehr erfreut . . «

»Und das ist mein Bruder, Maxime Dufferein-Chautel, der innig wünscht, Ihnen vorgestellt zu werden . . .«

Mein »dummer Junge« vom Vorabend erwidert meinen Gruß, und es gelingt ihm, meine Hand, die den blauen Schleier zusammenrafft, zu ergreifen und zu küssen . . . — Dann steht er vor mir und bringt kein Wort heraus, er fühlt sich viel unbehaglicher als in meiner Garderobe . . .

Unterdessen knetet Dufferein-Chautel Nr. 1 verlegen an einem geschlossenen Kuvert herum:

»Ich . . . ich weiß wirklich nicht, ob ich das Ihrem Impresario, Herrn Salomon, oder Ihnen selbst . . .«

Dufferein-Chautel Nr. 2, der unter seinem braunen Teint plötzlich puterrot geworden ist, wirft ihm einen wütenden, beleidigten Blick zu. Und nun sehen beide gleich dumm aus! Wozu das ganze Getue? Freundlich helfe ich ihnen aus der Verlegenheit:

»Aber gewiß auch mir, Monsieur, das ist ganz einfach! Geben Sie mir das Kuvert, oder besser noch, schieben Sie es zwischen meine Noten — denn ich muß Ihnen offen gestehen, daß ich in meinem Tanzkleid keine Taschen habe . . .«

Beide lachen erleichtert und anzüglich, und nachdem ich das hinterhältige Angebot von Dufferein-Chautel Nr. 2, mich vor den Rowdys in den Ternes zu beschützen, abgelehnt habe, kann ich endlich nach Hause gehen, vergnügt meine schöne Fünfhundert-Francs-Note verwahren, mich hinlegen und schlafen . . .

6

Um meine Hand in den Briefkasten zu stecken — ein Kästchen, das seitlich neben dem Schalter der Theaterkasse hängt —, muß ich an diesem Freitag abend einen schönen »Mac« in Schirmmütze beiseite schieben, eine jener klassischen Gestalten, die man in diesem Viertel sehr häufig sieht.

Obgleich Bilder, Karikaturen, Theater und Kabarett den »Barbeau« populär gemacht haben, bleibt er dem Pullover, dem kragenlosen Hemd von unbestimmter Farbe, der Mütze und auch der Jacke treu, die sich vorteilhaft an die Hüften schmiegt, wenn er die Hände in den Taschen vergräbt. Und auch die erloschene Zigarette im Mundwinkel und seine lautlosen Schuhe mit Gummisohlen sind nicht wegzudenken.

Samstags und sonntags machen diese Herren die Hälfte des Publikums im Empyrée-Clichy aus, säumen die Galerien und geben 2 Francs 25 dafür aus, um sich die Rohrsessel dicht an der Bühne zu reservieren. Sie sind das treueste und leidenschaftlichste Publikum, sie unterhalten sich mit den Darstellern, pfeifen sie aus, klatschen ihnen Beifall und verstehen es, im richtigen Moment eine schlüpfrige Bemerkung dazwischenzurufen, Zoten, die den ganzen Saal zu stürmischem Beifall hinreißen.

Es kommt auch vor, daß ihnen ihre Erfolge zu Kopf steigen, und dann artet die Sache meist aus. In köstlich kräftiger Ausdrucksweise entspinnen sich Gespräche von einer Galerie zur anderen, denen bald Geschrei und Wurfgeschosse folgen, und diese sind die Vorläufer der Schutzleute . . .

Für den Künstler auf der Bühne empfiehlt es sich, mit unbewegter Miene und bescheidener Haltung das Ende des Gewitters abzuwarten, wenn er nicht riskieren will, daß die Orangen, die zerknüllten Programme und die Kupfermünzen ihre Wurfrichtung ändern. Ist er klug, so nimmt er den Vortrag des unterbrochenen Liedes auch nicht wieder auf.

Aber, wie gesagt, das sind kurze Gewitter, kleine Plänkeleien, die nur an Samstagen und Sonntagen vorkommen. Der Ordnungsdienst im Empyrée-Clichy funktioniert tadellos, man spürt den festen Griff der Frau Direktor — der Chefin!

Dunkelhaarig und lebhaft, mit Schmuck überladen, thront die Chefin wie jeden Abend hinter der Kasse. Ihre flinken, funkelnden Augen sehen alles, und die Saalkellner riskieren am Morgen nicht einmal in den finstersten Winkeln, das Abstauben zu vergessen. In diesem Augenblick erspähen diese strengen Augen einen stämmigen, wirklich berüchtigten, stadtbekannten Rowdy. Er verlangt einen der besten Plätze, ganz nahe der Bühne, einen Platz, wo er sich wie eine Kröte hinsetzen kann, die Arme auf den Balkon gestützt, das Kinn in den Händen vergraben.

Die Chefin wirft ihn ohne viel Aufsehens hinaus. Eine richtige Tierbändigerin!

»Steck deine fünfundvierzig Sous wieder ein und mach, daß du rauskommst!«

Der Kerl baut sich mit hängenden Armen wie ein Gorilla vor ihr auf.

»Warum denn, Madame Barnet? Was hab' ich denn getan?«

»Ja, ja, jetzt heißt es: ›Was hab' ich denn getan?‹ Glaubst du etwa, ich hätte dich letzten Samstag nicht gesehen? Hast du nicht Galeriesitz Nummer eins gehabt?«

»Na sicher.«

»Hast du schon vergessen, daß du während der Pantomime aufgestanden bist und gerufen hast: ›Sie zeigt mir einen von ihren Äpfeln, ich möcht aber beide sehen! Ich hab' zwei Francs bezahlt, einen pro Apfel!‹«

Hochrot im Gesicht verteidigt sich der Kerl und preßt dabei theatralisch eine Hand auf sein Herz:

»Ich! Ich! Schaun Sie, Madame Barnet, ich weiß, wie man sich benimmt, ich weiß, daß sich das nicht gehört! Ich gebe Ihnen mein Ehrenwort, Madame Barnet, daß ich es nicht war . . .«

Die Königin des Empyrée streckt unbarmherzig den Zeigefinger aus:

»Nichts zu machen! Ich hab' dich gesehen, und das genügt. Hier bekommst du in den nächsten acht Tagen keine Karte. Steck deine fünfundvierzig Sous wieder ein und laß dich vor dem nächsten Wochenende nicht mehr hier blicken! Und jetzt verschwinde!«

Für den Abgang dieses Kerls, der gerade für acht Tage verbannt worden ist, verliere ich gern ein paar Minuten. Lautlos, mit hochgezogenen Schultern, schleicht er hinaus und beginnt erst auf der Straße lästerlich zu fluchen. Aber es kommt ihm nicht recht von Herzen, es klingt gezwungen, und eine Zeitlang ist kaum ein Unterschied zwischen diesem gefährlichen Raubtier und einem ungezogenen Bengel, den man um seine Schokolade gebracht hat . . .

Auf der eisernen Treppe, wo ich den Rauch aus dem Ofen einatme, der nach Gips, Kohle und Ammoniak riecht, klingt abgerissen die Stimme der Jadin zu mir her . . . Ach! Das kleine Luder! Sie hat ihr Publikum also wieder erobert! Man braucht nur das übermütige Lachen da oben zu hören und das Gegröle, von dem es begleitet und untermalt wird.

Ihre rauhe, warme Altstimme, die von den Ausschweifungen und vielleicht auch durch ein beginnendes Lungenleiden schon ein wenig heiser klingt, erobert jedes Herz — auf dem einfachsten und sichersten Weg . . . Wenn sich einmal ein schlauer und kunstverständiger Theaterdirektor ins Empyrée verirrte und die Jadin hörte, würde er sicher sagen:

»Ich engagiere sie sofort, ich bringe sie groß raus, und in drei Monaten könnt ihr dann sehen, was ich aus ihr gemacht habe!«

Eine hochmütige und verbitterte Versagerin, das würde er aus ihr machen . . . Erfahrungen dieser Art bringen kaum etwas: denn wo könnte die schlecht frisierte Jadin mehr glänzen als hier?

Jetzt ist sie auf der Treppe — und wahrhaftig, sie trägt noch immer das lange, am Saum ausgefranste Kleid und das Halstuch à la Marie Antoinette, das vom Rauch im Saal schon ganz gelb geworden ist und sich über ihrer mageren jungen Brust bauscht, und ihre schiefen Schultern, ihr frecher Mund und ihre geschwungene Oberlippe, auf deren Flaum ein Schnurrbärtchen aus Puder liegt, haben sich auch nicht verändert.

Ich freue mich aufrichtig, daß dieses kleine Lästermaul wieder zurück ist; und sie springt ihrerseits über die letzten paar Stufen, stürzt auf mich zu und drückt meine Hände zwischen ihren warmen Pfötchen. Ich weiß nicht warum, aber ihr »Seitensprung« hat uns einander nähergebracht . . .

Sie folgt mir in meine Garderobe, und ich wage es, ihr einen leichten Vorwurf zu machen:

»Jadin, das war nicht nett, wissen Sie! Man läßt die Leute nicht so einfach im Stich!«

»Ich habe meine Mutter besucht«, sagt Jadin ernst.

Aber dabei sieht sie sich im Spiegel, und ihr kindliches Gesicht wird beim Lachen breit und ihre Augen ziehen sich zu Schlitzen zusammen, wie bei ganz jungen Angorakatzen . . .

»Da staunen Sie, was? . . . Ohne mich muß man sich hier ja schrecklich gelangweilt haben!«

Sie strahlt vor Stolz und wundert sich im stillen, daß das Empyrée-Clichy während ihrer Abwesenheit nicht zugesperrt hat . . .

»Ich hab' mich nicht verändert, oder? . . . Oh, die schönen Blumen! Erlauben Sie?«

Flink wie ein Gassenjunge, der Übung darin hat, Orangen aus den Ständen zu stibitzen, hat sie schon eine langstielige rote Rose in der Hand, bevor ich auch nur dazu komme, das kleine Kuvert zu öffnen, das in dem großen

Blumenstrauß befestigt ist, der auf meinem Schminktisch liegt:

Maxime Dufferein-Chautel
Mit ergebenster Hochachtung

Dufferein-Chautel! Endlich weiß ich den Namen dieses Gimpels wieder. Seit der Soirée nenne ich ihn abwechselnd Thureau-Dangin, Dujardin-Beaumetz oder Dugny-Trouin; ich war einfach zu faul, im Telephonbuch nachzuschlagen . . .

»Das sind wirklich herrliche Blumen!« sagt Jadin, während ich mich auskleide. »Von Ihrem Freund?«

Ich protestiere mit unnötiger Aufrichtigkeit:

»Nein, nein! Das ist jemand, der sich bedankt . . . für eine Soirée . . .«

»Schade«, erklärte Jadin mit fachkundiger Miene, »denn die Blumen sind von einem enorm reichen Kerl. Der, mit dem ich abgehauen bin, hat mir auch solche geschenkt.«

Ich mußte laut auflachen: eine Jadin, die über Mannsbilder und Blumen Vorträge hält, ist unwiderstehlich . . . Sie wird rot unter der Puderschicht und ist beleidigt:

»Ach so! Sie glauben nicht, daß er ein reicher Mann war? Dann fragen Sie nur den Chefbühnenarbeiter Canut, wieviel Zaster ich gestern abend dabei hatte, als Sie schon fort waren!«

»Wieviel?«

»Sechshundert Francs, meine Liebe. Canut kann es bezeugen; es ist wahr!«

Ob ich wohl so aussehe, als wäre ich beeindruckt? Ich weiß nicht recht . . .

»Und was tun Sie nun mit dem Geld, Jadin?«

Unbekümmert zupft sie an den Fäden, die von ihrem alten blau-weiß gestreiften Kleid herunterhängen.

»Ich werd's wohl kaum sparen. Den Bühnenarbeitern habe ich eine Runde gezahlt, und dann habe ich Myriam fünfzig Scheine geliehen« — sie sagt wirklich geliehen —,

»damit sie sich was zum Anziehen kaufen kann, und dann kommt einmal die und einmal der, und alle sagen, daß sie keinen einzigen Sou haben. Was weiß ich! . . . Oh, da ist ja Bouty! Salut, Bouty!«

»Salut, Ausreißerin!«

Bouty überzeugt sich erst wohlerzogen, daß meine Blößen unter dem Kimono verborgen sind, dann stößt er die Garderobentür auf, schüttelt Jadin grob die ausgestreckte Hand und wiederholt mit zärtlicher Stimme: »Salut« . . .

Aber Jadin hat ihn schon wieder vergessen. Sie steht hinter mir und spricht zu meinem Spiegelbild.

»Verstehen Sie, mir wird übel bei *so viel Geld!*«

»Aber . . . Sie kaufen sich doch sicher ein paar Kleider . . . oder wenigstens eines . . . damit Sie dieses hier nicht mehr tragen müssen?«

Mit dem Handrücken streicht sie ihr glattes, feines Haar zurück. »Meinen Sie? Dieses Kleid tut's schon noch eine Zeitlang, bis zur Revue! Was würden ›sie‹ wohl dazu sagen, wenn ich nur deshalb ›durchgebrannt‹ wäre, um ein bißchen Geld zusammenzukratzen, damit ich hier wie eine Fürstin auftreten kann . . .«

Sie hat ganz recht. »Sie«, das ist ihr geliebtes Publikum. Dieses Publikum ist streng und eifersüchtig. Und Jadin hat es ein wenig betrogen. Aber es verzeiht ihr alles, wenn sie nur wieder in ihrem armseligen Fähnchen erscheint, mit häßlichen Schuhen, billig aufgeputzt, aber unverändert, genau so wie vor ihrem Seitensprung, wie vor ihrem Schnitzer . . .

Jadin ist sehr vergnügt, Boutys verlegenes Schweigen stört sie nicht, und nach ein paar Minuten fährt sie fort:

»Wissen Sie, ich habe mir das gekauft, was ich am notwendigsten brauche: einen Hut, einen Muff und einen Schal. Und was für einen Hut! Na, Sie werden ihn ja gleich sehen . . . auf Wiedersehen! Du bleibst noch Bouty? . . . Du, Bouty, ich bin jetzt reich. Ich zahle dir, was du willst.«

»Nein, danke. Mir nicht.«

Bouty benimmt sich auffallend kühl und ablehnend. Wenn ich laut sagte, daß er Jadin liebt, würde ich mich lächerlich machen. Ich muß mich also damit begnügen, es zu wissen.

Der kleine Komiker geht bald nach Jadin, und ich bleibe mit meinem Rosenstrauß allein; es ist ein ganz gewöhnlicher großer Strauß, den ein blaßgrünes Seidenband zusammenhält . . . Ein Strauß, ganz nach dem Geschmack eines »Einfaltspinsels« wie meines neuen Verehrers!

»Mit ergebenster Hochachtung« . . . Ja, »ergeben« — wenn man es so nennen kann — waren mir viele in diesen drei Jahren, ob aber »mit Hochachtung«?

Mein altes Philistertum gewinnt insgeheim wieder einmal die Oberhand, und ich frage mich: Will denn nicht all diese »Ergebenheit« — auch wenn sie noch so gut hinter der »Hochachtung« versteckt ist — immer und immer wieder dasselbe?

In der ersten Reihe Parkett, das erkenne ich trotz meiner Kurzsichtigkeit, sitzt starr und ernst Monsieur Dufferein-Chautel der Jüngere. Sein schwarzes Haar glänzt wie Seide. Glücklich darüber, daß ich ihn erkannt habe, folgt er mit den Augen allen meinen Bewegungen und beobachtet jeden meiner Schritte auf der Bühne, ganz wie Fossette, meine Hündin, wenn ich mich zum Ausgehen ankleide.

7

Die Tage vergehen. Es gibt nichts Neues in meinem Leben — außer einem Mann, der geduldig auf mich wartet.

Weihnachten und der Neujahrstag sind vorüber. Am Weihnachtsabend war das ganze Haus in fieberhafter Aufregung. Mehr als die Hälfte des Publikums war betrunken, und sie brüllten wie aus einer Kehle. Die Leute auf den eleganten Balkonplätzen warfen Mandarinen und Zigarren zu fünfundzwanzig Sous auf die zweite Galerie; Jadin, die schon seit dem Mittagessen angeheitert war, hat den Faden verloren und einen richtigen »Schiffertanz« vorgeführt, den Rock so hoch gerafft, daß die zerrissenen Strümpfe sichtbar wurden, die Frisur aufgelöst, so daß ihr die Haare in langen Strähnen über den Rücken fielen . . . Ein gelungener Abend. Die Chefin thronte in ihrer Loge, rechnete überschlägig die fürstlichen Einnahmen zusammen und wandte keinen Blick von den schmierigen Gläsern auf den Tischchen, die an den Rückenlehnen der Fauteuils befestig sind.

Auch Brague war nach dem Mittagessen betrunken und machte schlüpfrige Bemerkungen, wie ein geiler kleiner Bock. In seiner Garderobe improvisierte er ganz allein eine ungewöhnliche Szene, den Monolog eines Besessenen, der sich mit Ausrufen wie: »Oh! Nein, jetzt ist's genug . . . laß mich in Ruhe!« und: »Das nicht! Das nicht! . . . Aber nur einmal . . .« gegen Gespenster wehrt und dabei seufzt und klagt wie ein Mann, den eine teuflische Wollust quält . . .

Bouty schlürfte langsam seine bläuliche Milch und krümmte sich vor Magenschmerzen . . .

Anstelle eines Weihnachtsessens aß ich köstliche Glashaustrauben, die mir mein alter Freund Hamond mitgebracht hatte. Fossette leistete mir dabei Gesellschaft und knabberte Bonbons — ein Geschenk des »dummen Jungen«. Ich war ein bißchen traurig und gekränkt, wie ein Kind, das einzuladen man vergessen hat . . .

Was wollte ich denn? Mit Brague zu Abend essen, oder mit Hamond, oder gar mit Dufferein-Chautel? Lieber Himmel, nein! Aber was dann? Ich bin eben nicht besser und nicht schlechter als andere Menschen, und es gibt Stunden, wo ich ihnen verbieten möchte, sich zu unterhalten, während ich mich langweile.

Meine Freunde, die wirklichen, treuen Freunde wie Hamond sind — das muß ich bemerken — allesamt Pechvögel, Menschen, die unheilbar traurig sind. Verbindet uns vielleicht das gemeinsame Unglück? Das glaube ich nicht.

Ich glaube eher, daß ich die Melancholiker und die Einsamen anziehe, die gleich mir ein zurückgezogenes oder unstetes Leben führen . . . Gleich und gleich . . .

Wieder und wieder kommen mir diese törichten Gedanken, nachdem ich von einem Besuch bei Margot nach Hause zurückgekehrt bin.

Margot ist die jüngste Schwester meines Exgatten. Dieser lächerliche Kosename ist ihr aus der Kindheit geblieben und paßt zu ihr etwa so wie ein Nasenring. Sie lebt allein, und mit ihrem angegrauten Haar, das knapp unter den Ohren abgeschnitten ist, ihren gestickten Blusen und der langen schwarzen Weste ähnelt sie eher einer nihilistischen Rosa Bonheur.

Von ihrem Mann hintergangen, von ihrem Bruder verprügelt, von ihrem Anwalt bestohlen und von ihrem Personal betrogen, hat sich Margot in eine traurige Heiterkeit geflüchtet, die aus einer unerschöpflichen Güte und stummer Verachtung besteht. Aus alter Gewohnheit wird sie von ihrer Umgebung weiterhin betrogen, man schmälert ihre Rente, und sie duldet es. Nur manchmal packt sie der Jähzorn, und sie wirft ihre Köchin wegen eines zu offenkundigen Betruges um zehn Francs hinaus.

»Meinetwegen betrügt man mich, aber man sollte wenigstens so viel Rücksicht nehmen, es mir zu verheimlichen!«

Dann erfaßt sie wieder für einige Tage grenzenloser Ekel vor der ganzen Menschheit.

Als ich noch verheiratet war, habe ich Margot kaum gekannt, denn sie war immer kühl, sanft, mutig und nicht sehr gesprächig. Ihre Zurückhaltung hat keinerlei Vertrautheit aufkommen lassen. Aber an dem Tag, als mein Bruch mit Adolphe endgültig zu sein schien, wies sie meinem erstaunten Mann höflich und ohne viel Worte die Tür und hat ihn seither nicht wiedergesehen. Von da an wußte ich, daß ich in Margot eine Verbündete, eine Freundin und einen Rückhalt hatte, denn sie war es auch, die mir monatlich die fünfzehn Louisdor gab, die mich damals vor dem Elend bewahrten.

»Nimm sie nur!« hatte Margot gesagt. »Du schadest mir damit nicht. Das sind die zehn Francs, um die mich Adolphe bisher täglich betrogen hat.«

Bei Margot finde ich gewiß keinen Trost und auch nicht die heilsame Fröhlichkeit, die man mir empfohlen hat. Aber Margot hat mich auf ihre Art — eine mutlose und entmutigende Art — wenigstens gern, auch wenn sie mir dabei ein übles Ende prophezeit:

»Mein liebes Kind«, hat sie auch heute wieder gesagt, »du kannst von Glück sagen, wenn du nicht noch einmal auf einen Herrn wie Adolphe hereinfällst. Du bist prädestiniert dazu, gefressen zu werden, ebenso wie ich. Glaub mir, ich weiß, wovon ich rede! Wenn sich die Katze auch verbrannt hat, sie läuft doch zum heißen Napf zurück, das kannst du mir glauben! Und du gehörst zu jenen Frauen, für die *ein* Adolphe keine ausreichende Erfahrung ist.«

»Wirklich, Margot, Sie sind einzigartig! Jedesmal dieselbe Leier!« erwiderte ich ihr lachend. »Immer heißt es, du bist dies und du bist das, du gehörst zu denen, die . . . und zu jenen, welche . . . Warten Sie doch wenigstens ab, bis ich gesündigt habe, dann ist immer noch Zeit, mir eine Moralpredigt zu halten!«

Margot warf mir einen jener Blicke zu, die sie sehr groß erscheinen lassen, denn es sieht aus, als käme der Blick von hoch oben.

»Das will ich gar nicht, mein Kind. Ich will es noch viel weniger, wenn du wirklich ›gesündigt‹ hast, wie du es ausdrückst. Nur wird es dir sehr schwer fallen, nicht *die* Dummheit zu begehen — und es gibt nur eine einzige Dummheit —, nämlich die, noch einmal dasselbe zu tun . . . Ich weiß ein Lied davon zu singen . . . Und dabei«, fügte sie mit sonderbarem Lächeln hinzu, »hatte ich keine Gefühle.«

»Was soll ich also tun, Margot? Was stört Sie an dem Leben, das ich gegenwärtig führe? Soll ich etwa aus Angst vor einem größeren Unglück so zurückgezogen leben wie Sie und nur ein kurzhaariges Brabanterhündchen lieben?«

»Untersteh dich!« rief Margot mit kindlicher Lebhaftigkeit. »Gemeinere Luder als die Brabanterhündchen gibt es überhaupt nicht! Schau dir nur das Tier dort an« — und sie zeigte auf eine rotbraune Hündin, die einem geschorenen Eichhörnchen glich —, »ich habe den Hund vierzehn Nächte lang gepflegt, als er Bronchitis hatte. Erlaube ich mir aber einmal, ihn nur eine Stunde allein zu Hause zu lassen, dann stellt sich das kleine Mistvieh, als würde es mich nicht kennen, und knurrt mich an, als wäre ich ein Einbrecher! . . . Und sonst, mein Kind, geht's dir gut?«

»Danke, Margot, sehr gut.«

»Zeig die Zunge . . . laß mich deinen Puls fühlen . . . und die Augen? . . .«

Mit einer geschickten Bewegung hat sie meine Pupillen geprüft, die Pulsschläge gezählt, und behandelt mich nicht anders als eines ihrer Brabanterhündchen. Wir beide, Margot und ich, kennen nur zu gut den Wert der Gesundheit und die Angst vor der Krankheit. Man gewöhnt sich daran, allein zu leben, aber wenn man fiebert und dahinsiecht, endlos lange Nächte alleine vor sich hin hustet, sich auf unsicheren Beinen zum regennassen Fenster schleppt und sich dann wieder in das zerwühlte Bett legt . . . dann ist man einsam, einsam, einsam! . . .

Im vergangenen Jahr habe ich einige Tage lang die Ängste eines Menschen durchlebt, der in Fieberdelirien liegt und, halb bewußtlos, fürchten muß, langsam zu sterben, fern von allen, vergessen . . . Seither gehe ich mit meiner Gesundheit ebenso sorgfältig um wie Margot. Ich achte so sehr auf meinen Magen, meinen Hals, meine Verdauung und meine Haut, daß es fast schon an Besessenheit grenzt, wie ein Grundbesitzer, der an seinen Gütern hängt . . .

Margots seltsame Worte fallen mir wieder ein. Sie hatte »keine Gefühle«; ja, sie . . . Und ich?

Meine Gefühle . . . Ja, richtig . . . es ist schon sehr lange her, scheint mir, daß ich an sie gedacht habe . . .

Die »Frage der Gefühle« . . . Margot scheint sie für sehr wichtig zu halten. Die besten Bücher und auch die schlechtesten bemühen sich, mir zu beweisen, daß alle anderen Stimmen verstummen, wenn die des Gefühls gesprochen hat. Soll man das glauben?

Einmal hat Brague im Tonfall eines Arztes zu mir gesagt:

»Deine Lebensweise ist ungesund!«

Und wie Margot hat er hinzugefügt: »Überdies wirst du genauso drankommen wie deine Kolleginnen. Denk an meine Worte!«

Ich denke nicht gerne an diese Dinge. Brague gefällt sich darin, Lehrsätze aufzustellen und den Unfehlbaren zu spielen . . . Das hat nichts zu bedeuten . . . Es ist gleichgültig, ich denke nicht gerne darüber nach. Im Varieté bin ich bei Gesprächen über »Fragen des Gefühls« zugegen, ohne die geringste Prüderie zu zeigen. Man diskutiert diese Fragen mit statistisch-chirurgischer Gründlichkeit, und ich nehme daran ebensoviel Anteil, als würde ich in einer Zeitung gleichgültig und respektvoll über die Verheerung der Pest in Asien lesen. Ich könnte ebensogut erschauern, aber ich ziehe es vor, skeptisch zu bleiben. Es ist auch egal, ich denke nicht gerne darüber nach . . .

Und dann ist da noch dieser Mann — der »dumme Junge«. Er versteht es, in meinem Schatten zu leben und mir auf Schritt und Tritt zu folgen — mit der Beharrlichkeit eines treuen Hundes . . .

Ich finde Blumen in meiner Garderobe, Fossette bekommt einen kleinen Freßnapf aus Nickel, in Reih und Glied stehen drei winzige Maskottchen auf meinem Schreibtisch: eine Katze aus Amethyst, ein Elefant aus Chalzedon und eine Kröte aus Türkis . . . ein Jadereifen, so grün wie ein Laubfrosch, umschloß die Stengel der blaßgrünen Lilien, die mir am ersten Jänner überbracht wurden . . . Und auf der Straße begegne ich nur allzuoft Herrn Dufferein-Chautel, der mich jedesmal mit schlecht gespielter Überraschung begrüßt . . .

Er zwingt mich sehr oft, mich daran zu erinnern, daß es das Verlangen gibt — einen tyrannischen Dämon, einen losgelassenen Faun, der die Liebe mit Bocksprüngen umtanzt und ihr keineswegs gehorcht —, und daran, daß ich einsam bin, gesund und noch jung, ja noch verjüngt durch meine lange sittliche Enthaltsamkeit . . .

Gefühle? Ja, die habe ich . . . Jedenfalls hatte ich sie in der Zeit, als Adolphe Taillandy noch die Gnade besaß, sich um sie zu kümmern. Zaghafte, gleichbleibende Gefühle, glücklich über die gewohnten Liebkosungen, die sie befriedigten, ängstlich gegenüber allen ausschweifenden Versuchen und Komplikationen . . . nicht schnell erregbar, aber auch nicht schnell zu beruhigen, kurz und gut, ganz normale weibliche Gefühle . . .

Der Verrat und der langanhaltende Schmerz haben meine Gefühle betäubt. Für wie lange? An Tagen, an denen ich fröhlich bin und mich körperlich wohl fühle, meine ich: für immer! Und ich fühle mich rein und frei von dem, was aus mir eine Frau wie alle anderen machen würde . . .

Aber es gibt auch klare Tage, an denen ich mich unbarmherzig mit mir selber auseinandersetze: »Gib acht! Sei immer wachsam! Jeder, der sich dir nähert, ist gefährlich, aber du hast keinen schlimmeren Feind als dich selbst! Bilde dir nicht ein, du seist tot, befreit und leicht. Die Bestie, die du vergessen hast, schläft nur, und sie ist noch gekräftigt durch den langen Schlaf . . .«

Und dann vergesse ich von neuem, wie ich früher war, ich will es nicht wissen, fürchte ich doch, durch die Erinnerung wieder »aufzuwachen«; ich begehre nicht und vermisse nichts . . . bis zum nächsten Zusammenbruch meines Selbstvertrauens, bis zur unvermeidlichen Krise, wenn ich mit Entsetzen sehe, wie sich mir die Traurigkeit mit ihren mächtigen, behutsamen Händen nähert, geführt und begleitet von allen Lüsten . . .

8

Seit einigen Tagen proben Brague und ich eine neue Pantomime. Sie spielt in einem Wald und in einer Grotte, und es geht um einen alten Höhlenbewohner, eine junge Waldnymphe und einen Faun im besten Alter.

Brague ist der Faun und ich die Waldnymphe; von dem alten Höhlenmenschen ist noch nicht die Rede. Er spielt nur eine Nebenrolle, und Brague versichert: »Ich habe einen kleinen achtzehnjährigen Bengel unter meinen Schülern, der sehr prähistorisch wirken kann.«

Man erlaubt uns, von zehn bis elf Uhr auf der Bühne der »Folies Bergères« zu proben. Ohne die Kulissen im Hintergrund sieht die Bühne recht leer aus. Wie düster und ungemütlich es dort ist! Zu den Proben trage ich statt der Bluse einen Pullover und unter dem kurzen Rock schwarze Seidenhosen . . .

Ich beneide Brague darum, daß er jederzeit er selbst ist — aufgeweckt, kraftvoll und autoritär . . . Ich leide unter der Kälte, unter der Starrheit und dem Ekel, den mir die schlechte Luft und der Gestank nach dem Schweiß und dem billigen Alkohol vom Vorabend verursachen. Auf dem alten Klimperkasten, der bei den Proben herhalten muß, spielt unser Pianist stockend die unbekannte Musik; meine Finger sind ineinander verkrampft und lassen sich kaum lösen, meine Gesten wirken linkisch und ausdruckslos, ich ziehe fröstelnd die Schultern hoch und fühle mich minderwertig und verloren . . .

Brague ist meine morgendliche Trägheit gewohnt, und er kennt auch das Geheimnis, wie sie zu überwinden ist. Er quält mich pausenlos, springt wie ein Dompteur um mich herum und läßt Aufmunterungen und Anfeuerungsrufe wie Peitschenhiebe auf mich herabsausen . . .

Unten im Saal wird Staub aufgewirbelt, es ist die Zeit, in der die Kellner zusammenkehren: Papierschnitzel, Kirschkerne, Zigarettenkippen und Straßenschmutz . . .

Im hinteren Teil der Bühne — man stellt uns nämlich nur einen schmalen Streifen, nicht breiter als zwei Meter, zur Verfügung — arbeitet eine Akrobaten-Truppe auf ihrem dicken Teppich: es sind hübsche Deutsche mit rosigem Teint und hellblonden Haaren, die wenig reden und sich voll und ganz auf ihre Übung konzentrieren. Sie tragen schäbige Arbeitstrikots, und in den Pausen zwischen ihren Nummern üben sie weiter, das ist ihre Art der Entspannung. Zwei von ihnen versuchen unter müdem Gelächter einen undurchführbaren Balanceakt . . . der ihnen vielleicht im nächsten Monat gelingen wird. Am Ende der Übungen sehen sie sich ernsthaft das gefährliche Training ihres jüngsten Mitglieds an: ein kleiner Junge mit einem Mädchengesicht und langen blonden Locken, den man hochwirft und wieder auffängt — auf einem Fuß, auf einer Hand —, ein federleichtes kleines Wesen, das zu fliegen scheint. Seine Locken flattern hinter ihm her oder stehen steil wie eine Flamme über seinem Kopf, wenn er sich mit geschlossenen, gestreckten Beinen und dicht am Körper liegenden Armen fallen läßt.

»Tempo!« brüllt Brague. »Du hast deine Gesten noch immer nicht im Griff! Eine verpatzte Probe! Könntest du dich vielleicht etwas mehr konzentrieren?«

Ich muß gestehen, das fällt mir schwer. Über uns trainieren nun auf drei Trapezen Akrobaten, die sich mit gellenden Rufen, ähnlich dem Gezwitscher von Schwalben, miteinander verständigen . . . Das Leuchten der verchromten Metalltrapeze, das Knirschen der mit Kolophonium eingeriebenen Hände an den polierten Stangen — mein Gott, dieses Übermaß an geschmeidiger, anmutiger Kraft, diese methodische Mißachtung jeder Gefahr begeistern mich, erregen mich und spornen auch mich schließlich zu außergewöhnlichen Leistungen an . . . Und gerade, als ich allmählich spüre — so als wäre ich plötzlich in ein schönes Kleid geschlüpft —, daß jede meiner Bewegungen vollendet ist, daß mein Entsetzen ebenso gut zum Ausdruck kommt wie mein Verlangen, müssen wir aufhören . . .

Zu spät aufgepeitscht, verschwende ich den Rest meiner Energie darauf, zu Fuß mit Fossette nach Hause zu gehen, in der die Proben jedesmal eine unbändige Wut entfachen, die sie draußen meist an sehr viel größeren Hunden ausläßt.

Sie versetzt sie in Schrecken — ganz wie ein genialer Pantomime — mit einer einzigen Zuckung ihres japanischen Drachengesichtes, mit einer abscheulichen Grimasse, bei der die Augen hervortreten, die Lefzen hochgezogen werden und ein paar schiefe weiße Zähne in blutrotem Zahnfleisch aufblitzen, die aussehen wie die Latten eines vom Wind teilweise zerstörten Bretterzaunes.

Fossette ist hier aufgewachsen und kennt das Varieté

besser als ich. Sie trabt durch die finsteren Kellerräume, jagt die langen Korridore entlang und orientiert sich nach den vertrauten Gerüchen von Seifenwasser, Puder und Ammoniak . . . Ihr schmaler Körper kennt die Umarmung von weiß geschminkten Armen, und sie läßt sich noch dazu herab, den Zucker zu verspeisen, den Statisten im Café nebenan aus der Zuckerschale mitgehen lassen. Launisch wie sie ist, verlangt sie manchmal sehr nachdrücklich, daß ich sie am Abend mitnehme, und an anderen Tagen beobachtet sie, wie ein Turban eingerollt in ihrem Körbchen liegend, mein Fortgehen mit der Verachtung einer Rentnerin, die sich die Zeit nehmen kann, in Ruhe ihr Abendessen zu verdauen.

»Heute ist Samstag, Fossette! Lauf! Sonst ist Hamond noch vor uns zu Hause!«

Wir sind gelaufen wie zwei Narren, anstatt einen Wagen zu nehmen, aber die Luft an diesem Morgen ist erstaunlich weich und mild — ein richtiger Vorfrühlingstag . . . Und wir treffen Hamond direkt vor meinem Haus, das so weiß ist, als wäre es aus Butter.

Aber Hamond ist nicht allein: er steht auf dem Gehsteig und unterhält sich mit . . . mit Dufferein-Chautel dem Jüngeren, mit Vornamen Maxime, genannt »der dumme Junge«.

»Wie! Sie schon wieder?«

Ich lasse ihm keine Zeit, sich zu verteidigen, und wende mich streng an Hamond:

»Sie kennen Monsieur Dufferein-Chautel?«

»Gewiß«, erwidert Hamond gelassen. »Und Sie auch, wie ich sehe. Aber ich habe ihn schon als Kind gekannt. In einer Lade liegt noch eine Photographie des Bengels mit einem breiten weißen Kragen: ›Zur Erinnerung an die Erstkommunion von Maxime Dufferein-Chautel, 15. Mai 18..‹ . . .«

»Nein, so was«, ruft der »dumme Junge«, »Mama hat

Ihnen das Bild wohl geschickt, weil sie mich darauf so hübsch fand.«

Ich stimme nicht in ihr Gelächter ein. Es paßt mir gar nicht, daß sich die beiden kennen. Und ich fühle mich scheußlich in dem grellen Tageslicht, mein Haar hängt wirr unter der Pelzmütze hervor, meine Nase glänzt und müßte gepudert werden, und mein Mund ist ganz ausgetrocknet vor Hunger und Durst . . .

Ich verstecke meine Probenschuhe unter dem Rock, ausgetretene Schnürschuhe, an deren aufgesprungenen Stellen das blaue Futter unter dem Leder zum Vorschein kommt, die sich aber weich dem Fuß anpassen und deren dünne Sohlen so geschmeidig sind wie die von Tanzschuhen . . . Zumal mich der »dumme Junge« mustert, als hätte er mich noch nie gesehen . . .

Ich unterdrücke ein plötzliches, kindisches Verlangen zu weinen, und frage ihn mit einer Miene, als wolle ich ihn beißen:

»Was ist? Habe ich einen Fleck auf der Nase?«

Er hat es gar nicht eilig mit einer Antwort:

»Nein . . . aber . . . es ist merkwürdig . . . wenn man Sie nur abends gesehen hat, würde man niemals glauben, daß Sie graue Augen haben . . . Auf der Bühne wirken sie braun.«

»Ja, ich weiß. Das hat man mir schon oft gesagt . . . Hamond, das Omelett wird kalt. Adieu, Monsieur.«

Übrigens habe ich ihn auch noch nie bei Tageslicht gesehen. Seine tiefliegenden Augen sind nicht schwarz, wie ich annahm, sondern rotbraun, wie die Augen der Schäferhunde . . .

Sie schütteln sich immer noch die Hände! Und Fossette, das kleine Luder, »gibt Monsieur die Pfote« und lächelt breit von einem Ohr zum anderen! Und der »dumme Junge« macht bei dem Wort »Omelett« ein Gesicht wie ein Bettler angesichts eines Bratens! Er wird doch wohl nicht erwarten, daß ich ihn einlade! . . .

Es ist ungerecht, aber ich bin böse auf Hamond. Schweigend wasche ich mir Hände und Gesicht, bevor ich zu meinem alten Freund in das kleine Arbeitszimmer gehe, wo Blandine den Tisch gedeckt hat. Denn ich habe diesen unfreundlichen und überflüssigen Raum, den man Eßzimmer nennt und von vierundzwanzig Stunden nur eine Stunde lang bewohnt, ein für allemal abgeschafft. Außerdem schläft Blandine in der Wohnung, und da mir ein zusätzliches Zimmer zu teuer käme . . .

»Aha! Sie kennen Maxime also!« ruft Hamond aus, während er seine Serviette entfaltet.

Darauf war ich gefaßt! »Ich? Keineswegs! Ich bin einmal bei seinem Bruder aufgetreten, und dort habe ich ihn kennengelernt. Das ist alles.«

Ich verschweige — warum eigentlich? — unser erstes Zusammentreffen, als der »dumme Junge« erregt in meine Garderobe eindrang.

»Aber er kennt Sie. Und er bewundert Sie. Ich glaube, daß er sogar in Sie verliebt ist!«

Wie scharfsinnig! Ich mustere meinen Freund Hamond mit dem seltsamen Gefühl, verschlagen und hinterhältig zu sein, ein Gefühl, das männliche Naivität meist in uns auslöst . . .

»Er weiß, daß Sie Rosen und Pistazienbonbons mögen. Er hat ein Halsband für Fossette bestellt . . .«

Ich fahre auf.

»Er hat ein Halsband für Fossette bestellt! . . . Na ja, das geht mich nichts an!« sage ich lachend. »Fossette ist eine amoralische Kreatur: sie ist imstande und nimmt es an!«

»Wir haben von Ihnen gesprochen, natürlich . . . ich war überzeugt, daß Sie sehr befreundet sind . . .«

»Aber, Hamond, das hätte ich Ihnen doch erzählt!«

Mein alter Freund senkt die Augen, er fühlt sich in seiner freundschaftlichen Eifersucht bestätigt.

»Er ist wirklich ein sehr netter Kerl, das kann ich bestätigen.«

»Wer?«

»Maxime. Ich habe seine Mutter, sie ist verwitwet, kennengelernt vor ... Warten Sie mal ... das dürfte dreißig ... nein, fünfunddreißig Jahre her sein.«

Da haben wir's! Jetzt muß ich mir auch noch die Geschichte von Mutter und Sohn Dufferein-Chautel anhören ... Eine Prachtfrau, alles leitet sie allein ... Sägewerk in den Ardennen ... viele Hektar Wald ... Maxime ist der jüngste Sohn ... er ist verwöhnt und etwas schwerfällig ... aber viel klüger, als man glaubt ... und dreiunddreißigeinhalb Jahre alt ...

»Sieh mal an, genauso alt wie ich!«

Hamond beugt sich über den kleinen Tisch zu mir her und mustert mich eindringlich wie ein Miniaturmaler.

»Sie sind schon dreiunddreißig, Renée?«

»Leider ja.«

»Sie müssen es ja nicht sagen. Und ansehen wird man es Ihnen nicht.«

»Oh, ich weiß! Aber auf der Bühne ...«

»Auch in der Stadt nicht.«

Hamond führt sein Kompliment nicht weiter aus, sondern fängt wieder mit der Familiengeschichte der Dufferein-Chautel an. Verstimmt nasche ich von den Weintrauben. Der »Dumme Junge« dringt allmählich bei mir ein, weiter als ich ihm erlaubt habe. In diesen Stunden müßten Hamond und ich, wie gewohnt, doch die bitteren alten Erinnerungen wecken, die einmal wöchentlich zum herben Duft aus unseren Kaffeetassen wieder aufblühen ... Armer Hamond! Mir zuliebe wird er seinen geliebten, wenn auch traurigen Gewohnheiten untreu. Ich weiß sehr gut, daß ihn meine Einsamkeit bedrückt; wenn er den Mut dazu hätte, würde er mir wie ein väterlicher Kuppler gewiß sagen: »Das ist der Liebhaber, den Sie brauchen, meine Liebe! Er ist gesund, spielt nicht, trinkt nicht und hat genügend Geld ... Sie werden mir noch einmal dankbar sein!«

9

Vier Tage noch, dann verlasse ich das Empyrée-Clichy. Jedesmal, wenn ein etwas längeres Engagement in einem Varieté zu Ende geht, habe ich das seltsame Gefühl, befreit zu werden, obwohl ich es mir gar nicht wünsche. Glücklich darüber, frei zu sein und abends zu Hause bleiben zu können, kann ich mich doch nicht so recht daran freuen, und wenn ich mich auch behaglich ausstrecke und denke: »Endlich«, so mangelt es dieser Geste doch an Spontaneität.

Doch diesmal, glaube ich, bin ich aufrichtig froh. Ich sitze in Bragues Garderobe und zähle meinem Kollegen all die dringenden Arbeiten auf, die ich mir für die Ferien vorgenommen habe — und er macht sich lustig darüber.

»Erst muß ich die Diwanpolster überziehen lassen. Dann lasse ich den Diwan ganz in die Ecke schieben und darüber eine elektrische Lampe anbringen.«

»Prima! Das wird ja ein richtiges Absteigquartier«, sagt Brague ernsthaft.

»Du bist wirklich unmöglich! . . . Und dann gibt es in der Wohnung noch einiges zu tun. Ich habe mich schon so lange um nichts mehr gekümmert . . .«

»Sehr richtig!« bestätigt Brague trocken. »Und für wen das alles?«

»Wie: für wen? Für mich, natürlich!«

Brague wendet sich einen Moment vom Spiegel ab, und ich sehe sein Gesicht, in dem das blaugeschminkte rechte Auge schillert wie nach einem Faustschlag.

»Für dich? Für dich allein? . . . Du mußt entschuldigen, aber ich finde das reichlich . . . doof! Und außerdem — denkst du etwa, ich lasse die ›Emprise‹ ruhen? Sei überzeugt, man wird uns eines Tages für erstklassige Etablissements in der Provinz und im Ausland engagieren . . .

Ach, das fällt mir eben ein — Salomon, der Agent, hat mir aufgetragen, dich zu ihm zu schicken.«

»Ach! Jetzt schon?«

Brague zuckte resignierend die Achseln:

»Ja, ja, das kenne ich . . . ›Ach! Jetzt schon!‹ Und dann, wenn ich dir sagen würde, daß nichts zu tun ist, kämst du angerannt: ›Wann fahren wir? Wann fahren wir endlich?‹ — Ihr Weiber seid doch alle gleich!«

»Ganz meiner Meinung!« lobt Boutys wehmütige Stimme hinter uns.

Im letzten Monat ist Bouty noch dünner geworden, und er wirkt immer kraftloser. Ich beobachte ihn heimlich, um ihn nicht zu kränken; aber was kann man unter dieser roten Maske mit den weißumränderten Augen schon sehen? Wir lauschen schweigend der Stimme Jadins, die über uns singt:

Es war einmal eine junge Maid,
Die ist zum Brunnen gegangen.
Lan fi lan fa, lan fi le la li ra.
O weh! Die Ärmste fällt hinein,
Wer wird da wohl ihr Retter sein,
Wenn sie so tief gefallen?
Lan fi lan fa, lan fi le la li ra.

Der erfahrene Verfasser dieses Walzerliedes hat geschickt eine schlüpfrige Wendung hineingeschmuggelt.

»In vier Tagen ist es also soweit?« fragt der kleine Komiker unvermittelt und hebt den Kopf.

»Ja, in vier Tagen . . . Ich habe mich hier recht wohl gefühlt, es ist so ruhig . . .«

»Na, gar so ruhig . . .!« widerspricht Bouty ein wenig skeptisch. »Es gibt Orte, wo es noch viel ruhiger ist. Sie finden leicht etwas Besseres. Ich will unser Publikum ja nicht schlecht machen, aber es ist doch ein recht gemischter Haufen . . . Ich weiß schon«, antwortet er auf mein

Achselzucken, »man kann sich überall wohlfühlen. Aber trotzdem . . . Da! Hören Sie sie brüllen? Glauben Sie, daß eine Frau, ich meine eine junge Frau, die keine Erfahrung und eine große Vorliebe für Vergnügen und für's Feiern hat, hier anständig bleiben kann? . . . Ich meine, ein Grünschnabel, ein Springinsfeld wie Jadin zum Beispiel . . .«

Armer kleiner Bouty! Dein Liebeskummer weckt plötzlich edle Gefühle in dir und läßt dich sogar das Publikum verachten, das dich bejubelt. Du suchst eine Entschuldigung für Jadin und du findest sie auch; ganz von allein wird daraus die Theorie vom Einfluß der Umwelt auf den Menschen . . . an die ich nicht glaube!

Die russischen Tänzer sind fort, Antoniew, »der Großherzog«, und seine Hunde sind fort. Wohin? Das weiß niemand. Keiner von uns hat sich danach erkundigt. Andere Nummern haben ihren Platz eingenommen, einige sind für eine Woche, andere nur für vier Tage engagiert, denn die große Revue steht unmittelbar bevor . . . Überall, auf der Bühne und in den Gängen begegnet man neuen Gesichtern; man lächelt einander flüchtig zu und rümpft leicht die Nase, gewissermaßen als zurückhaltend-vertraulichen Gruß . . .

Vom früheren Programm sind nur Brague und ich, Jadin, die zum erstenmal — tatsächlich! — in der Revue auftreten wird, und Bouty übriggeblieben . . . Am Abend plaudern wir wehmütig, wir, die Veteranen des Empyrée-Clichy, die beim Abmarsch des jungen Regiments zurückgelassen worden sind . . .

Wo werde ich sie wohl wiedersehen? In Paris, in Lyon, in Wien oder in Berlin? . . . Vielleicht auch nie wieder, vielleicht nirgendwo. Im Büro von Salomon, dem Agenten, trifft man sich manchmal — fünf Minuten lang Geschrei und Händeschütteln, gerade Zeit genug, um sich davon zu überzeugen, daß der andere noch lebt, um die unerläßliche Frage: »Na, wie geht's?« zu stellen, und um darauf zu hören: »Ganz gut« oder »Es rentiert sich nicht.«

›Es rentiert sich nicht‹ . . . Das gehört zu jenen vagen Umschreibungen, hinter denen meine Kollegen schlechte Rollen, kein Engagement, finanzielle Notlagen und Elend verbergen . . . Aber zugeben würden sie es nie. Das läßt die Eitelkeit des Künstlers nicht zu, die ohne Zweifel etwas Heroisches an sich hat und mir meine Kollegen so wertvoll macht.

Manche nehmen, wenn sie nicht mehr weiter wissen, als Übergangslösung kleine Rollen in einem »richtigen« Theater an und — so sonderbar das klingt — finden das nicht sehr rühmenswert. Sie warten dort im Hintergrund geduldig darauf, daß ihnen das Glück wieder zulächelt: auf ein Engagement in einem Varieté, auf den seligen Augenblick, wenn sie wieder in einem Flitterröckchen oder in einem nach Benzin riechenden Frack im Scheinwerferlicht stehen und in »ihrem Fach« auftreten dürfen.

»Nein, das rentiert sich wirklich nicht«, erklären mir manche Kollegen und fügen hinzu:

»Ich gehe zum Film.«

Das Kino, das die kleinen Varietékünstler mit dem Ruin bedroht, wird nun ihre Rettung. Dort unterwerfen sie sich einer anonymen und ruhmlosen Arbeit, die sie nicht lieben, die ihre Gewohnheiten durcheinanderbringt und ihre Essenszeiten, ihre Arbeitszeit und ihre Freizeit verändert. Hunderte Artisten überleben in Zeiten der Arbeitslosigkeit auf diese Weise, und manche werden reich dabei. Aber wenn nun »der Film« einmal einen Überfluß an Statisten und Stars hat, was dann?

»Es rentiert sich nicht . . . nein, das rentiert sich nicht . . .«

Man sagt diesen Satz mit gleichermaßen gleichgültiger und ernster Miene, ohne sich weiter darüber auszulassen, ohne zu jammern, und dreht dabei seinen Hut oder ein

Paar alte Handschuhe in den Händen. Man stellt sich in Positur, die Taille in einen glockenförmig geschnittenen Überrock nach der vorletzten Mode gezwängt, denn das Wichtige, das Unerläßliche ist nicht ein ordentlicher Anzug, sondern ein Überzieher, der »gut beisammen« ist und alles andere verdeckt: die abgenützte Weste, die zerdrückte Jacke und die Hose, die an den Knien schon gelblich spiegelt. Einen auffallenden, todschicken Überzieher muß man haben, der Eindruck auf den Direktor oder den Agenten macht und dem Künstler schließlich auch gestattet, selbstbewußt wie ein vermögender Privatmann hinzuwerfen: »Das rentiert sich nicht.«

Wo werden wir im nächsten Monat sein? . . . Am Abend streift Bouty ziellos und hüstelnd im Korridor umher, bis ich schließlich meine Garderobentür öffne und ihn bitte, einen Augenblick zu mir hereinzukommen. Er läßt seine ausgemergelte Gestalt, die an den Körper eines mageren Hundes erinnert, behutsam auf einem zerbrechlichen Stühlchen nieder, von dem die Farbe abblättert, und zieht die Füße ein, um mich nicht in meiner Bewegungsfreiheit einzuschränken. Brague gesellt sich ebenfalls zu uns und hockt sich wie ein Zigeuner mit dem Hinterteil auf das warme Heizungsrohr. Ich stehe zwischen den beiden und beende meine Toilette. Mein roter, gelbbestickter Rock streift sie jedesmal, wenn ich mich bewege . . . Wir haben eigentlich keine Lust zu reden, aber wir schwatzen, um gegen das heimliche Bedürfnis anzukämpfen, uns schweigend aneinanderzuschmiegen und uns gegenseitig zu bemitleiden . . .

Brague bringt es noch am ehesten fertig, den Kopf oben zu behalten und ruhig die geschäftlichen Chancen abzuwägen, die uns die Zukunft bringen wird.

Über meine Zukunft denke ich nicht viel nach, ob ich hier bin oder anderswo . . . Mein spät erworbener, etwas unnatürlicher Hang zum Vagabundieren und zum Reisen verträgt sich ganz gut mit meiner geruhsamen, fatalistischen Kleinbürgerlichkeit. Zwar bin ich nunmehr eine fahrende Künstlerin, und meine Tourneen haben mich von Stadt zu Stadt getrieben, aber ich bin eine ordentliche Künstlerin, die ihre gut gebürsteten Kleider selbst umarbeitet; eine Künstlerin, die ihr Vermögen fast immer bei sich trägt, aber in dem hirschledernen Säckchen liegen die Kupfermünzen auf der einen, das Silbergeld auf der anderen Seite, und die Goldstücke sorgfältig versteckt in einem Geheimfach . . .

Eine Vagabundin, meinetwegen, aber eine, die sich damit abfindet, sich an Ort und Stelle im Kreis zu drehen, wie die beiden hier, meine Kollegen, meine Brüder . . . Jeder Abschied macht mich traurig und wehmütig, das stimmt, und ein Teil von mir bleibt immer in den Gegenden zurück, durch die ich komme — neue Länder, klare oder verhangene Landstriche, Ozeane, die wie graue Perlen schimmern —, an sie klammere ich mich so leidenschaftlich, daß es mir scheint, als ließe ich Tausende von kleinen Geistern zurück, die mir ähneln, die auf den Fluten dahintreiben, auf den Blättern schaukeln und mit den Wolken ziehen . . . Aber ist nicht auch ein kleiner Geist, der mir in allem am meisten ähnelt, zurückhaltend und verträumt bei mir zu Hause in der Kaminecke sitzengeblieben, über ein Buch gebeugt, das zu lesen er vergißt? . . .

10

»Wie gemütlich Sie es hier haben! Kaum zu glauben, daß Sie beim Varieté sind, wenn man Sie hier so sitzen sieht zwischen der rosa Lampe und der Vase mit den Nelken!«

Genau das hat er beim Weggehen gesagt, mein Verehrer, als er das erstemal zum Essen bei mir war, mit Hamond, dem verflixten Kuppler.

Ja, ich habe einen Verehrer. Ich finde wirklich keine andere Bezeichnung für ihn als dieses altmodische Wort: er ist weder mein Liebhaber, noch ein Flirt, noch mein Geliebter . . . er ist mein Verehrer.

»Wie gemütlich Sie es hier haben! . . .« An jenem Abend habe ich hinter seinem Rücken bitter gelacht . . . Gedämpftes Licht, eine Kristallvase, in der das Wasser schimmert, ein Lehnstuhl neben dem Tisch, der abgenützte Diwan, auf dem geschickt verteilte Kissen liegen . . . und schon stellt sich der verblendete, oberflächliche Fremde vor, daß zwischen diesen blaßgrünen Wänden eine hervorragende Frau ein zurückgezogenes, ernsthaftes, arbeitsames Leben führt . . . Ha! Ha! Er hat weder das staubige Tintenfaß, noch die eingetrocknete Feder, noch das unaufgeschnittene Buch auf der leeren Briefpapierkassette gesehen . . .

Ein alter Stechpalmenzweig, der so aussieht, als wäre er ins Feuer gefallen, vertrocknet langsam in einem Tonkrug . . . Das Glas eines kleinen Pastellbildes (eine Skizze von Adolphe Taillandy) ist gesprungen und wartet vergeblich darauf, daß es durch ein neues ersetzt wird . . . Farbiges Papier umgibt die elektrische Birne über dem Kamin, ich habe es einmal mit ein paar Stecknadeln flüchtig befestigt und dann vergessen, es fortzunehmen . . . Fünfhundert Ansichtskarten — Szenen aus der »Emprise« — in ihren grauen Umschlägen türmen sich auf einem geschnitzten Elfenbeinständer aus dem XV. Jahrhundert, auf die Gefahr hin, daß er unter ihrer Last zusammenbricht.

Dies alles verrät Gleichgültigkeit und Vernachlässigung; es sagt deutlich: »Wozu?« Fast sieht es bei mir so aus, als stünde eine Abreise bevor . . . Gemütlich? Was wäre das wohl für eine Gemütlichkeit, die sich abends unter einer Lampe mit zerschlissenem Lampenschirm abspielt?

Als meine beiden Gäste gegangen waren, habe ich gelacht und müde geseufzt. Die Nacht nahm kein Ende, denn ich fühlte mich seltsam beschämt, wenn ich an die Bewunderung des »dummen Jungen« dachte. Sein männlich-naives Vertrauen hat mir Klarheit über mich selbst verschafft, so wie man manchmal unvermutet nach einer Straßenbiegung oder auf einer Treppe vor einem Spiegel steht und plötzlich gewisse Fehler, manch Unschönes im Gesicht oder in der Haltung entdeckt . . .

Aber seither hat es einige Abende gegeben, an denen Hamond in Begleitung meines Verehrers gekommen ist, oder mein Verehrer ohne Hamond . . . Mein alter Freund übt sein schmutziges Gewerbe, wie er es nennt, ganz bewußt aus. Bald protegiert er mit der brillanten Ungezwungenheit des ehemaligen Weltmannes die Besuche seines Schützlings, der mir — das gebe ich offen zu — allein sehr lästig geworden wäre. Bald verschwindet er für kurze Zeit oder läßt auf sich warten — gerade lange genug, um nicht taktlos zu erscheinen —, und entfacht für mich seine ganze noch verbliebene weltmännische Gewandtheit.

Ich schmücke mich nicht für die beiden, immer trage ich die Hemdbluse mit den Hohlfalten und den einfachen dunklen Rock. Vor ihnen lasse ich mich gehen — den Mund gelangweilt zusammengepreßt, die Augen bewußt verschleiert, widersetze ich mich dem hartnäckigen Werben meines Verehrers mit der gleichgültigen Miene eines Mädchens, das man gegen seinen Willen verheiraten will. Allerdings verwende ich jetzt mehr Sorgfalt auf mein Zimmer — der verlogenen, vom Zufall bestimmten Szenerie, in der ich mich so selten aufhalte. Und das tue ich mehr für mich selbst als für die beiden. Blandine hat gnädigst die staubigen Ecken meines Arbeitszimmers gefegt, und die Kissen auf dem Lehnstuhl vor dem Tisch sind noch an derselben Stelle eingedrückt, wo ich geruht habe.

Ich habe also einen Verehrer. Warum gerade den und keinen anderen? Das verstehe ich nicht. Ganz erstaunt betrachte ich diesen Mann, der es schließlich doch geschafft hat, bei mir einzudringen. Weiß Gott! Wie sehr hat er sich das gewünscht! Der Zufall ist ihm zu Hilfe gekommen, und Hamond hat ihn unterstützt. Eines Tages, ich war allein zu Hause, läutete es zaghaft an der Tür, und ich öffnete. Wie hätte ich es anstellen sollen, dieses unbeholfene, wartende Individuum, die Arme voller Rosen, und Hamond, der mir einen flehenden Blick zuwarf, hinauszuwerfen? Es ist ihm gelungen, hier einzudringen . . . das mußte zweifellos so kommen . . .

Jedesmal, wenn er wiederkommt, betrachte ich sein Gesicht, als sähe ich ihn zum erstenmal. Zu beiden Seiten der Nase hat er tiefe Falten, die sich unter dem Schnurrbart verlieren, seine Lippen sind rot, tiefrot, wie man es manchmal bei sehr dunkelhäutigen Leuten findet. Haare, Brauen und Wimpern sind schwarz wie die Nacht, und es hatte wirklich eines sehr hellen Sonnenstrahles bedurft, um mir zu zeigen, daß mein Verehrer in dem vielen Schwarz graue, ins Rostbraune schillernde dunkle Augen hat . . .

Stehend wirkt er tatsächlich so unbeholfen, linkisch und schlaksig wie ein großer dummer Junge. Wenn er aber entspannt auf dem Diwan sitzt, scheint er sofort geschmeidiger zu werden und sich wie durch Zauberei in einen anderen Mann zu verwandeln, in einen trägen, gelassenen Mann mit ausdrucksvollen Händen, der sich behaglich in den Kissen zurücklehnt . . .

Wenn ich sicher bin, daß er mich nicht sieht, beobachte ich ihn, und der Gedanke, daß die Anwesenheit dieses Jungen hier ebenso ungewöhnlich ist wie ein Klavier in einer Küche, mißfällt mir einigermaßen. Wie kommt es, daß er, obgleich er in mich verliebt ist, nicht beunruhigt darüber zu sein scheint, daß er mich kaum kennt? Offensichtlich denkt er darüber nicht nach und ist ausschließlich damit beschäftigt, mich in Sicherheit zu wiegen, um mich dann zu erobern. Denn, wenn er es auch sehr schnell gelernt hat — auf Anraten von Hamond, das möchte ich wetten —, sein Verlangen vor mir zu verbergen und Stimme und Blick zu senken, wenn er mit mir spricht, wenn er auch vorgibt — listig wie ein Fuchs —, daß er mich nicht mehr begehrt, so zeigt er auch keinerlei Verlangen, mich kennenzulernen, mich auszufragen, mich zu durchschauen, und ich merke, daß er den Lichtreflexen in meinem Haar mehr Aufmerksamkeit schenkt als meinen Worten . . .

Wie sonderbar . . . Da sitzt er dicht neben mir, und derselbe Sonnenstrahl fällt auf seine Wange und auf meine; seine Nasenflügel werden karminrot und meine nehmen die Farbe einer lichten Koralle an . . . Und doch ist er nicht hier, sondern tausend Meilen von mir entfernt! Oft bin ich nahe daran, aufzuspringen und ihn anzuschreien: »Weshalb sind Sie überhaupt hier? Verschwinden Sie!« Aber ich tue nichts dergleichen.

Denkt er nach? Liest er? Arbeitet er? . . . Ich glaube, daß er zu jenen häufigen, alltäglichen Sorte von Menschen gehört, die sich für alles interessieren und nichts Wirkliches tun. Nicht sehr geistreich, aber mit einer raschen Auffassungsgabe, ein recht eindrucksvoller Wortschatz, der durch seine warme Stimme bestens zur Geltung kommt, jenes leichte Lachen und die kindliche Fröhlichkeit, die man bei sehr vielen Männern findet: das reicht aus, um meinen Verehrer hinlänglich zu charakterisieren.

Um ganz ehrlich zu sein, gibt es auch etwas, das mir ganz besonders an ihm gefällt: ein abwesender, suchender Blick, jene Art von Lächeln in den Augen, das man sowohl bei stürmischen als auch bei schüchternen Gefühlsmenschen findet.

Er ist gereist, aber so wie jedermann: nicht sehr oft und nicht sehr weit. Er hat das gelesen, was alle lesen, er kennt »eine Unmenge Leute«, aber außer seinem älteren Bruder vermag er nicht drei gute Freunde zu nennen. Ich verzeihe ihm all das Gewöhnliche um seiner Natürlichkeit willen, die nichts Demütigendes an sich hat, und weil er es nicht liebt, über sich selbst zu sprechen.

Selten trifft sein Blick den meinen, denn ich weiche ihm bewußt aus. Ich kann den Grund für seine Anwesenheit und für seine Geduld nicht vergessen. Aber welch ein gewaltiger Unterschied zwischen dem Mann, der hier auf dem Diwan sitzt, und dem bedrohlichen Tier, das sich in unbändigem Verlangen den Eintritt in meine Garderobe erzwungen hat! Nichts deutet darauf hin, daß ich mich noch an unsere erste Begegnung erinnere, außer daß ich mich kaum mit dem »dummen Jungen« unterhalte. Was er auch versucht, ich erwidere ihm nur kurz oder wende mich mit der Antwort, die meinem Verehrer gilt, an Hamond . . . Diese Art von indirektem Gespräch verleiht unseren Unterhaltungen eine unvorstellbare Schwerfälligkeit und eine ausgesprochen gezwungene Heiterkeit . . .

11

Ich probe immer noch die neue Pantomime mit Brague. Manchmal vormittags auf der Bühne der Folies-Bergère, dann wieder eine Stunde lang im Empirée-Clichy; oft ziehen wir auch vom Restaurant Gambrinus zum Tanzsaal Cernuschi.

»So geht's ganz gut«, sagt Brague, der sonst mit Komplimenten für andere und für sich selbst sehr sparsam ist. Der »alte Höhlenmensch« probt nun auch mit uns: er ist ein verhungerter achtzehnjähriger Bursche, der von Brague angeschnauzt, angetrieben und mit Schimpfworten derart überhäuft wird, daß ich manchmal direkt Mitleid mit ihm habe:

»Das geht wirklich zu weit, Brague! Er fängt gleich an zu heulen!«

»Wenn er heult, gibt's einen Tritt in den A . . .! Mit Tränen kommen wir nicht weiter!«

Vielleicht hat er recht . . . Der »alte Höhlenmensch« schluckt die Tränen hinunter, bemüht sich, seinen Rücken »prähistorisch« zu beugen und widmet sich ganz der Bewachung einer Waldnymphe, die anmutig in einem weißen Trikot umhertänzelt . . .

Eines Abends letzte Woche hat sich Brague die Mühe genommen, persönlich zu mir zu kommen, um mir zu sagen, daß am nächsten Tag die Probe ausfällt. Wir saßen gerade beim Abendessen: Hamond, Dufferein-Chautel und ich.

Ich mußte Brague hereinbitten, ihm eine Tasse Kaffee anbieten und ihn meinen Gästen vorstellen . . . Und ich sah, wie Brague seine kleinen, scharfen Augen verstohlen auf meinen Verehrer richtete — und das mit einer merkwürdigen Befriedigung, einer gewissen Genugtuung, die mich törichterweise peinlich berührte . . .

Als ich ihn zur Tür begleitete, hat er nicht gefragt und sich auch nicht die leiseste indiskrete Anspielung erlaubt, und das hat meine Verwirrung nur noch verstärkt.

Den lächerlichen Satz: »Weißt du, das ist ein Bekannter . . . ein Freund von Hamond, den er zum Essen mitgebracht hat« . . . konnte ich einfach nicht herausbringen . . .

Fossette trägt nun ein Halsband aus rotem Saffianleder mit vergoldeten Nieten — strapazierfähig und kitschig. Ich habe nicht gewagt, zu sagen, daß ich es häßlich finde.

Sie macht ihm den Hof — dieses verdammte, unterwürfige kleine Weibchen — diesem gutgekleideten Herrn, der nach Tabak und nach Mann riecht, der sie streichelt und ihr den Rücken tätschelt . . . Auch Blandine zerreißt sich, poliert die Fenster und bringt ohne entsprechenden Auftrag den Tee, wenn mein Verehrer da ist . . .

Alle scheinen sich nach dem Beispiel meines alten Freundes Hamond zugunsten von Maxime Dufferein-Chautel gegen mich verschworen zu haben . . . Leider fällt es mir nur allzu leicht, unnahbar zu bleiben! . . .

Unnahbar, ja gefühllos, um nicht zu sagen sogar rückzugsbereit . . . Denn jedesmal, wenn ich meinem Verehrer die Hand gebe, überrascht und mißfällt mir sein warmer, trockener Händedruck. Wenn ich den Stoff seiner Jacke streife, bekomme ich eine Gänsehaut, und ganz unabsichtlich wende ich den Kopf ab, wenn mir sein Atem — ein durchaus reiner Atem — zu nahe kommt . . . Ich könnte mich nicht dazu überwinden, ihm die Krawatte zu binden, und lieber würde ich aus Hamonds Glas trinken als aus seinem . . . Warum?

Es ist, weil dieser Junge ein *Mann* ist. Gegen meinen Willen muß ich immer wieder daran denken, daß er ein *Mann* ist. Hamond ist kein Mann, er ist ein Freund. Und

Brague ist ein Kollege, ebenso wie Bouty. Die schlanken, muskulösen Akrobaten, die ihre schönsten Körperteile in ihren enganliegenden Trikots aufs vorteilhafteste zur Schau stellen . . . Nein! das sind eben Akrobaten!

Habe ich noch nie daran gedacht, daß Brague, der mich in der »Emprise« so fest umarmt, daß es schmerzt, und mir mit seinen wilden Küssen den Mund zu verletzen scheint, auch männlichen Geschlechts ist? . . . Nein. Na also! Und der flüchtigste Blick, der korrekteste Händedruck meines Verehrers erinnert mich daran, warum er da ist, und was er erhofft . . . Welch ein reizender Zeitvertreib für eine kokette Frau! Welch ein köstlich erregender Flirt!

Aber leider kann ich nicht flirten. Mangels Begabung, mangels Erfahrung, mangels Unbekümmertheit und vor allem . . . o ja, vor allem ist es wohl die Erinnerung an meinen Mann!

Wenn ich mir Adolphe Taillandy nur einen Augenblick in der Ausübung seines Berufes — oder, besser gesagt, seiner Berufung — vorstelle, also die Gier und die Hartnäkkigkeit, mit der er daran arbeitet, eine Frau oder ein junges Mädchen zu verführen, dann kühle ich sofort ab und ziehe mich zurück, allen »Liebesangelegenheiten« feindlich gesinnt . . . Allzu deutlich sehe ich noch seine Eroberermiene vor mir, seinen verschleierten Blick, seinen kindischen Schmollmund und das affektierte Beben seiner Nasenflügel, wenn eine parfümierte Frau vorüberging . . . Pfui! All dieses Theater, all diesen Schwindel rund um die Liebe — und ein Ziel, das man eigentlich nicht »Liebe« nennen kann —, das soll ich fördern oder gar nachahmen? Armer Dufferein-Chautel! Manchmal kommt es mir fast so vor, als würden Sie hier betrogen, und ich müßte Ihnen eigentlich sagen . . . Ja, was denn? Daß ich zu einer alten Jungfer geworden bin, die die Versuchung nicht kennt und sich auf ihre Weise zwischen die vier Mauern einer Garderobe im Varieté zurückgezogen hat?

Nein, das werde ich Ihnen natürlich nicht sagen, denn bis jetzt sind wir noch nicht weiter gekommen als bis zur zehnten Lektion der Berlitz-Methode und können uns nur in einfachen Sätzen verständigen, in denen Wörter wie Brot, Salz, Fenster, Wetter, Theater und Familie viel Raum einnehmen . . .

Sie sind ein Mann, um so schlimmer für Sie! Jeder in meinem Haus scheint sich darauf zu besinnen, aber anders als ich, von Blandine angefangen, die Sie immer wieder entzückt betrachtet, bis zu Fossette, deren breites Hundelachen gleichfalls bedeutet: »Endlich! Endlich ist ein Mann im Haus — *der Mann!*«

Ich kann nicht mit Ihnen sprechen, armer Dufferein-Chautel! Ich schwanke zwischen meiner »eigenen« Sprache, die ein wenig schroff ist, nicht alle Sätze beendet, aber die Klarheit eines Fachausdruckes schätzt — also der Sprache des ehemaligen Blaustrumpfes . . . — und jener feigen, lebendigen, ungehobelten und bilderreichen Sprache, die man beim Varieté lernt, gewürzt mit: »Was du nicht sagst!« . . . und »Halt's Maul!« . . . »Mach' ich!« . . . »Nichts für mich« . . .

Ich kann mich nicht entschließen, also schweige ich lieber . . .

12

»Liebster Hamond, ich freue mich wirklich, mit Ihnen zusammen zu speisen. Heute ist keine Probe, die Sonne scheint und Sie sind da — das trifft sich gut.«

Mein alter Freund, den ein stechender Rheumatismus quält, lächelt geschmeichelt. Er wirkt abgemagert und alt und erinnert in seiner Größe und Sanftheit, mit seiner dünnen Adlernase an den Ritter von der traurigen Gestalt . . .

»Hatten wir diese Woche nicht schon einmal das Vergnügen, miteinander zu speisen? Welch überschwengliche Freundlichkeit für mich altes Gerippe, Renée!«

»Ganz richtig! Heute ist schönes Wetter, ich bin vergnügt und . . . wir sind allein!«

»Was meinen Sie damit?«

»Daß der ›dumme Junge‹ nicht hier ist, Sie haben es erraten?«

Hamond schüttelt seinen schmalen, traurig gesenkten Kopf.

»Das ist ja eine richtige Antipathie!«

»Keineswegs, Hamond, keineswegs! Das ist . . . gar nichts! . . . Übrigens will ich darüber schon seit Tagen mit Ihnen reden: Ich kann nicht das geringste Gefühl für Maxime Dufferein-Chautel empfinden . . . außer Mißtrauen.«

»Das ist immerhin etwas.«

»Ich habe nicht einmal eine Meinung über ihn.«

»Es wäre mir ein Vergnügen, Ihnen meine Meinung über ihn zu unterbreiten. Dieser ehrenhafte Mann hat keine Vergangenheit.«

»Das genügt nicht!«

»Das genügt nicht? Das ist doch eine Herausforderung! Sie ermutigen ihn ja nicht, von sich zu erzählen.«

»Das fehlte gerade noch! Stellen Sie sich ihn nur einmal vor, wie er seine breite Hand auf seine breite Brust preßt: ›Ich bin anders als die anderen Männer.‹ Das würde er doch sagen, oder? In solchen Augenblicken sagen die Männer immer dasselbe wie die Frauen.«

Hamond betrachtet mich spöttisch.

»Renée, Sie sind mir dann am liebsten, wenn Sie mit Erfahrungen prahlen, die Sie — glücklicherweise nie gemacht haben. ›Die Männer tun dies . . . die Männer sagen das . . .‹ Woher nehmen Sie Ihre Überzeugung? Die Männer! . . . Die Männer! . . . Haben Sie denn so viele Männer kennengelernt?«

»Einen einzigen. Aber was für einen!«

»Na, sehen Sie! Wollen Sie Maxime vielleicht vorwerfen, daß er Sie an Taillandy erinnert?«

»Um Gottes willen, nein. Er erinnert mich an nichts. An überhaupt nichts. Er ist nicht geistreich . . .«

»Verliebte sind immer ein wenig vertrottelt. Als ich in Jeanne verliebt war . . .«

»Und ich auch, als ich Adolphe liebte! Aber das war eine bewußte, fast sinnliche Vertrottelung. Erinnern Sie sich noch daran, wie es war, wenn Adolphe und ich abends ausgingen? Und wie armselig ich damals wirkte? Wie ein Mädchen, das ohne Mitgift geheiratet worden ist, sagt Margot. Mein Mann hielt schwungvolle Reden, lächelte, glänzte und brillierte . . . Man sah nur ihn. Und sah man auch mich einmal an, dann wohl nur, um Adolphe zu bedauern. Man ließ mich deutlich fühlen, daß ich ohne ihn ein Nichts gewesen wäre!«

»Na, na, . . . Sie übertreiben ein wenig . . .«

»Kaum, Hamond. Widersprechen Sie nicht! Ich tat alles, um möglichst im Hintergrund zu bleiben, ich liebte ihn wie eine Närrin!«

»Und ich?« sagt Hamond hitzig. »Erinnern Sie sich noch, wie mein Püppchen Jeanne über meine Bilder sprach? ›Henri ist schon bieder und unmodern zur Welt gekommen.‹ Und ich habe nicht gemuckst!«

Wir lachen und sind glücklich und zufrieden, endlich wieder einmal in unseren demütigenden, bitteren Erinnerungen zu schwelgen . . . Warum muß mein alter Freund diesen Samstag, der ganz unseren alten Gewohnheiten entspricht, verderben, indem er schon wieder den Namen Dufferein-Chautel erwähnt?

Ich bin ernstlich verstimmt: »Schon wieder! Lassen Sie mich doch endlich mit diesem Herrn in Ruhe! Was weiß ich denn von ihm? Daß er sauber ist und gut erzogen, daß er eine Vorliebe für Bulldoggen hat und Zigaretten raucht. Daß er noch überdies in mich verliebt ist, wird doch — bei aller Bescheidenheit — kein besonderes Merkmal sein!«

»Sie tun Ihr möglichstes, um ihn nur ja nicht näher kennenzulernen.«

»Das ist mein gutes Recht!«

Hamond ärgert sich und schnalzt mißbilligend mit der Zunge.

»Ihr gutes Recht, Ihr gutes Recht . . . Sie reden wie ein Kind, liebe Freundin, glauben Sie mir! . . .«

Ich mache meine Hand aus seiner los und spreche unwillkürlich rascher:

»Was soll ich Ihnen glauben? Daß er ein Artikel ist, den man ohne Bedenken erwerben kann? Was wollen Sie eigentlich von mir? Daß ich mit diesem Herrn ins Bett gehe?«

»Renée!«

»Ja, das muß doch einmal gesagt werden! Sie wollen, daß ich dasselbe tue wie alle anderen? Daß ich mich entscheide? Der oder ein anderer, nicht wahr? . . . Wollen Sie mir meinen mühsam errungenen Frieden nehmen, mein Leben auf ein anderes Ziel richten als auf den harten, stärkenden, natürlichen Kampf ums Überleben? Oder raten Sie mir vielleicht, aus gesundheitlichen Gründen einen Liebhaber zu nehmen — etwa wie ein Abführmittel? Wozu? Mir geht es gut, und Gott sei Dank liebe ich niemanden! Ich liebe niemanden und werde auch niemanden mehr lieben, niemanden, niemanden!«

Ich habe diese Worte laut hinausgerufen und schweige nun ein wenig verwirrt. Hamond ist nicht hitzig wie ich und läßt mir Zeit, mich zu fassen. Allmählich fließt mein Blut, das mir in die Wangen gestiegen ist, wieder zum Herzen zurück.

»Sie werden niemanden mehr lieben? Mein Gott! Das stimmt vielleicht. Und wäre trauriger als alles andere.«

Empört und den Tränen nahe sehe ich den Freund an, der es wagt, so mit mir zu reden:

»Oh! Hamond, ausgerechnet Sie sagen so etwas? Nach allem, was Sie . . . was wir erlebt haben, glauben Sie noch an die Liebe?«

Hamond wendet sich ab, heftet seine so junggebliebenen Augen in dem alten Gesicht aufs Fenster und erwidert unsicher:

»Ja . . . ich bin mit dem Leben, das ich jetzt führe, sehr zufrieden. Aber mich deshalb zu verbürgen und sagen zu können: ›Ich werde niemanden mehr lieben!‹ Wahrhaftig, nein, dazu hätte ich nicht den Mut . . .«

Hamonds sonderbare Antwort hat unseren Streit beendet, denn ich will nicht über die Liebe reden . . . Handfeste Unanständigkeiten bringen mich nicht aus der Fassung — aber über die Liebe rede ich nicht gern . . . Hätte ich ein geliebtes Kind verloren, könnte ich seinen Namen wohl auch niemals wieder aussprechen.

13

»Gehn wir doch heut' abend zum Essen ins Olympia«, hat Brague nach der Probe zu mir gesagt. »Und nachher könnten wir den Kumpels von der Revue im Emp'-Clich' guten Tag sagen.«

Ich weiß, wie das gemeint ist: Es handelt sich nicht etwa um eine Einladung zum Essen, wir sind Kollegen, und der Künstlerkodex — das gibt es wirklich — verbietet jede Zweideutigkeit zwischen Künstlern.

Ich treffe mich am Abend also mit Brague in der Olympia-Bar, die nicht gerade den besten Ruf genießt. Na und? Was kümmert mich das! Frei von der Sorge um meinen guten Ruf, betrete ich dieses kleine Restaurant am Montmartre weder ungern noch mit besonderer Vorliebe. Von sieben bis zehn Uhr ist es ruhig hier — aber den Rest der Nacht hallt es wider von Geschrei, Tellerklappern und Gitarrenklängen. Letzten Monat habe ich hier manchmal allein oder mit Brague schnell noch etwas gegessen, bevor wir ins Empyrée-Clichy gingen.

Eine Kellnerin aus der Provinz, die sich durch nichts aus

der Ruhe bringen läßt, serviert uns an diesem Abend Pökelfleisch mit Kraut, ein gesundes Essen, aber schwer verdaulich für die schwachen Mägen der kleinen Prostituierten des Viertels, die abgesondert sitzen und mit einer Gier essen, die man bei hungrigen Tieren und bei unterernährten Frauen angesichts eines vollen Tellers gleichermaßen beobachten kann. Na ja, sehr heiter ist's hier nicht!

Brague macht sich spöttisch — im Grunde mitleidig — über zwei Frauen lustig, die gerade hereinkommen, jung, schlank und mit unmöglichen Hüten auf den toupierten Frisuren. Der Anblick der einen ist erschütternd: sie hat eine unverschämt stolze Kopfhaltung, und ihre erschrekkende Magerkeit ist nur zu gut sichtbar unter dem engen Fähnchen aus rosa Liberty, das sie gewiß als »Gelegenheitskauf« erstanden hat. An diesem eiskalten Februarabend hat sie nichts weiter an als ein blaues, mantelartiges Cape aus leichtem, silberbesticktem Liberty . . . Sie zittert und bebt vor Kälte, und ihre blitzenden grauen Augen weisen jedes Mitgefühl zurück; sie ist bereit, den ersten, der bedauernd sagen würde: »Die arme Kleine!«, anzuspringen und ihm das Gesicht zu zerkratzen.

Diese Sorte ist in der Gegend von Montmartre nicht selten — halbverhungerte, stolze Mädchen, die in ihrer offensichtlichen Not noch schön sind. Man trifft sie hier und anderswo, sie sitzen in ihren dünnen Fähnchen mit den Gästen bald an diesem Tisch und bald an jenem. Heiter, betrunken und leicht reizbar sind die Mädchen, die in der Butte Chaumont zu Abend essen; sie sind schlagfertig, niemals sanft, niemals zärtlich und hassen ihr Gewerbe, aber sie »arbeiten« trotzdem. Die Männer nennen sie »Verfluchte kleine Luder«, mit einem verächtlich-nachsichtigen Lachen, weil sie zu denen gehören, die sich nie unterkriegen lassen, die nie zugeben würden, daß sie hungern oder frieren oder verliebt sind, die sterbend noch behaupten: »Ich bin nicht krank«, die unter Schlägen zusammenzucken, aber zurückschlagen . . .

Ja, ich kenne diese Frauen ganz gut, und beim Anblick dieses zitternden, stolzen kleinen Mädchens, das gerade die Olympia-Bar betritt, muß ich an sie denken.

In der Bar wird nur halblaut gesprochen, die meisten essen. Zwei geschminkte junge Männer werfen einander von einem Ende des Saales zum anderen Spitzfindigkeiten zu, die allerdings nicht sehr überzeugend klingen. Eine kleine Straßendirne, die an einem Glas Absinth nippt und darauf wartet, daß jemand sie zum Abendessen einlädt, wirft den beiden recht gleichgültige Bemerkungen zu. Eine trächtige Dogge schleppt ihren ballonförmig aufgeschwollenen Bauch mit den vorstehenden Zitzen mühsam über den abgenützten Teppich.

Brague und ich plaudern miteinander, halb betäubt von der dumpfen Hitze hier drinnen. Ich muß an all die mittelmäßigen Restaurants in den verschiedenen Städten denken, in denen wir schon miteinander gegessen haben — müde, teilnahmslos und neugierig auf die unbekannten Speisen . . . Brague begegnet den schlechten Weinen, die man in den Bahnhofsbuffets und Hotels bekommt, mit einem überaus gesunden Magen; bevor man mir hingegen zähes Kalbfleisch oder harten Hammelbraten zumutet, esse ich lieber Käse oder Omelette.

»Du, Brague, ist der Mann dort, der uns den Rücken zukehrt, nicht Stephan, der Tänzer?«

»Wo? Aber ja, das ist er . . . Mit einem Liebchen.«

Und was für ein »Liebchen«, ich bin verblüfft — eine braunhaarige Fünfzigerin mit dunklem Oberlippenbart! . . . Als hätte Stephan, der Tänzer gefühlt, daß er beobachtet wird, wendet er sich halb um und wirft uns einen jener vielsagenden Blicke zu, die in der Theatersprache bedeuten: »Pst! . . . sehr geheim!«, aber so unauffällig, daß es der ganze Saal bemerken muß.

»Armer Teufel! Der muß sich sein Geld sauer verdienen!« flüstert Brague . . . »Bitte, den Kaffee, Fräulein, wir müssen gehen.«

Der Kaffee ist eine schwärzlichgrüne Brühe, die dunkle Ränder in den Tassen hinterläßt. Da ich aber selten guten Kaffee trinke, habe ich an diesem bitteren, warmen Getränk, das nach Lakritzen und Chinarinde riecht, Geschmack gefunden . . . In unserem Beruf kann man auf Fleisch verzichten, aber nicht auf Kaffee.

So rasch man uns den Kaffee auch bringt, Stephan, der Tänzer verschwindet doch vor uns; er tritt in der Revue des Emp'-Clich' auf — unmittelbar nach seiner ältlichen Begleiterin.

Schamlos mimt er für uns — hinter ihrem Rücken — einen Athleten, der mindestens zweihundert Kilo stemmt, und wir sind gemein genug, darüber zu lachen . . . Dann verlassen wir diesen düsteren Ort »der Freude«, wie solche Lokale manchmal genannt werden, wo um diese Zeit alle unter den rosaroten Lampen vor sich hindösen: die trächtige Hündin, die erschöpften Straßenmädchen, die Kellnerin vom Lande und der Geschäftsführer mit dem gewichsten Schnurrbart . . .

Draußen auf dem Boulevard, auf der Place Blanche, bläst ein eiskalter Wind, der sehr belebend wirkt, und plötzlich überkommt mich ein fieberhafter Tatendrang, eine regelrechte »Arbeitswut« . . . das ist ein rätselhafter, schwer erklärbarer Drang, etwas zu tun: tanzen oder schreiben, rennen oder Theater spielen, oder nur einen Handwagen ziehen . . .

So als hätte er gerade ebenso empfunden wie ich, sagt Brague plötzlich:

»Ach ja, Salomon, der Agent hat mir geschrieben . . . Die Tournee, von der ich dir erzählt habe, scheint bald unter Dach und Fach zu sein. Ein Tag hier, zwei Tage dort, eine Woche in Marseille, eine in Bordeaux . . . Du kannst doch jederzeit abreisen?«

»Ich? Jederzeit. Warum fragst du?«

Er wirft mir einen raschen Seitenblick zu.

»Ich weiß nicht . . . Ich frage aus keinem bestimmten

Grund . . . Manchmal . . . Ich weiß, wie das Leben so spielt . . .«

Aha, ich verstehe! Mein Kollege denkt an Dufferein-Chautel und glaubt . . . Ich lache unvermittelt auf, und das verwirrt ihn noch mehr, aber heute abend fühle ich mich ganz gelöst, ich bin ausgelassen und übermütig, denn wir sind ja schon fast unterwegs . . . Ach ja, nur fort und vergessen, wer ich bin und wie die Stadt heißt, in der ich gestern noch war, nicht nachdenken, nicht zurückschauen und nichts sehen, außer der schönen Gegend, die an den Abteilfenstern vorbeifliegt: der bleifarbene Teich, in dem sich der blaue Himmel grünlich spiegelt, die durchbrochene Spitze eines Glockenturmes, den ein Schwalbenschwarm umkreist . . .

Ich erinnere mich an einen Tag, einen Maimorgen . . . ich war von Rennes abgereist . . . Der Zug fuhr sehr langsam, weil die Strecke ausgebessert wurde, zwischen weißen, blühenden Sträuchern, rosigen Apfelbäumchen, die blaue Schatten warfen, und Weiden mit jungen, jadegrünen Blättern hindurch . . . Am Waldrand stand ein Kind und sah dem Zug nach, ein etwa elfjähriges Mädchen, das mich unvermittelt an meine eigene Kindheit erinnerte. Ernsthaft, die Stirn gerunzelt, die runden Backen gebräunt — genauso wie damals meine —, die Haare von der Sonne ein wenig gebleicht, stand sie da und hielt einen dichtbelaubten Zweig fest in ihren sonnverbrannten, zerkratzten Händen — genauso wie meine Hände damals. Und dieser abweisende Gesichtsausdruck, diese Augen ohne Alter und fast ohne Geschlecht, die alles furchtbar ernst zu nehmen schienen — wie meine Augen damals, genau so wie meine! . . . Ja, dort am Waldrand stand meine schüchterne Kindheit und sah mich vorbeifahren, geblendet von der aufgehenden Sonne . . .

»Wie du willst!«

Die schroffen Worte meines Kollegen wecken mich aus meinen Träumen. Wir sind beim Emp'-Clich' angekommen, das mit knallroten Lampen erleuchtet ist, deren greller Schein »noch hinter den Augen schmerzt«, wie Brague behauptet. Wir gehen direkt in den Keller, wo die gewohnten Gerüche von Gips, Salmiak, Crème Simon und Puder eine beinahe angenehme Übelkeit in mir erregen . . . Immerhin wollen wir die Kollegen von der Revue besuchen und nicht die Revue!

Ich höre, daß meine Garderobe jetzt von Bouty benützt wird und Bragues Garderobe der berühmten Jadin gehört, die drei Rollen in der Emp'-Clich'-Revue spielt.

»Beeilt euch«, ruft sie uns zu. »Ihr kommt gerade recht zu meinem Lied ›Paris bei Nacht!‹«

Du lieber Gott! Man hat Jadin als Straßendirne verkleidet . . . Schwarzer Rock, tiefausgeschnittenes schwarzes Mieder, Netzstrümpfe, rotes Halsband, und auf dem Kopf die übliche helmartige Perücke mit der blutroten Kamelie. Es ist wahrhaftig nichts übriggeblieben von dem umwerfenden natürlichen Charme des kleinen Mädchens mit den schiefen Schultern . . .

Das war zu erwarten: man macht aus einem trotzigen, frischen »Lausemädel« im Nu gezielt ein Varieté-Dämchen! »Wie geht's . . . Was gibt's Neues? . . . Rentiert es sich?« Dabei beobachte ich sie und stelle bedauernd fest, daß sich Jadin wie eine »Pute« bewegt, genau so wie alle anderen: Bauch hinein, Brust heraus; daß sie beim Sprechen ihre Stimme »dämpft«, und daß sie, seit wir da sind, noch kein einzigesmal »Schei . . .!« gesagt hat . . .

Bouty, der mit ihr zusammen den unerläßlichen »Schiffertanz« vorführt, strahlt nur so unter seiner schwarzen Seidenmütze. Fast als wollte er sagen: »Was sagt ihr nun?«, indem er mit Besitzerstolz auf das kleine Frauenzimmer deutet . . . Hat er seine Kollegin endlich erobert? Jedenfalls tut er sein möglichstes, um Jadin all ihre liebenswerten Eigenarten zu nehmen, und beide reden davon, mit einer sensationellen Nummer zusammen im »Crystal-Palace« in London aufzutreten! . . .

Wie rasch sich doch alles verändert! . . . Besonders die Frauen . . . Jadin wird in ein paar Monaten all ihren Schwung und ihr rührend naives Wesen verloren haben. Wird die verrückte kleine Jadin mit ihren achtzehn Jahren, die bis jetzt mit sich und ihrem bißchen Geld so verschwenderisch umgegangen ist, bald so geldgierig werden wie eine Concièrge oder wie eine habsüchtige kleine Krämersfrau?

Warum fallen mir ausgerechnet jetzt die Bells ein, jene deutschen Akrobaten mit dem englischen Namen, die Brague und ich in Brüssel kennengelernt haben? Sie besaßen eine unvergleichliche Kraft und Anmut, und bei den Vorstellungen trugen sie kirschfarbene Trikots, die ihre helle Haut noch heller erscheinen ließen. Zu fünft bewohnten sie zwei unmöblierte Zimmer, wo sie sich auf einem kleinen Eisenofen sogar ihr Essen selbst kochten. Und der Impresario erzählte uns, daß sie von früh bis spät rätselhaftes Zeug schwatzten, über Wirtschaftszeitungen brüteten und heftige Debatten über Goldminen, Sosnowice und Ägyptische Kreditbriefe führten! Geld, Geld, Geld . . .

Jadin muntert die Unterhaltung mit ihrem leeren Geschwätz ein wenig auf, und das ist auch nötig. Denn nachdem Bouty, der nun nicht mehr so mager ist, uns das Neueste über seinen Gesundheitszustand erzählt und erklärt hat, daß sich für kommenden Winter »alles ganz gut anläßt«, gerät die Unterhaltung peinlich ins Stocken, denn wir sind nur Zufallsfreunde, und der Zufall trennt uns nun auch wieder . . . Ich durchstöbere die Tigel und Töpfe auf dem Schminktisch mit jenem genüßlichen Kribbeln, jener Sucht, sich zu schminken, die all denen wohlbekannt ist, die einmal beim Theater waren. Glücklicherweise schrillt in diesem Augenblick die Glocke, und Jadin springt auf:

»Los! Lauft hinauf, der Feuerwehrmann wird euch seinen Platz abtreten, und dann könnt ihr sehen, wie umwerfend mein Lied ›Paris bei Nacht‹ ist.«

Der schläfrige Feuerwehrmann stellt mir tatsächlich seinen geflochtenen Hocker und seine kleine Loge zur Verfügung. Mit der Nase in dem vergitterten Fensterchen sitzend, das von warmem rötlichem Licht umgeben ist, kann ich, ohne gesehen zu werden, zwei Reihen Orchesterplätze, drei offene Parterrelogen und eine Proszeniumsloge überblicken . . . In der Proszeniumsloge sitzen eine Dame in einem Paillettenkleid mit Riesenhut und Ringen sowie zwei Herren, nämlich Dufferein-Chautel der Ältere und Dufferein-Chautel der Jüngere, beide in Schwarz-Weiß, tadellos geschniegelt und gestriegelt. Sie sitzen fast direkt im Scheinwerferlicht und gewinnen dadurch noch an Bedeutung, da ich sie von meinem Fensterchen aus ausgezeichnet beobachten kann.

Die Frau ist keine Frau, sondern eine *Dame:* zweifellos Madame Dufferein-Chautel die Ältere. Mein Verehrer scheint sich glänzend zu amüsieren, als die Lumpensammlerinnen und danach die diebischen Fuhrmädchen aufmarschieren und nach einem kleinen Liedchen und ein paar lässigen Tanzschritten wieder abtreten.

Endlich tritt Jadin auf und stellt sich vor:

»Und ich, ich bin die Königin von Paris bei Nacht: die Dirne!«

Ich sehe, wie sich mein Verehrer sehr interessiert über sein Programm beugt, den Kopf hebt und meine kleine Kollegin vom helmartigen Schopf bis zu den Netzstrümpfen sehr genau mustert . . .

Durch einen einzigartigen Rollentausch wird er für mich zum Schauspiel, denn von der kleinen Jadin sehe ich nur das Profil, das in der grellen Beleuchtung platt wirkt und wie zerfressen vom Licht, die Nasenflügel schwarz, die Oberlippe verkürzt durch eine funkelnde Reihe weißer Zähne . . .

Mit ihrem straff gespannten Hals und dem roten Tuch ähnelt dieses frische Mädchen plötzlich einem jener hemmungslosen Frauenbildnisse von Rops.

Nachdem sie ihr Couplet beendet hat, kommt sie zweimal zurück, um sich zu verbeugen — die Beine geschlossen, die Finger an den Lippen —, und mein Verehrer klatscht ihr mit seinen großen braunen Händen so übertrieben lang Beifall, daß sie ihm, bevor sie endgültig verschwindet, mit vorgeschobenem Kinn eine Kußhand zuwirft . . .

»Na? Schläfst du? Ich sag' schon zum zweitenmal, daß wir nicht hierbleiben können; die Kulissen für Heliopolis werden aufgestellt!«

»Ja, ja, ich komme schon . . .«

Ich scheine tatsächlich eingeschlafen zu sein, oder es war nur einer jener tranceähnlichen Augenblicke, die dem Impuls zu einem peinlichen Gedankengang vorangehen und das Vorspiel zu einem kleinen seelischen Absturz bilden . . .

14

»Sag schon endlich ja oder nein. Paßt es dir oder paßt es dir nicht?«

Beide stehen sie vor mir, Brague und Salomon, und drängen mich zu einer Entscheidung. Der eine lacht, um mir Mut zu machen, und der andere brummt. Salomons schwere Hand legt sich auf meine Schulter.

»Das ist wirklich ein toller Vertrag, meine ich!«

Ich nehme diesen, mit der Maschine geschriebenen Vertrag noch einmal zur Hand und lese ihn nun schon zum zehntenmal, um in den kurzen fünfzehn Zeilen eventuell eine versteckte Falle oder eine zweideutige Klausel zu entdecken . . . vor allem aber, um Zeit zu gewinnen. Und dann fällt mein Blick auf das Fenster mit den gestärkten Tüllgardinen und auf den düsteren, gepflegten Hof dahinter . . .

Ich gebe mir den Anschein, als würde ich nachdenken, aber ich denke nicht nach . . . Zerstreut betrachte ich seinen Schreibtisch im englischen Stil, den ich schon so oft gesehen habe: dekoriert mit unbekannten Photographien von tief dekolletierten, kunstvoll frisierten Damen mit charmantem Lächeln und Herren im Frack, von denen man nicht weiß, ob sie Sänger oder Akrobaten, Schauspieler oder Kunstreiter sind . . .

Eine Vierzig-Tage-Tournee mit hundertfünfzig Francs am Tag, das macht . . . sechstausend Francs. Ein günstiges Angebot. Aber . . .

»Aber«, sage ich schließlich zu Salomon, »ich bin nicht bereit, dich mit sechshundert Francs mitbeißen zu lassen! Zehn Prozent ist der reine Mord!«

Ich habe die Sprache wiedergefunden und die Fähigkeit, mich ihrer zu bedienen, und auch den Ton, der hierher paßt. Salomons Gesicht wird ziegelrot wie seine Haare, sogar die Augen, für gewöhnlich kaum sichtbar, sind blutunterlaufen, aber aus seinem breiten, angenehmen Mund ergießt sich ein Schwall inständiger, demütiger, fast liebevoller Bitten:

»Mein Liebling! Fang bitte nicht an, dummes Zeug zu reden! . . . Einen Monat lang, einen ganzen Monat lang hab' ich daran gearbeitet, die Route zusammenzustellen! Du kannst Brague fragen! Seit einem Monat setze ich Himmel und Hölle in Bewegung, um erstklassige Häuser zu finden, ganz erstklassige Häuser! . . . Mache Reklame wie für . . . für Mme. Otéro, jawohl! . . . Und das ist nun der Dank! Hast du denn kein Herz? Zehn Prozent! Eigentlich müßtest du mir zwölf Prozent geben, verstehst du?«

»Ich verstehe. Aber ich will dich nicht mit sechshundert Francs mitbeißen lassen. So viel hast du nicht verdient.«

Salomons kleine rote Äuglein werden zu Schlitzen. Seine schwere Hand streichelt meine Schultern, aber am liebsten würde er mich erwürgen.

»Oh, das undankbare Gesindel. Hast du das gehört, Brague? Und dabei hab' ich dem Kind sein erstes Engagement verschafft!«

»Ein verdammt erwachsenes Kind, mein Lieber, das außerdem seine Garderobe erneuern muß! Mein Kostüm für die ›Emprise‹ ist untragbar geworden. Und das billigste Kostüm kostet dreißig Louisdor, plus die Schuhe, plus den Schleier zum Tanzen, und schließlich noch diverse Kleinigkeiten! Zahlst du mir die vielleicht, du alter Geizhals?«

»Hast du das gehört, Brague?« wiederholt Salomon . . . »Ich schäme mich für sie, daß sie sich in deiner Gegenwart so benimmt! Wie denkst du darüber?«

»Ich denke«, erwidert Brague ruhig, »daß sie gut daran täte, die Tournee anzutreten, und dumm wäre, dir sechshundert Francs zu geben.«

»Wie ihr wollt. Gebt mir die Verträge zurück.«

Die große Hand läßt mich los. Salomon geht blaß und mit gerunzelten Brauen zu seinem englischen Schreibtisch, ohne uns noch eines Blickes zu würdigen.

»Salomon, Sie wissen doch, Hinterlist vertrage ich nicht! Ich kann fuchsteufelswild werden, wenn es sein muß, und ich pfeife auf jedes Engagement, wenn man versucht, mich reinzulegen!«

»Madame«, erwidert Salomon eisig und würdevoll, »Sie haben mit mir gesprochen wie mit einem Mann, den man verachtet, das werde ich mir merken!«

»Quatsch!« wirft Brague ein, ohne die Stimme zu heben. »Bist du nun endlich fertig? Sechshundert für sie und vierhundertvierzig für mich . . . Ja, hältst du uns denn für deutsche Akrobaten! Gib mir die Formulare: heute unterzeichnen wir nicht. Ich verlange vierundzwanzig Stunden Bedenkzeit, um mich mit meiner Familie zu beraten.«

»Also, das ist doch die Höhe«, schreit Salomon mit lächerlicher Heftigkeit. »Die Leute, mit denen ich verhandelt habe, sind Direktoren von piekfeinen Häusern, Leute, die sich nicht gerne hinhalten lassen, Leute . . .«

». . . die Feuer unterm Hintern haben, ich weiß«, unterbricht ihn Brague. »Also, sag ihnen, daß ich morgen wieder vorbeikomme . . . Gehen wir, Renée? . . . Salomon, für uns beide gelten siebeneinhalb Prozent. Und ich finde, das ist noch großzügig und nobel.«

Salomon wischt sich über seine trockenen Augen und seine nasse Stirn.

»Ja, ja, ihr seid wirklich zwei ganz schöne Schweine!«

»Salomon, man kann von Ihnen zwar nicht behaupten, daß Sie schön sind . . .«

»Laß ihn doch, Renée, er ist ein Goldjunge, dieser Mann! Er wird tun, was wir verlangen. Außerdem liebt er dich. Stimmt's, Salomon?«

Aber Salomon schmollt. Er dreht uns den Rücken zu wie ein ungezogenes Kind und sagt mit weinerlicher Stimme:

»Nein. Raus mit euch. Ich will euch nicht mehr sehen. Ich bin wirklich enttäuscht. Das ist das erstemal, seit ich dieses Geschäft betreibe, daß ich derart gedemütigt werde. Geht schon endlich! Ich muß allein sein. Ich will euch nicht mehr sehen.«

»Gut. Bis morgen!«

»Nein, nein. Wir drei sind fertig miteinander!«

»Paßt es um fünf Uhr?«

Salomon setzt sich an seinen Schreibtisch und zeigt uns ein gerötetes, verweintes Gesicht.

»Fünf Uhr? Das fehlte gerade noch, daß ich euretwegen eine Verabredung in der Alhambra versäume! Nicht vor sechs Uhr, verstanden?«

Versöhnlich drücke ich ihm die Hand, und wir gehen.

Das Gedränge auf der Straße macht jede Unterhaltung unmöglich, also schweigen wir. Ich fürchte, auf dem etwas ruhigeren Boulevard Malesherbes wird Brague zu diskutieren beginnen und versuchen, mich zu überzeugen. Überzeugt bin ich allerdings schon, und fest entschlossen, die Tournee anzutreten . . . Hamond wird nicht zufrieden sein. Margot wird sagen: »Du hast ganz recht, mein Kind« und heimlich das Gegenteil denken, aber sie wird mir viele gute Ratschläge und drei oder vier Schachteln mit »Spezialmitteln« gegen Migräne, Verstopfung und Fieber mitgeben.

Und was wird Dufferein-Chautel dazu sagen? Ich muß lachen, wenn ich mir sein Gesicht vorstelle. Er wird sich eben mit Jadin trösten müssen . . . Verschwinden . . . Ja, wann eigentlich?

»Brague, stell dir vor, ich habe gar nicht auf das Datum geachtet!«

Brague zuckt die Achseln und stellt sich neben mich in den Fußgängerstrom, der geduldig darauf wartet, daß der weiße Stab des Polizisten die Autos zum Stillstand bringt und uns einen Übergang vom Boulevard Haussmann zur rettenden Place Saint-Augustin verschafft.

»Mein armes Kind, wenn du allein Engagements abschließen müßtest! Madame brüllt, Madame setzt sich aufs hohe Roß, Madame wünscht dies und möchte das nicht, und was kommt dabei heraus: ›O je, ich habe nicht auf das Datum geachtet!‹«

Ich lasse ihn nachsichtig seine männliche Überlegenheit genießen. Nichts macht Brague mehr Vergnügen, als mich wie eine Anfängerin, wie eine Schülerin zu behandeln . . . Wir eilen unter dem Schutz des Polizisten zum Boulevard Malesherbes.

»Vom fünften April bis zum fünfzehnten Mai«, sagt Brague.

»Du hast nichts dagegen? Nichts, was dich zurückhält?«

»Nichts . . .«

Wir gehen ein wenig atemlos den Boulevard hinauf, das nasse Pflaster dampft wie ein lauwarmes Bad. Ein kurzer, fast gewitterähnlicher Regenguß hat Tauwetter mitgebracht, und das dunkle Pflaster spiegelt verzerrt und schillernd die Straßenlaternen wider. Das Ende der Straße verliert sich in undurchdringlichem Nebel, der in der Dämmerung rötlich schimmert . . . Unwillkürlich drehe ich mich um, blicke umher und suche . . . Was? Nichts. Nein, nichts hält mich hier zurück — und anderswo auch nicht. Kein liebes Gesicht wird aus dem Nebel auftauchen wie eine helle Blüte aus dunklem Wasser und zärtlich bitten: »Geh nicht fort!«

Ich werde also wieder einmal abreisen. Bis zum fünften April ist es noch lange — wir haben erst den fünfzehnten Februar —, aber mir ist, als wäre ich schon fort. Brague zählt Städte und Hotels auf und spricht von Zahlen, immer wieder Zahlen . . .

»Hörst du mir wenigstens zu?«

»Ja.«

»Also tust du nichts bis zum fünften April?«

»Nicht daß ich wüßte.«

»Könntest du nicht in irgendeiner kleinen mondänen Tanzrevue auftreten, damit du bis dahin beschäftigt bist?«

»Ich wüßte nicht, wie.«

»Wenn du willst, besorge ich dir etwas, wo du dich nur wochenweise verpflichten müßtest.«

Gerührt, daß mir mein Kollege den Ausfall, das Nichtstun ersparen will, das Schauspieler ohne Engagement verdirbt und schwächt und kaputt macht, bedanke ich mich bei ihm und gehe nach Hause . . .

Drei Köpfe heben sich, als ich mein Arbeitszimmer betrete: Hamond, Fossette und Dufferein-Chautel. Sie sitzen alle drei unter dem rosa Lampenschirm um einen kleinen Tisch und haben sich die Zeit, in der sie auf mich warteten, mit Kartenspielen vertrieben. Fossette nimmt auf ihre Art an dem Spiel teil; sie kauert auf einem Sessel und verfolgt aufmerksam jede Handbewegung, entschlossen, jede Karte, die zu weit geworfen wird, im Flug zu fangen.

Hamond ruft: »Endlich!«, Fossette: »Wauah!« und Dufferein-Chautel sagt nichts, aber beinahe hätte auch er losgebrüllt . . .

Die freudige Begrüßung und das gedämpfte Licht nach dem widerlichen Nebel draußen tun mir gut, und in einer Anwandlung von Übermut rufe ich aus:

»Guten Tag! Wißt ihr schon das Neueste? Ich verreise!«

»Sie verreisen? Wieso? Und wann?«

Ohne darauf zu achten, daß die Worte meines Verehrers unbeabsichtigt wie ein Verhör klingen, nehme ich meinen Hut ab und ziehe die Handschuhe aus.

»Ich werde Ihnen alles beim Essen erzählen. Sie müssen beide bleiben, es ist ja schon fast ein Abschiedsdiner! . . . Bleiben Sie ruhig sitzen und spielen Sie die Partie zu Ende, ich schicke Blandine um Kotelettes und ziehe rasch ein Hauskleid an, ich bin so müde!«

Als ich, in einen Kimono aus rosa Flanell gehüllt, wieder zurückkehre, fällt mir auf, daß beide, Hamond und Dufferein-Chautel, einen außergewöhnlich ungezwungenen Eindruck machen, so als hätten sie etwas verabredet . . . Was hat das schon zu sagen? Meinem Verehrer kommt heute meine alles umfassende gute Laune zugute: ich veranlasse ihn, zwei Flaschen Saint-Marceaux aus dem Laden nebenan zu holen, um »die Tournee zu begießen«, und schon läuft er ohne Hut hinaus und kommt mit den Flaschen unter dem Arm zurück . . .

Übermütig und leicht betrunken widme ich meinem Verehrer eine Aufmerksamkeit, die er noch nie von mir erfahren hat. Ich lache laut, ein Lachen, das er auch noch nie gehört hat, und schiebe den weiten Ärmel des Kimonos bis zur Schulter zurück, einen Arm entblößend, der die Farbe »von Bananenfleisch« hat, wie er sagt . . . Ich finde mich zuvorkommend und liebenswürdig — es fehlt nicht viel, und ich würde ihm meine Wange hinhalten: Was macht das schon? Ich verreise! Ich werde den Jungen nicht wiedersehen! Vierzig Tage! Bis dahin sind wir zweifellos schon längst tot!

Armer Verehrer, wie boshaft ich doch zu ihm war! . . . Ich finde ihn liebenswürdig, anständig, gepflegt und zuvorkommend . . . wie jemanden, den man nie mehr wiedersehen wird! Denn, wenn ich zurückkomme, werde ich ihn vergessen haben — und er wird mich vergessen haben . . . mit der kleinen Jadin oder mit einer anderen . . . Eher mit der kleinen Jadin.

»Ja, diese kleine Jadin!«

Den letzten Satz habe ich laut gesagt, und das erscheint mir äußerst komisch.

Mein Verehrer, dem es heute abend schwerfällt zu lachen, mustert mich mit gerunzelten Augenbrauen:

»Was, diese kleine Jadin?«

»Hat sie Ihnen neulich im Emp'-Clich' vielleicht nicht gefallen?«

Verwundert beugt sich Dufferein-Chautel vor. Sein Gesicht liegt nun nicht mehr im Schatten des Lampenschirmes, und ich kann die Farbe seiner Augen sehen — sie funkeln rötlichbraun wie Achat.

»Sie waren im Saal? Und ich habe Sie nicht gesehen!«

Ich leere mein Glas und antworte geheimnisvoll:

»Ach, da haben wir's . . .!«

»Also waren Sie dort? . . . Ja, sie ist recht nett, die kleine Jadin. Kennen Sie sie? Ich finde sie sehr nett.«

»Netter als mich?«

Auf diese unbesonnene, törichte, empörende Frage hätte ich eine heftige Erwiderung verdient, aber er schweigt nur betreten . . . Ach, was soll's? Ich verreise ja bald! . . . Ich erkläre den beiden meine Reiseroute: Wir werden durch ganz Frankreich kommen und nur in den großen Städten auftreten! Eine Reklame ... wie für Mme. Otéro! Und die schönen Städte, die wir sehen werden, und die Sonne im Süden, und ... und ...

Der Champagner — drei Gläser, mehr brauche ich nicht — läßt meine Zunge schließlich erlahmen. Welch ein Energieaufwand ist doch das Sprechen für jemanden, der tagelang schweigt! ... Meine beiden Freunde rauchen jetzt, und sie entfernen sich hinter den Rauchwolken immer weiter von mir ... Wie fern ich nun schon bin! Ich bin fort, löse mich auf, verschwinde in der Ferne. Ihre Stimmen verlieren sich, entfernen sich und vereinigen sich mit dem Rollen und Pfeifen der Züge zur monotonen Melodie eines unwirklichen Konzerts ... Oh, welch ein sanfter Abhang, welch ein süßer Schlummer, der mich an unsichtbare Ufer trägt! ...

»Was? Schon sechs Uhr? Danke ... Ach, Sie sind es?«

Ich schlief und träumte vom Reisen: ein Kellner hämmerte mit der Faust an meine Tür und rief: »Sechs Uhr!« ... Und plötzlich sitze ich wieder auf meinem alten Diwan, wo mich die Müdigkeit und ein leichter Schwips wohl übermannt haben. Der »dumme Junge« steht vor mir und scheint mit seiner Gestalt das ganze Zimmer auszufüllen. Ich blinzle ins Licht, weil sich meine Augen nicht so rasch an die Helligkeit gewöhnen können, der Rand des Lampenschirmes und die Tischkanten schmerzen in den Augen wie Messerstiche ...

»Sie? Wo ist Hamond?«

»Hamond ist eben gegangen.«

»Wie spät ist es?«

»Zwölf Uhr.«

»Mitternacht!« Ich habe länger als eine Stunde geschlafen! Unwillkürlich streiche ich mir das Haar zurück und ziehe den Saum meines Kleides über die Fußspitzen ...

»Mitternacht? Warum sind Sie nicht zusammen mit Hamond gegangen?«

»Wir haben befürchtet, Sie könnten beim Aufwachen erschrecken, wenn Sie ganz allein sind . . . Also bin ich hiergeblieben.«

Macht er sich über mich lustig? Ich kann sein Gesicht nicht sehen, so hoch oben und im Schatten . . .

»Ich war müde, verstehen Sie . . .«

»Ich verstehe sehr gut.«

Warum dieser scharfe Ton? Ich falle aus allen Wolken! Wäre ich feige, dann müßte ich jetzt wirklich um Hilfe rufen, allein mit diesem schwarzen Kerl, der so von oben herab mit mir spricht . . . Vielleicht hat er auch getrunken.

»Sagen Sie, Dufferein-Chautel, sind Sie krank?«

»Ich bin nicht krank.«

Gott sei Dank, jetzt bewegt er sich endlich: Es hat mich schon nervös gemacht, daß ich ihn dort oben nicht richtig sehen konnte.

»Ich bin nicht krank, sondern zornig.«

»So?«

Ich denke einen Augenblick nach, dann füge ich reichlich albern hinzu:

»Etwa, weil ich abreise?«

Dufferein-Chautel bleibt vor mir stehen.

»Weil Sie abreisen? Daran habe ich nicht mehr gedacht. Solange Sie noch hier sind, brauche ich nicht daran zu denken, daß Sie dann nicht mehr hier sein werden. Nein, ich bin böse auf Sie . . . ich bin auf Sie böse, weil Sie geschlafen haben.«

»Wirklich?«

»Es ist verrückt, einfach so einzuschlafen! In Hamonds Gegenwart! Und in meiner Gegenwart! Sie wissen scheinbar nicht, wie Sie im Schlaf aussehen! Oder Sie tun es absichtlich, und das wäre Ihrer nicht würdig!«

Er setzt sich so plötzlich, daß es den Anschein hat, als

würde er in drei Teile zerbrechen, und ist mir nun ganz nahe, sein Gesicht in gleicher Höhe mit dem meinen. »Wenn Sie schlafen, sieht es nicht aus, als ob Sie schliefen! Sie sehen aus . . . na ja, Sie sehen aus, als hätten Sie nur deshalb die Augen geschlossen, um eine überwältigende Freude zu verbergen! Ganz gewiß! Sie sehen nicht aus wie eine schlafende Frau . . . Verstehen Sie doch, was ich damit sagen will! Guter Gott, es ist nicht zum Aushalten! Und wenn ich mir vorstelle, daß Sie in dieser Weise schon vor vielen Leuten geschlafen haben, dann — ich weiß nicht, was ich tun würde!«

Er sitzt gebeugt auf einem zerbrechlichen Stuhl und wendet sein verstörtes Gesicht etwas von mir ab, zwei tiefe Furchen auf der Stirn und auf der Wange — so als ob sein Wutausbruch die Haut rissig machen würde. Ich fürchte mich nicht, ganz im Gegenteil: ich bin erleichtert, ihn so aufrichtig zu sehen, ähnlich dem Mann, der vor zwei Monaten in meine Garderobe eindrang.

Und plötzlich zeigte sie sich mir wieder — meine Feindin, meine Peinigerin, die Liebe mit ihrer kindischen Wut, ihrer tierischen Hartnäckigkeit und berechnenden Aufrichtigkeit. Ein Irrtum ist ausgeschlossen. Diese Stirn, diese Augen, diese zitternden, ineinander verkrampften Hände: ja, all das habe ich schon einmal gesehen . . . damals, als Adolphe Taillandy mich begehrte . . .

Was soll ich nur mit diesem Menschen anfangen? Ich bin nicht beleidigt und ich bin nicht einmal erregt — oder nur sehr wenig! . . . Was soll ich ihm antworten? . . . Dieses Schweigen, das schon viel zu lange dauert, ist noch unerträglicher als sein Geständnis. Wenn er doch gehen würde . . . aber er rührt sich nicht von der Stelle. Ich wage nicht die geringste Bewegung, aus Furcht, ein Seufzer oder das Rascheln meines Kleides würde genügen, um meinen Widersacher neu zu entflammen — ich wage nicht mehr, ihn meinen Verehrer zu nennen, . . . nein, dazu liebt er mich zu sehr! . . .

»Ist das alles, was Sie mir zu sagen haben?«

Der sanfte Ton seiner Stimme macht mir so viel Freude, daß ich unwillkürlich lachen muß, befreit von dem beklemmenden Schweigen.

»Allerdings! Ich sehe wirklich nicht . . .«

Er wendet sich zu mir um, mit der unbeholfenen Anmut eines großen Hundes:

»Das stimmt, Sie sehen nicht . . . O ja! Sie haben geradezu ein Talent, nichts zu sehen! Sobald es sich um mich handelt, sehen Sie nichts, absolut nichts mehr! Sie schauen durch mich hindurch, Sie lächeln über mich hinweg, Sie reden an mir vorbei! . . . Und ich gebe vor, nicht zu bemerken, daß Sie mich nicht sehen. Wie geschickt! Wie ehrenwert von uns beiden!«

»Hören Sie, Dufferein-Chautel . . .«

»Und dann nennen Sie mich auch noch Dufferein-Chautel! Ich weiß sehr gut, daß ich einen lächerlichen Namen habe, einen Namen wie für einen Abgeordneten oder einen Industriellen oder einen Bankdirektor! Was kann ich dafür? . . . Ja, ja, lachen Sie nur! . . . Welch ein Glück«, fügt er leise hinzu, »daß ich Sie wenigstens zum Lachen bringe . . .«

»Also, wie soll ich Sie denn nennen? Dufferein, oder Chautel? . . . Oder Duduffe oder ganz einfach Maxime, oder Max? . . . Ach bitte, bringen Sie mir doch meinen Handspiegel und die Puderquaste von dem kleinen Tisch dort: mein Gesicht muß ja aussehen . . .! Erst der Champagner, dann der Schlaf, und kein bißchen Puder auf der Nase!«

»Das macht nichts!« sagt er ungeduldig. »Für wen wollen Sie sich denn um diese Nachtzeit die Nase pudern?«

»Erstens meinetwegen und zweitens Ihretwegen.«

»Meinetwegen können Sie sich die Mühe sparen. Sie behandeln mich wie einen Mann, der Sie nur umschmeichelt! Wenn ich nun aber ein Mann wäre, der Sie liebt?«

Ich betrachte ihn noch argwöhnischer als sonst, verwirrt,

daß ich an diesem Mann, seit es zwischen uns um die Liebe geht, einen Geist und eine Unbefangenheit entdecke, die er gewöhnlich hinter seinem »Dummer-Junge-Gehabe« verbirgt. Die Fähigkeit zu lieben — ja, genau, das ist des Rätsels Lösung, und dadurch steht er über mir und bringt mich in Verlegenheit!

»Renée, sagen Sie mir ganz offen . . . ist es Ihnen peinlich oder gleichgültig oder vielleicht doch ein klein wenig angenehm, daß ich Sie liebe?«

Er ist weder beleidigend noch unterwürfig, weder sentimental noch schüchtern, noch verschlagen . . . Daher richte ich mich nach seiner Natürlichkeit und antworte ermutigt:

»Ich weiß es wirklich nicht.«

»Das habe ich mir gedacht«, sagt er ernst. »Also . . .«

»Also?«

»Bleibt mir wohl nichts anderes übrig als zu gehen.«

»Es ist halb eins.«

»Nein, Sie haben mich falsch verstanden. Ich meine: Sie nie mehr wiederzusehen, Paris zu verlassen.«

»Paris verlassen? Wozu?« sage ich liebenswürdigerweise. »Das ist nicht nötig. Und ich habe Ihnen auch nicht verboten, mich wiederzusehen.«

Er zuckt die Schultern.

»Oh, ich weiß, was ich tue! . . . Wenn es mir nicht gut geht, wenn ich . . . Schwierigkeiten habe, dann fahre ich immer nach Hause.« Er hat tatsächlich »nach Hause« gesagt, provinziell und liebevoll.

»Ist es schön bei Ihnen zu Hause?«

»O ja. Mein Zuhause ist der Wald, viele Tannen und eine ganze Menge Eichen. Ich mag die Lichtungen, wissen Sie, wo frisch abgeholzt wurde und nur die Baumstrünke übriggeblieben sind, und die großen Stellen, wo die Kohlenmeiler gestanden haben, denn dort wachsen im Sommer viele Erdbeeren . . .«

»Und Maiglöckchen . . .«

»Und Maiglöckchen . . . Und auch der Fingerhut. Kennen Sie den Fingerhut? Er wird so hoch, und als Kind steckt man die Finger in die Glocken . . .«

»Ich weiß . . .«

Er erzählt schlecht, mein Holzfäller aus den Ardennen, aber ich kann mir alles lebhaft vorstellen!

»Im Sommer fahre ich im Auto hin. Und im Herbst gehe ich auch manchmal auf die Jagd. Das ist mein Zuhause, bei meiner Mutter, natürlich. Die Mutter »Holzfällerin!« sagt er lachend. »Sie fällt, fällt, fällt, bearbeitet das Holz und verkauft es unermüdlich!«

»Oh!«

»Aber sie ruiniert den Wald nicht, müssen Sie wissen! Sie versteht ihr Handwerk, und mit dem Wald kennt sie sich aus wie ein Mann, besser als ein Mann!«

Ich höre ihm begeistert zu, froh, daß er mich eine Zeitlang vergißt und wie ein biederer Holzfäller von den mütterlichen Wäldern erzählt. Ich hatte vergessen, daß er aus den Ardennen stammt, und er hat es nie für nötig befunden, mir zu sagen, daß er seine Heimat liebt. Jetzt weiß ich auch, warum er so unbeholfen wirkt! Weil er seine Anzüge trägt wie »Feiertagskleider«, mit einer unverwechselbaren, sympathischen Unbeholfenheit — wie ein stattlicher Bauer im »Sonntagsstaat« . . .

». . . Nur, wenn Sie mich fortschicken, Renée, dann weiß meine Mutter sofort, daß ich nur komme, um mich von ihr trösten zu lassen. Und dann wird sie mich wieder einmal verheiraten wollen . . . Sie sehen also, welcher Gefahr Sie mich aussetzen!«

»Lassen Sie sich doch verheiraten.«

»Das meinen Sie doch nicht im Ernst?«

»Warum nicht? Weil ich persönlich schlechte Erfahrungen gemacht habe? Was beweist das schon? Sie sollten heiraten, das paßt zu Ihnen. Sie wirken jetzt schon verheiratet. Sie führen Ihre Ehelosigkeit spazieren wie ein junger Familienvater, Sie möchten ein behagliches Heim, Sie sind zärtlich, eifersüchtig, eigensinnig, faul wie ein verwöhnter Ehemann, im Grunde ein Despot und von Geburt an monogam!«

Verblüfft und sprachlos starrt mich mein Verehrer an. Dann springt er auf.

»Ja, so bin ich, genau so bin ich . . . Sie hat begriffen, wie ich bin!«

Gelassen zügle ich seine ungestümen Gesten und Ausrufe:

»Beruhigen Sie sich doch! Was fällt Ihnen ein? Daß Sie ein Egoist sind und faul und häuslich, ist noch lange kein Grund, sich so aufzuführen!«

Gehorsam setzt er sich mir gegenüber hin, aber seine Schäferhundaugen durchbohren mich mit siegessicherem Scharfblick:

»Nein, all das zu sein, was Sie gesagt haben, ist mir völlig gleichgültig; was mich freut, ist, daß Sie es wissen!«

Oh, was bin ich doch für eine dumme Gans! Jetzt triumphiert er, weil er das für ein Geständnis hält, ein Geständnis meiner Neugier, wenn nicht sogar eines tieferen Interesses . . . Jetzt ist er stolz auf sich und brennt darauf, sich mir noch mehr anzuvertrauen. Wenn er es gewagt hätte, würde er sagen: »Jawohl, so bin ich! Sie hatten also wirklich die Güte, mich zu bemerken, während ich die Hoffnung aufgab, in Ihren Augen überhaupt zu existieren? Sehen Sie mich nur gut an! Entblößen Sie mein Innerstes, erfinden Sie neue Schwächen für mich und lächerliche Eigenheiten, überhäufen Sie mich mit erdachten Mängeln . . . Ich lege keinen Wert darauf, daß Sie mich so sehen, wie ich bin: erfinden Sie sich einen Liebhaber nach Ihrem Geschmack, und später werde ich ihn dann — wie ein Meister, der das mittelmäßige Werk eines Lieblingsschülers ausbessert und retuschiert — hinterhältig nach und nach so umformen, daß er mir ähnlich wird!«

Soll ich ihm diesen Gedankengang ins Gesicht sagen, um ihn zu beschämen? . . . Achtung! Fast hätte ich noch eine Ungeschicklichkeit begangen. Denn er wäre gewiß nicht beschämt, er würde der Gedankenleserin entzückt zuhören und dann die Gabe des zweiten Gesichts loben, die die Liebe verleiht! . . . Und was erwartet er jetzt? Daß ich ihm in die Arme sinke? Einen Verliebten kann nichts erstaunen. Ich wünschte, er wäre weit fort . . .

Ich kämpfe gegen den Drang, mich auszustrecken, zu entspannen, eine Hand zu heben und ihn anzuflehen: »Halt! Aufhören! Ich verstehe mich nicht auf dieses Spiel. Wenn ich einmal Lust dazu habe, können wir wieder damit anfangen; aber heute bin ich Ihnen nicht gewachsen und mache bei jeder Gelegenheit Fehler, das sehen Sie doch . . .«

Sein aufmerksamer Blick wandert von meinen Augen zu meinem Mund, von meinem Mund zu meinen Augen und scheint in meinem Gesicht zu lesen . . . Plötzlich steht er auf und wendet sich ab, als käme ihm die sonderbare Situation erst jetzt zu Bewußtsein.

»Adieu, Renée«, sagt er leise, »verzeihen Sie, daß ich so lange geblieben bin, aber Hamond hat mir aufgetragen . . .«

Mit weltgewandter Geste wehre ich ab: »Oh, das macht nichts . . . im Gegenteil . . .«

»Hat der Portier einen sehr festen Schlaf?«

»Ich hoffe nicht . . .«

Wir benehmen uns so erbärmlich albern, daß ich unwillkürlich lachen muß:

»Warten Sie!« sage ich plötzlich. »Eigentlich wäre es mir lieber, Sie würden den Portier nicht aufwecken. Sie können durchs Fenster steigen . . .«

»Durchs Fenster! Oh! Renée! . . .«

»Ich wohne im Parterre . . .«

»Ich weiß. Aber fürchten Sie denn nicht, daß . . . daß man mich sehen könnte? Es wäre doch möglich, daß gerade jetzt einer der Mieter nach Hause kommt . . .«

»Na und?«

Unwillkürlich habe ich dabei die Schultern gezuckt und eine derart verächtliche Gleichgültigkeit an den Tag gelegt, daß ich meinem Verehrer die ganze Freude verderbe. Denn im Grunde muß es ihm ein unheimliches Vergnügen bereiten, um ein Uhr aus meinem Fenster — wohlgemerkt, aus meinem Schlafzimmerfenster — zu steigen. Oh, wie jung er doch ist . . .

»Springen Sie schon! Sehr gut. Adieu.«

»Auf morgen, Renée?«

»Wenn Sie wollen, lieber Freund.«

Wie jung er doch ist! . . . Trotz seiner dreiunddreißig Jahre! Und ich auch . . . Vierunddreißig in sechs Monaten . . .

Ich lausche seinen eiligen Schritten auf dem Gehsteig, feiner Nieselregen fällt auf das Pflaster und befeuchtet auch das Fensterbrett, auf das ich mich stütze, wie eine Geliebte, die ihrem Liebhaber nachsieht . . . Aber das große Bett hinter mir hat niemand zerwühlt, es ist frisch bezogen und unberührt, mit einem faltenlosen Leintuch bedeckt, das ich in meiner Schlaflosigkeit auch wohl kaum zerwühlen werde.

Er ist fort. Morgen wird er wiederkommen, und auch an den folgenden Tagen, ich habe es ihm nun mal erlaubt. Er wird wiederkommen — glücklich, unbeholfen, voller Hoffnung und mit dem Gesichtsausdruck: »Ich verlange nichts!« Und gerade das bringt mich zur Raserei, wie das mechanische Bitten eines Bettlers. Wo es doch so leicht gewesen wäre, ihn jetzt noch gefahrlos zurückzuweisen, und ihn mit einem sauberen, leicht überwindbaren Schlußstrich fortzuschicken!

Auf den hellen Widerschein meines erleuchteten Fensters auf der Straße fällt feiner Regen, weiß wie nasses Mehl, gegen den dunklen Hintergrund der Straße.

Ich habe nachgegeben; ich gebe zu, es war eine Schwäche, diesem Mann zu gestatten, morgen wiederzukommen; ich war begierig, mir in ihm einen Menschen zu erhalten, der lebhaftes Interesse an meiner Person und an meinem Leben nimmt, nicht aber einen Freund oder einen Geliebten. »Man muß schon sehr alt sein«, hat Margot einmal erklärt, »um darauf verzichten zu können, sich vor anderen zu produzieren.«

Könnte ich aufrichtig versichern, daß ich keinen Gefallen an dem leidenschaftlichen Interesse gefunden habe, das mir dieser Mann seit Wochen entgegenbringt?

Ich habe ihm jeden offenen Blick verweigert, kein einziges freundliches Lächeln gegönnt, ich habe den Tonfall meiner Stimme kontrolliert, wenn ich mit ihm sprach, und mein Gesicht vor ihm verschlossen, aber — geschah das alles nicht nur, damit er, niedergeschlagen und traurig, feststellen konnte, daß dieses ganze Versteckspiel nur ihm alleine galt, daß ich mir seinetwegen die Mühe machte, nicht so zu sein wie immer?

In jeder Verstellung steckt ein Stück Eitelkeit, und es braucht ebenso viel Sorgfalt und Wachsamkeit, sich ständig zu entstellen, wie vorteilhaft zu wirken.

Wie stolz mein Verehrer wäre, wenn er jetzt aus der Dunkelheit mein offenes Fenster sähe! Ich sehne mich nicht nach ihm und ich vermisse ihn nicht — aber ich denke an ihn. Ich denke so an ihn, als würde ich damit meine erste Niederlage zugeben . . .

Die erste Niederlage? Nein, die zweite. Es gab einmal einen Abend — oh, welch eine bittere Erinnerung, und wie ich sie dafür verwünsche, daß sie gerade jetzt wieder lebendig wird — einen Abend, an dem ich mich ebenso wie jetzt auf eine Fensterbank stützte und in einen unsichtbaren Garten blickte. Mein langes Haar hing wie ein seidener Schleier über den Balkon . . . Die Gewißheit der Liebe war mir voll zu Bewußtsein gekommen, und weit davon entfernt, ihr nachzugeben, war ich in meiner jugendlichen Kraft bereit, sie stolz zu tragen. Weder Zweifel noch Wehmut trübten diese glorreiche, einsame Nacht, umgeben vom Duft der Glyzinien und der Rosen.

Und was hat der Mann, der diese blinde, unschuldige Schwärmerei erweckte, aus ihr gemacht?

Das Fenster zu, rasch das Fenster zu! Ich schaudere, weil ich durch den Regenschleier hindurch einen ländlichen Garten sehe, grün und schwarz, silbrig im aufgehenden Mond, in dem der Schatten eines jungen Mädchens erscheint, das träumerisch ihre lange Flechten um das Handgelenk schlingt, wie eine anschmiegsame Natter . . .

15

»Marseille, Nizza, Cannes, Toulon . . .«

»Nein, vor Toulon kommt noch Menton . . .«

»Und Grenoble! Auch noch Grenoble!« Wir zählen die Städte, in die wir auf unserer Tournee kommen, wie kleine Kinder ihre Murmeln. Brague hat beschlossen, beide Pantomimen vorzuführen: die »Emprise« und die »Dryade«.

»In den größeren ›Kaffs‹, wo wir vier oder sechs Tage bleiben«, versichert er, »ist es klüger, zwei Stücke abwechselnd zu spielen.«

Ich bin einverstanden! Ich bin mit allem einverstanden, was man mir vorschlägt. An diesem Morgen gibt es nichts Nachgiebigeres, nichts Zugänglicheres als mich . . . Wir proben im Atelier Cernuschi, und man hört nur Bragues dröhnende Stimme und das helle Lachen des »alten Troglodyten«, der außer sich ist vor Freude darüber, eine Tournee mitzumachen und täglich fünfzehn Francs zu verdienen: Sein schmales junges Gesicht mit den tiefliegenden blauen Augen strahlt vor Freude, und Gott weiß, wie nötig er das Geld braucht!

»Verdammter Bengel!« brüllt Brague. »Ich werde dir das alberne Gelächter schon austreiben! Man könnte meinen, du hast noch nie einen alten Troglodyten gesehen!

Verzieh dein Maul, sag ich dir! Noch mehr! Und roll die Augen! Und was ist mit den Kinnladen — die müssen beben! Bist ein kleiner Schaljapin, was! . . .«

Er wischt sich den Schweiß von der Stirn und wendet sich entmutigt an mich: »Ich weiß nicht, warum ich mich mit diesem Tölpel plage: Wenn ich von Schaljapin rede, glaubt er, das ist irgendein Schimpfwort! . . . Und du, wohin gaffst du die ganze Zeit?«

»Aha, jetzt bin wohl ich an der Reihe? Ich habe mir schon die ganze Zeit gedacht: Lang, lang ist's her, daß mir Brague keine Liebesworte zugeflüstert hat!«

Mein Kollege Professor mustert mich in theatralischer Verachtung.

»Liebesworte! Das überlasse ich den anderen: daran wird's dir sicher nicht fehlen! Raus jetzt! Die Sitzung ist geschlossen. Morgen Kostümprobe mit Kulissen und Requisiten: das heißt, du wirst einen Schleier für den Tanz mitbringen, und der hier anwesende Monsieur rollt mit einer Kiste an, die den Felsen darstellt, den er über unseren Köpfen schwingt. Ich hab' genug davon, euch ewig zu sehen — dich mit dem Taschentuch, das nicht größer ist als meine Hinterbacke, und den da mit seinem zusammengerollten ›Paris Soir‹ anstelle eines Granitfelsens. Morgen pünklich um zehn Uhr hier. Das war's.«

Genau in diesem Augenblick, als Brague zu reden aufhört, fällt ein Sonnenstrahl auf das Glasdach, und ich hebe den Kopf, als hätte man mich plötzlich von oben gerufen.

»Hast du mich verstanden, allerliebste Renée?«

»Ja . . .«

»Ja? Na, dann los. Es ist Essenszeit, du kannst draußen in die Sonne gaffen! Du träumst vom Land, wie?«

»Dir bleibt aber auch nichts verborgen. Also bis morgen.«

Ich träume vom Land ... Ja, aber doch nicht ganz so, wie mein hellsichtiger Kollege annimmt. Und der fröhliche Betrieb, der jetzt um die Mittagszeit auf der Place Clichy herrscht, kann mich auch nicht von dieser lästigen, quälenden, allzu lebhaften Erinnerung ablenken ...

Gestern haben mich Hamond und Dufferein-Chautel in den Bois de Meudon eingeladen, wie zwei Studenten, die eine kleine Modistin ausführen. Mein Verehrer stellte uns sein neues Auto zur Verfügung, das nach Terpentin und Leder roch: ein entzückendes Spielzeug für Erwachsene.

Sein ernstes, jungenhaftes Gesicht ließ ganz deutlich erkennen, daß er darauf brannte, mir dieses schöne, lackierte, schnaubende Ding, das ich überhaupt nicht wollte, zu schenken. Aber ich lachte, weil Hamond und Dufferein-Chautel für diesen Ausflug dieselben Hüte aufgesetzt hatten: riesige braune Hüte mit so breiten Krempen, daß ich zwischen den beiden großen Kerlen recht zierlich und klein wirkte!

Mein Verehrer saß mir gegenüber auf einem kleinen Klappsitz und zog rücksichtsvoll seine Beine ein, um mich nicht mit seinem Knie zu berühren. Es war ein klarer, milder Frühlingstag, und in dem hellen Tageslicht konnte ich jede Einzelheit seines Gesichtes genau erkennen. Unter dem braunen Filzhut wirkten sein Teint, seine Augen und seine dichten, langen Wimpern noch dunkler. Sein Mund, den der schwarze Schnurrbart halb verdeckte, machte mich neugierig, und das feine Netzwerk der Fältchen unter seinen Augen sowie die dichten, langen, in der Mitte zusammengewachsenen borstigen Augenbrauen erinnerten an einen Gänsegeier ... Nervös tastete ich plötzlich nach dem kleinen Spiegel in meiner Handtasche.

»Haben Sie etwas verloren, Renée?«

»Nein, nichts, danke.« Aber ich hatte mich schon wieder anders besonnen: Wozu in seiner Gegenwart mein faltiges Gesicht im Spiegel betrachten, das nicht gewohnt ist, bei Tageslicht gesehen zu werden? Was hätte mir mein Spiegel zeigen können? Ein geschickter Strich mit dem Augenbrauenstift, etwas bläulicher Lidschatten und ein wenig Lippenstift haben doch immer genügt, um die Aufmerksamkeit auf meine Augen und meinen Mund zu lenken, auf die drei Ausstellungsstücke, die Anziehungspunkte meines Gesichtes. Kein Rouge auf meinen etwas eingefallenen Wangen und kein Puder unter den Augen, wo die Müdigkeit und häufiges Blinzeln bereits feine Linien eingezeichnet haben . . .

Die Begeisterung von Fossette, die auf meinen Knien saß und ihre ganze Aufmerksamkeit auf die Wagentür richtete, sorgte gelegentlich für Gesprächsstoff, ebenso wie die Ruhe des noch winterlichen Waldes, der seine grauen Äste gegen den chinchillafarbenen Himmel streckte . . . Aber sobald ich mich hinausbeugte, um den herben Muskatduft einzuatmen, den die dürren Blätter ausströmten, fühlte ich den Blick meines Verehrers kühn und ungestört auf mir ruhen . . .

Von Paris bis Meudon hatten wir kaum hundert Worte gewechselt. Mich macht das offene Land nicht gesprächiger, und mein guter Hamond langweilt sich, sobald er die Stadtgrenze passiert hat. Unsere Schweigsamkeit hätte jeden anderen Mann verstimmt, aber ein egoistisch verliebter Mann wie Dufferein-Chautel fühlt sich reich belohnt, mich so nahe bei sich zu haben, in seinem Blickfeld gefangen, untätig, zufrieden mit der Spazierfahrt und heiter lächelnd über die Unebenheiten der nassen, aufgeweichten Straße . . .

Fossette verlangte gebieterisch mit einem kurzen Laut, daß angehalten wurde, damit sie in dem kahlen Wald auf einem Pfad, auf dem vom letzten Regen die Pfützen noch wie kleine runde Spiegel glänzten, ein dringendes Geschäft verrichten konnte. Ohne etwas einzuwenden, folgten wir ihr alle drei mit den langen Schritten von Leuten, die gewohnt sind, oft zu Fuß zu gehen . . .

»Gut riecht's hier«, sagte der »dumme Junge« plötzlich und atmete tief ein. »Es riecht wie bei uns zu Hause.«

Ich schüttelte den Kopf.

»Nein, es riecht nicht wie bei *Ihnen,* sondern wie bei *mir* zu Hause! Hamond, wonach riecht es?«

»Es riecht nach Herbst«, sagte Hamond gelangweilt. Bei diesen Worten blieben wir stehen, ohne weiterzusprechen, den Kopf zu einem blauen Streifen erhoben, der sich wie ein Bächlein zwischen den hohen Bäumen hinzog, und lauschten dem Rauschen und Flüstern des Waldes, in das sich das helle, klare, dünne Zwitschern einer Amsel mischte, die dem Winter ihr Abschiedslied sang . . .

Ein rotbraunes Etwas, ein Wiesel oder ein Marder, huschte an uns vorüber, und Fossette setzte hinterher. Wir folgten der Hündin, die großtuerisch, laut bellend, wie verrückt auf einer unsichtbaren Fährte hinter dem Tierchen herjagte und dabei Laute ausstieß, die klangen wie: »Ich seh' es! Ich hab's gleich! . . .« Endlich in Stimmung, rannte ich zwischen den Bäumen hindurch hinter ihr drein und überließ mich ganz dem überwältigenden Vergnügen des Laufens, die Pelzmütze fest über die Ohren gezogen, den Rock mit beiden Händen hochgehoben, um im Lauf nicht behindert zu sein.

Als ich atemlos stehenblieb, war Maxime bereits hinter mir.

»Oh, Sie sind mir gefolgt? Wieso habe ich Sie denn nicht gehört?«

Er atmete hastig, seine Augen unter den unregelmäßigen Brauen leuchteten, die Haare klebten ihm an der Stirn, er wirkte wieder ganz wie ein verliebter Köhler und sah nicht sehr vertrauenerweckend aus.

»Ich bin Ihnen gefolgt . . . Ich habe darauf geachtet, mit Ihnen Schritt zu halten, damit Sie mich nicht hören . . . das ist ganz einfach . . .«

Ja . . . das war ganz einfach. Aber man mußte erst darauf kommen. Ich wäre gewiß nicht darauf gekommen. Erregt, sorglos und noch ganz berauscht von der Freiheit in der Natur, lachte ich ihm voll ins Gesicht, um ihn herauszufordern. Übermütig wollte ich das gefährliche gelbe Feuer in seinen schönen rötlichen Augen entfachen . . . Das bedrohliche Leuchten erschien, aber ich ließ nicht nach, eigensinnig wie ein freches Kind, das um die Ohrfeige förmlich bettelt. Und die Strafe kam: in Form eines zornigen Kusses — ungeschickt und verpatzt —, der meine Lippen bestrafte und enttäuschte . . .

Während ich den Boulevard des Batignolles entlanggehe, wäge ich alle Ereignisse des gestrigen Tages gegeneinander ab — aber nicht, um sie selbstgefällig noch einmal aufleben zu lassen oder gar nach einer Entschuldigung zu suchen. Es gibt keine Entschuldigung, außer für den Mann, den ich provoziert habe. ›Das sieht mir gar nicht ähnlich‹, überlegte ich gestern, als wir zu Hamond zurückkehrten, beide unzufrieden mit dem anderen und argwöhnisch . . . Ach, wie gut ich das kenne! ›Du hast keinen gefährlicheren Feind als dich selbst!‹

Unechte Leichtfertigkeit und unechte Unbesonnenheit, das findet man gewöhnlich bei sehr impulsiven Menschen, aber ich bin nicht sehr impulsiv! Man sollte gegen Frauen, die behaupten: »Ich weiß wirklich nicht mehr, was ich tue«, nicht so nachsichtig sein, sondern müßte erkennen, daß ihre Verwirrung großteils berechnende Taktik ist . . .

Unverantwortlichkeit lasse ich durchaus nicht gelten, nicht einmal zum Teil. Was werde ich diesem Mann heute abend sagen, wenn er mich in die Arme nehmen will? Daß es nicht in meiner Absicht liegt und nicht in meiner Absicht lag, ihn in Versuchung zu führen, daß alles nur ein Spiel ist? Daß ich ihm für einen Monat und zehn Tage — das ist die Zeitspanne, die uns noch von der Tournee trennt — meine Freundschaft anbiete? Nein! Ich muß zu einem Entschluß kommen! Ich muß zu einem Entschluß kommen . . .

Und ich gehe und gehe, und jedesmal, wenn ich an einem Auslagenfenster mein Gesicht sehe, beschleunige ich meinen Schritt, weil ich meinen Gesichtsausdruck ein wenig zu theatralisch und gekünstelt finde: gerunzelte Brauen und finster blickende Augen, die nicht sehr überzeugend wirken . . . Ich kenne dieses Gesicht! Es gibt sich streng und entsagungsvoll, um so das kleine Wunder besser erwarten zu können: den Wink meines Gebieters, des Zufalls, das leuchtende Wort, das er an die Wand schreiben wird, nachdem ich heute nacht meine Lampe gelöscht habe . . .

Wie herrlich duftet die Luft rund um die Körbe voll feuchter Veilchen und weißer Narzissen. Ein bärtiger alter Mann verkauft Schneeglöckchen, an deren Zwiebeln noch Erde haftet und deren herabhängende Blüten die Form von Bienen haben. Ihr Duft ähnelt dem Duft der Orangenblüten, ist aber sehr schwach, fast nicht wahrnehmbar . . .

Genug jetzt! Ich muß endlich zu einem Entschluß kommen. Ich gehe und gehe, als wüßte ich nicht — trotz meiner Energieausbrüche, trotz meiner Skrupel und trotz all der innerlichen Reue, die ich mir einzureden versuche — als wüßte ich nicht schon genau, daß ich nicht zu *diesem* Entschluß kommen werde, sondern zum *anderen!* . . .

16

Müde bin ich . . . so müde . . . Nach Tisch bin ich eingeschlafen, wie so oft nach der Probe, und ich erwache so erschöpft! Ich erwache, als käme ich aus einer anderen Welt, erstaunt, traurig und betäubt, mit einem feindseligen Blick auf meine vertrauten Möbel. Ein Erwachen, wie in der grauenvollen Zeit, als ich litt. Aber warum, ich leide doch jetzt nicht . . .?

Ich kann mich nicht bewegen. Ich betrachte meine schlaffe Hand, als gehörte sie nicht zu mir. Der Stoff meines Kleides ist mir fremd . . . Wer hat mir, während ich schlief, das Diadem aus dem Haar genommen, das sich um meine Stirn wand wie die Flechten einer ersten jungen Ceres? . . . Ich war . . . Wo war ich? . . . Ein Garten . . . der Himmel, rosafarben wie ein reifer Pfirsich in der untergehenden Sonne . . . eine helle Kinderstimme wie Schwalbengezwitscher . . . ja, und das Rauschen eines entfernten Stromes, bald mächtig, bald gedämpft: der Atem des Waldes . . . Ich war in meine Kindheit zurückgekehrt. Welch ein weiter Weg, um mich wieder hier einzufinden! Ich rufe den entschwundenen Schlaf, den düsteren Vorhang, der mich verbarg und nun zerrissen ist und mich frierend und nackt zurückläßt . . . Kranke, die sich für geheilt halten, kennen diese Rückfälle; sie sind verwundert und stöhnen: »Aber ich habe geglaubt, das wäre vorbei!« Am liebsten würde ich laut stöhnen wie sie . . .

Verderblicher, nur allzusüßer Schlaf, der in weniger als einer Stunde die Erinnerung an mich selbst auszulöschen vermag! Woher komme ich und auf welchen Schwingen, daß ich, gedemütigt und vertrieben, so ungern akzeptiere, wieder ich selbst zu sein? Renée Néré, Tänzerin und Pantomime . . .

Ist dies das Ziel, auf das mich meine stolze Kindheit und meine erste, leidenschaftliche Jugendzeit, die so beharrlich der Liebe lebte, vorbereiten sollten?

Ach, Margot, meine entmutigende Freundin, ich habe nicht die Kraft, aufzustehen, zu Ihnen zu gehen, und Ihnen zu erzählen . . . Aber Sie schätzen ja nur meinen Mut, und ich würde es nicht wagen, mich Ihnen schwach zu zeigen. Mir scheint, Ihr nüchterner Blick und der Druck Ihrer kleinen, trockenen, von kaltem Wasser und billiger Seife rissigen Hand, würden eher einen Sieg über mich selbst belohnen, als mir in meinem alltäglichen Streben beizustehen.

Meine bevorstehende Reise? Die Freiheit? . . . Ach was! Die Freiheit blendet wirklich nur am Anfang der Liebe, der ersten Liebe, an dem Tag, an dem man dem Geliebten sagen kann: »Nimm! Ich würde dir gerne mehr geben . . .«

Neue Städte, neue Länder, flüchtig gesehen, kaum berührt, und verschwommen in der Erinnerung . . . Gibt es denn neue Länder für den, der sich im Kreise dreht wie ein gefangener Vogel? Mein armseliger Ausbruch jeden Morgen, endet er nicht auch jeden Abend in den unvermeidlichen erstklassigen Häusern, die mir Salomon und Brague anpreisen?

Ich habe sie schon zur Genüge kennengelernt, diese »erstklassigen Häuser«! Aus der Sicht des Publikums: ein grell erleuchteter Saal, in dem man durch die dichten Rauchschwaden kaum das Gold der Stukkatur erkennen kann. Aus der Sicht des Künstlers: schäbige, fensterlose Verschläge als Garderoben und eine Eisentreppe neben widerlich schmutzigen Toiletten . . .

Ich werde also wieder vierzig Tage lang diesen Kampf gegen die Müdigkeit, gegen die schlechte Laune der Bühnenarbeiter, gegen die jähzornige Arroganz von provinziellen Orchesterdirigenten und gegen die schlechte Kost in Hotel- und Bahnhofsrestaurants führen und unaufhörlich den Vorrat an Energie, den ein unstetes, einsames Leben beansprucht, erneuern müssen . . . Ich werde also wieder gegen — wie könnte ich sie vergessen! — die Einsamkeit selbst kämpfen müssen . . . Und wozu das alles? Wozu? Wozu? Als Kind hat man mir eingeredet: »Jede Arbeit findet ihren Lohn«, und ich erwartete tatsächlich, nachdem ich mich ins Zeug gelegt hatte, eine geheimnisvolle Belohnung, eine Art Gnade, die sich über mich ergießen würde. Ich warte immer noch . . .

Das schrille Klingeln der Haustürglocke, gefolgt vom Gebell meiner Hündin, reißt mich schließlich aus meinen quälenden Gedanken. Ich wundere mich, wie rasch ich aufspringen kann, und wie leicht es mir fällt, wieder weiterzuleben . . .

»Gnädige Frau«, fragt Blandine halblaut, »darf Herr Dufferein-Chautel eintreten?«

»Einen Augenblick . . .«

Die Nase pudern, die Lippen nachzeichnen und mit einem Bürstenstrich das zerzauste Haar glattkämmen, das sind ganz mechanische Bewegungen, für die ich nicht einmal einen Spiegel brauche.

Man macht das ebenso automatisch wie man sich die Nägel bürstet, eher anstandshalber als aus Eitelkeit.

»Sie sind's, Dufferein-Chautel? Kommen Sie nur herein, warten Sie, ich mache Licht . . .«

Ich bin nicht im geringsten verlegen, ihn jetzt wiederzusehen. Die Tatsache, daß sich unsere Lippen gestern ergebnislos berührt haben, stört mich in diesem Augenblick überhaupt nicht. Ein mißlungener Kuß zählt viel weniger als das Austauschen von verschwörerischen Blicken . . .

Ich wundere mich darüber, daß er unglücklich und enttäuscht wirkt. Ich habe ihn Dufferein-Chautel genannt, wie früher, als er noch keinen Vornamen hatte . . . »Dufferein-Chautel« und »Sie« . . . Muß ich ihm etwa über seine Verlegenheit hinweghelfen? Meinetwegen.

»Na? Und Sie? Wie geht's Ihnen?«

»Danke, mir geht's gut.«

»Sie sehen aber nicht so aus.«

»Ich bin unglücklich!« setzt er hinzu.

Schon gut, du dummer Junge . . . Ich lächle über sein Unglück, das kleine Unglück des Mannes, der die geliebte Frau nicht richtig geküßt hat . . . Ich lächle ihm aus weiter Ferne zu, über den dunklen, keuschen Strom hinweg, in dem ich gerade gebadet habe . . . Ich reiche ihm die Dose mit seinen Lieblingszigaretten, gestopft mit einem hellen, süßen Tabak, der nach Lebkuchen riecht . . .

»Rauchen Sie heute nicht?«

»Doch. Aber ich bin trotzdem unglücklich!«

Er sitzt, an die niedrigen Kissen gelehnt, auf dem Diwan und bläst Rauchwolken durch die Nase — fast hätte ich gesagt: Nüstern. Ich rauche auch, aus reiner Höflichkeit ihm gegenüber. Ohne Hut sieht er viel besser aus. Der Zylinder entstellt ihn, und mit dem weichen Filzhut wirkt er wie ein Hochstapler . . . Er raucht und blickt zur Decke, als würde ihn der Ernst der Worte, die er mir sagen will, davon abhalten, sich mit mir zu beschäftigen. Seine langen seidigen Wimpern — das einzig feminin-sinnliche in diesem extrem männlichen Gesicht — verraten durch ihr häufiges Zucken, wie aufgeregt und unentschlossen er ist. Ich höre ihn atmen. Ich höre auch das Ticken meines kleinen Reiseweckers und das Pfeifen im Kamin, wenn der Wind hindurchfegt . . .

»Regnet es?«

»Nein«, antwortet er schroff. »Aber warum fragen Sie?«

»Weil ich wissen möchte, wie das Wetter ist. Ich bin nach dem Essen nicht mehr ausgegangen.«

»Mittelmäßiges Wetter . . . Renée . . .«

Plötzlich richtet er sich auf und drückt seine Zigarette aus. Er nimmt meine Hände, nähert sein Gesicht dem meinen und sieht mich an — so nahe, daß sein Gesicht mir übergroß erscheint und alle Einzelheiten deutlich sichtbar werden: der dunkle Fleck auf der Haut, das Zukken seiner feuchtglänzenden großen Augen . . . Wieviel Liebe ist in diesen Augen, ja wirklich Liebe! Wie ausdrucksvoll und sanft und leidenschaftlich sind diese Augen! Und wieviel echte, leidenschaftliche Hingabe spüre ich im Druck seiner großen, kräftigen Hände . . .!

Es ist das erste Mal, daß ich ihm meine Hände überlasse. Anfangs glaube ich, meinen Widerwillen überwinden zu müssen, dann spüre ich ihre Wärme und überlasse mich dem überraschend wohltuenden, seit langer Zeit vermißten Vergnügen, mich wortlos an einen Freund zu lehnen, mich einen Augenblick an ihn zu schmiegen, mich von einem unbeweglichen, schweigenden, liebevollen, warmen Lebewesen trösten zu lassen . . . Ach, wie gerne würde ich meine Arme um ein Lebewesen schlingen — ob Hund oder Mensch —, ein Lebewesen, das mich lieb hat! . . .

»Renée! Sie weinen ja, Renée!«

»Ich weine?«

Er hat recht! Tausend Lichtstrahlen tanzen in den Tränen, die an meinen Wimpern hängen. Hastig wische ich sie mit dem Zipfel meines Taschentuches fort, aber ich denke gar nicht daran, sie abzuleugnen. Ich muß lächeln bei dem Gedanken, daß ich geweint habe . . . Wie lange habe ich schon nicht mehr geweint? Seit . . . Jahren, seit vielen Jahren . . .!

Mein Freund ist verstört, er zieht mich an sich und zwingt mich so — ich leiste kaum Widerstand! —, mich neben ihn auf den Diwan zu setzen. Seine Augen sind auch feucht geworden, denn er ist nur ein Mann und daher ohne Zweifel fähig, eine Gefühlsbewegung vorzutäuschen, aber nicht imstande, eine zu verbergen . . .

»Mein liebes Kind, was haben Sie denn?«

Wird er den erstickten Schrei, den Schauder, der ihm antwortet, wieder vergessen? Ich hoffe es . . .

»Mein liebes Kind . . .« Sein erstes Kosewort ist: »Mein liebes Kind!« Dasselbe Wort und fast derselbe Tonfall wie der *andere* . . .

In kindischer Angst reiße ich mich aus seinen Armen los, so als könnte der *andere* jeden Augenblick zur Tür hereinkommen, der *andere* mit seinem Kaiser-Wilhelm-Bart, mit seinem scheinbar verschleierten Blick, seinen breiten Schultern und seinen kurzen, aber stämmigen Beinen . . .

»Renée, mein Liebling, sagen Sie doch etwas . . .«

Mein Freund ist sehr blaß und versucht gar nicht erst, mich wieder in seine Arme zu schließen . . . Wenigstens weiß er nicht, wie weh er mir unbewußt getan hat! Ich will nicht mehr weinen. Meine feigen, salzigen Tränen kehren allmählich wieder zu ihrer Quelle zurück und hinterlassen in der Kehle und in den Augen ein Brennen . . . Mit einer Geste beruhige ich meinen Freund und warte, bis sich meine Stimme wieder gefestigt hat . . .

»Habe ich Sie gekränkt, Renée?«

»Nein, mein Freund!«

Ohne Aufforderung setze ich mich wieder neben ihn, aber ängstlich diesmal, besorgt, daß eine Bewegung oder ein Wort von mir abermals einen solchen zärtlichen, vertrauten und verhaßten Ausruf bewirken könnten.

Sein Instinkt warnt ihn davor, sich allzusehr über meine unerwartete Fügsamkeit zu freuen. Der Arm, der mich stützt, will mich nicht umfassen, und ich finde die verbindende, gefährlich wohltuende Wärme nicht wieder . . . Zweifellos liebt er mich stark genug, um zu erahnen, daß es sich nicht um ein Geschenk, sondern um eine Prüfung handelt, wenn ich meinen Kopf an seine breite Schulter lege . . .

Mein Kopf an der Schulter eines Mannes! . . . Träume ich? Ich träume nicht und phantasiere auch nicht. Mein Verstand, meine Sinne, alles ist klar — unheimlich klar. Doch in dem Sichgehenlassen, das mich hier hält, liegt mehr und Besseres als nur Gleichgültigkeit, und wenn meine Hand zerstreut und gedankenlos mit der goldenen Kette spielt, die er an der Weste trägt, so nur deshalb, weil ich mich beschützt und geborgen fühle — etwa wie eine verlaufene Katze, die man aufnimmt, und die nur dann spielen und schlafen kann, wenn sie ein Obdach hat.

Armer Verehrer . . . Woran er wohl denkt, wenn er so unbeweglich neben mir sitzt, rücksichtsvoll mein Schweigen akzeptiert? Ich hebe den Kopf, um ihn anzusehen, aber ich muß den Blick rasch wieder senken, so verblüfft, so verwirrt bin ich durch den Gesichtsausdruck dieses Mannes. Oh, wie ich ihn darum beneide, daß er so viel

Liebe empfinden, daß er in seiner Leidenschaft so strahlen kann!

Er ist meinem Blick begegnet und lächelt heldenhaft.

»Renée . . . glauben Sie, daß Sie mich eines Tages, irgendwann einmal, lieben werden?«

»Sie lieben? Wie gern ich das möchte, mein Freund! Sie wären es wirklich wert . . . Fühlen Sie denn nicht, wie sehr ich Ihnen schon verbunden bin?«

»Mir verbunden sein . . . Das fürchte ich ja gerade, Renée: das ist kaum die richtige Art von Liebe . . .«

Er hat so vollständig recht, daß ich gar nicht versuche, ihm zu widersprechen.

»Aber . . . Sie müssen Geduld haben . . . man kann nie wissen . . . Vielleicht, wenn ich von meiner Tournee zurückkomme . . . Und außerdem, schließlich ist eine tiefe, innige Freundschaft . . .«

Er schüttelt den Kopf . . . Mit meiner Freundschaft kann er nichts anfangen, ohne Zweifel. Aber ich hätte so gerne einen Freund, der jünger ist als Hamond und noch nicht so reif, einen wirklichen Freund . . .

»Wenn Sie zurückkommen . . . Zunächst, wenn Sie wirklich hoffen würden, mich eines Tages zu lieben, Renée, könnten Sie eine Trennung von mir gar nicht in Betracht ziehen. In zwei Monaten wird mir dieselbe Renée, genauso wie jetzt, ihre kleinen, kalten Hände reichen, wird ihren Blick abwenden, und ihr Mund wird sich mir zwar anbieten, aber nicht hingeben . . .«

»Das ist nicht meine Schuld . . . Und mein Mund . . . Da haben Sie ihn . . .«

Ich habe meinen Kopf an seine Schulter gelegt und schließe die Augen, eher ergeben als neugierig; nach einer Sekunde öffne ich sie wieder, erstaunt, daß er sich nicht mit gieriger Hast auf meine Lippen stürzt wie gestern . . . Er hat sich mir nur etwas mehr zugewandt und umschlingt mich mit seinem rechten Arm. Dann umfaßt er meine Hände mit der freien Hand, neigt sich vor, und ich sehe dieses ernste, fremde Gesicht, diesen Mann, den ich so wenig kenne, langsam näher kommen . . . Es ist kaum noch Platz, kaum noch Luft zwischen unseren Gesichtern, und ich atme stoßweise, als müßte ich ertrinken und noch eine letzte Anstrengung machen, um mich zu befreien. Aber er hält meine Hände fest und schließt seinen Arm noch enger um meine Taille. Ich werfe vergeblich meinen Kopf in dem Moment zurück, als Maximes Lippen die meinen berühren . . .

Ich habe die Augen nicht geschlossen. Ich runzle die Stirn, um den Augen zu drohen, die versuchen, meinen Blick zu trüben und zu brechen. Denn die Lippen, die mich küssen, diese sanften, kühlen, unpersönlichen Lippen sind dieselben wie gestern, und ihre Wirkungslosigkeit ärgert mich . . . Doch plötzlich verändern sie sich, und ich erkenne den Kuß nicht wieder, er wird lebhaft, fordernd, dann zärtlich und wieder feuriger, gibt etwas nach und wird wieder drängend und rhythmisch, und plötzlich hält er inne, als erwarte er eine Antwort, die nicht kommt . . .

Ich bewege unmerklich den Kopf, weil sein Schurrbart meine Nasenflügel streift und nach Vanille oder Honig duftet . . . Oh! . . . Plötzlich, ganz gegen meinen Willen, hat sich mein Mund geöffnet, so unwiderstehlich wie eine reife Pflaume in der Sonne . . . Von meinen Lippen bis in den Schoß und weiter bis in die Knie breitet sich dieser süße Schmerz aus, dieses Anschwellen einer Wunde, die wieder aufbrechen und fließen will — die lang vergessene Wollust . . .

Ich lasse den Mann, der mich aufgeweckt hat, an der Frucht trinken, die er fordert. Meine Hände, soeben noch angespannt, liegen nun warm und weich in seiner Hand, und mein hintenübergeneigter Körper drängt sich an den seinen. Ich gebe dem Arm nach, der mich hält, lehne mich an seine Schulter und schmiege mich an ihn, immer darauf bedacht, daß sich unsere Lippen nicht verlieren, darauf bedacht, daß unser Kuß noch lange währt.

Er versteht und geht darauf ein, mit einem leisen, glücklichen Brummen . . . Endlich sicher, daß ich nicht mehr ausweichen werde, ist er es diesmal, der sich losreißt, tief Atem holt und mich nachdenklich betrachtet, während er an seinen feuchten Lippen nagt. Ich schließe die Augen, denn ich habe es nicht mehr nötig, ihn zu beobachten. Vielleicht zieht er mich jetzt aus und nimmt mich ganz . . . Macht nichts. Warum die Hast? Eine unerträgliche, unbezwingbare Lust überkommt mich . . . Nichts zählt mehr außer diesem Kuß. Wir haben so viel Zeit . . . Stolz hebt mich mein Freund mit beiden Armen hoch wie ein leichtes Bündel und legt mich halb auf den Diwan neben sich. Seine Lippen haben jetzt den gleichen Geschmack wie meine und duften leicht nach meinem Gesichtspuder . . . Sie wollen sich neue Zärtlichkeit verschaffen, diese gewandten Lippen, und andere Wonnen, aber noch wage ich es, meinen besonderen Wunsch nach einem langen, unbeweglichen, betäubenden Kuß anzudeuten — das langsame Versinken zweier Blüten ineinander, wobei nur das Zucken der verschlungenen Blumenstempel zu spüren ist . . .

Jetzt ruhen wir aus. Eine lange Rast, in der wir Atem schöpfen. Diesmal habe *ich* mich von ihm losgerissen und bin aufgestanden, um meine Arme zu befreien und mich zu strecken. Ich habe meinen kleinen Handspiegel genommen, um mein Haar in Ordnung zu bringen und um mein neues Gesicht zu sehen, und ich lache über unsere verschlafenen Züge und unsere bebenden, schimmernden, leicht angeschwollenen Lippen. Maxime ist auf dem Diwan sitzen geblieben, und sein stummer Ruf erhält die schmeichelhafteste Antwort: meinen Blick, den Blick einer folgsamen, etwas verwirrten, schon ein wenig geschlagenen, sehr verwöhnten Hündin, die alles hinnimmt: die Leine, das Halsband und den Platz zu Füßen ihres Herrn . . .

17

Er ist fort. Wir haben gemeinsam gegessen, was vorhanden war: Blandine hat Koteletts gebraten, mit Gurken . . . Ich bin vor Hunger fast umgekommen. »Und die Liebe macht übervoll, alles außer . . .«, sagte er, um mir zu zeigen, daß er Verlaine gelesen hat.

Nach dem Essen sind wir einander nicht wieder in die Arme gefallen, und ich bin noch nicht seine Geliebte, denn er ist rücksichtsvoll, und ich liebe keine Übereilungen . . .

Aber ich habe mich ohne jede Koketterie freudig auf ein Versprechen eingelassen:

»Wir haben ja Zeit, nicht wahr, Max?«

»Nicht allzuviel, mein Liebling! Ich fühle mich so alt, seit ich auf Sie warte.«

So alt . . . Er weiß nicht, wie alt ich bin . . .

Er ist fort, morgen kommt er wieder . . . Er konnte sich nicht von mir lösen, und ich hatte Angst, schwach zu werden, ich stieß ihn mit beiden Armen zurück . . . Mir war heiß, und er preßte sich so heftig an mich, als wollte er in mich eindringen . . . Endlich ist er fort. Ich sage »endlich«, weil ich jetzt erst über ihn, über uns nachdenken kann . . .

»Die Liebe . . .« hat er gesagt. Ist es die Liebe? Ich würde es so gerne glauben. Liebe ich ihn? Meine Sinnlichkeit hat mir Angst gemacht — vielleicht war es aber nur eine Krise, ein Ausbruch meiner allzu lange gezügelten Kräfte. Und sicherlich werde ich erst später feststellen, daß ich ihn liebe . . . Wenn er jetzt zurückkäme und an mein Fenster klopfte . . . Ja, ja, ich liebe ihn. Gerührt erinnere ich mich daran, wie zärtlich manche seiner Worte heute geklungen haben — die Erinnerung an sein leises, verliebtes Brummen nimmt mir jetzt noch den Atem — und wie gut und stark er war, wie hilfreich in meiner Einsamkeit, als ich den Kopf an seine Schulter legte! . . . Natürlich liebe ich ihn! Warum bin ich so ängstlich? Früher kannte ich keine solchen Hemmungen, damals, als . . .

Über welches Grab werden meine Gedanken jetzt wieder stolpern? Es ist zu spät, um zu fliehen, ich stehe schon wieder meiner unbarmherzigen Richterin gegenüber, jener, die von der anderen Seite des Spiegels zu mir spricht.

»Damals, als du die Liebe entdecktest, kanntest du keine solchen Hemmungen. Du warst unvernünftig und unerschrocken! An jenem Tag hast du dich nicht gefragt, *ob das Liebe war!* Du konntest dich nicht täuschen: es war Liebe, die *erste Liebe.* Es war Liebe, und sie kommt niemals wieder! Du warst ein unkompliziertes kleines Mädchen und hast sofort gewußt, daß es die Liebe ist, und du hast weder um deinen Körper noch um dein kindliches Herz gefeilscht. Es war die Liebe, eine Liebe, die sich nicht ankündigt, die man nicht bestellen kann und über die man nicht viel Worte macht. Und sie kommt niemals wieder! Sie hat dir das genommen, was du nur einmal geben kannst: das Vertrauen, das selige Staunen bei der ersten Liebkosung, die Neuheit deiner Tränen und die Wunde des ersten Schmerzes! . . . Liebe von neuem, wenn du kannst; das wird dir zweifellos gewährt, doch in den seligsten Minuten deines armseligen Glücks wirst du erkennen, daß nichts zählt außer der ersten Liebe, und jeden Augenblick wirst du die Qual ertragen, dich zu erinnern und zu vergleichen! Und meinst du auch: ›Ach, diesmal ist es viel schöner‹, dann leidest du unter der Erkenntnis, daß nichts schön ist, was nicht einzigartig ist! Es gibt einen Gott, der dem Sünder sagt: ›Du suchtest mich nicht, wenn du mich nicht schon gefunden hättest . . .‹, aber die Liebe ist nicht so barmherzig: ›Du, die du mich schon einmal gefunden hast, wirst mich für alle Ewigkeit verloren haben.‹ Und dabei hast du geglaubt, dein Leidensweg wäre mit dem Verlust der Liebe schon vorüber? Nein, das genügt noch nicht! Du mußt dir bewußt werden, wie tief dein Verlust ist; du mußt das Gift kennenlernen, das die erste, die einzige Liebe jedem Höhepunkt in deinem neuen Leben beimischt . . .

18

Ich muß mit Margot sprechen und ihr das Ereignis, diesen Sonnenstrahl eingestehen, der mein Leben entflammt hat . . . Denn genau das ist geschehen — wir lieben einander. Es ist geschehen, und ich bekenne mich dazu. Ich habe all meine Bedenken zum Teufel gejagt, ebenso wie meine sentimentalen Erinnerungen und meine *Wenn,* meine *Aber,* meine *Ob* und meine *Doch* . . .

Wir sind sehr viel zusammen, seine Gegenwart reißt mich mit, berauscht mich und hindert mich am Denken. Er entscheidet, ja befiehlt geradezu, und ich opfere ihm nicht nur meine Freiheit, sondern auch meinen Stolz, indem ich zulasse, daß er mir in verschwenderischer Fülle Blumen schickt, und Obst, das man eigentlich erst im Sommer erhält, und indem ich am Kragen einen kleinen glitzernden Pfeil mit blutroten Rubinen trage.

Und trotzdem bin ich nicht seine Geliebte! Max hat einen sehr sonderbaren und niederdrückenden Brautstand über uns verhängt, der uns innerhalb einer Woche schon ein wenig abgemagert und entkräftet hat. Das ist keine Unzulänglichkeit von ihm, sondern die Eitelkeit des Mannes, der begehrt werden will, und gleichzeitig der Wunsch, mir, solange ich will, meinen »freien Willen« zu lassen . . .

Überdies bleibt mir nicht viel zu wünschen übrig . . . Und jetzt zittere ich nur vor der verborgenen Leidenschaft, die bei der ersten Berührung aus mir hervorbrach, und, noch ungezähmt, jederzeit bereit ist, sich ihm zu fügen . . . Er hat recht, die Stunde hinauszuschieben, die uns vereinen soll. Nun weiß ich, was ich wert bin, und wie kostbar das Geschenk ist, das er bekommen wird. Ich werde seine kühnsten Hoffnungen noch übertreffen, dessen bin ich mir sicher! Naschen darf er ein wenig in seinem Garten, wenn er will . . .

Und er will oft. Zu meiner Freude und zu meinem Leidwesen steckt in diesem ebenmäßig gebauten, landläufig hübschen großen Jungen zufällig ein verfeinerter Liebhaber, wie geschaffen für die Liebe und mit einem Ahnungsvermögen begabt, das ihn seine Liebkosungen genau auf mein Verlangen abstimmen läßt. Das erinnert mich — dabei werde ich rot — an die Bemerkung einer hemmungslosen kleinen Kollegin vom Varieté, die mir die Geschicklichkeit eines neuen Liebhabers pries: »Glauben Sie mir, meine Liebe, man könnte es selbst nicht besser machen!«

Aber . . . ich muß Margot benachrichtigen! Arme Margot, ich habe sie ganz vergessen . . . Hamond ist verschwunden. Dank Max weiß er es bereits und hält sich von mir fern, wie ein taktvoller Verwandter . . .

Und Brague! Oh, sein Gesicht bei unserer letzten Probe! Seine schönste Pierrotgrimasse mußte herhalten, als ich in Maximes Auto vorfuhr, aber er sagte noch nichts. Er legte sogar eine erstaunliche, gänzlich unverdiente Höflichkeit an den Tag, denn an diesem Morgen war ich unaufmerksam und ungeschickt, errötete unaufhörlich und mußte mich dauernd entschuldigen.

Schließlich explodierte er: »Schau, daß du weiterkommst! Geh da hin, wo du herkommst! Mach nur so weiter, und laß dich hier erst wieder blicken, wenn du genug davon hast! . . .«

Je mehr ich lachte, desto wütender wurde er — er tobte wie ein kleiner asiatischer Teufel:

»Lach nur, lach ruhig! Wenn du dein Maul nur sehen könntest!«

»Mein M . . .!«

»Es will mehr, dein Maul, es verlangt nach mehr! Schau

mich nicht so an, du Messalina! ... Seht sie euch an«, schrie er, indem er unsichtbare Götter als Zeugen anrief: »Am hellichten Tag hat sie schwarze Ringe unter den Augen! Und wenn ich verlange, daß sie sich in der Liebesszene der Dryade etwas mehr ins Zeug legt und anschmiegsamer gibt, macht sie ein Gesicht wie eine Erstkommunikantin!«

»Sieht man es wirklich?« frage ich Max, als er mich nach Hause bringt.

Der Spiegel, derselbe Spiegel, der an jenem Abend mein stolzes, leicht verzerrtes Gesicht widerspiegelte, umrahmt heute das spitze, mißtrauisch lächelnde Gesicht eines reizenden Fuchses. Ich weiß nicht, welche Glut meine Züge trotzdem immer wieder erhellt und ihnen, wenn ich so sagen darf, einen leichten, jugendlichen Glanz verleiht ...

Ich werde Margot alles gestehen: meinen Rückfall und den Namen des Mannes, den ich liebe ... Es fällt mir nicht leicht ... Margot gehört zwar nicht zu jenen Frauen, die dauernd wiederholen: »Na, hab' ich es dir nicht gesagt?« Aber ich glaube, daß ich sie, ohne daß sie es zeigen wird, traurig machen und enttäuschen werde:

»Hat sich die Katze auch verbrannt, sie läuft doch zum heißen Napf zurück!« Natürlich laufe ich zurück, und wie gern! ...

Ich finde Margot wie immer im großen Salon, wo sie schläft, ihre Mahlzeiten einnimmt und ihre Brabanterhündchen aufzieht. Groß und aufrecht in ihrer russischen Bluse und der schwarzen Weste, neigt sie ihr blasses Gesicht mit den römischen Zügen und den über den Ohren abgeschnittenen grauen Haaren gerade über einen Korb, in dem eine kleine gelbe Mißgeburt herumkrabbelt, ein winziges Hündchen in einem Flanellhemd, das ihr sein plattgedrücktes Näschen zuwendet und sie mit seinen schönen, flehenden Eichhörnchenaugen ansieht . . . Um mich herum springen kläffend sechs freche Tierchen, die ein einziger Peitschenknall in ihre Körbchen fliehen läßt.

»Wie, Margot, noch ein Brabanterhündchen? Das ist ja zu einer wahren Leidenschaft geworden!«

»Ach Gott, nein!« sagt Margot und setzt sich mit dem kranken Tier auf den Knien mir gegenüber. »Ich wollte das arme Ding gar nicht.«

»Man hat es Ihnen geschenkt?«

»Nein, ich habe es gekauft — natürlich. Von nun an werde ich mich hüten, bei dem Hundehändler, dem Hartmann, diesem alten Gauner, vorbeizugehen. Wenn du das Brabanterhündchen im Schaufenster gesehen hättest! Mit seinem kleinen, kranken Rattengesichtchen, den vorstehenden Rippen und vor allem diesen Augen . . . du weißt ja, wenn es noch etwas gibt, was mich rührt, dann ist es der Blick eines Hundes, der verkauft werden soll . . . Also habe ich ihn gekauft. Er wäre beinahe an einer Darmentzündung eingegangen; beim Händler kann man das nicht sehen: die Tiere werden dort mit Kakodylaten gedopt . . . Kind, ich hab' dich schon lang nicht mehr gesehen . . . arbeitest du viel?«

»Ja, Margot, ich habe Proben . . .«

»Das sieht man, du bist müde.«

Sie faßt mir ans Kinn, um mit einer vertrauten Geste mein Gesicht anzuheben und zu begutachten. Unsicher schließe ich die Augen . . .

»Ja, du siehst müde aus . . . du bist gealtert«, sagt sie mit ihrer tiefen Stimme.

»Gealtert! . . . Oh, Margot!« Mein ganzes Geheimnis liegt in diesem Aufschrei, und eine wahre Tränenflut ergießt sich plötzlich über mein Gesicht. Ich flüchte in die Arme meiner Freundin, die mir mit demselben »Armes Kleines!« über die Schultern streichelt, mit dem sie vorher das kranke Brabanterhündchen beruhigte . . .

»Na, na, mein Kleines, na, na . . . Das geht vorüber.

Hier ist Borwasser, spül dir damit die Augen. Ich habe es eben für Mirette vorbereitet. Nicht mit dem Taschentuch! Nimm Watte . . . Hier! . . . Armes Ding, du willst wohl gerade jetzt besonders schön sein?«

»O ja . . . oh, Margot . . .«

»Oh, Margot! Man könnte meinen, ich hätte dich geschlagen! Sieh mich an! Bist du mir sehr böse, mein Kleines?«

»Nein, Margot . . .«

»Du weißt doch«, fährt sie mit ihrer gleichbleibend sanften Stimme fort, »daß du hier bei mir jede Art von Unterstützung finden kannst, auch die schmerzlichste von allen: die Wahrheit . . . Was habe ich dir gesagt? Ich habe dir gesagt: Du bist gealtert.«

»Ja . . . ach, Margot!«

»Nun fang bloß nicht wieder an. Du bist in *dieser Woche* gealtert! *Heute* bist du gealtert! Morgen oder in einer Stunde wirst du fünf Jahre jünger, zehn Jahre jünger aussehen . . . Wärest du gestern oder morgen gekommen, hätte ich sicher gesagt: ›Nein, so was! Du siehst so jung aus!‹«

»Vergessen Sie nicht, Margot, ich bin bald vierunddreißig!«

»Lächerlich! Ich bin zweiundfünfzig!«

»Das ist etwas anderes. Margot, es ist mir so wichtig, so ungeheuer wichtig, hübsch zu sein und jung und glücklich . . . Ich habe . . . Ich . . .«

»Du hast einen Liebhaber?«

Ihre Stimme klingt noch immer sanft, aber ihr Gesichtsausdruck hat sich fast unmerklich verändert.

»Ich habe keinen Liebhaber, Margot! Doch ich werde zweifellos bald einen haben. Aber . . . ich liebe ihn, verstehen Sie!«

Diese alberne Rechtfertigung belustigt Margot. »Ach, du liebst ihn? . . . Liebt er dich vielleicht auch?«

»Oh . . .!«

Mit einer wegwerfenden Geste deute ich an, daß mein Freund über jeden Verdacht erhaben ist.

»Na gut . . . und . . . wie alt ist er?«

»Genauso alt wie ich, Margot: fast vierunddreißig.«

»Schön.«

Ich weiß nicht mehr, was ich sagen soll. Ich bin schrecklich befangen. Ich hatte gehofft, nach den anfänglichen Hemmungen unbefangen mit ihr über mein Glück plaudern zu können und ihr alles über meinen Freund zu erzählen, welche Farbe seine Augen haben, welche Form die Hände, und wie gut und anständig er ist . . .

»Er ist . . . er ist sehr lieb, müssen Sie wissen . . .«, beginne ich schüchtern.

»Um so besser, mein Kind. Habt ihr schon irgendwelche Pläne?«

»Pläne? Nein, wir haben noch nicht daran gedacht . . . dazu ist noch genug Zeit . . .«

»Ganz recht, dazu ist noch genug Zeit . . . Und was wird aus deiner Tournee?«

»Meine Tournee? Nun, daran hat sich nichts geändert.«

»Nimmst du deinen . . . diesen Menschen mit?«

Ich kann ein Lächeln nicht unterdrücken, obgleich meine Augen noch feucht von den Tränen sind: Margot spricht von meinem Freund wie von einer unanständigen Sache.

»Ich nehme ihn mit, ich nehme ihn mit . . . das heißt . . . um ehrlich zu sein, Margot: ich weiß es nicht. Wir werden sehen . . .«

Meine Schwägerin runzelt die Stirn:

»Du weißt es nicht! Du hast keine Pläne! Du wirst sehen! . . . Ihr seid erstaunlich, das muß ich schon sagen! Woran denkt ihr eigentlich? Ihr habt doch nichts weiter zu tun, als Pläne zu schmieden und für eure Zukunft zu sorgen.«

»Die Zukunft? . . . Ach, Margot, ich mag die Zukunft nicht! . . . Für die Zukunft sorgen! . . . Die sorgt schon für sich selbst, und sie ist so schnell da . . .«

»Denkt ihr an Heirat oder an eine wilde Ehe?«

Ich antworte nicht sofort, zum erstenmal hat mich die sittsame Margot mit ihrer derben Ausdrucksweise in Verlegenheit gebracht . . .

»Vorläufig denken wir an gar nichts . . . Man macht sich bekannt, man lernt sich näher kennen . . .«

»Man lernt sich erst näher kennen!«

Margot mustert mich mit verkniffenem Mund und einer verbitterten Heiterkeit in ihren funkelnden Augen.

»Man lernt sich also erst näher kennen! . . . Ich verstehe . . . Das ist wohl das Stadium, in dem einer dem anderen etwas vormacht, wie?«

»Glaub mir, Margot, wir machen einander nichts vor«, sage ich und zwinge mich zu einem Lächeln. »Dieses Spiel paßt für ganz junge Liebespaare, und das sind wir nicht.«

»Ein Grund mehr!« erwidert Margot unbarmherzig. »Dann habt ihr noch mehr Dinge voreinander zu verbergen . . . mein Kleines«, fügt sie sanft hinzu, »du weißt doch, daß man über meine Schrullen lachen sollte. Die Ehe erscheint mir als etwas Ungeheuerliches! Wie hast du gelacht, als ich dir erzählte, daß ich mich nach unserer Hochzeit weigerte, mit meinem Mann in einem Zimmer zu schlafen, weil ich es unmoralisch fand, so nahe mit einem jungen Mann zusammenzuleben, der nicht zu meiner Familie gehörte! Das ist mir angeboren, da kann man nichts machen! Ich werde mich wohl nicht mehr ändern . . . Hast du Fossette nicht mitgebracht?«

Margot will vom Thema ablenken, und ich gehe darauf ein.

»Nein, Ihre Meute hat sie neulich so übel aufgenommen.«

»Du hast recht. Meine Meute ist augenblicklich nicht in bester Verfassung! Kommt schon, ihr Angsthasen!«

Sie lassen sich das nicht zweimal sagen. Sie kriechen aus ihren Körben: eine kleine, armselig zitternde Schar, ein halbes Dutzend Hündchen, von denen das größte noch in einer Hutschachtel Platz gehabt hätte. Ich kenne sie fast alle. Margot hat sie aus den Klauen des Hundehändlers gerettet und sie so vor dem traurigen Schicksal bewahrt, krank, überfüttert oder halb verhungert und vollgepumpt mit Drogen in der Auslage dahinzuvegetieren . . . Manche sind bei Margot zu gesunden, kräftigen, munteren Tieren herangewachsen; aber bei anderen nützt auch die beste Pflege nichts, sie behalten ihr Leben lang einen kranken Magen, Flechten auf der Haut und eine unheilbare Hysterie . . . Margot tut, was sie kann, aber der Gedanke, daß ihre ganze Mühe umsonst ist und daß man auch weiterhin »Luxushunde« verkaufen wird, macht sie manchmal mutlos . . .

Die kranke Hündin ist eingeschlafen. Ich weiß nicht mehr, was ich sagen soll . . . Ich schaue mich in dem großen Zimmer um, das mit seinen Fenstern ohne Gardinen immer ein wenig an ein Krankenhaus erinnert. Auf einem Tisch stehen Arzneiflaschen, liegen zusammengerollte Binden, ein winziges Thermometer und ein kleiner Gummiball, um den Hunden einen Einlauf machen zu können. Es riecht nach Jodtinktur und Karbol . . . Ich habe plötzlich das Verlangen zu gehen — sofort, ach ja, schnell —, zurück in meine behagliche kleine Wohnung, zurück zu meinem schäbigen Diwan, zurück zu den Blumen und dem Freund, den ich liebe . . .

»Adieu, Margot, ich muß gehen.«

»Geh nur, mein Kind.«

»Sind Sie mir böse?«

»Warum sollte ich?«

»Weil ich so närrisch, so lächerlich verliebt bin. Ich habe mir so fest vorgenommen . . .«

»Deshalb sollte ich dir böse sein? Das wäre ganz schön schäbig, mein armes Kleines! . . . Eine neue Liebe . . . Darüber mußt du dir keine Gedanken machen . . . Armes Kind!« . . .

Ich kann es gar nicht erwarten, wieder zu Hause zu sein. Ich fühle mich ausgelaugt, klein und traurig . . . Aber das ist jetzt egal. Gott sei Dank, das ist überstanden! Ich habe Margot alles erzählt. Wie erwartet, habe ich meine kalte Dusche bekommen und laufe jetzt nach Hause, um mich abzutrocknen, alles Traurige zu vergessen und mich am Feuer zu wärmen . . . Der Hutschleier verbirgt die Spuren meines Kummers, und ich laufe — ich laufe zu ihm!

19

»Monsieur Maxime ist hier, er erwartet Madame bereits.«

Jetzt nennt ihn mein Stubenmädchen Blandine schon zärtlich »Monsieur Maxime«, so als ob sie von ihrem Säugling spräche. Er ist da!

Ich stürze in mein Zimmer und schließe mich ein, damit er nur jetzt mein Gesicht nicht sieht! Schnell! Puder, Lidschatten und Lippenstift . . . Ach! Hier, dieser helle Streifen unter dem Auge . . . ›Du bist gealter.‹ Alberne Gans, mußt du auch wie ein kleines Mädchen gleich heulen? Hast du denn noch immer nicht gelernt, »trocken zu leiden«? Wo sind die Zeiten, als ich schimmernde Tränen vergießen konnte, ohne daß meine samtene Haut darunter gelitten hätte? Um meinen Mann zurückzugewinnen, konnte ich mich früher meiner Tränen bedienen, indem ich ihn ansah und weinte — mit hocherhobenem Kopf, die Augen weit offen, ließ ich langsam die schimmernden Perlen rollen, die mich schön machten . . . Ach, ich Ärmste!

»Endlich sind Sie zurück! Mein Liebling, meine Blume, mein Schnuckelchen, mein . . .«

»Lieber Gott, sind Sie dumm!«

»O ja«, seufzt mein Freund mit verzückter Überzeugung.

Er widmet sich seinem Lieblingsspiel: er hebt mich hoch bis zur Decke und küßt mich dann auf die Wangen, auf das Kinn, die Ohren und den Mund. Ich sträube mich gerade so viel, daß er gezwungen ist, seine Kraft zu zeigen. Unser Kampf endet zu seinem Vorteil, und er schaukelt mich auf seinen Armen — den Kopf nach hinten, die Füße in der Luft — bis ich »Hilfe!« schreie, dann erst stellt er mich wieder auf die Füße. Fossette stürzt herbei, um mich zu verteidigen, und daher geht dieses vergnügliche, rauhe Spiel nicht ohne viel Gebell, Geschrei und Gelächter ab . . .

Oh, wie schön ist es, ab und zu richtig albern zu sein! Welch einen fröhlichen Kameraden habe ich in ihm! Er legt ebensowenig Wert darauf, geistreich zu erscheinen, wie darauf, daß seine Krawatte richtig sitzt! . . .

Es ist so behaglich hier, und rasch verwandelt sich das Lachen von uns zwei Kämpfern in eine sinnliche Herausforderung! Er genießt sein »Schnuckelchen«, nascht langsam davon, wie ein Feinschmecker . . .

»Wie gut du schmecken würdest, mein Liebling! . . . Dein Mund ist süß, aber deine Arme schmecken ein ganz klein wenig salzig, wenn ich hineinbeiße, und deine Schultern und deine Knie . . . Ich bin sicher, du schmeckst von Kopf bis Fuß salzig, wie eine frische Muschel, stimmt's?«

»Das werden Sie nur zu bald erfahren, Sie dummer Junge!«

Ich nenne ihn noch immer »dummer Junge«, aber . . . mit einer anderen Betonung.

»Wann? . . . Heute abend? . . . Heute ist Donnerstag, nicht wahr?«

»Ich glaube . . . ja . . . warum?«

»Donnerstag . . . das ist ein sehr guter Tag . . .«

Er läßt sich überglücklich auf den Diwan fallen und redet dummes Zeug. Eine Haarsträhne über dem Auge, den Mund halb geöffnet und die Augen glasig, wie immer, wenn er sehr erregt ist. Ein schöner Bauernbursch, ein Holzfäller, der auf der Wiese seine Siesta hält, genau so kommt er mir vor in dieser entspannten Stellung — was mir keineswegs mißfällt . . .

»Stehen Sie auf, Max; wir müssen uns ernsthaft unterhalten . . .«

»Ich will aber nicht, daß man mir Kummer macht!« seufzt er kläglich.

»Max, so hören Sie doch!«

»Nein, ich weiß, was das heißen soll: sich ernsthaft unterhalten . . . Meine Mutter sagt das auch immer, wenn sie über Geschäfte, über Geld oder übers Heiraten reden will!«

Er vergräbt sich in den Kissen und schließt die Augen. Es ist nicht das erstemal, daß er diese hartnäckige Leichtfertigkeit zeigt . . .

»Max! Sie wissen doch, daß ich am fünften April abreise?«

Er öffnet ein wenig die Lider mit den langen, seidigen Wimpern und sieht mich zärtlich an.

»Sie reisen ab, meine Liebste? Wer hat sich denn das ausgedacht?«

»Der Impresario Salomon und ich.«

»Schön! Aber ich habe noch nicht meine Einwilligung dazu gegeben . . . Meinetwegen . . . Sie reisen ab. Nun! Und ich fahre mit.«

»Sie fahren mit!« rufe ich entsetzt . . . »Wissen Sie überhaupt, was das heißt — eine Tournee?«

»Aber ja. Das heißt reisen . . . mit mir!«

Ich wiederhole:

»Mit Ihnen? Fünfundvierzig Tage lang! Haben Sie denn nichts zu tun?«

»Oh! Aber ja! Seit ich Sie kenne, Renée, habe ich keine Minute mehr Zeit für mich.«

Eine hübsche Antwort, aber . . .

Fassungslos betrachte ich diesen Mann, der nichts zu

tun und trotzdem jederzeit Geld in der Tasche hat ... Er hat wirklich nichts zu tun, darüber habe ich noch niemals nachgedacht! Er hat keinen Beruf: keinerlei Tätigkeit beschränkt seine müßige Freiheit ... Wie seltsam! Vor ihm bin ich noch nie einem Mann begegnet, der nichts arbeitet ... Er kann sich ganz der Liebe widmen, Tag und Nacht, wie ... wie eine Dirne ... Der verrückte Gedanke, daß eigentlich er von uns beiden die Kurtisane ist, erscheint mir unheimlich belustigend, und er runzelt mißtrauisch die Stirn ...

»Was ist das? Du lachst? ... Du fährst also nicht weg!«

»Was fällt Ihnen ein! Und die Ausfallshaftung?«

»Ich zahle sie.«

»Und die Ausfallshaftung für Brague und für den alten Troglodyten?«

»Ich zahle für beide.«

Wenn das auch scherzhaft gemeint ist, es freut mich doch nicht besonders. Kann ich jetzt noch daran zweifeln, daß wir uns lieben? Wir sind im Begriff, uns das erstemal zu streiten! ... Ich habe mich geirrt, denn mein Freund ist schon bei mir und liegt mir fast zu Füßen.

»Renée, Geliebte, Sie müssen tun, was Sie wollen, das wissen Sie doch!«

Dabei hat er jedoch seine Hand um meinen Nacken gelegt, und seine Augen bohren sich in meine Augen, um darin zu lesen, ob ich ihm gehorchen werde ...

Was ich will? Ach, im Augenblick will ich nur ihn!

»Sie gehen mit der ›Emprise‹ auf Tournee?«

»Wir nehmen auch die Dekorationen für die ›Dryade‹ mit ... Oh! Was für eine schöne violette Krawatte! Die macht Sie ja ganz gelb!«

»Lassen Sie doch meine Krawatte in Frieden! Die ›Emprise‹, die ›Dryade‹, all das ist doch nur ein Vorwand, um Ihre schönen Beine und alles Übrige herzeigen zu können!«

»Das sagen ausgerechnet Sie! War es nicht etwa auch

auf der Bühne, wo ›das Übrige‹ die Ehre hatte, Ihnen vorgeführt zu werden?«

Er drückt mich so fest an sich, daß es schmerzt:

»Still! Ich erinnere mich noch ganz genau! Fünf Tage lang habe ich mir jeden Abend die peinlichsten Vorhaltungen gemacht, und jedesmal endgültig. Ich bin mir schon richtig albern dabei vorgekommen, dauernd ins Emp'Clich' zu rennen, wie du es nennst! Und jedesmal, wenn du die Bühne verlassen hattest, bin ich gegangen und habe mich über mich selbst geärgert. Und am nächsten Tag waren alle guten Vorsätze wieder dahin: ›Aber heute sieht mich diese Bude wirklich zum letztenmal! Ich möchte nur wissen, welche Farbe Renée Nérés Augen haben. Und außerdem habe ich gestern den Beginn der Vorstellung versäumt!‹ Kurz, ich war schon ganz vertrottelt!«

»›Schon ganz vertrottelt‹! Sie haben eine köstliche Ausdrucksweise, Max! Es erscheint mir sonderbar, daß man sich in eine Frau nur vom Ansehen verlieben kann!«

»Das kommt auf die Frau an. Davon verstehen Sie nichts. Renée Néré . . . Stell dir vor: nachdem ich dich das erstemal in der ›Emprise‹ gesehen hatte, versuchte ich mindestens eine Stunde lang, dein Gesicht zu zeichnen. Es ist mir geglückt, und später habe ich noch unzählige Male an den Rand eines Buches kleine geometrische Zeichnungen gekritzelt, die nur ich deuten kann . . . In deiner Pantomime gab es einen Augenblick, mit dem du mir unheimlich viel Freude gemacht hast: in der Szene, wo du auf dem Tisch sitzend den Drohbrief des Mannes liest, den du betrogen hast. Du weißt doch, was ich meine? Du schlägst dir auf den Schenkel und lachst aus vollem Halse. Man konnte deutlich hören, daß dein Schenkel unter dem dünnen Kleid nackt war. Du hast so fest zugeschlagen wie ein junges Marktweib, aber dein Gesicht spiegelte eine tiefe, hintergründige Bosheit wider, die deinen ganzen Körper beherrschte . . . Erinnerst du dich?«

»Ja, ja . . . ungefähr . . . Brague war in dieser Szene

sehr zufrieden mit mir . . . Aber das, was du mir da schilderst, Max, das ist . . . Bewunderung, das ist Begierde! Hat sich das dann in Liebe verwandelt?«

Er sieht mich sehr erstaunt an.

»Verwandelt? Darüber habe ich nie nachgedacht. Sicherlich habe ich Sie von dem Augenblick an geliebt. Es gibt viele Frauen, die schöner sind als Sie, aber . . .«

Er drückt mit einer Handbewegung all das aus, was unverständlich und unfaßbar ist in der Liebe . . .

»Max, wenn Sie nun aber anstatt auf ein gutes, kleines Bürgermädchen wie mich auf ein durchtriebenes, seelenloses, übles Luder gestoßen wären? Haben Sie sich darüber niemals Gedanken gemacht?«

»Daran habe ich nie gedacht«, sagt er lachend. »Welch ein eigenartiger Gedanke! Wenn man liebt, denkt man doch über so was nicht nach!«

Seine Worte tun mir weh, denn ich denke über so was nach!

»Kleines«, flüstert er, »warum bist du beim Varieté?«

»Dummer Junge, warum sind Sie kein Tischler? Sagen Sie jetzt nicht, daß Sie die Mittel haben, um anders leben zu können, das weiß ich! Aber ich, was sollte ich sonst tun? Nähen, tippen oder etwa auf den Strich gehen? Das Varieté ist der Beruf von Leuten, die sonst nichts gelernt haben.«

»Aber . . .«

Ich höre aus dem Tonfall seiner Stimme, daß er etwas Ernstes, etwas Verfängliches sagen will. Ich hebe meinen Kopf, der an seiner Schulter gelegen hat, und betrachte aufmerksam sein Gesicht: diese gerade, große Nase, die buschigen Brauen über den zärtlichen Augen, und der dichte Schnurrbart, unter dem sich ein Mund verbirgt, der zu küssen versteht . . .

»Aber, Liebste, du brauchst das Varieté nicht mehr! Jetzt bin ich doch da und . . .«

»Still!«

Ich will nicht, daß er weiterspricht, ich bin verwirrt, ja fast erschrocken. Freilich ist er da und entschlossen, alles für mich zu tun. Aber das betrifft mich nicht, ich will nicht, daß es mich betrifft. Es gelingt mir nicht, aus der Tatsache, daß mein Freund reich ist, eine persönliche Schlußfolgerung zu ziehen. Ich bin noch nicht so weit, ihm schon jetzt den Platz in meiner Zukunft einzuräumen, den er anstrebt. Das kommt einmal, ohne Zweifel. Aber ich muß mich erst daran gewöhnen. Ich will weiter nichts, als meine Lippen mit den seinen vereinigen und schon vorher fühlen, daß ich ihm gehöre, aber ich kann sein Leben nicht mit dem meinen verbinden! Wenn er mir erklärte: »Ich werde heiraten«, dann würde ich ihm wahrscheinlich höflich antworten: »Meine herzlichsten Glückwünsche« und im Innersten denken: »Das geht mich nichts an.« Und doch war es mir vor vierzehn Tagen sehr unangenehm, daß er die kleine Jadin mit so viel Wohlgefallen von oben bis unten betrachtete . . .

Sentimentale Komplikationen, Umstandskrämerei, Haarspaltereien, psychologische Selbstgespräche! Gott, wie lächerlich ich bin! Wäre es im Grunde nicht viel anständiger und angemessener für eine liebende Frau, ihm zu antworten: »Aber ja, du bist ja da! Weil wir uns lieben, kann ich von dir alles annehmen. Das ist so einfach! Wenn ich dich wirklich liebe, dann mußt du mir alles geben, und schmutzig ist nur das, was nicht von dir kommt.«

Sehr gut ausgedacht! Ich sollte es laut sagen, anstatt schweigend meine Wangen zärtlich an der rasierten Wange meines Freundes zu reiben, die so weich ist wie ein sehr weicher Bimsstein.

20

Mein alter Freund Hamond besteht seit Tagen darauf, zu Hause zu bleiben, und beruft sich auf seinen Rheumatismus, auf eine Grippe, oder auf eine wichtige Arbeit. Schließlich habe ich ihn doch dazu gebracht, zu mir zu kommen. Er hat sich nicht verspätet, und sein taktvolles, ungezwungenes Auftreten — wie ein Verwandter, der das jungverheiratete Paar besucht — verstärkt noch meine Freude, ihn wiederzusehen.

Nun sitzen wir einander wieder gegenüber, wie alte Freunde — wie früher . . .

»Wie früher, Hamond! Und doch ist alles anders!«

»Gott sei Dank, liebes Kind. Sie sind nun endlich glücklich?«

»Glücklich?«

Ich sehe ihn ehrlich erstaunt an.

»Nein, ich bin nicht glücklich. Ich denke gar nicht daran. Warum sollte ich glücklich sein?«

Hamond schnalzt mit der Zunge; das ist seine Art, mit mir zu schimpfen. Er glaubt an einen Anfall von Nervenschwäche.

»Na, na, Renée . . . Läuft nicht alles so gut, wie ich angenommen habe?«

Ich lache laut auf, ein fröhliches Lachen:

»Aber ja, Hamond, es läuft! Es läuft nur zu gut! Ich fürchte fast, wir sind jetzt schon nahe daran, einander anzubeten.«

»Na, und?«

»Nun! Finden Sie etwa, das sei ein Grund, glücklich zu sein?«

Hamond kann ein Lächeln nicht unterdrücken, und diesmal werde ich wehmütig:

»Welchen neuen Qualen haben Sie mich da wieder ausgesetzt, Hamond? Denn Sie waren es, geben Sie es nur zu, Sie waren es . . . Qualen«, füge ich leiser hinzu, »die ich gegen die höchsten Freuden nicht eintauschen würde . . .«

»Aha«, ruft Hamond erleichtert, »wenigstens haben Sie sich von der Vergangenheit gelöst, die Ihnen noch zu schaffen machte! Ich hatte wirklich genug davon, sie so trübsinnig und mißtrauisch zu sehen, so zurückgezogen in ihrer Erinnerung und ihrer Furcht vor Taillandy! Verzeihen Sie, Renée, aber ich wäre zu allem fähig gewesen, nur um Ihnen eine neue Liebe zu verschaffen!«

»Also wirklich! Glauben Sie denn, daß ›eine neue Liebe‹, wie Sie es nennen, die Erinnerung an die erste Liebe auslöschen oder . . . sie gar wiedererwecken kann?«

Verstört über die Heftigkeit meiner Frage, weiß Hamond nicht, was er darauf sagen soll. Aber er hat so ungeschickt meinen wunden Punkt berührt! . . . Und dann, er ist nur ein Mann: Er hat keine Ahnung. Er muß schon oft geliebt haben: er weiß es nicht mehr . . . Seine Betroffenheit rührt mich.

»Nein, lieber Freund, ich bin nicht glücklich. Es geht mir einmal so und einmal so. Nur . . . ich weiß nicht, was daraus werden soll. Und das muß ich Ihnen sagen, bevor ich wirklich Maximes Geliebte werde . . .«

»Oder seine Frau!«

»Seine Frau?«

»Warum nicht?«

»Weil ich nicht will!«

Meine Antwort erfolgte so rasch, daß ich keine Zeit zum Überlegen hatte — das Wild meidet die Falle, die es noch gar nicht gesehen hat . . .

»Das ist außerdem egal«, sagt Hamond gelassen. »Es ist dasselbe.«

»So, Sie glauben also, es sei dasselbe? Für Sie vielleicht, wie für viele Männer. Aber für mich nicht! Bedenken Sie, Hamond, was die Ehe für mich war . . . Nein, es handelt sich nicht um das Betrogenwerden, Sie irren sich! . . . Es handelt sich um die eheliche Versklavung, die aus so vielen Frauen ein Kindermädchen für Erwachsene macht . . . Verheiratet sein bedeutet . . . wie soll ich sagen? . . . bedeutet bangen, ob das Kotelett für Monsieur nicht zu sehr durch ist, ob das Mineralwasser kalt genug, das Hemd richtig gestärkt, der Kragen nicht zu weich und das Bad nicht zu heiß ist. Verheiratet sein, Hamond, heißt: die anstrengende Rolle eines Vermittlers zu übernehmen zwischen der Umwelt und der schlechten Laune von Monsieur, dem Geiz von Monsieur, der Gefräßigkeit von Monsieur und der Trägheit von Monsieur . . .«

»Sie vergessen die Hemmungslosigkeit, Renée«, unterbricht mich Hamond mit sanfter Stimme.

»Nein, zum Teufel, die vergesse ich nicht! Ich habe ja gesagt: die Rolle der Vermittlerin zwischen Monsieur und dem Rest der Menschheit. Sie können das nicht verstehen, Hamond, Sie waren nur kurz verheiratet! Die Ehe, das ist . . . das ist: ›Binde mir die Krawatte! . . . Wirf das Dienstmädchen raus . . . Schneide mir die Zehennägel . . . Steh auf und mach mir Kamillentee . . . Laß mir ein Bad ein . . .!‹ Das heißt: ›Gib mir meinen neuen Anzug und packe meinen Koffer, damit ich schneller fortkomme . . . *zu ihr.*‹ Eine Wirtschafterin, eine Krankenschwester, ein Kindermädchen — genug, genug, genug!«

Schließlich muß ich über mich selbst und über das entsetzte, lange Gesicht meines Freundes lachen . . .

»Mein Gott, Renée, Sie verdrießen mich wirklich, mit Ihrer Manie, alles zu verallgemeinern. ›Alle Dienstmädchen in diesem Land haben rote Haare.‹ Man heiratet nicht jedesmal einen Taillandy! Und ich versichere Ihnen, daß ich, für meinen Teil, mich geschämt hätte, dergleichen Dienstleistungen von einer Frau zu verlangen . . . eher das Gegenteil.«

Ich klatsche in die Hände:

»Fabelhaft! Da hört man es wieder! ›Eher das Gegenteil!‹ Ich bin überzeugt, daß Sie mir keinen Zweiten nennen können, der wie Sie seiner Frau die Stiefel knöpft oder ihr die Falten des Rockes glattstreicht. Leider kann nicht jede einen Hamond heiraten!«

Nach einer kurzen Atempause fahre ich wahrhaftig erschöpft fort:

»Lassen Sie mich nur ruhig verallgemeinern, wie Sie es nennen, auch wenn ich nur eine einzige Erfahrung gemacht habe, die mir jetzt noch zu schaffen macht. Ich bin nicht mehr jung genug und weder so begeisterungsfähig noch so großzügig, um noch einmal zu heiraten — oder mit jemandem zusammenzuleben, wenn Sie wollen. Am liebsten würde ich untätig und beschützt allein in einem verschlossenen Zimmer leben und den erwarten, der mich zu seiner Haremsdame gemacht hat. Und von ihm möchte ich nichts weiter kennen als seine Zärtlichkeit und seine Leidenschaft — ich möchte nur Liebe, nichts weiter als Liebe . . .«

»Ich kenne viele Leute«, sagt Hamond nach einer Weile, »die diese Art der Liebe als Liederlichkeit bezeichnen würden.«

Ich zucke die Schultern, wütend, daß ich mich so schwer verständlich machen kann.

»Ja«, wiederholt Hamond, »Liederlichkeit! Aber ich kenne Sie ja . . . ein wenig, und ich vermute bei Ihnen eher eine versponnene, kindliche Schwärmerei für etwas, das nicht zu verwirklichen ist: das Liebespaar, eingeschlossen in einem gemütlichen Zimmer und durch vier Wände vom Rest der Welt getrennt . . . das ist gewöhnlich der Traum eines jungen Mädchens, das keine Ahnung vom Leben hat . . .«

»Oder der einer reiferen Frau, Hamond!«

Er wehrt mit einer höflichen Handbewegung ab und vermeidet es, mir darauf zu antworten.

»Jedenfalls, mein liebes Kind, ist das nicht Liebe.«

»Warum?«

Mit einer geradezu heftigen Bewegung drückt mein alter Freund seine Zigarette aus:

»Darum! Haben Sie mir nicht gerade erklärt: die Ehe ist für die Frau eine freiwillig hingenommene, schmerzliche, demütigende Knechtschaft. Die Ehe ist: *›Bind mir die Krawatte, laß mir ein Bad ein, kümmere dich um mein Kotelett, ertrage meine Launen und toleriere meine Seitensprünge.‹* Sie hätten sagen müssen *Liebe* und nicht *Ehe*. Denn einzig und allein die Liebe macht die Knechtschaft, von der Sie sprechen, leicht ertragbar, angenehm und wundervoll . . . Im Augenblick hassen Sie die Liebe, Sie verleugnen sie und schimpfen auf sie, weil Sie Taillandy nicht mehr lieben! Denken Sie nur an die Zeit zurück, als die Krawatte, das Fußbad, der Kamillentee zu heiligen, unantastbaren, schrecklichen Zeremonien wurden — im Namen der Liebe. Denken Sie daran zurück, welch eine erbärmliche Rolle Sie gespielt haben! Ich war zutiefst empört, wenn ich dabei zusehen mußte, wie Sie, fast wie eine Kupplerin, zwischen Taillandy und seinen Freundinnen vermittelt haben, aber als ich einmal die Geduld verlor und meine Zurückhaltung fallen ließ, haben Sie mir geantwortet: ›Lieben heißt gehorchen!‹ Seien Sie ehrlich, Renée, denken Sie nach und sagen Sie mir: sind nicht all diese Demütigungen in Ihren Augen erst bedeutungsvoll geworden, als Sie Ihren freien Willen wiedererlangt hatten? Jetzt erst schätzen Sie sie richtig ein, *jetzt,* weil *Sie nicht mehr lieben!* Früher — ich habe Sie beobachtet, Renée, ich kenne Sie —, haben Sie da nicht ahnungslos die barmherzige Überempfindlichkeit genossen, die die Liebe mit sich bringt?«

Wozu darauf antworten? . . . Ich bin heute zwar bereit, hart darüber zu diskutieren, und gegen jede Überzeugung, aber ich habe Mitleid mit diesem Mann, der meine Ehequalen schildert und dabei an seine eigenen denkt . . . Wie naiv unverwundbar er ist, und wie abhängig von dem Gift, dem er sich entziehen wollte! . . . Nun sind wir von meinem Abenteuer und von Dufferein-Chautel ganz abgekommen . . .

Ich wollte mich ihm anvertrauen, ihn um seinen Rat fragen . . . Wie kommen wir nur immer wieder unausweichlich auf unsere dornenreiche, schmerzende Vergangenheit zu sprechen? Ich glaube, wenn Maxime jetzt ins Zimmer träte, wären Hamond und ich nicht mehr imstande, zu verbergen, was niemand sehen darf: sein Gesicht ist gelb wie Galle und an der linken Wange zuckt ein Nerv, und ich, ich runzle die Stirn, als hätte ich einen schweren Migräneanfall und strecke angespannt meinen Hals nach vorne — einen kräftigen Hals, der allerdings das Weiche, das Zarte einer jugendlichen Haut verloren hat . . .

»Hamond«, sage ich sehr sanft, »um auf ein anderes Thema zu kommen: Sie wissen doch, daß ich auf Tournee gehe?«

»Auf Tournee . . . Ja, ja«, sagt er wie ein Mensch, der jäh erwacht. »Na und?«

»Na und! Und Maxime?«

»Sie nehmen ihn selbstverständlich mit, oder?«

»›Selbstverständlich!‹ Das ist nicht so einfach, wie Sie sich das vorstellen! Das Leben auf Tournee ist schrecklich . . . zu zweit! Das Erwachen, das Abreisen am frühen Morgen oder mitten in der Nacht! Die endlosen Abende für den, der warten muß! Und dann das Hotel! . . . Schöne Flitterwochen wären das! Selbst eine zwanzigjährige Frau würde es nicht wagen, sich frühmorgendlichen Überfällen auszusetzen, wenn sie im Zug einschläft, erschöpft nach einem anstrengenden Tag, und aussieht wie eine aufgedunsene Leiche . . . Nein, nein, die Gefahr ist mir zu groß! Und außerdem sind wir uns beide zu gut dafür. Ich habe auch schon daran gedacht, es zu verschieben — unser . . .«

»Tête-à-tête.«

»Danke . . . Bis nach der Tournee, und dann ein neues Leben beginnen! Ach, ein ganz neues Leben! . . . Nicht mehr nachdenken, Hamond, mit ihm in eine Gegend gehen, wo ich alles in Reichweite meiner Lippen und meiner Hände habe,was sich mir bisher nur durch ein Waggonfenster angeboten hat: feuchte Blätter, Blumen, die im

Wind schaukeln, Früchte, auf denen noch der Tau liegt, und dann die Bäche, klares, plätscherndes, frei dahinfließendes Wasser . . . Wissen Sie, Hamond, wenn man dreißig Tage im Eisenbahnwaggon verbringt, Sie können sich gar nicht vorstellen, wie dann der Anblick von fließendem Wasser zwischen hellgrünen Flußufern dazu führt, daß sich die Haut unerklärlich wie im Durst zusammenzieht. Ich erinnere mich, während meiner letzten Tournee waren wir fast jeden Morgen im Zug, oft auch nachmittags. Mittags wurden auf den Wiesen von den Bauernmägden die Kühe gemolken: ich sah im dichten Gras die glänzenden Kupfereimer stehen, und die schäumende Milch, die in feinen, steilen Strahlen hineinspritzte. Welch ein Durst, welch ein quälendes Verlangen nach einem Schluck von dieser warmen, schäumenden Milch überfiel mich! Das war täglich eine richtige kleine Folter, kann ich Ihnen sagen . . . Nun, ich möchte einmal all das genießen, was mir jetzt fehlt: frische Luft, eine reiche Gegend, wo alles im Überfluß zu haben ist, und meinen Freund . . .«

Unwillkürlich breite ich meine Arme aus und öffne die Hände, um besser zu zeigen, was ich mir wünsche. Hamond lauscht, als müßte ich noch etwas hinzufügen.

»Und dann, mein Kind, nachher?«

»Wieso nachher?« frage ich heftig . . . »Nachher? Aber das ist alles. Mehr will ich nicht.«

»Das ist gut!« murmelt er für sich. »Ich meine, wie werden Sie nachher mit Maxime leben? Verzichten Sie auf Tourneen? Werden Sie . . . nicht mehr im Varieté auftreten?«

Seine Frage, so natürlich sie klingt, genügt, um mir allen Schwung zu nehmen, und ich sehe meinen alten Freund mißtrauisch, beunruhigt, ja geradezu ängstlich an.

»Warum nicht?« sage ich matt.

Er zuckt die Schultern.

»Na hören Sie, Renée, überlegen Sie doch einmal! Sie

könnten dank Maxime ein bequemes, ja sogar luxuriöses Leben führen und . . . ihre geistreiche Feder wieder zur Hand nehmen — das hoffen wir alle besonders. Und dann vielleicht, wenn ein Kind . . . Was gäbe das für einen hübschen kleinen Kerl!«

Unbesonnener Hamond! Hat er sich als ehemaliger Genremaler in seiner Vorliebe für solche Szenen vergessen? Dieses kleine Bild meines zukünftigen Lebens zwischen einem treuen Geliebten und einem hübschen Kind macht auf mich einen sonderbar verheerenden Eindruck . . . Und der Schuft spricht weiter! Er malt die Szene weiter aus und merkt gar nicht, daß eine schadenfrohe Heiterkeit in meinen Augen funkelt, daß ich seinem Blick ausweiche und er nur Antworten wie: »Ja«, »Sicherlich«, »Ich weiß nicht« erhält, Antworten einer Schülerin, der die Stunde zu lang wird . . .

21

Ein hübsches Kind . . . ein treuer Mann . . . Was ist daran so lächerlich? Ich suche noch immer nach dem Grund für meine boshafte Heiterkeit . . . Ein hübsches Kind . . . ich muß gestehen, daß ich daran nie gedacht habe. Als ich verheiratet war, hatte ich keine Zeit dazu; anfangs war ich mit der Liebe beschäftigt, später mit der Eifersucht, in einem Wort, von Taillandy ganz in Beschlag genommen, und außerdem hatte er keinerlei Interesse an einer lästigen, kostspieligen Nachkommenschaft . . .

Nun bin ich dreiunddreißig Jahre alt und habe die Möglichkeit, Mutter zu werden, niemals in Betracht gezogen. Bin ich ein Ungeheuer? . . . Ein hübsches Kind . . . graue Augen, ein feines Mäulchen, die Ähnlichkeit mit einem kleinen Fuchs, wie seine Mutter, große Hände, breite Schultern wie Maxime . . . Also nein! Ich tue, was ich kann — ich *will* ihn mir nicht vorstellen, ich *will* ihn nicht liebhaben, den Kleinen, den ich haben könnte oder vielleicht einmal haben werde . . .

»Wie denken Sie darüber, geliebter dummer Junge?«

Maxime ist ganz leise hereingekommen. Er bedeutet mir schon so viel, daß ich meine Gewissenserforschung mit ihm fortsetzen möchte.

»Wie denken Sie über ein Kind, das wir haben könnten? Stellen Sie sich vor, Hamond will ein Kind!«

Mein Freund sieht aus wie ein Pierrot — den Mund offen, die Augen fassungslos geweitet — und ruft begeistert:

»Prima! Hamond lebe hoch! Er soll seinen Jungen haben! . . . Gleich jetzt, Renée, wenn Sie wollen!«

Ich wehre mich, denn er bedrängt mich auf die schlimmste und schönste Art und Weise. Er beißt mich ein wenig und umarmt mich so verlangend, daß ich gerade genug Angst habe . . .

»Ein Kind!« ruft er. »Ein Kind von uns beiden! Daran habe ich noch nicht gedacht, Renée! Wie klug Hamond ist! Diese Idee ist wirklich genial.«

»So, finden Sie, Liebster? Was sind Sie doch für ein brutaler Egoist! Es ist Ihnen wohl vollkommen egal, daß ich dann unförmig und häßlich sein werde und leiden muß!«

Er lacht noch immer und läßt mich aus seinen Armen auf den Diwan fallen.

»Unförmig? Häßlich? Sie sind eine Gans, Madame! Du wirst wunderschön sein, und der Kleine auch, und wir werden uns köstlich amüsieren!«

Plötzlich hört er zu lachen auf und runzelt die dichten Brauen über seinen gutmütigen Augen.

»Dann kannst du mich wenigstens nicht mehr verlassen und ganz allein in der Welt herumgondeln, nicht wahr? Du wärest gefangen!«

Gefangen . . . Ich gebe meinen Widerstand auf und spiele zerstreut mit den Fingern, die mich halten. Aber das Aufgeben ist auch die List des Schwachen . . .

Gefangen . . . Das hat er wirklich gesagt, in einem sehr egoistischen Tonfall . . . Ich habe ihn also richtig beurteilt, als ich ihn im Scherz einen monogam veranlagten Spießbürger und einen hausbackenen Familienvater nannte.

Demnach könnte ich friedlich in seinem Schatten den Rest meines Lebens verbringen? Würden mich seine treuen Augen auch dann noch lieben, wenn meine Reize nacheinander verblühen? Ach, welch ein Unterschied, welch ein Unterschied zu . . . zu dem anderen!

Außer daß der andere auch gebieterisch mit mir umging, indem er es verstand, mir schmerzhaft das Handgelenk zusammenzupressen und dabei zu flüstern: »Geh gerade! Sonst . . .« Ich leide . . . ihre Verschiedenheit schmerzt mich, ihre Ähnlichkeit schmerzt mich . . . Und ich streichle Maximes Stirn, denn er weiß von nichts, er ist nicht schuld daran, und ich flüstere ihm zu:

»Mein Kleiner . . .«

»Nennen Sie mich nicht Ihren ›Kleinen‹, Liebste! Das macht mich ja lächerlich!«

»Ich mache Sie lächerlich, wann immer es mir paßt! Sie sind mein Kleiner, weil Sie jünger sind als . . . als Ihr Alter, weil Sie sehr wenig gelitten und sehr selten geliebt haben, weil Sie nicht böse sind . . . Hören Sie, mein Kleiner, ich werde bald abreisen.«

»Nicht ohne mich, Renée!«

Wie er das herausgeschrien hat! Ich erschauere vor Kummer und vor Freude . . .

»Ohne Sie, Liebster, ohne Sie! Es muß sein. Hören Sie . . . Nein . . . Max . . . Ich rede ja doch, nachher . . . Hören Sie, Max! Sie wollen oder können also nicht auf mich warten? Sie lieben mich also nicht genug, um zu warten?«

Er löst sich aus meinen Armen und rückt heftig von mir ab.

»Nicht genug! Nicht genug! Oh, diese weibliche Logik!

Ich liebe dich nicht genug, wenn ich dich begleite, und auch nicht genug, wenn ich hierbleibe! Gib's zu: hätte ich geantwortet: ›Gut, Liebste, ich werde auf dich warten‹, was hättest du dann von mir gedacht? Und du, du reist ab, obwohl du hierbleiben könntest! Wie soll ich da glauben, daß du mich liebst? Eigentlich . . .«

Er baut sich vor mir auf, den Kopf nach vorne geschoben, und sagt argwöhnisch:

»Eigentlich hast du es mir noch nie gesagt!«

»Was denn?«

»Daß du mich liebst!«

Ich fühle, wie ich erröte, als hätte er mich bei einem Fehltritt ertappt.

»Du hast es mir nie gesagt«, wiederholt er hartnäckig.

»Ach, Max!«

»Du hast gesagt . . . Du hast gesagt: ›Liebster, . . . mein geliebter dummer Junge‹ . . . Du hast laut gestöhnt, als würdest du singen, damals als . . .«

»Max!« . . .«

»Ja, an dem Tag konntest du nicht anders, als mich ›mein Geliebter‹ zu nennen . . . Aber du hast nicht gesagt: ›Ich liebe dich!‹«

Das stimmt. Ich hatte leichtsinnigerweise gehofft, daß er es nicht merken würde. Einmal an einem schönen Tag lag ich in seinen Armen und sehnte mich so sehr nach ihm, daß mir ein: ». . . liebe dich . . .« entfuhr, das klang wie ein kaum hörbarer Seufzer, aber sofort verstummte ich wieder und wurde abweisend . . .

». . . Liebe dich . . .« Ich will es nicht mehr sagen, nie wieder! Ich will diese Stimme nicht mehr hören, meine frühere Stimme, die leise und gebrochen nichts anderes stammeln konnte als dieses Wort von früher. Aber . . . ich weiß kein anderes Wort . . . Es gibt kein anderes . . .

»Sag es mir, sag es mir doch, daß du mich liebst! Sag es mir, bitte!«

Mein Freund ist vor mir niedergekniet und läßt mir keine Ruhe mehr. Mein Gesicht nahe dem seinen, lächle ich ihn an, so als würde ich mich nur zum Spaß widersetzen, aber plötzlich habe ich das Verlangen, ihm weh zu tun, damit auch er ein wenig leidet . . . Aber er ist so sanft, so weit entfernt von meinem Schmerz! Warum sollte ich ihn damit belasten? Er verdient es nicht . . .

»Armer Liebster . . . Seien Sie nicht böse, seien Sie nicht traurig! Ja, ich liebe Sie, ich liebe dich! Oh, ich liebe dich ja . . . Aber ich will es nicht sagen. Wenn du wüßtest, wie stolz ich im Grunde bin!«

Er ruht an meiner Brust, schließt die Augen und glaubt meine Lüge mit einer rührenden Sicherheit; und er hört mich sagen: »Ich liebe dich«, als ich schon lange nichts mehr sage . . .

Diese ungewohnte Last in meinen Armen — in meinen Armen, die so lange niemanden hielten! Ich kann ein so großes Kind nicht schaukeln, und wie schwer sein Kopf ist . . . Aber wie er da liegt, meiner so sicher!

Er ist meiner sicher . . . durch einen klassischen Irrtum ist er nur eifersüchtig auf das Gegenwärtige und auf meine unstete Zukunft, aber er ruht vertrauensvoll an einem Herzen, das so lange einem anderen gehört hatte! Mein biederer, sorgloser Geliebter hat keine Ahnung, daß er mich mit einer Erinnerung teilen muß und daß er die größte Wonne nie kennenlernen wird, nämlich die, mir sagen zu können: »Ich bereite dir eine Freude, einen Schmerz, den du noch nicht kennst . . .« Da liegt er nun an meiner Brust . . . Warum er und nicht ein anderer? Ich weiß es nicht. Ich beuge mich über seine Stirn, ich möchte ihn vor mir schützen, mich dafür entschuldigen, daß ich ihm nur ein liebloses, wenn auch reines Herz zu bieten habe. Ich möchte ihn vor dem Unheil bewahren, das ich ihm zufügen kann . . . Nun! Margot hat es prophezeit: ich kehre wieder zum heißen Napf zurück . . .

ein sicherer Napf, der nichts Teuflisches an sich hat: er ähnelt eher einem kleinen Familiennapf . . .

»Liebster, wach auf!«

»Ich schlafe nicht«, murmelt er, ohne seine schönen langen Wimpern zu bewegen . . . »ich atme deinen Duft ein . . .«

»Werden Sie in Paris auf mich warten, solange ich auf Tournee bin, oder fahren Sie zu Ihrer Mutter in die Ardennen?«

Ohne zu antworten, steht er auf und streicht mit den Händen seine Haare glatt.

»So antworten Sie doch.«

Er nimmt seinen Hut vom Tisch und geht mit gesenktem Blick — ohne ein Wort . . . Mit einem Satz bin ich bei ihm und klammere mich an seine Schultern:

»Geh nicht fort! Geh nicht fort, ich tue was du willst. Bleib hier! Laß mich nicht allein! Oh, laß mich nicht allein!«

Was ist nur in mich gefahren? Ich bin plötzlich nur noch eine armselige, schluchzende Jammergestalt . . . Ich habe gesehen, wie sich mit ihm die Wärme, das Licht und diese zweite Liebe entfernte, die mir, vermischt mit der glühenden Asche meiner ersten Liebe, so kostbar, so unerwartet erscheint . . . Wie eine Ertrinkende klammere ich mich an meinen Freund und wiederhole immer wieder stammelnd: »Alle lassen mich allein! . . . Ich bin so einsam!« . . .

Maxime weiß, weil er mich liebt, genau, daß es keiner Worte, keiner Versicherung bedarf, um mich zu beruhigen. Seine tröstlichen Arme, leise gemurmelte zärtliche Worte und Küsse, viele Küsse . . .

»Sehen Sie mich jetzt nicht an, mein Liebster! Häßlich, die Wimperntusche verschmiert, die Nase rot . . . Ich schäme mich, daß ich mich so albern aufgeführt habe!«

»Meine Renée! Mein Kleines! Wie gemein von mir! . . . Ich bin doch ein richtiger Grobian! Willst du, daß ich in Paris auf dich warte? Dann warte ich hier. Willst du, daß ich zu meiner Mutter fahre? Dann fahre ich zu meiner Mutter.«

Unschlüssig und ein wenig betäubt durch diesen raschen Sieg, weiß ich eigentlich nicht mehr, was ich will.

»Hören Sie, liebster Max, wir machen es so: ich werde abreisen, allein und mit der Begeisterung eines geprügelten Hundes ... Wir werden uns jeden Tag schreiben ... Wir werden tapfer sein, nicht wahr? Und bis zu dem betreffenden Datum, dem schönen fünfzehnten Mai, der uns wieder vereinigt, durchhalten, ja?«

Mein Held ist niedergeschlagen und nickt ergeben mit dem Kopf.

»Am fünfzehnten Mai, Max! ... Ich glaube«, sage ich leise, »daß ich mich dann auf Sie stürzen werde, wie wenn ich mich ins Meer stürzen würde, unwiderruflich und ganz bewußt ...«

Unter seiner Umarmung und dem Blick, mit dem er mir antwortet, verliere ich ein wenig den Kopf:

»Und dann, hör zu ... wenn einer von uns beiden es nicht mehr erwarten kann, na und! Halb so schlimm ... dann kommst du eben ... oder ich rufe dich ... zufrieden? Eigentlich ist er albern, dieser Heroismus ... und das Leben ist so kurz ... Also, abgemacht? Der Unglücklichere von uns beiden wird dem anderen nachfahren oder ihn nachkommen lassen ... Aber wir müssen unser möglichstes tun, weil ... Flitterwochen in der Eisenbahn ... Bist du zufrieden? Was suchst du?«

»Stell dir vor, ich habe Durst, ich bin schon halb verdurstet. Würdest du nach Blandine läuten?«

»Dazu brauche ich sie nicht! Bleib nur, ich bring dir, was du brauchst.«

Glücklich bleibt er sitzen und läßt sich bedienen, und ich sehe ihm beim Trinken zu, als erweise er mir damit eine besondere Gnade. Wenn er will, werde ich ihm seine Krawatte binden, mich um den Speiseplan kümmern, ihm seine Pantoffeln bringen . . . Und er könnte in herrischem Ton fragen: »Wohin gehst du?« Weibchen war ich und Weibchen bin ich wieder, um weiterhin zu leiden und um weiterhin glücklich zu sein . . .

Die Dämmerung verbirgt mein hastig zurechtgemachtes Gesicht, und ich bleibe auf seinen Knien sitzen, während er meinen vom Schluchzen unterbrochenen Atem von meinen Lippen trinkt. Ich küsse seine Hand, die von meinem Kopf zur Brust gleitet . . . Ich sinke ihm in die Arme, wie ein behutsam behandeltes Opfer, das leise beklagt, was es weder verhindern will noch verhindern kann.

Aber plötzlich fahre ich mit einem Satz in die Höhe, wehre mich schweigend ein paar Sekunden gegen ihn, und endlich gelingt es mir, mich loszumachen, indem ich rufe:

»Nein!«

Beinahe hätte ich mich dort in der Ecke des Diwans von ihm überrumpeln lassen! Sein Versuch kam so unerwartet und geschickt! . . . Nun bin ich außerhalb seiner Reichweite, sehe ihn ohne Zorn an und sage vorwurfsvoll nur:

»Warum haben Sie das getan? Wie unerzogen, Max!«

Eingeschüchtert und zerknirscht läuft er auf mich zu, stößt dabei an einen kleinen Tisch und ein paar Stühle und stammelt: »Verzeih! . . . kommt nicht wieder vor! . . . Liebste, das Warten fällt mir so schwer . . .«, indem er sein kindliches Flehen ein wenig übertreibt . . .

Ich kann seine Gesichtszüge nicht mehr genau erkennen, weil es schon dunkel ist. Aber vorhin habe ich deutlich gespürt, daß in seinem heftigen Versuch ebensoviel Berechnung wie Unbeherrschtheit mitspielte . . . ›Du bist gefangen! Du wirst nicht mehr allein in der Welt herumgondeln . . .‹

»Armer Max!« sage ich sanft.

»Machen Sie sich über mich lustig? War ich so lächerlich?«

Er will, daß ich nur über die Geste selbst nachdenke, und mich so daran hindern, seine wahren Beweggründe aufzuspüren . . .

Er demütigt sich selbst — sehr geschickt. Und ich lüge ein wenig, um ihn zu beruhigen:

»Ich mache mich nicht über Sie lustig, Max. Es gibt wenige Männer, die es wagen würden, sich so wie Sie, Sie Satan, auf eine Frau zu stürzen, ohne dabei ihr Ansehen zu verlieren! Nur Ihr bäurisches Benehmen und Ihre verliebten Wolfsaugen bewahren Sie davor. Sie wirkten wie ein Arbeiter, der von der Schicht kommt und am Straßenrand noch rasch über ein Mädchen herfällt . . .«

Ich gehe ins Nebenzimmer, um den blauen Lidstrich nachzuziehen, der meine Augen ausdrucksvoller und größer macht. Dann ziehe ich einen Mantel an und setze einen dieser breitkrempigen Hüte auf, deren Form und deren sorgfältig abgestimmte Farben Max an die »lebenden Blumen« von Champfleury erinnern, jene kleinen Blumenfeen, die eine große umgekehrte Mohnblüte, ein Maiglöckchen oder eine Irisblüte mit hängenden Blütenblättern auf dem Kopf tragen.

Wir werden jetzt langsam im Auto durch den nächtlichen Bois de Boulogne fahren. Diese abendlichen Ausfahrten liebe ich, ich halte im Dunkeln die Hand meines Freundes, damit ich weiß, daß er da ist, und er weiß, daß ich da bin. Manchmal schließe ich die Augen und träume davon, daß ich mit ihm in ein unbekanntes Land fahre, wo ich keine Vergangenheit habe und mit einem anderen Gesicht und einem unwissenden Herz wiedergeboren werde . . .

22

Noch eine Woche, dann reise ich ab . . .

Werde ich wirklich abreisen? Es gibt Stunden und Tage, da zweifle ich daran. Besonders an schönen Vorfrühlingstagen, wenn mein Freund mit mir aus Paris hinausfährt, durch die Parks, in denen es von Autos und Fahrrädern wimmelt, denen aber durch die frische, würzige Luft der Jahreszeit ein besonderer Zauber anhaftet. Bläulicher Nebel am späten Nachmittag macht die Alleen seltsam unwirklich, und findet man unverhofft eine wilde Hyazinthe, die ihre drei zarten blauen Glöckchen im Wind schaukelt, dann nimmt man die Gefahr auf sich, bei einem Diebstahl ertappt zu werden . . .

Letzte Woche haben wir in der Morgensonne einen ausgedehnten Spaziergang durch den Bois gemacht, wo zahlreiche Stallknechte ihre Pferde trainierten. Wir marschierten eng aneinandergeschmiegt, munter und zufrieden und ohne viel zu reden, und ich trällerte ein Liedchen, das durch seinen Rhythmus unseren Schritt beschleunigte . . . Hinter der Biegung einer verlassenen Allee sahen wir uns plötzlich einer jungen, goldgelben Hirschkuh gegenüber. Als sie uns erblickte, erstarrte sie vor Schreck und rührte sich nicht mehr von der Stelle. Sie schnaubte erregt und ihre schlanken Fesseln zitterten, aber ihre mandelförmigen Augen, die durch eine braune Linie noch größer erschienen — wie meine — zeigten eher Ratlosigkeit als Furcht. Ich hätte gern ihre Ohren berührt, die sie aufgestellt hatte und die so samten wirkten wie die Blätter einer Königskerze, oder die zarte, seidenweiche Nase gestreichelt. Aber als ich die Hand ausstreckte, wendete das Tier mit einer ungestümen Bewegung den Kopf und verschwand.

»Auf der Jagd hätten Sie nicht auf sie geschossen, nicht wahr?« fragte ich.

»Auf eine Hirschkuh schießen? Ebensogut könnte ich auf eine Frau schießen«, antwortete er schlicht.

An jenem Tag haben wir wie alle anderen in Ville d'Avray in einem Restaurant zu Mittag gegessen, das am Ufer eines Teiches liegt und über verschiedene Terrassen verfügt, wo man essen und schlafen kann, und wir benahmen uns so wohlerzogen wie ein altes Liebespaar. Ich war froh, bei Max dieselbe innere Ruhe festzustellen, mit der ich die frische Luft, den kühlen Wind und die Bäume in mich aufnahm . . . Die Ellbogen auf das Geländer gestützt, betrachtete ich das seichte, trübe, stellenweise bewegte Wasser des Teiches und die Haselnußsträucher mit den herabhängenden Blütenraupen. Dann kehrte mein Blick wieder zu meinem lieben Lebensgefährten zurück, und ich hegte plötzlich die starke Hoffnung, für ihn ein Glück zu begründen, das ein Leben lang hält.

Werde ich wirklich abreisen? Es gibt Stunden, in denen ich mich wie in Trance mit Reisevorbereitungen beschäftige. Die Toilettentasche, die zusammengerollte Reisedekke, der Regenmantel, bisher gut verstaut, werden wieder hervorgeholt — zerknittert, abgetragen und wie erschlafft vom Reisen . . . Ich ekelte mich, als ich die Tiegel mit ranziger, gelblicher Vaseline, die nach Petroleum roch, säubern mußte. All die Dinge, die zu meinem Beruf gehören, behandle ich in letzter Zeit recht lieblos. Und Brague, der gekommen ist, um sich nach mir zu erkundigen, war so geistesabwesend und ungezwungen von mir empfangen worden, daß er sich sehr hochmütig, und — was noch bedenklicher ist — mit einem weltmännischen »Auf Wiedersehen, teure Freundin« von mir verabschiedet hat. Ach was! In den kommenden vierzig Tagen habe ich genug Zeit, mich mit ihm zu unterhalten und ihn wieder auszusöhnen! . . . Ich erwarte ihn jeden Augenblick, weil er mir die letzten Instruktionen bringen will. Max wird etwas später kommen . . .

»Guten Tag, teure Freundin.«

Darauf war ich gefaßt! Mein Kollege ist noch immer verstimmt.

»Nein, hör mal, Brague, nun ist's genug! Diese Vorstadtmanieren passen überhaupt nicht zu dir. Wir wollen uns doch ernsthaft unterhalten. Du erinnerst mich an Dranem im ›Sonnenkönig‹, wenn du mich ›teure Freundin‹ nennst.«

Brague, wieder heiter, wirft sich in Positur.

»Vorstadtmanieren! Warum auch nicht? Ich stecke den Fürsten Castellani in die Tasche, wenn ich will. Hast du mich noch nie im Frack gesehen?«

»Nein!«

»Ich auch nicht . . . Du, Renée, in deinem kleinen . . . Boudoir ist's ein bißchen düster! Gehen wir doch in dein Zimmer, da kann man sich besser unterhalten.«

»Gut . . .«

Brague entdeckt natürlich sofort die Photographie von Max auf dem Kamin: Max, steif in einem neuen Anzug, das schwarze Haar zu schwarz, das Weiß der Augen zu weiß, unpersönlich und ein wenig lächerlich, aber doch sehr schön.

Brague mustert die Photographie und dreht sich eine Zigarette.

»Dieser Kerl da ist sicher dein Freund, was?«

»Das ist . . . mein Freund, ja.«

Und ich lächle liebenswürdig und ein wenig albern.

»Nobel, das muß man sagen! Man könnte ihn für ein Regierungsmitglied halten! Was findest du daran so komisch?«

»Nichts . . . nur den Gedanken, daß er bei der Regierung sein könnte! Das paßt überhaupt nicht zu ihm.«

Bragué zündet sich seine Zigarette an und mustert mich aus den Augenwinkeln.

»Nimmst du ihn mit?«

Ich zucke die Schultern:

»Na, hör mal! Das geht doch nicht. Wie stellst du dir das vor?«

»Aber ich will es ja gar nicht!« ruft Brague beruhigend. »Mir kann's nur recht sein! Ich könnte dir von einigen Tourneen erzählen, die schiefgegangen sind, weil Madame sich nicht von Monsieur trennen konnte, oder weil Monsieur Madame überwachen wollte! Da wird diskutiert, geknutscht, gestritten und wieder Versöhnung gefeiert, so daß man morgens nicht mehr aus dem Bett findet, die Beine steif und müde, die Augen schwarz umrändert: eine verkorkste Angelegenheit jedenfalls! Von einer schönen Reise kann man nur reden, wenn wir Kollegen unter uns sind. Du kennst ja meine Meinung, und davon lasse ich mich auch nicht abbringen: die Liebe und der Beruf müssen getrennt bleiben. Na, und vierzig Tage sind schließlich keine Ewigkeit: man schreibt sich Briefe und dann sieht man sich wieder und ist wieder ein Herz und eine Seele . . . Hat dein Freund eine Kanzlei?«

»Eine Kanzlei? Nein, er hat keine Kanzlei.«

»Hat er . . . eine Autofabrik? Er hat doch irgendeine Beschäftigung?«

»Nein.«

»Er tut nichts?«

»Nichts.«

Brague läßt einen Pfiff hören, der sich mindestens auf zwei verschiedene Arten deuten ließe . . .

»Absolut nichts?«

»Nichts. Das heißt, er ist Waldbesitzer.«

»Das ist erstaunlich!«

»Was findest du daran so erstaunlich?«

»Daß man so leben kann. Keine Kanzlei, keine Fabrik, keine Proben, nicht einmal einen Rennstall! Findest du das denn nicht eigenartig?«

Ich betrachte ihn verstohlen, bin befangen und fühle mich fast ein wenig mitschuldig.

»Doch.«

Mehr kann ich darauf nicht antworten. Die Untätigkeit meines Freundes, diese Bummelei eines Schülers, der ewig Ferien hat, ist ein häufiger Anlaß für Verwirrung und Ärger . . .

»Ich würde krepieren«, erklärt Brague schließlich. »Reine Gewohnheitssache!«

»Zweifellos . . .«

»Und jetzt«, sagt Brague und setzt sich hin, »kommen wir endlich zur Sache. Hast du alles, was du brauchst?«

»Na hör mal, ist doch selbstverständlich! Mein neues Dryadenkostüm — ein Traum, sag ich dir! Es ist so grün wie eine kleine Heuschrecke und wiegt weniger als fünfhundert Gramm! Das andere ist umgeändert, neu bestickt und gereinigt, man könnte schwören, es wäre neu: sechzig Vorstellungen hält es sicher noch durch.«

Brague verzieht den Mund.

»Hm . . . bist du sicher? Hättest dir für die ›Emprise‹ ruhig eine neue Kluft zulegen können.«

»So, und du hättest sie mir bezahlt, wie? Und deine Hirschlederhose für die ›Emprise‹, die schon in allen Farben spielt? Habe ich dir die etwa jemals vorgeworfen?«

Mein Kollege hebt abwehrend die Hand: »Also bitte, das ist ein gewaltiger Unterschied! Meine Hose ist einzigartig! Sie hat eine Patina von den vielen Brettern, mit denen sie schon in Berührung kam! Sie sieht aus wie ein künstlerisches Denkmal! Es wäre geradezu ein Verbrechen, sie zu ersetzen!«

»Du bist ein alter Geizhals!« sage ich achselzuckend.

»Und du ein Hitzkopf!«

Ach, wie gut es tut, sich ein bißchen zu streiten! Das entspannt. Wir sind beide gerade so sehr gereizt, daß unser Streit einer hitzigen Probe ähnelt . . .

»Schluß jetzt!« ruft Brague. »Die Kostümfrage ist geregelt. Nun zur Gepäckfrage.«

»Als ob ich dich dazu nötig hätte! Reisen wir etwa miteinander? Du willst mir doch nicht etwa erklären, wie ich meine Hemden zusammenlegen soll?«

Brague wirft mir unter seinen durch das berufliche Grimassenschneiden ganz faltig gewordenen Lidern einen vernichtenden Blick zu.

»Du armes Wesen! Du gehirnamputierte Närrin! Ewig große Töne spucken, plappern, plappern, plappern! Ob ich dir etwas erklären will? Natürlich will ich dir etwas erklären! Hör zu und versuche mir zu folgen: Übergewicht beim Gepäck geht auf unsere Kosten, verstanden?«

»Pst!«

Ich unterbreche ihn hastig, denn es hat eben zweimal leise geklopft . . . Das ist er! Und Brague ist noch immer hier! . . . Na ja, schließlich kennen sich die beiden.

»Kommen Sie herein, Max, kommen Sie nur herein, . . . das ist Brague . . . Wir besprechen die Tournee: Wird Sie das nicht langweilen?«

Nein, das langweilt ihn keineswegs; aber mich stört es ein wenig. Meine Varietéangelegenheiten sind langweilige, sachliche, geschäftliche Dinge, mit denen ich meinen Freund, meinen geliebten Faulpelz verschonen möchte . . .

Brague, der sehr liebenswürdig sein kann, wenn er will, lächelt Max an.

»Erlauben Sie, Monsieur? Wir entwerfen gerade den Speiseplan, und ich bilde mir ein, ein sparsamer Koch zu sein, bei dem nichts anbrennt und nichts verlorengeht.«

»Bitte, lassen Sie sich nicht stören«, erwidert Max. »Im Gegenteil, ich höre gern zu, ich verstehe nämlich nichts davon und kann gewiß dabei lernen . . .«

Lügner! Für einen, der sich amüsiert, wirkt er jedenfalls recht ärgerlich und verdrossen.

»Ich wiederhole also«, beginnt Brague, »auf unserer letzten Tournee im September haben wir, wenn du dich erinnern kannst, zehn bis elf Francs täglich nur für Übergepäck vergeudet. Als ob man ein Carnegie wäre!«

»Nicht immer, Brague!«

Nicht immer. Es hat auch Tage gegeben, an denen es nur drei oder vier Francs ausmachte.

»Auch das ist schon zu viel. Ich hab' es satt. Was nimmst du außer der Handtasche mit?«

»Meinen schwarzen Koffer.«

»Den großen? Das ist heller Wahnsinn. Das laß ich nicht zu.«

Max räuspert sich . . .

»Ich werde dir sagen, wie wir's machen: du nimmst meinen Koffer. Oben die Kostüme, im zweiten Fach unsere Wäsche — deine Hemden, deine Hosen, deine Strümpfe und meine Hemden, meine Unterhosen und so weiter« — Max wird nervös — »und ganz unten die Schuhe, für jeden von uns Kleider zum Wechseln, Accessoires und so weiter. Verstehst du?«

»Ja, das klingt nicht schlecht.«

»Aber . . .«, wirft Max ein.

»Auf diese Weise«, fährt Brague fort, »haben wir nur ein großes Gepäckstück; der Troglodyte wird schon zurechtkommen! Seine Mutter ist Geflügelhändlerin, sie soll ihm meinetwegen einen Korb leihen! Also, ein Gepäckstück alles in allem. So haben wir kein Übergewicht, sparen Trinkgelder für die Träger, für die Theaterboten und so weiter . . . Wenn wir dabei nicht pro Kopf fünf Francs täglich sparen, will ich ein Tenor sein! . . . Wie oft wechselst du auf Reisen gewöhnlich die Wäsche?«

Ich erröte wegen Max.

»Jeden zweiten Tag.«

»Das dürfte genügen. In den großen Orten — Lyon, Marseille, Toulouse, Bordeaux — kann man waschen lassen. Ich rechne also mit zwölf Hemden und zwölf Höschen und alles andere im gleichen Verhältnis — na, bin ich nicht großzügig? Ich verlasse mich darauf, daß du vernünftig bist.«

»Sei unbesorgt.«

Brague erhebt sich und reicht Max die Hand.

»Sie sehen, wie rasch das erledigt ist, Monsieur. Vergiß nicht, Renée, Dienstag morgen, um Viertel nach sieben am Bahnhof.«

Ich begleite ihn hinaus, und als ich zurückkomme, empfängt mich ein Schwall von Protesten und Vorwürfen:

»Renée, das ist ungeheuerlich! Das ist unmöglich! Sie müssen verrückt geworden sein! Ihre Hemden, Renée, Ihre feinen Hemden und Ihre winzigen Höschen zwischen den Unterhosen dieses Individuums! Und Ihre Strümpfe zwischen seinen Socken! Und all das nur, um ganze fünf Francs täglich zu sparen! Was für eine lächerliche Lappalie!«

»Was heißt hier ›Lappalie‹? Das macht im Ganzen zweihundert Francs!«

»Na und! Das weiß ich! Wie knausrig!«

Ich unterlasse es, ihm so zu widersprechen, daß er gekränkt sein könnte: woher sollte er, der verwöhnte Knabe, auch wissen, daß Geld — Geld, das man sich selbst erarbeitet — eine ernstzunehmende Angelegenheit ist, mit der man sorgfältig umgeht und die man nicht auf die leichte Schulter nimmt?

Er wischt sich mit einem violettseidenen Taschentuch über die Stirn. Seit einiger Zeit legt mein Freund ein übertriebenes Modebewußtsein an den Tag: er trägt elegante Hemden, Krawatten, die farblich zu seinen Taschentüchern passen, Schuhe mit wildledernen Einsätzen . . . Mir ist das natürlich sofort aufgefallen, denn jedes Detail seiner Toilette wirkt bei diesem etwas schwerfälligen, geliebten dummen Jungen fast zu auffällig.

»Warum läßt du das überhaupt zu?« fragt er vorwurfsvoll. »Diese plumpe Vertraulichkeit ist ja widerlich!«

Plumpe Vertraulichkeit! Auf diesen Ausspruch habe ich schon lange gewartet. Er läßt sich sehr vielseitig verwenden . . . Die »plumpen Vertraulichkeiten hinter den Kulissen« . . .

»Sagen Sie, Liebster« — ich lasse die Spitzen seines seidigen, rötlichschwarzen Schnurrbartes durch meine Finger gleiten —, »wenn es sich um Ihre Hemden und um Ihre Unterhosen handeln würde, wäre es dann auch eine ›plumpe Vertraulichkeit‹? Überlegen Sie doch: ich bin nur eine kleine, sehr vernünftige Künstlerin, die von ihrem Beruf leben muß . . .«

Plötzlich umarmt er mich:

»Der Teufel hole deinen Beruf! . . . Ach! Wenn ich dich erst einmal ganz für mich habe! Dann fährst du nur noch Erster Klasse, und ich überschütte dich körbeweise mit Blumen und Kleidern . . .! Und mit allem Schönen, was ich finden kann, allem, was man sich nur vorstellen kann!«

Seine angenehm dunkle Stimme veredelt diese abgedroschenen Versprechungen . . . Ich höre in diesen belanglosen Worten den Wunsch mitschwingen, mir die ganze Welt zu Füßen zu legen . . .

Kleider? Er hat recht; wie einfach und langweilig muß er meine Alltagsgarderobe finden, die aus grauen, braunen und dunkelblauen Kleidern besteht, die ich nur abends für die Bühne gegen bunte, hauchdünne Schleier, glitzernde Flitterdinger und schillernde, schwingende Röcke vertausche . . . Erster Klasse soll ich fahren? Wozu? Man kommt so auch nicht weiter als die anderen . . .

Fossette hat sich zwischen uns gedrängt, ihr Kopf glänzt wie Palisander . . . Meine kleine Freundin spürt die bevorstehende Trennung. Sie hat den Koffer mit den abgestoßenen Ecken und den Regenmantel wiedererkannt — sie hat den schwarzlackierten Kosmetikkoffer gesehen . . . Sie weiß, daß ich sie nicht mitnehmen werde, und bereitet sich schon jetzt darauf vor, von Blandine verhätschelt zu werden, bis zur Erschöpfung mit ihr spazieren zu gehen, lange Abende bei der Concierge zu verbringen, in der Stadt zu speisen und im Bois herumzulaufen . . .

»Ich weiß, daß du zurückkommst«, sagen ihre Schlitzaugen, »aber wann?«

»Max, Fossette hängt an Ihnen, Sie werden sich doch um sie kümmern?« Da haben wir's! Kaum beugen wir uns gemeinsam über das wehrlose Tierlein, überkommt uns schon beide die Rührung! Ich halte meine Tränen so gewaltsam zurück, daß mich Kehle und Nase schmerzen . . . Wie schön sind die Augen meines Freundes gerade jetzt, da zwei glitzernde Tränen an seinen Wimpern sie noch größer erscheinen lassen! Ach, warum muß ich ihn verlassen?

»Ich hol jetzt eine . . . schöne kleine Handtasche, die ich für dich bestellt habe . . . für die Reise . . . sehr praktisch«, murmelt er mit erstickter Stimme.

»Wirklich, Max?«

»Aus — Schweinsleder.«

»Max, bitte! Du mußt härter sein als ich!«

Wütend putzt er sich die Nase.

»Warum denn? Ich will nicht hart sein! Im Gegenteil!«

»Das ist ja lächerlich! Keiner von uns beiden hätte es gewagt, sich eine Blöße zu geben: Fossette war der eigentliche Anlaß. Das ist wie in der berühmten Stelle mit dem ›kleinen Tisch‹ in ›Manon‹, oder mit Mimis Muff in der ›Bohème‹, erinnern Sie sich?«

Maxime trocknet sich sorgfältig und bedächtig die Augen, mit der Arglosigkeit, die er in allen Dingen an den Tag legt und die ihn davor bewahrt, lächerlich zu wirken.

»Schon möglich, liebste Renée . . . Übrigens, wenn Sie wollen, daß ich mich in einen Springbrunnen verwandle, brauchen Sie mit mir nur über all das reden, was Sie hier in Ihrer kleinen Wohnung umgibt, all das, was ich vor Ihrer Rückkehr nicht wiedersehen werde. Den alten Diwan, den Lehnstuhl, in den du dich zum Lesen setzst, deine Bilder und den Sonnenstrahl, der zwischen zwölf und zwei Uhr über den Teppich wandert . . .«

Er lächelt wehmütig:

»Ganz zu schweigen von der Kohlenschaufel, dem Kamin und dem Schürhaken — ich würde zusammenbrechen! . . .«

Er ist fort, um die hübsche kleine Schweinsledertasche zu holen.

»Wenn wir eine gemeinsame Wohnung haben«, hat er schmeichelnd gesagt, bevor er ging, »dann überläßt du mir die Möbel aus diesem kleinen Salon, ja? Ich lasse dir dafür andere anfertigen.«

Ich habe gelächelt, um nicht antworten zu müssen. Diese Möbel bei Max? Diese Überreste meines Mobiliars aus der Zeit meiner Ehe, die mir Taillandy als lächerliche Entschädigung für die Urheberrechte überließ, um die er mich einst betrogen hatte; ich habe die Möbel nur aus Geldmangel bisher nicht durch neue ersetzen lassen. Welch ein Lied könnte ich über den »kleinen Tisch« aus dunklem Eichenholz mit seiner angeblich holländischen Herkunft singen, oder über diesen alten Diwan, abgenützt durch zahlreiche Liebesspiele — bei denen ich nicht dabei war! Die Möbel sind mir unheimlich — oft erwache ich mit der törichten Angst, meine Freiheit wäre nur ein Traum gewesen . . . ein seltsames Hochzeitsgeschenk für den neuen Geliebten! Es ist nur eine Unterkunft, kein »Heim«, was ich zurücklasse: Die rollenden »Kästen« erster und zweiter Klasse und die Hotels jeder Kategorie und die schmierigen Garderoben der Varietés in Paris, in der Provinz und im Ausland erscheinen mir vertrauter und behaglicher als das, was mein Freund »ein gemütliches, warmes Nest« nennt.

Wie oft bin ich aus dieser Wohnung geflohen, um vor mir selbst zu fliehen? Heute, da ich abreise, verliebt und wiedergeliebt, wünschte ich, noch mehr geliebt zu werden und noch mehr lieben, ich wünschte, ich wäre anders, unkenntlich in meinen eigenen Augen! Dazu ist es wohl noch zu früh, die Zeit ist noch nicht gekommen . . . Aber zumindest reise ich nicht teilnahmslos ab, sondern aufgewühlt von Reue und Hoffnung, erpicht darauf, wieder zurückzukommen, und gespannt meinem neuen Leben entgegensehend, wie eine Schlange, die ihre alte Haut abstreift . . .

23

Leben Sie wohl, geliebter Freund. Der Koffer ist gepackt. Meine hübsche schweinslederne Handtasche, mein Reisekostüm und der lange Hutschleier liegen fein säuberlich und traurig auf unserem großen Diwan und warten auf die morgige Abreise. In Gedanken schon weit fort, sicher vor Ihnen und sicher vor meiner eigenen Schwäche, gönne ich mir das Vergnügen, Ihnen meinen ersten Liebesbrief zu schreiben . . .

Morgen früh, genau dann, wenn ich Paris verlasse, werden Sie dieses Briefchen erhalten. Es ist nur ein Lebewohl, ein »auf Wiedersehen«, geschrieben vor dem Zubettgehen, um Sie wissen zu lassen, wie sehr ich Sie liebe, und wie sehr ich an Ihnen hänge! Ich bin untröstlich, daß ich Sie verlassen muß.

Vergessen Sie nicht, Sie haben mir versprochen, »dauernd« zu schreiben und Fossette zu trösten. Ich verspreche dagegen, eine Renée mitzubringen, die der Tourneen überdrüssig, abgemagert vor Einsamkeit und befreit ist von allem, außer von Ihnen.

Ihre Renée

. . . Der eilige Schatten einer Brücke huscht über meine geschlossenen Lider, und als ich die Augen öffne, sehe ich links vom Zug das kleine Kartoffelfeld vorüberhuschen, das ich schon so oft gesehen habe — eingebettet zwischen hohen alten Festungsmauern . . .

Ich bin allein im Abteil. Brague, stets sparsam, reist mit dem alten Troglodyten in der zweiten Klasse. Ein regnerischer Tag, grau wie die Morgendämmerung, lastet auf der Landschaft, über die der Qualm aus den Fabriksschloten weht. Es ist acht Uhr und der erste Tag meiner Reise. Nach einer kurzen Niedergeschlagenheit, die der üblichen Aufregung bei der Abreise gefolgt war, überließ ich mich einer verdrießlichen Starrheit, in der Hoffnung, einschlafen zu können.

Ich richte mich auf, um mechanisch die paar Handgriffe einer routinierten Reisenden vorzunehmen: ich breite die Kamelhaardecke aus, blase die zwei mit Seide bezogenen Gummikissen auf — eines für den Rücken und eines für den Nacken — und binde einen Schleier um, der ebenso goldbraun ist wie mein Haar . . . All das tue ich methodisch und sorgfältig, während meine Hände vor namenloser, jäher Wut zittern . . . Eine regelrechte Wut, ja, eine Wut gegen mich selbst! Ich fahre, jede Radumdrehung entfernt mich weiter von Paris; ich fahre, kalte Perlen tropfen von den Blätterspitzen der Eichen, alles ist kalt und feucht in dem Nebel, der noch nach Winter riecht, und ich fahre jetzt, da ich mich ebensogut glücklich an den warmen Körper meines Geliebten schmiegen könnte! Mir ist, als wäre mein Magen ausgehöhlt vor Zorn, und ein wahrer Heißhunger überfällt mich nach allem, was gut, üppig, angenehm und selbstsüchtig ist . . . das Verlangen, mich einen sanften Abhang hinunterrollen zu lassen und mit den Armen und den Lippen mein spätes, greifbares, gewöhnliches und doch so köstliches Glück zu umschließen . . .

Diese vertrauten Vororte mit ihren fahlen Villen, in denen die Ehegattinnen in ihren Morgenröcken gähnen, nachdem sie erst spät aufgestanden sind, um den unausgefüllten Tag zu verkürzen, langweilen mich . . . Wäre ich doch bei Brague geblieben, in dem schmutzigen blauen Abteil zweiter Klasse mit seinem gemütlichen

Lärm, den Ausdünstungen vieler Menschen und dem Qualm von Zigaretten zu zehn Sous . . .

Das »Ra-ta-ta« des Zuges, das ich gegen meinen Willen höre, bildet die Begleitung zu der Tanzmelodie aus der »Dryade«, die ich wie besessen unaufhörlich vor mich hinträllere . . . Wie lange wird dieser Schwächezustand wohl anhalten? Denn ich fühle mich klein und schwach — wie ausgelaugt. Selbst an den traurigsten Tagen hat der Anblick einer gewöhnlichen Landschaft, die rechts und links an mir vorüberhuscht, hie und da in dichten Rauch gehüllt und von Dornenhecken unterbrochen, auf mich gewirkt wie ein zuverlässiges Heilmittel. Mir ist kalt. Bleierne Müdigkeit überfällt mich, aber ich habe eher das Gefühl, ohnmächtig zu werden, als einzuschlafen, und ich träume von kindischen Rechenaufgaben, zwischen denen immer wieder die langweilige Frage auftaucht: »Wenn du die eine Hälfte von dir dort zurückgelassen hast, hast du dann nicht fünfzig Prozent deines ursprünglichen Wertes eingebüßt?«

24

Dijon, 3. April

Ja, es geht mir gut, ja, ich habe Ihren Brief erhalten; ja, ich habe Erfolg . . . Ach, Liebster, Sie müssen ja doch die Wahrheit erfahren! Als ich Sie verlassen hatte, überfiel mich eine törichte, hilflose Verzweiflung. Warum bin ich gefahren? Warum habe ich Sie allein gelassen? Vierzig Tage! Nie werde ich das überstehen! Und dabei bin ich erst in der dritten Stadt!

Und als sie die dritte Stadt verließ . . .
In Silber und in Gold
Ihr Gelieber sie kleiden ließ.

Ach, mein Geliebter, ich brauche weder Silber noch Gold, ich brauche nur Sie. An den beiden ersten Stationen unserer Reise hat es geregnet, so daß ich meine scheußliche Verlassenheit zwischen den braun- und beigefarbenen Hotelwänden und den unechten Eichenmöbeln in den diversen Speisesälen, die durch die Gasbeleuchtung noch düsterer wirken, bestens auskosten kann!

Sie kennen einen solchen Mangel an Komfort überhaupt nicht, Sie verwöhnter Sohn von Madame ›Holzfäller!‹ Wenn ich zurück bin, erzähle ich Ihnen mehr darüber — um Sie in Empörung zu versetzen und mich Ihnen noch teurer zu machen —, wie es ist, wenn man um Mitternacht ins Hotel zurückkommt, den schweren Kosmetikkoffer auf den müden Armen, und vor dem Haustor im dichten Nebel darauf wartet, daß der Nachtportier endlich aufwacht, und sich dann in ein schreckliches Zimmer mit ewig feuchter Bettwäsche zurückzieht, um feststellen zu müssen, daß der Krug mit dem warmen Wasser viel zu klein und das warme Wasser schon lange kalt geworden ist . . . Und diese täglichen Genüsse hätte ich mit Ihnen teilen sollen? Nein, mein Liebling, lassen Sie mich erst meine ganze Widerstandskraft verbrauchen, bevor ich rufe: »Komm! Ich kann nicht mehr!«

Das Wetter hier in Dijon ist übrigens schön, und ich freue mich so zaghaft über die Sonne, als wäre sie ein Geschenk, das man mir jeden Augenblick wieder fortnehmen könnte.

Sie haben mir versprochen, Fossette zu trösten. Sie gehört Ihnen genauso wie mir. Geben Sie acht, sie würde Ihnen während meiner Abwesenheit ein Übermaß an Zuvorkommenheit nicht verzeihen. Ihr weibliches Feingefühl geht bis zu höchst empfindlicher, sentimentaler Härte und nimmt es übel, wenn ein liebevoller Dritter während meiner Abwesenheit ihren Kummer bemerken würde, wäre es auch nur, um sie abzulenken.

Adieu, adieu! Ich umarme und küsse Sie. Ach, wenn Sie wüßten, wie kalt und dunkel es hier ist! Der Himmel ist grünlich und klar, wie im Jänner bei starkem Frost. Schreiben Sie mir, behalten Sie mich lieb und ermuntern Sie

Ihre Renée

10. April

Mein letzter Brief muß Ihnen Kummer gemacht haben. Ich bin gar nicht zufrieden mit mir, und mit Ihnen auch nicht.

Ihre schöne Schrift ist großzügig und rund, und trotzdem schwungvoll, elegant und verschnörkelt wie die Blume, die man bei uns »Moosblüte« nennt; und diese Schrift füllt vier Seiten, acht Seiten mit vielen »ich verehre Dich«, mit liebevollen Verwünschungen und zahllosen glühenden Klagen. Und all das läßt sich in zwanzig Sekunden lesen! Dabei sind Sie sicherlich davon überzeugt, daß Sie mir einen langen Brief geschrieben haben! Und dann reden Sie nur von mir! . . . Liebster, ich bin durch die Gegend gefahren, in der ich geboren wurde, durch das Land meiner Kindheit, meine Heimat. Leider ohne einen längeren Aufenthalt. Es schien mir, als ob eine zärtliche Liebkosung über mein Herz streichen würde . . . Versprich mir, daß wir eines Tages zusammen dort hinfahren werden! Nein, nein! Was schreibe ich denn da? Wir werden nicht hinfahren! Ihre Wälder in den Ardennen würden Ihnen in der Erinnerung viel großartiger erscheinen als mein Eichenwäldchen mit den Brombeersträuchern und den Mehlbeerbäumen, und Sie würden nicht, wie ich, den zarten Regenbogen sehen, der über die geheimnisvollen unterirdischen Bäche und über den bläulich schimmernden Hügel, auf dem die Disteln wachsen, einen schillernden Bogen spannt, der magisch alles umfaßt, was mein Heimatland ausmacht! . . .

Nichts hat sich in meiner Heimat verändert. Ein paar neue, leuchtend rote Dächer, das ist alles. Nichts hat sich verändert — nur ich. Ach, mein lieber Freund, wie alt ich bin! Können Sie eine so alte junge Frau wirklich lieben? Hierbei erröte ich. Warum waren nicht Sie es, der dieses großgewachsene Kind kennengelernt hat, das hier mit seinen langen, schweren Zöpfen und der scheuen Art einer Waldnymphe heranwuchs? Und alles, was ich einmal war, habe ich einem anderen geschenkt, einem anderen, nicht Ihnen! Verzeihen Sie mir diesen Aufschrei, Max, es ist ein qualvoller Aufschrei, den ich unterdrücke, seit ich Sie liebe! Und was lieben Sie denn schon an mir, jetzt, da es zu spät ist, wenn nicht das, was mich verändert und Sie belügt, wenn nicht meine dichten Locken, wenn nicht meine Augen, die der blaue Lidschatten größer und dunkler erscheinen läßt, wenn nicht den falschen matten Schimmer eines gepuderten Teints? Was würden Sie wohl sagen, wenn ich plötzlich vor Ihnen stünde mit meinen glatten Haaren, mit meinen ungefärbten, blonden Wimpern, mit den Augen, die mir meine Mutter vererbt hat — grau und schmal unter kurzen, geraden, horizontalen Brauen, die sich gern zusammenziehen — und mit dem harten, lebhaften Blick, den ich vom Vater habe?

Aber haben Sie keine Angst, lieber Freund! Ich komme ungefähr so zu Ihnen zurück, wie ich Sie verlassen habe, nur ein bißchen erschöpfter, und ein bißchen zärtlicher . . . Meine Heimat versetzt mich jedesmal vorübergehend in eine trübselige Stimmung, wenn ich hier vorüberfahre, aber ich habe nie den Mut aufgebracht, länger zu bleiben. Vielleicht erscheint sie mir nur deshalb so schön, weil ich sie verloren habe.

Leb wohl, liebster, liebster Max. Morgen müssen wir schon sehr früh nach Lyon abreisen, damit wir noch eine Orchesterprobe abhalten können, für die ich zuständig bin, während sich Brague, der Unermüdliche, um die Programme, die Plakate und um den Verkauf unserer Ansichtskarten kümmert . . .

Ach, wie kalt war mir gestern abend wieder in dem

leichten Kostüm der »Emprise«! Die Kälte ist mein Feind, sie hemmt meine Lebhaftigkeit und mein Denkvermögen. Aber das wissen Sie ja! Wie oft habe ich meine vor Kälte erstarrten Hände in Ihren Händen wärmen dürfen. Du fehlst mir, meine geliebte Wärme, ebensosehr wie die Sonne.

Deine Renée

25

Wir fahren. Ich esse. Ich schlafe, ich gehe, ich führe meine Pantomime vor und tanze. Ohne Begeisterung, aber auch ohne Mühe. In all diesen Tagen gibt es jeweils nur einen besonderen Augenblick: nämlich dann, wenn ich beim Portier des Varietés nachfrage, ob Post für mich gekommen ist. Ich lese die Briefe meist sofort, an den schmierigen Türrahmen des Künstlereingangs gelehnt, in der widerlichen Zugluft, die nach Ammoniak und Moder riecht . . . Wenn ich dann alles gelesen, das Datum der Briefmarke entziffert und das Kuvert umgedreht habe — in der Hoffnung, daß vielleicht noch eine Blume oder ein Bild herausfällt —, dann folgt meist eine böse Stunde. Ich achte nicht auf die Städte, in denen wir auftreten. Ich kenne sie alle, aber ich lege keinen Wert darauf, sie wiederzuerkennen. Ich weiche nicht von Bragues Seite, der von diesen ihm wohlvertrauten »Kaffs« — Reims, Nancy, Belfort, Besançon — mit nachsichtiger Eroberermiene Besitz ergreift . . .

»Hast du gesehen? Das kleine Lokal an der Kaimauer existiert immer noch. Ich wette, sie würden mich wiedererkennen, wenn wir heut' abend dort Würstchen mit Weißwein essen würden!«

Er atmet freier als sonst, durchstreift mit freudiger Entdeckermiene die Straßen, bummelt an den Läden entlang und läßt keine einzige Kirche aus. Im letzten Jahr war ich die Schaulustigere von uns beiden, aber dieses Jahr begleite ich ihn nur.

Brague nimmt mich ins Schlepptau, und manchmal ist auch der alte Troglodyt mit von der Partie, der, ausgemergelt und nur dürftig mit einer dünnen Jacke und einer viel zu kurzen Hose bekleidet, gewöhnlich allein herumstreift . . . Wo schläft er? Wo ißt er? Ich weiß es nicht. Als ich Brague danach fragte, gab er mir knapp zur Antwort: »Wo er will. Ich bin nicht sein Kindermädchen!«

Neulich, in Nancy, habe ich den Troglodyten in seiner Garderobe beobachtet. Er stand da und biß von einem Brotlaib ab, in der anderen Hand hielt er manierlich zwischen zwei Fingern ein Stück Sülze. Diese dürftige Mahlzeit und dazu sein offensichtlicher Heißhunger . . . mir wurde ganz beklommen zumute, und ich eilte sofort zu Brague: »Brague, hat der Troglodyt überhaupt das Nötige zum Leben auf dieser Tournee? Er verdient doch täglich fünfzehn Francs, nicht wahr? Warum ißt er denn nicht besser?«

»Er will sparen«, erwiderte Brague. »Auf Tournee will jeder sparen! Jeder ist eben kein Vanderbilt oder eine Renée Néré, die es sich leisten kann, ein Zimmer zu fünf Francs zu nehmen und sich Milchkaffee auf die Bude kommen zu lassen! Der Troglodyt schuldet mir noch das Geld für sein Kostüm, das ich ihm vorgestreckt habe; er zahlt mir täglich fünf Francs. Und in zwanzig Tagen kann er sich mit Austern vollstopfen und die Füße im Champagner baden, wenn es ihm Spaß macht. Das ist seine Sache.«

Auf diese Art zurechtgewiesen, bin ich verstummt . . . und jetzt »spare« auch ich, erstens aus alter Gewohnheit und außerdem, um dem Beispiel meiner Kollegen zu folgen, denn ich will weder ihren Neid erwecken noch ihre Verachtung ernten. Ist das wirklich die Freundin von Max, diese Frau, die in diesem einfachen lothringschen Speiselokal mit den trüben Spiegelwänden zu Mittag ißt, diese

Reisende mit den schwarzumränderten Augen und dem langen, bis ans Kinn reichenden Schleier, diese Frau ganz in Grau, die den gleichgültigen und ungeselligen Eindruck eines Menschen macht, der nirgendwo zu Hause ist? Ist das die Geliebte von Max, jene strahlende Geliebte, die er in ihrem rosa Kimono, unter dem sie halbnackt war, stürmisch umarmt hat, diese müde Schauspielerin, die im Unterrock ihr Hemd und die Wäsche für den nächsten Tag aus Bragues Koffer nimmt und ihre Flitterkleider darin verstaut? . . .

Jeden Tag warte ich sehnsüchtig auf den Brief meines Freundes. Und jeden Tag bin ich gleichermaßen getröstet und enttäuscht von diesen Briefen. Er schreibt offen, aber, wie vorauszusehen, ohne Schwung. Seine schöne, verschnörkelte Schrift hemmt den Schwung seiner Hand. Und außerdem behindert ihn sein Trübsinn und seine Wehmut, er beklagt sich ganz offen: »Und wenn ich Dir auch schon hundertmal gesagt habe, daß ich Dich liebe und schrecklich böse bin, daß Du mich verlassen hast, so kann ich doch nur immer dasselbe wiederholen. Meine geliebte Frau, mein geliebter kleiner Blaustrumpf, Sie werden sich über mich lustig machen, aber das ist mir egal . . . Mein Bruder fährt in die Ardennen, und ich werde ihn begleiten. Schreib mir also nach Salles-Neuves, an die Adresse meiner Mutter. Ich werde Geld holen — Geld für uns, für unseren gemeinsamen Haushalt, mein Kleines!«

Er erzählt mir, was er treibt, ohne Kommentar und viel Drumherum. Er ordnet mich in sein Leben ein und nennt mich seine Frau . . . Aber bis mich seine warme Fürsorge erreicht, ist sie auf dem Papier bereits abgekühlt und hat sich in schöne, gleichmäßige Schriftzüge verwandelt, und das fühlt er auch: wie könnten uns Worte über diese Entfernung hinweg verbinden? Es müßte schon . . . ich weiß nicht . . . es müßte schon ein feuriges, grellbuntes Thema sein . . .

26

11. April

Das ist doch die Höhe. Nun lassen Sie sich von Blandine auch noch die Karten aufschlagen! Liebster, Sie sind verloren! Das gute Mädchen pflegt die abenteuerlichsten Katastrophen zu prophezeien, sobald ich aus dem Haus bin. Gehe ich auf Tornee, dann träumt sie von Katzen und von Schlangen, von trübem Wasser und von zusammengefalteter Wäsche und liest für Renée Néré (Treff-Dame) tragische Abenteuer mit »dem falschen jungen Herrn«, »dem Soldaten« und »dem Bauern« in den Karten. Hören Sie nicht auf sie, Max, zählen Sie so wie ich die Tage und lächeln Sie — oh, dieses Lächeln, das fast unmerklich Ihre Nasenflügel streift —, in der Gewißheit, daß die erste Woche schon fast vorbei ist! . . .

Ich prophezeie Ihnen, daß ich in einem Monat und vier Tagen »eine Reise« machen werde, um dem »Herzbuben« zu begegnen, und daß Ihnen »eine große Freude bevorsteht«, und daß der »falsche junge Herr« beleidigt sein wird, ebenso wie die geheimnisvolle »Frau mit dem schlechten Lebenswandel« — ich meine die Karo-Dame.

Wir bleiben fünf Tage in Lyon. Eine Erholungspause, sagen Sie? Ja, falls Sie darunter verstehen, daß ich vier Tage hintereinander frühmorgens jäh aus dem Schlaf fahre und verrückt vor Angst bin, meinen Zug versäumt zu haben, mich dann wieder aufs Bett fallen lasse, faul herumliege und nicht mehr einschlafen kann und mitanhören muß, wie um mich herum alles erwacht — das Dienstpersonal, die Glocken und die Autos auf der Straße! All das ist viel schlimmer, mein Liebling, als das tägliche Aufstehen in der Morgendämmerung! Mir ist, als müßte ich vom Bett aus der Eröffnung eines Tanzes zusehen, von dem ich ausgeschlossen bin, so als ob sich die Welt ohne mich zu »drehen« begänne . . . Und in solchen Augenblicken sehne ich mich am meisten nach Ihnen — machtlos gegen meine Erinnerungen, niedergeschlagen, verdrießlich und schwach . . .

Oh, geliebter Feind, wir hätten diese fünf Tage hier gemeinsam verbringen können . . . Denke nur nicht, das wäre eine Herausforderung: ich will nicht, daß Du kommst! . . . Zum Teufel, ich werde schon nicht daran sterben! Du scheinst zu glauben, daß ich vor Sehnsucht nach Dir sterbe. Aber meine Sehnsucht macht mich nur müde, ich halte meinen Winterschlaf, mein hübscher Bauer . . .

Es regnet im Augenblick nicht, es ist feucht, mild und grau — ein sehr schönes Wetter für Lyon. Diese Wetterberichte, die in all meinen Briefen auftauchen, sind recht unsinnig, aber wenn Sie wüßten, wie sehr unser Glück und unsere Stimmung während einer Tournée von der Farbe des Himmels abhängen! »Feuchtes Wetter, leere Taschen«, sagt Brague.

Innerhalb von vier Jahren habe ich sieben oder acht Wochen in Lyon verbracht, mein Freund. Und mein erster Weg führte mich jedesmal zum Hirschgehege im Saint-Jean-Park, zu den kleinen goldbraunen Rehkälbchen mit ihren rührend sanften Augen. Sie sind so zahlreich und so ähnlich, daß ich sie nicht voneinander unterscheiden kann: sie laufen mir mit lautem Hufgetrappel entlang des Gitters nach und betteln mit hartnäckigem, scheuem hellem Geblöke um das Schwarzbrot. Der Duft des Grases und der aufgewühlten Erde ist in diesem Park gegen Abend so stark, daß der Wunsch in mir wach wird, bei Ihnen zu sein . . .

Adieu, Liebster. Ich habe in Lyon ein paar Vagabunden wie mich wiedergetroffen, denen ich schon hin und wieder begegnet bin. Auch wenn ich Ihnen sage, daß einer von ihnen Cavaillon heißt und Komiker ist, und die ande-

re Amalia Barally, eine erfahrene Komödiantin, so wüßten Sie auch nicht viel mehr. Die Barally ist so etwas wie eine Freundin von mir, denn vor zwei Jahren sind wir gemeinsam in einem Dreiakter durch ganz Frankreich auf Tournee gewesen. Sie war einmal eine Schönheit, dunkelhaarig und vollbusig, und ist ein lebendiger Reiseatlas, denn sie kennt die Namen sämtlicher Gasthäuser der Welt. In Saigon hat sie Operetten gesungen, und in Kairo hat sie Theater gespielt und irgendeinem Khediven die Nächte versüßt . . .

Außer ihrer Fröhlichkeit, die jeden Trübsinn vertreibt, schätze ich ihre wohltuende Ausstrahlung, ihre Fähigkeit, zu trösten, die feinfühlige Mütterlichkeit in ihrem Tun — ein Vorzug jener Frauen, die einmal eine leidenschaftliche und echte Vorliebe für Frauen hatten: davon verbleibt ihnen ein eigenartiger Reiz, den ihr Männer niemals wahrnehmen werdet . . .

Mein Gott, wie lang mein Brief geworden ist! Ich verbringe meine ganze Zeit damit, Ihnen zu schreiben, was mir, wie mir scheint, weniger Mühe bereitet, als mit Ihnen zu reden. Umarmen Sie mich! Es ist nun fast schon dunkel, und das ist die traurigste Zeit. Umarmen Sie mich ganz fest, ganz fest!

Ihre Renée

15. April

Liebster, wie lieb Sie sind! Welch eine hübsche Idee! Ich danke Ihnen, ich danke Ihnen von ganzem Herzen für diesen Schnappschuß! Er ist zwar leicht verschwommen und ganz gelb vom Schwefelhydroxyd, aber ihr seid beide großartig getroffen. Und nun darf ich Sie nicht einmal dafür schelten, daß Sie Fossette ohne meine Erlaubnis nach Salles-Neuves mitgenommen haben. Sie sieht in Ihren Armen so zufrieden aus. Sie hat ihr »Photogesicht« aufge-

setzt — eine Schnauze wie ein Ringkämpfer, Träger des goldenen Gürtels.

Es ist ganz offensichtlich — ich konstatiere das mit etwas neidischer Dankbarkeit —, daß sie in diesem Augenblick keineswegs an mich dachte. Aber wovon träumten Ihre Augen, die ich auf dem Bild nicht erkennen kann, als Sie sich so väterlich über Fossette beugten? Die zärtliche Unbeholfenheit, mit der Sie das Hündchen in den Armen halten, wirkt abwechselnd rührend und belustigend auf mich. Ich stecke dieses Bild zusammen mit den beiden anderen in die alte Lederbrieftasche, die Sie so geheimnisvoll und schäbig finden, erinnern Sie sich noch? . . .

Schicken Sie mir noch mehr Photographien, ja? Ich habe vier Bilder mitgenommen und vergleiche sie miteinander, mit der Lupe sehe ich Sie mir darauf genau an, um auf allen Photographien trotz der Verfremdung durch die Retuschen und durch das künstliche Licht etwas von Ihrem verborgenen Ich zu entdecken . . . Verborgen? Wahrhaftig, nein, es gibt wirklich nichts an Ihnen, was auf eine falsche Fährte führen könnte! Ich glaube, daß die erstbeste dumme Gans Sie auf einen Blick genauso gut kennen würde wie ich.

Ich sage das und glaube selbst kein Wort davon. Unter meinen Hänseleien verbirgt sich ein gemeines, niederträchtiges Verlangen, Sie zu vereinfachen und in Ihnen den alten Widersacher zu demütigen: so nenne ich nämlich seit jeher den Mann, der dazu ausersehen ist, mich zu besitzen . . .

Wachsen wirklich so viele Anemonen und Veilchen in Ihren Wäldern? Ich habe in der Gegend von Nancy auch Veilchen gesehen, als ich im Osten durch dieses hügelige Land mit seinen blauschwarzen Tannenwäldern und seinen reißenden, schillernden Flüssen mit dem dunkelgrünen Wasser fuhr. Waren Sie das etwa, dieser große Junge, der dort bloßfüßig im eiskalten Wasser stand und Forellen fing? Adieu. Morgen fahren wir nach Saint-Etienne. Ha-

mond schreibt sehr selten, ich muß mich bei Ihnen darüber beschweren. Sehen Sie zu, daß Sie mir oft schreiben, geliebtes Sorgenkind, damit ich mich nicht bei Hamond über Sie beklagen muß!

Ich küsse Dich
Renée

27

Wir haben soeben bei Berthoux, einem Künstlerlokal, gespeist: die Barally, Cavaillon, Brague, ich — und der Troglodyt, den ich dazu eingeladen hatte. Er spricht kein Wort und denkt nur ans Essen. Es war ein richtiges, geräuschvolles Schauspielergelage, beseelt von einer ziemlich unbegründeten Heiterkeit. Cavaillon hat eine Flasche Moulin-à-Vent spendiert.

»Du mußt dich hier ja ziemlich langweilen«, spottete Brague, »wenn du eine so erstklassige Flasche Rotwein spendierst!«

»Und wie!« erwiderte Cavaillon knapp. Cavaillon ist jung und schon berühmt beim Varieté und wird von allen beneidet. Man erzählt sich, daß »Dranem ihn fürchtet«, und daß »er verdient, soviel er will«. Wir sind diesem hochgewachsenen zweiundzwanzigjährigen Burschen, der sich wie eine Schlange, wie ein Mensch ohne Knochen bewegt und beim Gehen seine riesengroßen Hände an den auffallend schmalen Handgelenken baumeln läßt, schon zwei- oder dreimal begegnet. Man könnte sein Gesicht mit den fransig geschnittenen blonden Haaren beinahe hübsch nennen, wenn sein trüber, unsteter Blick nicht eine akute Nervenschwäche erkennen ließe, die fast schon an Wahnsinn grenzt. Sein ständiger Ausspruch ist: »Ich geh drauf!« Er wartet den ganzen Tag darauf, seine Nummer vorführen zu können, und wenn er auf der Bühne steht, vergißt er alles um sich herum, wird wieder jung und übermütig und begeistert das Publikum. Er trinkt nicht und führt kein lockeres Leben. Er legt sein Geld an und langweilt sich.

Die Barally, die gerade eine Saison in den Celestins »durchzieht«, berauschte sich daran, uns schreckliche Abenteuer aus ihrer Jugendzeit zu erzählen, und lachte, daß man ihre schönen Zähne sehen konnte. Sie erzählte uns über das Kolonialtheater von vor zwanzig Jahren, und von der Zeit, als sie in Saigon in einem Saal, der mit achthundert Petroleumlampen beleuchtet worden war, Operetten sang ... Ohne einen Pfennig Geld und schon recht alt, verkörpert sie den altmodischen Typ einer Bohémienne — unverbesserlich, aber sympathisch. Alles in allem ein reizendes Diner: man ereifert sich ein bißchen, man rückt einen Augenblick lang an dem viel zu kleinen Tisch zusammen, und dann: adieu — ein Abschied ohne Bedauern, denn morgen, oder gar schon einen Augenblick später hat man einander vergessen ... Gott sei Dank, morgen fahren wir endlich weiter! Fünf Tage in Lyon sind eine Ewigkeit ...

Cavaillon begleitet uns in den Kursaal; es ist noch viel zu früh für ihn, er braucht nicht länger als zehn Minuten zum Schminken, aber er klammert sich an uns — von seiner Einsamkeit eingeholt, stumm und finster ... Der Troglodyt, übermütig und ein wenig betrunken, besingt die Sterne, und ich träume vor mich hin und lausche dem Wind, der wie Meeresrauschen über den Hafendamm der Rhône weht. Woher kommt es, daß ich an diesem Abend wie auf unsichtbaren Wellen schaukle, wie ein Schiff, das der Ozean fortspült? Das ist ein Abend, an dem man bis ans andere Ende der Welt segeln möchte. Meine Wangen sind kühl, meine Ohren sind eisig und meine Nase ist feucht: mein ganzer Körper fühlt sich kräftig, elastisch und abenteuerlustig ... bis wir zum Kursaal kommen, wo mir die warme, muffige Kellerluft den Atem benimmt.

Trübsinnig wie ernsthafte Beamte suchen wir unsere

einzigartigen Künstlergarderoben auf, die gleichzeitig als Lagerräume und als Personalzimmer dienen und mit schäbigen grau-weißen Tapeten ausgestattet sind . . . Cavaillon, der uns auf der Stiege abgehängt hat, ist bereits in seiner Garderobe, wo ich ihn, das Gesicht in die Hände vergraben, vor dem Schminktisch sitzen sehe. Brague erzählt mir, daß der Komiker so seine trostlosen Abende verbringt — erschöpft zusammengesunken und stumm . . . Es läuft mir kalt über den Rücken. Ich möchte die Erinnerung an diesen Mann, der sein Gesicht mit den Händen verdeckend vor seinem Spiegel saß, schleunigst loswerden. Ich habe Angst, ihm zu ähneln, ihm, der gescheitert und elend, nicht mehr zu retten, mitten unter uns sich seiner Einsamkeit bewußt ist . . .

28

18. April

Sie fürchten, daß ich Sie vergessen könnte? Das ist ganz was Neues! Mein liebster Max, fangen Sie ja nicht an, sich »wie eine Schnepfe« aufzuführen! Ich denke an Sie, ich beobachte Sie von weitem mit einer so intensiven Aufmerksamkeit, daß Sie es zeitweise noch direkt spüren müßten. Stimmt's? Ich studiere Sie aus der Entfernung sehr gründlich und ohne dessen überdrüssig zu werden. Ich sehe Sie so deutlich vor mir! Erst jetzt bergen unsere wenigen gemeinsamen, vertraulichen Stunden für mich keine Geheimnisse mehr, und wie ein Film rollen all unsere Gespräche, unser Schweigen, unsere Blicke und unsere Gesten chronologisch vor mir ab. Und gerade diesen Zeitpunkt wählen Sie, um daumenlutschend zu kokettieren: »Sie vergessen mich! Ich fühle, wie Sie sich von mir entfernen!« Oh, dieses zweite Gesicht der Liebenden!

Es ist wahr, ich entferne mich von Ihnen, mein Freund. Wir haben Avignon bereits hinter uns gelassen, und ge-

stern, als ich nach zweistündigem Schlaf im Zug erwachte, glaubte ich ganze zwei Monate verschlafen zu haben; der Frühling war mir entgegengeeilt, ein Frühling wie aus dem Märchenbuch, der üppige, kurzlebige, unwiderstehliche Frühling des Südens, der mit saftigem, frischem Grün ganz plötzlich in die Gräser schießt, die sich im Wind wiegen, in die malvenfarbigen Judasbäume, in die hellgrauen Paulowniasträucher, in die falschen Ebenholzbäume, in die Glyzinien und die Rosen . . .

Die ersten Rosen, geliebter Freund! Ich habe sie auf dem Bahnhof in Avignon gekauft, halboffen, hellgelb bis karminrot, durchscheinend in der Sonne wie ein rosig schimmerndes Ohr, mit zartgrünen Blättern und krummen, korallenroten Dornen. Sie stehen vor mir auf dem Tisch und duften nach Aprikosen, nach Vanille, nach sehr feinen Zigarren oder nach einer gepflegten, dunkelhaarigen Frau — es ist derselbe Duft, Max, wie der Ihrer trockenen, sonnengebräunten Hände . . .

Liebster Freund, ich lasse mich von dieser Jahreszeit, von dem tiefblauen Himmel und dem eigenartig goldenen Schimmer der Steine, die das ganze Jahr über von der Sonne gestreichelt werden, bezaubern und neu beleben . . . Nein, nein, bedauern Sie mich nicht, daß ich schon vor Sonnenaufgang aufstehen muß, denn der Sonnenaufgang hier ist überwältigend — der milchigweiße Himmel mit den Schwärmen weißer Tauben färbt sich zum Klang der Glocken ganz unverhofft purpurrot . . .

Ach, wenn Sie doch endlich begreifen würden, daß Sie mir keine »schönen« Briefe schreiben sollen, daß Sie nicht lange überlegen dürfen, was Sie mir schreiben wollen! Ich bitte Sie, schreiben Sie mir doch das, was Ihnen gerade durch den Kopf geht: wie das Wetter ist, wann Sie aufgestanden sind, oder wie wütend Sie auf die »bezahlte Zigeunerin« waren; füllen Sie meinetwegen die Seiten mit einem einzigen zärtlichen Wort, immer wiederkehrend wie der Ruf eines lockenden, verliebten Vogels! Mein Ge-

liebter, ich will, daß Deine innerliche Unruhe diesem Frühling gleicht, der die Erde aufgebrochen hat und sich an seiner eigenen Hast verzehrt . . .

Ich lese meine Briefe nur sehr selten noch einmal durch. Diesen Brief habe ich gelesen — und ich habe ihn abgeschickt mit dem eigenartigen Gefühl, daß ich eine Ungeschicklichkeit, einen Fehler beging, und daß dieser Brief an einen Mann ging, an den er eigentlich nicht gerichtet war . . . Seit Avignon dreht sich mir ein wenig der Kopf. Dort sind die nebeligen Landschaften verschwunden hinter Zypressenhainen, die der Mistral durchweht. Das weiche Rauschen von Schilf drang an diesem Tag durch das geöffnete Abteilfenster, und gleichzeitig ein Duft nach Honig, nach Tannen, nach Erlen und nach aufblühendem Flieder, jener herbe Duft des Flieders vor der Blüte, der an Harz und Mandeln erinnert. Die Kirschbäume werfen violette Schatten auf die rötliche Erde, die vor Trockenheit schon rissig wird. Über die weißen Straßen, die der Zug kreuzt oder entlangfährt, wirbeln trockene Staubwolken und pudern das Strauchwerk . . . Eine angenehme Erregung summt unaufhörlich in meinen Ohren, wie ein ferner Bienenschwarm . . . Wehrlos und aufgeschlossen gegenüber diesem Übermaß an Duft, Farbe und Wärme, lasse ich mich überrumpeln, mitreißen und verschlingen. Ist es möglich, daß eine solche Süße ohne Gefahr sein kannn?

Zu meinen Füßen unter dem Balkon auf der Canebiére herrscht ein betäubendes Getümmel; die Canebiére, die Tag und Nacht nicht zur Ruhe kommt, und wo das Bummeln die Bedeutung und die Sicherheit einer Funktion erlangt. Wenn ich mich vorbeuge, kann ich am Ende der Straße, hinter den scharfen Umrissen der Takelagen, das Wasser des Hafens, ein Stückchen tiefblaues Meer schimmern sehen, das sich in kleinen, zarten Wellen kräuselt.

Meine Hand auf der Balkonbrüstung zerknüllt die letzte Karte von meinem Freund, die Antwort auf meinen Brief aus Lyon. Er erwähnt darin ganz unpassend, daß meine Kollegin Amalia Barally keine Männer geliebt hat. Er hat es nicht versäumt, als »normal veranlagter« und »ausgeglichener« Mann, der er ist, meine alte Freundin schlecht zu machen und zu verspotten, und etwas als »Verderbtheit« zu bezeichnen, das er gar nicht verstehen kann. Wozu es ihm erklären? . . . Zwei Frauen, die sich umarmen, werden für ihn immer nur zwei liederliche Frauenzimmer sein, und niemals das rührend melancholische Bild zweier Freundinnen, die vor dem oft verständnislosen Mann bei der anderen Zuflucht suchen, um in ihren Armen zu weinen, sich auszuruhen und das herbe Glück zu kosten, sich gemeinsam schwach und vernachlässigt zu fühlen . . . Wozu ihm das schreiben, dafür eintreten und etwa gar darüber diskutieren? Mein sinnlicher Freund versteht sich doch nur auf die Liebe . . .

29

24. April

Tun Sie das nicht! Tun Sie das nicht, ich flehe Sie an! Sie haben doch nicht ernstlich daran gedacht, ohne Vorwarnung hier aufzutauchen, oder?

Was ich tun würde, wenn Sie plötzlich in meine Garderobe kämen, wie vor fünf Monaten im Empyrée-Clichy? Mein Gott, ich würde Sie zweifellos nicht mehr fortlassen, und gerade deshalb dürfen Sie nicht kommen. Ich würde Sie festhalten, Sie an mein Herz und an meine Brust drükken, die Sie so oft liebkost haben, ich würde meinen Mund auf Ihre Lippen pressen, meinen Mund, der verblüht, weil er nicht mehr geküßt wird. Ach, wie würde ich Sie an mich drücken! Und deshalb dürfen Sie nicht kommen! . . .

Schreiben Sie mir nicht dauernd, daß wir einander Mut machen und einer im anderen die Kraft zu einer neuerlichen Trennung finden müssen. Und lassen Sie meinen Beruf in Ruhe, ich weiß, daß Sie ihn nicht mögen. Bis zu meiner Rückkehr sind es doch nur noch zwanzig Tage! Lassen Sie mich meine Tournee beenden, in militärischer Gewissenhaftigkeit und mit dem Eifer einer anständigen Arbeiterin. Das hat mit unserer Liebe nichts zu tun . . . Liebster, Dein Brief hat mir Angst gemacht. Ich habe tatsächlich geglaubt, Du würdest plötzlich hier auftauchen . . . Gib acht, daß Du Deine Freundin nicht quälst — keine Überraschungen, weder schmerzvolle noch freudige . . .

Renée

Das leinene Vordach über uns flattert im Wind und läßt die Terrasse des Restaurants abwechselnd schattig und hell werden. Das Restaurant, in dem wir soeben zu Mittag gegessen haben, liegt am Hafen. Brague liest Zeitung und spricht ab und zu mit sich selbst. Ich höre ihm nicht zu und sehe ihn kaum an. Wir haben uns schon seit langem daran gewöhnt, Höflichkeit, Koketterie, Takt und jede Art von Verstellung zwischen uns zu unterlassen . . . Zum Essen gab es Seeigel, Tomaten und ein provenzalisches Stockfischgericht. Vor uns, zwischen dem ölig glänzenden Meer, den dort vor Anker liegenden Schiffen und dem durchbrochenen Geländer der Terrasse kann man ein Stück Straße einsehen, auf dem geschäftig Leute vorübereilen, die so fröhlich aussehen, als lebten sie nur zu ihrem Vergnügen; es gibt dort blühende Blumen und zu Bündeln zusammengeschnürte Nelken, die in grünen Kübeln stehen; außerdem einen Stand mit schwarzen Bananen, die nach Äther riechen, Muscheln, frisch aus dem Meer, Seeigel, Krabben, Miesmuscheln, Austern, und dazwischen Zitronen und Flaschen mit Weinessig . . .

Ich kühle meine Hände am Bauch des weißen, melonenartig verzierten »Kühlkruges«, der hier auf jedem Tisch vor sich hinschwitzt. Alles hier gehört mir und hat von mir Besitz ergriffen. Morgen werde ich dieses Bild wahrscheinlich vergessen haben, aber ich glaube, daß ein Schatten von mir, losgelöst wie ein Blatt, hierbleiben wird — eine von der Müdigkeit etwas gebeugte Gestalt, die mit ihren ausgestreckten, durchsichtigen Händen einen undurchsichtigen Kühlkrug umfaßt . . .

Ich betrachte mein unbeständiges Königreich, als ob ich es schon verloren hätte. Indessen bedroht noch nichts dieses unbeschwerte Wanderleben — nichts, außer einem Brief. Er ist in meiner kleinen Handtasche. Oh, wie gut mein Freund schreiben kann, wenn er will! Wie gut er sich verständlich macht! Diese acht Seiten sind endlich das, was ich als richtigen Liebesbrief bezeichnen würde. Zusammenhanglos, zwei- oder dreimal mit einer recht holprigen Orthographie, zärtlich und . . . autoritär. Eine gewaltige Autorität, die über mich, über meine Zukunft und über mein ganzes bißchen Leben verfügt! Die Trennung hat ihr Werk getan: erst hat er ohne mich nur gelitten, dann hat er nachgedacht und sich sorgfältig ein dauerhaftes Glück zurechtgelegt — und bietet mir nun die Ehe, als würde er mir einen sonnigen Garten zwischen soliden Mauern anbieten.

»Natürlich hat meine Mutter ein wenig geschimpft, aber ich lasse sie schimpfen. Sie hat schließlich doch immer getan, was ich wollte. Du wirst sie schon für Dich gewinnen, und außerdem sind wir ja nur kurze Zeit mit ihr zusammen! Sie reisen gerne, meine geliebte Frau? Sie sollen reisen, bis Sie es satt haben; die ganze Welt wird Ihnen gehören, bis Sie nichts weiter wollen als ein kleines Fleckchen Erde für uns allein, wo Sie nicht mehr Renée Néré sind, sondern meine Frau Gemahlin! . . . Ich denke schon daran . . .«

Woran denkt er schon? . . . Ich entfalte das dünne Papier, das wie Banknoten knistert: er denkt schon an Übersiedlung; denn der zweite Stock im Hause seines Bruders ist nur eine bessere Junggesellenwohnung . . . Er hat ein Haus in der Rue Pergolése im Auge . . .

In einer Anwandlung von Heftigkeit zerknülle ich den Brief und sage: »Na und ich? Ich werde überhaupt nicht gefragt! Was spiele ich dabei für eine Rolle?«

Brague hebt den Kopf und liest dann wortlos weiter seine Zeitung. Seine Diskretion, die neben Zurückhaltung auch ein gehöriges Maß an Gleichgültigkeit enthält, läßt ihn so etwas leicht übergehen.

Ich habe nicht gelogen, als ich Max vor zwei Tagen schrieb: »Ich sehe Sie jetzt so deutlich vor mir, jetzt, da ich fern von Ihnen bin!« Wenn ich ihn nur nicht zu deutlich sehe! . . . Er ist jung, zu jung für mich, er ist unausgefüllt, frei, zärtlich, gewiß — aber auch sehr verwöhnt: »Meine Mutter hat immer getan, was ich wollte . . .« Ich höre direkt, wie er das sagt, mit seiner schönen, dunklen, melodischen, ergreifenden Stimme, die wie fürs Theater gemacht zu sein scheint, einer Stimme, die die Worte verschönert, und plötzlich höre ich — wie ein teuflisches Echo — eine andere Stimme, die dumpf aus den Tiefen meiner Erinnerung hallt: »Die Frau, die mit mir macht, was sie will, ist noch nicht geboren! . . .« Zufall, könnte man sagen . . . aber mir ist doch so, als hätte ich gerade eine winzige Glasscherbe verschluckt . . .

Ja, was spiele ich dabei für eine Rolle? Die Rolle einer glücklichen Frau? . . . Die Sonne, die unaufhaltsam in meine innere »Dunkelkammer« eindringt, hindert mich am Denken.

»Ich gehe zurück, Brague, ich bin müde.«

Brague mustert mich über seine Zeitung hinweg, den Kopf leicht geneigt, um dem Rauch seiner Zigarette auszuweichen, die halb erloschen in seinem Mundwinkel hängt.

»Müde? Doch nicht etwa krank? Du weißt doch, heute

ist Samstag? Das Publikum im ›Eldo‹ ist recht heikel: nimm dich also zusammen!«

Ich würdige ihn keiner Antwort. Hält er mich für eine Anfängerin? Ich kenne es, das Marseiller Publikum: es ist überempfindlich und gutmütig, verachtet jede Zaghaftigkeit und bestraft jede Überheblichkeit. Um dieses Publikum zu gewinnen, muß man all seine Kraft einsetzen . . .

Ich entkleide mich, und die Kühle meines leichten blauen Kimonos, der schon zwanzigmal gewaschen worden ist, vertreibt meine beginnende Migräne. Ich lege mich nicht aufs Bett, weil ich Angst habe, einzuschlafen. Schließlich bin ich nicht hierhergekommen, um mich auszuruhen. Ich knie mich auf einen Stuhl vor dem offenen Fenster, stütze die Ellbogen auf die Rückenlehne und reibe meine bloßen Füße aneinander. Seit einigen Tagen habe ich mir wieder angewöhnt, mich auf einer Tischkante niederzulassen, mich quer über die Lehne eines Stuhles zu setzen und lange Zeit in unbequemen Stellungen auf unbequemen Sitzgelegenheiten zu verharren, so als wären die kurzen Pausen, die ich auf der Reise mache, nicht der Mühe wert, sich einzurichten oder sich richtig auszuruhen . . .

Die Zimmer, in denen ich schlafe, sehen aus, als wäre ich nur für eine Viertelstunde da — hier der Mantel achtlos hingeworfen, dort der Hut . . . Nur im Zug zeige ich mich geradezu pedantisch ordnungsliebend. Zwischen meiner Handtasche, meinem zusammengerollten Reiseplaid, meinen Zeitungen und Büchern, meine aufblasbaren Gummikissen untergelegt, kann ich schlafen — den flüchtigen Schlummer einer abgehärteten Reisenden, wobei weder mein Schleier verrutscht, der so fest sitzt wie bei einer Nonne, noch mein Rock, den ich bis über die Knöchel ziehe.

Ich will jetzt nicht schlafen. Ich will mich zum Nachdenken zwingen, aber meine Gedanken sträuben sich, entgleiten mir, fliehen über die Lichtbahn, die ihnen ein Sonnenstrahl auf den Balkon zeichnet, eilen weiter über ein Mosaikdach aus grünen Ziegeln und bleiben stehen, um kindisch mit einem Widerschein, mit dem Schatten der Wolken zu spielen . . . Ich kämpfe mit mir, versuche mich aufzuraffen . . . Dann gebe ich einen Augenblick nach, und das Spiel beginnt von neuem . . . Diese inneren Kämpfe sind es, die Verbannten meiner Art die weit geöffneten Augen einbringen, die ihren Blick so schwer von einer unsichtbaren Verlockung lösen können. Trauriges Ringen der Einsamen.

Einsam! Warum denke ich darüber nach, obwohl mich mein Geliebter ruft, bereit, ein Leben lang für mich einzustehen? . . .

Aber ich weiß nicht, was das ist: »ein Leben lang«. Vor drei Monaten sprach ich die schrecklichen Worte »zehn Jahre«, »zwanzig Jahre« aus, ohne zu begreifen. Jetzt ist es an der Zeit, zu begreifen! Mein Geliebter schenkt mir sein Leben, das sorglose, großzügige Leben eines jungen Mannes, der ungefähr vierunddreißig Jahre alt ist — wie ich. Er zweifelt nicht an meiner Jugend, er sieht nicht das *Ende* — mein Ende. Seine Verblendung verweigert mir das Recht, mich zu verändern und alt zu werden, während jeder Augenblick, der zum vergangenen Augenblick hinzukommt, mich von ihm schon entfernt . . .

Ich habe noch genug, um ihn zufriedenzustellen, oder besser: um ihn zu betören. Mein Alltagsgesicht kann ich ablegen wie eine Maske; ich habe noch ein schöneres Gesicht, das er schon flüchtig gesehen hat . . . Und ich ziehe mich aus, wie andere sich ausstaffieren, gewohnt — immerhin war ich Taillandys Modell, bevor ich Tänzerin wurde — gewohnt, die Gefahr der Nacktheit geschickt auszuspielen, gewohnt, mich nackt im grellen Licht zu bewegen, wie vor einem Vorhang. Aber . . . wie lange bin ich noch so gut bewaffnet?

Mein Freund bietet mir mit seiner Liebe auch seinen Namen und sein Vermögen. Sicher hat mein Gebieter, der Zufall, wieder einmal die Hand im Spiel und will mich mit einem Schlage für den eigenwilligen Kult belohnen, den ich ihm widme. Es kommt so unerwartet, es ist verrückt, es ist . . . es ist einfach zu viel!

Der liebe, gute Mann! Gewiß wartet er schon ungeduldig auf meine Antwort und geht jeden Tag dem Briefträger entgegen, in Begleitung von Fossette — meiner Fossette, die selig ist, Schloßherrin spielen zu dürfen, die im Auto mitfährt und um die gesattelten Pferde herum »Karussell« spielt! . . .

Maximes Freude wird noch durch einen berechtigten, kindlichen Stolz gewürzt, nämlich durch den Stolz, jener edle Herr zu sein, der »ein hübsches kleines Ding vom Varieté« aus den Kellerräumen im Emp'-Clich' zu sich auf die weiße Terrasse von Salles-Neuves emporzieht . . .

Mein geliebter, heldenhafter Spießbürger! . . . Ach, warum liebt er keine andere! Wie glücklich könnte ihn eine andere machen! Mir scheint, ich könnte es nie . . .

Ja, wenn es nichts weiter wäre, als mich ihm hinzugeben! Aber die Wollust ist nicht alles . . . Die Wollust nimmt in der unbegrenzten Einöde der Liebe einen zwar sehr kleinen, aber ausfallenden Platz ein und entfaltet einen solchen Glanz, daß man anfangs nur sie sieht: aber ich bin kein junges, unerfahrenes Mädchen mehr, das sich von diesem Glanz blenden ließe. Und rund um dieses unbeständige Feuer lauert das Unbekannte, die Gefahr . . . Was weiß ich überhaupt von dem Mann, den ich liebe und der mich begehrt? Wenn wir uns nach einer kurzen Umarmung oder auch nach einer langen Nacht wieder voneinander lösen, werden wir beginnen müssen, miteinander, einer durch den anderen zu leben. Er wird eifrig bemüht sein, die ersten Enttäuschungen durch mich zu verbergen, und ich werde die meinen ebenfalls verschweigen — aus Stolz, aus Zartgefühl, aus Mitleid und vor allem deshalb, weil ich sie erwartet und befürchtet habe, und weil ich sie . . . weil ich sie wiedererkennen werde.

Wenn ich schon zusammenzucke, sobald er mich »mein liebes Kind« nennt, wenn ich schon bei gewissen Gesten und bei bestimmten Tonlagen seiner Stimme zittere, welches Heer von Gespenstern erwartet mich dann erst hinter den Bettvorhängen, die jetzt noch zugezogen sind? . . .

Kein Sonnenfleckchen tanzt mehr auf dem grünen Ziegeldach. Die Sonne ist untergegangen; ein Stückchen Himmel, eben noch tiefblau zwischen zwei unbeweglichen Wolkenschiffen, verblaßt allmählich zu hellem Türkisblau und geht dann in ein grünliches Zitronengelb über. Meine Ellbogen und Knie sind ganz steif geworden. Dieser ergebnislose Tag geht zu Ende, und ich habe nichts entschieden, nichts geschrieben, ich habe meinem Herzen keine von diesen unbeherrschbaren Regungen abgenötigt, die ich früher hinnahm — und sie sogar als »himmlisch« bezeichnete —, ohne den stürmischen Impuls zu überprüfen.

Was soll ich tun? . . . Für heute bleibt mir nichts anderes übrig, als kurz zurückzuschreiben, denn die Zeit drängt, und — zu lügen . . .

Liebster!

Es ist fast sechs Uhr, und ich habe den ganzen Tag damit verbracht, gegen schreckliche Migräne anzukämpfen. Hier ist es plötzlich warm geworden, so daß ich hechle wie Fossette, wenn sie vor einem heißen Ofen sitzt. Und zu alldem dann noch Ihr Brief! . . . Zu viel Sonne und zu viel Licht auf einmal, Sie und der Himmel überhäufen mich ja geradezu mit Geschenken! Heute bleibt mir nur die Kraft, zu seufzen: »Es ist zu viel!« Ein Freund wie Sie, Max, und viel Liebe, viel Glück und viel Geld . . . Sie halten mich wohl für sehr widerstandsfähig? Für gewöhnlich bin ich es auch, das stimmt, aber heute nicht. Lassen Sie mir Zeit . . .

Ich lege eine Photographie bei. Die Barally hat sie in Lyon aufgenommen und mir zugeschickt. Finden Sie nicht auch, daß ich darauf aussehe wie ein kleines, schwarzes, herrenloses Hündchen mit den verschränkten Händen und dem niedergeschlagenen Gesichtsausdruck? Offen gestanden, geliebter Freund, verdient diese schmächtige fremde Frau das Übermaß an Ehre und Glück nicht, das Sie ihr verheißen. Sie sieht Sie an, und ihre mißtrauischen Fuchsaugen scheinen zu sagen: »Ist das alles wirklich für mich? Sind Sie ganz sicher?«

Adieu, mein geliebter Freund. Sie sind der beste Mann der Welt, und Sie hätten die allerbeste Frau verdient. Bereuen Sie nicht, daß Sie mich gewählt haben, mich

Renée Néré?

Ich habe noch achtundvierzig Stunden . . . Und jetzt schnell! Umziehen, bei Basso im kühlen Wind auf der Terrasse zu Abend essen, wo es nach Zitronen und nach Muscheln duftet, dann durch rosig erleuchtete Straßen zum »Eldorado« gehen und dann endlich für ein paar Stunden den Faden zerreißen, der mich pausenlos zurückzieht.

30

Nizza, Cannes, Menton . . . Ich fahre und fahre, verfolgt von meiner Qual, die immer größer wird: eine so ausdauernde, stets gegenwärtige Qual, daß ich manchmal fürchte, ihren Schatten neben dem meinem auf dem hellen Sand des Strandes auftauchen zu sehen, oder auf dem glühenden Pflaster, wo die Bananenschalen vor sich hinfaulen . . . Meine Qual beherrscht mich völlig, sie stellt sich zwischen mich und meine Lust zu leben, zu denken und tief durchzuatmen . . . Eines Nachts träumte ich, daß ich niemanden liebe, und in dieser Nacht habe ich tief geschlafen, von allem erlöst, wie in süßem Todesschlaf . . .

Max hat auf meinen doppeldeutigen Brief aus Marseille mit einem glücklichen, ruhigen Brief geantwortet: ein langes Dankschreiben ohne Streichungen, in dem sich die Liebe freundschaftlich, kühn und stolz darüber zeigt, daß sie alles gibt und noch mehr empfängt — ein Brief jedenfalls, der mir die Illusion geben könnte, ich hätte geschrieben: »An dem und dem Tag, zu der und der Stunde bin ich bei Ihnen und wir reisen zusammen fort.«

Ist es wirklich schon so weit? Bin ich in diesem Punkt gebunden? Ist es Ungeduld, Eile oder nur schlechte Laune, was mir von Tag zu Tag, von einer Stadt zur anderen, von einer Nacht zur anderen die Zeit so lang erscheinen läßt? . . . Gestern in Menton, in einer kleinen Fremdenpension, die mitten in einem Garten liegt, lauschte ich dem Erwachen der Vögel und der Fliegen und dem Kreischen des Papageis auf dem Balkon. Der Morgenwind rauschte in den Palmen wie in dürrem Schilf und ich erkannte all die Töne, all die Geräusche wieder, die ich letztes Jahr an einem ähnlichen Morgen gehört hatte. Aber in diesem Jahr wich das Kreischen des Papageis, das Summen der Bienen in der aufgehenden Sonne und der leichte Wind in den zähen Palmen zurück, entfernte sich von mir, und schien nur wie als Untermalung meiner Unruhe zu säuseln und meiner Besessenheit, der Liebe, als Verstärker zu dienen.

Unter meinem Fenster schimmerte bläulich ein Veilchenbeet, das die Sonnenstrahlen noch nicht erreicht hatten, unter einem kükengelben Mimosenstrauch. An der Mauer standen Kletterrosen, an deren Farbe ich erkennen konnte, daß sie nicht dufteten. Sie waren gelblich-grün, von derselben unbestimmten Färbung wie der morgendliche Himmel, bevor er blau wird. Dieselben Rosen, dieselben Veilchen wie im letzten Jahr . . . Aber warum konnte ich sie gestern nicht mit jenem unwillkürlichen Lächeln begrüßen, das der Widerschein einer harmlosen, halb sinnlichen Glückseligkeit ist und in dem sich das stille Glück der Einsamen ausdrückt?

Ich leide. Ich klammere mich noch einen Augenblick und noch einen Augenblick an die größte Torheit meines Lebens, an das nicht wiedergutzumachende Unheil, das ich anrichten könnte. Ich bin wie ein Baum, der kämpfend und schwankend über dem Abgrund steht und den seine eigenen Äste ins Verderben ziehen. Noch widerstehe ich, aber wer weiß, wie lange? . . .

Ein kleines Photo war es, das mich wieder unruhig und zurückhaltender machte, als ich mich beruhigt hatte und entschlossen war, mich und mein zukünftiges Leben jenem Mann anzuvertrauen, der mich sehnsüchtig erwartet. Es ist ein Schnappschuß, der Max beim Tennisspielen mit einem jungen Mädchen zeigt. Das hat nichts zu bedeuten: das junge Mädchen ist eine Bekannte, eine Nachbarin, die zum Kaffee nach Salles-Neuves gekommen war. Max hat natürlich gar nicht an sie gedacht, als er mir das Bild schickte. Aber ich denke an sie — und ich dachte schon an sie, bevor ich sie gesehen hatte. Ich weiß ihren Namen nicht und kann kaum ihr Gesicht erkennen, das die Sonne verändert. Es ist dunkel und zu einer fröhlichen Grimasse verzogen, aus der eine Reihe weißer Zähne blitzen. Ja, wenn mein Liebster hier wäre, wenn ich seinen Kopf in meine Händen nehmen könnte, würde ich ihm sagen . . .

Nein, ich würde ihm nichts sagen. Aber schreiben, das ist leichter! Schreiben, ja schreiben — die weißen Seiten mit unregelmäßigen, raschen Schriftzügen bedecken, die er einmal mit einem wandelbaren Gesicht verglichen hat, das durch ein Übermaß an Ausdruck überlastet wäre. Ganz offen schreiben — ziemlich offen! Ich erhoffe mir davon eine Erleichterung, jene Art innerlicher Ruhe, die einem Schrei, oder einem Geständnis folgt ...

Max, geliebter Freund, ich habe Dich gestern nach dem Namen des jungen Mädchens gefragt, das mit Dir Tennis spielt. Das war nicht ernst gemeint. Sie ist für mich: »ein junges Mädchen«, »alle jungen Mädchen«, »alle jungen Frauen«, die meine Rivalinnen sein werden früher oder später, bald, vielleicht schon morgen! Sie ist die Unbekannte, die Jüngere, die Frau, mit der man mich vergleichen wird, grausam und unerbittlich, und doch nicht so grausam und unerbittlich, wie ich selbst es tun würde! ... Über sie siegen? Wie oft? Was ist ein Sieg, wenn der Kampf ermüdet und nie mehr endet? Versteh mich recht, versteh mich recht! Nicht der Argwohn, nicht Dein künftiger Verrat, mein Geliebter, richten mich zugrunde: es ist mein eigener Verfall. Wir sind gleich alt; ich bin keine junge Frau mehr. Denk doch einmal nach, Liebster. In ein paar Jahren bist Du ein reifer, schöner Mann — und ich? Stell dir vor: vielleicht bin ich noch schön und doch schon verzweifelt, wütend unter meinem Panzer aus Korsett und Kleidern, unter Schminke und Puder, unter den zarten, viel zu jugendlichen Farben ... Stell Dir eine voll erblühte Rose vor, die man nicht berühren darf! Dann wird ein einziger Blick, den Du einer jungen Frau zuwirfst, genügen, um die traurige Falte in meinem Gesicht zu vertiefen, die das Lächeln dort eingegraben hat. Aber eine glückliche Nacht in Deinen Armen würde meine schwindende Schönheit noch mehr kosten ... Ich erreiche bald — wie Du wohl weißt — das gefährliche Alter ... In diesem Alter begeht man verhängnisvolle Torheiten ... Versteh mich richtig! Deine Glut wird mich überzeugen, wird mich mitreißen, und wer weiß, ob sie mir nicht auch die einfältige Selbstsicherheit der Frauen gibt, die geliebt werden? Es kommt zu gefährlichen

Augenblicken, in denen sich die verliebte, überglückliche Frau in einen gezierten Backfisch verwandelt und sich wie ein kleines Mädchen verliebten Spielereien hingibt, die ihre reifen, üppigen Formen erbeben lassen. Mich schauderte, als ich einmal mitansehen mußte, mit welcher Unbefangenheit eine vierzigjährige Frau sich halb entkleidete und sich im Rausche der Leidenschaft die Kappe ihres Geliebten, eines Husarenleutnants, aufsetzte . . .

Ja, ja, ich weiß, ich rede Unsinn, ich erschrecke Dich. Du verstehst mich nicht. Diesem Brief fehlt eine lange Einleitung mit all den Gedanken, die ich Dir verschwiegen habe, die mich aber seit vielen Tagen heimsuchen. Nicht wahr, die Liebe ist so einfach? Du hättest ihr dieses gequälte, zwiespältige Antlitz nicht zugetraut? Man liebt sich, einer gibt sich dem anderen, und schon ist man ein Leben lang glücklich, nicht wahr? Ach, wie jung Du bist, schlimmer als jung, denn Du kennst nur das Leid, auf mich warten zu müssen. Nicht zu besitzen, was man sich wünscht, darauf beschränken sich Deine Höllenqualen, und damit verdienen sich viele ihren Lebensunterhalt . . . Aber das zu besitzen, was man liebt, und fühlen müssen, wie sein einziges Glück jede Minute mehr zerfällt, sich auflöst, sich verflüchtigt wie Goldstaub zwischen den Fingern! . . . Und nicht den schrecklichen Mut aufbringen zu können, die Hand zu öffnen, um den ganzen Schatz preiszugeben, sondern sie zusammenzupressen und zu schreien und zu flehen, um zu behalten . . . Ja was? Ein bißchen Goldstaub in der Hand . . .

Du verstehst mich nicht? Kleiner, ich gäbe alles dafür, um so zu sein wie Du. Wie glücklich wäre ich, wenn ich nur durch Dich gelitten hätte und meine alten, bitteren Erfahrungen abwerfen könnte . . . Hilf Deiner armen Renée, so gut Du kannst, aber wenn ich all meine Hoffnung nur in Dich setze, heißt das nicht, schon halb verweifelt sein?

Meine Hand umklammert den dünnen, schlechten Federhalter. Vier große Blätter liegen vor mir auf dem Tisch und bezeugen sehr deutlich, wie hastig ich geschrieben habe, ebenso wie meine unregelmäßige, schiefe Schrift, die auf und ab geht, sich auseinander- und wieder zusammenzieht . . .

Wird er verstehen, was ich meine? Nein. Ich war nicht rückhaltlos offen. Die Wahrheit sagen, ja, aber die ganze Wahrheit, das kann und darf man nicht.

Vor mir auf dem Platz, den der frische Wind reingefegt hat, der sich nun legt und zusammenfällt wie ein müder Flügel, erhebt die gewölbte Mauer der Arena von Nimes ihre rostbraune Mauer in den schiefergrauen, undurchsichtigen Himmel, der ein Gewitter ankündigt. Schwüle Luft dringt in mein Zimmer. Unter diesem gewitterschweren Himmel möchte ich meinen elysischen Zufluchtsort wiedersehen: die Jardins de la Fontaine.

Eine Mietdroschke mit einem erschöpften Pferd davor bringt mich bis an das schwarze Gitter des Parks, in dem sich nichts verändert hat. Ist es nicht der Frühling vom vergangenen Jahr, der wie durch Zauber bis zu diesem Augenblick auf mich gewartet hat? Der Frühling hier ist so märchenhaft, liegt so unbeweglich und leicht über allem, daß ich fürchte, er könnte zerreißen und sich in Luft auflösen . . .

Zärtlich streichle ich die warmen Steine des verfallenen Tempels und die glänzend feuchten Blätter der Spindelbäume. Das Wasser der »Diana-Bäder«, über die ich mich beuge, spiegelt seit jeher die Judasbäume, die Kiefern, die Pinien, die malvenfarbigen Paulownias und den dunkelpurpurnen Rotdorn wider . . . Ein schimmernder Garten breitet sich unter mir aus und verwandelt sich in dem marineblauen Wasser in ein verschwommenes Blau, in das Violett eines fleckigen Pfirsichs und in das Kastanienbraun eingetrockneten Blutes . . .

Oh, die Stille in diesem Garten, wo man nur das leise

Plätschern des Wassers hört, das durchsichtig, tiefgrün, dunkel und bläulich schimmert wie ein lebendiger Drache! . . .

Eine harmonisch symmetrisch angelegte Allee führt zum Magnusturm, der zwischen beschnittenen Taxushekken liegt. Ich setze mich einen Augenblick an den Rand eines Steinbrunnens, dessen trübes Wasser grün von der Kresse ist, in der sich auf zarten Beinchen kleine quakende Frösche tummeln . . . Da oben, am höchsten Punkt, empfängt ein trockenes Lager aus duftigen Tannennadeln mich und meinen Kummer.

Unter mir liegt der wunderschöne Garten mit seinen freien, geometrischen Flächen. Das drohende Gewitter hat alle Eindringlinge verjagt, und der Hagel, der Sturm steigt allmählich am Horizont auf in Form einer aufgeblähten, mächtigen, weiß umsäumten schwarzen Wolke . . .

Dies alles ist noch immer mein Königreich, ein kleiner Teil der Herrlichkeiten, die Gott den Unsteten, den Nomaden, den Einsamen zuteilt. Die Erde gehört dem, der einen Augenblick stehenbleibt, genießt und weitergeht; die Sonne gehört ganz der nackten Eidechse, die sich in ihren Strahlen wärmt . . .

In den Tiefen meiner Unruhe entbrennt ein heftiger Kampf, eine feilschende Seele wägt unsichtbare Werte, halb verborgene Schätze gegeneinander ab und steigt auf, bahnt sich undeutlich einen Weg ans Tageslicht . . . Die Zeit drängt. Ich schulde mir die ganze Wahrheit, die ich Max verschweigen mußte. Sie ist nicht schön, diese Wahrheit, und noch schwach, verwirrt und ein wenig heimtückisch . . . Sie ist bisher nur imstande, mir knappe Seufzer zuzuflüstern: »Ich will nicht . . . es darf nicht sein . . . ich habe Angst!«

Die Angst zu altern, betrogen zu werden, zu leiden . . . Als ich Max schrieb, hatte mir meine Angst mit feinem Verständnis zugeflüstert, was ich sagen durfte, ohne zu lügen. Und diese Angst ist das Büßerhemd, das sich um die wachsende Liebe legt und sie in dem Maße einschnürt, wie diese wächst . . . Ich habe es getragen, dieses Büßerhemd, man stirbt nicht daran. Ich würde es wieder tragen, wenn . . . wenn ich keinen anderen Ausweg wüßte . . .

»Wenn ich keinen anderen Ausweg wüßte« . . . Diesmal ist die Formel klar! Ich habe sie in Gedanken geschrieben gesehen und gelesen, ich sehe sie noch, wie ein Urteil, in kleinen, fetten Lettern gedruckt . . . Ach, endlich habe ich meine erbärmliche Liebe abgemessen und meine wahre Hoffnung freigelassen: die Flucht.

Und was nun? Alles ist gegen mich. Das erste Hindernis, über das ich stolpere, ist ein Frauenkörper, der mir den Weg versperrt — ein sinnlicher Körper mit geschlossenen Augen, freiwillig blind, entspannt und bereit, eher umzukommen, als den Ort seiner Freuden zu verlassen . . . Diese Frau, dieses von Lust verzehrte Tier bin ich. »Du hast keinen schlimmeren Feind als dich selbst.« Ich weiß, mein Gott, das weiß ich ja! Aber werde ich auch das verlassene Kind in mir besiegen können, das hundertmal gefährlicher ist als das gierige Tier, das Kind, das in mir zittert, schwach und nervös, und nur zu gern seine Arme ausstreckt, um zu flehen: »Laßt mich nicht allein!« Es fürchtet die Nacht, die Einsamkeit, Krankheit und Tod, es zieht abends die Gardinen vor das dunkle Fenster, vor dem es sich ängstigt, und siecht unter dem Schmerz dahin, nicht genug geliebt zu werden . . .

Und Sie, mein geliebter Gegner, mein Max, wie könnte ich mit Ihnen fertig werden, indem ich mich selbst zerfleische? Sie hätten nur hier auftauchen müssen, und . . . Aber ich rufe Sie nicht!

Nein, ich rufe Sie nicht. Und das ist mein erster Sieg . . .

Die Gewitterwolke steht nun direkt über mir und gießt tropfenweise duftendes, träges Wasser herab. Ein glitzerndes Regentröpfchen zergeht in meinem Mundwinkel, und ich trinke das laue, süße Naß mit dem Narzissengeschmack . . .

Nimes, Montpellier, Carcassonne, Toulouse . . . Vier Tage und vier Nächte ohne Pause! Man kommt an, wäscht sich, ißt, tanzt zu den Klängen eines ungeübten Orchesters, das mühsam vom Blatt spielt, man geht zu Bett — wozu eigentlich? — und fährt weiter. Man nimmt ab vor Erschöpfung, und niemand beklagt sich darüber — denn Stolz ist alles! Man zieht von einem Varieté zum anderen, man wechselt die Garderoben, die Hotels und die Zimmer mit der Gleichgültigkeit eines Soldaten auf Manöver.

Der Lack des Kosmetikkoffers löst sich ab und darunter kommt das Blech zum Vorschein. Die Kostüme werden schäbig und verbreiten einen säuerlichen Geruch nach Puder und Benzin, weil man sie nur rasch vor der Aufführung reinigen kann. Ich muß meine zerkratzten Sandalen für die »Emprise« karminrot nachfärben; mein Dryadenkostüm ist schon lange nicht mehr so grün wie eine Heuschrecke oder eine grüne Wiese. Brague erstrahlt in vielfarbigem Schmutz; seine bestickte Bojarenhose, ganz steif von dem künstlichen Blut, mit dem sie jeden Abend bespritzt wird, sieht wie eine frisch abgezogene Kuhhaut aus. Der alte Troglodyt erscheint auf der Bühne mit einer Perücke aus Werg, die sich allmählich auflöst, und in verblichenen Hasenfellen, die stinken.

Ja, wir atmen oft schwer an trockenen Tagen, zwischen einem blauen Himmel, den nur selten lange, schmale, vom Mistral ausgerollte Wolken bedecken, und einer ausgedörrten Erde, die in der glühenden Hitze rissig wird . . . Und dann habe ich noch eine doppelte Last zu tragen. Wenn meine beiden Gefährten in eine neue Stadt kommen, werfen sie ihre Last ab und denken munter an nichts anderes, als irgendwo ein frisches Bier zu trinken und dann einen gemütlichen Stadtbummel zu machen. Aber für mich ist das die Stunde der Post! Die Post, die Briefe von Max . . .

An den Kassenschaltern, auf den schmierigen Tischen, auf denen der Portier mit gleichgültiger Geste alle Briefe ausbreitet, entdecke ich, elektrisiert, auf den ersten Blick den bläulichen Briefumschlag mit seinen runden, verschnörkelten Schriftzügen: aus ist's mit meiner Ruhe!

»Geben Sie mir den Brief! Ja, ja, den dort! Ich sage Ihnen doch, daß er für mich ist!« Mein Gott, was wird er wohl enthalten? Vorwürfe, Bitten, oder vielleicht nur: »Ich komme.«

Vier Tage habe ich auf seine Antwort auf meinen Brief aus Nimes gewartet; vier Tage lang habe ich ihm zärtliche Briefe geschrieben, in denen ich meine heftige Erregung hinter wortreichen Liebenswürdigkeiten verbarg, so als hätte ich den Brief aus Nimes vergessen . . . So weit voneinander entfernt, ist man genötigt, ein lockeres briefliches Gespräch zu führen, man macht wehmütig vertraute Striche, um größeres Unheil zu vermeiden . . . Vier Tage habe ich auf die Antwort von Max gewartet — undankbar und unwillig, wenn ich nur die langen, zierlichen, altmodischen Schriftzüge meiner Freundin Margot entdecken konnte, das winzige Gekritzel meines alten Freundes Hamond oder eine Postkarte von Blandine.

Nun endlich habe ich den Brief von Max, und ich lese ihn mit einem nur allzu bekannten Herzklopfen, das eine bestimmte Erinnerung noch schmerzlicher macht: Gab es in meinem Leben nicht eine Zeit, in der Taillandy »der Mann, den noch nie eine Frau zum besten gehalten hat«, wie er sagte —, sich plötzlich über mein Ausbleiben und mein Schweigen ärgerte und mir Liebesbriefe schrieb? Wenn ich damals seine eckigen Schriftzüge sah, erblaßte ich und fühlte, wie sich mein Herz in ein kleines, rundes, hartes, hüpfendes Etwas verwandelte — wie heute, genau wie heute . . . Diesen Brief von Max zerreißen, ohne ihn zu lesen, tief Atem holen, wie ein Gehenkter, der noch rechtzeitig losgebunden wurde — und fliehen! Aber ich kann nicht . . . Die Versuchung währt nicht lange. Ich muß den Brief lesen . . .

Gepriesen sei der Zufall! Mein Freund hat nichts verstanden. Er hat geglaubt, daß es sich um eine Anwandlung von Eifersucht handelt, um den koketten Schreckschuß einer Frau, die von dem Geliebten die schmeichelhafteste, ausdrücklichste Zusicherung hören will . . . Er gibt mir diese Zusicherung, und ich kann mich eines Lächelns nicht erwehren, weil er sein »geliebtes Wesen« bald wie eine hochgeachtete Schwester und bald wie eine schöne Stute rühmt . . . »Du wirst immer die Schönste für mich sein!« Sicher glaubt er auch, was er schreibt. Aber konnte er denn anders antworten? Vielleicht hat er, als er diese Worte niederschrieb, den Kopf gehoben und zögernd, in einer unmerklichen Unterbrechung seiner Gedanken, über die riesigen Wälder vor sich geblickt. Und hat dann die Schultern zusammengezogen wie jemand, dem kalt ist, um dann langsam und beherzt zu schreiben: »Du wirst immer die Schönste für mich sein!«

Armer Max! . . . Nun scheint sich auch das Beste in mir gegen ihn verschworen zu haben . . . Vorgestern reisten wir am frühen Morgen ab, und kaum saß ich im Zug, bin ich wieder eingeschlummert, zwanzigmal wieder aufgewacht und wieder eingeschlafen, bis mich schließlich ein salziger, nach frischen Algen duftender Windhauch endgültig weckte: das Meer! Da breitete es sich vor uns aus, war wiedergekommen, als ich nicht mehr daran dachte. Die Sonne, die um sieben Uhr noch sehr tief steht, reichte noch nicht bis hierher; und das Meer ließ sich noch nicht beherrschen, es behielt, kaum erwacht, noch seine herrliche, nächtliche, tintenblaue Farbe mit den weißen Schaumkronen bei . . .

Salzgruben, eingefaßt von schimmernden Salzplätzen, zogen an meinem Abteilfenster vorüber, und Villen, weiß wie das Salz, schliefen zwischen ihren dunklen Lorbeersträuchern, ihren Fliederbüschen und ihren Judasbäumen . . . Im Halbschlaf, wie das Meer, dem gleichmäßigen Wiegen des Zuges preisgegeben, schien es mir, als striche ich pfeilschnell wie eine Schwalbe über die nahen Wellen . . . Ich genoß einen jener köstlichen Augenblikke, eine der Wonnen des bewußtlosen Kranken, daß eine plötzliche Erinnerung, ein Bild, ein Name, aus mir wieder ein ganz gewöhnliches Wesen machte, das Wesen von gestern und aus früheren Tagen . . .

Wie lange habe ich Max zum erstenmal ganz vergessen? Ja, vergessen, als ob ich seinen Blick und seine zärtlichen Küsse nie kennengelernt hätte. Vergessen, als hätte es in meinem Leben nie etwas Dringenderes gegeben, als Worte dafür zu suchen, wie gelb die Sonne, wie blau das Meer und wie weiß das Salz ist, das wie Perlen schimmert . . . Ja, vergessen, als gäbe es nichts Wichtigeres auf der Welt als mein Verlangen, mit meinen Augen alle Herrlichkeiten der Erde zu besitzen!

Und im gleichen Augenblick hat mir ein hinterlistiger Geist zugeflüstert: »Und wenn es tatsächlich nichts Wichtigeres gäbe? Wenn alles andere nur klägliche Überreste wären? . . .«

31

Meine Gedanken sind wie ein Gewitter, das nicht zum Ausbruch kommt. Mühsam und geduldig finde ich wieder zu meiner Bestimmung zurück: ich schweige und lasse mir nichts anmerken. Nun fällt es mir leicht, mit Brague eine

Stadt nach allen Richtungen zu durchstreifen, die Plätze, Kirchen und Museen zu besichtigen, und mit ihm die verräucherten kleinen Schenken zu besuchen, wo man »famos essen kann«!

Unsere Vertrautheit ist eher schweigsam, es wird selten gelächelt, aber oft schallend gelacht, so als fiele uns die ausgelassene Fröhlichkeit leichter als gewöhnliche Freundlichkeit. Ich lache natürlich über Bragues Anekdoten, und ich übertreibe mein Gelächter ebenso wie er seine künstliche Grobheit, wenn er mit mir spricht.

Wir sind beide aufrichtig, aber nicht immer unkompliziert . . . Wir haben gewisse traditionelle Späße, die uns immer wieder von neuem erheitern: Bragues Lieblingsstreich — mich kann er damit rasend machen — ist das »Lüstlingsspiel«, das in der Trambahn gespielt wird, wo mein Kollege als Opfer entweder eine schüchterne junge Frau oder ein herausforderndes ältliches Fräulein aufs Korn nimmt. Er setzt sich ihr gegenüber, lehnt sich lässig zurück und verschlingt sie mit feurigen Blicken, bis sie errötet, hustet, an ihrem Schleier zupft oder den Kopf abwendet. Der »Lüstling« fixiert sie beharrlich, und alle Gesichtszüge — Mund, Nasenflügel, Brauen — wirken zusammen, um die geile Lust eines Erotomanen zum Ausdruck zu bringen.

»Eine hervorragende Ausdrucksübung!«, versichert Brague. »Wenn ich einmal eine eigene Pantomimenklasse im Konservatorium habe, werde ich diese Übung von all meinen Schülern gemeinsam und einzeln proben lassen.«

Ich lache, weil die arme, schockierte Dame nie anders reagiert, als so schnell wie möglich auszusteigen, aber die grinsende Perfektion des niederträchtigen Spiels stößt mich ab. Mein etwas überanstrengter Körper erliegt in letzter Zeit immer öfter den grundlosen Krisen einer unerträglichen Keuschheit, indem ich durch die Erinnerung an ein Parfum, an eine Geste, an ein zärtliches Wort von einer Minute zu anderen einer Erregung verfalle, die mir

Wonnen vorgaukelt, die ich nie genossen habe, und mich so verzehrt, daß ich mit zusammengepreßten Knien unbeweglich sitzenbleibe, als würde ich durch die geringste Bewegung riskieren, daß sich mein Brennen noch erweitert.

Max . . . Er schreibt mir, er erwartet mich . . . Wie qualvoll ist es, sein Vertrauen einfach hinzunehmen! Qualvoller, es hinzunehmen, als es zu täuschen, denn ich schreibe ihm auch, und ich schreibe mit unerklärlicher Unbefangenheit und Leichtigkeit. Ich schreibe auf wackligen Tischen, in unbequemen Stellungen auf zu hohen Stühlen sitzend, ich schreibe mit einem nackten und einem bestrumpften Bein, das Briefpapier zwischen dem Frühstückstablett und meiner offenen Handtasche, zwischen Bürsten, Parfumzerstäuber und Knopfhaken plaziert; ich schreibe vor dem Fenster, das manchmal auf einen Hof hinausgeht, manchmal auf die schönsten Gärten, manchmal auch einen Blick auf die Silhouetten ferner Berge zuläßt . . . Ich fühle mich wohl in dieser feldlagermäßigen Unordnung, egal wo und wie, und bewege mich zwangloser als zwischen meinen eigenen, erinnerungsträchtigen Möbeln . . .

32

»Was hältst du von Südamerika?«

Diese sonderbare Frage ließ Brague gestern wie einen Stein in meine Träumereien nach dem Abendessen fallen, in jener kurzen Stunde, in der ich gegen meine Müdigkeit ankämpfe und gegen den Widerwillen, während der Verdauung aufstehen zu müssen, um mich umzuziehen und zu schminken.

»Südamerika? Das ist weit weg.«

»Faulpelz!«

»Du verstehts mich nicht, Brague. Ich sage: ›das ist weit weg‹, so wie ich sagen würde: ›das ist schön‹!«

»Aha, so ist's gemeint . . . Salomon versucht mich dafür zu interessieren. Nun?«

»Das wäre doch zu überlegen, oder?«

Wir lassen uns beide nicht von der gespielten Gleichgültigkeit täuschen. Ich habe gründlich gelernt, den Impresario nicht merken zu lassen, wenn ich für eine Tournee Feuer und Flamme bin. Und Brague wiederum hütet sich vorläufig, mir die Sache in günstigem Licht erscheinen zu lassen, weil er befürchtet, dadurch einen Aufschlag auf die »Pauschalgage« zu provozieren.

Südamerika! Bei diesem Wort flimmerte es mir vor den Augen wie einem Analphabeten, der sich die Neue Welt wie ein Märchenland vorstellt, wo es Sterne regnet und wo es Riesenblumen, Edelsteine und Kolibris gibt . . . Brasilien, Argentinien . . . Was für klingende Namen! Margot hat mir erzählt, daß sie als kleines Kind einmal dort gewesen ist, und ich erinnere mich hingerissen an ihre Schilderungen von einer Spinne mit silbrigem Leib und von einem Baum, in dem Myriaden von Glühwürmchen saßen.

Brasilien, Argentinien, aber . . . Und Max?

Und Max? . . . Seit gestern macht mir dieses Fragezeichen Kopfschmerzen. Und Max? Und Max? Das ist kein Gedanke mehr, das ist ein Refrain, ein monotones Geräusch, ein rhythmisches Krächzen geworden, das unvermeidlich einen meiner »großen Wutausbrüche« verursacht. Welcher ausfällige Vorfahre hat mir dieses innerliche Gezeter wohl vermacht, das sich nicht nur verbal, sondern auch gefühlsmäßig recht heftig äußert? Ich zerknülle den begonnen Brief an meinen Freund und fluche dabei halblaut vor mich hin.

»Und Max! Und Max! Schon wieder! Das ist ja zum Auswachsen! Und Max! Und Max! Bin ich denn nur dazu da, um mich um diesen lästigen Rentner zu kümmern? Ruhe, Herrgott nochmal, Ruhe! Schluß mit dem Trara, Schluß mit der Turtelei, Schluß mit der Zeitverschwendung, Schluß mit den Männern! Sieh dich doch einmal an, meine Liebe, sieh dich nur an! Du bist noch lange keine alte Frau, aber du benimmst dich wie eine alte Jungfer! Du hast schon ihre Schrullen, ihren Charakter und ihr kleinliches Gemüt — und du leidest und findest dich selbst unausstehlich! Was hättest du überhaupt auf dieser Galeere . . . ach was! . . . auf diesem fest verankerten Waschschiff zu suchen, wo man noch eine recht patriarchalische Wäsche wäscht? Wenn du wenigstens imstande wärest, dir mit dem Kerl ein nettes kleines Verhältnis anzufangen, für vierzehn Tage, drei Tage, drei Wochen, zwei Monate, und dann: adieu! Man ist einander nichts schuldig, und beide haben sich gut amüsiert . . . Von Taillandy hättest du doch lernen müssen, wie man so was macht! . . .«

Und so weiter, und so weiter . . . Ich entfalte eine wahre Meisterschaft im Erfinden von harten, bösen Worten; in gewisser Weise ist es ein Spiel, bei dem ich mich darin üben kann, offen Dinge auszusprechen, die ich nicht zu denken wage, noch nicht zu denken wage . . . Und das Ganze dauert so lange, bis ich bemerke, daß es in Strömen regnet: die Dächer auf der gegenüberliegenden Straßenseite triefen vor Nässe und die Dachrinnen fließen über. Langsam rinnt ein kalter Regentropfen über die Fensterscheibe und fällt auf meine Hand. Im Zimmer hinter mir ist es dunkel geworden . . . Es wäre schön, sich jetzt an die Schulter jenes Mannes schmiegen zu können, den ich eben noch einen lästigen Rentner genannt habe . . .

Ich schalte die Deckenleuchte ein, und um mich zu beschäftigen, wage ich es, flüchtig den Schreibtisch in Ordnung zu bringen; ich öffne die Schreibmappe, lege sie zwischen Spiegelständer und Narzissenstrauß, und suche so etwa wie Häuslichkeit. Ich sehne mich nach heißem Tee und frischem Brot, nach meiner gewohnten Lampe mit dem rosa Schirm, nach Fossettes Gebell und nach der Stimme meines alten Freundes Hamond . . . ein großes weißes Blatt liegt vor mir, sehr verlockend, und ich setze mich an den Schreibtisch:

Max, mein Liebster, ja, ich komme zurück, ich komme jeden Tag näher. Ist es möglich, daß mich nur noch zwölf Nächte von Ihnen trennen? Es klingt unwahrscheinlich: aber ich habe das Gefühl, als sollte ich Sie nie mehr wiedersehen . . . Wie schrecklich das wäre! Wie klug das wäre! . . .

Ich halte inne: ist das nicht zu deutlich? . . . Nein. Außerdem habe ich ja geschrieben: »es wäre,« und einen Konditional wird ein Verliebter niemals tragisch nehmen . . . Ich kann diese beruhigende Form ja beibehalten, allgemeine, melancholische Betrachtungen anstellen und manches vorsichtig abschwächen . . . Und da ich trotz allem befürchte, daß Max einen plötzlichen Entschluß fassen könnte und dann in weniger als zwölf Stunden hier wäre, vergesse ich nicht, das Ganze mit einer Flut von Zärtlichkeit zu durchtränken. Oh, wie gut ich das kann . . .

Ganz schön widerlich, was ich da mache . . .

33

Wie schnell die Zeit vergeht! Wo sind die blühenden wilden Kirschenbäume der Pyrenäen geblieben und der große, finstere Berg, dessen leuchtender, schneebedeckter

Gipfel mir Durst machte, der Berg, der uns zu folgen schien mit seinen schwindelerregenden Schatten, seinen blauen Schluchten und seinen bronzefarbenen Wäldern? Wo sind die engen Täler und die Wiesen Spaniens geblieben, und die wilden Orchideen, so weiß wie Gardenien? Und das baskische Kaffeehaus, wo wir schwarze, duftende Schokolade tranken? Wie weit wir den eiskalten Gave mit seiner gefährlichen Anmut, reißend durch die Schneeschmelze, durchscheinend und milchig weiß wie Mondstein, schon hinter uns gelassen haben!

Nachdem wir in drei Tagen fünf Vorstellungen gegeben haben, lassen wir Bordeaux hinter uns:

»Eine angenehme Stadt«, seufzt Brague auf dem Bahnhof. »Ich habe mir eine von den kleinen Dingern hier angelacht! . . . So eine halbe Portion, wie man sie dutzendweise auf dem Korso trifft, den man von hier aus sehen kann! Ein richtiger Dreikäsehoch, kleiner Busen, kurze Beine, winzige, fette Füßchen; das schmiert sich so viel Farbe auf die Augen und so viel Puder ins Gesicht, daß man überhaupt nicht erkennen kann, ob es hübsch ist oder nicht. Und wie das funkelt und plappert und wackelt . . . ganz mein Fall!«

Er strahlt eine ruhige Glückseligkeit aus, und ich betrachte ihn angewidert und feindselig, etwa so wie jemanden, der ißt, wenn ich schon keinen Hunger mehr habe . . .

Der Frühling läuft ängstlich vor uns davon. Er wird von Stunde zu Stunde jünger und schließt Blatt um Blatt, Blüte um Blüte, je weiter wir nach Norden kommen. Im unzureichenden Schatten der Hecken tauchen wieder Gänseblümchen auf und die letzten blassen Veilchen . . . der bleiche Himmel, das kürzere Gras und die säuerliche

Feuchtigkeit der Luft, all das erweckt die Illusion, jünger zu werden und die Zeit einzuholen . . .

Wenn ich doch die letzten Monate zurückdrehen könnte, bis zu dem Wintertag, an dem Max in meine Garderobe trat . . . Als ich ein kleines Mädchen war und stricken lernte, zwang man mich, das Gestrickte reihenweise wieder aufzutrennen, bis ich den kleinen, unbemerkten Fehler, die heruntergefallene Masche fand, die man in der Schule »eine Unachtsamkeit« nannte . . . Eine »Unachtsamkeit«! Mehr war wohl auch die zweite Liebe meines Lebens nicht, meine armselige zweite Liebe, die ich »meine geliebte Wärme«, »mein Licht« genannt habe . . . Sie ist hier, ganz nahe, ich könnte mit der Hand nach ihr greifen, aber ich fliehe . . .

Ja, ich werde fliehen! Tief in mir, in meinem Unterbewußtsein entwickelt sich ein Fluchtplan, an dem mein bewußtes Denken noch keinen direkten Anteil hat . . . Im entscheidenden Augenblick, wenn es nur noch darum geht, aufgebracht zu rufen: »Blandine, rasch meine Koffer und ein Taxi!«, dann werde ich diesen Widerstreit meiner Gefühl vielleicht büßen, aber ach, lieber Max, wie gerne hätte ich dich geliebt, ich gebe mit aufrichtigem Schmerz zu: alles ist schon entschieden.

Bin ich nicht, abgesehen von diesem Schmerz, wieder das geworden, was ich einmal war, also frei — schrecklich einsam und frei? Die flüchtige Gnade, von der ich berührt wurde, wendet sich wieder von mir ab, weil ich mich geweigert habe, mich ihr hinzugeben. Statt ihr zu sagen: »Nimm mich hin!« . . . frage ich sie: »Was bringst du mir? Ein anderes Ich? Es gibt kein anderes Ich! Du bringst mir einen jungen, leidenschaftlichen Freund, der eifersüchtig und ernsthaft verliebt ist? Ich weiß: das heißt einen Gebieter, und ich will keinen mehr . . . Er ist gütig, er ist einfach, er ist unkompliziert und bewundert mich? Aber dann ist er ja schwächer als ich, und ich würde unter meinem Stand heiraten . . . Er weckt mich mit einem

Blick, und kaum berühren mich seine Lippen, bin ich nicht mehr mein eigener Herr? Na, dann ist er doch mein Feind, ein Räuber, der mich mir selbst stiehlt! . . . Ich werde alles haben, was man kaufen kann, und mich über den Rand einer weißen Terrasse beugen, die von den Rosen aus meinem Garten überquillt? Aber gerade von dieser Terrasse aus werde ich auch die Herren der Welt, die Wandernden vorüberziehen sehen! . . . »Komm zurück«, fleht mein Freund, »gib deinen Beruf auf und vergiß das schreckliche Elend der Welt, in der du lebst, komm zurück zu deinesgleichen« . . . Ich habe nicht meinesgleichen, ich habe nur Weggefährten . . .

Windmühlenflügel drehen sich am Horizont. In den kleinen Bahnhöfen, durch die der Zug fährt, tauchen die ersten Bretonenhauben auf, wie blühende Margeriten . . . Nun betrete ich geblendet das gelbschimmernde Reich des Ginsters und des Rotdorns! Gold, Kupfer und Rubine — denn auch der blasse Raps mischt sich unter diese Farbenpracht — lassen das arme Heideland in unerträglicher Helligkeit erstrahlen. Ich presse meine Wange und meine Hände flach an das Abteilfenster, überrascht, keine Wärme zu spüren. Wir durchqueren eine Feuersbrunst, meilenweit nichts als blühender Ginster, eine einfarbige Pracht, die sogar die Ziegen abschreckt. Und die Schmetterlinge, betäubt vom hinreißenden Duft der halbreifen Pfirsiche und der Pfefferstäucher, drehen sich in schwerfälligem Flug im Kreis . . .

34

In Caen, am Vorabend unserer Rückkehr, finde ich diesen Brief von Max, eine einzige Zeile ohne Unterschrift: »Renée, lieben Sie mich nicht mehr?«

Sonst nichts. Diese Sanftmut und diese schlichte Frage, die all meine leeren Worte zunichte macht, habe ich nicht erwartet. Was habe ich denn das letztemal geschrieben? . . .

Unwichtig. Wenn er mich liebt, hat er das Alarmsignal nicht aus meinen Briefen herausgelesen. Wenn er mich liebt, dann kennt er diese rätselhaften Erschütterungen, den leichten, bösartigen Finger, der das Herz trifft, diese feinen Stiche, die eine Bewegung plötzlich erstarren lassen, die ein Lachen entzweischneiden — er weiß, daß Verrat, Verzicht und Lüge auch aus weiter Ferne treffen, er kennt die Grausamkeit und Unfehlbarkeit der *Vorahnung!*

Armer, armer Freund, wie gern hätte ich dich geliebt! Du hättest sterben oder mich betrügen können, ich hätte nichts davon gemerkt, ich, die den verborgensten Betrug telepathisch ahnte, früher . . .

»Renée, lieben Sie mich nicht mehr?« Ich bin nicht in leidenschaftliche Tränen ausgebrochen, aber ich habe auf einem Blatt Papier in den gebräuchlichen Abkürzungen ein Telegramm entworfen, das zur Not beruhigen konnte: »Übermorgen fünf Uhr, zu Hause. Zärtlichste Grüße.«

Plötzlich bin ich auf diesen leidenden Mann eifersüchtig. Ich lese seine Klage immer wieder und rede mit diesem Brief, als würde ich mit ihm sprechen, mit drohend gerunzelter Stirn und hartem Mund:

»Du liebst, du leidest und du beklagst dich! Nun ähnelst du mir, als ich zwanzig war. Ich verlasse dich, und dank mir wirst du vielleicht vieles gewinnen, was dir bisher fehlt. Du siehst schon jetzt durch Mauern hindurch: verwundert dich das denn nicht, du großes, schwerfälliges männliches Wesen? Verfeinerte Nerven, ein schuldlos empfangener, glühender Schmerz, eine Hoffnung, die wieder ergrünt, beharrlich wie eine gemähte Wiese — all das war mein Anteil, und von nun an wird es dein Anteil sein. Ich kann es dir nicht mehr nehmen, aber ich bin dir böse . . .«

Zusammen mit dem Brief von Max kam eine Handvoll anderer. Sogar Blandine hat geschrieben: »Gnädige Frau, Monsieur Maxime hat Fossette zurückgebracht, sie hat schon wieder ein neues Halsband. Monsieur Maxime fragt dauernd nach der gnädigen Frau, er macht keinen sehr zufriedenen Eindruck, man sieht, daß er die gnädige Frau sehnsüchtig erwartet . . .«

Ein Brief von Hamond, sehr einfach, aber in geradezu förmlicher Höflichkeit gehalten; ein Brief von Margot, die mir nichts zu sagen hat und trotzdem zwei Seiten mit dem nichtigen Geplauder einer Nonne füllt: sie beeilen sich, mir jetzt, da ich zurückkomme, noch schnell zu schreiben, als würde sie das Gewissen drücken, weil sie mich so lange allein gelassen haben . . .

Wem werde ich mich anvertrauen, wenn ich zurückkomme? Hamond? Margot? Weder noch. Ich zerreiße diese nichtssagenden Briefe, bevor ich aus dem dumpfen Kellergewölbe in den »Folies Caennaises«, das hochtrabend »Stargarderobe« genannt wird, auf die Bühne trete.

Wir sind in einem sogenannten »Café chantant« alten Stils: man muß quer durch den Zuschauerraum gehen, um zur Bühnentür zu gelangen — das ist der schlimmste Teil des ganzen Abends. Man versperrt uns absichtlich den Weg, um uns von Kopf bis Fuß mustern zu können; mein nackter Arm streift an einen Dolman und hinterläßt eine Puderspur, eine Hand zieht hinterhältig an meinem gestrickten Schal, und viele Finger betasten flüchtig meine Hüften . . . Mit erhobenem Kopf ertragen wir die Unverschämtheit und Lüsternheit dieser brünstigen Menge wie stolze Gefangene . . .

35

In der Ferne schlägt eine Uhr die halbe Stunde . . . Der Zug aus Calais, der mich nach Paris bringen wird, kommt erst in fünfzig Minuten . . .

Ich fahre allein bei Nacht zurück, ohne jemanden zu verständigen. Brague und der alte Troglodyt, die ich ein wenig betrunken gemacht habe, schlafen jetzt in irgendeinem Gasthaus in Boulogne-sur-Mer. Wir haben dreiviertel Stunden an die Abrechnung und an sinnloses Gerede über die geplante Südamerikatournee verschwendet, dann bin ich hier auf dem Bahnhof von Tintelleries gelandet, der um diese Zeit so verlassen wirkt, als wäre der Betrieb hier eingestellt. . . . Nur für mich allein hat man die elektrischen Lampen auf dem Perron nicht eingeschaltet . . . Eine heisere Glocke zittert schüchtern in der Dunkelheit, so als hinge sie um den Hals eines vor Kälte bebenden Hundes.

Es ist eine kalte, mondlose Nacht. Nicht weit von mir in einem unsichtbaren Garten muß ein Fliederstrauch stehen, dessen Duft der Wind zu mir herweht. In der Ferne höre ich die Schiffssirenen auf dem Meer . . .

Wer könnte erraten, daß ich das bin, hier draußen, am Ende des Bahnsteigs, fest in meinen Mantel gehüllt? Wie gut ich mich zu verbergen weiß! Weder dunkler noch heller als die Nacht . . .

Bei Tagesanbruch werde ich ganz leise, wie ein Dieb in meine Wohnung schleichen, denn man erwartet mich nicht so früh. Ich werde Fossette und Blandine wecken, und dann kommt der schwerste Augenblick . . .

Ich stelle mir absichtlich jede Einzelheit meiner verfrühten Ankunft vor; ich versuche, mich mit unerläßlicher Härte an den Duft zu erinnern, der an den Tapeten haftet: englischer Tabak und ein etwas schweres Jasminparfum; ich drücke in Gedanken das Seidenkissen an mich, das zwei helle Flecken hat — die Spuren zweier Tränen, die in einem Augenblick größter Seligkeit aus meinen Augen getropft sind. Ein ersticktes »Ah« liegt mir auf den Lippen, der Schmerzensschrei einer Verwundeten, die in ihrer Wunde bohrt. Absichtlich. Vielleicht habe ich es dann nicht so schwer.

Aus der Ferne sage ich allem Lebwohl, was mich dort halten könnte, und auch dem Mann, der nicht mehr von mir erhalten wird als einen Brief. Eine feige, begründete Umsicht läßt mich einem Wiedersehen ausweichen: nur keine »offene Aussprache«! Eine Heldin aus Fleisch und Blut wie ich ist nicht Manns genug, über alle Dämonen zu triumphieren . . . Wenn er mich verachtet, wenn er mich ein bißchen verflucht, um so besser: armer Liebster, das wird ihn schneller heilen! Nein, nein, bloß nicht zuviel Tugendhaftigkeit! Bloß keine Phrasen — nur wenn ich schweige, schone ich ihn.

Ein Mann geht mit müden Schritten über die Geleise und schiebt auf einem Handwagen einen Koffer vor sich her, und plötzlich leuchtet die Bahnsteigbeleuchtung auf. Schwerfällig erhebe ich mich. Ich habe nicht bemerkt, wie kalt mir geworden ist . . . Am Ende des Bahnsteigs wird eine Laterne hin- und hergeschwenkt — von einem Arm, den ich in der Dunkelheit nicht sehen kann . . . Ein fernes Pfeifen antwortet den heiseren Schiffssirenen: mein Zug. Schon . . .

36

Leben Sie wohl, mein Geliebter. Ich gehe fort, nicht sehr weit von hier, in ein Dorf; später werde ich wahrscheinlich mit Brague nach Amerika fahren. Ich werde Sie, mein Liebster, nicht mehr wiedersehen. Denken Sie nicht an ein grausames Spiel, wenn Sie diese Zeilen lesen, weil Sie mir vorgestern geschrieben haben: Renée, lieben Sie mich nicht mehr?«

Ich gehe fort, das ist das geringste Leid, das ich Ihnen zufügen könnte. Ich bin nicht schlecht, Max, aber ich fühle mich verbraucht und außerstande, mich wieder an die Liebe zu gewöhnen; der Gedanke, daß ich von neuem unter der Liebe zu leiden hätte, erschreckt mich.

Sie haben mich nicht für so feige gehalten, mein Liebster? Was für ein mutloses Herz ich habe! Früher wäre es dem Ihren würdig gewesen, das sich so freimütig anbietet. Aber heute . . . was könnte ich Ihnen heute noch bieten, mein Geliebter? In einigen Jahren bestenfalls die verkümmerte Mütterlichkeit, die kinderlose Frauen auf ihre Männer übertragen. Das wäre Ihnen nicht genug, und mir auch nicht. Schade . . . Es gibt Tage, an denen mir das Alter wie eine Belohnung erscheint — mir, die ich mich so entsetzt altern sehe . . .

Mein Liebster, eines Tages werden Sie das alles verstehen. Sie werden verstehen, daß ich weder Ihnen noch einem anderen angehören durfte, denn trotz einer Ehe und einer zweiten Liebe bin ich doch eine Art alter Jungfer geblieben . . . eine alte Jungfer wie jene, die so sehr in die Liebe selbst verliebt sind, daß ihnen keine Liebe ausreichend erscheint, und die sich deshalb beharrlich verweigern, ohne sich damit auseinanderzusetzen; jene Frauen, die jede Gefühlsbindung von sich weisen, und ihr Leben lang mit einer Näherei am Fenster sitzen und ihrem unvergleichlichen Traum nachhängen . . . Wie diese Art Frauen wollte ich alles; ein bedauerlicher Irrtum hat mich dafür bestraft.

Ich habe nicht mehr den Mut dazu, Geliebter, ich habe nicht mehr den Mut — das ist alles. Seien Sie mir nicht böse, daß ich Ihnen meine Bemühungen, in mir den Enthusiasmus, den gewagten Fatalismus, die blinde Hoffnung und alles andere, was zur Liebe gehört, wiederzubeleben, so lange verheimlicht habe. Es war nichts weiter als ein Sinnestaumel. Ach, welch böses Erwachen! Du hättest mich vergeblich verzehrt, Du, dessen Blicke, dessen Lip-

pen, dessen süße Liebkosungen, dessen ergreifendes Schweigen mich für kurze Zeit eine Verzweiflung vergessen ließen, eine Verzweiflung, an der Du unschuldig bist . . .

Leben Sie wohl, mein Liebster. Suchen Sie die Jugend, die frische, unberührte Schönheit, den Glauben an die Zukunft und an sich selbst, die Liebe, wie Sie sie verdienen und wie ich sie Ihnen einstmals hätte geben können. Suchen Sie nicht mich. Ich habe gerade noch so viel Kraft, um vor Ihnen zu fliehen. Kämen Sie bei der Tür herein, stünden Sie hier vor mir, jetzt, während ich Ihnen schreibe, dann . . . Aber Sie werden nicht kommen!

Leben Sie wohl, mein Liebster, Sie sind das einzige menschliche Wesen auf der Erde, das ich Liebster nenne, und nach Ihnen wird es niemanden mehr geben, den ich so nennen könnte. Umarme mich zum letztenmal, umarme mich, wie Du mich umarmt hast, wenn mir kalt war, umarme mich ganz fest, ganz fest, ganz fest . . .

Renée

Ich habe sehr langsam geschrieben; bevor ich unterschrieb, las ich den Brief noch einmal durch, malte ein paar Schnörkel nach, fügte Punkte, Betonungen und Anführungsstriche hinzu und setzte das Datum darüber: 15. Mai, sieben Uhr früh.

Aber wenn er auch unterschrieben, datiert und endlich verschlossen ist, trotzdem ist es ein unfertiger Brief . . . soll ich ihn noch einmal öffnen? . . . Ich zittere plötzlich, so als hätte ich mit dem Schließen des Kuverts auch die kleine, strahlende Tür zugeschlagen, durch die bisher noch ein warmer Hauch eindringen konnte . . .

Es ist ein trostloser Morgen ohne Sonnenschein, und die winterliche Kälte scheint sich hierher in diesen kleinen Salon geflüchtet zu haben, hinter die Fensterläden, die seit vierzig Tagen geschlossen sind . . . Meine Hündin sitzt regungslos zu meinen Füßen und beobachtet die Tür: sie wartet. Sie wartet auf einen, der nicht mehr kommen wird . . . Ich höre Blandine mit dem Geschirr klappern und rieche frisch gemahlenen Kaffee: mein Hunger macht sich unangenehm bemerkbar. Eine verschlissene Decke liegt über dem Diwan, der Spiegel ist bläulich und feucht beschlagen . . . Man hat mich nicht so früh erwartet. Alles ist mit alten Laken verhängt, feucht und staubig, allem hier haftet noch die etwas düstere Atmosphäre von Aufbruch und Abwesenheit an, und ich schleiche heimlich durch meine Wohnung, ohne die weißen Überzüge abzunehmen, ohne meinen Namen in die dicke Staubschicht zu schreiben, ohne eine andere Spur zu hinterlassen als diesen unfertigen Brief.

Unfertig . . . Teurer Eindringling, wie gerne hätte ich dich geliebt, aber ich verschone dich. Ich lasse dir die einzige Aussicht, in meinen Augen noch zu wachsen: ich wende mich ab. Wenn du meinen Brief liest, wirst du nur Kummer haben. Du wirst nie erfahren, welch einer demütigenden Aussprache du entgangen bist, du wirst nie erfahren, was für innere Kämpfe du mich gekostet hast, was es mich gekostet hat, dich zu verschmähen . . .

Denn ich weise dich ab, und ich wähle . . . alles, was du nicht bist. Ich habe dich schon gekannt, und ich erkannte dich wieder. Bist nicht du es, der zu geben glaubt und dabei nimmt? Du bist gekommen, um mein Leben mit mir zu teilen . . . Teilen, ja: um dir *deinen Teil zu nehmen.* Zur Hälfte in all meinen Handlungen beteiligt zu sein und jederzeit in den geheimen Tempel meiner Gedanken eindringen zu dürfen, nicht wahr? Warum du vor allen anderen? Ich habe ihn vor allen verschlossen.

Du bist gut, und du bemühst dich in redlichster Absicht, zu meinem Glück beizutragen, denn du hast mich arm und einsam gesehen. Aber du hast nicht mit meinem Bettlerstolz gerechnet: die schönsten Länder der Erde will ich nicht verkleinert im Spiegel deines liebevollen Blickes betrachten . . .

Das Glück? Bist du denn so sicher, daß mir in Zukunft das Glück genügt? . . . Nicht nur das Glück macht das Leben wertvoll. Du wolltest mich mit diesem banalen Schein umgeben, denn du hast mich heimlich bedauert. Heimlich, wenn du willst: wie ein Zimmer, von draußen besehen. Trübselig, nicht heimlich. Trübselig und abgelenkt durch die Pflege einer wachsamen Traurigkeit; silbern und geheimnisvoll wie die Eule, wie die seidenweiche Maus, wie der Flügel einer Motte. Trübselig, mit dem glühenden Abglanz einer herzzerreißenden Erinnerung . . . Aber du bist derjenige, bei dem ich nicht mehr das Recht hätte, traurig zu sein . . .

Ich wende mich ab, aber ich bin dich noch nicht los, das weiß ich. Ich bin zwar eine Vagabundin und frei, aber ich werde wohl noch einige Male deinen Schatten an der Wand herbeisehnen . . . Wie oft werde ich zu dir zurückkehren, du teure Stütze, an der ich Ruhe finde und mich wundreibe? Wie oft werde ich nach dem rufen, was du mir geben könntest, neu entfachte, wiedererweckte, verbotene, höchste Lust . . . der beflügelte Absturz, die Ohnmacht, in der die Kräfte durch ihr eigenes Ende wiederkehren . . . das melodische Sausen des kochenden Blutes . . . der Duft nach verbranntem Sandelholz und zertretenem Gras . . . Ach, du wirst noch lange eine der Durststrecken meines Weges sein!

Ich werde dich abwechselnd begehren wie die verbotene Frucht, wie das unerreichbare Wasser und wie die trauliche Hütte, an der ich vorüberfahre . . . Ich lasse an jedem Ort meiner Sehnsüchte Tausende und aber Tausende Schatten zurück, die sich nach meinem Ebenbild von mir lösen: einer auf dem heißen, blauschimmernden Gestein der Schluchten in meiner Heimat, ein anderer in der feuchten

Tiefe eines Tales ohne Sonne und wieder ein anderer, der dem Vogel, dem Segel, dem Wind und den Wellen folgt. Dir aber bleibt der treueste von allen: ein nackter, wogender Schatten, den die Lust schüttelt wie einen Grashalm im Bach . . . Aber die Zeit wird ihn auflösen wie alle anderen, und du wirst nichts mehr von mir wissen bis zu dem Tag, an dem mein Weg zu Ende ist und ein letzter kleiner Schatten sich von mir löst . . .

Die Fessel

1

Das wenige, was eine Frau von sich selbst erkennen könnte — der ruhige Lichtkreis einer Lampe, die jeden Abend auf demselben Tisch steht, wird es ihr kaum zeigen. Doch was habe ich davon, Tisch, Lampe und Zimmer zu wechseln? Nur das unbehagliche Gefühl und bald die Gewißheit, daß alle Länder einander gleichen, wenn ich nicht fähig bin, sie zu verändern, indem ich mich selbst verändere. Ich habe es schon lange aufgegeben, mich auf meine unerschütterliche Vernunft zu verlassen. Die unerschütterliche Vernunft einer Frau . . . Von unerschütterlich oder vernünftig kann keine Rede sein! Ich bin aufgeregt und fassungslos, nur weil ich vor wenigen Minuten auf der Promenade des Anglais eine belanglose Begegnung hatte.

Ist doch ganz natürlich, einmal mußte es zu dieser Begegnung kommen, sie war längst schon fällig . . . Ohne mich zu sehen, ist da gerade jener Mann an mir vorübergegangen, der mir seinen Namen, seine Liebe und die Geborgenheit seiner unerschütterlichen Zuneigung hatte schenken wollen. An seiner rechten Seite ging eine junge Frau, und links ein kleines, rundliches Kind, das noch kaum laufen konnte. Er sah mich nicht, weil er seine ganze Aufmerksamkeit, eine rührende und etwas albern wirkende Aufmerksamkeit, dem stolpernden Kind widmete. Der »dumme Junge«! Er ist ganz nahe an mir vorbeigegangen, ich habe seine langen geraden Wimpern sehen können und seine Krawatte, die stets so fest geknüpft ist, als müßte sie ein Leben lang halten. Er hat sich so wenig verändert, daß ich beinahe wie früher die Hand ausgestreckt hätte, um seine Krawatte etwas zu lockern und das Taschentuch, das viel zu weit aus der Brusttasche herausquoll, tiefer hineinzustopfen. Ich erschrecke bei dem Gedanken, daß ich diese Bewegung fast wirklich gemacht hätte. Er war so weit davon entfernt, meine Anwesenheit zu spüren oder zu erahnen, daß ich das Gefühl hatte, ich sei aus dem Kreis der Lebenden ausgeschieden, ich sei ein unsichtbarer Geist, durch den er hindurchgehen werde. Sonderbar, ich dachte gar nicht daran, mir seine Frau oder sein Kind anzusehen. Sie setzten ihren Spaziergang entlang des Meeres fort.

Es ist weder Liebe noch Kummer, was mich so fassungslos macht. Aber weshalb mischt sich dann Bedauern in meine Verwirrung? Ich weiß es nicht. Diese Begegnung und mein Erschrecken bringen mir meine Schwächen weit besser zu Bewußtsein, als meine krankhafte Grübelei, die täglichen Illusionen, die ich mir über meine Weisheit mache. Betrachtungen sind niemals weise. Gewohnheitsmäßige Grübelei hat stets etwas von Wahnsinn an sich und mündet oft in eine beabsichtigte Ekstase, die manchmal schmerzlich ist und manchmal nicht . . . Und nun fange ich auch noch an zu verallgemeinern. Typisch weiblich. Um so besser! Es gibt Stunden, in denen ich mir in meiner Weibchenhaftigkeit ganz gut gefalle. Es ist, als ob ich beweisen wollte, daß ich noch etwas tauge — in der Liebe, um genau zu sein.

Wäre es mir recht gewesen, wenn er mich gesehen hätte? . . . Nein, daran liegt mir nichts. Ich erinnere mich mit einigem Unbehagen an seinen schwerfälligen Namen: Maxime Dufferein-Chautel . . . Ich bin sicher, daß ich ihn nicht liebe. Aber immerhin verkörpert dieser Mann die Liebe in meinem Leben und das Abenteuer, und auch die Wollust. Das ist ohne Zweifel auch der Grund für meine Verwirrung und die leise Empörung in meinem Inneren. Dieser Mund, diese Hände, dieser große warme Körper, all das war recht nahe daran, mir einen guten Liebhaber abzugeben — vor drei Jahren . . . Wenn er nun allein gewesen wäre, und mich angesprochen hätte, wie würde ich ihn wohl genannt haben: »Max« oder »Liebster« oder einfach nur »Sie«? Er wirkte so »verheiratet«, aber das ist eine Ausstrahlung, die ihm, wenn ich so sagen darf, angeboren ist. Seine Frau und sein Kind hat er so stolz vorgezeigt, als wären sie eine kostbare Ware, eben an der Place Masséna erstanden . . .

Nun mal ehrlich. Ich bin ihm zwar nicht ausgewichen, aber ich habe mich in eine Unbeweglichkeit geflüchtet, die mich für ihn unsichtbar machen mußte — der hilflose Hase duckt sich zu Boden und weiß sehr wohl, daß er die Farbe der Ackerfurche hat . . . Die geringste Bewegung meiner weiß behandschuhten Hand auf dem dunklen Kleid hätte seinen Blick auf mich gelenkt. Ich habe es sogar vermieden, mich abrupt abzuwenden, denn das hätte ihm mein ihm so wohl vertrautes Parfum zutragen können . . . Ich wollte es nicht, nein, ich wollte nicht, daß er mich sieht. Ich errötete wie eine Frau, die man in Lokkenwicklern ertappt hat. Und außerdem wirkte er so fremd, so reich an Neuem: ein Kind, eine Frau in Pelz und Federhut, ein Spazierstock, den ich nie an ihm gesehen hatte; und ich . . . Es war demütigend, er trat auf, wie jemand, der sein Glück gemacht hat. Ich hätte ihm außer einem Straßenkleid, einem hübschen Hut und einer etwas veränderten Frisur nichts Neues bieten können. Vielleicht hätte er mit enttäuschter Miene an mir und rings um mich nach etwas Neuem gesucht: »Ist das alles? . . .«

Ich hatte das Gefühl, ja ich hatte tatsächlich das bittere Gefühl, arm zu sein . . . Und dieses Jahr kann er an den Wänden und Mauern Nizzas nicht einmal die großen orangeschwarzen Plakate sehen, die das Gastspiel Renée Nérés ankündigen — denn Renée Néré geht nicht mehr auf Tournée. Ich bin eine Rentnerin geworden; das hätte ich ihm mitteilen können, wenn er mich nach Neuigkeiten gefragt hätte. Eine Rentnerin, nicht reich und nicht arm, nicht mehr jung, aber keineswegs alt, nicht glücklich, aber auch nicht traurig . . . Dabei fällt mir ein köstlicher Ausspruch von Brague ein:

»Man kann nie verbergen, was man ist. Ich zum Beispiel wirke, auch wenn ich noch so gut angezogen bin, doch immer wie ein . . . wie ein . . . na, wie ein großer Künstler. Du hingegen, du wirkst nicht wie eine große Künstlerin, und auch nicht wie eine kleine. Du wirkst nicht wie eine Dame und auch nicht wie eine Dirne. Bei dir hat man das Gefühl, als ob du dauernd deine Pfötchen einziehen würdest, weil die Welt dich anwidert; aber das sagt nichts aus . . . Kurz, du bist im Leben wie jene Kundinnen in einem Laden, die nicht recht wissen, was sie kaufen sollen, und die jeder Verkäufer gern hinauswerfen würde, während er nur höflich sagen darf: ›Meine Gnädigste, Sie werden sich entschließen müssen.‹ Wirklich eine widerliche Brut ist das, glaubt mir!«

Er lachte, und ich spielte die Empörte, um ihm eine Freude zu machen . . .

Es regnet, ein regnerischer Abend nach einem wolkenlosen Tag. Die Promenade glänzt naß, und das Prasseln des Regens auf den Palmen und dem Pflaster dämpft das eintönige Rauschen des Meeres. Wo ist das Paar, das um drei Uhr, fürsorglich um das weißgekleidete Kind bemüht, hier am Hotel vorbeigegangen ist? Ich glaube nicht, daß sie hier wohnen. Ich vermute eher, daß sie sich in der Umgebung von Cannes in einer Villa mit Garten eingemietet haben, wie es sich eben für brave reiche Bürger wie sie gehört. Sie sind gewiß in einem geschlossenen Wagen, das Baby auf den Knien, nach Nizza herübergekommen, um hier Tee zu trinken . . . Er muß sehr bald geheiratet haben, wenn sein Kind schon laufen kann —

er, mein Freund, mein »Beinahe-Liebhaber«. Er wird sich nicht lange über den Brief gegrämt haben, den ich ihm an einem kühlen grauen Frühlingsmorgen hinterließ: »Max, mein Liebster, ich gehe . . .« Ich sehe schon, es ist mir bestimmt, daß ich heute abend an nichts anderes mehr denken werde, und das macht auch weiter nichts.

Ich habe mir seine Frau zwar nicht genau angesehen, aber ich erinnere mich nun deutlich an Einzelheiten. Eine junge Frau — eine von jenen, die man hübsch findet, wenn man sie näher kennt. Sie wirkte, wie mir scheint, ein wenig geistesabwesend, gelassen, um nicht zu sagen unzurechnungsfähig: »Fragen Sie Monsieur . . .« Und Monsieur, darauf könnte ich wetten, beantwortet alles, die Fragen der Gouvernante ebenso wie die des Chauffeurs, der auf seine Befehle wartet; jeden Montag öffnet er mit seinen großen braunen Händen das Buch der Wäscherin; er berät sich mit der Köchin . . . Es gibt vielleicht Tage, an denen er sich meiner erinnert, und dann bestellt er »Schweinskotelett mit Sauce und Gurken« . . . Möglich, daß ihn seine junge Frau Max nennt, mit einer Stimme, die ihm vertraut klingt; und wenn er sie zum Lachen bringt, zuckt sie vielleicht die Schultern und nennt ihn einen »dummen Jungen«. Dann lehnt er wohl den Kopf an ihre Schultern und schließt die Augen, um eine kleine Gefühlsregung vor ihr zu verbergen und um sie die schäbige Lüge nicht merken zu lassen, die heimliche Freude, die sie alle daran haben, uns gerade dann zu betrügen, wenn sie uns am innigsten umarmen . . .

Weiter, weiter . . . Ich erahne einiges und dichte mir den Rest zusammen. Mit Hilfe meiner Erinnerungen male ich mir das neue Eheleben meines einstigen Geliebten aus. Ich tue es mit der hämischen Bosheit einer verlassenen Geliebten, obwohl in Wirklichkeit ich es war, die . . . Noch schlimmer, ich lasse meiner erotischen Phantasie freien Lauf, der lebhaften, erotischen Phantasie keuscher Leute, die noch dazu von einem leider viel zu genauen Gedächtnis unterstützt wird . . . Mit welchem Recht stelle ich zwischen Max und seine Frau den Geist einer unvergessenen, unvergeßlichen Renée Néré . . . Unvergeßlich! Gewiß nicht, aber ich frage Sie: Bin ich in dieser Stunde besser als die kaltherzige schöne Gans von Villepreux, eine Sängerin, die bei jedem Männernamen, der in ihrer Gegenwart fiel, einen Seufzer ausstieß: »Der Unglückliche! . . . Er ist verrückt nach mir . . . er hätte sich fast umgebracht . . . er ist ins Ausland gegangen . . .« Wenigstens genießt die Villepreux, getreu ihren Hirngespinsten, das Glück jener, die, in eine Zelle eingesperrt, sich für Jesus Christus oder Napoleon halten . . .

Der Regen wird immer heftiger. Ich werde nicht mehr ausgehen. Die Plakate des »Eldorado« tragen zwar heute abend den Namen einer ehemaligen Kollegin aus dem Varieté, und ich hatte die Absicht, sie in ihrer Garderobe zu besuchen, sie zu überraschen . . . Ich werde nicht hingehen. Der Lichtstrahl des nächstgelegenen Leuchtturms huscht wie eine feine silberne Feder über das regnerische, trübe Meer . . . Während ich vor mich hinträume, habe ich mir die Haare gelöst, und anstatt sie zu bürsten, habe ich sie unwillkürlich so zurechtgemacht, wie ich sie vor drei Jahren trug, in Locken über den Ohren und am Nakken eingerollt, eine Pagenfrisur . . . bin ich gealtert? Ja, nein, ja und nein. Der Teint und die Haut meines Gesichts erinnern irgendwie an die vornehme Kälte jener Frauen, die zur Keuschheit verdammt sind. Ich kann diese schwere, tiefsitzende Frisur nicht mehr leiden. Seit kurzem zeige ich »neue Stellen«, die man früher bei Tag nur selten an mir sah: die Ohren, die Schläfen, die Stirn, den Nacken. Nur zu einem tiefdekolletierten oder ärmellosen Kleid kann ich mich noch nicht durchringen, wenn ich, wie Brague es nannte, »in Zivil bin«. Nackte Beine und Arme, die Rundungen von Schultern und Busen zeigt man auf der Bühne, mit klebriger Schminke und Puder bedeckt; nüchtern wird es von weitem den Blicken preisgegeben, Händen und Lippen unerreichbar — es ist nichts weiter als ein etwas anziehenderer Teil des Kostüms . . . Ich habe bei zahlreichen Kolleginnen vom Theater oder vom Varieté diese sonderbare, berufsbedingte Verschiebung des Schamgefühls feststellen können: Selbstsicher erscheinen sie nackt im Rampenlicht, in der Stadt jedoch hüllen sie sich in strengen Taft und tragen undurchsichtige Spitzen und Einsätze, und obwohl ich schon seit einem Jahr nicht mehr beim Theater bin, wahre ich noch immer diese professionelle Zurückhaltung; ich verberge dieses und jenes und einiges, worum man mich beneiden würde. Die schöne Tänzerin Bastienne, eine großartige, anmutige Primaballerina, bestellte bei ihrem Schneider für ein Abendkleid einen Brustlatz aus dreifachem Musselin und erklärte, indem sie mit der Hand an ihren festen Busen klopfte: »Das, Monsieur, gehört meinem Beruf und meinem Geliebten!«

Ich habe keinen Beruf mehr . . . und keinen Geliebten. Aber die Begegnung von heute nachmittag hat bewirkt, daß ich wie zum Trotz zum Abendessen das schwarze Kleid anzog, das ich bisher nicht zu tragen wagte, ein tief dekolletiertes Kleid, das ein großes Dreieck nackter Haut sehen läßt . . . Steif und mit zusammengebissenen Zähnen schritt ich heldenhaft bis zu meinem kleinen Tisch im Hintergrund, fern von der Zigeunerkapelle, und niemand hat mich oder mein Kleid beachtet. Hatte ich erwartet, daß Max . . . »Monsieur Dufferein-Chautel mit Familie« im Hôtel Impérial zu Abend essen würde? Es war wirklich niemand da, außer dem unvermeidlichen alleinstehenden Herrn, der sich für die alleinstehende Dame interessiert, der sie einige Tage lang verfolgt, versucht, mit ihr Kontakt aufzunehmen, sein Ziel erreicht oder auch nicht — und wieder abreist.

Als typische »alleinstehende Dame«, mit Kleidern, die etwas zu brav sind für meine Erscheinung, bleibt mir der

»alleinstehende Herr« ohnehin nicht erspart. Seit acht Tagen gibt es einen solchen. Ich könnte ihn nicht beschreiben, denn ich habe ihn mir nicht angesehen. Wenn ich zu ihm hinblicke, sehe ich ihn überhaupt nicht, ich blicke durch ihn hindurch wie durch eine leere Flasche. Ich kenne nur seine Rückenansicht, weil er sich in gezierter Höflichkeit von mir abwendet, sobald mein Blick auf ihn fällt. Von vorne ist er mir fremd, ich kann ihn von anderen nur unterscheiden, wenn er mir den Rücken zukehrt. Bei den Mahlzeiten stört er mich am meisten, weil ich *höre,* wie er an mich denkt, während er ißt. Heute abend habe ich, infolge meiner vagen amourösen Träumereien, in seine Richtung gelächelt und dabei an Max gedacht. Das hätte ich nicht tun sollen . . . Aber was soll's!

Der Regen hat aufgehört, an die Fenster zu prasseln, und durch die ungewohnte Stille bin ich aufgewacht. Stille bedeutet hier das leise Rauschen der Brandung, das Getrappel der Hufe eines Pferdchens aus der Gegend und das Hupen der Automobile . . . Ich öffne das Fenster und beuge mich hinaus, um auf zwei hell erleuchtete Fenster im Stockwerk unter mir zu sehen: die Fenster meiner Freundin May. Schatten huschen hinter den Vorhängen vorüber . . . Hinter diesen Vorhängen wohnt ein stürmisches Liebespaar, für das der Streit und die nachfolgende Prügelei zu einer Art Sport geworden sind. Wenn ich zu ihnen hinunterginge, würde sie das keineswegs davon abhalten. Ich könnte mich setzen und die Schläge zählen, bis das seltsame Paar erschöpft und blaugeschlagen innehält, und beiden keine andere Züchtigung mehr einfällt als die Umarmung . . .

Ebensogut könnte ich zwei Stockwerke hinaufsteigen und durch eine weiße Tür in das stickige, betäubend duftende, verrauchte Zimmer eines anderen Paares treten, das ebenfalls ein Nomadendasein führt und seine Opiumlampe, seine flachen, nach kostbarem Holz riechenden Kissen und seine chinesische Strohmatte, die glatt und kühl ist wie die Haut einer Eidechse, überallhin mitnimmt. Auch dort könnte ich mich setzen und zuschauen, mich entspannen und teilnehmen, wenn auch nicht an dem Gift, vor dem ich mich hüte, sondern an der warmen Stille, an der dumpfen, aromatischen Atmosphäre und der tranceähnlichen Ruhe . . .

Unten wie oben wäre ich gewiß willkommen, willkommen wie eine, die niemandem etwas nimmt und niemandem etwas gibt. Oh ja, hinsichtlich meiner sogenannten »Freunde« mache ich mir keine Illusionen. »Sie pumpt niemanden an, aber sie ist auch nicht sehr freigebig«, dürften sie von mir sagen. Was hätte ich auch zu geben? Es stimmt, daß eine Frau, die es sich in den Kopf gesetzt hat, mit niemandem zu schlafen, stets ein wenig geizig wirkt, was immer sie auch tun mag, und meine »Freunde« — Rivierabummler, abgetakelte Komödianten, verschämte Liebespaare, die meine Haltung schätzen — verwehren mir, was sie May gewähren: jene gewisse herablassende Vertraulichkeit, jene liebevolle Lüsternheit, auf die sie mit einem derb-koketten Wort oder mit einer frivolen, von harmlos kindlichem Lachen begleiteten Geste eingeht und sie bestärkt . . .

Im oberen wie im unteren Stock erwartet mich derselbe freundliche Gruß. Aber würde ich wieder aufstehen, um in mein Zimmer Nummer 157 zurückzukehren, so würde das niemand bedauern . . . Ich kann kommen und gehen, ganz nach meinem Geschmack. Nur habe ich, wie ein kleines Mädchen einmal sagte, »keinen Geschmack«. Also werde ich schlafen gehen; nicht gleich, denn es ist erfrischend, am Fenster zu stehen und die regenfeuchte Luft einzuatmen. Sie riecht nach Erde und nach Meer. Ein ganz junger Mond steht über dem Wasser, ein schmaler, matt leuchtender Mond.

Eigentlich tut es wohl, sich nach einer unverhofften Begegnung oder während einer duftenden Ruhe zwischen zwei Regengüssen oder einfach grundlos ein wenig wirr, bewegt und beschwingt zu fühlen und nachgiebig wie ein junges Mädchen, das seinen ersten Liebesbrief erhalten hat.

2

»Und dann?«

»Dann hat es bis drei Uhr früh gedauert. Um drei Uhr große Prügelei. Für sechshundert Francs Schildpatt zerbrochen auf dem Teppich!«

»Ach! . . . Und dann?«

»Und dann natürlich . . . Ich bin müde.«

May lacht und räkelt sich. Sie ist eben zu mir heraufgekommen, unter ihrem Kimono trägt sie nur ein rumänisches Hemd, und ihre nackten Füße stecken in großen Männerpantoffeln. Sie erstrahlt in vergänglicher, ausdrucksloser Jugendfrische: nichts Charakteristisches in den Gesichtszügen, das ausgesprochen schwere Haar ungleichmäßig blond, hell im Nacken, silbrig an den Schläfen und sonst fast braun. Fünfundzwanzig Jahre! Oh, die schöne vergeudete Jugend! Man möchte meinen, daß sich die feurige May geschworen hätte, sich noch vor ihrem dreißigsten Lebensjahr zugrunde zu richten: indische Schminke verfärbt die Spitzen der langen Wimpern, eine Brennschere versengt täglich die schönen Haare; May schläft zuwenig, vergißt zu frühstücken, raucht, trinkt und schnupft Kokain. Aber was soll's? Das unvernünftige kleine Geschöpf ist erst fünfundzwanzig Jahre alt und hat trotz allem die helle Haut der Blondinen, große kastanienbraune Augen und dazu die unsinnige und bezaubernde Eigenart, eine an und für sich schon verrückte Mode noch zu übertreiben. Morgens — morgens ist für sie zwischen halb eins und vier Uhr — trägt sie einen breitgestreiften Rock, der ihre gepeinigten kleinen Füße, ihre Knöchel und auch noch ihre Waden sehen läßt; die Taille ist fast bis unter die Achselhöhlen hinaufgerutscht, und das enge kurze Jäckchen, das nicht so aussieht, als ob es für May gemacht wäre, zeigt vorn ein kleines Bäuchlein, das gerade in Mode ist. Zwischen ihren Brüsten wogen weiche Spitzen, und keck über ihrem rechten Auge sitzt ein Strohhütchen. Das ist die Garderobe, die May als »schlichte Straßenkleidung« bezeichnet.

Ich kenne May seit einem Jahr — sie meint: »eine Ewigkeit«. Ich traf sie eines Abends auf einer Privatgesellschaft, wo Brague und ich gegen Bezahlung auftraten. Sie saß beim Souper neben mir und tat alles Erdenkliche, um mir zu gefallen: Sie lachte schallend, tauchte ihre Haare in Champagner, entfaltete eine kindische Flegelhaftigkeit und einen derben Zynismus, weinte völlig grundlos ein wenig, warf Goldstücke in das Mieder einer spanischen Tänzerin und verdarb das Ganze durch die schlichte Frage: »Bin ich nicht ein Original?«

Das »Original« geht vor meinem Frisiertisch auf und ab und verdeckt mir mit den zuckenden Schatten ihrer weiten Ärmel alle Augenblicke das Sonnenlicht, so daß ich mich nur auf gut Glück pudern kann. Wenn May die Pantoffel ihres Geliebten angezogen hat, in denen ihre Füße wirken wie die von Little Tich, dann weder aus Zerstreutheit noch aus Nachlässigkeit, sondern lediglich, um die Leute auf dem Flur zu schockieren.

»Bitte, seh'n Sie sich das an«, sagt sie plötzlich und hält mir ihren fein behaarten Arm unter die Nase. »Morgen ist das blau.«

Ich betrachte mit angemessenem Interesse zwei dunkle Streifen, die wie Armbänder rings um Mays Handgelenke laufen.

»Diese Bestie!« murmelt sie, nicht ohne Ehrfurcht. »Und stellen Sie sich vor, mein Kleid, ein Kleid um fünfzig Louisd'or, hat er mir auch ruiniert; und alles nur, weil ich fühlte, daß ich Glück im Spiel haben würde und darum nach Monte Carlo wollte. Er wird schon sehen, was ihn das kostet, dieses Kleid. Aber ich hab' ihm auch einen hübschen Streich gespielt, ehe ich zu Ihnen heraufgekommen bin.«

»Hören Sie, May, keine Einzelheiten bitte!«

»Aber nein, nicht was Sie denken . . . Ich habe ihm, als er noch schlief, ein Härchen aus der Nase gerissen. Den Schrei hätten Sie hören sollen, meine Liebe! Ich hab gedacht, der Portier würde heraufkommen! . . . Aber glauben Sie, daß ihn das aufgeweckt hätte? Keine Spur. Er schläft weiter. Wie ein Klotz liegt er in seinem violetten Nachthemd auf dem Rücken, und er hat gesagt, er stehe erst auf, wenn Sie hinunterkommen und ihn auf die Beine stellen.«

Kaum eine Einzelheit aus Mays Intimleben bleibt mir erspart. Sie schildert mir ihren Geliebten so lebhaft und offen, daß ich genau weiß, wie dieser Mann sich wäscht, wie er einschläft und wie er aufwacht. Und nicht nur das erfahre ich von May in allen Einzelheiten . . . Aber heute habe ich besonders wenig Lust, mir ihre Schlüpfrigkeiten anzuhören:

»Na, und was ist nun mit dem Essen?«

»Was für ein Essen?« fragt May gähnend und zeigt zwischen den prächtigen Zähnen ihre kleine, trockene, belegte Zunge . . .

»Unser gemeinsames Mittagessen! Sie wollten doch, daß wir zusammen essen. Nun ist es viertel vor eins, und Sie sind noch in den Pantoffeln von Monsieur . . . Um wieviel Uhr werden wir also essen?«

May stellt sich x-förmig vor dem Fenster auf, Arme und Beine gespreizt; ihr duftiges Haar sieht im Sonnenlicht aus, als dampfe es.

»Um wieviel Uhr? Was weiß ich? Diese Frau hat nichts anderes im Kopf als die Uhrzeit! Wieviel Uhr es ist, wieviel Uhr es sein wird und wieviel Uhr es sein sollte! Man ißt, wann man will, und man schläft, wann man will, die Zeit ist nur eine Einrichtung für Domestiken und Bahnbeamte! Ich habe gesprochen. Oh! Dieses Gesicht! . . . Also hören Sie, weil Sie es sind, rase ich jetzt hinauf zu den anderen; wenn sie vollgepumpt sind, dann laß ich sie in Ruhe, stürze im Galopp wieder hinunter und wecke meinen Alten mit einem schönen Glas kaltem Wasser, das ich ihm gezielt über die empfindlichsten Stellen seines Körpers gieße . . . Dann bin ich in fünfunddreißig Minuten fertig. Herrje, was ich mit euch allen mitmache! . . . Soll ich Ihnen vielleicht inzwischen das Hors-d'oeuvre heraufschicken lassen? . . .«

Und dann ist sie schlurfend in ihren großen Pantoffeln abgezogen, nicht ohne vorher mit ihren weiten japanischen Ärmeln am Schlüssel hängenzubleiben, sorgfältig darauf bedacht, ihren Abgang recht »originell« zu gestalten.

Welch ein wunderbarer Rivieratag liegt vor mir da unten! Wie jeden Tag schenkt uns diese Mittagsstunde alles, was sie zu schenken vermag: eine Sonnenglut, die Denkvermögen und Bewegung hemmt, und dazu eine sommerliche Brise. Auf dem Meer zwei schiefe Segel und in der Ferne über dem Meer ein Flugzeug. Das dunkle Band der frisch besprengten Fahrstraße ist eine Wohltat für die Augen; große Automobile schießen wie Fische auf ihr dahin, und dann und wann kommt eine langsame Droschke vorbei, deren Kutscher an einem Mimosenzweiglein kaut. Neben dem Fahrdamm liegt blendend weiß die Promenade, auf der Spaziergänger mit ihren Hunden an der Leine entlangbummeln. In dem Gewühl sind nur selten Kinder zu sehen; man könnte ohne Mühe die nackten Beinchen zählen, die da unten herumlaufen, oder die stolpernden kleinen Dinger, die gleich dem Baby von gestern ganz in Batist und Spitze gehüllt sind . . . Nizza ist eine Stadt für Erwachsene . . .

Mein Blick fällt auf bunte Hüte und bleibt an dem grell

herausstechenden Grün eines Kleides hängen. Ich sehe Toiletten aus heller, leichter, viel zu leichter Seide und denke an jene Schmetterlinge, die, von den ersten Frühlingssonnenstrahlen hervorgelockt, den Tod finden . . . Doch auch schwere Pelze sehe ich, und vorsichtige Leute, die ausgerüstet mit grünen Sonnenschirmen und Wollschals auf den Bänken sitzen . . . Dabei fallen mir jene Restaurants ein, wo ihnen der Oberkellner einen Fächer reicht, während ein Boy ihnen eine Wärmkruke unter die Füße schiebt.

Vor dem Hotel erzeugen ein paar italienische Sänger mit Mandolinen eine melodische Untermalung, die der Wind hin und wieder zu mir heraufträgt; ich meine, den Duft der Veilchen und der roten Nelken aus den Körben der Blumenmädchen riechen zu können, und mein ausgehungerter Magen rebelliert . . .

Wann können wir endlich essen? . . . Unten am Wasser ist ein Foxterrier, der unentwegt bellt, so daß man sein Gekläffe gar nicht mehr wahrnimmt, und sich hartnäckig abmüht, einen viel zu großen Stein vom Strand mit sich zu schleppen . . . Zum fünften Mal geht nun schon dieser rote Hut mit dem grünen Band und der violetten Schleife vorüber; und wie oft habe ich diese beiden jungen Frauen — May sehr ähnlich, nur nicht so elegant — schon vorbeigehen sehen, die eine grün, die andere gelb, in kurzen Röcken und auf lächerlich hohen Absätzen schmerzvoll trippelnd? Sie gehen nicht weit; man könnte überhaupt meinen, daß sich ungefähr fünfhundert Meter von hier entfernt eine unsichtbare Schranke befindet, eine eingebildete Grenze, die fast alle Spaziergänger zum Umkehren zwingt. Dabei liegt dahinter ein so schöner, verlockender Strandweg, auf dem man weiter ausschreiten und das Rauschen des Meeres hören kann!

Von hier aus kann ich auch das helle kleine Restaurant sehen, das am Rand der Promenade liegt wie ein Dampfer, der eben dort angelegt hat. Früher pflegten Brague und ich dort zu Mittag zu essen, zufrieden und schweigsam und ein wenig matt von der Sonne . . . Ich habe Hunger. Meine Freunde brauchen sicher noch eine Stunde. Die beiden von oben erwarte ich gar nicht mehr . . . Und die beiden von unten werden sich gewiß wieder in den Haaren liegen, sie mit diesem intensiven Parfum, das ein wenig nach Apotheke riecht, und er schön geschniegelt, die Haare feucht und die Hand vom Bad noch warm. Und sie werden einander Gemeinheiten an den Kopf werfen oder Küsse austauschen, die nach Mundwasser schmecken . . . Ihre Streitereien und ihre Zärtlichkeiten, für die sie weder Dunkelheit noch Abgeschiedenheit brauchen, werden bis zum Essen anhalten — denn schließlich werden wir essen, oh ja! In einem fast leeren Speisesaal, der nach kaltem Bratenfett, nach Zwiebeln und nach Mandarinen riecht; wir werden essen, ohne Rücksicht auf die Zigeuner, denen keine Pause vergönnt ist, und trotz der widerspruchsvollen Befehle, die May dem Oberkellner erteilen wird.

Wenn wir beim Kaffee angelangt sind, wird die untergehende Sonne rötlich über dem Meer stehen, und in der violetten, frostigen Abenddämmerung werden wir eine »kleine Verdauungsfahrt« mit dem Auto unternehmen . . . Gegen sieben Uhr wird May mürrisch und frierend am Cap Martin ihren Tee verlangen, und ich habe einen weiteren schönen Tag vorübergehen lassen, verbummelt, vergeudet, nutzlos vertan . . .

3

»Bonsoir, Madame la Lune,
Bonsoir!
C'est votre ami Pierrot qui vient vous voir . . .«

May singt richtig, aber der Mondaufgang wäre meines Erachtens ganz gut ohne diese Montmartre-Serenade ausgekommen. Der Mond, der nun über dem Meer steht, in Nebel gehüllt, rot, und nicht ganz rund, ist derselbe Mond, der in jener Nacht als schmale Sichel zwischen zwei Wolken trieb, als ich nicht schlafen konnte . . . Die leichte Beklemmung angesichts der so schnell und nutzlos verstreichenden Zeit läßt mich den kühlen Hauch dieser Stunde noch stärker empfinden. Noch ist es hell, aber das Licht löst sich schon von den Baumgruppen und auch von den staubigen Straßenrändern; es klammert sich an die weißen Fassaden und bleibt an der sich schlängelnden Straße und an unseren bleichen Wangen hängen. Das ist der flüchtige Augenblick, in dem man unter den zahlreichen Villen und unter den künstlichen Gärten die ziemlich düstere und nüchterne Schroffheit dieser felsigen Küste erahnen kann . . . Warum nur mußte May »Bonsoir, Madame la Lune . . .« singen?

Wir sind zu viert in dem Mietauto, das uns nach Nizza zurückbringt, May und ich hinten, Jean, ihr Geliebter, und Masseau auf den Klappsitzen, und da uns ein scharfer Wind den eigenen und den Staub der entgegenkommenden Wagen hereinbläst, sind wir alle vier mit Schutzbrillen halb maskiert. Nachdem mich Mays Stimme aufgeweckt hat, vertreibe ich mir die Zeit damit, diese drei Halbgesichter zu studieren; infolge der Dämmerung kann man die Augen hinter den spiegelnden Gläsern nicht erkennen, aber Kinn, Mund und Nasenflügel sagen fast ebenso viel aus. Wenn ich nicht selbst maskiert wäre, würde es mich stören, meinen Gesprächspartnern nur auf die Lippen zu schauen . . . Mays Aussehen leidet eher unter der ovalen Halbmaske: Man sieht nun, daß sie eine sehr kleine Nase hat, aber ihr etwas ausdrucksloser Mund ist so weich und so jung! Angesichts ihrer vollen Wangen, auf deren dichtem Flaum der Puder so gut haftet, beunruhigt mich meine recht hagere Visage . . . Aber ein Gähnen von Jean, Mays Jean, lenkt mein Interesse sofort auf dieses Männergesicht. Mir ist bisher nie aufgefallen, wie viel dieser glatt rasierte, leicht angeschwollene Schmollmund mit den tiefen Mundwinkeln über die Schwächen und Vorzüge seines Charakters verrät, noch daß sein Kinn zugleich eigensinnig und weiblich wirkt und daß der niedere Kragen einen ziemlich breiten, aber scheinbar nicht sehr muskulösen Hals sehen läßt . . . Wenn er seine Maske abnimmt, muß ich mir unbedingt seine Augen ansehen.

Masseau hat natürlich Opium geraucht letzte Nacht. Man braucht sich nur die ungesunde Farbe seiner gequälten, intelligenten, verdrießlichen Lippen zwischen der großen, spitzen Nase und dem unmodernen Spitzbart anzusehen, und seine aufgedunsenen, grünlich-gelben Wangen. Er schweigt, er wartet . . . Er brennt darauf, endlich wieder in Nizza zu sein, um rauchen zu können. Als May »Bonsoir, Madame la Lune« sang, hat sein Gesicht ganz leicht nervös gezuckt, und gleichzeitig schien mir — ganz sicher bin ich nicht —, als ob über Jeans Lippen ein recht gehässiges Lächeln gehuscht wäre.

Instinktiv mache ich den Mund zu und presse die Lippen aufeinander, in der begründeten Sorge, man könnte an ihnen meine Müdigkeit ablesen und den Widerwillen angesichts eines schlecht begonnenen, sinnlos vergeudeten Tages, den unser mürrisches Schweigen nun beschließt — denn meine Augen sind nicht da, um zu lügen . . .

Der Wagen, in dem wir fahren, ist nicht berühmt, und auch die Straße läßt zu wünschen übrig; in den Kurven werden wir bald nach links, bald nach rechts geschleudert, und ich stemme mich gegen die Seitenwand, um May nicht zu belästigen, während May sich weich an meine Schulter fallen läßt: Unsere Unterhaltung beschränkt sich auf gewollt fröhliche Ausrufe über den Zustand der Straße . . . Das hell erleuchtete Monte Carlo entlockt mir einen Seufzer: nur noch fünfzig Minuten! Beim Anblick der Lichter fährt May hoch und befreit ihre schönen Augen und ihre kleine Nase, auf der ein roter Streifen sichtbar wird, blinzelnd von der Brille: »Jean, Jean, wie wäre es, wenn wir in Monte Carlo zu Abend essen? So wie wir sind, unpassend angezogen und schmutzig? . . . Nein? Warum nicht? Ach, natürlich, sobald es darum geht, irgend etwas Witziges zu unternehmen, dann ist keiner dabei . . . Jean, schau, dort ist die Stelle, wo du mir letztes Jahr eine Ohrfeige gegeben hast. Ja, meine Liebe, das hat er wirklich getan, das Scheusal! Jean, hast du die kleine Villa an der Ecke gesehen, die der Gonzalez? Da kann man ganz schön zahlen, wenn man sich eine solche Bude in Monte Carlo mietet . . .«

Auch ich begrüße im Vorbeifahren meine Erinnerung, aber ich sage nichts. Da ist die Villa des Bananiers, eine mittelmäßige Pension für bescheidene Börsen, wo Brague und ich zusammen mit Künstlern, mit alten Spielerinnen in schwarzen Spitzenhäubchen und mit heruntergekommenen Ausländern hausten . . . Ganz in der Nähe des Théâtre des Beaux-Arts weiß ich einen gemütlichen, kleinen englischen Laden, wo ich nach der täglichen Matinee schnell eine heiße Zitrone oder einen starken Grog getrunken habe. Gegen zehn traf ich gewöhnlich nur einen einzelnen Engländer mit dunkelrotem Alkoholikergesicht, der sich gemächlich betrank und dabei ein Liedchen vor sich hinsummte . . . Ich kann mich noch genau erinnern — so, als wäre es gestern gewesen —, wie es in den gestreiften Zelten des Théâtre des Beaux-Arts, in denen wir uns an warmen Nachmittagen umkleideten, gerochen hat: nach sonnenbeschienener Leinwand und feuchter Erde, ein Geruch, der sogar den Gestank der Schminke überbot . . .

Vor dem Hôtel de Paris wird das Auto langsamer und stockt, als wollte es uns zum Aussteigen veranlassen.

»Jean, ich meine, wir sollten hier essen.«

Der maskierte Mann schüttelt den Kopf, besinnt sich jedoch und wendet mir sein ausdrucksvolles halbes Antlitz zu:

»Hätten Sie Lust?«

»Ach, was mich betrifft . . .«

Ich würde lieber nach Nizza zurückfahren, aber wenn ich das zugebe, wird May sich ärgern, und ich riskiere es nicht gerne, dreiviertel Stunden lang ihre Beschimpfungen und ihre Tränen ertragen zu müssen.

»Was mich betrifft . . .«

»Gut«, sagt Jean bestimmt. »Chauffeur, fahren Sie weiter nach Nizza.«

»Gemeiner Kerl«, schreit May, »was hätte es dir ausgemacht, auch einmal nett zu mir zu sein? Ich möchte wissen, warum du hier nicht zu Abend essen willst?«

»Weil ich keine Lust dazu habe«, erwidert Jean in aller Ruhe.

Ein heiseres Lachen folgte dieser Antwort: Es war Masseau, der seit Stunden kein Wort mehr gesprochen hatte . . .

»Ach, du bist auch noch da!« wirft May ihm feindselig hin. »Mir scheint, es geht dir besser?«

Masseau nimmt seine Brille ab und läßt blinzelnd im Licht der vorbeifliegenden Straßenlaternen seine kleinen, rotumrandeten boshaften Augen sehen, es sind die Augen eines teuflischen Federfuchsers.

»Es geht mir tatsächlich besser, besser, als wenn es mir schlechter ginge. Denn wenn Sie sagen: ›es geht mir besser‹, scheinen Sie anzunehmen, daß es mir zu einem früheren Zeitpunkt, den Sie außerdem nicht genau festlegen, weniger gut gegangen sei. Da ich aber im allgemeinen mit meinem Gesundheitszustand nicht zufrieden bin, kann ich Ihnen nur antworten: ›Ja, es geht mir besser, besser, als wenn es mir schlechter ginge!«

Er hat die Stimme eines Greises und ein Gesicht ohne Alter. Er ist schwach, aber selten müde, und abwechselnd aufgedreht oder niedergeschlagen durch das Rauschgift. May duzt ihn — sie duzt so viele Männer —, aber sie scheint ihn auch nicht besser zu kennen als ich, nachdem ich in vierzehn Tagen vierzehn- oder fünfzehnmal mit ihm beisammen war. Als ich mich über ihn erkundigte, antwortete sie mir:

»Was weiß ich? Er ist sowas wie ein alter Veteran aus den Kolonien.«

An diesem Abend erwachte er aus seinem langen, unheimlichen Schweigen, angeregt durch die Nacht und das in Aussicht stehende Gift. Er streichelt mit seiner zarten gelblichen Hand über sein strohartiges Bärtchen, sieht mich von der Seite an und sagt:

»Die Geste des Frauenhelden.«

Dann breitet er seinen Bart fächerförmig aus und verkündet:

»Heinrich IV.«

Er nimmt seinen weichen Hut ab, dreht sich über der Stirn einen Haarschopf und sagt:

»Ludwig X., der Zänker.«

In dem Augenblick, als uns die Dunkelheit, die nach den Lichtern von Monte Carlo noch schwärzer erscheint, wieder umfängt, verfällt er aufs neue in sein Schweigen und seine beängstigende Starrheit. Die eben eingeschalteten Scheinwerfer fressen einen hellen Streifen in die Dunkelheit, einen Lichttunnel, der von blassen, zitternden Regenbogenfarben umgeben ist. Ich atme tief die trockene, nicht mehr so kalte Luft ein, lehne meinen Nacken gegen das heruntergeklappte Verdeck und entspanne mich, in der Gewißheit, daß ich bis Nizza unsichtbar bleibe, durch die Nacht den Blicken besser verborgen als durch die Brillenmaske vor den Augen . . .

»Verzeihung«, sagte Jeans Stimme, nachdem er mich mit seinem Knie berührt hat.

»Also wirklich!« sagte May vorwurfsvoll, »jetzt füßle auch noch mit ihr, das ist doch die Höhe!«

»Wieso die Höhe? Du bist nicht sehr höflich zu Madame Renée Néré, May!«

»Was ist«, murmelt Masseaus Stimme im Fahrtwind, »die Höhe eines versäumten Diners in Monte Carlo? Antwort: Die Höhe eines versäumten Diners in Monte Carlo ist, mit Madame Renée Néré zu füßeln.«

Ich fühle, wie May neben mir allmählich in Wut gerät: »Herrgott, widert ihr mich an, alle beide! Wenn man bedenkt, daß mein Liebhaber für intelligent gilt und daß es Leute gibt, die so behämmert sind, Masseau für geistreich zu halten! Ich frage mich langsam wirklich, was an euch beiden, an dir und ihm, so besonders sein soll. Hast du, der intelligente Liebhaber, schon jemals versucht, mir eine Freude zu machen oder Rücksicht auf mich zu nehmen?«

»Niemals«, antwortet der intelligente Liebhaber prompt. »Du bist keine alte Dame, und ich stehe in keinem verwandtschaftlichen Verhältnis zu dir. Infolgedessen . . .«

Wieder einmal amüsiert und verblüfft mich dieses Paar, bei dem die Frau nur im Bett auch als solche behandelt wird.

In vertikaler Lage sieht sich May aller Vorrechte ihres Geschlechtes beraubt, und das zärtliche Einverständnis verwandelt sich in schülerhafte Rivalität . . . Diese Leute sind neu für mich. Ich habe, als ich noch eine junge, einfältige Ehefrau war, die Herrschaft meines Gatten hingenommen, und Maxime Dufferein-Chautel hätte mir gern eine liebevolle, herkömmliche spießige Autorität aufgezwungen. Ich sah Hamond, meinen alten Freund, die dummen Launen eines herrischen Mädchens ertragen, und ich sah hinter den Kulissen die primitive Glut, die das Weibchen einem Herdenführer unterwirft . . . Aber so etwas wie May und Jean ist mir noch nie begegnet.

Außer Geld und Zärtlichkeit — wenn überhaupt — erhält sie nichts von ihm, was man als männliche Huldigung bezeichnen könnte . . .

»Und übrigens«, sagt May plötzlich, als hätte sie dasselbe gedacht wie ich, »nehme ich mir ab morgen allein ein Zimmer mit Bad im Impérial. Ich habe es satt, immer erst nach dir ins Bad zu dürfen, ich habe es satt, dauernd deinen Rasierpinsel voll Seifenschaum auf meiner Zahnbürste zu finden. Meine Liebe« — May wendet mir ihr Gesichtchen zu, dessen blasses Oval ich kaum erkennen kann —, »ich weiß nicht, ob Sie auch so sind wie ich . . .«

»Nein«, sagt Jean.

»Was, nein?«

»Ich sage: nein, sie ist nicht so wie du. Sie findet keinen Rasierpinsel auf ihrer Zahnbürste, und außerdem ist sie nicht meine Geliebte.«

»Sag, daß du das bedauerst, komm, sag es schon!«

»Oh! Warum denn gleich? May, wann wirst du endlich aufhören, alles zu überstürzen? Immer diese Eile, die alles verdirbt! Erst gestern morgen, um nur ein Beispiel zu nennen . . .«

»Gestern morgen? Was war gestern morgen?«

»Willst du wirklich, daß ich es sage?«

Masseau, der zu schlafen schien, beginnt Interesse zu zeigen. Im Schein der Lichter von Beaulieu, durch das wir gerade fahren, nimmt er, um zuzuhören, eine verträumte Pose wie auf den sentimentalen Porträtbildern von Disderi ein: einen Finger am Mundwinkel, Augen offen und Ohren gespitzt, verkündet er:

»Ich bin die Kaiserin Eugénie.«

Aber es kommt zu keinen skandalösen Enthüllungen, denn May bietet den wenigen friedlichen Spaziergängern von Beaulieu den ungewöhnlichen Anblick einer jungen Frau, die, aufrecht in einem roten Wagen stehend, mit allem Nachdruck auf den Herrn ihr gegenüber einschlägt und dazu schreit:

»Ich verbiete es dir! Ich verbiete dir, vom gestrigen Morgen zu erzählen! Oder ich erzähle von deinem Furunkel am Po und die Geschichte mit der Watte.«

Ein kräftiger Klaps wirft sie bei diesen Worten auf den Sitz zurück, wo ich mich wütend so gut wie möglich in Sicherheit gebracht habe. Diese nächtliche Rückfahrt entlang des Meeres, über das die Blinkfeuer hingleiten, hätte reizend sein können. Es ist so schnell Nacht geworden, daß man das schwarze Wasser des Hafens, auf dem die hell erleuchteten Schiffe unmerklich schaukeln, kaum mehr erkennen kann . . . Das Liebespaar, eben noch sehr kämpferisch, ist nun in ein recht zweifelhaftes Handgemenge verstrickt, und mehr um Masseaus Aufmerksamkeit willen als aus Feingefühl wende ich mich ab . . .

Endlich nähern wir uns Nizza. Dieser Lichtergirlande dort ist die Promenade des Anglais, und an dieser Promenade liegt meine einstweilige Unterkunft, zwar nur ein Hotelzimmer, aber immerhin ein Raum, dessen Tür ich verschließen kann und in dem ich mein eigenes Parfum einatme . . .

»Wie spät ist es?«

Diese Frage ist mir unwillkürlich entschlüpft, als wir an dem winzigen Theater vorüberfuhren, dessen Name in leuchtend roten Perlen die höchsten Bäume des Jardin Public beleuchtet. Ein ganz kleines Theater! Wie behaglich das letzte Jahr dort war, als der Dezemberregen auf das Pflaster klatschte und die Zweige der Mimosen wie verklebte Federn herabhingen . . .

»Strafe zahlen!« schreit May. »Sie hat schon wieder nach der Zeit gefragt. Unter einem Louisd'or kommt sie nicht davon!«

»An wen zu bezahlen?« fragt Masseau.

Das Auto hält vor dem Hôtel Impérial, aber May ist so verblüfft, daß sie auf das Aussteigen vergißt.

»An wen? An mich selbstverständlich. An wen wollt ihr bezahlen, wenn ich doch da bin?«

Jean zuckt die Schultern und springt ohne ein Wort aus dem Wagen. Weder strenge Worte noch Prügel könnten May von dieser tief in ihrem Charakter verwurzelten Schwäche befreien: Geld ist für sie alles, sie beurteilt und bewertet alles nur nach Francs und Louisd'or, und nach einem königlichen Souper erzählt sie nicht etwa: »Der Tisch bog sich unter Unmengen von Blumen und Früchten!«, sondern berichtet exakt: »Pfirsiche zu fünf Francs das Stück, Kinder, und für fünfzig Louisd'or Orchideen auf dem Tisch! . . .« May bedient sich nicht, indem sie stiehlt, sondern indem sie sich als guter Gast ihren Teil aus allen Schüsseln zuerst nimmt . . .

. . . Da wären wir also wieder einmal. Wir stehen da, mit Pelzen und Brillen ausgerüstet wie Polarforscher, und sind doch nur hundert Kilometer die Uferstraße entlang gefahren. Unter den Blicken einiger unverheirateter Engländer mit kurzen Pfeifen und der Leute am Spieltisch betreten wir blinzelnd die hellerleuchtete Halle — zwei Francs auf die fünf, zwei Francs auf die vierzig, die doch nie kommt — lauter pünktliche Gäste, die den Speisesaal bereits verlassen haben. Obgleich dies kaum das richtige Publikum dafür ist, findet May es angebracht, ihre Chinchillamütze abzunehmen und ihr Haar so lange zu schütteln, bis die Haarnadeln nach allen Seiten fliegen — ganz nach den Sitten und Gebräuchen eines »Originals« —, und Jean belohnt sie dafür mit einem hinterlistigen, harten Tritt ans Schienbein; Masseau, der weder einen Sinn für Mode noch für Anstand hat, gähnt so anhaltend, daß ihm Tränen in die Augen steigen und sein Bärtchen unter dem ungewöhnlich hohen Medicikragen seines Lodenmantels verschwindet.

Er sieht sich in einem Spiegel, verzieht die Mundwinkel zu einem unnatürlichen Lächeln, neigt sich zu mir herab und murmelt:

»Heinrich III.«

Ich finde, der Fahrstuhl läßt lange auf sich warten . . . Ich schäme mich ein wenig unter den neugierigen Blicken dieser Fremden, die unsere Gruppe gewiß auf ihre Weise einteilen und sich wahrscheinlich fragen: »Mit welchem der beiden Männer wird die jüngere Frau wohl hinauffahren?«

Schließlich nimmt der Lift alle vier auf; und damit endet ein Augenblick allgemeinen Unbehagens, falscher Verbundenheit, ja beinahe der Abneigung. Und wir verabschieden uns so nachdrücklich und frostig voneinander, als würden wir einander nicht wiedersehen.

»Ach, diese Leute, diese Leute! . . .« Ich weiß nichts hinzuzufügen und beginne daher von neuem: »Diese Leute, ach, ich habe so genug von ihnen . . .«

Der Zimmerkellner, der mir ein Tablett mit Tee und Obstsalat gebracht hat, nimmt ein Briefchen für May mit, in dem ich mich kurz entschuldige:

»Ich muß mich erkältet haben, liebe Freundin; ich gehe zu Bett und werde nicht zum Abendessen kommen, denn ich fühle mich nicht wohl. Entschuldigen Sie mich. Bis morgen.«

Jetzt kann ich hinter doppelt verschlossenen Türen weiter auf und ab gehen und mich meiner schlechten Laune hingeben: »Ich habe genug von diesen Leuten!« Ein heißes, duftendes Bad wartet auf mich und verbreitet seinen herben Geruch. Ich laufe in alten Pantoffeln herum, und unter dem Morgenrock trage ich ein zerknittertes Hemd, dessen Stickereien keine Bänder mehr aufweisen: man sieht, daß ich die verheerenden Hotelwäschereien wohlwollend gewähren lasse . . . Als ich mir meinen Lebensunterhalt noch selbst verdienen mußte, fehlten an meiner bescheidenen Wäsche weder Bänder noch Knöpfe . . . Diese unentschuldbare Nachlässigkeit verstärkt meinen Groll: »Oh, wie ich diese Leute satt habe!« Aber ich nenne niemanden beim Namen, in der Befürchtung, ich könnte mich selbst anklagen.

Was hat Masseau, der gebildete, opiumsüchtige Büchernarr mir schließlich getan? Warum May mehr Schuld daran geben als Jean, daß sie sich in ihrer Untätigkeit meinem Müßiggang angeschlossen haben? Sie ist nicht übel, und er ist liebenswürdig, mißtrauisch, redet nicht viel. Muß ich in den Kreis »dieser Leute«, die ich so satt habe, nicht auch meinen »alleinstehenden Herrn«, den Ärmsten, miteinbeziehen, das Hotelpersonal und die Spaziergänger auf der Promenade? Ja, das ist mir lieber. Das ist besser, das ist weniger ungerecht. Arme May, sie hat mir doch gar nichts getan . . . Nun sitzt sie sicher schon mit Jean beim Abendessen in der Bonne Hôtesse oder im Casino, oder aus Zimmer Nummer 82 erschallen die Schreie und Schläge einer neuen »großen Prügelei« . . . Ich recke und strecke mich im heißen Wasser und lache schadenfroh, wenn ich mir vorstelle, daß May morgen früh beleidigt und aufgebracht bei mir erscheinen wird: »Meine Liebe, schau'n Sie sich das an, er hat mir für mindestens fünfzig Louisd'or blaue Flecken geschlagen . . .«

Ja, ich habe diese Leute satt, das stimmt. Aber ich beginne, nicht nur mich selbst besser kennenzulernen, sondern auch die Vor- und Nachteile dieser einzigartigen Gegend, in der die Vormittage bezaubern, und wo man selbst an sternenklaren Abenden die Unbehaglichkeit eines zwitterhaften Klimas fröstelnd zu spüren bekommt; hier wirken kühle Nächte nicht erfrischend, und warme Nächte bringen eher Fieber als Wollust. Bin ich in den wenigen Tagen meines Hierseins etwa anfällig für die Launen des mittelländischen Winters geworden, oder war ich schon vorher so unausgeglichen wie das hiesige Klima? Die Sonne würde hier im Januar die Trauben reifen lassen, wenn nicht ein Windhauch, ein eisiger Schatten genügte, um alles zu vernichten . . . Max, in deinen Armen war ich geborgen wie in einem Grab, und trotzdem bin ich aufgestanden, um zu fliehen . . .

Nein, ich sehe wahrhaftig nicht ein, warum ich mit »diesen Leuten« noch länger beisammenbleiben sollte. Außer dem Nichtstun verbindet uns nichts. Letztes Jahr hatte May einen anderen Liebhaber, weniger anziehend, aber umgänglicher als der jetzige. Ich habe den jetzigen eher zurückhaltend und frostig aufgenommen, während sich May mit einer Ungezwungenheit und einem organisatorischen Aufwand in dem neuen Verhältnis einrichtete, den man gewöhnlich nur bei der Ausstattung einer neuen Villa entfaltet.

May? . . . Ich kann sie entbehren, ebenso wie Jean. In diesem Jahr sind wir einander nicht nähergekommen. Wir haben über Liebe, Hygiene, Kleider, Hüte, Schönheitsmittel und Kochen gesprochen, ohne deshalb mehr Zuneigung oder Achtung füreinander zu empfinden. Zehnmal habe ich mich ohne Bedauern von May getrennt — zehnmal hat sie sich mit einem flüchtigen Händedruck von mir verabschiedet, und zehnmal ist sie mir durch Zufall, allein oder in Begleitung, wieder über den Weg gelaufen, hat meine Pläne, ein geregeltes Leben zu führen, und meine Entschlossenheit, endlich wie eine besonnene, reife Frau zu leben, wieder über den Haufen geworfen und jedesmal gerufen: »Na, bin ich nicht ein Original?«

Sobald sie erscheint, schließt sich das geöffnete Buch, der bilderreiche Fluß der Träume versiegt, und der versuchte Höhenflug des Geistes scheitert. Sogar die Worte verschwinden, und es bleiben nur zwei- bis dreihundert alltägliche Vokabeln übrig, davon einige Argot-Ausdrükke, und jene Wendungen, die man benötigt, um nach dem Weg zu fragen, das Essen zu bestellen und Liebe zu machen — kurz, all die Wendungen, die man in einem Fremdsprachenlehrbuch für Touristen findet . . . Und ich widersetze mich nicht, ich schließe das Buch und ziehe ein Abendkleid an, um mit May oder mit May und Jean in irgendein Nachtlokal zu gehen . . .

Ich bin mir bewußt, daß May zwar keineswegs einen stärkeren Willen besitzt als ich, aber weit mehr Beweglichkeit und eine sprudelnde Energie, die nicht durch Gedanken gehemmt wird. Sie hat mich gelehrt, daß man essen kann, ohne Hunger zu haben, daß man reden kann, ohne etwas zu sagen, daß man lachen kann, aus reiner Gewohnheit, daß man trinken kann, weil es so üblich ist, und daß man in sklavischer Unterwürfigkeit mit einem Mann leben und doch den Anschein absoluter Unabhängigkeit erwekken kann. Auch ihr sind Nervenkrisen und Anfälle von Schwermut nicht unbekannt, aber sie hat zwei große Seelentröster: die Maniküre und den Friseur; darüber hinaus gibt es dann nur noch Opium und Kokain. Wenn sich May blaß und mit dunkel geränderten Augen von Stuhl zu Stuhl schleppt, wenn sie gähnt, fröstelt, grundlos zu weinen beginnt und sich vergebens von ihrer leeren Vergangenheit und ihrer ebenso leeren Zukunft abzulenken versucht, dann ruft sie plötzlich lebhaft: »Schickt die Maniküre zu mir«, oder: »Ich werde mir die Haare waschen lassen.« Beruhigt und getröstet überläßt sie dann ihre Pfötchen oder ihr goldblondes Haar den geschickten Händen, die massieren, polieren, bürsten und ondulieren können, und während dieser wohltuenden Behandlung beginnt sie zu lächeln, hört sich Klatsch und nichtssagende Schmeicheleien an und überläßt sich dem Dämmerschlaf der Genesenden . . .

Ob sie heiter ist? Die Männer behaupten es, aber ich finde nicht. Die Natur hat ihrem runden Kindergesicht einen nach oben geschwungenen Mund, verschmitzte Augen und eine kleine, süße Stupsnase verliehen, also die Merkmale des Lachens selbst. Aber Heiterkeit ist nicht Unruhe oder Erregung, ist nicht Geplapper oder lautes Protestieren, und gewiß nicht Sucht nach allem, was berauscht . . . Heiterkeit ist etwas Ruhiges, meine ich, etwas Gesünderes und Ernsteres . . .

Vielleicht ist Jean im Grunde heiterer als May. Man hört ihn selten, er ist ebenso schnell bereit zu drohen wie zu lächeln, aber ich gestehe ihm die innere Ruhe von Leuten mit einem guten Magen zu, und während May im Streit sofort außer sich gerät und mit Augen und Händen nach einer Schere oder Hutnadel sucht, schlägt Jean sie nur mit der flachen Hand, ohne Verderbtheit, in einer Art sportlicher Fairness . . .

Ich muß mich entschieden trennen, ja ich muß mich von diesen Leuten trennen. Ob ich will oder nicht, sie nehmen zu viel Raum und zu viel Zeit in meinem Leben ein, das zwar jetzt schon einer Wüste ähnelt, aber wo May hintritt, sieht es aus wie der Pfad einer Ziegenherde, auf dem nichts mehr wächst. Warum noch länger zögern? Ich sage mir immer wieder: »Schließlich kenne ich diese Leute ja gar nicht . . .« Heute abend aber wird mir jede Minute klarer: Ich kenne sie nur zu gut.

Und was man über unser Trio wohl schon gemunkelt haben mag; eine alleinstehende Frau, innig befreundet mit einem leichtfertigen Liebespaar . . . Ach, das sieht mir wieder ähnlich! Allein bei dem Gedanken, daß man mich falsch beurteilen, mich für schwächlich und nunmehr auch noch für zwielichtig halten könnte, ist mir zumute, als ob Paris, die Provinz und das Ausland den Blick vorwurfsvoll auf mich richteten, und vor tugendhafter Erregung wird mir ganz heiß in meinem eben noch so kühlen Bett mit den glatt gebügelten Laken und dem keuschen Chlorgeruch, den mein Parfüm nicht ganz verdekken kann . . .

Ich bin schon fast eingeschlafen, als mein Zimmernachbar zurückkehrt und mit gleichgültiger Rücksichtslosigkeit die Tür hinter sich zuschlägt. Dann poltern zwei Stiefel zu Boden, als wären sie von einer Zimmerecke in die andere geschleudert worden, und klingen so schwer, daß man glauben könnte, der Mann trage Holzschuhe . . . Nun geht er auf den Socken, aber der alte Parkettboden unter dem Teppich knarrt, und ich kann genau unterscheiden, daß mein Zimmernachbar vom Frisiertisch zum Nachttisch wandert und vom Nachttisch ins Badezimmer . . . Aus dem Badezimmer, das direkt neben dem meinen liegt, höre ich das Klingen des Zahnputzbechers, den harten Aufprall irgendeines Silber- oder Nickelgegenstandes und das Rauschen des Wassers, das in die Badewanne läuft . . . Leider entgeht mir keine einzige Bewegung und Handlung des verspäteten Reisenden . . . Ich warte angewidert und resignierend darauf, daß der Schlaf den Unbekannten, den verhaßten Herrn X. für einige Stunden zum Schweigen bringt, und wünsche ihm eine Ohnmacht, wenn nicht sogar den Tod . . . Ich warte darauf, daß er endlich aufhört herumzutappen, laut zu gähnen, zu husten, zu spucken und sich mit baritontiefen »Hm, hms« zu räuspern, daß die Gläser auf meinem Nachttisch klirren . . .

Über mir bebt die Decke unter dumpfen Schritten. Im anderen Nebenzimmer werden trippelnde Schritte laut und die schrille Stimme einer keifenden Frau. Sie spricht mit jemandem, dessen geflüsterte Erwiderung ich nicht höre, und es klingt, als stritte sie sich am Telefon . . . Ich warte. Ich verharre bei all dem Lärm so regungslos wie ein Einbrecher, ich atme kaum, wie um den anderen ein stilles Beispiel zu geben . . .

Die Klingel am Flur ertönt, zweimal, dreimal, zehnmal unter dem Druck eines nervösen Fingers, der Fahrstuhl bleibt mit einem federnden »Bum« stehen und erschüttert die ganze Etage, jemand schlägt heftig die eiserne Gittertür zu . . . Das ist die Hotelnacht, und da ich von Hotel zu Hotel ziehe, zähle ich die schlaflosen Nächte nicht mehr, in denen zu Boden fallende Stiefel, Türenschlagen, Hustenanfälle, all die Geräusche in einem solchen Menschenstall die langen Nachtstunden begleiten. Zu den gleichmäßigen Schnarchtönen sind mir zuweilen auch schon heftigere Klänge untergekommen: Revolverschüsse eines Verrückten, der schauerliche Schrei einer hysterischen Dame, der röchelnde Alptraum eines Spielers in Monte Carlo . . . Oft lassen die dünnen Gipswände auch sanftes Stöhnen und Seufzen, die Geräusche leidenschaftlicher Liebesspiele zu mir dringen, die ich dann unbarmherzig durch gezwungenes Husten oder einen Faustschlag gegen die Mauer unterbreche, denn gegen die Wonnen anderer bin ich streng geworden . . .

Nichts zwingt mich dazu, die Unzahl dieser alltäglichen kleinen Folterqualen, die das Leben im Hotel mit sich bringt, noch länger zu ertragen. Wenn ich will, kann ich schon morgen eine friedliche Villa oder eine bequeme Wohnung in Paris beziehen, denn der Tod meiner Schwägerin Margot hat mich zu einer Rentnerin gemacht; fünfundzwanzigtausend Francs Rente sind für eine Frau wie mich ein kleines Vermögen. Aber — ich will nicht, ich kann nicht. Ein Hund, der lange an der Leine ging, macht auch keine Luftsprünge, wenn man ihn losläßt, sondern läuft in gewohnter Gangart weiter und berechnet nach wie vor instinktiv die Länge der nicht mehr vorhandenen Leine. Ich führe weiterhin mein Hotelleben — warum auch nicht? Der unruhige Schlaf, die unregelmäßigen Mahlzeiten, der Zichorienkaffee und die Magermilch — all das ist Bestandteil meines Lebens geworden.

Außerdem habe ich, seit ich meinen Beruf aufgab, egoistisch und pervers Geschmack daran gefunden, morgens, wenn andere Leute arbeiten müssen, weiterzuschlafen. Ich muß gestehen, daß es mir wohltut, am frühen Morgen, wenn der junge Tag bläulich durch die Jalousien schimmert, den Hausdiener hart an die Nachbartüren klopfen zu hören und mir das unangenehme Erwachen vorzustellen, das Frösteln und Gähnen, die Eile, den morgendlichen Regen, den verpaßten Zug . . . Voll niederträchtiger Schadenfreude räkle ich mich im warmen Bett und habe gerade noch Zeit, leise vor mich hin zu murmeln: »Jetzt sind die anderen an der Reihe«, bevor ich mich dem Morgenschlaf überlasse, einem leichten Schlummer, reich an fast bewußt genossenen Träumen, von innen her beleuchtet durch die seltsamen Sterne des Traums und von außen durch das Tageslicht, das meine halb geschlossenen Lider gewaltsam öffnen will . . .

Es muß spät sein, aber die elektrische Wanduhr zeigt die Zeit nur alle sechzig Sekunden mit einem fast unhörbaren Knacken an . . . May und Jean dürften ihre Streitereien bereits beendet haben, vielleicht sogar schon die Versöhnung? . . . Im Nachbarzimmer wird geschnarcht, es ist ein tiefes, majestätisches, saugendes Schnarchen, beim Ausatmen unterbrochen von einem kurzen, lustig-schauerlichen kleinen »Klok«. Diese Art des Schnarchens ist mir nicht unbekannt, ich ziehe es dem gestaffelten Schnarchen vor, das leise beginnt, immer stärker wird und schließlich mit einem Hustenanfall endet. Auch aus Masseaus großer Nase dröhnt nun wahrscheinlich ein hohles Spektakel, wenn nicht die Opiumlampe noch brennt — eine kleine Flamme, die zuweilen unter einem Tropfen Saft knisternd aufflackert . . .

Ich kann nicht schlafen — aber ich verliere auch nicht die Geduld. Diese Nacht wird weder länger noch kürzer sein als andere solche Nächte. Jede Nacht nimmt ein Ende — das bedenken Leute, die an Schlaflosigkeit leiden, im allgemeinen zu wenig; ich habe Nachsicht mit ihnen, denn sie sind zumeist krank. Ich bin nicht krank, ich bin an schlaflose Nächte gewöhnt. Ich knipse die Lampe nicht an und öffne kein Buch: gute Mittel, den Schlaf endgültig zu verbannen und sich die Augen zu verderben. Ich warte. Sie sind widerlich, die hinter diesen Wänden und jenseits dieser Decke liegen und schlafen wie betrunkene Barbaren; sie sind widerlich, aber . . . sie sind da. Wer weiß, ob ich nicht gerade ihre Nähe suche, statt ihnen auszuweichen? Vielleicht habe ich mich sogar geirrt, als ich damals glaubte, mit dem Auszug aus meiner Wohnung und dem Verzicht auf umgängliches Personal der Einsamkeit einen Schritt näherzukommen . . . Von ebenso vielen verhaßten Wächtern umgeben, wie ein Zimmer Wände hat, wiederhole ich, wie um mir selbst zu bestätigen, daß sie wirklich da sind: »Sie sind widerlich«, und warte umzingelt, beruhigt auf den Sonnenaufgang über dem Meer, auf das Rauschen der Wellen im Morgenwind und auf dieses unklare, fahle Licht, das allmählich eindringt, bis zu meinem Bett vorstößt, bis zu meiner Stirn und bis zu meinen nunmehr geschlossenen, unempfindlichen Augen . . .

4

Man sagt, daß eine Frau angesichts eines weinenden Mannes schwerlich kaltes Blut bewahren kann. Ich kann mich nicht erinnern, daß mir Maximes Tränen an dem Tag, als er so unbefangen über meine bevorstehende Abreise weinte, besonders rührend erschienen wären.

Aber ich finde, daß für eine Frau oft der Kummer einer anderen Frau ein herzzerreißender Anblick ist und geeignet, jene selbstsüchtige und erstaunliche Scheu in ihr aufkommen zu lassen, die man Vorahnung nennt. Fast immer sieht eine Frau im Schmerz einer anderen sich selbst; sie könnte ihr Vorgefühl ähnlich formulieren wie der noch nüchterne Trinker angesichts eines am Boden liegenden Betrunkenen: »So werde ich am Sonntag aussehen« . . .

May hat Kummer. Ich hätte gerne darauf verzichtet, das zu erfahren, aber ein »Original«, ein »Naturkind« macht sich die Offenheit zur Pflicht und hält die unzumutbarste Vertraulichkeit für anständige Gesinnung.

Armes »Original«! Da sitzt sie nun in dem Zimmer, das sie für sich allein beansprucht hat.

Das sitzt sie nun, trübselig inmitten eines bunten Durcheinanders von Seidenhemden, feinen Strümpfen und Kleidern mit langen Schleppen oder kurzen Röcken. Auf dem Bett stehen Koffereinsätze und eine offene Hutschachtel, und Mays Zimmermädchen, eine eigensinnige Baskin, läuft mit vorwurfsvoller Miene hin und her. Neben dem Teebrett entdecke ich zwei Tablettendosen und ein gedrungenes Fläschchen mit weißem Pulver; May gähnt und schnüffelt, verschnupft durch die Kälte an diesem von fliegenden Wolken verdüsterten Morgen, durch die Tränen und hauptsächlich wohl infolge von Kokain.

»Putzen Sie sich die Nase, May!«

»Glauben Sie, ich will mir eine rote Nase holen? Ich denke nicht daran. Da schnüffle ich lieber.«

Sie lacht, heiser wie ein Kind, das zu viel geheult hat, denn ihr Kummer — das rechne ich ihr hoch an — äußert sich nicht in lautem Jammern. Sie sagt nur: »Na also. Es ist soweit. Es mußte ja so kommen.« Sie hat geflucht wie ein Mannsbild und ihren Jean mit den übelsten Namen bedacht. Inmitten des allgemeinen Durcheinanders ist es ihr gelungen, zusammengerollt in der hohlen Hand nebst einer Photographie von Jean ein Bündel Banknoten aus der Westentasche ihres Geliebten mitgehen zu lassen . . . Es wäre mir lieber, wenn ich in mein Zimmer zurückkehren könnte. Meine Beine unter dem Morgenrock sind nackt, und ich friere, weil ich gerade aus dem Bad komme . . . Ich fühle, daß es mir an Mitleid, an Wärme — und, um ehrlich zu sein, an Zuneigung fehlt, und ich bemühe mich krampfhaft, herzlich zu sein.

»Na, na, May . . . die ganze Angelegenheit ist doch nicht ernst. Außerdem, ist das nicht das erstemal?«

»Das erstemal, daß — was? Daß wir getrennte Zimmer haben? Haha! Wenn ich so viele Hunderttausend hätte, wie ich mich mit Jean schon überworfen hab'! . . . Ich weiß doch, daß es nicht ernst ist . . .«

Trotzdem richtet sie sich ein, als wäre es ernst. Sie schiebt den neuen Toilettentisch vor das Fenster, stellt den Spiegel schräg und beginnt sich zurechtzumachen, etwas, das sie schamlos vor Jean, vor mir, vor dem Zimmerkellner und vor dem Hotelboy tut. Und sie tut es gründlich, alles was recht ist. Ohren und Mundwinkel werden einer besonderen Reinigung unterzogen, die Augenlider mit den Fingerspitzen angehoben, und begutachtet, wie die Kiemen eines verdächtigen Fisches . . .

Dann bohrt sie ihren mit der Ecke eines Taschentuches umhüllten Zeigefinger in die Nasenlöcher und säubert die Höhlungen gewandt wie ein Flaschenputzer! Mit einem elfenbeinernen Messerchen kratzt sie sich die Zunge ab, zwei unerbittliche Fingernägel machen Jagd auf einen winzigen Mitesser, und eine kleine Pinzette reißt hier und dort ein Härchen aus.

»Ich weiß sehr gut, daß es nicht ernst ist, aber nicht wahr, ich kenne doch die Männer, und Jean besonders und . . . Was sagen Sie?«

Ich habe nichts gesagt; ich habe mich nur abgewendet, um ein Lächeln zu verbergen, ein Lächeln, das weder gütig noch böse war.

»Ich kenne die Männer . . .« Warum folgt dieser klassische Satz aus Frauenmund niemals auf einen Sieg, sondern stets auf eine Niederlage, die doch genau das Gegenteil beweist? . . . Ich habe nichts gesagt, denn ich kenne die Männer ja nicht . . .

»Ich bin nun schon seit einem Jahr mit ihm zusammen«, fährt May fort, »und kann mit Sicherheit behaupten, daß er keiner von denen ist, die jahrelang an einer hängenbleiben . . .«

Das Haar mit einem Tuch streng zurückgebunden, verteilt sie nun mit beiden Händen reichlich Cold Cream auf Stirn und Wangen, aber ihr Eifer, mich zu überzeugen, ist so groß, daß sie ihre Gesichtsmassage unterbricht und ihre Ausführungen, unterstützt durch lebhafte Gesten mit gespreizten Fingern, fortsetzt. Ich denke an das Schminken und Abschminken von früher, und daran, daß mich Brague, wenn mein Gesicht von Vaseline glänzte, »eine ins Öl gefallene Ratte« nannte . . .

»Ein Jahr mit einem Mann, da ist man dann schon fast verheiratet, obwohl wir uns nur am Meer und in Badeorten aufgehalten haben. Eine gemeinsame Wohnung, wissen Sie, . . . nein, das ist nichts für uns. Er hat seine Nebenbeschäftigungen, und ich habe meine eigenen Vorstellungen. Es gibt Dinge, die ich mir nicht gefallen lasse . . . Was meinen Sie? . . .«

Ich habe wieder nichts gesagt. Aber ein feiner Instinkt sagt May sofort, wenn etwas bei mir auf Skepsis stößt.

Dinge, die sie sich nicht gefallen läßt? Welche wären das? Sie nimmt Geld und steckt Ohrfeigen und Grobheiten ein — allerdings mit der herrischen Miene einer kleinen Despotin . . .

». . . Kurz und gut, wenn Jean bei mir bleibt, dann bilde ich mir darauf nichts ein, das können Sie mir glauben. Das ist nämlich eher Eitelkeit als Liebe, denn er weiß sehr gut, daß ich in meiner Art auch ein Original bin und nicht jemand, mit dem er machen kann, was er will . . . Hier der Beweis«, schließt sie stolz und deutet auf ihre geöffneten Koffer. »Ich habe gesagt: ›Auf Wiedersehen, mein Kleiner, in dieser Welt oder in einer anderen.‹ Jawohl.«

Sie lügt. Sie ist rührend dabei, die arme, prahlerische kleine May; das heißt, sie *könnte* rührend sein. Ein Mann würde sie gewiß bedauern, auch eine Frau — aber ein anderer Frauentyp als ich.

Denn sie gibt damit an, ihren Liebhaber verlassen zu haben, und obgleich sie damit rechnet, ihn heute abend, morgen oder schon in einer Stunde wieder zu versöhnen, verleumdet sie ihn, klagt ihn an, vermißt ihn und spricht von ihm, als ob sie ihn für immer verloren hätte. Sie redet von ihm, als ob er schon ihrer Vergangenheit angehörte.

Ich tue, was ich kann, das heißt, ich höre May zu und nicke zuweilen mit dem Kopf. Sie ist jetzt dunkel gepudert, mit verführerischen grauen Ringen um die Augen und hellem Rouge auf den Wangen. Nun noch die Wimpern . . . den Mund . . . einen großen dunklen Schönheitspunkt neben den Mundwinkel . . . fertig. Zerstreut lächelt sie mir im Spiegel zu.

»Wie Sie mich ansehen, Renée! Fast so wie Jean, wenn er sagt: ›Es ist widerlich, wenn man sieht, wie eine hübsche Frau Toilette macht!‹ Man hat's wirklich nicht leicht mit dem Kerl!«

»Warum machen Sie aber auch all diese . . . Verbesserungsarbeiten in seiner Gegenwart?«

Ihre reizenden Augen zwischen den dichten Wimpern weiten sich erstaunt:

»Aber, meine Liebe, wenn ich fünfunddreißig oder vierzig wäre, dann würde ich mich verstecken, wenn ich mich schön mache, aber jetzt? Habe ich vielleicht Pickel auf der Haut oder rote Augenlider oder Falten? Ich habe nichts zu verbergen, jeder kann mich sehen! Entweder ist man natürlich, oder man ist es nicht . . . Pst! . . .«

»Was ist?«

»Geht draußen nicht jemand?«

Die Arme . . . sie wartet auf ihn, und er kommt nicht.

»May, sagen Sie mir, ist zwischen Ihnen und Jean etwas Ernsteres vorgefallen als gewöhnlich?«

Sie sieht mich ratlos an, und diesmal meint sie es ehrlich:

»Aber . . . nein . . . das ist es ja. Im Gegenteil. Und deshalb wundere ich mich auch. Man könnte sogar sagen, daß gar nichts vorgefallen ist, wir haben uns nicht gerauft . . . ich habe keine blauen Flecke . . . Es ist ganz eigenartig. Seit einigen Tagen ist er boshaft und heimtükkisch. Er tut so zerstreut und gleichgültig, wissen Sie, er spielt den Gigolo, wie ich es nenne . . .«

Sie nagt an ihren rot geschminkten Lippen und schaut auf das grünlichgraue Meer hinaus. Ich meine, das Befremden und die Verständnislosigkeit eines ungerechtfertigt bedrohten Menschen in ihrem Blick lesen zu können. Und ich erinnere mich mit einem Mal sehr deutlich an Jeans halbmaskiertes Gesicht, an den Mund mit den tiefliegenden Mundwinkeln, die faunischen Backenknochen, das Kinn mit dem Grübchen und den breiten fleischigen Hals . . . Plötzlich sehe ich dieses rätselhafte Gesicht ohne Augen wieder vor mir, und die kleine May tut mir leid, denn alle Merkmale im Gesicht dieses Mannes deuten auf Hinterlist, auf rücksichtslose Kraft und auf eine Schwäche hin, die verführerisch genug ist, um alles zu erreichen — kein Zweifel, er ist der stärkere von beiden.

5

»Darf man eintreten?«

»Wer ist ›man‹?«

»Wir!«

Es ist eine helle Stimme, die ich allerdings nicht eindeutig als Mays schönen Mezzosopran identifizieren kann — die Stimme hat einen Klang, der ihre Worte annehmbar macht. Ich öffne und sehe mich zwei Männern gegenüber — Masseau und Jean. Masseau hat einfach seine Stimme verstellt. Schon aufgestanden oder noch nicht schlafen gegangen, war er mit der ihm eigenen Miene des schlecht gelaunten Beamten am Strand entlang spaziert, wo Jean ihn dann getroffen hat. Seine grauen Glacéhandschuhe, sein weicher Filzhut, seine unauffällige Krawatte, all das wirkt irgendwie verrückt, ich weiß nicht, warum. Außerdem hat er sich eine armdicke Alge, die er am Meer fand, um den Hals gehängt und ist so die Strandpromenade entlang, über die Straße und durch die Hotelhalle marschiert. Er ordnet das Meergebilde vor meinem Frisierspiegel zu einer Halskrause und murmelt dabei wie zu sich selbst:

»Colombine!«

»Sind Sie verrückt, Masseau? Nehmen Sie das ab, es riecht nach rohen Muscheln.«

»Es gibt zwei Möglichkeiten«, sagt Masseau. »Entweder sind Sie Sklavin eines Vorurteils, das man ›Mode‹ nennt, dann will ich nichts mit Ihnen zu tun haben. Oder Sie empfinden im Innersten Ihres Herzens für mich, was jede Frau bei meinem Anblick erstrahlen läßt, nämlich Liebe, dann seien Sie entzückt von dieser Laune eines heiteren Morgens. Oder . . . Aber dann hätte ich sagen müssen: Es gibt drei Möglichkeiten . . . Ich beginne also noch einmal. Es gibt drei Möglichkeiten . . .«

»Jean, könnten Sie ihm das nicht wegnehmen?«

»Nein, wahrhaftig nicht! Ich weiß nicht, wie er es anstellt, aber ich bin machtlos gegen Masseau. Wenn wir auf der anderen Erdhalbkugel lebten, dann wäre ich König und würde Masseau zum Heiligen erklären und nackt unter einen Affenbrotbaum setzen.«

»Ich war ein Heiliger«, sagt Masseau kühl. »Aber man wird dessen schnell müde, und die Verpflegung eines Heiligen auf der anderen Hemisphäre ist notgedrungen erbärmlich. Vielfältige Opfergaben der Gläubigen, wie Früchte, Reis mit Safran, Hammel mit Reis, Reis mit Zucker: Die Magenerweiterung schadet diesem Gewerbe.«

Gewöhnlich habe ich Angst vor Verrückten, aber dem Zauber dieses Narren kann ich mich ebenso wenig entziehen wie Jean. Die Grenze zwischen echter und vorgetäuschter Verrücktheit läßt sich bei Masseau nicht feststellen. Jedenfalls leidet er, wie er mir anvertraut hat, unter einer Zwangsvorstellung: Er sieht alles, was er sagt, geschrieben vor sich und muß während des Sprechens die Interpunktion seiner Sätze in die Luft zeichnen. Wenn er zuweilen — wie eben — zu einer raschen, knappen Ausdrucksweise ohne grammatikalische Nebengeräusche zurückfindet, dann handelt es sich meist um kurze, gänzlich unwahrscheinliche Schilderungen — und gerade die erscheinen mir glaubwürdig.

May verabscheut Masseau, weil sie ihn weder verführen noch durchschauen kann. Sie verhält sich ihm gegenüber wie ein Hund gegenüber dem unbezwingbaren Igel.

»Kommt May nach, Jean, oder holen wir sie im Vorbeigehen ab?«

»Weder noch«, erwidert Jean, der zerstreut meine silbernen Bürsten zurechtrückt. »May ist krank, sie kommt nicht zum Mittagessen.«

»Ernstlich? Dann will ich gleich . . .«

Rasch dreht er sich um:

»Das ist reizend von Ihnen, aber bemühen Sie sich

nicht: Sie will schlafen. Sie hat nur ein Ei und eine Suppe bestellt.«

Er gibt sich keinerlei Mühe, mir die Sache glaubhaft zu machen, er sagt einfach, ohne Nachdruck, was der gute Ton verlangt. Er sieht gut aus, soweit ein dunkelhaariger Mann mit etwas blassem Teint gut aussehen kann. Mit der üblichen Neugier beschnuppert er alle meine Parfümfläschchen. Ich dringe auch nicht weiter in ihn:

»Gut, dann werde ich mich nach dem Essen nach Mays Befinden erkundigen. Gehen wir? Masseau! . . . Da sitzt er doch tatsächlich und erledigt seine Korrespondenz . . . Masseau!«

»Ich stehe Ihnen ganz zur Verfügung«, sagt Masseau. »Ihnen und . . .« — er deutet auf den Brief, den er schreibt — ». . . und ihr!«

Ich bin ärgerlich. Es ist mir gar nicht angenehm, daß er an meinem Schreibtisch sitzt und daß Jean meine Fläschchen und Puderdosen beschnuppert. Ich mag es nicht, wenn man in mein Zimmer kommt, solange es noch nicht aufgeräumt und gelüftet ist, ebenso wenig mag ich, wenn man mir durch eine leise Berührung mit dem Finger andeutet, daß sich eine Haarsträhne im Nacken gelöst hat, und wenn man mir oberhalb des Knies einen Faden vom Rock entfernt. Ich habe eine begreifliche, aber keineswegs angenehme körperliche Unnahbarkeit entwickelt, die ich mühsam hinter gespielter Burschikosität verberge . . .

Glücklicherweise ist schönes Wetter. In dieser Gegend hilft das schöne Wetter über vieles hinweg: Es kann ebensogut Liebesglück ersetzen wie ein brauchbares Gesprächsthema.

»Schön ist es, wie? Schade, daß May . . . In Paris soll es schneien . . . Wo ist Masseau?«

»Er legt seine Alge in der Garderobe ab. Nehmen Sie eine Vorspeise?«

»Nein, heute mittag nicht. Kaum zu glauben, diese Hitze!«

Ich drehe instinktiv mein Gesicht der Sonne zu, wie um es bräunen zu lassen, wende es aber ebenso instinktiv sofort wieder ab . . . »Wenn ich fünfunddreißig oder vierzig wäre . . .« hat May gesagt . . . Und als sie das sagte, sah ich ihre glatte Stirn, ihre Schläfen, ihren jugendlichen Halsansatz . . . Ich neige den Kopf, damit der Schatten meines Hutes auf die Wangen fällt, ich lege meine gepflegten Hände, die nun nicht mehr durch billige Theaterschminke rissig werden, auf das Tischtuch . . .

»Hübscher Diamant«, sagt Jean.

»Sie hätten ebensogut sagen können: ›Hübsche Hände‹, Sie Flegel!«

»Freilich hätte ich das sagen können, aber ein Kompliment über Ihre Hände kann Ihnen jeder machen, während es nur sehr wenige Männer gibt, die sich auf Edelsteine verstehen.«

Ich lache und gleichzeitig wird mir bewußt, daß ich zwar schon oft ohne Jean mit May zusammen war, nun aber durch Mays Abwesenheit zum erstenmal allein mit Jean zusammen bin.

»Jean, bevor Masseau zurückkommt, was ist wirklich mit May? Haben Sie sich wieder gestritten? Diese Dramen wegen eines Rasierpinsels oder wegen eines Schuhlöffels sind wirklich lächerlich. Offen gesagt. Sie sollten . . .«

Um von mir zu erfahren, was er »sollte«, hat Mays Liebhaber eine ausgesprochen respektlose Haltung eingenommen. Die Hände in den Taschen, den Kopf zurückgelehnt, pfeift er vor sich hin und mustert mich mit verengten Augen. Ich erröte, denn an eine gewisse Art von männlicher Ungezogenheit bin ich seit Jahren nicht mehr gewöhnt. May würde auf die Gefahr hin, es nachher bitter zu bereuen, dieses »Gigologesicht« ohrfeigen, dessen Ausdruck fast immer jünger ist als die Gesichtszüge.

»Verzeihen Sie, mein Lieber, ich kümmere mich wohl um Angelegenheiten, die mich nichts angehen.«

»Erstens; und zweitens«, fügt er hinzu, indem er sich wieder aufrichtet, »was liegt Ihnen eigentlich daran?«

»Was mir daran liegt? Sie sagen mir, May sei krank; ich habe sie gestern morgen gesehen — ah, da kommt Masseau — ich habe sie ganz verloren inmitten ihrer Koffer gesehen, also . . .«

»Aha, also aus Freundschaft? . . . Masseau, wir haben nichts für Sie bestellt. Wie wär's mit Entrecôte Béarnaise?«

»Ausgezeichnet.«

»Gut! Dieser Vermittlungsversuch, meine Liebe, geschieht also aus Freundschaft?«

In diesem Augenblick ist mir alles zuwider, unser Tisch, der mir ohne May zu groß erscheint, diese Auseinandersetzung, die ich nicht angestrebt habe, die Art und Weise, wie Jean Masseau »abgefertigt« hat, und sein Tonfall, so affektiert und beherrscht, als wäre er sehr wütend.

»Also, geschah es nun aus Freundschaft? Ich nehme an, wohl mehr aus Freundschaft für May als für mich. Aber Sie empfinden doch für May keine wahre Freundschaft, oder?«

»Was für eine dumme Frage!«

Ich sollte böse werden, das wäre viel bequemer, als zu lügen. Ich verstehe nicht, worauf er hinaus will. Rechnet er damit, daß ich seiner Freundin etwas Schlechtes nachsage? . . . Mir ist der Appetit vergangen, und eine peinliche Bewußtseinsspaltung entfernt mich von dem Ort, an dem ich mich befinde, trägt mich fort, und alles wird klein, deutlich und fremd, die Leute, die essen, die heimtückische Sonne und der Mann mir gegenüber, der mich mit seinen hellgrauen Augen starr ansieht.

»Dumm und beleidigend . . . Jawohl, beleidigend für beide; Sie brauchen gar nicht so zu lachen . . . Masseau, ich rufe Sie als Schiedsrichter an . . .«

Aber ich sehe von Masseau, der sich hinter einer Zeitung versteckt, nur eine dürre Hand, die er hochgehoben hat, um jede Haftung abzulehnen . . . Ich gebe mich geschlagen und frage Jean feige:

»Warum haben Sie das gesagt?«

»Zum Spaß und auch, weil ich davon überzeugt bin. May ist gewiß recht nett, aber eine Frau wie Sie . . .«

Der abgebrochene Satz enthält genau das, was mich mißtrauisch machen muß: ein Kompliment für mich und die schlimmste Beleidigung für seine Geliebte. Er hat sie zwar in meiner Gegenwart schon als »haltlose kleine Dirne« bezeichnet oder auch als »Angeberin», aber sie in geheucheltem Mitleid »recht nett« zu nennen, ist noch weit schlimmer . . . Masseau kommt satanisch grinsend und zwinkernd hinter seiner Zeitung hervor, als erhoffe er sich noch andere, nicht wieder gutzumachende Aussprüche.

»Na, und weiter? Eine Frau wie ich? Erstens bin ich keineswegs ›eine-Frau-wie-ich‹; ich bin jemand, der sehr an irdischen Gütern hängt und die Pommes soufflées gerne heiß ißt.«

Masseau hat seine Füllfeder aus der Tasche gezogen und schreibt bedächtig auf seine riesigen, kugelrunden Pommes soufflées:

»Erinnerungen an Tréport«; »Biarritz, die Königin der Strandbäder«; »Dieppe, Sommer 1912«. Dann ordnet er sie rings um seinen Teller und ißt nichts. Als man ihm das Entrecôte serviert, stöhnt er mit so entsetzter Stimme: »Was ist das für eine Tierleiche?«, daß auch ich mein halb durchgebratenes Fleisch stehen lasse, und das zum größten Vergnügen von Jean, der laut auflacht. Er lacht nicht wie ein fröhlicher Mann, sondern wie ein ausgesprochen ungezogenes Kind.

»Wie boshaft man doch werden muß, wenn man in ihrer Nähe lebt, Jean! Sie lachen immer nur über Katastrophen . . . Himmel, nein, ich nehme nicht von diesem Fleisch. Bestellen Sie mir alle Käsesorten, die es gibt, einen Krug Milch und Obst. Und Ihnen, Masseau, wünsche ich, daß Ihre ehrenwerte Begleiterin heute abend sämtliche Pfeifen anbrennen läßt, die sie Ihnen stopft. Und außerdem, wollen wir nicht endlich gehen? Das Mittagessen nimmt ja heute überhaupt kein Ende!«

Jean denkt an den Nachmittag, der ihm bevorsteht, an May, die ihn erwartet, und sein Gesicht verdüstert sich. Köstlicher Kaffee mit Sahne und eine Zigarette dazu versetzen uns alle drei vorübergehend wieder in gute Laune, die um so kostbarer und vollkommener ist. Mein Geruchssinn freut sich an geschälten Orangen, heißem Kaffee und feinem Tabak. Jean raucht genüßlich, und seine Miene hellt sich wieder auf. Sein Gesicht ist ausdrucksstark und undurchdringlich, ein Gesicht, in dem alles zutage tritt, aber nur als Licht und Schatten, ohne verräterische Übergänge.

Der kurzgeschorene Kopf eines Hotelboys aus dem Impérial, ein richtiger kleiner Dreikäsehoch, taucht neben dem Tisch auf und wendet sich an Jean:

»Hier ist ein Brief für Monsieur. Madame hat befohlen, ihn zu übergeben, sobald sie abgereist ist.«

»Abgereist? . . .«

Jean sieht uns fragend an und öffnet dann den Brief. Er wirft nur einen kurzen Blick darauf und reicht ihn uns; es ist ein mit Bleistift beschriebener Zettel:

»Guten Appetit. Ich reise ab. Adieu.

May.«

»Was soll das heißen, Jean?«

Der kleine Boy, der gewiß nicht gelaufen ist, spielt den atemlosen, diensteifrigen Boten und blinzelt mit seinen Kaninchenaugen. Jean versetzt ihm ein so heftiges: »Es ist gut, du kannst gehen«, daß es ihn fast umwirft und er eilig Reißaus nimmt.

»Aber, Jean, das ist doch ungewöhnlich! Soll ich nicht im Büro nachfragen? . . .«

»Was nachfragen? Ich bitte Sie, beste Freundin, setzen Sie sich, Sie sehen ja aus wie die Dame, die ihr Schoßhündchen verloren hat! . . . Ihr Kaffee wird kalt.«

Er rückt etwas vom Tisch ab, schlägt die Beine übereinander und raucht weiter. Aber seine Nasenflügel beben, und ich könnte am Wippen seines Fußes die beschleunigten Schläge seines Herzens zählen. Wir sind nun fast allein im Speisesaal, und gerne würde ich dem insgeheimen Wunsch der Kellner nachkommen, die in feindseliger Geschäftigkeit die Nachbartische abräumen und sie für den Fünfuhrtee decken . . . Verstohlen mustere ich Jeans Gesicht und suche darin den heldenhaften und schmerzlichen Ausdruck, der Maximes Antlitz verzerrt haben mag, als er vor nun schon bald drei Jahren meinen Abschiedsbrief erhielt: »Max, mein Liebster, ich gehe . . .« Ich kann jedoch in Jeans Zügen nur den sonderbaren Ausdruck brennender Erwartung und Unentschlossenheit entdekken; es sieht eher so aus, als würde er lauschen, nicht nachdenken, und das gibt ihm ein ganz neues Gesicht — liebevoll, von uns abgewandt, blickt er aufs Meer hinaus — das schöne Gesicht eines Liebenden, das nicht in Tränen zerfließt, sondern hoffnungsvoll ist . . .

»Masseau? . . .«

Obgleich ich sehr leise gerufen und nur mit dem Kinn zum Ausgang gedeutet hatte, ist Jean aufmerksam geworden.

»Sie wollen doch nicht etwa gehen, wie? Aus Taktgefühl? Sie . . . Sie nehmen Rücksicht auf meinen Schmerz? Das verlange ich doch gar nicht von Ihnen — vor allem nicht von Ihnen, Renée.«

»Ist das eine Entlassung, Monsieur?« fragt Masseau theatralisch und wirft sich einen imaginären Umhang über die Schulter.

»Aber nein, mein Guter, gewiß nicht. Wir werden doch

kein Drama daraus machen, nur weil die arme kleine May . . .«

»Ach, Jean, fangen Sie nicht schon wieder an, schlecht über sie zu reden!«

Ich lache, in dem deutlichen Bewußtsein, daß ich nicht sage, was ich sagen sollte, und daß jedes meiner Worte Jean recht gäbe, würde er jetzt behaupten: »Sie sind nicht Mays Freundin.«

»Aber nein«, seufzt er hinter dem Rauch seiner Zigarette.

»Im Grunde war sie ein guter Kerl, die kleine May . . .«

Ich stürze mich erleichtert auf den Ausweg, den er mir eröffnet:

»Richtig! Das stimmt! . . . Ein guter Kerl, und im Grunde noch sehr kindlich, auch wenn sie mit ihrer angeblichen ›Lebenserfahrung‹ immer großtat . . . Nicht wahr, Masseau? Wenn Sie sie geärgert haben, wurde sie rot vor Zorn und nahm alles mit naivem Ernst . . .«

»Gewiß«, versichert Masseau mit verdächtigem Eifer, »wenngleich wir nicht immer derselben Meinung waren, so hat sie mir doch reizende Dinge anvertraut — namentlich über die Außenpolitik und vieles andere, zum Beispiel über die Rolle des religiösen Bewußtseins in der modernen Musik . . .«

Er reibt sich die dürren Hände, gehässig wie ein altes Weib.

»Diese Art von Witzen ist schon lange nicht mehr modern, Masseau! Sie gleichen dem Fuchs mit der Traube — einem ältlichen Fuchs vor einer schönen blonden Traube. Und der andere hier lacht . . . Oh, diese Männer! Fünfundzwanzig Jahre, Haare wie Gold, strahlend weiße Zähne und wunderschöne Augen! . . . All das wird Ihnen geschenkt, Sie haben die Arme voll und sind noch nicht zufrieden! . . . Was, um Himmels willen, wollt ihr eigentlich?«

»Das frage ich Sie«, murmelt Jean.

»Schließlich hat Sie die Kleine geliebt, Jean! Und Sie auch . . .«

Ich tue, was ich kann, um mich immer mehr in Hitze zu reden, finde aber nicht den geringsten Widerhall:

»Ich höre noch, wie sie sich neulich über Sie beklagte, und ich bin sicher, daß sie Grund dazu hatte!«

»Ja, Grund genug, Gründe für drei- oder viertausend Louisdors im Monat, wie sie sich ausdrückte . . . Aber nein, nein, ich bin kein Grobian, das war nur Spaß . . . Arme kleine May . . . Und ich armer Verlassener . . .«

Welche Gedanken verbergen sich nun wirklich hinter diesen grauen Augen? Seit er den Brief erhielt, hat Jean keinen Augenblick die Selbstbeherrschung verloren: Keine einzige Träne hat sich gezeigt, er hat nicht mit der Faust auf den Tisch geschlagen und ist nicht in Wut geraten, was die gekränkte Liebe verraten würde, indem sie sie verleugnet . . .

»Jean, was werden Sie jetzt tun? Sie ist sicher nicht unauffindbar, die Kleine, sie ist doch eben erst abgereist; in zwei Stunden, spätestens in zwölf Stunden sind Sie wieder bei ihr . . .«

Da ist er, der Aufschrei — aber nicht der, den ich erwartet hatte, sondern ein empörter Ausruf, gefolgt von höhnischem, zornigem Gelächter, das das glitzernde Wasser in den Karaffen zum Zittern bringt.

»Ich ihr nachfahren? Jetzt, da endlich das geschehen ist, was . . . was . . . ich kann das Wort nicht finden . . . das, was sozusagen in den Sternen geschrieben stand! . . . Ich soll zu ihr zurückkehren, jetzt, da ich eben erst dieses erstaunliche neue Gefühl kennengelernt habe . . . ein Gefühl, ich will nicht sagen, der Freiheit, das ist es nicht, sondern der . . . der Verheißung. Ja, ich habe das Gefühl, die Tatsache, daß ich nun allein bin, gibt mir ein Anrecht auf die ganze Erde mit all ihren Frauen, so als ob mir alle Frauen der Welt versprochen wären, als ob das Schicksal sich auf meine Seite geschlagen hätte . . . und wenn ich *alle Frauen* sage, dann heißt das die eine, die einzige, die ich begehre . . . May nachfahren, wenn . . . wenn ich doch hier bin! . . .«

Eine warme kräftige Hand legt sich auf meine, umfaßt und umhüllt sie wie eine lebendige Schale. Die Geste kam so plötzlich, und der Druck seiner Hand ist so entschieden, daß ich zu keinem Wort fähig bin, so als hätte er mir ins Gesicht geschlagen. Ich sehe nur verblüfft zu ihm auf, während er leise noch einmal sagt:

»Ich soll May nachfahren! . . .«

»Sie brauchen nicht weit zu fahren«, sagt Masseaus alte Stimme.

»Sie ist oben in ihrem Zimmer. Und ich muß mich bei Ihnen beiden entschuldigen. Als degenerierter Sprößling aus dem Geschlecht jener läppischen Spaßvögel, die ihre Mitmenschen zu täuschen pflegen . . . habe ich Jean ein Briefchen übergeben lassen, daß ich in dürftig gefälschter Handschrift selbst verfaßt habe . . .«

Er blinzelt, reibt sich die dürren Hände, läßt die Finger knacken, und wartet, was sehr viel Mut oder Leichtsinn beweist, denn Jeans Gesicht ist rot angelaufen. Meine Hand ist immer noch gefangen, und ich habe das Gefühl, mich nicht rühren zu können, solange er meine Hand festhält . . .

Endlich bin ich frei und höre Jean gezwungen lachen:

»Das ist ja zum Totlachen! Warum, zum Teufel, haben Sie das getan, Masseau?«

»Um zu verstehen . . .«, antwortet Masseau geheimnisvoll.

Dann befällt ihn wieder eine seiner närrischen Phasen, er setzt sich die wie eine Mütze gefaltete Serviette auf, zieht die Brauen zusammen, verzieht die Lippen zu einer grausamen Grimasse und nennt sich:

»Torquemada, der Großinquisitor!«

. . . Das Zimmer ist überheizt, aber durch das offene Fenster kommt eine feuchte Luft herein, die meine Haare kräuselt und Nase und Gaumen wohltut. Nach der stickigen Atmosphäre im Zug und dem trockenen, sonnig warmen Wetter in Nizza, atme ich mit Wonne diese kühlere Luft des Nordens und genieße den Geruch des Regens, der weder nach Jod noch nach Salz riecht und auch mit dem Duft von Mimosen vermischt ist. Der Wind trägt mir den Geruch vom Genfer See zu, der grau unter tiefhängenden Wolken liegt; dann und wann taucht zwischen zwei Wolken, glitzernd und ganz nahe, der Montblanc auf.

Ich kenne diese Zimmer mit den rosafarbenen Wänden, dem lila Fries und den hellblauen Türen. Es ist eines der guten Schweizer Hotels, von denen es viele an diesem See und auch anderswo in der Schweiz gibt. Paris lockte mich nicht, und außerdem fiel mir ein, daß Genf Ende Februar meist sehr angenehm ist, daß es hier scharenweise Möwen gibt und daß Brague in dieser Woche hier sein alljährliches Gastspiel gibt.

Außer Genf hätten mich noch einige kleinere Orte im Süden gelockt — warme Stranddörfer zwischen roten Felsen, italienische Dörfer und provenzalische Marktflecken, in denen Veilchen und Narzissen zu Parfum verarbeitet werden — aber ich weiß nur zu gut, daß diese Paradiese in dem Augenblick, da ihre einzige Zierde, das Tageslicht, verschwindet, zu düsteren Gefängnissen werden, und daß dem Fremden endlose Abende bevorstehen, Stunden, die er mühsam totschlägt, zwischen der Terrasse und dem verstimmten Flügel, zwischen dem Lesezimmer, in dem bebrillte sächsische Gespenster lauern, und dem Salon, der Zufluchtsstätte junger und alter Mädchen, die vor Langeweile am liebsten schreien und beißen würden . . .

Hier fühle ich mich wohl. Die milde, kühle Luft, das graue Wasser, das nach dem Regen so glatt ist, so klar und durchsichtig, daß ein Dampfer eine Spurrinne hinterläßt, als würde er ein langes Seil hinter sich ziehen — und all das weit entfernt von Nizza und von May und Jean. Selbst die starre und nüchterne Anmut eines Strohblumenbuketts belebt mich und befreit mich von der Erinnerung an die Riviera und an die Szene, die meinem Aufenthalt dort ein Ende setzte.

Achtundvierzig Stunden lang habe ich die Gesellschaft des Liebespaares noch ertragen. May, wieder munter und verliebt, trug eine überhebliche Siegesgewißheit zur Schau — wie immer, wenn sie nachgegeben und sich im geheimen gedemütigt hat. Jean dachte nicht daran, sein moralisches Verhalten dahingehend zu ändern, daß er mir Achtung hätte abzwingen können, sondern entschloß sich folgsam, wieder der alte Jean von vorher zu werden.

Am Abend vor meiner Abreise, als ich heimlich schon die Koffer gepackt hatte, erklärte ich mich dazu bereit, eine halbe Nacht in Masseaus Opiumhöhle, in seinem Zimmer, auf den weißen Matten und den kühlen, glatten Seidenkissen zu verbringen. Da ich kein Opium rauche, war ich mit diesem Abend einverstanden, um mir auch einmal ein etwas ungehöriges Vergnügen zu gönnen und »um zu verstehen«, wie Masseau sagen würde . . .

May rauchte gierig, nicht etwa um des Vergnügens willen, sondern um ihre Ausdauer unter Beweis zu stellen. Sie sprach von »Rauschgift« und von »Stoff« und lobte das sirupartige Opium mit der Sachkenntnis eines alten süchtigen Chinesen.

Jean rauchte gleichgültig und vergeblich hastig, so als könnte er den gepriesenen Augenblick gar nicht erwarten, wenn man fast betäubt und wie schwebend auf die Kissen zurücksinkt. Als er seine letzte Pfeife weglegte, streckte er sich aus und sah mich an: keinerlei Verlangen, keinerlei Unruhe war in seinem Blick zu lesen, nur eine Gewißheit, so friedlich wie der Tod.

Ich hatte mich nicht hingelegt wie die anderen, und zwischen Jean und mir lag May, die sich unruhig umherwälzte, unter Migräne und Magenkrämpfen litt. Mir gefiel das durch einen roten Seidenschirm gedämpfte Licht und die stille Geschäftigkeit der Frau, die Masseau seine »Congai« nennt, ein häßliches Geschöpf mit schönen, unterwürfigen Augen. Ich begriff nicht recht, warum die anderen — außer Masseau — auch Opium rauchten, aber ich fand es verzeihlich, daß sich Jean bedrückt in kürzester Zeit betäubte, wie einer, der sich bewußt besäuft, um etwas zu vergessen.

Mein Blick blieb immer wieder an der kleinen mandelförmigen Flamme unter der Glasglocke hängen und spielte mit dem auf der weißen Matte kaum sichtbaren Schatten eines Buddha aus Bergkristall, der vor der Lampe stand . . . Über Jeans Körper hinweg sah ich Masseaus kleine dürre Hände, die sich, hell im Halbdunkel, langsam, mit unheimlicher Genauigkeit und der gefühlvollen Vorsicht von Blindenhänden bewegten . . .

Nach diesem Abend gab es nur noch ein peinliche Stunde: die Stunde, bevor ich zum Bahnhof fuhr. Ich mußte der verblüfften May in Jeans Gegenwart Hunderte Fragen beantworten:

»Aber warum? . . . Was fällt Ihnen denn ein? Jean, sie ist nicht ganz bei Trost! Ich wette zehn Louisd'or, daß wir Sie innerhalb von vierzehn Tagen wiedersehen . . . Das ist sicher nur ein Anfall von ›Tournitis‹. Eigentlich ist sie genauso originell wie ich! . . .«

Sie redete und gestikulierte, bald mit mir, bald mit Jean, und ich fürchtete, sie könnte in unseren Gesichtern dieselbe Entschlossenheit lesen, die Entschlossenheit zu schweigen und zu lügen. Ich habe mich dennoch mit ihrem Liebhaber mit keinem Wort verständigt, und er hat nicht den geringsten Versuch unternommen, mich zurückzuhalten.

Ich fühle mich wohl. Ich bin froh, daß ich mich so entschieden und zwanglos von diesen Leuten getrennt habe, ohne dramatische Szenen und ohne entwürdigende Sentimentalitäten. Die sittsame Schweiz läßt in mir schon den

Wunsch nach Zurückgezogenheit und einer heilsamen Beschäftigung mit der Literatur wach werden; vor mir liegen dicke Stöße geistiger Nahrung: die »Grande Revue«, die »Revue des Revues«, die »Revue de Paris«, der »Merdure de France« und vieles, das nicht allgemein bekannt ist. Das reicht für die Nacht, für den Tag, für die ganze Woche. Noch ehe die Hefte aufgeschnitten sind, geben sie mir Anlaß, die Leute, die ich verlassen habe, zu verachten, den unzurechnungsfähigen, gebildeten und geheimnisvollen Masseau ausgenommen. Ich entferne mich von ihnen und wundere mich eitel: »Wie konnte ich ganze drei Wochen mit diesen Leuten zusammenleben, und mich mit den fünfhundert ständigen Worten, die ihren Wortschatz ausmachen, begnügen?«

Zweihundert Worte, um das Essen zu bestellen, hundert und noch ein paar um eine Passantin und ihre Kleider zu beurteilen, hundert, um allen schlüpfrigen Anekdoten gewachsen zu sein, und noch einmal hundert — das genügt vollkommen — für Themen der »seelischen Erbauung«, wie Moral, Literatur und Kunst. Aber dabei könnte man ja fast seine Muttersprache vergessen! Bragues Argot, die verstümmelte Sprache hinter den Kulissen des Variétés, das alles ist noch besser als die Konversation von May und Jean, mit der ich mich, weiß der Himmel wie und warum, drei Wochen lang begnügte.

Ein Regenschauer über der Stadt verhüllt den Montblanc, der unter einem letzten Sonnenstrahl eben noch blendend weiß geglitzert hat. Vor dem dunkel verhangenen Himmel sehen die umherkreisenden Möwen wie Schneeflocken aus . . . Ich nehme ein dickes orangenrotes Heft aus dem Stoß der Zeitschriften, aber in Gedanken bin ich weit fort . . .

. . . Ja, ich habe mich mit diesen Leuten abgegeben. Und zwar mit nachsichtigem Hochmut, dem unverkennbaren Hochmut eines ehemaligen Blaustrumpfes, der spöttisch und mitleidig lächelte, wenn May »Schnitzer«

machte und Jean zu faul war, in ganzen Sätzen zu sprechen . . . Die stillschweigende Verachtung einer armen Lehrerin . . . das war alles, was mich an zwei von drei Tagen mit ihnen verband. Und am dritten Tag hatte ich wahrscheinlich die Ausrede, daß ich ihnen eine angenehme Gesellschafterin sei, eine fröhliche Tischgenossin, die alles liebt, was gut und teuer ist, vorzügliches Essen, ein Auto, blumengeschmückte Tische, kurz, die genießerische Lebensweise leichtfertiger Frauen und reicher Männer . . .

Aber ich habe mich nicht nur abgegeben mit diesen Leuten, ich habe sogar versucht, sie zu betören. Für wen, wenn nicht für sie, habe ich sonst meine Reize spielen lassen, Reize, die mit jedem Jahr weniger oder doch anders werden? Meine Reize sind die Heiterkeit, die spontane Heiterkeit von Frauen, die nicht mehr ganz jung sind und nur zu gerne lachen; bewußt entfalte ich eine fröhliche Laune und einen gesunden Appetit — darin war ich May mit ihren lebhaften fünfundzwanzig Jahren überlegen . . . Mit fünfundzwanzig ist man noch nicht abgeklärt, die Jugend ist noch zu nahe, die exaltierte Jugend, mit ihrer raschen Bereitschaft zu übertriebenen Hoffnungen . . . May, mit ihren fünfundzwanzig Jahren, verliert viel Zeit mit Tränen und Streit, mit kleinen Leiden und trüben Gedanken . . . Eine Renée Néré mit sechsunddreißig beansprucht nichts und scheint durch ihre bloße Anwesenheit alles zu bieten.

Ich wußte im Grunde ganz gut, daß in den Augen der Allgemeinheit gerade meine Schwächen günstig wirken mußten, denn eine Frau ist immer nur vergleichsweise schön. Hinterhältig trug ich an der Seite Mays eine heitere Ruhe, eine harmonische Regungslosigkeit zur Schau, so daß sie dagegen den Eindruck einer halbreifen Frucht am Ende eines vom Wind geschüttelten Astes machte.

Auf diese Weise rückte ich mich ins beste Licht, und diese Hinterlist blieb nicht unbemerkt: Mir klingt Jeans Frage noch in den Ohren: »Im Grunde empfinden Sie doch gar keine Freundschaft für May?« Das hatte ich verdient, mehr noch, ich hatte es geradezu herausgefordert, es war die gerechte Strafe für meine boshaften Manöver . . .

Gott sei Dank, ich habe mich noch rechtzeitig von diesen Leuten getrennt und eigentlich nur durch Sorglosigkeit gesündigt, weil ich Jean außer acht gelassen hatte. Seiner Anwandlung von neulich messe ich keine Bedeutung bei; es kommt bei vielen empfindlichen Liebhabern vor, daß sie dann, wenn ihre Geliebte sie verläßt, einer anderen zurufen:

»Gerade dich wollte ich, das trifft sich gut!« . . . Es war unvorsichtig, daß ich mich zu einer so engen Beziehung mit May und Jean verleiten ließ. Es war unvermeidlich, daß der polygame Urinstinkt in Jean erwachte; lebt einer zwischen zwei Frauen, dann läßt die Begierde nicht lange auf sich warten . . . Man ist ein Mann, man ist der Freund einer ungebundenen Frau, man lädt sie ein und sucht ihre Gesellschaft, weil sie weder dumm noch schwerfällig ist, man vertraut ihr die Geliebte an, wenn die sich langweilt, und eines Abends breitet man aufgeregt zwei Arme aus, die beiden Arme schlingen sich um den Hals zweier Frauen, und dann ist entweder alles verdorben, oder man richtet sich ein . . .

Ich habe alles bestens eingerichtet. Nichts ist zerbrochen, und ich kann nach Belieben . . . Was kann ich eigentlich? In Genf stehen mir die tollsten Möglichkeiten offen: Soll ich die Möwen mit Brot füttern? Oder mit dem Boot nach Nyon fahren und in dem kleinen Gasthaus einkehren, wo Brague und ich lauwarmen Tee und Himbeerwein getrunken haben?

Es gibt auch noch Kinos . . . »Eine richtige Orgie, was!« würde May sagen. Nachher könnte ich zu Abend essen und über ein paar Brücken zum »Eden« spazieren, um Brague zu besuchen und mich an seiner Überraschung zu ergötzen . . .

. . . Ich wollte eigentlich auf den See hinausfahren, aber die Möwen lassen mich nicht los. Beim ersten Brotstückchen ist es eine, dann sind es zwei, fünf, dann hundert, bevor man auch nur überlegen kann, woher sie alle kommen. Sie fangen die Bissen im Flug, steigen hoch, segeln, kreischen; sie sind so geschickt wie dressierte Tauben, haben die harten Köpfchen wilder Vögel und böse, lauernde Augen. Sie schreien, raufen, stürzen sich kopfüber gleichzeitig mit dem Brotstückchen ins Wasser. Eine von ihnen ist frecher als die anderen, sie hält sich mit schlagenden Flügeln in der Höhe meines Gesichts in der Luft und zeigt mir verlockend nahe ihr weißes Bäuchlein und ihre Füßchen mit den gespreizten Krallen. Wenn sie wollte, könnte ich den Arm ausstrecken und sie berühren — aber sie will nicht. Sie sieht mich streng und gierig an und ihr Schnabel verfehlt kein einziges Brotstückchen.

Unten auf dem klaren Wasser, auf das nun wieder die Sonne scheint, schaukeln große weiße und schwarze Wasservögel, die mir ihren Namen nicht gesagt haben, tauchen, und durch das klare Wasser hindurch kann der Blick diesen geschickten Tauchern bis zum Grund des Sees folgen — das Köpfchen wie ein Pfeil, die Flügel an die Flanken gedrückt, die zarten Schwimmhäute eingezogen und steif . . .

Die Zeit vergeht, und ich wäre fast auf der Bank an der Anlegestelle eingeschlafen, ganz betäubt vom Geflatter der Möwen, den Spiegelungen des Wassers und dem Schaukeln der Schwäne. Ich wünschte mir nichts sehnlicher, als eines dieser lebenden Tiere, die unter den Federn, von denen in runden Perlen das Wasser abtropft, ganz warm sein müssen, zu berühren und es festzuhalten, um ihm die Finger auf das klopfende Herz zu legen und meine Lippen auf das glatte Köpfchen zu drücken . . . Oder mein Verlangen zu stillen, indem ich sie nachbilde, wenn ich Bildhauer wäre; da meine Hände aber nicht formen und gestalten können, suche ich vergeblich nach

Worten, um den blauen Widerschein des Wassers in der Tiefe eines ausgebreiteten weißen Flügels zu schildern: Ganz neue Wörter möchte ich erfinden, um die Geschmeidigkeit und den Seidenglanz dieses Gefieders zu beschreiben, dem die Wellen und der Regen nichts anhaben können . . .

Dieses plötzliche Verlangen nach Berührung, diese lebhafte Rührung beim Anblick eines anmutigen Tieres ist, das weiß ich genau, nichts weiter als das überquellende, ungenutzte Liebesvermögen, und ich glaube, niemand empfindet diese Regung so stark wie ein alterndes Mädchen oder eine kinderlose Frau.

»Die Ratte! Die goldene Ratte!«

»Der berühmte Mime!«

»Gib mir einen Kuß, meine liebe Ratte!«

»Ich denke nicht dran! Wisch dir erst die Pfoten ab und dann den Mund — so! . . . Und nun verlange ich Bedenkzeit bis nach der Vorstellung.«

Ich schreie, übertreibe mein Widerstreben und mein Entsetzen, um zu verbergen, daß ich gerührt bin. Wie könnte ich auch dem Kollegen, mit dem ich sechs Jahre lang zusammengearbeitet habe, je gleichgültig gegenübertreten, und noch dazu in dieser wohlvertrauten, dürftig eingerichteten Garderobe mit den kahlen Bretterwänden? Das »Eden« ist ein ehemaliger Zirkus, der allerdings den sympathischen Geruch von Pferdemist und warmer Streu schon längst verloren hat. Und obwohl er nun für Filmvorführungen, Varieté- und Theaterdarbietungen herhalten muß, hat sich noch keine Direktion die Mühe gemacht, ihn zu verschönern oder umzubauen. Heute abend bringt Brague in der Pause zwischen zwei Filmen »Die Behexung«,was nichts anderes ist als unsere alte »Emprise«, gewürzt mit einigen »obszönen« Tänzen, der zahmen Vorführung einer schwarzen Messe und einer neuen

Dekoration. Mademoiselle la Carmencita, meine Nachfolgerin, windet sich in Schwarz auf orangefarbenen Plakaten, immer noch denselben Plakaten wie für Renée Néré, aber das Publikum sieht nicht so genau hin . . . Trotzdem habe ich meinen Namen in leuchtenden Lettern über dem Eingang des »Eden« gesucht und bin mit der eifersüchtigen Unruhe einer betrogenen Geliebten in Bragues Garderobe getreten . . .

Denn er ist nunmehr ohne mich »auf Tournée« gegangen, mein ehrlicher und rauher Freund gastiert nun mit einer anderen . . . Vermißt er mich? Ist es eine Träne oder die violette Schminke, was da in seinen dunklen Augen glänzt? Er wird es mir nicht verraten, und unsere ersten Worte waren fast boshaft spöttisch: Er nennt mich wegen der Erbschaft »goldene« Ratte, und meine Anrede, »berühmter Mime«, war eine Anspielung auf einen Zeitungsbericht, den er selbst verfaßt hat . . . Aber unsere wirkliche Freude offenbart sich in lautem Gelächter, in kleinen Spielen, Ritualen von früher — zum Beispiel ein kurzes »Haha«, wie von einem englischen Clown, dem das Schnurren eines verliebten Katers zu folgen hat — und in freundschaftlichen Püffen, die meine Eifersucht aufs neue entfachen. Unter unseren Füßen dröhnen die Generatoren und verbreiten nicht nur eine unerträgliche Hitze, sondern auch den Geruch von Kohle und geöltem Eisen; hier herrscht eine Atmosphäre wie in einem Heizraum — daher öffne ich meinen Mantel.

»Oh, oh, die Ratte hat sich als Dame verkleidet«, meint Brague.

»Ich komme eben aus Nizza, und konnte dort nicht gut in meinem Kostüm aus der ›Emprise‹ herumlaufen, mein Alter.«

»Warum nicht? Das wäre eine ausgezeichnete Reklame!«

Im Grunde sieht er in meiner Kleidung ein »Phantasiekostüm«. Er würde mich lieber in meiner vorschriftsmäßigen Uniform von früher sehen, in einem schlichten Kostüm, das heutzutage nur noch von Gouvernanten in strengen Häusern und von den weiblichen Mitgliedern gewisser Königsfamilien getragen wird.

Ich mustere ihn nun meinerseits:

»Brague, ist's möglich, na hör mal! Du trägst doch nicht etwa noch immer dieselbe Lederhose, mit der du die »Emprise« begonnen hast?«

»Ich werde darin sterben«, erklärt Brague einfach.

Er vollendet seine Maske mit ein paar Pinselstrichen aus geheimnisvollen Farbtöpfen. Ich lache vor Freude beim Anblick seines Schminktisches, auf dem die wohlbekannte Schar kleiner brauner Flaschen und gelb gefleckter Lappen und Pinsel liegen . . . Das alles hat keinerlei Ähnlichkeit mit einem Schminktisch, eher könnte man glauben, Brague würde Möbel anstreichen, Kupfer polieren oder Stiefel putzen . . .

»Und — bist du zufrieden, Brague?«

»Zufrieden, zufrieden . . . Ich schlag' mich so durch — wie die anderen auch. Und das wird immer schwieriger.«

»So?«

Vor mir steht, grimmig von Kopf bis Fuß, vom schwarzen Schnurrbart bis zu den roten Ledermokassins, ein wilder Moldau-Walache in einem rumänischen Hemd mit montenegrinischem Gürtel, in dem eine lange griechische Pistole steckt. Wahrhaftig, wenn dieser »Schrecken des Balkans« versichert, daß er sich durchschlägt, dann kann man ihm das ohne weiteres glauben . . .

»Ja. Die Tourneen, weißt du, geben nicht mehr viel her. Also filme ich jetzt gelegentlich, zur Abwechslung, und außerdem habe ich vor kurzem eine famose Sache angefangen.«

»Ach?«

»Ja. Ich bringe Weibern und jungen Mädchen aus der Gesellschaft eine gute Körperhaltung bei. Drei oder vier »persische Feste« mit lebenden Bildern und ein paar Pantomimen, die ich im Laufe des Winters bei Schuhkönigen und Konservenfürsten inszeniert habe, haben genügt, um mich bekannt zu machen. Die Damen reißen sich um mich.«

»So, so!«

»Du weißt doch, jede Frau, die nichts zu tun hat, ist von der fixen Idee besessen, etwas lernen zu müssen, was keinen Zweck hat und sehr teuer ist . . . also bringe ich ihnen eben bei, wie man zu einer guten Haltung kommt. Ich habe ein paar feine Tricks. Vor allem bestell' ich sie schon um acht oder neun Uhr früh ins Atelier Cernuschi; wenn sie so zeitig aus den Federn müssen, bilden sie sich schon ein, sie müßten arbeiten. Im Atelier stelle ich mich an das eine Ende, die Damen an das andere, und rufe: ›Kommen Sie in ganz ungezwungener Haltung auf mich zu.‹ Die Wirkung kannst du dir vorstellen. Sie nähern sich mir wie auf einem Hochseil, und man kann froh sein, wenn sie sich unterwegs nicht den Hals brechen. Das ist ein ausgezeichneter Anfang.«

»Ach, nein! . . .«

»Und sogar die, die schnell den Mut verlieren oder Lieber woanders hingehen, um Tango zu lernen — na, die Eitlen eben! —, auch die gehen nicht von mir fort, ohne drei unerläßliche Dinge gelernt zu haben: sich in einen sechs Meter langen Schal zu hüllen — den Schal stelle natürlich nicht ich zur Verfügung —, eine Treppe hinunterzugehen, ohne dabei auf die Fußspitzen zu schauen, und den Sockel einer Erosstatue mit Rosengirlanden zu bekränzen. Wenn sie damit nicht fürs Leben gerüstet sind! . . .«

Brague strahlt vor Freude, daß er seine brav zahlenden Kunden übers Ohr haut, ohne daß sie es merken, und daß er außerdem »die Ratte« in Erstaunen versetzen kann, die Ratte, die andächtig lauschend schräg auf einem Strohhocker sitzt, wie eine Dame, die zu Besuch gekommen ist . . .

»Und sonst — bist du mit den ›Lokalen‹ zufrieden?«

»Mit den Lokalen schon, aber die Direktoren sind keinen Pfifferling wert . . . Habe ich dir die Geschichte von Bordeaux erzählt?«

Er kommt näher, die Hand auf dem Griff seiner griechischen Pistole:

»Richtig! Du kennst die Geschichte von Bordeaux ja nicht! Am dritten Tag unseres Gastspiels dort macht sich der Direktor — ich nenne ihn nur aus Höflichkeit so — doch tatsächlich mit der Kasse aus dem Staub! Stell dir vor: zweiundzwanzig Darsteller auf der Straße, die Ansagerin hat einen Nervenzusammenbruch, das Riesenweib fängt an zu heulen, andere schreien nach der Gendarmerie und dem Staatsanwalt — als ob das je was gebracht hätte! Und ich, was mache ich? Ich trommle alle zusammen und . . .«

Ich höre zu, zwar nicht so aufmerksam, wie es den Anschein hat, aber immerhin höre ich zu. Ich runzle die Stirn zum Zeichen der Verwunderung, ich schüttle den Kopf, und wenn ich mir auch auf den Schenkel klopfe, um ungläubiges Staunen anzudeuten, bin ich doch davon überzeugt, daß sich die Geschichte von Bordeaux dank dem umsichtigen, schlauen Brague in Wohlgefallen auflösen wird . . . Und währenddessen sage ich mir: »Er hat mich nicht gefragt, ob *ich* zufrieden bin . . . er hat mich nicht gefragt, was ich in den letzten sechs Monaten getrieben habe, und was ich künftig tun will . . . Das interessiert ihn nicht, weil ich mich von ihm getrennt habe und vor allem, weil ich nicht mehr aktiv bin, weil ich erledigt bin . . . Mich gibt es nicht mehr, ich bedeute ihm nicht mehr als jemand, der am Kassenschalter fünf Francs hinlegt, um sich die Vorstellung anzusehen . . . Na — das will ich dann auch tun . . .«

»Wo rennst du hin, liebe Ratte? Die Klingel, die du da hörst, ist aus der Handlung des Films, der jetzt läuft, wir haben noch gute zehn Minuten . . .«

Brague bedeutet mir mit der Hand, daß ich mich wieder setzen soll, und ich sehe, daß er auf der gelblichbraunen Schminke, die den Handrücken bedeckt, die Adern blau nachgezeichnet hat, was im Zuschauerraum ganz gewiß niemand bemerken wird. Dieser kleine Beweis seiner unnötigen Gewissenhaftigkeit rührt mich, und ich bleibe, zumal ich gerne wissen möchte . . .

»Sag mir, Brague, bist du . . . ich meine, bist du mit . . . meiner Nachfolgerin zufrieden?«

Plötzlich strahlt er übers ganze Gesicht, soweit ihm das sein falscher, angeklebter Schnurrbart gestattet.

»Oh, die!«

»Was ist mit ihr? . . .«

»Liebe Ratte, du weißt, daß ich mich nicht leicht für etwas begeistern kann. Die aber, sag' ich dir, begeistert mich. Sie würde selbst Gott Vater und den Senator Béranger begeistern, wenn diese beiden ehrwürdigen Persönlichkeiten im Varieté verkehrten! Irgendwas hat sie an sich, die Haut, die Augen, die Hüften . . . Weißt du, in der Szene, in der ich ihr das Kleid zerreiße und den Dolch zücke, läßt sie den Kopf hängen, schiebt die Zungenspitze zwischen die Zähne und verdreht die Augen! . . . Und das wirkt so großartig aufs Publikum, ich kann's dir gar nicht sagen . . . Ich kann's mir nicht anders erklären, als daß sie nebst anderen guten Eigenschaften auch noch ein ganz besonderes Verständnis für die Rolle hat. Eigentlich stellt sie mich ein wenig in den Schatten . . . Warte, ich werde dir das gute Stück vorstellen . . . He, Kindchen!«

Er schlägt mit der Faust an die Bretterwand, worauf eine hohe Stimme mit »ja« antwortet, und das »gute Stück« erscheint auch sofort auf der Bildfläche.

Sie ist ein kleines, dunkelhaariges Persönchen, deren Heimatstadt Bordeaux den spanischen Namen hinlänglich rechtfertigt; sie hat dichtes, krauses Haar, so strahlende Augen, daß man sie nur als eindrucksvoll bezeichnen kann, makellose kleine Zähne und eine karminrote Zunge. Einen prallen Hintern, etwas kurze Beine — mit einem Wort ein recht kräftiges Pony, das mehr Feuer als Rasse hat.

»Madame . . .«

»Sehr erfreut . . .«

»Brague sagt mir, Sie hätten großen Erfolg . . .«

»Ja, ich bin ganz zufrieden . . . Allerdings wäre mir ein ganz neues Stück lieber als die ›Behexung‹, aber ich habe mich bemüht, die Rolle ein wenig abzuändern und meinen Fähigkeiten anzupassen . . .«

Sie zupft an ihren Haaren, in denen eine Granatblüte steckt, und betrachtet sich im Spiegel, um mich nicht ansehen zu müssen. Ich finde sie arrogant und fühle, daß sie die erste Darstellerin, die ihr zweihundert Vorstellungen der »Emprise« voraus hat, nicht leiden kann . . . Und ich, ich mustere sie von oben bis unten, beleidige sie im stillen und nenne sie insgeheim: »Roß, Fettmops, Göre, weißes Negerweib, Schmierenkomödiantin . . .« Wir benehmen uns entsprechend zurückhaltend, tauschen lächerlich spießige Artigkeiten aus, und ich hätte Lust, Brague zu verprügeln, der eitel wie ein Hahn, um den zwei Hennen streiten, seinen falschen Schnurrbart streichelt.

»Diesmal gilt uns das Läuten. Gehst du in den Zuschauerraum, liebe Ratte? Soll ich dir einen Platz besorgen?«

»Keinesfalls! Ich gehöre jetzt zu den ›zahlenden Dreckschweinen‹. Ich will unbedingt meine fünf Francs anbringen.«

»Richtig, ich vergesse immer, daß sie jetzt ja reich ist, diese Ratte! Sie will uns mit ihrem Fünffrancstück zermalmen, verstehst du, Kindchen? Man lasse sie gewähren!«

Ich gehe lachend, aber tief gekränkt. Er hat »uns« gesagt, als wollte er damit ausdrücken, daß ich aus dem Königreich verbannt bin, das einst mir gehörte . . . Nun, da die erste Wiedersehensfreude vorbei ist, hat er die Vergangenheit vergessen und ist selbstgefällig und egoistisch . . . Er hat nicht nur eine zufriedenstellende Nachfolgerin für mich gefunden, sondern in ihr auch eine bequeme Freundin, die ihm gleichzeitig voll und ganz zur Verfügung steht . . . Er hat mir die Geschichte von Bordeaux erzählt und eine andere von Brüssel in Aussicht gestellt, doch »meine Geschichten« von Nizza oder anderswo sind es nicht wert, daß man danach fragt . . . In Bragues Augen habe ich nunmehr jeden Reiz verloren. Wenn ich ihm erzählte: »Ich heirate einen Milliardär« oder: »Ich gehe ins Kloster«, dann würde er antworten:

»Das ist deine Sache. Aber hör mal, ich muß dir unbedingt die Geschichte mit dem Chef der Claque in Lyon erzählen, du wirst dich biegen vor Lachen . . .«

»Nicht hier durch, Madame! Diese Tür ist nur fürs Theaterpersonal . . . die Treppe rechts, wenn ich bitten darf.«

Ich wende mich nach rechts, gehorsam wie es sich für einen gewöhnlichen Zuschauer gehört. Ach, man braucht mir gar nicht erst zu sagen, daß ich hier nichts mehr zu suchen habe . . . Noch vor einem Jahr hätte ich diesem Genfer Inspizienten auf gut pariserisch geantwortet, und diese Antwort wäre nicht allzu höflich ausgefallen . . . Doch ich habe die besondere Frechheit, die das »Künstlervolk« für sich in Anspruch nimmt, sehr schnell abgelegt. Übrigens eine recht harmlose Frechheit, eine kindliche Überheblichkeit, die sich Freiheiten herausnimmt, wie etwa im Straßenkleid in eleganten Restaurants zu sitzen, während des Essens die Zeitung zu lesen und gegenüber Untergebenen herablassend das vertrauliche »Du« zu gebrauchen . . . Ich wage das nicht mehr. Ich gehorche der Aufforderung des Inspizienten, gehe die rechte Treppe hinunter, die ich ebenso gut kenne wie er, und sitze auf einem Platz zu fünf Francs zwischen zwei dicken Männern, die nach Bier und Tabak riechen — ich höre sie atmen und kann es nicht verhindern, daß sich unsere Arme und Knie berühren. Diese Genfer Tugendbolde würden mir, wenn ich sie danach fragte, gewiß sagen, was sie von den »plumpen Vertraulichkeiten hinter den Kulissen« halten . . .

Als ich nach der Vorstellung das »Eden« verlasse, ist mein Herz von Kummer und Eifersucht erfüllt. Anonym in der Menge, lasse ich mich zum Ausgang treiben, auf den regennassen Platz, und eines der letzten Worte meiner Schwägerin Margot fällt mir ein: »Du wirst ein achtbares Dasein führen können, und achtbar nenne ich das Dasein einer Frau, wenn sie unbemerkt von den meisten Menschen ihr Leben lebt . . .«

Unbemerkt! Sie kann zufrieden sein, die gute Margot; unbemerkt! . . . War ich es jemals mehr als hier, als heute abend? Vergessen, abgesetzt . . . Zwischen Brague und der Carmencita ist ebenso wenig Platz für mich wie zwischen den beiden Verliebten in Nizza . . .

Wenn ich in Nizza wäre, dann säße ich zu dieser Zeit im hell erleuchteten Speisesaal der Bonne Hôtesse, erfreute mich der Musik, die die Gedanken zerstreut, an dem Wein aus der runden, strohumflochtenen Flasche, an Mays Geschwätz und dem Unsinn von Masseau. Und noch etwas hätte ich, noch etwas, das all meinen Gesten, meinen Blicken und meinen Worten Sinn und Wert verleihen würde: das Verlangen eines Mannes. Dieses Verlangen würde mich um all das bereichern, was ich nicht gewähre.

Am besten wird sein, wenn ich Genf wieder verlasse. Wozu Brague noch einmal wiedersehen? Die Erfahrung des heutigen Abends genügt mir. Mein Stolz als Freundin und Künstlerin fordert in Gegenwart von Mademoiselle la Carmencita viel zu heftig das erste Anrecht auf Bragues Zuneigung und den ersten Platz auf den Plakaten; ich möchte nicht gehässig, ungerecht und gemein werden. Der neue Zugfahrplan, den ich in Nizza gekauft habe, ist mir eine wertvolle Hilfe, und mein offenes Fenster umrahmt ein Stück Nachthimmel, der sich nach dem Regen klar über den dunklen See spannt, in dem sich in langen Streifen die Lichter der Brücken und Kais spiegeln.

Wieder abreisen? . . . Es ist doch merkwürdig, daß ich, frei und alleinstehend, immer wieder fliehe oder verjagt werde. Man könnte sagen, daß neben Leuten, die mir lästig sind, niemals genug Platz für mich ist. Nizza ist mir durch May und Jean verleidet worden, und Genf wird mir zu klein, weil hier die Carmencita mit Brague auftritt . . . Ich bin reif für einen Aufenthalt in Paris, und zwar für einen sparsamen Aufenthalt. Eine goldene Ratte kann von zweitausend Francs monatlich recht üppig leben, nur darf sie nicht den größten Teil davon verschiedenen Eisenbahngesellschaften zukommen lassen.

Ich habe schon viel zu viel Geld ausgegeben, und nur in Paris kann dem abgeholfen werden. Also Paris und nicht irgendein im Frühlingsregen schon grünendes Fleckchen in der Bretagne oder in der Normandie; Paris, weil ich weder Energie noch Lust dazu habe, mir eine andere Zufluchtsstätte zu suchen, und hauptsächlich, weil . . . weil . . . — ich muß die Wahrheit wohl endlich aussprechen, die mir erst seit einem Jahr bekannt ist — . . . weil ich nicht reisen kann.

Nein, wirklich, ich kann nicht reisen. Durch jahrelange Tournéerfahrung habe ich zwar gelernt, einen Koffer zu packen, einen Fahrplan zu lesen und ohne Jammern und Stöhnen zwischen Mitternacht und sechs Uhr früh aufzustehen, doch das kann jeder Handelsreisende auch. Ist meine Sehnsucht nach unbekannten Gegenden und neuen Städten echte Reiselust oder nur die innere Unruhe eines Menschen ohne Heim und ohne Familie, der sich immer wieder einzureden versucht, »dort werde ich mich besser fühlen als hier, dort werde ich finden, was mir fehlt«? Die Antwort auf diese Frage ist mir leider nur zu klar . . .

Wie oft habe ich die uneingeschränkte Freiheit herbeigesehnt, als ich noch an einer Leine im Kreis lief. Wie oft habe ich sie gerühmt, diese Freiheit, mit der Begeisterung der Einsamen, die ihr Leben in langen Monologen niederschreiben, in Strophen, denen nichts fehlt, außer . . . ein wenig Natürlichkeit . . .

Ich jammerte damals in Ruhe, denn ich sah alles mögliche voraus, nur eines nicht: daß die Leine zerreißen würde.

Trotzdem war die Begeisterung damals echt, allerdings hielt sie nicht lange an, sie wurde durch eine sonderbare Art von bürokratischem Heimweh gestört, das sich in plötzlichen Reflexbewegungen äußerte — und in der krankhaften Frage: »Wie spät ist es?« Ich habe immer noch Mühe, mich diesem quälenden Zwang zu entziehen, der mich dazu treibt, sonntags früher und schneller zu Mittag zu essen und während des Essens meine kleine Schweizer Uhr gut sichtbar neben den Teller zu legen . . .

Ich habe schreckliche Wochen durchgemacht, in denen mir jeder Ort unerträglich und unbrauchbar erschien, nur weil ich mich nicht mehr gleich nach der Ankunft um die Adresse des geliebten Varietés und um die Termine für Proben und Vorstellung kümmern mußte . . . Damals — und nicht während meiner aktiven Zeit als Künstlerin — war ich wirklich nahe daran, Miss Herculea, dem Riesenweib, zuzustimmen, die mit trauriger Stimme zu sagen pflegte:

»Alle Orte sind gleich: Überall gibt es ein ›Lokal‹, in dem man arbeitet, ein schlechtes Hotel, in dem man schläft und einen Münchner Bierkeller, in dem man sein Sauerkraut verschlingt . . .«

Ich kämpfte mit mir, ich fragte mich unablässig: »Wie, auch ich sollte ohne das Theater nicht mehr leben können? Soweit ist es schon gekommen mit mir? Ich? . . .« Und dieses stolze *Ich* bedeutet: »Ich, empfänglich für die Schönheit einer Landschaft, eines bunten Schales, den ich im Vorübergehen sehe, für die Schönheit des zerfallenen rötlichen Gemäuers einer mächtigen Ruine, ich, die Empfindsame, Gebildete . . .«

Die innere Ruhe kommt wieder, sie kommt immer wieder. Ich habe niemanden zu Hilfe gerufen, außer in Gedanken Maxime Dufferein-Chautel — ich mußte das in mir heraufbeschwören, was ich am meisten auf der Welt vermisse —, ja, Maxime und Brague, Brague, meinen Freund, meinen rauhen Gefährten, meine unbequeme Stütze. Aber der eine trieb sich in der Welt herum und kämpfte ums Überleben, und der andere nahm sich eine Frau, und ich habe es verdient . . .

Die Ruhe kommt immer wieder, aber nur unter der Bedingung, daß ich einen Preis dafür bezahle. Immer bin ich diejenige, die bezahlt oder nachgibt. Ein kleiner Spaziergang durch die Stadt, und kaum kommt eine unerträglich leere oder beklemmende Stunde, reise ich wieder ab. Das ist zu einer Gewohnheit geworden, zu einem Gesundheitsprinzip, an das ich mich blindlings halte. Jean und May streiten sich, Masseau erschwert die Lage: Ich reise ab. Brague fordert mich auf, in Genf zu bleiben, Mademoiselle la Carmencita ist darüber nicht erfreut, mir selbst fällt diese Dame auf die Nerven: Also werde ich abreisen. Das ist sehr bequem — besonders für die anderen, die dableiben können.

. . . Ja, ich urteile sehr vernünftig über diesen oder jenen und über mich selbst, es fehlt mir nicht an gesundem Menschenverstand. Aber es fehlt mir an Unbekümmertheit, ich nehme alles viel zu ernst — wie eine alte Jungfer. Die Aufmerksamkeit eines alleinstehenden Herrn stört mich, aus der Gleichgültigkeit Bragues mache ich ein Drama, und der Teufel soll mich holen, wenn mich nicht eine ärgerliche, ein wenig sinnliche Geste einen Augenblick lang glauben ließ, Jean werde mir sein Leben zu Füßen legen.

Drei weiße Schwäne liegen dicht an der Kaimauer — sie schlafen nicht, ich sehe, wie ihre Hälse sich auf- und niederbeugen, und die Ruderbewegungen ihrer Füße verwandeln das Wasser um sie in golden schimmernde Wellenkreise. Wann schlafen sie wohl? . . . Der dunkle See und die Lichtergirlanden am Ufer sind ein erfreulicher Anblick, weil sie so viel Vertrautes, so viel Bekanntes enthalten. Indem ich sie verlasse, suche ich nur einen anderen, bereits vertrauten Ort, wo mich vielleicht eine Kirchturmspitze, die Silhouette eines Berges, eine lärmende Straße oder auch nur das freundliche Gesicht eines Gastwirtes, der mich bei meinem Namen anspricht, eine kleine Weile glauben lassen, ich sei — nicht angekommen, sondern *heimgekehrt.*

6

Der Hotelomnibus fährt erst in einer halben Stunde. Nach alter Gewohnheit habe ich meine zwei Koffer bereits geschlossen, meine Handtasche schon bereitgestellt, und mache mir das Vergnügen, in aller Ruhe zu frühstükken und mit bewußter Genüßlichkeit meine Honigbrötchen zu verzehren. Der See hat die Farbe einer trüben Perle und ist noch blasser als der Himmel, der die Sonne erahnen läßt, die jeden Moment durch die Wolken brechen kann. Ein schöner Morgen, um abzureisen . . .

»Herein!«

Das ist meine Rechnung — und ein Brief, kaum zugeklebt, und nicht von Brague . . .

Ich bin unten in der Halle. Ich möchte Sie sprechen. Darf ich hinaufkommen?

Jean.«

»Warten Sie . . . Herr Ober! Können Sie denn nicht auf Antwort warten? Eine großartige Bedienung ist das! Sagen Sie dem Herrn . . . Nein, ich werde selbst hinuntergehen.

Oder nein, doch nicht, ich werde ein paar Worte schreiben . . . Warten Sie einen Moment draußen, ich werde Sie rufen . . .«

Es gibt überhaupt keine Veranlassung, den Kopf zu verlieren, und doch habe ich das Gefühl, als blase ein Luftzug durch mein Gehirn, von einem Ohr zum anderen. Ich nehme meine Handschuhe und lege sie wieder auf den Tisch. Ich werfe die nassen Handtücher, die auf dem Teppich herumliegen, in das Badezimmer, ich decke das Bett zu und betrachte mich im Spiegel, außerstande, zwei zusammenhängende Gedanken zu fassen — und die ganze Zeit über steht jemand im Rahmen der offenen Tür und beobachtet mich, aber es ist nicht Jean, sondern Masseau.

»Masseau! Was machen Sie hier?«

Er hat ein Jackett an, einen viel zu kleinen Filzhut auf dem Kopf, und trägt elegante graue Glacéhandschuhe. Nun nimmt er den Hut ab und bleibt, mit übertrieben ehrerbietigem Ausdruck, abwartend stehen.

»Was ist denn nun schon wieder? Kommen Sie doch herein! Wartet Jean unten?«

»Nein, Madame.«

»Nein? . . . Ja, aber . . .?«

Er tritt ein, legt seinen Hut ab, zieht die Handschuhe aus und reibt sich die dürren gelblichen Hände:

»Er wartet nicht unten, denn wenn er unten gewesen wäre, so wäre er nun schon oben; und wenn er hier oben wäre, könnte ich, ohne zu lügen, nicht sagen: Ja, Madame, er ist unten. Also, es gibt zwei Möglichkeiten . . .«

Gereizt unterbreche ich ihn:

»Nein, nein, genug! Ich habe keine Zeit für solchen Unsinn! Warum sind Sie hier?«

Masseau zieht die Brauen hoch und legt die rechte Hand auf einen imaginären Degenknauf:

»Warum? Weil ich Sie liebe!«

»Idiot! Dieser Brief ist also wieder von Ihnen? Macht Ihnen das Spaß, diese Art von . . . Irreführung? Ich mache

Sie darauf aufmerksam, daß dies noch ein sehr höflicher Ausdruck ist! Jedenfalls kann man Ihnen nicht vorwerfen, daß Sie sehr abwechslungsreich in Ihren Mitteln wären . . . Sie sind recht phantasielos, mein lieber Freund!«

Der liebe Freund ißt mit gerümpfter Nase gemächlich den Rest meines Honigs und murmelt:

»Alle zwei Stunden drei Kaffeelöffel . . . Himmel, ist diese Medizin bitter!«

Nachdem er sich mit meiner Serviette den Schnurrbart abgewischt hat, läßt er sich zu einer Antwort herab:

»Teure Freundin, es gibt zwei Möglichkeiten. Entweder . . .«

»Masseau! . . . Ich zerschlage gleich eine Vase!«

»Ja . . . Entweder habe ich eine Handschrift gefälscht, oder ich habe keine Handschrift gefälscht. Eine Untersuchung wird das zeigen. Vor allem aber muß dringend festgestellt werden, ob ich das Recht habe, erstens — oh gärende Säfte, oh verborgener Frühling! — das Recht — oh lüsternes Erwachen eines verzweifelten Mannes! —, das Recht, frage ich, erstens in Sie verliebt zu sein, und zweitens gleich vielen anderen denkenden, katholischen und geimpften Lebewesen den Vornamen Jean zu tragen.«

»Wie?«

»Ich heiße Jean«, wiederholt Masseau mit sanfter Stimmer. Er hat die Kommas und Gedankenstriche seiner Ansprache in die Luft gezeichnet und scheint von sich selbst entzückt zu sein. Erschöpft setze ich mich ihm gegenüber:

»O Gott, o Gott, ist das Leben mit euch anstrengend! Was ist nun wahr an dieser Geschichte und warum sind Sie hier?«

»Ich heiße Jean«, wiederholt Masseau.

Und indem er den Kopf zurückwirft, die Augen zusammenkneift und trotzig das Kinn hebt, gelingt ihm für ein paar Sekunden — trotz seines Bartes und seiner runzligen gelben Haut — ein solches Wunder an Ähnlichkeit, daß ich, von unerklärlicher Wut getrieben, aufspringe:

»Das ist blödsinnig! Absolut blödsinnig! Glauben Sie etwa, daß ich meinen Zug versäumen will, nur um mir Ihre Porträtgalerie anzusehen? Liebster Masseau, seien Sie nicht gemein und sagen Sie mir, wie Sie erfahren haben, daß ich in Genf bin? . . . Ach, Gott, bin ich dumm! Der Portier des Impérial hat mir ja meine Fahrkarte besorgt! Sagen sie mir also, warum sind Sie gekommen?«

Ich versuche es jetzt mit Güte und Geduld, wie man sie gegenüber Verrückten anwendet. Wenn sich dieser Mann von seinen Strohmatten, seinen Opiumpfeifen und seiner Lampe getrennt hat, dann muß das irgendeinen besonderen Grund haben. Aber er ist schlauer als ich; ich werde ihn nicht so leicht herumkriegen. Er läßt sich durch meine Herzlichkeit nicht täuschen, und außerdem hat er mich ja vorhin durch die offene Tür beobachtet.

»Reisen Sie ab, liebe Freundin, reisen Sie ab . . .«

Dieser Fuchs mit seiner feinen Nase, dieser närrische Komödiant fängt mich und läßt mich los, fängt mich wieder und läßt mich abermals los, und das nur mit Hilfe eines Namens, dem Namen eines Mannes, an den ich in den letzten vier Tagen weniger hätte denken sollen.

». . . Aha, da ist auch schon der Hausdiener, der Ihre Koffer holt.«

»Halt! Lassen Sie das. Ich fahre mit dem Zug . . . um zwei Uhr.«

»Aber, Madame, um zwei Uhr geht kein Zug«, entgegnet der Rotgesichtige mit den nackten Armen.

»Was geht Sie das an? Ich werde eben einen stehlen!«

Nachdem sich die Tür geschlossen hat, werfe ich Masseau einen demütigen Blick zu, ein verzweifeltes Lächeln, das auf eine Erklärung hofft . . . Einen Finger am Mundwinkel, ziert er sich in aufreizender Weise.

»Ich werde alles sagen«, ruft er, »aber ich will, daß Sie in Ouchy mit mir zu Mittag essen.«

»In Ouchy? Warum Ouchy und nicht . . . Gut, gut, in Ouchy, meinetwegen. Aber wir haben ja noch Zeit, es ist erst neun Uhr. Bis dahin . . .

»Bis dahin müssen Sie mit mir Bésigue spielen.«

»Bésigue? Oh, nein! Das ist zuviel! . . .«

»Ich will es aber, ich will es aber«, kreischt Masseau, eingehüllt in meine türkisch gemusterte Bettdecke, »oder das Kind, das ich unter dem Herzen trage, kommt mit einer Dreizehntausendfünfhundert auf der Nase zu Welt!«

Er unterbricht seinen theatralischen Vortrag und erstarrt in Bewunderung vor dem Spiegelschrank:

»Oh, die Duse! . . .«

Bis zur Abfahrt des Schiffes spiele ich in feigem Entgegenkommen Bésigue, ohne Masseau auch nur die geringste Erklärung zu entlocken.

»Wo wollen wir in Ouchy essen, Masseau?«

»Im Hôtel du Château — mit Jean.«

»Mit Jean?«

»Ich heiße Jean«, sagt er mit sanfter Stimme.

»Vierzig Buben — von den Zwanzig in Herz gar nicht zu reden, die ich nicht für einen Orden hergeben würde.«

Ich bleibe, und er nützt das aus. Ich bleibe, als wäre Masseau der Teufel in Person, als ginge es in unserem Spiel um einen hohen Einsatz, von dem nicht gesprochen wird. Ich bleibe hauptsächlich, weil Masseau mir mit der Gerissenheit des Irren dazu verhilft, endlich wieder Neugierde in mein Leben zu bringen, den Sinn für Geheimnis und Abenteuer, das Verlangen, begehrt zu werden — für all das ist Platz in meinem Leben und noch für viel Schlechteres und viel Besseres. Ich wußte das zwar, aber all das mußte gleichzeitig kommen — und das ist diesem von der Vorsehung gesandten Narren gelungen.

Indessen spiele ich einigermaßen fehlerlos und gewinne

sogar, denn der einfache Aufbau dieses Spieles paßt zu meinem augenblicklichen Geisteszustand. »Ein Spiel für alte Weiber!« pflegte Brague zu sagen. Ein Spiel für unausgefüllte Frauen wenigstens — in der Mitte die Karten, rechts eine Tüte Bonbons und links ein Glas Likör; und die Zeit vergeht.

»Masseau . . . und May?«

Ich hätte diese Frage früher stellen können, bevor das Schiff die Anlegestelle verließ, natürlich . . . Außerdem ist Masseau eben damit beschäftigt, Abschied vom Ufer zu nehmen, und hört mich nicht. Er winkt mit dem Taschentuch einer Schweizer Familie, bestehend aus Großmutter, Mutter und vier Töchtern, und der Gruß wird gewissenhaft erwidert. Eine Unmenge Leute sind auf dem Schiff — es ist Sonntag —, stolze Jünglinge eines Gesangsvereines, Mädchen jeglichen Alters mit Regenschirm und gesticktem Pompadour über dem Arm. Es sind »Teenager«, lang aufgeschossene junge Mädchen, die sehr unfranzösisch und unpassend gekleidet sind: die kurzen Röcke lassen über den Söckchen die nackten Beine sehen, und die durchaus entwickelten Brüste stecken in kindlichen Matrosenblusen . . .

»Reizend«, meinte Masseau. »Hier scheint nun endlich ein Volk die beiden überzeugendsten Formen der Liebe zu verstehen und sie fördern zu wollen, nämlich die Vergewaltigung und den Lustmord. Lassen Sie mich, ich will diesem kräftigen Kind mit den nackten Waden einige Ansichtskarten anbieten.«

»Masseau, seien Sie nicht so gemein. Masseau, ich frage Sie, was ist mit May?«

Er antwortet mir nur mit einem Blick, einem ausnahmsweise nicht theatralischen Blick, in dem sich der wahre Masseau zeigt, klug und verächtlich . . . Zum erstenmal schäme ich mich vor ihm wie vor einem Mann . . . Fünf

Minuten später sitzt er zwischen einem Mädchen von ungefähr fünfzehn Jahren und dessen Mutter und unterhält sich mit ihnen. Die Hände auf dem Griff seines Regenschirms gefaltet, den Blick gesenkt, imitiert er die scheinheilige Haltung, die vertrauliche Miene eines falschen Priesters, und scheint vergessen zu haben, daß es mich auch noch gibt. Müdigkeit überkommt mich, die köstliche Müdigkeit an der frischen Luft, die Müdigkeit auf einem Schiff, in einer Hängematte oder in einem offenen Wagen. Der Dunst, der Himmel und der weite See, alles verschwimmt zu einem hellen Grau, und die unbewegte Luft ist erfüllt von dem milden und drückenden Geruch des Süßwassers.

Wohin treibe ich? . . . Das werde ich noch früh genug erfahren. Man entführt mich, und ich empfinde für kurze Augenblicke eine eigentümliche Ruhe, die träge Sicherheit eines Paketes. Wie eine empfindliche Magnetnadel fühle ich das Herannahen eines fremden Willens, den meine Sinne erahnen. Und da es — zumindest augenblicklich — nicht darum geht, gegen ihn anzukämpfen, fühle ich ihn nur wie eine entfernte Kraft, eine wohltuende Hypnose.

Wie lange hätte ich diesen Wachtraum noch verfolgt, diesen Halbschlaf mit offenen Augen, den die gewellte Linie des im Dunst verschwimmenden grünen Ufers streichelt, ohne ihn zu stören? Ein optischer Zusammenstoß weckt mich, der Anblick eines massigen, hohen, viereckigen Hindernisses mit einem roten Ziegeldach — der Turm der alten Burg Ouchy.

7

»Man kann sagen, was man will, aber die Riviera ist doch nichts als ein aufgelegter Schwindel. Jetzt, Ende Februar, können wir hier in Ouchy im Freien zu Mittag essen; wie oft kann man sich das im März oder im April in . . . ich meine, irgendwo im Süden erlauben.«

Ich habe nicht »Nizza« gesagt. Ich habe einen ganz kleinen Umweg um den Namen gemacht, wie eine Ameise um ein Kohlenstückchen, weil ich an das Mittagessen im Impérial dachte, damals, als May fehlte; und ich fühle, daß einer meiner beiden Gefährten auch daran denkt. Zwei Männer ganz allein für mich, wie damals, und, da wir bei Kognak und Kaffee angelangt sind, auch derselbe Duft, den man noch besser wahrnehmen kann, weil ein leichter Wind weht; wie rasch doch ein gutes Essen einen schlechten Beigeschmack hat . . .

Ein Sonnenstrahl läßt winzige regenbogenfarbene Lichter auf dem Tischtuch tanzen, Reflexe des Diamanten, den ich am kleinen Finger trage . . .

»Hübsche Hände«, bemerkt Jean lächelnd.

Ich sehe ihn vorwurfsvoll an, verärgert darüber, daß er ähnlichen Erinnerungen nachhängt wie ich.

»Oh, Jean, bitte nicht.«

Ich hoffe, er versteht, daß das kein koketter Einwand ist, sondern der Versuch, seine Gedanken von jener Szene abzulenken.

Das Gespräch gerät ins Stocken, jetzt, da wir nicht mehr beim Essen sind. Sich zu Tisch setzen, sich bei Essen und Trinken ein wenig unterhalten, ist das nicht eigentlich das einzige Vergnügen, das Leute, die sich nichts zu sagen haben, miteinander teilen können? . . . Masseau liest in einer Genfer Zeitung und scheint sich nicht um uns zu kümmern, als wäre seine Mission für den Augenblick erledigt . . . Der zartgraue Himmel, der Horizont über dem See und die schneebedeckten, blassen Berge im Hintergrund geben uns dreien die gelbliche Gesichtsfarbe von Fieberkranken. Ich pudere mir die Wangen und streiche mir die Lippen an, wobei mir ein viel zu kleiner Taschenspiegel wenig hilft.

»Die linke Wange«, rät Jean, »sie hat genauso viel Recht

darauf wie die andere. Die Augenbrauen abwischen. Fertig!«

Ich errate, insgeheim beschämt, daß er mich heute nicht hübsch findet, daß er mich mit der Renée in Nizza vergleicht, und reagiere nervös, indem ich meine müden Gesichtszüge »straffe«.

Diese vorbeugenden Muskelübungen, bei denen man den Mund zu einem halben Lächeln verzieht, die Augenbrauen hebt, die Nasenflügel bläht und das etwas schlaffe Kinn anspannt, unternimmt instinktiv jede Frau, selbst für den zerstreuten Blick eines Passanten. Ich habe diese Übungen gerade jetzt vergessen, weil mich zweierlei quält: das Bedürfnis nach Schlaf und der Wunsch nach Klarheit. Wenn ich den Mut dazu hätte, würde ich diese beiden Männer, von denen der eine nur als Komplize auftritt, fragen: »Bitte erklären Sie mir, was hier eigentlich vorgeht, oder was zwischen uns noch geschehen soll.« Da sitzen wir hier in dem kahlen Garten und sind alle drei von sehr weit hergekommen, wie zu einer diplomatischen Verhandlung — oder zu einer Verschwörung gegen May? Wie kommt es aber dann, daß ich mich stärker betroffen, ja stärker bedroht fühle als die Abwesende? . . .

Aber so etwas sagt man nicht. Wendete ich mich an Masseau, würde er sich als Machiavelli verkleiden, und ich kenne niemand, der schlechter dazu geeignet wäre, Vertrauen einzuflößen oder spontane Zugeständnisse zu machen, als Jean. Außerdem ist er mir in diesem Augenblick nicht wohlgesinnt. Er ist allein gekommen und sehnt sich seit vier Tagen nach einem Gespräch unter vier Augen. Vier Tage lang bin ich in seiner Erinnerung immer schöner geworden, immer geheimnisvoller und verführerischer — seit vier Tagen hat er den letzten Eindruck von mir vor Augen gehabt: eine Renée Néré in einem schwarzen, dekolletierten Kleid, mit rosigen Wangen und strahlenden Augen . . . Nun kommt er an und findet eine sechsunddreißigjährige Frau im Reisekostüm, von der man zwar sagt, daß sie, weiß Gott, jünger aussehe als sie ist, deren wahrscheinliches Geburtsdatum man aber doch angeben kann.

Seine hellgrauen Augen prüfen mich ungeduldig, so als suchten sie meinen entschwundenen Glanz. Selbst die Liebe könnte in diesen Augen das helle Leuchten nicht entfachen, das in Maximes Blicken lag, und er mochte mich um so lieber, je mehr ich durch unsere wilden Spiele zerzaust war, ohne Puder, mit glänzender Nase und den deutlichen Spuren seiner Küsse und Zähne auf den Wangen . . .

Vorhin, zu unserem Empfang, zeigte Jean das freundliche, gezwungene Lächeln eines Mannes, der um Vergebung bitten und zugleich gefallen will, und sofort ergoß sich eine Flut von heiteren Worten und Erklärungen über mich: May gehe nach Paris zurück, aber Jean mache einen Abstecher nach Lausanne, um ein Boot zu kaufen. »Schauen Sie, hier ist die Photographie, ein hübsches kleines Segelboot, nicht wahr?« Mir fiel nichts Rechtes ein, nur ein sehr ungeschickter Satz: »Ihr seid also nicht mehr böse aufeinander, Sie und May?«

»Böse? Ich würde mir die größten Vorwürfe machen! Böse auf May? Die arme Kleine, sie hat es satt, herumgeschleppt zu werden; sie geht wieder in ihren kleinen Laden in Paris zurück . . .«

All das sagte er mit ungewöhnlicher Offenheit, gewissermaßen mit väterlicher Sorge um May, so als hätte sie gerade eine Krankheit überstanden; mit dem deutlichen Bemühen, in jedem Satz ihren Namen zu nennen, um mir zu zeigen, mir zu verstehen zu geben: »May ist immer da, wir sind nicht allein, wir tun nichts heimlich — wir erstrahlen in Unschuld, und vor allem, vor allem fürchten Sie sich nicht, weichen Sie nicht aus!«

Seine vorbereitete Ausgelassenheit legte sich schnell. Es ging ihm auch nur darum, mich zu beruhigen. Seine Aufmerksamkeit für mich hat nicht nachgelassen. Aber sie trägt von Stunde zu Stunde immer mehr den Stempel unzulässiger Ernsthaftigkeit — das heißt, ich sollte es nicht dulden . . .

Ich wehre mich, so gut ich kann. Meine Augen suchen und finden alle Mängel dieses schönen Männerantlitzes: die Backenknochen zu hoch und leicht mongolisch im Gegensatz zu dem feinen Kinn — die Nasenwurzel zu breit, und unter dem üppigen, fast schwarzen Haaransatz erkenne ich heute deutlich den bläulichen Schatten eines schmalen, ausrasierten Streifens — die Spuren einer behutsamen täglichen Rasur, die die Stirn ein wenig höher und edler macht. Das übrige streife ich nur flüchtig, ich weiche dem üppigen Mund mit den feinen Mundwinkeln und auch den Augen aus, die mehr glänzen als die meinen, weil sie feuchter sind. Wegen der kleinen runden Ohren und der kurzen Ohrläppchen diagnostiziere ich: »Degeneriert!«, indem ich diesen »Degenerierten« gleichzeitig um seine hübschen, blassen Nasenflügel beneide, die weder gerötet sind noch schwarze Pünktchen zeigen, und in einer vollendet schön gezeichneten Linie in die Wangen übergehen.

Er sieht — ich übertreibe vielleicht, aber ich täusche mich nicht — er sieht vornehm aus, solange er schweigt, aber wenn er spricht und lacht, wird er banal, und ich will unbedingt, daß er die Miene boshafter Heiterkeit annimmt, jenes Lachen aus vollem Halse, das gewisse Männer im Umgang mit leichtfertigen Frauen lernen.

. . . Energisch klappt er seine Zigarettendose zu, als ob er damit unsere gegenseitige kritische Musterung beenden wollte; — ich stehe auf. Jean steht auch auf. Meine Bewegung weckt in ihm erneut den eben eingeschlafenen Trieb, zu belauern und zu verfolgen:

»Wo wollen Sie hin?«

»Nun . . . zurück natürlich.«

»Wohin?«

»Zuerst nach Genf, dann nach Paris.«

»Eine ausgezeichnete Idee, aber wollen wir nicht vorher noch eine kleine Autofahrt machen?«

»Danke, die Straße entlang des Sees langweilt mich zu Tode.«

»Wie wäre es mit einer Segelpartie? . . .«

»Mit welchem Boot? Mit dem, das Sie kaufen wollen?«

»N . . . nein. Mit einer der hiesigen hübschen kleinen Nußschalen, die aussehen wie auf den Ansichtskarten, dort, gleich neben der Anlegestelle.«

Ich zögere, doch dann nehme ich an — nicht, weil ich sonderliche Lust zu einer Bootsfahrt hätte. Aber seit meiner Ankunft in Ouchy verdirbt mir das ärgerliche, unbehagliche Gefühl, die Dinge falsch angepackt zu haben, den Tag; Unbehagen, das man vielleicht durch rasches Handeln noch zerstreuen könnte, oder weiß der Himmel wodurch . . . Ich weiß nicht mehr, wozu ich überhaupt hierhergekommen bin, aber vielleicht genügt ein Augenblick, ein Wort, eine kurze Erholung auf dem glatten See, um mich aufzuheitern.

Wir entfernen uns vom Ufer, die schlaffen Segel flattern leise und wollen sich nicht aufblähen. Masseau ist an Land geblieben, nachdem er mit einem weiten Satz ins Boot springen wollte und dabei in das knapp einen Meter tiefe Wasser fiel. Jetzt steht er triefend wie ein nasser Regenschirm am Kai und ruft uns Piratenkommandos nach:

»Aufgeien! Achtung auf den Luvbaum! Hinten brassen! Steuerbord vor Anker gehen! Segel beiholen! . . .«

Wir lachen nicht, unser Süßwassermatrose, den ein barfüßiger kleiner Junge unterstützt, steuert und betrachtet dabei den »Verrückten« mit unerschütterlicher, gleichmütiger Höflichkeit, als echter Schweizer daran gewöhnt, die verrückten Einfälle und die albernen Reden der Fremden hinzunehmen.

»Masseau wird sich erkälten«, bemerke ich, um irgend etwas zu sagen.

»Ach, das macht nichts«, antwortet Jean zerstreut und in entschuldigendem Ton, so als ob ich ihm auf den Fuß getreten wäre.

»Was, das macht nichts? Dieser Mann gehört schließlich nicht Ihnen!«

»Eben. Wenn er mir gehörte, würde es mich stören, wenn er sich erkältet.«

»Sie sind ein guter Mensch, das muß man sagen!«

»Jedenfalls gut genug, um einer Frau, die zu leicht angezogen ist, meinen Mantel zu leihen. Nehmen Sie ihn, Sie tun mir leid.«

Ich fühle wirklich, daß ich blaß geworden bin, denn der Wind hat unser Boot nun fest im Griff, und es fügt sich mit knatternd geblähten Segeln und knarrendem Mast. Mir ist kalt, und ich hülle mich in Jeans Regenmantel; er riecht ganz leicht nach Gummi, nach Tabak und nach einem Parfum, das nicht von May stammt.

»Sie werden doch nicht etwa seekrank?«

Ich lache und stecke das Kinn tiefer in den aufgestellten Kragen, der wie eine Strohmatte kratzt:

»Nein, nein! Nur, wissen Sie, die letzte Nacht war sehr kurz, und ich bin seit heute früh auf den Beinen, also . . .«

»Ach ja, armes . . .«

Weiter sagt er nichts; es fehlen ihm die Worte, wenn es sich darum handelt, mitfühlend zu sein. Ich erinnere mich, daß er May, als sie einmal krank war, mit entrüstetem Gesicht und geradezu wütender Unbeholfenheit pflegte; mit strafenden Blicken schüttelte er die Kissen auf und stellte die Medizin auf dem Nachttisch bereit. Ich hatte nie mehr an diesen Tag gedacht, und hätte nicht geglaubt, daß ich mich überhaupt noch daran erinnere. Und nun taucht dieses Bild vollständig und klar vor mir auf, bloß weil Jean gesagt hat: »Ach ja, armes . . .«

»Aber Jean, jetzt werden Sie doch frieren?«

»Mir geht's ausgezeichnet, danke.«

Hätte ich, in Mays Art und Weise, gerufen: »Lieber Freund, fürchten Sie nicht, daß der eisige Wind Ihrer unseligen Schönheit schaden könnte, wenn Sie ohne Mantel hier herumsitzen?«, dann hätte mir Jean im gleichen Ton geantwortet und nicht mit diesem trockenen, verlegenen »Danke«. Das, was soeben im wahrsten Sinne des Wortes wie eine »kalte Dusche« zwischen uns gewirkt hat, ist das Auftreten einer ganz natürlichen Besorgnis. Statt daß uns seine so natürliche Geste männlichen Beschützertums einander nähergebracht hätte, habe ich Lust, ihn »Monsieur« zu nennen.

Die primitive Ausstattung des Bootes — eine schmale, harte Bank, die nassen Planken — trägt noch zu unserem seelischen Unbehagen bei und weckt in mir Erinnerungen an Ereignisse, die vor meinem jetzigen Nomadenleben liegen; Erinnerungen an Umzüge, an das mühsame Einrichten fremder Räume, und das Leben zwischen Möbeln, die man nicht wiedererkennt. Ich kann, was immer ich auch tue, diesen Druck des Startes, des schwierigen Anfangs, nicht abschütteln. . . .

Das Wasser kräuselt sich neben unserem Boot zu zwei schmalen, langen Wellen, blaßgrün und sehr klar; an meiner kalten Hand fühlt es sich lauwarm an . . .

»Warum halten alle Frauen die Hand ins Wasser, wenn sie in einem Boot sitzen?« fragt Jean.

Ich zucke die Achseln.

»Ich weiß es nicht. Ich glaube, daß alle Frauen in bestimmten Augenblicken dieselben Bewegungen machen — vor einem Spiegel, oder am klaren Wasser, wenn sie an einer Blume vorbeigehen oder an einem Stoff oder an einer weichen Frucht; sie unterliegen alle den zwei immer gleichen Versuchungen: sich zu schmücken, das heißt, sich anzubieten, und zu berühren, was soviel bedeutet wie in Besitz zu nehmen.«

»Alle Frauen, das sind sehr viele . . .«

»Nicht so viele, wie man glaubt.«

»Aber mehr als Sie denken, Sie Genie der falschen Bescheidenheit . . .«

»Der falschen . . .«

»Jawohl. Ich finde es nicht nett von Ihnen, daß Sie die Frauen mit verächtlicher Barmherzigkeit als arme, reichlich primitive und uninteressante Herdentiere darstellen und zum Beweis hinzufügen: ›Ich kann ein Lied davon singen, ich, die ihnen allen gleicht . . .‹, und logischerweise schließt der Zuhörer daraus, daß Sie niemandem gleichen . . .«

»Aber Jean . . .«

». . . Und wenn Sie verallgemeinern, wie Sie es eben getan haben, tun Sie es weder aus Bescheidenheit noch aus Überzeugung, sondern nur aus Trägheit und Berechnung, um ein Höchstmaß an Bewunderung mit einem Mindestmaß an Anstrengung zu erzielen.«

»Aber Jean . . .«

»Und wenn Sie mir antworten — falls Sie sich überhaupt dazu herablassen —, beschränken Sie sich auf ein paar ungezwungene, geistreiche Worte, die Sie mit einem vielsagenden Blick meisterhaft untermauern. Denn Ihr Trick — verzeihen Sie das Wort —, Ihr besonderer Trick ist das Verschweigen, der Blick aus gesenkten Augen, das verstohlene Lächeln, das Zurückziehen der Hand, kurz, lauter mimische Fähigkeiten, liebe Freundin, rein mimische! . . . Herrgott, ist mir heiß! Ich wußte doch, daß ich diesen Mantel nicht brauchen würde. Und wenn Sie wollen, können Sie mich jetzt mit überlegenem Schweigen bestrafen, ich nehme nichts von dem zurück, was ich gesagt habe.«

»Aber Jean, im Gegenteil! . . . Ich höre zu, ich staune — und ich bewundere sogar. Was Sie da sagen, ist gar nicht dumm!«

»Und Sie verbergen Ihre Verwunderung auch nicht:

›Oh, Wunder! Er spricht, er denkt! Welch eine Freude, er setzt mir sogar ein wenig zu!«

Der Ort ist etwas merkwürdig für diese Art von Unterhaltung, die erste — vielleicht die einzige; denn er ist soeben etwas zu weit gegangen, er »verallgemeinert« mehr, als zulässig ist, indem er einfach annimmt, es wäre ein Vergnügen für mich, wenn er mir zusetzt. Der Wind wird stärker; ein paarmal schwappen die Schaumkronen der Wellen über die Bordwände; am Boden hat sich eine kleine Lache gebildet und durchnäßt meinen Rocksaum. Aber Jean ist erhitzt, er hält sein Gesicht in den feinen Sprühnebel und leckt sich das Wasser von den Lippen. Der Turm von Ouchy dort drüben am Ufer ist so klein . . . Ich möchte umkehren, denn ich fühle mich gar nicht wohl, müde im Kreuz und schwer im Kopf, bin ich diesem starken, kräftigen Burschen im offenen Rock weit unterlegen. Ich wage nicht, das zuzugeben.

Kranksein ist das Vorrecht von schönen Tieren und ganz jungen Lebewesen; nur sie werden dadurch nicht häßlicher. May verkündete schamlos: »Kinder, ich winde mich in Bauchkrämpfen«, oder: »Ich mache die Herrschaften darauf aufmerksam, daß ich Lust habe, mich zu übergeben«, und sie behielt selbst in solchen Augenblicken eine zynische Anmut, die nichts Abstoßendes an sich hatte — ich sehe noch immer ihre schönen, ängstlichen, dunkel umrandeten Augen und ihre fahlen Wangen vor mir, wenn sie die ganze Nacht durchgewacht hatte . . .

»O Wunder! Er spricht, er denkt . . . Setzen wir an Stelle von ›Wunder‹: ›Überraschung‹, und reden wir nicht mehr davon . . .«

Dann packt mich die Bosheit, und ich ahme Jean nach, den Jean von gestern:

»›Eigentlich ist's eine Bude, dieses Hotel Paradenia . . .‹ ›Ich hab sogar eines mit vierzig PS! Das nützt mir nichts, bei mir muß es schnell gehen . . .‹ ›Ober, haben Sie nicht mehr den Mouton-Rothschild vom vorigen Jahr?‹

›May, mein Kleines, du irrst dich, diese Frau ist nicht die Geliebte von XY, das ist die frühere von Dingsda, die man immer seine alte Stute nannte; ich erkenne ihre Perlen und die Falten, die sie unterm Kinn hat . . .‹«

Jeans reizbare Nasenflügel beben leicht, aber seine grauen Augen, etwas grünlich wie der See, lachen bereits:

»Nun, und was soll's? Wenn ich unterwegs bin, versuche ich die Sprache des Landes zu sprechen. So wie andere Negerjargon sprechen, so spreche ich dreiviertel des Jahres Dirnenjargon, Judenjargon oder Kneipenjargon. Aber ich habe trotzdem eine Muttersprache. Und es gibt Gegenden, in denen ich sie wiederfinde, ohne sie zu suchen — ja, meine Liebe, wir kehren um, Sie haben genug, wie? —, bezaubernde Gegenden, wo niemand zu wissen scheint, wer ich bin, die sich meinem Umgang verschließen, die ich aber an einigen Worten als die meinen wiedererkenne und in die ich langsam, ganz langsam eindringe, verstehen Sie, wie in einen wohlbekannten Hohlweg, den ich nur von Brombeersträuchern habe überwuchern lassen . . .«

8

Als Kind nahm man mich sehr selten mit ins Theater oder in den Zirkus, und an solchen Tagen wurde ich, je näher der Abend heranrückte, immer aufgeregter, bekam kalte Hände und konnte nichts essen. Der Glanz der Scheinwerfer und der erste Geigenstrich erschütterten mich so sehr, daß ich zunächst gar nichts sehen konnte, weil ich voll damit beschäftigt war, meine Tränen zurückzuhalten, die ich am liebsten genußvoll in Strömen vergossen hätte.

Wenn ich mir aus den Tagen meiner Kindheit eine ungewöhnliche Gewalt über meine Tränen bewahrt habe, so ist mir doch auch die Fähigkeit erhalten geblieben, mich zu bestimmten Anlässen zu begeistern, mit einer Intensität, der die Zeit kaum etwas anhaben konnte; und es sind das nicht nur Stunden, erfüllt von der Schönheit vollendeter Orchestermusik, von dem Zauber des Mondes, der sein Licht über Büsche und schimmernde Lorbeersträucher ergießt, oder dem Geruch der Erde an einem gewitterschwülen Sommertag. Es gibt Augenblicke untätiger Schwäche, in denen halbvergessene Bilder aus der Erinnerung, Gegensätze von Licht und Schatten genügen, um ein der Liebe entwöhntes Herz neu zu öffnen. Das warme, rosige Licht eines erleuchteten Fensters in einem dunklen Haus, der längliche Lichtschein, der auf den Kies einer Allee fällt oder durch das dunkle Laub der Bäume rieselt, bedeutet für mich Liebe, geborgene Liebe, den heimischen Herd, die köstliche, legitime Zweisamkeit . . .

Das Wohlbehagen, das mich durchströmt, wenn ich aus der kalten Nacht in einen warmen, hellen, festlichen Saal trete, ist nicht rein körperlich; ich blühe kurz auf unter einem unwiderstehlichen, erwartungsvollen, ruhelosen Vergnügen, dem Vergnügen einer Verabredung, wenn ich so sagen darf. Das dauert nicht lange, da ich ja nie jemanden erwarte; jedenfalls hat es noch nie so lange angehalten wie heute abend. Seitdem wir uns zu dritt auf der allzu hell erleuchteten Veranda zu Tisch gesetzt haben, zwingt mich ein innerliches Jubeln, dauernd zu lächeln und die Zähne zusammenzubeißen. Ich glaube, ich bin am Ende meiner Kräfte, aber ich habe nicht die geringste Lust, mich auszuruhen. Mir scheint auch, mein jetziger Zustand hängt nur von mir ab, und man könnte den Mann mir gegenüber ohne weiteres fortnehmen und durch einen anderen ersetzen, ohne daß sich das geringste ändern würde. Es scheint mir so — und gleichzeitig weiß ich, daß es nicht so ist. Ich weiß, daß meine Blässe, meine Müdigkeit, die leichten Störungen meines Geschmacks- und Tastsinnes — der eisgekühlte Sekt kommt mir lauwarm vor, und die Gabel in meiner Hand fühlt sich eiskalt an — eben doch Folgen sind und nicht Zufallserscheinungen. Es sind die Folgen — man könnte fast sagen die Errungenschaften — eines unausgesprochenen, aber heftigen Verlangens, das vielleicht wieder nachlassen wird, mich im Augenblick aber durcheinanderbringt.

Es erfüllt mich mit Genugtuung, einen so starken Gegner vor mir zu haben; auch äußerlich ist er mit seinem weißen Smokinghemd, seinem glatten Kinn, seinem weichen Haar und seinen Augen, die heller sind als der Teint, ihn jünger erscheinen lassen und den Eindruck von Frische und blühendem Aussehen erwecken, im Vorteil. Heute abend ist er derjenige, der glänzt, während ich mein Reisekostüm anbehalten mußte, meine zerdrückte Batistbluse und meinen kleinen Hut mit den beiden Federn. Masseau hängt düster und fröstelnd Gedanken nach, über die er nicht spricht, läßt Jeans Schönheit noch stärker hervortreten, und ich nehme es hin, daß ich als einzige Frau zwischen zwei Männern keineswegs der Glanzpunkt des Trios bin. Es wäre so einfach gewesen, vor dem Diner nach Genf zurückzufahren! . . . Aber ich wollte nicht.

Befriedigt, daß ich geblieben bin, sich der Bedeutung dieser Tatsache wohl bewußt, gefällt sich Jean in einer sinnlichen Eitelkeit, die ein wenig dirnenhaft wirkt. Er raucht, den Ellbogen auf den Tisch gestützt, indem er seinen wohlgeformten kleinen Finger, der viel kürzer ist als der Ringfinger, abspreizt. Er klemmt einen Finger zwischen Hemdkragen und Kehlkopf, um die Aufmerksamkeit auf die jugendlich glatte Haut seines Halses zu lenken, und wenn er lacht, zieht er wie ein Kaninchen die Oberlippe hoch, um seine Zähne zu zeigen.

Dieses Schauspiel, das er den Frauen abgeschaut hat und nun nachmacht, stört mich allerdings überhaupt nicht. Ich komme aus einem Milieu, wo männliche und weibliche Schönheit gleich bewertet werden, wo man mit denselben Worten die schönen Beine und die schmalen, reizvollen Hüften eines schönen Akrobaten beschreibt, wie die Figur einer Artistin oder einer Tänzerin. Andererseits, so wenig ich bisher auch in vornehmen Kreisen verkehrt habe, konnte ich doch unschwer erkennen, daß die Mittel und Wege, um zu gefallen, bei Männern und Frauen dieselben sind und ebenso unverhüllt angewendet werden. Ich lasse Jean also ruhig vor mir paradieren wie ein Zirkuspferd, sich in die Brust werfen und mit Augen und Zähnen kokettieren, und ich hüte mich, ihn durch ein spöttisches Wort oder einen kritischen Blick zu hemmen. Er bietet mir ein Schauspiel, das durchaus nicht unerfreulich ist; und ich halte ihm die Aufrichtigkeit, die darin liegt, ebenso zugute, wie die, daß er weder in Nizza noch vorhin im Boot von *Liebe* gesprochen hat.

Aufrichtigkeit — na, sagen wir lieber ein Zeichen von Stil oder zumindest von Gewandtheit. »Ich liebe Sie«, erklärte mir Max gleich in den ersten Stunden. Und diese großen Worte klangen aus seinem Munde ganz natürlich. Er hätte sie während des Essens sagen können, oder auch während er sich die Nase putzte, ohne Verwunderung oder Gelächter auszulösen. Jean aber! . . . Es genügt, daß ich mir dieses Bekenntnis von ihm nur geflüstert vorstelle, und schon erwacht das Mißtrauen und das ärgerliche Befremden in mir, das ihn mir zu einem Gegner macht, dem ich nicht gewachsen bin. Ich habe ihn zuweilen schon ungezogen erlebt, aber niemals ungeschickt.

Die Mahlzeit ist rasch beendet — wir sind die einzigen Abendgäste in dem nahezu leeren Hotel. Die Gewohnheit, auch außerhalb der Mahlzeiten zusammen zu sein, drängt uns alle gleichzeitig zu der Frage: »Was machen wir jetzt?« Und ich füge, ohne abzuwarten, hinzu:

»Oh, für mich, Jean, kommt nur eines in Frage: Ich fahre mit dem nächsten Zug nach Genf zurück!«

»Zurückfahren? Schon wieder?« (Seine grauen Augen verhärten sich.) »Heute früh findet Sie Masseau im Begriff, nach Paris zurückzufahren; nach dem Mittagessen wollen Sie nach Genf zurückfahren; im Boot wollen Sie ins Hotel zurückfahren; und nun fangen Sie schon wieder an! Außerdem wollen wir erst einmal nachsehen; Masseau, Sie haben nicht zufällig einen Fahrplan bei sich?«

»Immer«, sagt Masseau. »Lausanne . . . Lausanne . . . Aha! Hier. Lausanne ab 19 Uhr 23 — dazu ist es zu spät. Lausanne ab 21 Uhr 07, dann sind Sie gegen Mitternacht in Genf. Oder ein noch besserer Zug, der um Punkt 22 Uhr abfährt, und dreiviertel Stunden später in Genf ankommt.«

»Dreiviertel Stunden später!!!«

Ich schöpfe Verdacht, beuge mich vor und sehe, daß Masseau »improvisiert«, aus einem kleinen Pariser Lokalfahrplan, den er vor sich liegen hat.

»Masseau! . . . Das nennen Sie einen Fahrplan der Schweizer Bundesbahnen?«

»Das genügt vollkommen für Sie«, sagt Masseau kaltblütig.

»Es gibt zwei Mögli . . . Aus! . . . Entweder Sie fahren nach Genf zurück, oder Sie fahren nicht zurück. Angenommen, Sie fahren nicht zurück. Dieses Hotel ist ebenso gut wie das in Genf und . . . Wie? Es fehlt Ihnen an den nötigsten Dingen? Ich habe irgendwo ganz unten in meiner Reisetasche eine köstliche rosa Seife, in einer Badeanstalt gestohlen . . .

»Ich habe«, beeilt sich Jean hinzuzufügen, »Nachthemden aus indischer Seide, mit weißen Streifen auf violettem oder grünem Grund, und Strohsandalen . . .«

»Ich habe«, überbietet ihn Masseau, »eine wunderschöne Strickweste aus brauner Wolle und einen unvergleichlichen Flanellgürtel, der die Hüften warm hält. Und das alles steht Ihnen zur Verfügung, Komma, wenn Sie die Güte haben, Komma, es anzunehmen, Punkt. Sie brauchen dann weiter nichts als den Inhalt ihres ›kleinen‹ Handtäschchens — ja, eben dieses meine ich, das einen Lammbraten in seinem Schoß verbergen könnte. Und wenn man so wie Sie zu reisen versteht . . .«

Ich weiß besser als er, daß meine Handtasche alles enthält, »was man braucht«. Ich bin nicht mehr fünfundzwanzig und gehe ohne meine Puderdose nicht aus dem Haus. Die Debatte ist bald beendet, denn ich gebe nach, um meiner Zustimmung jede tiefere Bedeutung zu nehmen, und frage Jean unternehmungslustig:

»Was machen wir also, was unternehmen wir jetzt?« Ich sehe mich im Spiegel, blaß, todmüde, mit rot geschminkten, brennenden Lippen. Ich habe Angst, daß Jean Mitleid mit mir haben und mir raten könnte, zu Bett zu gehen — nein, nein, ich kann mich einfach nicht entschließen, diesen Tag so zu beenden; ich will nicht!

»Oh, Jean, oben in Lausanne ist ein Varieté, wo ich vor zwei Jahren aufgetreten bin, ein stinkendes, rauchiges Bierlokal; man sieht einen Film, jämmerliche Raubtiere, ein Repertoire unter aller Kritik, und . . .«

»Geschlossen«, unterbricht Masseau. »In Konkurs.«

»Haben Sie das aus Ihrem Pariser Fahrplan?« frage ich ihn trocken.

»Nein. Der Pariser Fahrplan ist zwar sehr gut und mit viel Verstand zusammengestellt, aber in gewisser Beziehung recht unvollständig. Ich habe mich beim Hotelportier erkundigen müssen.«

Er kritzelt, Gott weiß was, in ein kleines schwarzes Notizbuch und zieht dabei die rechte Schulter hoch, wie ein alter Schreiber, den die jahrelange Gewohnheit entstellt hat.

Man sieht nur seine schmale, krankhaft spitze Nase und seinen Schädel mit dem schütteren Haar, das aussieht wie gemähtes Gras. Du alter Teufel . . . du Satan, du Winkeladvokat, du hast deinen Pferdefuß in breiten Schuhen gut versteckt, und handelst mit Schlössern, in denen es spukt . . . Mir scheint, seine Klaue, die wie ein Krebs den Bleistift umklammert, will mir einmal Gutes, einmal Böses tun . . .

»Also, Jean, was unternehmen wir, wenn . . .«

»Still«, unterbricht Masseau.

»Was ist denn nun schon wieder los?«

Masseau hebt den Zeigefinger, reißt seine kleinen Augen auf und blinzelt zum Garten hinüber:

»Es regnet.«

Tatsächlich prasselt ein Platzregen auf das Dach der Veranda, und mein Zorn wendet sich gegen Masseau:

»Den Regen haben Sie bestellt!«

Jeans Gelächter läßt mich vermuten, daß ich etwas sehr Komisches gesagt habe, aber ich bin verstimmt, so als hätte mich jemand persönlich beleidigt:

»Wenn das so ist, gehe ich schlafen. Masseau, besorgen Sie mir ein Zimmer; das sind Sie mir wohl schuldig!«

Er verschwindet, und ich bemerke zu spät, daß ich wie mit einem Diener mit ihm gesprochen habe und nicht wie mit einem hilfsbereiten Freund.

»Ich hätte mich eigentlich selbst darum kümmern können . . .«

»Lassen Sie nur, es macht ihm Spaß . . .«

Man hat eben die Hälfte der Lampen auf der Veranda ausgedreht, ein deutlicher Hinweis, der uns in die Halle vertreibt. Die Halle ist ein überdachter Hof des alten Schlosses, Geranien und Farnkräuter wachsen in den Mauerfugen, und das Mobiliar im englischen Stil wirkt in dieser wuchtigen Umgebung recht zerbrechlich.

Ich lehne mich in nachlässiger Haltung gegen einen kleinen Schreibtisch; Jean setzt sich halb auf die Armlehne eines Sessels. Offensichtlich werden wir die Halle gleich wieder verlassen; — ich tue so, als bemerkte ich nicht, daß sie kalt und leer ist, und daß die spärliche Beleuchtung uns das Ungebührliche unseres späten Aufbleibens zu Bewußtsein bringen soll. Ich bleibe, und Jean rührt sich nicht. In uns beiden regt sich insgeheim derselbe Wunsch: dieser endlose, ermüdende Tag, verdorben durch Unausgesprochenes und Gemeinplätze, leer und demütigend für mich — denn ich bin diejenige, die hergekommen ist, um sich hier mit einem Mann zu treffen —, dieser Tag *muß* mit einem Wort, mit einer Geste zu Ende gehen, die ihm Sinn verleiht oder ihn für ungültig erklärt. Ich bin an einem Punkt angelangt, wo ich mich mit sehr wenig zufriedengeben würde. Ein geheucheltes Bekenntnis würde mir genügen, eine jener Geschichten, in denen die Anekdote zugunsten einer Bemerkung in den Hintergrund tritt, wie: »Ich weiß nicht, ob Sie ebenso denken wie ich . . .«, oder: »So war ich immer«, oder: »Ich brauche Sie nicht lange anzusehen, um zu wissen, daß . . .«

Aber nichts kommt, weder ein Wort noch eine Geste. Nichts als nervöses Gähnen und alberne Betrachtungen über den englischen Stil des Mobiliars.

Ich schäme mich für ihn, für diesen Mann, der da auf der Lehne eines Stuhles reitet, mit dem Fuß wippt und dabei seine Lackschuhe und das seidene Gewebe seiner Socken betrachtet.

Ich schäme mich für mich, dafür, daß ich *warte,* und ich fühle den bitteren Augenblick kommen, wo dieses offensichtliche Warten zu einer stummen Einladung, beinahe zu einer Herausforderung werden wird. Ich verabscheue mich, und ich verabscheue Jean. Ich bleibe da, entschlossen, mich sprechen und lachen zu hören. Ich werfe einen Blick auf Jean, einen Blick auf die Tür, durch die Masseau zurückkommen wird, einen Blick auf die Wanduhr — noch fünf Minuten, und ich gehe — und nun noch einmal fünf Minuten, aber das sind die letzten . . .

». . . Ja. Ich kann mich erinnern, mein Mann hat mir damals holländische Möbel geschenkt; ich besaß wie alle Welt ›die ersten holländischen Möbel, die in Paris auf dem Markt waren‹. Diese stillosen Möbel hat man bald satt . . .«

»Wenn ich mir einmal wirklich etwas anschaffe, kommen solche Phantasiemöbel höchstens in ein Rauchzimmer oder in ein Ankleidezimmer.«

»Oder in die Küche . . .«

»Vielleicht noch in die Küche.«

Er ist aufgestanden, ich habe es eher gefühlt als gesehen, denn ich blättere in einer Zeitschrift. Er steht hinter mir; mein Rücken belauert ihn.

»Eine Küche kann man ganz reizend einrichten; was einer Küche immer schadet, ist die Köchin . . .«

Er hatte die Hände in den Taschen; eben habe ich gehört, wie er sie herauszog.

»Nicht immer. Ich erinnere mich, daß ich auf einer Reise durch England in einem sehr einfachen Landhaus die entzückend angezogenen Dienstmädchen bewundert habe: blaue Waschkleider für die Küchenmädchen, und rosa . . .«

Mit beiden Händen hält mich Jean an den Ellbogen fest, so daß mein Nacken sofort versteht, was man von ihm will, und sich vorbeugt — eine Bewegung der Flucht, wenn man will, aber auch sehr geneigt, um eine Stelle zum Küssen finden zu lassen . . . Ein guter Kuß, warm, nicht zu fest, lang, ruhig, ein Kuß, der sich Zeit läßt, satt zu werden, und der nach dem ersten, bis zu den Hüften laufenden Schauer ein leicht betäubendes Wohlbehagen zurückläßt. Ein guter, fester Kuß, gut gegeben, gut empfangen, ohne daß unsere Körper das Gleichgewicht verlieren und zusammenstoßen, ein Kuß, den ich mit geschlossenen Augen und zusammengepreßten Lippen hinnehme, mit einem stillen Seufzer der Entspannung: Ah! Wie wohl mir ist! . . .

». . . und rosa Waschkleider für die Stubenmädchen.«

»Reizend«, antwortet Jeans Stimme, kaum leiser als vorhin.

»Ein bißchen kitschig vielleicht. Ah! Da ist ja auch Masseau persönlich. Nun, Masseau, was ist mit dem Zimmer?

Masseau reibt sich die Hände und mustert uns mit verkniffenen Augen, so als hoffte er, irgend etwas Besonderes zu entdecken . . . Es gibt nichts zu entdecken. Wir sind sehr ruhig, ebenso ruhig wie vorher, und ich sehe nicht mehr böse aus. Jean reckt die Arme, aber das kann auch eine Geste der Müdigkeit sein.

Auch bei mir ist es das Verlangen nach Schlaf, das mich meinen beiden Gefährten eilig und mit abwesendem Lächeln zum ›Gutenacht‹ eine warme, müde Hand entgegenstrecken läßt . . .

9

Was ich getan habe, nennt man, glaube ich, sich in die Höhle des Löwen begeben. Meinetwegen. Ich bin drin, und ich bleibe drin. Es ist ganz behaglich dort, und ich bin im Augenblick so ruhig, als hätte mich der Löwe bereits verschlungen. Jean? . . . Jean ist ein Stockwerk unter mir in seinem Zimmer. Vielleicht geht er auch am Seeufer spazieren, denn es hat aufgehört zu regnen. Mag er sein, wo er will. Man könnte meinen, ich denke heute abend weniger an ihn als heute früh und all die Tage zuvor.

Leise seufzend habe ich mich in mein Zimmer eingeschlossen; es liegt ganz oben im Turm und hat ringsherum Fenster. Gotische Wappen an den Wänden und an der Decke erzählen von der Abstammung des alten Schlosses von Ouchy, aber ich interessiere mich mehr für das Badezimmer und für das dampfende Wasser, das in die Wanne plätschert.

Der Tag, der nun langsam zu Ende geht, hat all meine Kräfte beansprucht. Ich wehre mich nachträglich gegen diese fünfzehn Stunden seelischer Verkrampfung, angstvoller Unruhe und gespannter Koketterie. Gespannt? Als ob das der Mühe wert gewesen wäre! In unverbesserlicher Romantik ging ich bereits daran, die *Liebe* zu bejubeln oder zu entehren . . .

Als ob es sich um Liebe handelte! Ich schöpfe Atem und blicke zurück — ganz vorsichtig, um die Begierde, die alles verdirbt, nicht zu wecken —, auf etwas, das ich am wenigsten kenne: das flüchtige Abenteuer. Man kann es auch anders nennen, aber ich vermeide diese Bezeichnungen, weil sie vulgär sind — es bleibt ihm ohnedies nicht viel Schönes . . . Um mich zu beglückwünschen, finde ich nur armselige, barsche Worte, Sätze, wie man sie zu einem Kind sagt, das sich verbrannt hat, weil es mit Streichhölzern spielte, oder beim Laufen hingefallen ist: »Siehst du, bist du jetzt zufrieden? Hast du jetzt, was du wolltest? Du hast ja nicht eher Ruhe gegeben! Na, Ende gut, alles gut . . .«

Ich höre Schritte unter mir. Das ist Jean — oder Masseau — oder jemand anderer. Bei dem Gedanken, daß Jean heraufkommen und an meine Tür klopfen könnte, hebe ich nicht einmal den Kopf. Das ist nicht etwa Gefühlskälte — oh nein, keine Spur . . . Aber welch eine sonderbare Resignation! Ein Kuß — und alles wird einfach, köstlich, oberflächlich, von etwas plumper Harmlosigkeit. Ein Kuß — und die rastlos wirbelnden Gedanken sinken zu Boden wie ein Schwarm Mücken unter den ersten schweren Tropfen eines Gewitterregens. Nichts hätte deutlicher sein können, als dieser wortlose Kuß es war. Weder ein verliebtes Wort, noch ein flehentliches Flüstern, und auch nicht mein Name, sehnsüchtig gestammelt, nichts als dieser Kuß, heimtückisch von hinten gegeben und glücklich, aber ohne Hingabe empfangen. Ich habe für diesen Kuß kaum einen banalen Satz unterbrochen; ich habe ihn weder verhindert noch erwidert. Und bei Jean dasselbe Bemühen, ihn gleich wieder zu vergessen! Unsere Körper haben gemeinsam vibriert und werden sich bei der nächsten Berührung daran erinnern, während sich unsere Seelen wieder mit demselben unaufrichtigen und bequemen Schweigen umgeben werden.

Jeans Schweigen bedeutet:

›Beunruhige dich nicht! Es handelt sich nur um Wollust, Wollust und noch einmal Wollust. Vom übrigen wollen wir nichts wissen.‹

Und mein Schweigen erwidert ihm: ›Gibt es denn ein ›Übriges‹? Ich habe nicht einmal daran gedacht. Aber sei unbesorgt, du wirst es mir nicht in Erinnerung bringen.‹

Warum sollte in unserem Verhalten nicht ebenso viel Zartgefühl wie Zynismus liegen? Ich gestehe Jean zu, daß er nicht nur seine Freiheit, sondern auch meine argwöhnische Unabhängigkeit wahren will. Ich kann ihm das gerne zugestehen, vorausgesetzt, daß er begreift, was ich ihm biete und was ich versage: ›Du beruhigst mich, und auch du wirst deine Ruhe behalten; ich will deine Zukunft nicht mehr und nicht länger beanspruchen, als vorhin deine Arme; nicht mehr als ein Halm, der für kurze Zeit umsinkt, sich erholt, sich wieder aufrichtet und keine Stütze mehr braucht.‹ Er wird es verstehen — wenn es sein muß, werde ich es ihm sagen —, aber es gibt ja noch andere Verständigungsmittel zwischen ihm und mir. Wir werden uns, hoffe ich, nicht auf lange verliebte Gespräche und langweilige Bekenntnisse einlassen. Gerade unser Schweigen hebt unser flüchtiges Abenteuer auf eine höhere Stufe. Also schweigen wir. Wir dürfen und können nicht über die Vergangenheit sprechen; — die Vergangenheit, das ist die betrogene kleine May und andere kleine Mays vor ihr; die Vergangenheit, das ist Max, vermißt und gefürchtet, stark und fehlerfrei, eine schöne, unüberwindliche Mauer . . . Wir dürfen nicht über die Zukunft sprechen, denn das hieße über Liebe sprechen! Also schweigen wir . . .

Eine große Ruhe durchströmt meine Glieder. Es ist, als hätte ich plötzlich aufgehört zu denken. Mir ist, als hätte ich eben alle Einzelheiten eines sorgfältigen Planes, die Riten einer bevorstehenden, unumgänglichen Zeremonie angeordnet. Ich werde wahrscheinlich bald schlafen, aber ich will nicht recht. Was nützt mir der tiefe, traumlose Schlaf? Ohne daß ich die müden Lider schließe, gleiten schattenhafte Traumgestalten über die dunkelblauen Vorhänge an den Fenstern. Diese bunten Schattenbilder sind der Trost meiner unruhigen Nächte. Bekannte und erfundene Landschaften, nicht viele belebte Bilder — märchenhafte Sterne, die in buntem Licht erstrahlen, oder in ein düsteres Mysterium gehüllt sind, machen mich stolz: so als hätte ich sie gemalt; das ist alles, das genügt . . .

Ich werde doch einschlafen. Der richtige Schlaf, der richtige Traum, der wahrscheinliche, geordnete, abgeschlossene Traum, die *andere Welt*, sie locken mich. Ich wehre mich dagegen, denn ich weiß, daß ich mir die Umgebung in jener unergründlichen Welt nicht aussuchen kann, und auch nicht die Gestalten, die dem Reich der Toten entstammen, längst entschwundene Freunde sind oder vergessene Spielgefährten aus der Kindheit. Meine neuen Freunde, die Bekannten aus meinem jetzigen Leben, steigen da nicht hinunter . . . Ich wehre mich, um bei meinen anmutigen Gespenstern hier oben zu bleiben, bei denen, die ich nach Belieben auf die blauen Vorhänge der Fenster zaubern kann. Jean! . . .

Ein leiser Ruf, aber er ist doch gehört worden. Da steht er auf einer weißen Freitreppe, die in einen gepflegten Hotelgarten führt. Da steht er, wie er leibt und lebt, aber ich habe den Schlüssel zu seinem Gesicht und zu seinen Gesten verloren, sie sind mir unverständlich geworden . . . Er ist in seiner namenlosen Vollkommenheit der *Unbekannte*. Er folgt mir und verschwindet, sobald ich mich umdrehe, aber ich erkenne seinen Wunsch, gesehen zu werden. Den Parkweg, den ich betrete, ist er gerade entlanggegangen. Fliederblüten und dornige Heckenrosen hängen geknickt, wie von einem großen streunenden Tier angenagt, in Höhe meines Gesichtes.

Wo hat er sich versteckt auf dieser runden, mit gelbem Kies bestreuten Lichtung? Es gibt keinen anderen Schlupfwinkel für ihn, als die niedrigen dunklen Büsche, die in der Sonne duften. Aber er verbirgt sich in meinem

Schatten, wie diese treuen Hunde, die sich ihrem Herrn an die Fersen heften. Er folgt jeder Bewegung meines Schattens; er versucht in fast niederträchtiger Beharrlichkeit, seinen Schatten auf meinen Schatten zu legen . . .

Vorwärts! Ich fliehe nicht, aber die unaufhaltsame Entwicklung meines Traumes treibt mich weiter. Unbekannter, hörst du mich? Ich fliehe nicht. Meine Flucht würde dir als Sieg angerechnet. Ich gehe weiter, in ein Zimmer, das meines ist, so wie alle Zimmer in allen Hotels die meinen sind, und da kannst du nicht eindringen. Vor dem geöffneten Fenster, das erfüllt ist vom Graublau des Meeres, sehe ich den blauen Rauch deiner Zigarette aufsteigen. Wenn ich mich aus dem Fenster beuge, wirst du wieder verschwinden, nur dein Rauch und dein Parfum werden in der Luft zurückbleiben. Du hast eine Heliotropblüte im Knopfloch; ich kann sie nicht sehen, aber ich erkenne ihren Geruch.

Vorwärts! Der Traum kennt keine Beständigkeit, fürchtet seine eigene Zerbrechlichkeit und eilt einem logischen Ende entgegen, das der Willkür einer knarrenden Diele, einer piepsenden Maus, oder einer nervösen Erschütterung überlassen wird. Vorwärts! Damit ich fühle, daß du mich verfolgst, nicht wie ein eifriger Jäger, sondern mit dem bösen Blick eines halbwachen Raubtieres, das ein mattes Verlangen zur Beute führt. Ach, du gibst dir meinetwegen kaum Mühe . . . Trotzdem ist es eine Strategie, schön zu sein.

Du bist schön, und ich weiß nicht, wer du bist. Du mußtest in dem heißen Land auftauchen, dem du fehltest. Du vervollständigst die Landschaft, die mein Traum schuf, nicht anders als die Pappel, die wie eine starre Feder auf dem Hügel steht, und als der dunkelblaue Fels, den die grüne Welle, die sich plötzlich aufbäumt, mit weißem Gischt bedeckt. Du verlangst mehr? Das genügt, denn du verkörperst weder den Schmerz noch die Liebe, und überdies weisen dir dein Gesicht, dein Blick, deine aufreizende Gleichgültigkeit den Platz an, der dir gebührt . . .

Ich weiß nicht, wer du bist, und doch beleidige ich dich und sage ›du‹ zu dir, Unbekannter! Nun wächst dein Schatten neben dem meinen in der Allee. Du wirst mich überholen; ich höre deinen langsamen, trägen Schritt, der ein Geräusch macht, als gingest du auf schweren, samtweichen Tatzen . . . Überhole mich, geh vor, damit meine Augen den Linien deiner Gestalt folgen können, vom kurzgeschorenen Hinterkopf mit den blauschwarzen Haaren bis zu den nackten, drohend geballten Fäusten . . . Vorwärts! Folge mir, geh vor, sprich nicht . . . Warum bist du nicht stumm, schöner Schatten? Bleib bei mir, laß uns zusammen dem Ende dieses Traumes entgegeneilen, aber sprich nicht!

Nütze die verschlungenen Pfade des Parks, der im hellen Licht der Sonne und in der Pracht blutroter Blüten erstrahlt! Nütze die schwache und unerbittliche Musik, die von irgendwo kommt und den Wind belastet. Versuche ein paar Augenblicke lang, die weder du noch ich ermessen können, die Zierde der Umgebung zu bleiben.

Ich will dir auf dieser Terrasse begegnen, hinter der nur das Meer liegt und das Ende des Traumes. Komm dorthin; komm ganz langsam und still, damit ich mich in der Entfernung irren kann, die uns voneinander trennt, damit, wenn ich erschauere, kein Platz mehr zwischen uns ist, um meine Arme zur Abwehr auszustrecken . . . Komm, schöne Klippe auf meinem friedlichen Weg, komm, damit ich dich überwinde, da ich dir nun einmal nicht ausweichen will.

10

»Ja, ja, das wird Paris sein«, sagte Jean.

Er wischt die Scheibe mit einer Ecke der Gardine ab und

versucht zu erkennen, was draußen vorgeht. Die Nacht wirft ihm nur sein eigenes Spiegelbild zurück, und ich sehe seine beiden Gesichter, ein dunkles und ein helles, Stirn an Stirn, wie zwei Widder, die kämpfen wollen.

Er verharrt in dieser Stellung, vielleicht froh darüber, seinen müden Blick ausruhen zu können, ihn nur der dunklen Nacht zu zeigen. Wir haben es satt, einander stundenlang gegenüberzusitzen.

Mit May war das weniger ermüdend; — ich erinnere mich an einen Jean, der mit gesenktem Kopf und halb geöffnetem Mund in einer Ecke des Abteils schlief; ich hatte meinen Schleier übers Kinn gezogen und rührte mich nicht mehr, während May, wach wie eine kleine Fledermaus, das rechte Auge unter der Krempe ihres ledernen Hutes verborgen, zwanzig Zigaretten rauchte, mit Zeitungen raschelte und uns neidisch betrachtete. Aber diesmal . . .

Allerdings haben wir heute auch reizende Stunden gehabt. Im Speisewagen zum Beispiel; es hat Spaß gemacht, das Liebespaar zu spielen und gemeinsam auf der Weinkarte einen Wein auszusuchen, der uns über den Hammelbraten trösten sollte, und Jean mit scheinheiligem Vorwurf zuzuflüstern:

»Seien Sie doch nicht so liebenswürdig zu mir! Man wird glauben, daß wir uns gerade erst draußen auf dem Gang kennengelernt haben!«

Wir sind allein; die Gegenwart einer Dame mit Kneifer und einer kleinen Bulldogge zählt für mich nicht. Der kleine Kerl will sich nicht hinlegen. Er schläft im Stehen, die Nase in der Luft, wacht auf und schläft wieder ein, wie Fossette, meine verstorbene Fossette. Ich sage zu Jean:

»Wenn Sie Fossette gekannt hätten . . .«

Und ich erzähle ihm einige Streiche dieses Hundegenies. Wenn er sich die kurzen Berichte aus meiner Vergangenheit anhört, zeigt sein Gesicht einen geduldigen, höflichen Ausdruck. Also gut, ich werde schweigen. Ich werde nachdrücklich und entrüstet schweigen! . . . Ich habe andererseits bemerkt, daß Jean einen ganz besonderen Gesichtsausdruck annimmt, wenn er von seiner Familie oder von sich selbst spricht.

Er sagt: »Mein Vater . . . mein Onkel La Hourmette . . .« mit angeberischer Gewandtheit; er sagt: »Das war im Todesjahr meiner armen Mutter, der guten Frau« im Tonfall liebenswürdiger Verachtung und fügt scherzhaft hinzu: »Jeder tötet seine Mutter immer ein wenig durch den Kummer, den er ihr bereitet!«

Ich hätte ihm antworten können: »Ich nicht!«, nur um sein erstauntes Gesicht zu sehen, das vorgeschobene Kinn und die nachgezogenen Augenbrauen: »Hat man denn beim Varieté eine Familie? Was das wohl sein wird, großer Gott! . . .« Dafür werden alle Anspielungen auf May eifrig und mit größter Ungeniertheit aufgenommen: »Wir essen selbstverständlich diese Woche alle drei einmal zusammen?«

Ich fand das *Selbstverständlich* etwas übertrieben und antwortete mit einem jener »rätselhaften« Blicke, von denen Jean vorwurfsvoll behauptet, daß zuviel darin zu lesen sei. Er klatschte nicht ohne Ironie: »Ausgezeichnet! Es ist vielleicht nicht gerade ein Blick für die gute Gesellschaft, aber er ist ausgezeichnet.«

In zwölf Stunden Fahrt lernt man einander kennen, selbst wenn man wenig spricht. Die Verachtung für meinen früheren Beruf, die Jean ganz offen zeigt, beweist, daß er eingehend genug darüber nachgedacht hat, um diesen Teil meiner Vergangenheit streichen zu wollen — und daß seine liebevolle Sorge ein wenig über das Verlangen der nächsten Nacht hinausgeht . . . Zweimal ist er plötzlich aufgesprungen, als wollte er den Zug anhalten und aussteigen; dann setzte er sich ganz artig wieder hin:

»Verzeihen Sie bitte, lange Zugfahrten machen mich entsetzlich nervös. Im Auto ist es angenehm, aber die Eisenbahn . . . dieses Eingesperrtsein, das . . .«

». . . das nicht enden will . . .«

»Genau, das nicht enden will! Wir würden uns überall wohler fühlen als hier. Und nicht zuletzt Ihre Geduld könnte einen Heiligen zur Raserei bringen.«

»Die Gewohnheit, wissen Sie . . .«

»Ja, ich weiß, ich weiß! Fangen Sie nur nicht schon wieder von Ihren Tourneen an, sonst passiert ein Unglück!«

Ich habe gelacht, weil ich an Max dachte, und weil es mir langsam Spaß macht, Jean über die Ursache meiner Heiterkeit im unklaren zu lassen . . . Jedenfalls habe ich in seiner Gesellschaft keinen Sinn für Tugend.

Trotz allem ist man ganz gut aufgehoben in diesem Abteil, in dem es nach Orangenschalen, Staub und druckfrischen Zeitungen riecht. Nur, jetzt haben wir beide genug davon. Unsere Gefühle füreinander gestatten uns weder langes Stillschweigen noch lange Gespräche oder ausgedehnte Unterhaltungen; unsere Bootsfahrt hat mich erschöpft, die Mahlzeiten fand ich endlos, und er ist nach diesem zwölfstündigem Zusammmensein am Ende seiner Kräfte. Wenn er es wagen würde, riefe er: »Spielen wir etwas anderes!«

Du unsteter Passant, »Unbekannter« aus meinem Traum, ich kenne das Spiel, das dir gefallen würde, und auch ich denke daran . . .

11

»Es ist bequemer«, hat Jean gesagt. Das ist ein Wort, das einem viel bringen kann. Allerdings ist es wirklich bequemer für mich, meinen Gepäckschein seinem Kammerdiener zu geben, damit er mein Gepäck ins Hotel Meurice bringen kann. In sein Auto zu steigen und sofort auf dem glatten Pflaster davonzufahren, ist bequemer, als auf ein Taxi zu warten. Es ist immer bequemer, sich gehenzulassen, als sich zurückzuhalten . . .

Und schließlich sind meine Koffer eben nur Koffer, und ich vertraue sie dem erstbesten an. Ich schleppe ja nun nicht mehr dieses kostbare, schäbige Ungetüm mit mir herum, das meine Bühnenkostüme enthielt, diesen Tresor, um den Brague und ich bei jeder Ankunft ein wenig zitterten:

»Siehst du, diese unglückselige Eisenbahngesellschaft hat den Koffer schon wieder woanders hingeschickt!«

Er hatte über seinem geteerten Leinenbezug vorspringende Holzrippen, wie ein elender Droschkengaul; — seine Kanten, die wir auf gemeinsame Kosten beschlagen hatten lassen, trotzten der Unachtsamkeit von Gepäckträgern und der Rücksichtslosigkeit von Theaterdienern. Seine mit Aufklebern bedeckten Seiten erregten Aufmerksamkeit; wenn er offen stand, entströmte ihm ein Geruch nach Naphtalin, nach wiederholt gefärbten Stoffen und verschimmeltem Leder.

»Sie setzen mich vorher bei mir zu Hause ab, ja?« hat Jean gesagt. »Erstens liegt es beinahe auf Ihrem Weg, und außerdem wollen wir nachsehen, ob May geschrieben oder telegraphiert hat . . . Wenn Sie Durst haben, trinken Sie etwas, und dann können Sie Obst bei mir stibitzen, das ebenso gut ist wie das im Hotel . . .«

Da ich schweige, setzt er in leichtem Ton hinzu:

»Ich lade Sie heute abend nicht ein, meine kleine Bude zu besichtigen; sie ist bei Tag viel hübscher!«

Er scheint außerordentlich guter Laune zu sein und summt vor sich hin. Er beugt sich vor, richtet sich wieder auf und äußert jeden Augenblick eine solche Freude über die Heimkehr, daß mir nichts anderes übrigbleibt, als mitzutun. Brague war früher, sooft wir von einer Tournée zurückkehrten, immer zappeliger geworden, wenn wir uns Paris näherten: »Du gutes altes Kaff!« Sogar Fossette, wenn sie dabei war, witterte niesend die Stadt und schüttelte ihre nicht vorhandene Mähne . . . Aber ich . . . Man kann nicht von mir verlangen, daß ich beim Anblick des Hôtel Meurice so empfinde wie ein bretonischer Bauer, wenn er den Kirchturm seines Heimatdorfes wiedersieht . . . Ich fühle zusammenzuckend einen kameradschaftlichen, ungenierten Klaps auf meinem Knie; dann umfaßt eine behandschuhte Hand die meine, wie damals in Nizza.

»Woran denken Sie?«

»Ich weiß nicht, ich bin glücklich. Ich freue mich auf meine Wohnung, und ich freue mich, mit Ihnen zusammen zurückzukommen.«

»Ich kenne Ihr Viertel. Ich hab dort einmal gewohnt vor . . . vor langer Zeit.«

»Wirklich!«

Sein Tonfall belustigt mich — es liegt ein Vorwurf darin, keine Frage. Der Wagen hält und ich steige aus, ohne mich lange bitten zu lassen. Ich habe das Bedürfnis, mich zu bewegen, tief durchzuatmen, und das unwillkürliche und deshalb um so bezeichnendere Verlangen, die gemeinsame Reise noch zu verlängern . . . Es ist stockdunkel, feucht und mild. Ich kenne von früher diesen nächtlichen Duft des Boulevard Berthier, auf dem die vorbeiziehenden Herden den warmen Moschusgeruch von Ställen und Schafen zurücklassen . . .

Jean bewohnt eines der letzten kleinen Häuser in dieser Straße. Ich muß dieses Haus schon einmal besichtigt haben, damals, als ich jung verheiratet war . . . Ja, es kommt mir bekannt vor . . . Die schmale Stiege, links das Speisezimmer, rechts das Wohnzimmer . . . Aber jetzt sind helle Tapeten an den Wänden und ein Holzregal, das nach Möbelpolitur riecht.

»Eigenartig, es sieht hier gar nicht wie in der Wohnung eines Mannes aus!«

»Aber ich hab trotzdem ein Junggesellenheim daraus gemacht. Als ich May anbot, das Haus für sie einzurichten, sagte sie, es sei eine Frechheit, ihr so eine ›Dirnenbude‹ anzubieten. Die kleine Villa sei nicht mehr Mode . . .«

»Oh, ein Kamin! . . .«

Ein schönes Holzfeuer erhellt den Raum, in den Jean mich führt. Mein Ausruf war so heftig und begeistert, daß mich Jean fragend ansieht, in seiner besonderen Art, die Augenbrauen hinaufzuziehen und das Kinn vorzuschieben, was seiner Verwunderung etwas Tadelndes verleiht.

»Richtig, das können Sie ja nicht verstehen . . . Nein, bitte, schalten Sie das Licht nicht an; so sieht man das Feuer besser . . . Sie können nicht verstehen, daß . . . wir haben jetzt schon beinahe März, nicht wahr? Nun, ich habe seit einem Jahr kein Holzfeuer mehr gesehen.«

»Soll das ein Witz sein?«

»Nein. Wo hätte ich denn auch ein Holzfeuer sehen sollen? In den Zimmern der ›besseren Hotels‹ gibt es keine Kamine mehr. Also . . .«

Ich spreche nicht weiter, aus Faulheit, aus Wohlbehagen, und halte meine Hände zum Feuer. Es ist ein so schönes, großzügiges Feuer, das Feuer eines Junggesellen, dessen Diener nicht auf die Kosten sieht. Es macht ein herrlich abwechslungsreiches Geräusch; ab und zu springt ein glühendes Holzstück auf den Marmor vor dem Kamin und verkohlt wie ein Räucherstäbchen, wobei eine dünne Rauchfahne aufsteigt, die nach Teeröl und Sandelholz duftet.

Ich habe mich im Schneidersitz auf den Teppich gesetzt, nachdem Jean das Zimmer verlassen hat. Ist das hier ein Salon? Ja, oder ein Rauchzimmer. Ich erkenne im Schein der Flammen das polierte Holz und die geschwungenen Füße einiger hübscher antiker Möbelstücke, das dunkle Grün eines Gobelins an der Wand und die bauchige Rundung einer blauen Vase . . .

Für meine Müdigkeit, für meine bebende Verwegenheit, die Verwegenheit einer Frau, die fallen wird und sich fallen sieht, gibt es nichts Besseres als dieses Feuer, zu dem ich mich geflüchtet habe . . .

»Wollen Sie kein? . . . Ich werde Sie bedienen, Victor ist noch nicht vom Bahnhof zurück.«

Jean stellte ein Tablett mit Orangen und Weintrauben neben mich hin.

»Winterfrüchte; ein dürftiges Abendessen, wie? In dieser Flasche ist noch irgendein Dessertwein, und hier ist frisches Wasser . . .«

»Ach, das macht gar nichts; außerdem gehe ich ja gleich . . .«

Ich werfe ihm von unten her einen Blick zu, der recht beschämend sein muß, aber er scheint ihn nicht zu bemerken und setzt sich, wie ich, auf den Teppich, nachdem er vorher sorgfältig die Hose über den Knien hinaufgezogen hat. In dem roten, zuckenden Licht wirkt sein Gesicht wie das einer Statue aus gebranntem Ton mit silbernen Augen. Er saugt die Weintrauben aus und wirft mit kindlichem Ernst die leeren Häute ins Feuer, während ich den Saft einer aufgeschnittenen Orange trinke. Dann gießt er sich ein großes Glas Wasser ein, wischt sich die Finger ab und sagt: »Ah!« in einem Ton, der besagt: »Wir werden uns wohl zu etwas entschließen müssen!«

Und mir fällt plötzlich ein, daß auch er schüchtern und unentschlossen sein könnte, und daß seine Zurückhaltung seit dem Kuß, den er mir gegeben hat, vielleicht eher Unschlüssigkeit als Diplomatie war . . . genau in dem Augenblick, in dem mich meine scheinbare Kaltblütigkeit zu verlassen drohte, gibt eine von der Vorsehung geschickte Spottlust sie mir wieder zurück. Ich wiederhole »Ah!« im selben Ton wie er und füge hinzu:

»Das ist der Übergang, den ich gesucht habe. Er führt uns auf ganz natürliche Weise zu einem anderen Wort, nämlich: ›Oh!‹, das in allen Sprachen bedeutet: ›Wie, schon halb eins?‹«

Das Feuer zerfällt zu glühender Kohle; in der tiefer gewordenen Dunkelheit sehe ich die silbernen Augen in geradezu erschreckender Wildheit funkeln und bezweifle nun doch ein wenig die Schüchternheit und Unentschlossenheit meines Gastgebers . . . Um mich abzuhärten und auch, um Jean gedanklich zu beleidigen, rufe ich mir Max in Erinnerung, der trotz seiner Kraft und selbst im Angriff so ergeben und loyal war, daß ich niemals vor ihm gezittert habe . . . Aber ich weise diese Erinnerung mit einer undankbaren Geste gleich wieder von mir: ›Ach! Nein, laß mich in Ruh, ich hab mit dem da schon genug zu tun . . .‹

Der da hat sich in seiner ganzen Länge auf dem Boden ausgestreckt, den Kopf auf den Ellbogen, nahe meinen Knien. Er blickt zur Tür und murmelt, als ob er mich nicht verstanden hätte:

»Das ist Victor mit dem Gepäck.«

»Folglich . . .«

»Folglich rühren Sie sich nicht von der Stelle. Was macht es Ihnen aus, wenn Victor mit dem Gepäck zurückkehrt? Niemand wird hier hereinkommen, ohne daß ich geklingelt habe. Sie dürfen nur gehen, wenn Sie wirklich Lust dazu haben.«

Dieser direkte Appell an meine Aufrichtigkeit macht mich verlegen und stumm. Ich möchte gern die Wahrheit sagen, aber ich fühle sie so verworren in mir wie ein Heubündel, das der Fluß fortspült. Die Wahrheit . . . welche Wahrheit? Soll ich ihm gestehen, daß mich ein einziges Wort von ihm hier zurückhalten kann? Und daß ich mich gleichzeitig kalt und leicht fühle, daß meine Sinne eingeschlafen sind, daß ich ganz anders bin als gestern abend? Das alles ist wahr, aber unmöglich auszusprechen . . .

Er ahnt es vielleicht, während er über dem seidenen Strumpf meinen Knöchel streichelt. Aber es ist kaum eine Liebkosung; es gleicht mehr der mechanischen Fingerbewegung, mit der man das Muster eines Stoffes oder einer Tapete nachzeichnet.

»Sagen Sie«, wiederholt er, »sagen Sie, ob Sie Lust haben zu gehen.«

Er ist noch ein bißchen näher gekrochen, so nahe, daß

ich sein Kinn an meinen gekreuzten Beinen fühle . . . Ich schaue ihm tief in die Augen und sage traurig:

»Nein.«

Eine einzige zuckende Flamme brennt noch im Kamin. Auch sie versinkt in der roten Glut, und es sieht aus, als würde sie nicht mehr aufleben; doch dann flackert sie noch einmal empor und erlischt . . . Das ist die richtige Beleuchtung, um dieses beinahe fremde Männergesicht aus nächster Nähe betrachten zu können, eine Beleuchtung, die es abwechselnd verschwinden läßt und dann wieder scharf abzeichnet. Der traurige Ton meines Geständnisses hat ihn daran gehindert, sofort aufzuspringen, und er hat den Tonfall warmer Zärtlichkeit gesucht und gefunden, um weiter in mich zu dringen:

»Sie bleiben also?«

Mit einer matten Geste weise ich auf das Zimmer, das fremde Haus ringsumher, — mein Reisekostüm, den Hut, den ich seit Stunden nicht vom Kopf genommen habe, und versuche zu scherzen:

»Hören Sie, Jean, Sie müssen begreifen, daß selbst mit äußerster Sittenlosigkeit . . .«

Dann verstumme ich plötzlich und nehme all meine Kraft zusammen, um mich zu wehren, denn er ist im Begriff, mich zu überfallen, indem er hinten um mich herumkriecht und dabei meine beiden Arme festhält. Er macht sich absichtlich schwer, und hängt sich an mich wie eine tückische Schlingpflanze. Ich kann weder aufstehen, noch meine gekreuzten Beine ausstrecken; ich kämpfe wirklich, halb liegend, auf einen Arm gestützt, und murmle leise:

»Das ist doch albern . . . Gott, ist das albern! . . .«

. . . Bis sich meine weiblich sentimentale Einfalt in dem empörten Ausruf Luft macht:

»Sie lieben mich ja nicht einmal!«

Ohne meine Arme loszulassen, richtet Jean sich auf und mustert mich mit einem strengen Blick von oben herab:

»Na, und? Sie mich etwa?«

Dann beugt er sich vor und küßt mich zart auf den Mund. Das ist so erfreulich nach diesem zweiminütigen Kampf, daß ich es genieße wie eine Ruhepause und den Kopf auf den Teppich sinken lasse. Wie weich ist dieser Mund, diese vollen Lippen, die den Kuß elastisch empfangen, so daß man drücken muß, um die Zähne zu spüren . . . Ich möchte so niedergestreckt liegen bleiben und mein Herz fühlen, das bis zum Hals herauf schlägt, während meine Wangen im Feuerschein rosig glühen und der Widerschein der Glut sich über mir in zwei silbergrauen Augen widerspiegelt . . . Wie süß ist der Augenblick, in dem man sich so weit verliert, daß man fühlt: ›Nun brauche ich nicht mehr zu denken. Küß mich Mund, für den ich nur Mund bin . . .‹ Aber dieser Mund ist der Mund eines Feindes, den der Kuß wild macht, der mich bezwungen weiß und mich nicht freilassen wird.

Stolz, voll Vertrauen auf den siegreichen Ausgang, zeigt er eine barbarische Verachtung der Mittel. Er wühlt und reißt an meinen Haaren, meinen Kleidern und meiner Wäsche, als hätte er keine Zeit, mich auszuziehen . . . Ich bin es, die verschämt murmelt: »Warte«; ich bin es, die die Brosche abnimmt, an der er sich verletzt hat, die die Bänder und Schließen löst, ich bin es, die rücklings auf dem Teppich liegt und Jean das Kissen ihres leicht schmerzenden Leibes bietet; und ich bin nachher — als er, mit geschlossenen Augen, mit halboffenem Munde, mit wirrem Haar, den Kopf an meiner Schulter, ausruht —, ich bin von uns beiden die glücklichere . . .

12

»Liegst du gut?«

»Ja, ich liege gut.«

Hintenübergeneigt, regungslos, zermalmt, habe ich das

Gefühl, als wäre ich aus großer Höhe mitten auf dieses Bett gefallen. Ein frischer Lufthauch, ein Strahl der untergehenden Sonne kommen durch das geöffnete Fenster ins Zimmer; sooft ein Lastwagen oder ein Auto vorüberfährt, sehe ich den Lichtreflex eines Glases Wasser auf der Zimmerdecke tanzen ... Mir wird ein wenig schwindlig, weil mein Kopf tiefer liegt als mein Oberkörper, aber ich bleibe aus Trägheit und aus Berechnung liegen, denn diese Stellung verbirgt mein Gesicht und zeigt alles übrige.

Durch die Haare hindurch, die mir ins Gesicht hängen, sehe ich nur die Decke mit den tanzenden Lichtreflexen ... Als Kind habe ich, über mir Getreidehalme, so den Himmel betrachtet ...

Ein nackter Arm gleitet an meiner Hüfte entlang, und ich murmle matt:

»Bleib ruhig liegen, du störst mich nicht.«

Der Arm gleitet höher und schiebt sich unter meinen Nacken; ich lasse es geschehen; ich schmiege mich an diesen Körper, der neben mir liegt, wie an ein Kissen oder an einen weichen Teppich ... Dann rühre ich mich nicht mehr und lache ganz leise ...

»Weshalb lachst du?« fragt Jean mit gelassener Stimme.

»Ich lache, weil ich deine Bewegungen höre. Du hast eben deinen freien Arm nach dem Tischchen ausgestreckt, auf dem die Obstschale steht, aber du hast sie nicht erreichen können. Mit Bedauern hast du den Arm wieder zurückgezogen ... Stimmt's?«

»Ja, stimmt. Aber rück ein bißchen höher hinauf; du bist ganz in die Mitte des Bettes gerutscht, ich sehe dich gar nicht mehr ...«

Ich ächze wie eine Verwundete:

»Oh, nein! Oh, nein! Bitte! Ich zerbreche, wenn ich mich jetzt bewege ... Wart noch ein bißchen.«

Er schweigt, und ich warte in angenehmer Ruhe, bis meine Kräfte wiederkehren.

Wie lange ist es her, daß wir uns auf dem Teppich vor

dem erlöschenden Kaminfeuer umarmten? Einen Tag? Ein Jahr? Nur einen Tag, und mir scheint es so lange her. Ich bin heute wiedergekommen; ich habe mit Jean zu Mittag gegessen, und nach dem Essen bin ich ihm in sein Zimmer gefolgt. Er hat weder das Fenster geschlossen noch die Vorhänge zugezogen. Wie gut habe ich mich ihm angepaßt, so gut, daß unsere Umarmung einem harmonischen, im voraus geregelten Kampf glich!

Ich habe das noch nie erlebt, diese geschickte Lust des Fleisches, das seinen Meister sofort erkennt, sich ihm unterwirft, sich fügsam, nachgiebig, verschwenderisch gibt . . . Das ist so schön, so leicht — und hat nichts mit Liebe zu tun.

Schon bei der Berührung unserer nackten Knie, schon bei der ersten, rücksichtsvollen Umarmung fühlte ich, daß ich unvergleichliche Stunden erleben würde — und ohne jede Gefahr. Ich bin stolz darauf, daß er mir ebensoviel verdankt wie ich ihm. Alles war so vollkommen, ich will nicht, daß unsere Ruhe unserem Vergnügen nachsteht; deshalb schmiege ich mich bequem an Jean, und gleichzeitig überzeugt sich mein Bein, daß sein Bein lang ausgestreckt, vertrauensvoll daneben liegt, bequem und ohne rücksichtsvolle Verkrampfung . . .

Wir haben nicht viel gesprochen, haben uns nur nötige, angenehme und aufrichtige Dinge gesagt. Er sagte: »Wie schön sind deine Arme. Es macht mir Freude, die Schwere deines kräftigen Körpers zu fühlen, wenn ich dich hochhebe.«

Und ich meinerseits gestand ihm:

»Wie gut du zu mir paßt! Deine Haut ist glatt, trocken und weich wie meine . . .«

Und er ist ernst geblieben, als ich ihm sagte, daß er schön sei, und ich fand es sehr bescheiden von ihm, nicht zu widersprechen, da sein Körper und sein Gesicht . . .

Ich bewege mich unmerklich, um mir seine Gesichtszüge, die mir eben wie ein schwieriges Wort entschwunden sind, wieder ins Gedächtnis zu rufen. Na, also . . . die Nase, das Grübchen im Kinn, der Mund, ich könnte ihn aus dem Gedächtnis zeichnen — ach, der Mund . . . Ich weiß die Farbe der Augen und . . . nein, die Gesamtheit des Gesichtes habe ich . . . es ist ungeheuerlich: habe ich es etwa vergessen?

Mit einem Ruck setze ich mich im Bett auf und beuge mich angstvoll über Jean, so als befürchtete ich wirklich, ihn nicht wiederzuerkennen . . . Gott sei Dank! Er ist da, so wie ich ihn in Erinnerung hatte. Wahrscheinlich habe ich ihn heute zu nahe vor Augen gehabt, Mund an Mund, seine feste, kalte Nase an meiner, alle seine Gesichtszüge undeutlich . . .

»Warum lachst du jetzt schon wieder?«

»Ich lache nicht, ich strecke mich, ich fühle mich wohl. Dein Zimmer riecht nach Nelken. Wie braun du bist auf dem weißen Laken!«

Er streckt sich aus und läßt sich betrachten. Da seine Lider leicht geschwungen sind, sieht er aus, als würde er lächeln, wenn er die Augen schließt. Zart berühre ich alles, was mich an diesem Gesicht reizt oder neugierig macht: die ausrasierte Stelle, die den Haaransatz verschiebt, die überaus femininen Lippen, den faltenlosen Hals, der so jung ist . . . so unerhört jung. Es ist das erstemal, daß ich an sein Alter denke.

»Ist das eine Narbe da an deiner Schläfe?«

»Ja, ich glaube . . .«

»Und das hier, sag, ist das ein Muttermal mitten auf deiner Brust? Ein Schönheitsfleck? . . . Laß mich sehen . . . In der Armbeuge und am Handgelenk sind deine Adern grün, richtig grün! Ach, das gefällt mir!«

»Renée . . .«

»Was denn?«

Ich sehe ihn recht verwundert an, wenn er meinen Namen ausspricht. Früher habe ich nicht darauf geachtet . . .

»Willst du aufstehen, Renée?«

»Nein, wozu?«

Ich habe unter dem Kopfkissen meine Puderquaste wiedergefunden und betupfe mir damit Nase und Wangen; mehr will ich gar nicht.

»Wozu? . . . Ich habe weder Lust zu baden, noch mich zu frisieren, noch auszugehen. Ich habe nur Lust, deine Wärme, deinen Duft zu behalten, mit diesem Duft zu schlafen und erst aufzuwachen, wenn wir genug davon haben. Und du, Jean?«

»Ich auch.«

Er rollt sich an mich heran wie ein schwerer runder Baumstamm und sucht für Schultern und Nacken einen bequemen Platz. Er schließt die Augen, öffnet sie wieder, sobald er glaubt, daß ich ihn nicht sehe, und mir ist, als würden seine schönen grauen Augen etwas von mir fordern, mir etwas vorwerfen . . .

»Bist du müde? Komm, leg dich hierher.«

Wo ist die Zeit geblieben, als ich den Kopf eines Mannes, der einen Augenblick lang an meiner Schulter lag, als schwer empfand? . . . Ich atme mit Mund und Nase den leicht verbrannten Geruch seiner harten schwarzen Haare ein.

»Du lachst schon wieder?«

»Aber keine Spur! Warum sollte ich denn dauernd lachen?«

»Du sollst überhaupt nicht«, seufzt er. »Ich hab keine Lust zu lachen.«

»Bist du ärgerlich? . . . Bist du müde? Oder unzufrieden mit mir?«

Er verneint, indem er den Kopf an meiner Brust reibt. Bald wird ihn mir die Nacht fortnehmen, aber der Schlaf wird ihn mir von neuem schenken. Er wird mein Aufspringen vergessen und meine schwesterliche Ungezwungenheit nach der Lust . . . Vielleicht möchte er mich glücklich sehen, aber dankbarer für das, was er mir gegeben hat, erschöpfter, besiegt . . . Ich bin nicht besiegt, ich bin zufrieden . . .

»Kommst du morgen wieder, Renée?«

»Gewiß komme ich morgen wieder.«

»Und die folgenden Tage?«

»Das weiß ich noch nicht, woher soll ich das wissen?«

»Möchtest du denn nicht?«

Ich umschlinge mit neuer Kraft seinen großen starken Körper.

»Doch — oh doch, glaub mir . . .«

Er murmelt, wie im Schlaf:

»Du mußt wissen . . . ich liebe dich . . .«

Ich schüttle ihn sanft:

»Was sagst du da?«

»Ja . . . verstehst du nicht . . . Liebe . . .«

Ich verschließe den schönen, unvorsichtigen Mund, indem ich meine Wange darauf drücke:

»Still! . . . Nicht dieses Wort! Gute Nacht! Sei still. Wir wollen schlafen.«

13

Wenn Hamond noch lebte, hätte er sich mein Geständnis angehört, den Kopf geschüttelt und gesagt:

»Das ist kein ehrbares Verhältnis!«

Ich höre seine Stimme; ich sehe sein langes Gesicht mit der großen, abenteuerlichen Nase vor mir — mit einem Wort, ich vermisse ihn so sehr, daß mich die Ansicht kränkt, die er gehabt hätte, und ich verteidige mich, als ob er mir gegenüberstünde.

»Kein ehrbares Verhältnis! Was ist dann ein ehrbares Verhältnis?«

Mein alter Freund hätte mir bestimmt geantwortet, mit jener zurückhaltenden Offenheit, mit der er allen meinen Einwänden zu begegnen wußte:

»Das ist ganz einfach ein Verhältnis, durch das Sie sich im stillen oder öffentlich geehrt fühlen können.«

Ich bin ihm böse für diese Antwort, die ich selbst erfunden habe, ebenso wie ich ihm böse war, als er sich mit einem Schlag zum Sterben niederlegte. In den ersten Wochen nach seinem Tod lehnte ich mich in wütendem und sinnlosem Schmerz dagegen auf: ›Mir das anzutun! Mir! Mir! . . .‹

Er fehlt mir immer noch. Es ist eine egoistische Trauer, die mich immer dann befällt, wenn ich statt eines guten Rates eine unparteiische Meinung, einen klugen Gedankenaustausch brauche, der mich von meinen ermüdenden Selbstgesprächen ablenkt. Dann kommt es zuweilen vor, daß ich, wie eben jetzt, meinen verstorbenen Freund heraufbeschwöre, aber das hat nichts mit »Geisterbeschwörung« zu tun — ich lasse einfach nur Renée Nérés Gewissen mit Hamonds Stimme sprechen.

Es gibt Tage, an denen ich, aus Jeans Armen kommend, zu Fuß die Festungswälle entlanggehe, auf denen das erste Grün zu sprießen beginnt, und mich leise frage: ›Ist das alles?‹ Ja, das ist alles. ›Und das genügt vollkommen!‹ antwortet der erschöpfte Körper. Wie weise ist dieser glückliche Körper mit dem müden Schritt.

Kein ehrbares Verhältnis. — Warum das schlecht verbundene, aber gut zusammenpassende Paar, das wir sind, mit überflüssigen Worten entmutigen? Warum nicht einfach Jeans bestechende Unbesonnenheit nachahmen, der uns beide, einander fremd und nur durch die Wollust verbunden, unter *einem* Dach vereinen will? . . . Ich bin gerührt, daß er mein »Nachtgepäck«, die »kleine Handtasche«, in der ein Nachthemd und ein Paar seidene Pantoffeln stecken, nicht mehr länger zulassen will; und auch mein Hinundherpendeln zwischen dem Boulevard Berthier und dem Hôtel Meurice; ich bin gerührt, wenn er plötzlich vom Essen aufsteht und mit einem Zollstab in der Hand in den ersten Stock hinaufgeht. Wenn er von unserem »künftigen Zusammenleben« spricht, unterbreche ich ihn niemals, um zu sagen: »Das sind keine Zukunftspläne, die du da machst, sondern lediglich Gespräche über die Wohnungseinrichtung.« Ich habe ihm nicht gesagt, daß er durch einen Entschluß, den er für angemessen und endgültig hält, die zarte, aber vielleicht dauerhafte Ordnung unserer Begegnungen gefährdet, deren unbequeme äußere Form mir zusagt. Ich darf es nicht sagen. Ich muß mich ebenso sehr verpflichten wie er, und das heißt im Grunde nicht viel: Jean räumt mir in seinem Haus einen Platz ein — nur in seinem Haus. Ich weiß bis heute nicht, ob der Bruch mit May endgültig ist.

Es ist zwar offensichtlich, und ich bin mir dessen auch sicher, daß er nicht mehr ihr Geliebter ist, aber er hat es mir nicht »ausdrücklich« mitgeteilt. Worauf wartet er noch? Auf das neue Bett und den neuen silbergrauen Teppich? . . . Wohnungseinrichtung . . .

Seit unserer Umarmung vor dem verglimmenden Feuer bildete ich mir ein, etwas in den Händen, in den Armen zu halten, was mir Max weder hätte geben können noch wollen: Liebe um der Liebe willen, die Freude an einem schönen Gegner, der zu mir paßt, eine Leidenschaft, der man sich gespannt und überzeugt hingibt . . . Bisher haben die Vorbereitungen auf unsere Begegnungen einen Teil meiner nunmehr müßigen Tage ausgefüllt; und ich denke oft, wie schnell doch die Zeit vergeht, wenn sie in die Erwartung, den Genuß und das genießerische Erinnern aufgeteilt ist . . . Das ist viel. Das ist genug. Ich habe anspruchsvolle junge Frauen sagen hören: »Für mich gibt es in der Liebe nur: *alles oder nichts*!«. Na ja, ein hübsches und gut angebotenes »Nichts« ist doch schon etwas . . .

Jean will mehr, und ich willige ein, um ihn in seiner Großzügigkeit zu überbieten. Das Seltsame an unserer Beziehung ist, daß wir von morgens bis abends in Rücksichtnahme miteinander wetteifern, ohne daß der Gegenstand die Mühe je wert wäre:

»Möchtest du ins Theater gehen?«

»Ja, gern.«

»Aber vielleicht hast du auch keine Lust dazu?«

»Und du?«

»Mir ist recht, was du willst . . .« Und so weiter . . .

Bevor wir einander duzten, hatten wir weniger Umstände gemacht . . . Aber andererseits, welch eine Freude, wenn unsere Körper sich wiederfinden, welch eine echte Hingabe, wenn er seinen Mund auf den meinen preßt, wenn seine Hand mich liebkosend erforscht! Ein Vertrauen, das man nicht vortäuschen kann, breitet sich in uns aus, wenigstens dieses Vertrauen, wenn auch das andere . . . ›Ist das alles?‹ Gewiß, das ist alles. Und wer würde sich damit nicht begnügen?

»Was wirst du tun? Du willst wirklich nicht mit mir nach Levallois zum Karosseriespengler fahren? Der Wagen hat nämlich einen ganz schönen Schlag bekommen, weißt du.«

Ich rümpfe nach alter Gewohnheit die Nase, und der Spiegel vor mir warnt mich: »Achtung! . . . Diese Miene ist rasch zu unterdrücken . . .!«

»Nein . . . Der Karosseriespengler lockt mich nicht besonders . . .«

»Wohin gehst du dann?«

»Ich weiß nicht . . . Ein bißchen spazieren . . . vielleicht bis zum Hôtel Meurice, die Wäscherin muß inzwischen ein paar Blusen für mich gebracht haben.«

»Warum bleibst du nicht hier, wo du zu Hause bist?«

Ich biege eine Hutnadel zurecht und sehe Jean dümmlich und verwirrt an. Warum bleibe ich eigentlich nicht hier? Im Rauchzimmer unten gibt es Bücher, eine Chaiselongue, ganz leichte Zigaretten — meine Lieblingssorte —, und der Diener Viktor würde mich mit seiner diskreten Fürsorge umgeben, die besagt: »Nicht, daß Sie mir sehr sympathisch wären, aber die andere hing mir schon zum Hals heraus.« — Denn selbst das Schweigen dieses echten Pariser Dieners hat den Akzent der Vorstadt . . .

»Nein . . . Weißt du, ich bekomme Kopfschmerzen, wenn ich den ganzen Tag im Haus bleibe.«

»Na, dann mußt du natürlich an die frische Luft.«

»Ich mache nur einen kleinen Spaziergang und komme bald wieder . . .«

Ich lüge. Ich werde ins Hôtel Meurice gehen.

Ich werde meine Wäsche zählen und sie mit Parfum besprengen, um den Geruch vom Chlor und vom Bügeln zu verdecken; ich werde die Zeitungen aufschneiden, die man mir morgens bringt, und sie, in einem bequemen Lehnstuhl sitzend, mit den Füßen auf dem Tisch, rasch durchblättern. Ich werde herumtrödeln, meine Nägel polieren und den vertrauten Geräuschen lauschen, die vom Hof heraufdringen, dem Klappern der Teller und Gläser, die für das Abendessen vorbereitet werden, und dem fernen Geigenspiel unter dem Glasdach der Halle. Dann wird es Zeit sein, mich umzukleiden, und ich werde mit frisch zurechtgemachtem Gesicht hierher zurückkommen, mit einem Gesicht, das ein paar Stunden lang makellos sein wird, vielleicht sogar etwas zu makellos.

Kurz, ich werde weder etwas Schlechtes noch etwas Gutes tun; — aber ich werde ins Hôtel Meurice gehen. Das ist mein Recht, eine Gewohnheit, eine notwendige Unterbrechung für mich. Und heute abend werde ich wieder dorthin zurückkehren, denn ich schlafe nicht am Boulevard Berthier — noch nicht . . .

Wir kennen nur den gemeinsamen Schlaf bei Tag, der einen plötzlich überkommt und ebenso plötzlich wieder verschwindet. Eine ganze Nacht, die Überraschungen beim Erwachen, die Entdeckungen am hellen Morgen — ich fürchte sie nicht etwa wegen Jean . . .

Wir schlafen oft am Nachmittag, bei Sonnenschein und Frühlingsregen. Sobald es an der Haustür klingelt, taucht Victors glattgeschorener Kopf durch ein Souterrainfenster in Straßenhöhe auf — und schützt uns vor einem möglichen Besuch Mays . . .

May . . . ein Name, den wir noch vor zehn Tagen jeden Augenblick nannten und nun allmählich aus unserem Vokabular streichen; ein Name, um den sich eine recht verdächtige Ungewißheit rankt . . . Ich habe nicht an May geschrieben; unsere Beziehung war stets zu oberflächlich, als daß wir in Briefverkehr gestanden wären. Mir scheint, wenn ich zu Jean sagen könnte: »Behalte May, nimm ihr nur die heimlichen Stunden, die mir gehören«, so hätte mir diese unehrliche Lösung eine echte Befriedigung verschafft . . . Was würden sie wohl von mir denken, die Damen mit dem Wahlspruch »Alles oder nichts«, diese strengen Frauenrechtlerinnen der Liebe? . . . Aber ich meine ja nicht die Liebe im allgemeinen, ich verteidige nur meine Art von . . . mein . . . naja, ich will nur, daß man mir läßt, was ich habe, etwas, das mir neu ist, das leicht ist, das die Seele beruhigt und den Teint aufblühen läßt . . . Die große Leidenschaft, den großen Schmerz kenne ich bereits; das habe ich erlebt, wie alle anderen auch, als junge, unerfahrene Frau . . . Jetzt würde ich es gerne allen recht machen — auch May . . .

»Hallo, Renée, Renée!«

Plötzlich steht sie neben mir, im selben Augenblick, als ich in Gedanken ihren Namen nannte, so daß ich mich im ersten Moment selbst dafür verantwortlich mache: »Das geschieht dir recht, warum hast du sie gerufen?«

Sie hat mich gesehen, als ich gerade die Tuilerien entlangging, und springt aus einem orangefarbenen Auto, einem komischen kleinen Wagen mit nacktem rundem Hinterteil, der mich sofort an eine kranke Henne erinnert, die dort keine Federn mehr hat. Ich laufe nicht davon, aber als May auf mich zutrippelt, fällt mir ein, wie behaglich und behütet ich in Jeans Rauchzimmer auf der Chaiselongue liegen könnte . . .

Ich seufze und mache mich auf eine Szene gefaßt . . .

»Finde ich Sie endlich, Sie treulose Tomate!«

Treulose Tomate? . . . Das ist keine Szene, sondern ein Erguß. Also weiß sie . . . alles, außer, daß ich diejenige bin? . . .

»Kommen Sie mit, ich habe Ihnen viel zu erzählen.«

Sie zieht mich in den kahlen Park, in dem noch kein Grashalm und kein grünes Blatt zu sehen ist. Ich antworte nur das Nötigste, um keine peinlichen Pausen entstehen zu lassen.

»Also, wirklich . . . Sie tauchen immer so unerwartet auf wie ein Meteor . . . Woher kommen Sie?«

Darüber sollte sie mich, zum Beispiel, nicht eingehender befragen. Mays Parfum, ihr Arm unter dem meinen, ihre Anwesenheit an sich, die unerwartete, plötzliche Berührung mit Jeans Geliebter beunruhigt mich in außerordentlich peinlicher Weise, — besonders dieser runde Arm unter dem meinen ist unerträglich, der Arm von Jeans Maitresse . . .

»Sehr ernste Dinge, sage ich Ihnen. Sie sehen sehr gut aus. Ich bin blaß, nicht wahr?«

Sie ist rosig wie eine blühende Azalee, aber unter diesem Rosa verbirgt sich ohne Zweifel echte Blässe. Ich finde sie sehr hübsch. Ich finde sie hübscher denn je. Ein breites Band um den Strohhut geknotet, mit bloßem Hals über der eng anliegenden, tief ausgeschnittenen Bluse, eine helle Haarsträhne wie eine Goldborte — noch nie, nein, wirklich noch nie haben ihre fünfundzwanzig Jahre in so glücklicher Weise die Mängel einer albernen Mode ausgeglichen . . . Das ist alles, was ich denke. Es bedarf einer geistigen Anstrengung, um mir die Wirklichkeit wieder vor Augen zu halten, um mir zu sagen: »Dieser jungen Frau hast du den Geliebten weggenommen. Anstatt des geschlossenen Regenschirmes könnte ihre Hand ebensogut eine Waffe schwingen . . . Kein Schauder — höchstens ein leichter Widerwillen, wenn May im Gespräch meinen Arm stärker drückt, oder ihre bloße Hand auf die meine legt . . .

»Wissen Sie, was geschehen ist?«

»Wann denn?«

»Nach Ihrer Abreise von Nizza.«

»Nein . . .«

»Jean hat mich verlassen.«

»Ach so . . .«

»Sie haben es gewußt? Masseau hat Ihnen wohl davon erzählt? Nach meiner Rückkehr hierher — ich erspare Ihnen die Einzelheiten, ja? — ist Jean noch zweimal bei mir gewesen, er war sehr nett . . .«

»Ach . . .«

»Aber das ist kein Kompliment für ihn, den wenn er besonders nett wird, ist das immer ein schlechtes Zeichen . . . Ich bin nicht darauf hereingefallen, und vor fünf Tagen hab ich den Brief bekommen.«

»Welchen Brief?«

»Na, *den* Brief. Den Brief, in dem steht, daß es aus ist.«

»Ach! Und Sie haben nichts getan?«

Ein schneidender Wind fegt über die Terrasse und bläst uns stechend den Staub ins Gesicht.

May hält den Rand ihres Hutes fest, und mir tränen die Augen. Aber es fällt uns beiden nicht ein, von hier fortzugehen.

»Wie? Was soll ich getan haben? Ach! Sie meinen, ob ich einen Revolver oder Laudanum oder sonst was genommen habe? . . . Wo denken Sie hin! Für einen Kerl wie Jean! . . .«

»Was hat er denn so Besonderes?«

May wendet der gelben Seine den Rücken zu und lehnt sich an die Balustrade. Die Hände krampfhaft um den Hut geklammert, den Rock eng anliegend um Knie und

Körper, sieht sie aus, als stünde sie bei starkem Wind auf einer Segeljacht . . .

»Eigentlich überhaupt nichts Besonderes, und andererseits wieder sehr viel . . . Er ist eben ein Mann. Je mehr Männer man kennenlernt, desto öfter muß man feststellen, daß sie einander im täglichen Leben alle gleichen . . . Doch wenn dann irgend etwas passiert, wenn es Streit gibt oder sonst einen Vorfall, dann steht man da und schaut sie an, als ob man sie noch nie zuvor gesehen hätte. Finden Sie nicht, daß ich recht habe?«

»Es ist schon etwas Wahres dran.«

»Ich habe diesen Eindruck bei Jean noch stärker gehabt als bei anderen . . . Irgendwie ist er mir eigentlich immer so vorgekommen . . .«

»Das sah aber nicht so aus . . .«

May lächelt verstohlen, eine blonde Haarsträhne über dem Auge; sie hat meine trockene Bemerkung für ein Kompliment gehalten.

»Trotzdem war es so. Er ist ein Mann . . . man weiß nie so recht, wie man mit ihm dran ist. Vor allem ist er schrecklich eingebildet.«

»So?«

»Na, und ob . . . Wenn er sich irrt, und Sie versuchen, ihn mit der Nase draufzustoßen — da können Sie vielleicht was erleben! Monsieur kann alles, Monsieur weiß alles. Weil Monsieur im Automobilgeschäft spekuliert hat, weil er ins Bankgeschäft und in die Politik hineingerochen hat — er war ganz kurz Départementchef von Ille-et-Vilaine, hat ein bißchen dies, ein bißchen das gemacht —, und schon ist er unfehlbarer als der Papst!«

»Hm.«

»Und ein Heimlichtuer ist er auch, meine Liebe! Wenn man glaubt, er habe keinen Pfennig Geld in der Tasche, dann schwimmt er im Geld; und wenn er das Geld zum Fenster hinauswirft, dann ist er meist knapp bei Kasse . . . Und immer diese Arroganz! Seine Art, mitunter überhaupt nicht zu antworten, wenn man ihn anschnauzt . . . seine Art, wortlos zu rauchen, die Zigarette zwischen den Zähnen und das Kinn vorgestreckt . . .«

Es gibt keinen Ort, glaub ich, wo ich mich unwohler fühlen könnte als hier. Der Wind, Mays Worte, die Schande, mir das anzuhören — all das versetzt mich in einen Zustand, der an Migräne, Seekrankheit und Magenkrämpfe erinnert. Daß diese Frau leidet, steht für mich fest. Sie leidet auf ihre Art, entsprechend ihrem Wesen . . .

». . . Und dabei zu lächeln, wissen Sie, als ob er durch die Wand hindurch etwas sehen würde, was der andere nicht sehen kann; ›Die Jungfrau von Orléans und ihre Visionen‹ nannte ich das . . .«

. . . Aber ich habe kein Recht, die Art ihres Leidens zu bewerten. Wie kann ich mir nur dieses demütigende Bekenntnis anhören? All meine Fragen, meine Ausrufe, die Mays Antworten herausfordern oder verlängern, sind nichts anderes, als an Türen zu lauschen oder fremde Briefe zu öffnen.

Den einen anständigen Satz, den mutigen Ausruf: »Sprechen Sie nicht weiter, Jean gehört mir«, bringe ich nicht über die Lippen . . .

»Gehen wir weiter, hier ist es recht ungemütlich . . . Übrigens sind das alles keine großen Dinge, die ich Ihnen da von Jean erzähle. Er ist eben ein Original . . . Wenn eine Frau ihrem Liebhaber nachsagt, daß er hochmütig und eingebildet, hinterhältig und nicht sehr freigebig ist, braucht er deswegen noch lange kein schlechter Kerl zu sein. Aber Jean hat noch eine schlimmere Eigenschaft . . .«

»Welche denn?«

Die Mauer der Orangerie gibt uns Schutz. Beeilen wir uns, nutzen wir diese Windstille, lauschen wir dem letzten bösen Gezischel, dem Trumpf, den sich die kleine verlassene Geliebte bis zum Schluß aufgehoben hat . . . Wie kalt mir ist . . .!

»Das schlimmste ist seine Art, sich plötzlich aus dem Staub zu machen.«

»So?«

»Er macht sich aus dem Staub, und man sieht ihn nie wieder. Ich kann jetzt ganz ruhig darüber reden, weil der erste Schreck vorüber ist, Gott sei Dank. Schließlich hat Jean mit mir nur dasselbe gemacht wie mit Marthe Byse, der Operettensängerin, und mit Madame . . . ach, zum Kuckuck, ich hab ein schlechtes Namensgedächtnis . . . diese hübsche blonde Witwe . . . Na, ist ja egal. Er macht sich einfach aus dem Staub, und das ist schrecklich. Wenn man eine Frau verläßt, so tut man das gewöhnlich nach einer Szene, nicht wahr? Oder jedenfalls nach und nach. Aber er, meine Liebe, er steht mitten im Satz auf, macht die Tür hinter sich zu, und weg ist er, oder er geht Zigaretten kaufen, und man sieht nie wieder etwas von ihm, außer einem gut geschriebenen, großartigen Abschiedsbrief . . . Ich weiß nicht, ob Sie auch so sind wie ich, aber mir macht das viel mehr Eindruck als die sonst übliche große Abschiedsszene: ›Da wir uns trennen müssen . . .‹ Jeans Art, sich aus dem Staub zu machen, ist die schlimmste. Er macht das nicht etwa wie einer, der Ihnen das Portemonnaie stiehlt und dann spurlos verschwindet. O, nein! Man schreibt ihm, man bittet ihn um eine Unterredung, und dann erscheint jemand, der Jean heißt und eine wohlbekannte Krawatte und einen wohlbekannten Anzug trägt. Man erkennt den Spazierstock, die Manschettenknöpfe, sogar den Ton der Stimme. Aber der Mann selbst . . . der ist nicht mehr da . . . Man sieht ihn, man reißt die Augen auf, und man fragt sich: Was, mit diesem Mann soll ich geschlafen haben? Wissen Sie, ich bin nicht boshaft, aber ich möchte zu gern das Gesicht meiner glücklichen Nachfolgerin sehen, wenn Jean *ihr* auf und davon geht! . . . So, jetzt fängt's zu regnen an, das hat uns gerade noch gefehlt Kommen Sie, ich bringe Sie in meinem Wagen nach Hause — ein gelber Wagen, die Farbe paßt zu meiner Stimmung, glaube ich. Der Wagen und der, der drin sitzt, sind ein Versuch, ein schwacher Versuch . . .«

»Ich kann nicht, ich muß noch eine Besorgung machen, hier nebenan, unter den Arkaden . . .«

»Also laufen wir! Kommen Sie unter meinen Regenschirm.«

»Nein, nein, laufen Sie nur, ich habe nichts an, was den Regen nicht vertragen könnte . . . Laufen Sie nur! . . . Ja, ja, ich rufe Sie an . . .«

Sie läuft mit kleinen Schritten, der Rock klebt wie ein Höschen über ihren Knien. Da läuft sie hin, erleichtert um das, was sie mir aufgeladen hat. Ach! Jetzt möchte ich sprechen, gestehen, herausschreien, was ich vorhin unterdrückt habe . . .

»May! . . .«

Zum Glück hört sie es nicht . . . Ich halte ein Taxi an und nenne die Adresse: »Boulevard Berthier! Und schnell . . .« Was, wenn sich Jean in der Zwischenzeit aus dem Staub gemacht hätte?

14

»Jean! . . . Ach, du bist da . . .«

»Freilich bin ich da! Was hast du denn?«

»Nichts . . . Stell dir vor . . . Der Regen hat mich überrascht, und da bin ich hierher zurückgekommen, anstatt mich umzukleiden, zu dumm.«

»Es ist nie dumm, hierher zurückzukommen.«

»Aber ich wollte mich doch schön machen . . . Und nun bin ich noch genau so, wie du mich verlassen hast.«

»Das hoffe ich! Du hast sehr viel Ähnlichkeit mit der Reisenden, die sich eines Nachts hier auf dem Fußboden niederließ . . . Du gefällst mir.«

»So gut wie sie?«

»Noch besser.«

Ich erhole mich allmählich. Ich verberge, indem ich spreche, über kleine Nichtigkeiten rede, die innere Unruhe, die mich befiel, als May gegangen war, und die unterwegs zu einer panischen Angst angewachsen war: Jean ist fort . . . Ich fühle, daß er fort ist, ich weiß es . . .

Mays Worte verfolgten mich während der ganzen Fahrt wie ein böser Fluch: »Er macht sich aus dem Staub, und man sieht ihn nie wieder . . .« Als ich das schmale Haus mit den geschlossenen Fensterläden sah, erschien es mir verlassen, und ich rief »Jean!« mit einer Stimme wie in bösen Träumen . . .

Und da sitzt er nun, frisch und munter, zwischen dem Kamin, den er mir zuliebe angeheizt hat, und der Lampe mit dem kleinen Schirm, der aussieht wie das Dach einer Pagode. In den gedrehten Füßen der Fauteuils spiegelt sich das Feuer, und die seidenen Vorhänge schimmern in sattem, prunkvollem Rot . . .

»Was hast du nur? . . . Du sagst, du willst einen kleinen Spaziergang machen, und nun kommst du in einem Taxi angefahren und siehst aus, als wärst du weiß Gott wo gewesen . . .«

»Ich glaube, ich habe mich erkältet . . . hier bei dir ist es gemütlich . . .«

»Heute gibt es Wachteln zum Diner und eine Sachertorte, eine große, schwere Torte . . .«

»Ja? Wie schön! . . . Und was hat der Karosseriespengler gesagt?«

»Als er den Sprung in der Tür sah, meinte er: ›Die Tür ist gesprungen.‹«

»Der merkt aber auch alles . . .«

Er geht im Zimmer hin und her, rückt einen Lehnstuhl zurecht, zieht die Vorhänge zu, und spielt mit der Liebenswürdigkeit eines gastfreundlichen Junggesellen den Hausherrn. Im Vorübergehen streichelt er mir übers Knie und faßt mich an den Ohren wie an zwei Henkeln, um mich besser küssen zu können . . . Seine Hände, sein

Körper, seine glatten Wangen, alles ist fest und warm, alles ist überaus lebendig. Ich beobachte ihn, ich bewundere ihn . . . da ist er, so nahe, so unbefangen, vielleicht ganz mein eigen, vielleicht schon verloren für mich . . .

»Und — wie lange wird er brauchen?«

»Wer?«

»Der Karosseriespengler!«

An Jeans Befremden kann ich erkennen, wie viel Zeit zwischen seiner letzten Antwort und meiner banalen Frage vergangen sein muß . . . sehr viel Zeit zweifellos, in der ich ihn beobachtet habe, mit bitterem Stolz, ihn so makellos zu sehen, so unberührt vom Leben, so gut ausgerüstet, um jemandem zu schaden — hätte ich gestern gesagt —, um mir zu schaden, sage ich heute . . .

»Hilf mir, Renée! Schau, wie diese Rosen die Köpfe hängen lassen, weil sie zu fest zusammengebunden sind!«

»Es lohnt sich kaum . . . Diese Rosen aus Nizza halten doch nur zwei Stunden in einem geheizten Zimmer.«

»Findest du, zwei Stunden Schönheit sind nichts?«

Ich erröte im Dunkeln und sehe ihn argwöhnisch an, aber er hat diese Bemerkung ganz harmlos gemeint . . .

»So! . . . Nun ist's gut, nicht?«

»Sehr gut. Aber ich habe dich erst darum bitten müssen. Ich bin immer wieder überrascht, an dir so selten eine weibliche Geste zu sehen.«

»Sag bloß, daß ich dich . . .«

»Du ordnest nicht die Blumen in den Vasen, du ziehst das Tischtuch nicht gerade, wenn es verrutscht ist, du schüttelst nicht die Kissen auf dem Sofa . . . du setzt dich hin und schlägst die Beine übereinander . . .«

»Du übertreibst! . . .«

» . . . Kurz, du spielst Dame zu Besuch, und das stört mich.«

»Mich auch.«

»Bist du denn nicht meine Freundin? Hast du denn nicht den Wunsch, mir ganz zu gehören, so wie ich dir ganz gehöre? Mitunter ist die Eile, mit der du dich ›vorher‹ aus- und ›nachher‹ wieder anziehst geradezu demütigend . . . Manchmal könnte man meinen, daß du mich nicht liebst, sondern . . . mich benutzt.«

Ich höre ihm ruhig zu, ohne den geringsten Widerspruch. Auf seinem Knie sitzend, sehe ich ihn aus nächster Nähe; ich rieche seine Haare, die das Brenneisen täglich versengt, und endlich habe ich ihn. Ich habe ihn: oh, wäre das doch weiter nichts als eine sinnliche Feststellung, und kein Gedanke, kein Wunsch, den die Zukunft schon jetzt untergräbt — oh, wäre es doch weiter nichts als das Vergnügen dieser Stunde, die nach künftigen nicht fragt . . .

Er schmollt mit mehr Anmut als Überzeugung, aber er ist nicht recht zufrieden. Er würde sogar in Wut geraten, wenn ich es darauf anlegte.

Ich streichle ihn wehmütig, denn ich ahne bereits, daß all seine Metamorphosen nicht sehr viel mehr über mich vermögen. Ob er ein zorniger Jean ist oder ein verächtlicher, ein spöttischer oder ein scheinheiliger — ein bißchen verschlagen ist er immer, wenn er den Sanften spielt —, was tut's, wenn er nur Jean bleibt? Oh Wunder der Gegenwart, unerklärliche Sicherheit aller Sinne . . .

»Versteh mich recht!« sagt er unwillig. »Dir ist nur der Liebhaber in mir wichtig, aber nicht der Mensch!«

»Und dir?«

Er kneift die Augen zusammen, seine ganze Stirn scheint sich zu senken, und an der Bewegung des Knies, das mich trägt, kann ich erraten, daß er Lust hätte, mich zu Boden zu werfen.

»Ich . . . Du weißt es ganz genau, daß ich . . .«

»Sag es doch!«

»Ich hab es schon gesagt! Ich hab es als erster gesagt!«

»Das könnte auch bloß ein Reflex gewesen sein . . . Es gibt Augenblicke, in denen die Worte ›ich liebe dich‹ nicht mehr bedeuten, als ein Zehenkrampf . . .«

Wir lachen, beide ein wenig verstimmt. Ich habe keinerlei Skrupel, ihm zu widersprechen, selbst wenn ich dabei nicht aufrichtig bin. Was immer der heutige Abend ergeben wird — Lügen, eigensinnige Beschwerden, zornige Gebärden, allzu zärtliche Blicke —, es ist mir recht . . . Habe ich nicht seinerzeit zu Maxime ganz ähnliche Worte gesagt wie jetzt? Es ist ein entferntes Echo, das verklingt, sobald ich hinhöre, es ist eine so schwache Erinnerung, daß sie keinen Schatten auf die Gegenwart werfen kann.

Nichts aus meiner Vergangenheit wagt es, in mein jetziges Leben überzugreifen. Warum? Welch eine gewaltige Immunität umgibt ihn, diesen ganz neuen Jean, der noch verschlossen und spröde ist wie eine späte Eichenknospe? Gewaltig, weil sie ihn nicht nur beschützt, sondern anstatt eines getreuen Abbildes ein Zerrbild des einstigen Freundes heraufbeschwört, einen beinahe grotesken, linkisch steifen Max, dessen Gesichtszüge geometrisch in ein Rechteck eingezeichnet sind, wie die frühen Karikaturen von Sadi Carnot . . .

Er ist weder schöner noch besser als Max, aber Jean schneidet nie schlecht ab bei einem Vergleich mit ihm, und ich finde keine andere Begründung dafür als die geheimnisvolle, vieldeutige, echt weibliche Redensart: »Das ist nicht dasselbe . . .«

Er liegt neben mir. Ich halte ihn schweigend fest umschlungen, ich drücke ihn an mich und fühle sein Gewicht vertrauensvoll an meiner Brust ruhen. Wir haben schon gelernt, daß wir uns umarmen und schweigen müssen, sobald unser Geist oder unser Gewissen erwacht: die Umarmung gibt uns das Gefühl, vereint zu sein, und das Schweigen läßt uns an inneren Frieden glauben.

»Ich möchte wissen«, seufzt er, »was du jetzt Böses über mich denkst . . .«

»Du hast wohl ein schlechtes Gewissen?«

»Nein, aber ich höre dich denken. Dein Atem geht unregelmäßig, er stockt, sobald du in Gedanken an eine

Kreuzung kommst, und als du den Kopf auf dem Kissen herumgedreht hast, haben deine Wimpern in nervösen, feinen Schlägen über die Seide gekratzt.«

»Nicht schlecht, nicht schlecht!«

»Nicht wahr? Ich bin klüger, als du denkst. Quält dich irgend etwas?«

»Ja — du. Du willst wissen, woran ich gedacht habe? Ich dachte, daß ich nie den Mut haben würde, heute abend ins Hotel zurückzukehren . . .«

Er schließt die Arme fast unmerklich fester um mich und hebt nicht einmal den Blick, aber ich sehe ein Lächeln der Befriedigung über sein Gesicht huschen. Er reckt sich und macht sich schwer, so als würde er gleich einschlafen . . . Ich bedauere meine Worte nicht. Früher oder später hätte mich das Unglück einer langen gemeinsamen Nacht, eines gemeinsamen Erwachens ja doch ereilt. Und heute abend schrecke ich feige vor dem Alleinsein zurück, und vor einer Nacht, in der mir bis zum Morgen Mays Worte in den Ohren klängen: »Er macht sich aus dem Staub, und man sieht ihn nie wieder.«

Das Abendessen vergeht rasch; wir plaudern ungewöhnlich ausdauernd und lebhaft miteinander. Man könnte meinen, daß mir Jean, der in Zusammenhang mit dem Monogramm auf dem Silberbesteck und einem antiken Buffet auch von seinen Angehörigen erzählt, Lust machen will, mich überreden will, in sein Haus zu ziehen. Wenn er »mein Vater« sagt, klingt übertriebene Ehrfurcht aus seiner Stimme, so als wäre er ein streng erzogener Gymnasiast, und das läßt ihn auf eigentümliche Weise sehr viel jünger erscheinen . . .

»Wie alt bist du, Jean?«

»Pst! das sag ich schon seit zwei Jahren nicht mehr!«

Er scherzt, und unweigerlich bilde ich mir ein, daß er mir sein Alter aus Zartgefühl verheimlicht, um keinen Vergleich herauszufordern . . . und ich wage nicht, auf einer Antwort zu bestehen, und schweige bedrückt . . .

»Mein gestrenger Herr Vater — ich komme nicht drum herum, nächste Woche für drei Tage zu ihm zu fahren. Dazu zwei Tage für die Fahrt, das macht fünf Tage Abwesenheit . . . Aber wenn ich am Todestag meiner Mutter fehlen würde, bekäme der Autokrat einen Tobsuchtsanfall. Findest du das gut, fünf Tage ohne mich?«

»Ich weiß nicht, ich kann es mir im Augenblick gar nicht so recht vorstellen . . .«

»Was wirst du in der Zeit tun? Mit wem wirst du zusammensein? Mit deiner Familie, mit Freunden?«

Das ist das erste Mal, daß er ein unmittelbares Interesse an mir zeigt, oder zumindest eine Neugierde, die nicht rein sinnlicher Natur ist . . . Verwirrt sehe ich in dieses gebieterische junge Gesicht, das mich forschend mustert; Familie . . . Freunde . . .

»Ich habe keine Verwandten mehr, seit dem Tod meiner Schwägerin Margot . . .«

»Und Freunde? Hast du auch keine Freunde?«

Ich unterdrücke die falsche Scham der Vagabundin, die nichts dergleichen hat, und erwidere trotzig:

»Doch. Ich habe Brague — und dann ist da noch eine kleine Tänzerin, die augenblicklich irgendwo herumreist, eine unverheiratete Mutter namens Bastienne.«

Er hat eine freche Bemerkung auf der Zunge, doch dann besinnt er sich:

»Schließlich . . . wozu schon acht Tage vorher darüber nachdenken. Außerdem . . . ich bin noch gar nicht sicher, ob ich dich nicht mitnehme.«

»Wenn ich will?«

Wir lachen und sehen einander zärtlich, aber nicht ganz offen in die Augen. Er ist dazu geboren, mühelos zu gefallen, zu verführen und auszubrechen. Ich . . . ich bin wie die graue Stute, die mein Vater besaß: ein ordentlicher Peitschenhieb konnte ihr keine Angst machen, doch der Schatten der Peitsche auf der Straße, neben ihren Ohren, jagte ihr einen panischen Schrecken ein . . .

Jedenfalls versucht er, nun den Gebieter herauszukehren, und ich denke daran, daß ich ihn in Nizza vor weniger als einem Monat noch »mein Bester« nannte und über die Schulter hinweg »Sie, hören Sie« zu ihm sagte . . .

Nun bin ich weit entfernt von diesem vertraulichen und ungenierten »Sie«. Ich duze dich ehrerbietig, du Spender der Lust . . .

Er hat seinen Stuhl neben den meinen gerückt und macht sich Gedanken über mein Dessert:

»Du schneidest die Orangen in der Mitte auf? Ich schäle sie und streue Zucker darauf.«

»Zucker auf eine Orange, wie schrecklich! Ich werde dir im Sommer Fruchtsalate machen, du wirst sehen, wie gut ich das kann.«

»Das verbiete ich dir aber, warte nur! Fruchtsalat kommt mir immer so vor, wie . . . wie ein Dessert, das ein schwacher Magen wieder von sich gegeben hat.«

Eine unbeschwerte Fröhlichkeit überkommt uns, wie immer, wenn wir nicht einer Meinung sind. Und plötzlich sage ich törichterweise:

»Man hält solche Kleinigkeiten für belanglos. Trotzdem machte es mich früher rasend, wenn ich sah, wie mein Mann Brot in die Suppe brockte . . .«

Aber Jean kümmert mein Mann überhaupt nicht! Er hat die Wanduhr halb zehn schlagen hören, und in ausgezeichnet nachgeahmter Spießbürger-Unhöflichkeit reckt er sich gähnend und zeigt dabei das Innere eines mit einem tadellosen Gebiß ausgestatteten Mundes. Ein schöner roter Rachen, der alles verschlingen kann . . . Er fängt meinen Blick auf, und der seine verändert sich: ein ernster Blick, der sagt: »Komm . . .«

Er schläft. Er schläft nicht wie bei Tag. Er fühlt im Schlaf, daß die Nacht noch lange dauern wird und die Kälte, die der späten Morgendämmerung im März vorangeht; er schläft tief und regungslos, bis über die Schultern zugedeckt. Er atmet sehr langsam. Die Gaslaterne von der Straße beleuchtet ihn schwach, denn das Fenster steht weit offen, — und ich atme, wie auf dem Land, den Geruch von feuchter Erde und Nebel, eine kühle, reine Luft, die unserem Liebeslager etwas Keusches gibt.

Er hat mir viel Platz gelassen neben sich, aber ich wage nicht, mich zu rühren. Ich fühle mich überflüssig, vergessen bis zu seinem Erwachen, aber ich verhalte mich still und geduldig. Er weiß nicht mehr, daß ich da bin . . . Ich habe ihn eben ganz leicht berührt; er hat seinen Arm mit einer heftigen, kindlichen Gebärde weggezogen.

Es hat sich nichts geändert. Nur meine Schlaflosigkeit verleiht unserer ersten gemeinsamen Nacht ein wenig Feierlichkeit, einer Nacht, die uns ebenso viel Lust brachte wie unsere Nachmittage; aber immerhin ist es die »erste Nacht« . . . Vor dieser liegt, abgeschlossen, meine Vergangenheit; was wird uns die Zukunft wohl bringen?

Sieht sie denn eine Zukunft voraus, meine rücksichtsvolle, stille Nachtwache, still, um Jeans Schlaf nicht zu stören? Ich weiß es nicht, aber ich »wache«, weil es die »erste Nacht« ist. Ich wache, wie es wohl alle Frauen tun, die, ob nun zum erstenmal oder nach so mancher Erfahrung, an der Seite eines schlafenden Mannes beklommen ein neues Leben beginnen.

15

»Auf Wiedersehen, bis bald! Hast du dein Taschentuch, deinen Schlüssel? . . . Hab ich's doch gewußt! Victor, holen Sie bitte den Schlüssel, der gnädige Herr hat ihn auf dem Toilettentisch liegen lassen . . .«

»Ich komme heute bald zurück.«

»Hoffentlich!«

Jean sieht im Vorzimmer noch einmal in den Spiegel und streicht sich mit der Geste eines Schauspielers, der seine Perücke zurechtrückt, noch einmal übers Haar.

»Laß deinen Kopf in Ruhe! Diese Mode, die Haare so anzukleben, ist schon häßlich genug.«

Er scheint keinesfalls dieser Meinung zu sein, und sein Gesicht zeigt den Ausdruck ernster Selbstgefälligkeit, eine ernsthafte Befriedigung, die seine Eitelkeit sympathisch wirken läßt. Der Teil des Spiegels, der mich neben ihm zeigt, scheint mir aus dunklerem Glas zu sein, grünlich und aufgerauht . . .

Er ist am Nachmittag spät zurückgekommen und hat mir zugerufen: »Ich esse beim Autokraten!«, indem er, noch auf der Treppe, den Rock ausgezogen und die Krawatte abgelegt hat. Das Kleid, das ich mir für das Diner mit ihm zurechtgelegt hatte, liegt mit seinen ausgestreckten kurzen Ärmeln da, als wollte es sagen: »Ich kann nichts dafür.« Ich habe meine Toilette unterbrochen, um Jean in sein Ankleidezimmer zu folgen und ihm zu helfen, und stehe nun im Morgenrock da, die Haare in recht kleidsamer Unordnung aufgesteckt, — aber meine Erscheinung wirkt neben dem gutsitzenden Frack, der gestärkten Hemdbrust und dem blassen, glattrasierten Gesicht schlaff und nachlässig, irgendwie ältlich und sinnlich . . .

»Nun mach schon, Jean!«

»Ja, aber ich will, daß du mich bedauerst.«

»Warum?«

»Weil ich beim Autokraten essen muß!«

Er hält mir noch einmal seinen Schmollmund hin, bevor er mit einem Satz die Treppe hinunterspringt, die auf die Straße führt. Ich lache und zucke die Achseln — und denke insgeheim, daß er May gegenüber keine solchen Lausbubenmanieren zeigte . . . May gegenüber benahm er sich kurzangebunden, nüchtern und überlegen, und

May mußte die Rolle des kleinen Mädchens spielen; aber May war eben fünfundzwanzig . . .

Das Auto entfernt sich. Ich bleibe noch einen Augenblick auf der Schwelle stehen, lächelnd vorgebeugt, als ob er mich noch sehen könnte. Über den alten Festungswällen ist der Himmel noch rosa, und die dunklen Bäume strecken ihm ihre schwellenden Knospen entgegen. Die Nachbarn, friedliche Bewohner dieser verrufenen Straße, rufen ihre Hunde und gehen wie auf dem Dorf ohne Hut spazieren, bevor sie die Straße den »Rowdies« überlassen. Es ist ein sehr milder Abend, ohne den leisesten Windhauch . . . Ich hätte mir keinen besseren aussuchen können, um endlich einmal allein zu sein . . .

Jean ist für einige Stunden fort. Und obwohl ich immer wieder gesagt habe: »Geh endlich, du kommst zu spät«, hat er doch nicht gemerkt, wie gern ich ihn gehen sah. Er hat nicht begriffen, wie sehr der Zufall meiner Absicht heute abend entgegengekommen ist — ich habe nämlich wirklich eine Absicht. Meine Eile beim Essen beweist das zur Genüge; ebenso das entschlossene Gesicht, das Verbrechergesicht, das ich im Spiegel erblicke, seit ich die Tür meines Zimmers hinter mir geschlossen habe. Aber ich will keineswegs heimlich an jemanden schreiben, und trotz meiner unheimlichen Miene will ich weder morden noch stehlen: ich will allein sein. Wenn er jetzt unerwartet zurückkäme oder sich hinter einem Vorhang versteckt hätte, würde ich laut aufschreien. Ich würde schreien wie jede Frau, die von ihrem Liebhaber dabei überrascht wird, wie sie allein in ihrem Zimmer vor sich hinträumt, würde vor Angst und vor Entrüstung schreien, und im reinen Zorn der entweihten Priesterin toben. Wenn er jetzt hereinkäme, er fände mich schlimmer als nackt: er würde mich nicht wiedererkennen . . .

Ich bin erst seit einem Monat hier. Und noch nie ist eine

Geliebte unauffälliger irgendwo eingezogen: drei Koffer mit Kleidern und Wäsche, ein Köfferchen mit Dokumenten und eine Toilettentasche. Mein Einzug ging so schnell, so unkompliziert vonstatten, daß ein argwöhnischer Liebhaber darin eine Gewandtheit erblicken hätte können, die auf Übung schließen läßt; aber Jean, im allgemeinen mißtrauisch, ist kein argwöhnischer Liebhaber. Am Tag meiner Ankunft habe ich die beiden wesentlichsten Bestandteile meines Mobiliars zaghaft auf den hübschen Schreibtisch in meinem neuen Zimmer gelegt: eine Füllfeder und eine sehr alte, kleine chinesische Figur, eine Frucht aus polierter Jade, abgegriffen, als ob sie ein wenig zusammengeschmolzen wäre, und angenehm glatt.

Und dann habe ich sofort mit dem praktischen Studium einer Lebensweise begonnen, die ich bis dahin nicht kannte, der einzigen Lebensweise, die hinter einer exzentrischen Fassade, hinter einer trügerischen Freiheit veraltete Gebräuche, oder, besser gesagt, eine orientalische Abhängigkeit verbirgt: die Lebensweise der ausgehaltenen Frau.

Wenn eine ausgehaltene Frau gleich mir keine Bekannten und keine Angehörigen hat, und mutig oder leichtsinnig genug ist, sich dem Mann, den ihr der Zufall geschickt hat, ganz anzuvertrauen, kann sie sich auf eine bunte Mischung von Annehmlichkeiten und Demütigungen gefaßt machen: sie wird den Eindruck haben, zugleich Genesende in einem Sanatorium, Zögling in einem sittenlosen Kloster oder Haremsdame zu sein, und »Vertrauensperson«, der man tausende häusliche Obliegenheiten auferlegt. Nach dem langen Nichtstun habe ich Geschmack an diesem Abkommen gefunden. Durch die häufige Abwesenheit Jeans, der infolge des Gesundheitszustandes des »Autokraten« täglich mehrere Stunden bei seiner Familie verbringen muß, sah ich mich verpflichtet, seine Heimkehr stets zu einem kleinen Fest zu machen: Blumen auf dem Tisch oder köstliches Obst; oder den vernachlässigten kleinen Garten belebt plötzlich eine neue grüne Hecke . . .

Und schließlich bewahrt mich der gute Geist der Zigeuner vor Ungeduld und schlechter Laune, indem er mir ins Ohr flüstert: »All das dauert nur so lange, wie du willst, nicht länger . . .« Nicht länger . . . Das beruhigt mich, und ich blühe auf in der verspäteten Sorglosigkeit einer Liebenden, der die Liebe in der Jugend manches schuldig geblieben ist. Ich habe etwas zugenommen, esse gern und mit Genuß und schlafe ebenso lange wie Jean. Tagsüber beschäftigen mich ziemlich dieselben Fragen wie Victor, den Kammerdiener: Wird Monsieur sich umziehen?

In den ersten Tagen besuchte ich während Jeans Abwesenheit meine gewohnten Lokale: das kleine italienische Restaurant, wo die Ravioli in heißem Fett und Käse schwimmen, die Bierstube, die Brague der heißen Würstchen und des Bieres wegen so oft gerühmt hat, — aber die anspruchslose Freude des Junggesellen an gutem Essen ist mir abhanden gekommen. »Man geht nicht allein in solche Lokale!« rief Jean aus. »Eine Frau wie du mit einem Liebhaber wie mir hat es nicht nötig, solche Lokale aufzusuchen, nur um Sauerkraut zu essen! Du hast ein ganzes Haus zur Verfügung und wahrhaftig keine schlechte Köchin, und da läufst du in Paris herum und gehst . . .« — und so weiter, und so weiter.

Am ersten regnerischen Abend, als ich ganz allein vor meinen Ravioli saß, hielt ich mir denn auch mit der Sanftmut eines zahmen, gefügigen Tieres vor Augen: »Wie, da habe ich ein ganzes Haus zur Verfügung und wahrhaftig keine schlechte Köchin« und so weiter, und so weiter — und gab Jean in jeder Beziehung recht.

Wenn ich in einem Restaurant esse, dann tue ich es mit Jean. Wenn ich ins Theater gehe, dann gehe ich mit Jean. Die legitime Ehe gestattete mir seinerzeit kameradschaftliche Beziehungen, aber der Kodex des »Verhältnisses« stellt andere Ansprüche. Ich werde immer begleitet. Entweder von Jean, meinem Liebhaber, oder von Masseau, meinem Leibwächter. Dieser Kodex regelt jeden meiner

Schritte mit einer solchen Genauigkeit und Bestimmtheit, daß ich oft lachen muß; dabei schmeichelt es mir insgeheim, daß ich sechsunddreißigjähriger Backfisch mit solcher Strenge behütet werde. Und als ich eines Tages zu sagen wagte: »Aber als May deine Geliebte war, hast du, scheint mir . . .«, erhielt ich streng zur Antwort: »May hat nicht mit mir zusammengelebt. Und außerdem war May eben May, und du bist du.«

›Es dauert nur so lange, wie du willst, nicht länger . . .‹ Neugierig füge ich mich der neuen Situation. Nachgiebigkeit und kindische Lügen sind mir bald zur Gewohnheit geworden. Ich begnüge mich mit dem, womit sich andere meinesgleichen zufriedengeben: mit den Erholungspausen, die Jean mir läßt, indem er fortgeht.

Du mußt wissen, du, der du behauptest, mich zu lieben: auch die liebevollste Frau wendet sich zu gewissen Stunden, deren Kommen sie heimlich vorbereitet und fördert, von ihrem Geliebten ab. Auch die schönste wird, wenn du ihr nachspionierst, nicht vor dir bestehen können. Auch die treueste versteckt sich, und sei es nur, um frei denken zu können.

Freiheit! . . . Frei sein! . . . Ich spreche das schöne, verblaßte Wort laut aus, um es zu neuem Leben zu erwekken, um ihm seinen Schwung wiederzugeben, seinen Glanz — einen Glanz, wie das Gefieder eines wilden Waldvogels . . . Vergebens! . . .

Du behauptest, mich zu lieben: das bedeutet, daß ich zu jeder Stunde die Last deiner Besorgnis, deiner hündischen Wachsamkeit und deines Argwohns trage. Auch heute abend bin ich dieser Fessel keineswegs entronnen; nur ist sie deiner Hand entglitten und schleift gelockert hinter mir her.

Du behauptest, mich zu lieben, du liebst mich: deine Liebe schafft jeden Augenblick eine schönere und bessere Frau, als ich es bin, eine Frau, der ähnlich zu werden du mich zwingst. Ich trage nicht nur deine Lieblingsfarben, sondern auch den Tonfall und das Lächeln, das dir am besten gefällt. Deine Gegenwart genügt, um mich die Eigenschaften und Reize meines Vorbildes wie durch ein Wunder nachahmen zu lassen. Ich fürchte nur gewisse Stunden, in denen mich, wie eben jetzt, plötzlich die Lust überkommt, dir ins Gesicht zu schreien: »Geh fort! Zugleich mit meinem Prinzessinenkleid wird mein strahlendes Antlitz von mir abfallen, geh fort! Nun kommt die Stunde, da unter dem Rocksaum ein gespaltener Huf, unter dem seidigen Haar die gewundene Spitze eines Hornes sichtbar wird . . . Die Dämonen eines stillen Hexensabbats winken mir; ich muß die schöne Hülle abwerfen und verfluchen, in die du mich gezwängt hast . . .«

Die Nacht vergeht; ich muß schon lange allein sein. Wie oft habe ich mich schon an diesem Spiegel vorbeigehen sehen? Und jedesmal sehe ich darin mein Verbrechergesicht, auf dem ein hinterhältiges, falsches, unruhiges Lächeln spielt . . . Die eine Schulter feige vorgebeugt, die andere hochgezogen, wie um einen Schlag zu parieren . . . vorhin kauerte ich vor meinem Spiegelbild auf dem Boden, in einer Stellung, die Jean nicht leiden kann: den Hals auf den gekreuzten Armen und diese auf die Knie gestützt, wiegte ich mich vor und zurück, wie ein kranker Bär . . .

Ich erinnere mich, daß ich mir eine Weile wild den Kopf gekratzt habe, wie eine verlauste Zigeunerin . . . Auch muß ich den Blick eine Zeitlang auf den glänzenden Bauch einer kleinen Kupfervase geheftet haben, die wie ein glühendes Stück Holz im Dunkeln leuchtete; meine Augen sehen immer noch einen hellen Lichtfleck . . . Und während der ganzen Zeit muß ich leer, gleichgültig, gedankenverloren dagesessen haben . . .

Mit einem Ruck erwache ich; es ist ein gedanklicher Ruck und nicht sehr angenehm: ›Was macht Jean?‹ Erstaunlich schnell folgt diesem Gedanken eine Vorstellung: Sie zeigt Jean nicht in Mays Armen oder über eine fremde Frau gebeugt, sondern einen Jean, der ganz allein, fröhlich und entschlossen dahineilt, so wie er wahrscheinlich um diese Zeit wirklich durch die Straßen geht. Auch er ist allein . . . Unbegreiflich, daß mir dieser Gedanke erst jetzt kommt! Ach! Er ist allein? . . . Erstaunen, Entdekkung, Beunruhigung . . . Was denn sonst? Er ist allein, ich habe es ja so gewollt; ich will es oft genug . . . Welch eine Dummheit ist denn seit einem Monat an die Stelle meiner Angst getreten, er könnte »sich aus dem Staub machen«? Ich benutze ihn, sein Haus, sein Personal, sein Auto. Auf seine Kosten sichere ich mir Stunden der Einsamkeit, in denen ich ihm entfliehe, ja ihn zuweilen sogar vergesse. Kurz gesagt, ich behandle ihn mit jener egoistischen Unvernunft, die Frauen in der Regel als typisch männlich bezeichnen . . . »Es gibt zwei Arten von Liebe«, sagt Masseau, »die unbefriedigte Liebe, die einen ganz und gar unerträglich macht, und die befriedigte Liebe, die einen verrückt macht . . .«

Auch Jean ist allein. Begeistert allein, allein wie ein Student, der die Nacht außer Haus verbringt, oder bewußt allein, mürrisch und ergeben in die Tatsache, daheim dieselbe Frau wiederzufinden wie gestern?

Seien wir gerecht — gerecht sein ist schon ein Zeichen der Demut bei einer Frau —: ob unser Abenteuer nur kurz oder noch lange dauern wird, ein resigniertes Sichbegnügen Jeans ist alles, was ich erhoffen darf — mehr bin ich nicht wert. Seit einem Monat gebe ich mich ihm hin, so oft er mich will, so oft wir einander wollen. Was denkt er sonst von mir? Bin ich Venus oder die Königin von Saba? Kann ich diesen schönen Jungen einzig und allein dadurch, daß ich auf einem Bett liege, zufriedenstellen? Ich bleibe ihm vieles schuldig, denn während der übrigen Zeit beobachte ich ihn, ohne ihn zu ergründen, und beurteile ihn, als wäre er immer noch Mays Geliebter und nicht der meine. Die übrige Zeit — das zählt, das wiegt schwer, das sind viele Stunden . . .

Wenn er sich zurückhaltend benahm, hielt ich ihn für gedankenlos. Und wenn er mich ausfragte, wies ich ihn mit einer Ironie, die sich überlegen vorkam, von mir. Wer ist schuld daran, wenn er zu dieser Stunde, anstatt zu mir zu kommen, durch die Straßen wandert oder auf einer erleuchteten Terrasse sitzt und mit einem Gesicht, das nicht mir gehört, die milde Nachtluft genießt?

Er weiß nicht, daß ich gut und liebevoll bin und das Zeug zu einem guten Freund in mir habe. Ich belaste ihn mit Fehlern, denen eine gewisse Sorte Männer ihren Erfolg verdanken: Falschheit, Skrupellosigkeit und Trägheit; aber ich bin es, die ihm diese Eigenschaften zuschreibt, wie einen Anzug von zweifelhafter Güte, der seinem etwas brutalen Gesicht gut stehen würde . . .

Mein größter Fehler ist, glaube ich, daß ich noch nicht versucht habe, Jean ohne den Gedanken an Wollust zu sehen. Gesättigt, bringt der Gedanke an die Wollust Kälte und Gleichgültigkeit mit sich; hungrig, will er nichts als neue Nahrung.

Jean . . . oh, wie plump und roh ich bin . . . Es gibt einen Jean, der nicht Renées Geliebter, einen Jean, der weder geheimnisvoll noch sinnlich ist — einen Jean, der, gereift zwar und entwickelt, aber noch so jung mit seinem hellen Lachen, dem ganz kleinen Jean der Vergangenheit gleicht, den ich niemals gekannt habe. Jeans Gedanken, Jeans Seele — konnte ich wirklich glauben, daß ich sie in unseren kurzen Gesprächen oder im sinnlichen Schweigen unserer Nächte finden würde? . . .

Ich habe den Geliebten, der sich nun allein in der milden Frühlingsnacht erholt, beleidigt, indem ich mich ihm hingab und meinte, das wäre genug. Er hat Gleiches mit Gleichem vergolten. Ein Glück, daß er nicht in diesem Augenblick zurückkommt, denn ich wäre imstande, durch eine alberne Offenheit das Maß meiner Irrtümer übervoll zu machen. Besser, er irrt noch eine Weile allein umher, nichtsahnend und so weit von mir entfernt, als wäre er mir nie begegnet.

Wenn er zurückkehrt, werde ich in seinem Bett liegen und vielleicht schon schlafen. Ich kenne nun schlimmere Gefahren als die, mich ihm schlafend auszuliefern. Mein Körper gehört ihm auch im Schlaf, kann ihn auch schlafend nicht vergessen. Ohne das tiefe Reich der Träume zu verlassen, drücke ich seine Hand in der meinen und lasse seine Stirn an meiner Schulter ruhen . . . Mühelos und ganz offen schlafe ich an seiner Seite. Ach, er ist noch nicht da, und doch beschäftigt er mich schon . . . Dieser Blick gefällt ihm, dieser lebhafte, verstohlene Blick . . .

Aufrecht, mit geschlossenen Füßen und gewölbten Hüften, im Gesicht ein Strahlen, das von den Lippen bis zur Stirn emporsteigt, so wiederbelebt, wie du sie gewollt hast, sie, die du vielleicht liebst: du kannst zurückkommen.

16

»Wie spät, Masseau?«

»Viertel vor . . .«

»Schnell, räumen Sie die Karten fort. Lassen Sie den Aschenbecher stehen, den leere ich selbst aus. Und das Likörglas dort auf dem Tischchen, geben Sie es mir . . . Unglaublich, daß die Tage nun schon so lang werden. Er wird wieder einmal sagen, daß es hier wie in einer Räucherbude riecht.«

»Das Fenster war doch die ganze Zeit über weit offen.«

»Das nützt nichts, er hat eine Nase wie ein Jagdhund. Sie haben eine Karte fallen gelassen.«

»Was fällt, trifft ein«, verkündet Masseau bedeutungsvoll. Ich hebe die Karte auf: es ist eine Pique-Neun.

»Sie alte Schwarzseherin . . . Was höre ich? Ist er das?«

»Aber nein, das ist ein Taxi. Außerdem käme er nicht von dieser Seite.«

»Warum?«

»Er geht jetzt jeden Tag in die Bank, weil es dem Autokraten noch nicht besser geht.«

»Um ihm eine Freude zu machen?«

»Ja . . . nein . . . um ihn zu vertreten.«

»Pffff . . .«

»Er ist immerhin sein Sohn und wir wohl sein Nachfolger werden, aber Sie scheinen es komisch zu finden, daß er ins Büro geht.«

»Keineswegs, liebe Freundin, keineswegs. So gut wie irgendeiner, besser als so mancher, nicht weniger als dieser und jener . . .«

»Schluß!«

» . . . weiß ich im Bankwesen Bescheid.«

»Ja? Na, na . . .«

»Und der Beweis . . .«

Er biegt die umgeknickten Ecken seines Stehkragens nach der Mode von anno dazumal zurecht, schiebt die Krawatte nach oben und versucht, indem er sich in die Brust wirft, den Eindruck zu erwecken, er hätte Hängebacken:

»Laffitte!«

»Hat Laffitte so ausgesehen?«

»Ich weiß nicht, aber ich wünsche es ihm. Geben Sie mir die drei Francs zwanzig, die Sie im Bésiguespiel verloren haben. Vielen Dank. Gott vergelte es Ihnen hundertfach . . .«

»Das wären auch nicht mehr als sechzehn Louisdor . . . Diesmal ist es er . . .«

»Nein, das ist der Eismann.«

»Bleiben Sie zum Essen?«

Masseau wirft einen gierigen Blick auf den zusammengeklappten Spieltisch:

Ich spiele um mein Diner. Wenn ich gewinne, bleibe

ich, und wenn ich verliere, behalten Sie mich hier, um mich zu trösten . . .«

Er folgt mir gelangweilt in das Eßzimmer, wo ich zerstreut das Gedeck ordne, den Stengel einer Blume abschneide, die Gläser zurechtrücke . . . Der einzige Baum im Garten, ein Kastanienbaum, drückt seine Äste gegen die unverhängten Fenster; die Blätter sind blaßgrün im elektrischen Licht . . .

»Sehen Sie, Masseau, das ist eine rotblühende Kastanie . . . Man sieht die Farbe schon an den Knospen . . .«

Er stimmt zu, indem er traurig mit dem Kopf nickt; die spärlichen langen Haare auf seinem gelblichen Schädel sind sorgfältig gescheitelt . . . Mein Blick, gewohnt daran, Jean zu liebkosen, wendet sich rasch von ihm ab der offenen Tür zu.

»Das ist er nicht«, sagt Masseau mit feiner Bitterkeit.

»Er . . .« Masseau hat Jeans Namen nicht ausgesprochen. Und ich sage auch »er«, wie jemand, der sehr verliebt ist. Aber ich erröte, weil wir in entwürdigender Vertraulichkeit beide die Stimme ein wenig gesenkt haben, so wie der Diener Victor, wenn er, über den Speisenaufzug gebeugt, der unsichtbaren Köchin zuflüstert: *»Er* hat gesagt, daß die Creme mißlungen war . . . Er hat gemerkt, daß die Kompottschüssel geleimt wurde . . .«

Ein unerträgliches, markerschütterndes Klingeln ertönt im Vorzimmer.

»Oh, dieses Telephon! Dieser verdammte Apparat . . . Am liebsten würde ich ihn zerschlagen . . . Hallo! Bist du es, Jean?«

Ich weiß schon jetzt, was mir diese dünne, ferne, klare Stimme sagen wird: es ist Jeans Stimme, aber sie klingt näselnd, so als ob er sich lustig machen wollte . . .

»Hallo . . . Ja, ich bin es . . . Hör mal, erwarte mich nicht zum Essen, ich bleibe bei Papa, dem geht es heute abend gar nicht gut . . .«

»So? . . .«

»Ja . . . Kannst du mich verstehen? Hallo . . . Was ist denn mit diesem Apparat schon wieder? . . . Hallo! Ich komme gleich nach dem Essen nach Hause . . . Bist du allein?«

»Nein, Masseau ist da . . .«

»So; na, wenn Masseau da ist . . .«

»Was sagst du?«

»Nichts . . . Also, bis bald.«

Heftig hänge ich den verhaßten Hörer ein, der nur gemacht zu sein scheint, um schlechte Nachrichten aufzunehmen und weiterzugeben, und in dem die Stimme ganz falsch klingt und Hintergedanken vermuten läßt . . . »So; na, wenn Masseau da ist!« Was soll das heißen? Daß Jean ganz ungeniert erst um zwei Uhr früh nach Hause kommen kann? Ich weiß nun allmählich, was »bis bald« bei ihm bedeutet.

Ich schalte das Licht im Vorzimmer aus — in gewohnter Sparsamkeit —, und außerdem ist das Gesicht einer enttäuschten Frau, die versucht, ihren Ärgen zu verbergen, wahrlich nicht hübsch . . .

»Setzen wir uns zu Tisch, mein lieber Masseau, Jean ißt bei seiner Familie.«

Aus Gründen der Symmetrie hat Victor Masseau auf Jeans Platz gesetzt, und eine unsagbare, sentimentale Verzweiflung befällt mich plötzlich, als ich mir gegenüber anstelle des straffen Gesichtes mit den dichten Brauen, anstelle des schönen geschwungenen Mundes und der trotzigen Nase dieses feine, nervös zuckende, greisenhaft wirkende Männergesicht mit dem fast kahlen Schädel sehe . . . Ich möchte, ach, ich möchte in diesem Augenblick wie May sein oder sonst ein kleines Weibchen, das seinem Kummer in kindischen Tränen Luft machen kann, Teller zu Boden wirft und abwechselnd ruft: »Ich will Jean sofort haben« und: »Ich will ihn nie mehr wiedersehen, ich hasse ihn!« Aber diese Art der Offenherzigkeit muß man den fünfundzwanzigjährigen

Mays überlassen, denn sie können lachen, sobald die Tränen getrocknet sind, zeigen ein gerötetes Näschen und schöne, feuchte Wimpern und erstrahlen alsbald wieder in der ausdruckslosen Frische einer Wiesenblume . . . Für Renée Néré sind Tränen eine Tragödie . . .

»Was suchen Sie unter dem Tisch, Masseau?«

»Ein Tier, das ich füttern könnte.«

»Sie wissen doch, daß es hier keine Haustiere gibt.«

»Ich weiß, aber es erstaunt mich.«

»Ach was! . . . Wieder einen jungen Hund oder eine kleine Katze aufziehen, so ein Tier liebgewinnen, es von Hotel zu Hotel schleppen . . .«

Masseau unterbricht mich blinzelnd:

»Wieso von Hotel zu Hotel? Sie . . . Sie . . .«

»Ja, ja, ich weiß, augenblicklich ist von einem Hotel nicht die Rede, weil . . . Aber man kann nie wissen . . . Jean und ich sind ja nicht für immer gebunden . . . Wir haben keinen Eid auf die Ewigkeit geschworen, Gott sei Dank! . . .«

Ich fühle, daß ich sehr ungeschickt bin, daß meine Stimme falsch klingt, daß mein bitteres Gesicht schlecht lügt. Meine geheuchelte Gleichgültigkeit könnte einen Idioten täuschen, aber nicht Masseau, den all das, was ich nicht eingestehe, peinlich berührt, und der sogar vergißt, mich zum Lachen zu bringen . . . Ich mache ihm keine vertraulichen Mitteilungen, aber ich habe mich an ihn gewöhnt. Ich erinnere mich, daß er es war, der mich zu Jean geführt hat, und die Art meines Umganges mit ihm hat etwas von der schamlosen Vertraulichkeit, die man einem Eunuchen oder einer ahnungslosen Amme entgegenbringt . . .

Ein Diner, bei dem keiner etwas ißt, dauert sehr lange. Victor bedient uns übertrieben eifrig und lautlos; er fällt mir auf die Nerven; sein kluges Rattengesicht und sein stilles Auftreten bedeuten uns mit allem Nachdruck, daß wir ihn nicht zu beachten haben, und daher sehen und hören wir nur ihn . . .

»Den Kaffee im Salon, nicht wahr, Masseau?«

Ich lasse mich in den weichen Lehnstuhl fallen, den ich am liebsten habe, und seufze:

»Uff, endlich allein . . . Ich sage endlich, obwohl ich diese Woche schon dreimal ohne Jean zu Abend gegessen habe. Was soll man machen, der Junge hat's eben mit der Familie!«

»Sein Vater ist krank«, meint Masseau behutsam.

»Meinetwegen . . . Und selbst wenn Sie mir erklären, daß sein Vater blond ist und Weiberröcke trägt, würde ich auch kein Drama daraus machen!«

»Außerdem würde ich Ihnen das keinesfalls sagen«, erwidert Masseau sanft.

»Glauben Sie etwa, daß ich Sie das fragen würde, mein armer Freund?«

»Ja, das glaube ich. Und ich würde Ihnen antworten: Es gibt nur zwei Möglichkeiten: entweder bin ich der Vertraute Jeans und darf daher seine Geheimnisse nicht verraten, oder ich kenne besagte Geheimnisse nicht und kann trotz aller Lust, Sie tief zu bekümmern, nichts weiter tun, als schweigen und durch meine Besuche in diesem Hause meine große *Abhandlung* um einige Randbemerkungen bereichern . . .«

»Was für eine Abhandlung?«

»Psst . . . und Ihnen, indem ich Ihnen ein wenig Geld abgewinne, meine Überlegenheit im Bésiguespiel beweisen.«

»Aber Sie könnten mir doch helfen, indem Sie meine Partei ergreifen! Sie könnten mir den Dienst erweisen, Jean zu sagen . . .«

»Nein!« unterbricht mich Masseau mit solcher Heftigkeit, daß ein Teil seiner schütteren Haare verrutscht. »Nein! . . . Verstehen Sie doch, liebe Freundin,« fügt er leiser hinzu, »Opium ist teuer.«

Ich verstehe. Ich verstehe sehr gut. Armer Masseau . . . Ich weiß, daß Jean ihm Geld gibt, damit er sich das Rauschgift kaufen kann, ich weiß, daß Jean auf diese Art die Gesundheit des Freundes vollends untergraben hilft, sich aber keine Gedanken darüber macht.

»Selbstverständlich . . . Mein bester Masseau, ich werde mich ganz gewiß nicht in Ihre Angelegenheiten mischen und sagen: ›Rauchen Sie nicht mehr, befreien Sie sich.‹«

»Ebensowenig«, fügt Masseau hinzu, »wie ich Ihnen raten werde: ›Verlassen sie Jean, wenn Sie mit . . . mit dem Gesundheitszustand seines Vaters nicht zufrieden sind. Oder machen Sie ihn ein für allemal glücklich.‹ Aber der letzte Vorschlag übersteigt wohl die Fähigkeit einer intelligenten Frau . . .«

»Ich weiß. Dazu braucht es eine Minna, nicht wahr, die sich ins Bett des gnädigen Herrn emporarbeitet. Wir werden also versuchen, Jean mit seiner Köchin zu verheiraten.«

»Ich bin dabei«, sagt Masseau, ohne mit der Wimper zu zucken. »Aber das eilt ja nicht, und wir wollen vorläufig nur an Sie denken. Denn es handelt sich im Grunde um einen recht einfachen Jungen, der, von Geburt an stolz, nur durch die Erziehung zum Despoten geworden ist, weil er Mama stets vor Papa zittern sah; ein wenig gedemütigt dadurch, daß er alles mögliche versucht hat und ihm nichts gelungen ist; ein wenig zu jung, um gut zu sein, und noch zu verträumt, um sich dem Gedanken zu widersetzen, daß eine Frau den größten Raum im Leben und im Herzen eines Mannes einnehmen kann . . . Kurz, wir haben allen Grund, meine Herren und werten Kollegen, unsere Regierung aufs wärmste zu beglückwünschen und gemeinsam in den Ruf einzustimmen ›Es lebe die Republik!‹«

»Was?«

Das ist der Schluß einer Ansprache, die ich 1893 in Saigon hielt. Sie sehen, sie ist noch wie neu.«

Rauchend höre ich ihm zu, nicke zustimmend und zwinkere verständnisvoll:

»Ausgezeichnet. Diese ›Beschreibung siehe Rückseite‹ war vortrefflich. Allerdings haben Sie keine ›Gebrauchsanweisung‹ beigefügt. Aber das war auch gar nicht nötig.«

»Weil?«

»Ich weiß nicht . . . Ich stelle mir vor . . . Jean ist reizend . . . Ich auch . . . Wir werden so reizend bleiben, und unter der Bedingung, daß wir nichts übertreiben . . .«

Ich habe mir eine neue Zigarette angezündet, ein unentbehrliches Zubehör, wenn man Sorglosigkeit, zynische Gleichgültigkeit und stilvolle Frivolität in klassischer Weise zum Ausdruck bringen will.

»Phhh . . . reizend, sage ich Ihnen. Gerade deshalb lege ich Wert darauf, von unserem . . . unserem Abenteuer eine Erinnerung zu bewahren, die seiner würdig ist. Keine Kette, auch keine Blumengirlande — eine alte Girlande ist etwas so Häßliches! . . . Irgend etwas — ich möchte es den ›unfehlbaren Instinkt‹ nennen — sagt mir, daß es für Jean und mich das beste wäre, wenn wir wieder Kameraden würden . . . Phhh . . . Wir haben uns — gestatten Sie mir den Ausdruck — zu schnell miteinander eingelassen, fast ohne einander zu kennen, und . . . Sie müssen wissen, es gibt Launen, Charakterzüge und . . . nun ja, eben Dinge, die ich mir nicht gefallen lasse . . .«

Ich halte plötzlich inne und erröte bis unter die Haarwurzeln. Den Satz, den ich eben ausgesprochen habe, pflegte May von sich zu geben, wenn sie hinter verschlossenen Türen tüchtig verprügelt worden war und ihr Stolz sich nachher dagegen aufbäumte . . .

Wie um mir diese Ähnlichkeit noch schmerzlicher bewußt zu machen, und ohne daß ich den Wagen oder seine Schritte auf dem Kiesweg gehört hätte, öffnet Jean plötzlich die Tür und steht vor uns . . .

»Du bist es!«

Mein schriller Aufschrei macht uns alle drei verlegen, und Jean runzelt die Stirn:

»Ja, ich bin es. Schon wieder bin ich es. Also wirklich, wenn man dich so schreien hört, könnte man meinen, du hättest mich nicht erwartet.«

Er irrt, aber ich komme dabei auf meine Kosten:

»Ich habe dich nicht so früh erwartet . . . Du siehst müde aus . . . Wie geht es deinem Vater?«

»Besser. Immerhin gut genug, um wieder unausstehlich zu sein. Wenn man bedenkt, daß ich in diesem Alter auch so sein könnte! . . . Was habt ihr denn heute abend gegessen?«

Er setzt sich, streckt sich behaglich aus und redet. Er wird nichts Außergewöhnliches sagen, nichts, was zwei Schicksale auf ewig verknüpfen oder trennen könnte. Aber er ist da, »schon wieder«, um mich seiner eigenen Worte zu bedienen. Ich fühle, daß Masseaus Blick auf mir ruht, aber auch dieser sarkastische Blick kann mich nicht daran hindern, Jeans Bewegungen — im wahrsten Sinne des Wortes — mit Hundeblick zu verfolgen. Ich tue nichts weiter, als ein wenig den Kopf zu heben, Blick und Körper dem Sprechenden zuzuwenden, aber ich weiß, daß jede meiner Bewegungen ebenso bezeichnend ist wie die Drehung eines Blütenkelches zur Sonne, wie die Anpassung einer Alge an die Bewegungen der Welle.

Er ist da, der Mann, den ich soeben verlassen wollte. Wollte ich das denn? Der Gegensatz zwischen meinen verlogenen Worten von vorhin und der lebhaften Wirklichkeit des jetzigen Augenblicks ist so stark, daß ich erschauere. Er ist da, er bewegt sich oder streckt die Beine aus, alles in gewohnter Weise, und alles an uns und um uns erscheint so einfach. Aber ich weiß, daß er für mich undurchschaubarer ist als ein Gott, der sich in Wolken hüllt. Er steht fortan, er allein undurchsichtig, zwischen mir und dem übrigen klaren Weltall. Es gibt kein Mittel gegen sein Geheimnis, das nur mich allein betrifft und das ich selbst verursacht habe, indem ich ihn zu meinem Liebhaber machte. Die Liebe, das ist dieser schmerzhafte und immer wieder einsetzende Stoß gegen eine durchsichtige, aber undurchdringliche Wand . . . Wären wir nur Freunde, so könnten wir zu beiden Seiten dieses harten Kristalls nebeneinander hergehen, ohne zu merken, daß er uns trennt. Aber die Liebe wird uns aufeinander zustoßen, und ich zittere davor, daß ich, die Zerbrechlichere von uns beiden, als erste zerbrechen werde . . .

Ich kann nicht schlafen, und du schläfst an meiner Seite. Du schläfst beim Schein der Lampe, die ich eben angeknipst habe — die Flamme der Psyche weckt dich nicht. Träumst du? Nein. Ich sehe weder auf deinen Wangen noch auf deiner Stirn jenes Rieseln, jene Schauer fließenden Wassers, die mir verraten, daß ein flüchtiger Traum durch dein Bewußtsein zieht . . .

Wenn ich da bin, träumst du nicht. Man könnte glauben, du willst es dann nicht. Wie gut du dich mir entziehst! Es ist die Stunde, in der ich um dich herumirre wie um die Mauern eines verschlossenen Palastes. Auf welchem Weg soll ich zu dir gelangen? Welchen Spalt soll ich öffnen auf deiner faltenlosen Stirn? Sprich, gieriger Mund, sag mir schlafend, was du bei Tageslicht verschweigst! Sag mir, was dein Lächeln bedeutet, dieses satte Lächeln eines Tieres, das geraubt hat und sich nun das Maul leckt . . . Oft habe ich diese Augen an dir gesehen, plötzlich leer, blasser und öder als eine Bucht ohne Schiffe . . .

Über dich gebeugt, drücke ich mit der Hand das Spitzenband meines Nachthemds gegen die Brust, das dich streifen könnte, und ich atme leiser. Aber hörst du denn nicht meine erregten Gedanken dröhnen, die an der tauben Muschel deines Ohres, an deinen Nasenflügeln, an deinem gefühllosen Mund abprallen?

Die Zeit ist vorbei, als ich lächelnd deinen Schlaf bewunderte! Ich konnte ungestört neben dir lesen und denken; du erschienst mir so süß wie ein Schatz schöner Früchte, der auf dieses Lager geschüttet worden ist; ich vergaß dich und wandte mich dir dann wieder zu — du warst mir nicht kostbarer und nicht bitterer als meine anderen Güter.

Irgend etwas ist zwischen uns getreten und hat all das vergiftet — ist es die Liebe oder nur der Schatten, den sie vorauswirft? . . . Schon hast du aufgehört, klar und leer für mich zu sein . . .

Ich habe die Gefahr, die mir droht, an dem Tag erkannt, als ich zu verachten begann, was du mir gabst: ein heiteres und billiges Vergnügen, das kein Gefühl der Dankbarkeit in mir weckte und mich unbeschwert ließ, ein Vergnügen, so triebhaft wie Hunger und Durst und ebenso harmlos . . . Eines Tages begann ich an all das zu denken, was du mir *nicht* gabst: ich trat in den kalten Schatten, der der Liebe vorausgeht.

Und nun liege ich da und belausche gedemütigt deinen Schlaf. Oh, mein Schatz schöner Früchte, hier auf das Bett gestreut — ist es möglich, daß ich dich verachte, weil ich beginne, dich zu lieben?

Ist es möglich, Schönheit, daß ich dir die Seele vorziehe, die, deiner vielleicht nicht würdig, in dir wohnt? Gibt es denn nun Worte — Eifersucht, Verrat, Treue —, die den Glanz deines Namens, Schönheit, verdunkeln? . . .

Ich habe auch diese Nacht damit verbracht, dich zu betrachten, dich, meinen Stolz, meine köstliche, aber ungeliebte Beute; ach, ich sehe dich nicht mehr: ich denke an dich. Ich sehe die Zeit schon kommen, in der der wachsende Schatten der Liebe mich ganz umhüllt, die Zeit, in der ich noch demütiger sein werde und armselige Fragen mich quälen werden: »Liebt er mich? Betrügt er mich? Gebe der Himmel, daß all seine Gedanken mir gehören! . . .«

Ich gebe mich keinen Illusionen hin — noch nicht. Wenn ich wollte, hätte ich noch die Kraft, dich zu verlassen. Langsam würdest du erwachen — ich weiß so gut, wie deine Lider sich heben und einen schmalen Streifen deiner Augen sehen lassen, dem ungewissen Lichtstreifen vergleichbar, der die nahende Morgendämmerung am Horizont ankündigt . . . Und du würdest dich allein finden, würdest das Band aufheben, mit dem ich mein Nachthemd zusammenbinde . . . Du würdest am Morgen diese leise, ganz leise Melodie nicht mehr hören, die ich jeden Tag vor mich hinsumme, während du hinter der geschlossenen Tür lauschst . . .

Nein, ich bleibe. Eine Art abgestumpftes Heldentum hält mich hier am Rand meines Verderbens fest. Ich bleibe. Schlafe, während ich wache und mir sanft das schönste Schicksal für dich ausdenke; einen barmherzigen Tod, der hier, in dieser Haltung eines undurchdringlichen Schlafes das Bild meiner neuen Liebe für immer versteinert.

17

»Nein . . . ich bin nicht deiner Meinung.«

Ich habe nichts weiter gesagt. Er schweigt höflich, und ich blicke auf das von kleinen Inseln übersäte Meer hinaus. Wir haben uns nicht gestritten — es gab überhaupt keinen Grund zum Streit, nicht einmal zu einer Diskussion. Ich habe nichts weiter gesagt, aber dieser kurze Satz hat genügt, uns beiden das Gefühl zu geben, wir hätten uns eben voneinander getrennt . . .

Zu unseren Füßen liegt, noch feucht, ein schmaler hellgelber Strand, zwischen Felsen, welche von Wellen ausgehöhlt wurden, die kleine blaue Muscheln hier zurücklassen. Weiter draußen ist das Meer, das zu dieser Zeit zurückflutet und kahle, spitze Felsen freilegt. So weit das Auge reicht, gibt es nichts, was das Bild dieser bretonischen Landschaft stören oder entstellen könnte — kein Gewitter am Himmel, kein Streifen von Seegras oder Moos am Rand der zurückweichenden Fluten, kein Haus an der Küste, außer dem Haus von Jean, das grau und flach zwischen einem lichten Wäldchen, einem Beet roter

Geranien und einer Wiese mit spärlichem Gras, wilden Rosen, duftenden roten Nelken und Ginster liegt, die sich bis an den Strand hinunterzieht, wo der Wind über sie hinwegpfeift.

Es ist ein unvergleichlicher Ort, ganz am Rand der Erde, die er zu fliehen scheint, um sich dem Meer in die Arme zu werfen, dessen Launen er ausgeliefert ist. Die Flut verkleinert den Strand zu einem schmalen Streifen Sand, Felsen und Gras; zurückströmend, gibt sie ein unbeständiges Gebiet von Sandbänken frei, von ewig nassen Klippen und winzigen Seen, deren salziges Wasser ununterbrochen aufwallt, bewegt von den Scheren der Krabben und Hummer, von den Schwanzschlägen der Meerkrebse und Fische, die sie bevölkern.

Wir sind letzte Woche in der Abenddämmerung hier angekommen, eine Abenddämmerung, deren rosiges Glühen gleichzeitig von der untergehenden Sonne, ihrem Spiegelbild im Meer und dem früh aufgehenden Mond, der blaß und zart am Himmel stand, bestimmt wurde. Wir konnten uns dem Rausch der Seeluft nicht entziehen, der in den ersten Nächten den Schlaf stört, den Pulsschlag beschleunigt und im fiebrig blauen Licht des Vollmondes die Stunden der Liebe ausdehnt . . .

Alles schien mir neu oder war nicht wiederzuerkennen: der Salzgeschmack auf Jeans Lippen und auf den meinen, der Geruch des Westwindes zu Mittag, der über halb geöffnete Muscheln wehte, und der Geruch des Landwindes, der nach warmem Heu duftete; die Algen, die wilden Austern mit ihren schön gezackten Schalen, der perlmuttfarben schillernde Aal, die zornige Krabbe; das ansteigende Wasser, das sich wie zwei schwere, eisige Bänder um die Knöchel, dann um die Knie schlingt; und schließlich Jean selbst, der stolz darauf war, mich so erstaunt zu sehen, fröhlich und halbnackt wie ein Faun . . . Jeden Tag stieg er unter meinen bewundernden Blicken zum Meer hinunter, und wenn er lief, spielten Schatten auf seinem Körper und oberhalb seiner Lenden, auf dem prächtigen Muskeldreieck, das man an schönen Statuen bewundern kann . . .

Aber er wird des täglichen Spiels schon überdrüssig, überdrüssig des Sandes, der sich wie ein warmes Laken an die nasse Haut schmiegt, überdrüssig der schweigsamen und fast gedankenleeren mittäglichen Ruhestunde unter dem Leinendach, das leise im Wind flattert . . . Wir sind wieder nur einer mit dem anderen beschäftigt, und er scheint den Satz, den ich eben aussprach, erwartet zu haben:

»Nein . . . ich bin nicht deiner Meinung.«

Ich weiß nicht mehr, ob mein Tonfall diese Bemerkung verschärft, oder ob die Miene, mit der Jean sie aufnahm, sie zur Sentenz gemacht hat.

Wir schweigen, und er senkt den Blick, denn eine sonderbare Art von Würde befiehlt ihm, nicht wie ich das zurückflutende Meer und die roten Klippen zu betrachten; eine Lichtbahn, die die Sonne zwischen zwei Wolken bis zum Horizont öffnet, ist der Weg, auf dem ich entkomme. Meinem Blick zu folgen, hieße für Jean so viel wie nachgeben, zustimmen . . . Er wird nicht so bald nachgeben.

Ich habe ihn ernsthaft beleidigt, weil ich nicht seiner Meinung bin . . .

»Jean . . . bist du böse? . . . Findest du, daß ich unrecht habe?«

Er widerspricht, ohne den Blick zu heben:

»Nicht im geringsten! . . . Ich beuge mich . . .«

Wirklich? . . . Etwa um mich zu vernichten? . . . Adieu, adieu, ich bin nicht deiner Meinung. Wieder einmal sind wir getrennt, sind weit, sehr weit voneinander entfernt . . .

Wenn ich die Hand ausstreckte, könnte ich seine Haare berühren, auf denen das Salzwasser, das sie eben noch umspülte, allmählich trocknet. Eben noch tauchten unsere Köpfe schwarz und triefend nebeneinander aus den Wellen, und nun sind wir einander so fremd . . . Adieu, adieu! Ist dies nun das letzte Mal?

Denn ich fühle, daß er an mir verzweifelt. Wegen eines Satzes ist ihm unser Zusammenleben unerträglich geworden; er verzichtet auf die geplante Reise, auf die verlokkende Nacht, die uns erwartet. Er haßt mich nicht etwa, nein: er schüttelt mich von sich ab.

Ich sage nichts. Ich greife nach der aufreizenden Waffe der Schwachen und der Berechnenden: der Geduld. Ich tue so, als hätte ich Jean vergessen. Aber er läßt sich nicht gänzlich täuschen. Während unserer ersten Krisen nahm er mir die gutgespielte Ungezwungenheit des Tieres ab, das sich alleine weiß. Aber er hat schnell begriffen, daß ich ihn nur kränken wollte — und nun ist er gekränkt: Mit widernatürlichem Eifer sage und verschweige ich gerade genug, um — alles zu verderben. Anstatt unsere vollkommene Vereinigung anzustreben, möchte ich, daß sie aus einer Katastrophe entsteht, aus einem unvermeidlichen Zusammenbruch, und daher häufe ich ohne Unterlaß Wolken über unseren Häuptern an. Mein armer Liebster, wie soll ich dir über all das, was falscher Stolz auftürmt, um uns zu trennen, ein Zeichen geben? Und was für Aussichten bleiben, daß du mich wiedererkennst? . . .

Du entschuldigst alles an mir, was dir im großen und ganzen ähnelt. Du verzeihst mir die Lüge, den Zorn und eine gewisse Trivialität, die sich in Heiterkeitsausbrüchen äußert, denn im Übermaß — sei es Schmerz oder Freude — bin ich von dir abhängig. Aber heute, was tun? »Ich bin nicht deiner Meinung.«

Das habe ich gesagt. Ich habe, scheint mir, eine gewisse theatralische Verzögerung in den Satz gelegt, eine Art endgültiger Abwehr, um zu zeigen, daß der Satz mehr als eine Flucht bedeutete, daß er eine Umkehr, ein Rückzug zu jenen war, die Jean manchmal »die Meinen« nennt.

»Die Meinen« ist ein Wort, dessen er sich bedient, um

das Unbekannte in meinem Leben zu bezeichnen. Er sagt »Die Deinen«, als handle es sich um einen feindlichen Stamm, an den er zutiefst mißtrauisch denkt, wenn mich seine Augen deutlich fragen: »Woher kommst du? Wer bist du? . . .«, wenn er in meinem Schatten den rätselhaften und blasseren Schatten all der entschwundenen Gestalten sucht, den Schatten all der Fremden, die mich nach ihrer Vorstellung geformt haben . . . Auch sie »sind nicht seiner Meinung.« Ist es nur um ihretwillen, daß Jean in Augenblicken wie diesem an mir verzweifelt?

Die Liebe — nur sie vereinigt uns — hat sich in irgendeinen dunklen Winkel zurückgezogen und ruht sich aus — und wir stehen einander gegenüber und sind weder befreundet noch verwandt . . . Alles — Beleidigungen, böse Worte, und vielleicht sogar Trennung — wäre besser als dieses klägliche Spiel, das trotz Jeans Unwillen niemals ein Ende haben kann: wenn er die Dogge ist, dann bin ich die Katze hoch auf dem Baum . . .

Jean, mein schmerzlich geliebter . . . wieder einmal gehen wir entgegengesetzte Wege. Ich blicke voll Bitterkeit auf die Zeit zurück, als ich ihn mein kurzes Abenteuer nannte, meinen Vorübergehenden . . . Aber er denkt wohl an die Tage meiner anfänglichen Vollkommenheit, durchlebt, um sie nachträglich mit einem Glorienschein zu umgeben, denkt noch einmal an die ersten Wochen unserer Liebe, als er plötzlich an mich zu glauben begann, an mich, an meine Beständigkeit, an meine vollkommene Unterwerfung; — er erinnert sich gewiß an die Worte, die er fand, um meine Schwächen zu beschönigen: mein undurchdringliches Schweigen wurde zur »weisen Träumerei« und meine Trägheit, die er heute als Faulheit einer erschöpften Vagabundin empfindet, nannte er königlich . . .

Geduldig stehen wir an dem mit Inseln übersäten Meer. Wieder einmal warten wir betreten darauf, daß uns der Zufall, der uns eben entzweite, wieder zusammenführt —

oder daß uns die trübe Flut der Wollust, die heimlich anschwillt, beide fortreißt, um uns dann abermals an einem freudlosen Ufer stranden zu lassen . . . Wie weit bist du? Bist du am Ende mit deinen Beschuldigungen? Los, übertreibe meine Fehler! Und wenn du mich zu einem Ungeheuer gemacht hast, schwarz und böse und unheilvoller als eine Wolke, die Hagel bringt, wirst du auch nicht sehr viel weitergekommen sein . . .

Ich bin eben bei der symbolischen Unterbrechung unserer Reise hierher angekommen, ich denke an den schönen Tag im Gebirge. Hoch oben auf der rötlichen Ruine stehend, trankst du die klare Luft, die durch die Lavendelsträucher blies; Deine aufrichtige Begeisterung, verstärkt durch vorher Gelesenes, pries laut die Weite, die Städte, die Täler, die Form und die deutlich erkennbaren Grenzen einer Provinz, die von Bergen und Hügeln umgeben ist . . .

Du hast Betrachtungen über ihre Geschichte angestellt und an ihrem Äußeren nach Spuren der Eroberer gesucht . . .

Ich stand an dich gelehnt, und der Druck deiner starken Hand übertrug deine Worte auf meinen Arm . . . Ich war unaufmerksam, abgelenkt durch eine Eidechse, die wie durch Zauberei aufgetaucht und wieder verschwunden war, durch ein Büschel wilden Majorans, das unter der Last einer pelzigen Hummel schwankte, durch den Ruf eines unsichtbaren Hirten . . . ich betrachtete die Berge auf eine andere Art, auf die engherzige, kleinliche, manchmal sehr feine Art des Kurzsichtigen und der Frau.

Als du das bemerktest, sank deine Begeisterung, und während du mich verstohlen anstarrtest, fühlte ich mich — fern, und trotzdem an dich gebunden — klein genug, um von dir emporgetragen zu werden, und schwer genug, um deinen Flug zu hemmen . . .

Denkst du etwa ebenso wie ich an diesen Tag im Gebirge? Zählst du seit diesem Tag die Stunden, in denen wir törichterweise geglaubt haben, uns voneinander losreißen zu können? . . .

Ich weiß es nicht. Aber dein Schweigen verzweifelt an mir. Unter deiner empörten Regungslosigkeit lernst du den Schmerz kennen, der dich einem ohnmächtigen Gott vergleichbar macht, den wütenden Schmerz, mich nicht erschaffen zu haben . . .

18

Heute bin ich vor ihm geflohen, auf einem Pfad durch Stechginsterbüsche, an denen mein Kleid immer wieder hängenblieb. Ich bin bis zu einer Aussichtsplattform in den Felsen geklettert, die der Wind ständig umbraust. Unter mir schäumt zwischen langen zerklüfteten Klippen das Meer und flutet mit der Heftigkeit eines aufgestauten Wildbaches wieder zurück.

Von der Höhe meines zackigen Turmes kann ich das von dunkel glänzendem Efeu umwucherte Haus sehen. Dort ist Jean. Er liest, die Stirn mit den Fäusten stützend wie ein Schuljunge. Er wird nicht hierher kommen, ich habe Zeit, mich zu beruhigen; ich kaue an einem bitteren Grashalm, der nach Buchsbaum und Terpentin schmeckt. Auf meinen Armen und meinen Wangen trocknet der Wind das Meerwasser; und da ich unterwegs einige Ginsterzweige, die mich streiften, abbrach, sind meine Finger grün und riechen bitter. Ich trage in mir und an mir den Duft und den Geschmack, die Bitterkeit und die Schärfe meiner Eifersucht.

Ich bin — ist eifersüchtig das richtige Wort? Eifersüchtig, zutiefst verletzt durch einen Satz von Jean, einen schrecklichen Satz, den er so zögernd aussprach, als müßte er ihn Wort für Wort buchstabieren:

»Ich fürchte, daß wir einander nicht genügend brauchen . . .«

Bei diesem feigen »wir«, das nicht den Mut hatte, ein »ich« zu sein, bin ich geflohen. Beruhigende Worte, überzeugende Liebkosungen, Schwüre . . . ich fände sie bei ihm, er würde sich leicht rechtfertigen, weil er sich schuldlos fühlt und noch immer glaubt, daß Treue genügen müsse, um Vertrauen zu erzeugen — wie einfältig . . . Er weiß nicht, und er muß nicht wissen, auf welche Weise ich eifersüchtig bin. Eifersucht bedeutet für ihn eine unzüchtige Umarmung, einen zerknüllten Brief, den man findet, Eifersucht ist für ihn die Hoffnung, ein Gut, das man ihm streitig macht, wieder zu erringen . . . Eifersüchtig sein bedeutet für ihn, hinter einer Frau unablässig den Schatten eines anderen Mannes zu sehen . . . Ich beneide ihn.

Aber ich, ich . . . Wenn er mich »nicht genügend braucht«, was war ich ihm dann bis heute, und was habe ich noch in seiner Nähe zu suchen? Ich brauche ihn notwendiger als Luft und Wasser; ich ziehe ihn den zerbrechlichen Werten vor, die eine Frau ihre Würde und ihre Selbstachtung nennt. Er, er allein steht vor mir auf dem kahlen Feld meiner Erinnerungen, er allein steht zwischen mir und den flachen Wellen des grünen Meeres. Seine letzte Liebe und das Gesicht, das er vor mir küßte, habe ich vergessen, ich schiebe es mit gleichgültiger Ungeduld von mir. Ich denke nur an ihn, verfluche nur ihn, bin nur auf ihn eifersüchtig — auf ihn allein.

Das hat mich überkommen, ich weiß nicht wann, ich weiß nicht wie. Ich erinnere mich, daß ich mich eines Tages umwandte, als er hinter mir stand, und es sozusagen entdeckte; ich erschauerte in einem eigenartigen Zorn, in den sich die Vorahnung des Verlustes mischte und die demütigende Gewißheit, daß ich ihm mehr gehöre als er mir . . .

Ganz plötzlich sah ich ihn — sah die etwas vorgeneigte Gestalt eines Mannes, der zu laufen beginnt, sah die verliebte Art, im der er an einer duftenden Blume riecht . . .

In diesem Augenblick begann ich wütend abzuschätzen, wie viel Platz er bereits in mir einnahm . . . Zu spät . . .

Zu spät! Wüßte er es, hätte er gewiß schon damals in schändlicher Ruhe seine Gewaltherrschaft entfaltet; er hätte wie ein König über mich gebieten können, wenn er es gewußt hätte, und hätte etwas in mir gefunden, das man nie verbrauchen kann. Er könnte in mir aufblühen wie in einer schönen Gegend, wo alle Früchte gedeihen; wenn er es wüßte, könnte ich ihm je nach Bedürfnis, je nach Laune der schweigende warme Mund sein, oder der brüderliche Arm, oder die weise, beratende Freundesstimme . . . Alles, alles könnte ich dir sein, mühelos und unfehlbar, und du ahnst es nicht . . .

Meine Eifersucht beschwert sich und klagt im Namen einer unwirklichen Gleichberechtigung: all das, was ich dir sein könnte — *dir,* der du mich *nicht genügend brauchst* — all das wirst du unvermeidlich einer anderen sein. Gibt es sie? Das ist vollkommen gleichgültig. Aber ich fühle, daß ich für eine andere einen Liebhaber, eine Liebe schaffe, deren Herrlichkeit nur ich kenne: eine Liebe nach dem Vorbild meiner eigenen Liebe, die ich dir verberge.

Ich vergehe bei dem Gedanken, daß du mir eines Tages gleichen wirst, du, den ich ausgleichen könnte. Du wirst mir gleichen, um eine andere Frau mit deiner Liebe zu erstaunen, oder um an ihrer Seite zu leben, wie ich neben dir lebe . . .

Wenn ich mir dich, so wie du sein wirst, vorstelle, blendest du mich. Es ist, als nähme ich, um ihn besser bewerten zu können, meinen geheimen Schmuck ab: erglänzt er dann an dir, weine ich, weil er so kostbar ist . . .

Ich bin fortgegangen, weil ich nicht die Kraft habe, dich zu *verletzen.* Ich bin auf einem dornigen Pfad bis zu diesem Felsengefängnis emporgestiegen, wo der Wind genau wie mein Kummer mit gefesselten Flügeln um sich schlägt. In mir, über mir und unter mir ist nur sturmgepeitschtes Meer, zerbröckelndes Gestein und jagende Wolken. Dieser Sturm von Luft und Wasser, dieses Durcheinander von Felsen: genau so hätte der Aufruhr in mir das alles angeordnet, dir zu Ehren — oh, du, der du nun auf der Schwelle des Hauses erscheinst, ganz klein in der Ferne, deutlich, scharf umrissen, winzig und schrecklich . . .

19

Die Nacht vergeht. Ein leichter Wind bewegt die Bäume und trägt mir den herben Geruch von gemähtem Gras zu. Hinter den Platanen taucht die Böschung der Festung aus dem Schatten auf, und der Himmel nimmt die Farbe eines blauen Hanffeldes an. Das ist die zarte, ein wenig graue, ein wenig trübe Stimmung einer Sommermorgendämmerung über Paris.

Eine magere Katze genießt auf einer nahen Bank den Frieden dieser kühlen Stunden und weiß nichts von mir. Ich verhalte mich so ruhig, daß sie nicht ahnt, daß ich wach bin. Manchmal hebt sie den Kopf und betrachtet den Himmel mit einer melancholisch leeren Würde, die weder durch Furcht noch durch ein lauerndes Verlangen gestört wird. Beide erwarten wir den Tagesanbruch.

Es wird heiß. Es wird ein langer Tag, ebenso wie der gestrige. Paris brummt schon, geheimnisvoll und gleichmäßig, wie das Murmeln des Meeres an einem flachen Strand. Für mich wird es ein sehr langer Tag werden. Ich weiß im voraus, wie er ablaufen wird, ich habe schon gewisse Gepflogenheiten einer Verlassenen angenommen, und manchmal erfaßt mich die Neugier eines unheilbar Kranken, der sich mit seiner Krankheit die Zeit vertreibt. Ich weiß, daß ich in einigen Minuten, spätestens aber in einer Stunde den schwersten Teil des Tages überstanden haben werde, den, der meinem kurzen Schlaf folgt.

Ehe ich erwache, vor dem Augenblick klarer Erinnerung, erlebe ich ein wirres Hin und Her zwischen zerrissenen Träumen und verschwommener Wirklichkeit, eine Abwehr meines ganzen Wesens, eine Weigerung, zu wissen, das Jean fort ist. Und eben dieser Kampf, das klägliche, unbewußte Bemühen, mich zusammenzurollen und mich im Bett zu verkriechen, bringt mir die Wirklichkeit nur um so deutlicher zu Bewußtsein. Ich sträube mich nicht länger, ich verlasse fügsam mein Bett und gehe ans Fenster, das rosig ist in der Dämmerung eines Augustmorgens oder blau nach einem wohltuenden Regen.

Dann beginne ich im Zimmer auf und ab zu gehen, von einer Wand zur anderen. Dabei lasse ich den Kopf hängen, denn das ist wirklich eine schreckliche Stunde. Die Kraft, die mir bleibt, verwende ich, um nicht mit der Stirn gegen die kühle Wand des Badezimmers zu rennen, und um nicht leise »Oh!« zu stöhnen, sooft ich Atem hole. Ich gedulde mich. Geräuschlos bewege ich mich in dem Zimmer, das nicht mir gehört, und ich vermeide es, Jeans Bild auf dem Kamin anzusehen, das die siegreiche Morgenröte neu belebt. Ich mache einen kleinen Bogen um den Tisch, auf dem Jean sein Zigarettenetui liegengelassen hat, ein Lederetui, dessen Duft mich erst kürzlich beim Vorübergehen überraschte; — ich hatte keine Zeit, mich zu beherrschen, und einen Augenblick später war ich nur noch ein rasendes Tier, das über dem wiedergefundenen Geruch wimmerte . . .

Und dann stütze ich mich in einer schon zur Gewohnheit gewordenen Haltung auf die Fensterbank und beginne zu leiden, in derselben Form wie gestern und wie die Tage vorher.

Ich habe nicht das Bedürfnis zu weinen; ich sehe zu, wie sich die Straße, die vertrocknete Böschung, in den Farben der Morgendämmerung verändern, ich beobachte eine vorüberziehende Herde, die von stummen, keuchenden Hunden getrieben wird. Zuweilen lächle ich über das

Spiel der umherstreifenden Katzen. Warum auch nicht? All diese Eindrücke prägen sich auf der soliden Grundlage meines Schmerzes ein und ändern nichts. Die »Sehnsucht« . . . Indem ich, ohne es zu wollen, dieses Wort an diesem Fenster immer und immer wieder vor mich hinsage, habe ich seinen Sinn sonderbar entstellt. Da ich seitlich an dem niedrigen Balken lehne und hartnäckig meine linke Seite wundreibe, verbinde ich mit »Sehnsucht« einen körperlichen Schmerz, links unter dem Herz an den Rippen, genau an der Stelle, die ich gegen den Balken drücke . . .

Die Sehnsucht . . . Es ist ein so natürliches Leiden — so natürlich wie der Tod. Wie fern fühle ich mich nun den gemeinen Stürmen der Eifersucht und ihren mörderischen Unruhen! Alles ist so einfach, alles in mir und in meinem Unglück: er war bei mir — nun ist er fort; und ich habe keinen anderen Wunsch, keine andere Hoffnung als seine Wiederkehr. Wenn er zurückkäme, liebevoll oder nicht . . . Wenn er zurückkäme . . . Wenn er zurückkäme . . .

Hell pfeift eine Amsel. Der Himmel und die Straße färben sich gleichzeitig hell, kurz bevor die Sonne aufgeht: das ist der Augenblick, den die Gärtner meiner Heimat, sorgfältig darauf bedacht, feste, kühle Früchte zu pflükken, die Stunde der Erdbeeren nannten . . .

Die Stunde der Erdbeeren . . . Es gibt vertraute Worte, die eine geheimnisvolle Stelle in unserem Wesen treffen und Licht und Bilder hervorzaubern . . . Schnell, tragen wir dieses Wort, dessen lieblicher Klang für kurze Zeit das, ach so unbezwingbare Gespenst verscheuchen kann, in das zerwühlte Bett zurück . . .

Dank der Erschöpfung durch das lange Stehen am Fenster, zittere ich vor eingebildeter Kälte — ob ich etwa krank werde? Aber Verrückte und Leute, die innerlich einer fixen Idee verfallen sind, werden nicht krank . . .

Ich gehe langsam zum Bett zurück, weil ich weiß, daß

ein leichtes Parfüm daran haftet, das nicht von mir ist; es geht darum, nur nicht der Verzweiflung nachzugeben, nur nicht das düstere Gleichgewicht meines Tages durch einen Tränenstrom zu gefährden. Außerdem geht nun die Sonne auf. Bald wird der erste Vorortezug vorüberfahren, dann wird der Milchmann an das Souterrainfenster klopfen, und schließlich die Schritte des ersten Briefträgers ... Er wird mir nichts bringen, nichts von Jean ... Aber nach ihm wird es noch andere Briefträger geben, die ich näherkommen und sich wieder entfernen höre: sie teilen meinen Tag in die Gezeiten der Hoffnung ...

Dann wird es Zeit für das Bad, für das Mittagessen, für die Mittagsruhe hinter geschlossenen Jalousien, für den mühsamen Spaziergang und das Abendessen mit Masseau, und dann die Nacht ... Wieder die Nacht, die trockene Nacht des Pariser Sommers; — was gäbe man nicht alles für einen Hauch feuchten Nebels, für eine tief hängende Wolke, die nach Tau und Erde riecht? ...

Wieder die Nacht, die Einsamkeit, die Schlaflosigkeit, das unvermeidliche Erwachen ...

Manchmal sage ich mir: »Warum sollten nicht alle Tage und alle Nächte bis an mein Lebensende so verlaufen, wenn er nicht wiederkommt?« ... Aber diese Annahme ist von einer zu gewöhnlichen Einsicht, als daß sie mich erschauern ließe: ich erwarte nur das Unwahrscheinliche — seine Wiederkehr.

Seit einem Monat ist er fort. Er umarmte mich zum Abschied — seine Familie erwartete ihn auf dem Land, sein Vater, ob nun krank oder nicht, hatte ihn rufen lassen ... »Vergiß nicht, mir zu schreiben«, sagte ich in dem heiter-skeptischen Ton, wie man mit einem vergeßlichen jüngeren Bruder spricht, der auf eine Woche verreist. »Selbstverständlich«, antwortete er. Und ich sah ihm nach, als er über den breiten Gehsteig ging, und erkannte an seinem Rücken, daß er log. Ich habe ihm zugerufen:

»Jean! Ach nein, ich habe mich geirrt, ich dachte, dein Gummimantel wäre nicht im Auto.«

Er hatte sich sehr schnell umgewandt, und ich fand Zeit, in diesem schönen, eigensinnigen Gesicht und diesen Augen, die im Schatten der Platane fast grün aussahen, Tücke, Ungeduld und eine Art liebevoller Feigheit zu lesen, die Feigheit jener Menschen, denen der Anblick des Unheils, das sie anrichten, Tränen entlockt . . .

Wenn ich selbst in diesem Augenblick aufrichtig gewesen wäre, hätte ich die Arme ausgebreitet und überspannte Dinge gesagt, die die Liebe ganz natürlich findet: »Wenn du fortgehst, könnte ich sterben. Glaube mir, es ist möglich, daß ich nicht mehr leben kann, wenn du fort bist, denn ich liebe dich. Es gibt kein größeres Unglück, als jenes, das du anrichtest, indem du von mir fortgehst. Verzeih mir, daß ich das so lange nicht gewußt habe . . .«

Er fuhr weg, indem er mir ein letztes Mal »Auf Wiedersehen« zurief. Er log. Ich ging in sein Haus zurück und habe angefangen, auf »den Brief« zu warten — den Brief, in dem, wie May sagt, »steht, daß alles aus ist«.

Nichts ist gekommen, nicht einmal das; dagegen hätte ich mich wehren können, mich verteidigen, drohen, wenn nötig. Nichts außer zwei doppelsinnigen Telegrammen mit einem an sich bedeutungslosen Text, nur abgeschickt, um herauszufinden, ob ich noch immer hier bin, ob ich noch immer hartnäckig das Haus besetzt halte, das nicht mir gehört . . . Als das zweite ankam: »Bitte freundlichst, mir durch Victor Reitkostüm und Stiefel schicken zu lassen. Herzlichst«, deutete ich seinen versteckten Sinn, setzte widerstandslos meinen Hut auf und fuhr zu der kleinen Wohnung, die mir als Möbeldepot dient, um dort in der düsteren Atmosphäre der beiden Zimmer meinen spärlichen Besitz in Augenschein zu nehmen. Ich sah mir die Möbel an, wischte mit der Fingerspitze den Staub von dem zerbrochenen Glas eines Bildes, schüttelte den Kopf und sagte laut: »Nein, ich kann nicht.« Und bin in Jeans Haus zurückgekehrt.

Am nächsten Morgen nahm ich mir im Hotel Meurice eines jener blaugelbgrünen Zimmer, die mir seit drei Jahren vertraut sind. Und während ein Angestellter mir die Renovierung des Hotels pries und mich dabei Madame Renée nannte, hörte ich mit Entsetzen die Geigen in der Halle einen sentimentalen Walzer schluchzen, einen Walzer, dessen schmachtende Melodie für mich von da an mit einer brennenden Erinnerung verknüpft ist . . .

Diese Stunde war eine meiner schlimmsten. Ich lernte das lähmende Entsetzen kennen, die Angst vor der Schlange, die einem, bevor man sie gesehen hat, unter dem Fuß hindurchschlüpft, die Furcht vor dem Loch mit den brüchigen Kanten, die Erinnerung an das Verlorene, die einen bei jedem Schritt, zu jeder Stunde verfolgt . . . »Nein, ich kann nicht.« Und ich bin in Jeans Haus zurückgekehrt.

Hier lenkt mich nichts von ihm ab, und den Walzer singe ich selbst.

»Was hast du?«

»Ich? Nichts.«

Bald stellte der eine von uns diese Frage, bald der andere, und die Antwort blieb stets die gleiche. Wir waren schließlich fast so weit, unsere Gespräche auf diese wenigen Worte zu beschränken.

Wir waren nur noch durch unsere Unruhe verbunden — denn in der Umarmung ist man einander nicht verbunden. Die Worte entzogen sich uns, so wie auf einem erkalteten Stern der Klang der Schreie, der Gesänge, der warme und nichtige Lärm von lebenden Kreaturen ersterben mag. Unsere Liebe, die in schweigender Umarmung begonnen hatte, endete in schweigender Umarmung. Eines

Tages wagte ich es, Jean zu fragen: »Woran denkst du?« Aber ohne seine Antwort abzuwarten, lachte und redete ich weiter, denn ich fürchtete mich ebenso sehr vor einer Lüge wie vor einem Geständnis. Ich fühlte, wie er neben mir bebte und kaum mehr zu halten war, wie ein Vogel, der sich anschickt zu fliegen. Trotzdem brachte ihn mir jede Nacht wieder, und kein einziges Mal habe ich den Mut gefunden, sein Verlangen zurückzuweisen, das die Dunkelheit suchte und dessen düsteres und bewegtes Schweigen ich nachahmte. Gewaltsam entlockte er mir eine unwillige Lust und verließ mich danach empört. Der Abgrund zwischen uns, der sich unter dem Gewicht unserer Körper mit jedem Mal weiter auftat, trennte uns dann für den Rest des Tages.

Es kam so weit, daß ich die Briefe bewunderte, die ihm der Postbote brachte, und darüber staunte, daß es Menschen auf der Welt gab, die ihm schrieben, Gedanken mit ihm austauschten, Pläne mit ihm schmiedeten und über die Zukunft mit ihm sprachen . . . Leute, die obwohl sie Jean begegnet waren, ihn kannten, ihn liebten, normal weiterlebten, normal dachten und handelten . . . Ich beneidete sogar May, die so glimpflich davongekommen war. Ich bestritt, indem ich auf den kurzen, abschüssigen Weg, den wir miteinander gegangen waren, zurückblickte, daß eine gesunde und starke Liebe nach einigen Wochen unechter Kameradschaft aus einem Kuß auf den Nacken geboren werden könnte — und gleichzeitig ließ mich die Erinnerung an jenen ernsthaften Kuß noch immer erschauern . . . Aber wenn es Liebe ist, Jean, warum sind wir dann nicht glücklicher? . . .

Es ist zu spät, mich das zu fragen. Ich hatte nicht den Mut, ihn das zu fragen; vielleicht wußte er die Antwort . . . Ich hatte nicht den Mut. Er war ja nur der Mann, dem ich mich nackt zeige.

Er ist fort. Hat man es May erzählt? Hat sie ihn wiedergesehen? Sie war wirklich nur eine arme, unschuldige kleine Prophetin, und trotzdem denke ich jetzt, da das Schicksal mich an ihre Stelle versetzt hat, nicht sehr freundlich an sie. Ich beschuldige sie, sie und ihresgleichen, sie und ihre Vorgängerinnen, Jean ohne mein Wissen abgestumpft zu haben, ihn für eine Unbekannte geformt zu haben, die mir nicht ähnelt, und der er, über uns alle hinweg, entgegenstrebt . . . Wird er May wiedersehen? Mein Herz klopft nicht schneller, keine quälende Vorstellung taucht vor mir auf: der Gedanke an Verrat spielt eine so geringe Rolle in meiner Qual . . . Das ist weder Würde noch Verachtung, sondern nur die Folge einer sonderbaren Gewißheit: ich fühle, daß keine Frau zwischen Jean und mir steht. Er ist wütend von mir gegangen, außerstande, unser rätselhaftes Schweigen länger zu ertragen, aber er denkt nur an mich. Ich schöpfe aus dieser Gewißheit keine Hoffnung, sie macht nur meinen Schmerz etwas härter, sie erleichtert mich um die jämmerliche Sorge, zu vergleichen, an der flüchtigen Erscheinung einer hübschen jungen Frau Reize zu suchen und zu finden, die mich die Reste meiner eigenen Schönheit verachten ließen. Auf bestem Wege zu verblühen, tröstet mich meine Anmut dennoch, ohne daß ich mir Illusionen darüber machen würde, was mir geblieben ist und was ich verloren habe. Wenn Kummer verzehren würde, wie man zu sagen pflegt, wäre ich schon lange eine alte Frau. Aber trotz meiner Schlaflosigkeit, trotz meiner Tränen, die ich nicht immer zurückhalten kann, und trotz der fixen Idee, die zermürbender ist als Tränen und Schlaflosigkeit, halte ich mich aufrecht, bin auf jede Überraschung vorbereitet, für jedes Zusammentreffen bereit, und selbst Masseau hat mich noch nie in schlechter Verfassung gesehen.

Mit diesem sonderbaren Freund gehe ich nun sehr behutsam um.

Ich vermute, daß Jean ihm schreibt, oder daß er zumindest an Jean schreibt. Wenn er auch nicht mehr der Bote, der Vermittler ist, der er war, so hoffe ich doch, daß er nunmehr die Rolle eines Spions übernommen hat, der Jean über meine Worte, über den Ausdruck meines Gesichtes, über mein anmutiges Siechtum Bericht erstattet. Für Masseau erwache ich jeden Abend zu neuem Leben. Meine Würde gebietet mir, ihm meinen Kummer zu verbergen; aber fast unbewußt bemühe ich mich, diese Würde der Verlassenen besonders zu unterstreichen. Fröhlich spiele ich Bésigue . . . eine Spur zu fröhlich. Bei Tisch benehme ich mich liebenswürdig . . . eine Spur zu liebenswürdig. Ich trage, wie man im Theater zu sagen pflegt, eine natürliche Miene zur Schau — die natürliche Miene des tragischen Liebhabers, der, die Hand ans Herz gedrückt, die Lippen zusammengepreßt, versichert, es fehle ihm nichts.

Komödie, wenn man will . . . Aber wenn ich nicht diese Komödie spielte, wenn ich mich gehen ließe, fände mich Masseau blaß, mit zitternden Händen und schreiend auf der Schwelle:

»Haben Sie ihn gesehen? Hat er mit Ihnen gesprochen? Hat er von mir gesprochen? Wird er zurückkommen? . . . Sprechen Sie! Sprechen Sie! Geben Sie ihn mir wieder! Geben Sie ihn mir wieder! Er muß doch durch Sie wissen, daß mir alles recht, daß mir alles lieb sein wird, wenn er nur wiederkommt! Sagen Sie es ihm! Wenn er wiederkommt, werde ich seine Nähe spüren, ich werde es fühlen, auch wenn er erst dort unten am Ende der Straße ist, so sicher wie das durstige Blatt das Herannahen des Regens fühlt . . . Sagen Sie es ihm — aber sagen Sie ihm vor allem, daß er wiederkommen soll, weil ich schwach werde und innerlich ausgehöhlt bin, und weil ich Angst habe, ohne ihn zu sterben! . . .«

20

»Guten Tag, mein lieber Masseau.«

»Empfangen Sie, verehrte gnädige Frau, die Versicherung meiner vorzüglichen Hochachtung. P. Masseau.«

»Ja?«

»Ja. Wenn man schreibt, wie man spricht, warum sollte man dann nicht auch sprechen, wie man schreibt? Ich habe mich — aber dies ist eine Geschichte aus meiner glanzvollen Jugendzeit — mit Madame Aubernon überworfen, weil ich, als ich ihr schrieb, der Meinung war, ich spräche mit ihr, und mein Briefchen folgendermaßen beendete: ›Also, guten Abend, liebe gnädige Frau, bis nächste Woche!‹ Darüber können Sie lachen?«

»Nein, nicht darüber, aber Ihr Hut . . .«

Masseau betrachtet sich in voller Größe vom Strohhut bis zu den gelben Schuhen im Spiegel des Vorzimmers, der wegen des kargen Lichtes und der grünlichen Tapete immer ein wenig trüb wirkt. Ich sehe mich neben ihm stehen, so wie ich neben Jean stand, als er zum Diner zu seinem Vater ging, und bevor ich weiterlache, muß ich abwarten, bis der stechende Schmerz der Erinnerung nachläßt — es ist ein schmerzhafter Krampf in den Rippen, so als wäre ich in ein eiskaltes Bad gestiegen.

»Was ist denn mit meinem Hut?«

Ich weiß es nicht. Es ist ein runder Strohhut. Wenn man ihn in der Hand hält, sieht er aus wie alle runden Strohhüte. Auch Masseaus Krawatte unterscheidet sich an und für sich nicht von anderen Krawatten, ebenso wenig wie sein Rock sich von anderen Röcken unterscheidet. Aber an ihm wirken der schlichte Wollstoff, das unschuldige Stroh und die unscheinbare Seide irgendwie unheimlich, so als hätten sie ein Eigenleben. Ich habe immer das Gefühl, auf ein Zeichen von Masseau käme der Hut wie ein Reifen angerollt, der Rock würde auf den Ärmeln herbeihumpeln, und die Krawatte würde sich winden wie eine zischende Schlange.

»General Boulanger!« verkündet mir Masseau, der immer noch vor dem Spiegel steht.

Er wendet sich mir zu, deutet auf die schwammigen Backen oberhalb seines Bartes und erklärt:

»Wenn ich General Boulanger gleiche, ist das ein Zeichen, daß ich Leberschmerzen habe.«

»Das macht ohne Zweifel die Hitze?«

»Ja, die Hitze des Sommers — des Sommers 1889, die in Saigon recht drückend war.«

Er reibt sich die Hände, und ich folge ihm in das Rauchzimmer.

»Hier ist es gemütlich, nicht wahr?«

Ich lüge. Das Zimmer hinter den halb heruntergelassenen Jalousien ist ausgesprochen unheimlich. Ein Ort ohne Hausherr, eine verlassene Frau . . .

»Sehr gemütlich«, stimmt Masseau zu und setzt sich.

Er hat die Angewohnheit, sich wie ein Bittsteller nur auf die Kante des Stuhles zu setzen.

»Die Tage werden schon kürzer«, sagt seine Altweiberstimme.

Diese wenigen Worte stürzen mich, ich weiß nicht warum, in eine tiefe Hoffnungslosigkeit, die ich angestrengt verberge.

»Nun ja, mein bester Masseau, das läßt sich nicht ändern. Gibt es was Neues?«

Er putzt sich die Nase, bevor er mir antwortet, und ich bleibe ungeheuer gespannt sitzen und denke immer wieder nur: ›Wenn er sich nur recht lange schneuzt . . . Wenn er mich nur noch einen Augenblick im Zweifel läßt . . . mir die Hoffnung läßt, daß es etwas Neues gibt . . . Wenn er boshaft wäre, könnte er mich im ungewissen lassen und mir erst am Ende seines Besuches mitteilen, daß *es etwas Neues gibt* . . .‹

Aber er ist nicht boshaft. Er antwortet sofort:

»Nein, nicht das geringste, Sie haben auch keine Nachricht?«

»Keine Nachricht.«

Und leise füge ich hinzu:

»Warum eigentlich? . . .«

Masseau zuckt mit den mageren Schultern zum Zeichen seiner Ohnmacht, und ich fasse mir ein Herz:

»Schließlich könnte er immerhin . . . Nur aus Höflichkeit . . . Ja selbst aus Unhöflichkeit — ja, das wäre mir fast noch lieber, ein Mann, der schreibt: ›Laß mich in Ruhe, ich hab es satt! . . .‹ Schließlich, Masseau, bin ich doch eine Frau, die . . . ich meine . . . Sie verstehen schon . . .«

»Nein«, sagt Masseau.

Ich suche nach Worten wie eine Ausländerin. Ich will nichts von meinem tiefen Schmerz preisgeben.

»Ich meine . . . er hat mir doch nichts vorzuwerfen . . .«

»Doch«, sagt Masseau.

»Ach, was Sie nicht sagen! . . . Wenn es sich noch um . . . um . . . um eine Frau wie May handeln würde . . .«

»Es handelt sich«, sagt Masseau, »um eine Frau wie May.«

Ich öffne den Mund, um zu protestieren, aber Masseaus Haltung läßt mich verstummen. Er sitzt da wie ein Fakir, seine kleine gelbe Hand segnet oder befiehlt, und ich kann seinen Atem bis hierher riechen, den Atem eines Mannes, der fast nichts ißt.

»Lassen Sie mich reden. Ich werde unsterbliche Dinge sagen. Ich habe das unabweisbare Verlangen, eine Parabel zu erzählen . . . Es war einmal ein Mann aus dem Taubenwaldtal, der zu seinem Haus zurückkehrte. Als er sich ihm näherte, hörte er im Inneren des Hauses einen fürchterlichen Lärm, Geschrei und Trommelschlagen. Er fluchte und hielt sich die Ohren zu, während er über die Schwelle trat. Da stieg ihm ein scheußlicher Geruch in die Nase, er fluchte wieder, hielt sich auch die Nase zu und rief seine Frau. ›Sabe mir, Frau,‹ sprach er, indem er sich noch immer die Nase zuhielt, ›woher kobt dieser gebeibe Geruch ub dieser Lärb?‹ Die Frau lächelte und sprach: ›Der Geruch kommt von diesem feinen Käse, der unter der Rinde zerfließt, und den Lärm macht dein Sohn, der mit Trompete und Trommel Soldat spielt.‹ Da lobte der Mann Allah und rief:

›In Wahrheit, mein Sohn ist zum Krieger geboren, wenn er so gut die Trommel schlagen und so mächtig die Trompete blasen kann! Und was den Käse betrifft, so wiegt Ambrosia sein triefendes Fett nicht auf, und sein Aroma wässert mir den Mund.‹ Dann setzte er sich zu Tisch, schnitt den Käse an und umarmte seinen Sohn.«

»Und weiter?«

»Das ist alles. Es ist eine Parabel.«

»Unklar, Masseau, sehr unklar.«

»Wenn sie nicht unklar wäre, wäre es keine Parabel. Unklar, Komma, Gedankenstrich — aber selbst für einen weiblichen Verstand zugänglich. Jean ist der lärmende Sohn, Jean ist der duftende Käse.«

»Wollen Sie mir etwa zu verstehen geben, daß ich alles reizend finden soll, was von ihm kommt, nur weil es von ihm kommt? Das ist zu einfach.«

Der orientalische Geschichtenerzähler, der sich inzwischen eine kupferne Büroklammer auf die Nase gesetzt hat, schüttelt den Kopf:

»So einfach, wie Sie denken, ist es gar nicht. Ich versuche, Ihnen mit Hilfe eines Trommlers und eines stinkenden Käses verständlich zu machen, was Liebe ist.«

»Auf Sie habe ich gerade noch gewartet . . .«

»Sie warten immer noch. Und Sie könnten noch lange warten, wenn ich nicht die Schwäche hätte, mich für Jean zu interessieren. Sie lieben ihn, Frau-wie-May?«

»Ich . . . Ja, Masseau.«

»Und er? Liebt er Sie auch — Verzeihung, liebte er Sie auch? Nun, nun, nur nicht nervös werden! Bedenken Sie, mein Kind, ein Arzt ist wie ein Beichtvater. Und ein Beichtvater ist wie ein Arzt. Übrigens bin ich weder Arzt noch Beichtvater. Ha! Ha! Also, fahren wir fort. Haben Sie ihm geschrieben?«

»Natürlich. Aber sehr wenig. Ein einziges Mal ausführlich, letzten Monat . . .«

»Und was enthielt Ihr geehrtes Schreiben vom letzten Monat?«

Ich verliere die Fassung. Zwei hartnäckige kleine Tränen brennen unter meinen Lidern. Mit der verkrampften Folgsamkeit eines Hundes, dem man die Wunden verbindet, halte ich still.

»Ich weiß es nicht mehr, Masseau. Daß ich unglücklich sei. Daß ich über sein Betragen erstaunt sei. Daß er mich nicht so behandeln hätte sollen . . . Daß . . . daß . . . daß die Würde einer Frau . . .«

»Genug! Genug!« stöhnt Masseau. »Habe ich's doch geahnt!« Er streckt seine mageren Beine aus, steht auf, bindet sich den Schuh zu und sagt kalt: »Sie können verrekken. Ich gebe Ihnen die Erlaubnis dazu.«

Nach drei Schritten auf die Tür zu, kommt er zurück:

»*Ihr* Unglück, *Ihr* Kummer, *Ihre* Einsamkeit! *Ihre* Würde! Die Würde ist außerdem ein sehr männlicher Fehler. *Sie, Sie,* immer *Sie*! Fordern, jammern, trotzen, murren — und unter alldem einen ewigen Mangel verbergen: die Unfähigkeit, zu besitzen! Puh! Ja, sogar Pfui! Fordern, und zwar immer nur ein bißchen auf einmal!«

Ich kann ein Lächeln nicht unterdrücken:

»Ein bißchen? . . . Aber ich will doch alles! Es ist nicht meine Schuld, wenn . . .«

Mein Hausteufel unterbricht mich, indem er mit der flachen Hand durch die Luft fährt:

»*Ihre* Schuld! Schon wieder *Sie*! Ich sage ›ein bißchen‹, weil Sie von Jean nichts weiter wollten, als seine Liebe. Nein, das ist nicht ›schon recht viel‹. Sie verbringen Ihre Zeit damit, Jean vor sich hinzustellen. Das ist die sinnliche

Haltung, nichts weiter. Aber in ihm leben! Ihn ganz in sich aufnehmen! Ihn in sich aufnehmen, ihn in sich tragen, so daß sein Licht, so daß alle Äußerungen seiner Heiterkeit, seines Zorns, seines Leidens, seiner Sinnlichkeit, anstatt zu Ihnen zu dringen, *wie zu allen anderen,* aus Ihrem eigenen Inneren zu kommen scheinen, infolge des stolzesten und erhabensten Irrtums! . . . Deutet dieser törichte Ausdruck Ihres Gesichts darauf hin, daß Sie mich verstanden haben?«

»Ja . . . Warten Sie, Masseau, ich will versuchen, es umzusetzen: ich befinde mich im Schatten, aber ich setze mich darüber hinweg, daß ich es bin, die die Laterne trägt! Meinen Sie das?«

»Ja, recht plump und schwach ausgedrückt, aber das meine ich.«

»Aber . . . und *er,* Masseau?«

»Wieso er?«

»Wird *er* ebenso empfinden? Wird auch er mich in sich tragen, wie Sie es ausdrücken, in einem Maße, daß er zum Beispiel, wenn er mich in den Armen eines anderen findet, ausruft: ›Ach, wie es diese Ausstrahlung von mir . . . doch versteht zu lieben!‹«

»Das geht Sie nichts an. Das ist ganz und gar nicht Ihre Angelegenheit. Als ob die weibliche Liebe irgendetwas mit der unseren zu tun hätte!«

›Der unseren . . .‹ Er steht auf einem Bein und sieht aus wie ein gerupfter Reiher. Er spricht so unwiderlegbar und nachdrücklich über die Liebe . . . dieses Lebewesen, das so gar nicht wie ein Mann aussieht . . .

»Wenn die Liebe, Madame, die Sie Ihrem Geliebten weihen, ihn in irgendeiner Weise verpflichtet, dann ist es nicht die wahre Liebe.«

»Was Sie da von mir verlangen, Masseau, ist Mutterliebe.«

»Nein«, sagt Masseau. »Der Mutterinstinkt macht keine Fortschritte. Er wird auf einmal geboren, und zwar vollkommen, bestens geschärft und reif. Während es der Liebe gegeben ist, sich bis zur Vollkommenheit zu entwikkeln.«

»Ist das ein Rat?«

»Nein, nur eine Meinung. Es ist auch keine Hoffnung.«

»Ich vermute, daß Sie diesem idealen weiblichen Wesen nicht oft begegnet sind.«

»Oft nicht. Ein einziges Mal. Und die Betreffende habe ich auch geheiratet. Sie war meine Wirtschafterin.«

»Singen wir also das Lied von der ›Erhabenheit der Demütigen‹.«

»Machen Sie sich, liebe Freundin, nur selbst Ihren Reim darauf. Und beten Sie zum lieben Gott, daß ich mich nicht irre, wenn ich Sie und Jean als ›demütig‹ genug einschätze, um ein vollkommenes Paar zu bilden. Sie haben, Gott sei Dank, keine besondere Begabung, und Jeans Bild wird höchstwahrscheinlich auch niemals in die Zeitung kommen. Sie sehnen sich danach, zu gehorchen, und dafür wird man Sie mit einem großartigen Ausdruck von Unabhängigkeit allein in der Kurzwarenabteilung des Louvre einkaufen lassen. Er liebt es, zu befehlen, unter der Bedingung, daß man ihn beschützt. Kurz, Sie wären — wie bedauerlich für mich, daß ich dieses Plusquamperfekt des Konjunktivs anwenden muß! — Sie wären beide normal genug gewesen, um eine außergewöhnliche Liebe hervorzubringen . . .«

›Eine außergewöhnliche Liebe‹ . . . Alles, was er mir gesagt hat, sind Männerworte. All das ist sehr klug — zu klug für mich. Anstatt seine Gedanken in der Richtung zu verfolgen, die er mir angibt, fasse ich seine Ausführungen als *Rezept* auf und verderbe sie, indem ich den verborgenen Willen meines Geliebten darin zu entdecken versuche; ich weise Masseau dadurch wieder seine minderwertige Rolle als Bote zu, und sehe in der bewunderungswürdigen weiblichen Hingabe, die er mir vorschlägt, nichts weiter als ein Mittel, zu gefallen.

21

Die Sonne scheint auf das mit Inseln übersäte Meer. Auf der kümmerlichen Wiese, die sich bis zum Strand hinunterzieht, wächst kein Gras mehr, und ein regenloser Herbst trocknet die Hecken aus. Alle frischen Farben einer Landschaft — helles Grün, kräftiges Rosa, Blau und Lila — scheinen sich auf das Meer und auf den klaren Himmel zu beschränken.

Eine herrliche Müdigkeit hält mich seit dem Mittagessen auf der Terrasse fest. Der Landwind bringt den Duft der Wiesen und der Kartoffelfeuer mit. Jean wird bald zurückkommen. Er wird einige erlegte Vögel mitbringen, die an ihren weichen Füßen aufgehängt sind und deren zarte Hälse tot herunterbaumeln. Trotz der zerkratzten Ledergamaschen und der verwaschenen Leinenjacke wird er wie ein hübscher Sonntagsjäger aussehen. Er wird mir zur Begrüßung ein Lächeln schenken und mir dabei einen jener hastigen Blicke zuwerfen, die an mir und rings um mich etwas suchen, was zu tadeln wäre — zum Beispiel den kleinen Kaffeefleck auf meinem weißen Kleid oder die Herbstzeitlosen, die, heute morgen gepflückt, auf einer Bank verwelken . . .

. . .Daß wir seit zwei Monaten wieder zusammenleben, ist ein Wunder, vor dem ich mich verbeuge, ohne nach einer Erklärung zu suchen. Als ich ein Kind war, gab man mir einmal einen Laubfrosch, der nicht grün, sondern blau war, und als ich fragte: »Aber *warum* ist er blau?«, antwortete man mir: »Das weiß man nicht, es ist ein Wunder . . .«

Er wollte nicht zu mir zurückkehren, und ich fühlte, daß ich allmählich schwach wurde. Ich bedauerte mich schon. Ich sagte mir: ›Wie schade! . . . Es wäre besser, wenn irgendein anderes menschliches Wesen zugrunde ginge . . . In mir ist noch so viel Kraft; — dieser Körper, der Verstand hinter dieser Stirn, all das ist noch gut, all das könnte glücklich und nützlich sein . . .‹

Aber eines Tages verwandelte sich meine Traurigkeit in einen unwiderstehlichen Tatendrang, der nichts mit Vernunft zu tun hatte: Jean wiedersehen — alles tun, um Jean wiederzusehen —, mit allen Mitteln, jegliche Erwartung aufgeben, und nur einen praktischen Plan fassen, der sich sofort ausführen läßt. Der Plan, den ich faßte, war recht harmlos: eine fingierte Abreise, dann geduldiges Lauern und dann die Rückkehr.

Ein Telephonanruf hätte beinahe alles verdorben. Als ich wußte, daß er wieder in sein Haus zurückgekehrt war, unterlag ich der Sehnsucht, seine Stimme zu hören. In der Telephonzelle des Hotels hörte ich ihn rufen: »Hallo . . . Also? Wer ist da?« Ich schwieg und hielt den Atem an, so als hätte mich die geringste Bewegung verraten können. Er muß wohl geahnt haben, daß ich es war, denn der Tonfall seiner Stimme veränderte sich. Ich hörte ihn leiser fragen: »Hallo, wer ist da, hallo . . .« dann zögernd: »Ist es vielleicht . . .« und dann hielt er inne, und ich hörte nur noch, daß er den Hörer aufgelegt hatte . . .

Ich hatte nicht nur das Einverständnis von Masseau, sondern auch das von Victor, dem Diener, dieses allerdings nicht ganz unentgeltlich. Ich erwartete Jean eines Abends in seiner Wohnung. Am selben Tag hatte ihm ein Brief von mir, den Brague aufgab, versichert, daß ich nach Le Havre gereist sei und meinen früheren Beruf wieder aufgenommen hätte.

Ich erwartete ihn im Dunkeln in unserem Zimmer, das nur von den Gaslaternen vom Boulevard Berthier beleuchtet war. Ich hörte die Stunden verrinnen, unempfindlich gegen Müdigkeit und Furcht, ja selbst gegen die Bedenken, mich durch meinen romantischen Hinterhalt lächerlich zu machen. Gewiß, wenn ich Jean geschrieben hätte: »Ich muß mit dir sprechen«, dann hätte ich ihn am nächsten Tag gesehen, aber das wäre nicht der Jean gewesen, den ich wollte.

Ich wartete und genoß dabei eine völlig neue Ruhe, so als wäre ich am Ende meines Lebens angelangt. Ich saß in der Dunkelheit und wartete. Der Duft einer verwelkten Rose in meinem Gürtel stieg mir in der unbewegten Luft beharrlich in die Nase. Ich horchte auf das Rollen der Wagen und auf das Geräusch der Schritte. Und jedesmal sagte ich ruhig: »Das ist er nicht.«

Gegen Mitternacht hörte ich die gemächlichen Schritte eines Spaziergängers näherkommen, und meine schöne Ruhe verwandelte sich in eine Art Wahnsinn. Fliehen, schreien, hinunterlaufen und die Tür aufreißen, mich ganz oben unter dem Dach des Hauses verstecken, das alles wollte ich gleichzeitig tun. Aber als die Schritte die Treppe heraufkamen, saß ich noch immer auf demselben Fleck. Wie in Trance fiel mir ein, daß er, wenn er ahnungslos das Zimmer betrat, erschrecken könnte, und so sagte ich, noch bevor er die Tür öffnete, ziemlich laut:

»Jean!«

Er hatte mich sicher gehört, aber er antwortete nicht. Er trat ein, schloß die Tür hinter sich, drehte das Licht an, und dann standen wir einander gegenüber, beide schützend die Hand über den Augen.

»Du bist es?« fragte er nach einem Augenblick.

»Ich bin es. Ich habe gerufen, damit du nicht zu sehr erschrickst, wenn du mich hier findest.«

»Das ist ja ein Überfall — ein richtiger Überfall.«

Er lachte leise, und ich begann zu verzweifeln, weil er ein so liebenswürdiges Gesicht machte, weil er sich so ungezwungen benahm, wie ein Gast . . . Er erschien mir größer und schöner, aber nicht mehr so jung wie in meiner

Erinnerung. Soweit ich mich erinnern kann, dachte ich auf drei verschiedenen Ebenen — zunächst: er ist da, hier vor mir. Und dann: bevor diese Nacht zu Ende ist, werde ich mein Schicksal kennen. Und schließlich: er hat zwei Falten auf der Stirn. Er ist kein Kind und kein grausamer Jüngling mehr, er ist ein Mann, ein Lebewesen von meiner Art und in meinem Alter, es muß doch ein Mittel geben, sich mit ihm zu verständigen, menschlich mit ihm zu verhandeln . . .

Ich lächelte auch und sagte:

»Gewiß! Meine alte Vorliebe für theatralische Szenen hat sich wieder einmal geltend gemacht.«

Ein Schatten senkte sich von seiner Stirn über sein Gesicht, ein tierischer Ausdruck, der gewöhnlich einem Wutanfall vorangeht. Doch er beherrschte sich und forderte mich auf, mich zu setzen. Und da er mir dabei die Hand entgegenstreckte, ergriff ich diese Hand und schüttelte sie fröhlich:

»Guten Tag, Jean.«

»Guten Tag . . .«

Ich las tiefe Ratlosigkeit in seinem Gesicht, und gleichzeitig die Erleichterung darüber, daß er mich heiter, ohne Tränen, ohne dramatisches Geschrei und ohne Drohungen vorfand. Meine Aufmerksamkeit war so ausschließlich auf das gerichtet, was ich zu tun hatte, daß es mir schien, als liebte ich ihn kaum mehr. Ich hatte aufgehört, zu leiden. Er setzte sich und strich sich mit der Hand über die Stirn.

»Du siehst müde aus, Jean.«

»Ja, stell dir vor, ich arbeite jetzt. Mein Vater wird nie mehr ins Büro gehen können. Ich bin es noch nicht gewohnt, zu arbeiten, und finde auch keinen Geschmack daran . . . Ich erledige, was zu erledigen ist, wie eine Strafarbeit . . . Ich weiß nicht, warum ich dir das alles erzähle; es wird dich kaum interessieren . . .«

Unter dem gewollt gleichgültigen Ton lag — endlich!

— ein Vorwurf, der Vorwurf, der eine Szene zwischen zwei Liebenden einleitet . . . Ich erwiderte natürlich:

»Doch, das interessiert mich sehr wohl, Jean; es interessiert mich wie alles andere, das dich betrifft.«

Ich hatte diesem Satz zu viel Nachdruck verliehen, er merkte, wohin ich ihn haben wollte, und ging nicht darauf ein. Auf diese Ungeschicklichkeit folgte ein Viertelstunde der Phrasen, der gezwungenen Liebenswürdigkeiten. Die nächtliche Stunde, das weitgeöffnete Fenster, durch das ungewöhnlich viel Licht auf einen vertrockneten Baum neben der Straße fiel, und besonders unsere Hintergedanken gaben diesem einfältigen Dialog zwischen einem Herrn im Frack und einer Dame im Straßenkleid eine tragische Note. Ich gab nicht nach — ›die Würde ist ein männlicher Fehler‹ —, und Jean ließ als erster Zeichen der Ermüdung merken. Er gähnte nervös, und weit davon entfernt, mich zu beleidigen, erinnerte mich dieses Gähnen an einen Jean, den kennenzulernen ich versäumt hatte: einen ernsten Jean, einen arbeitenden, der den Nacken über ein dicht mit Zahlen beschriebenes Blatt Papier beugt . . . diesen breiten Nacken . . . Eine wilde Sinnlichkeit brach plötzlich aus meinem Innersten hervor; das Blut, das die Kehle zuschnürt, das in den Ohren braust wie eine dumpfe Trommel, die unbezwingbare Bewegung des Tieres, das sein Herr ruft . . . Ich weiß, daß ich plötzlich aufsprang, daß durch die Heftigkeit meiner Bewegung der Stuhl umfiel, und daß ich wütend fragte: »Also? . . .«

Auch er war aufgestanden, und nachdem er mein Gesicht gesehen hatte, beobachtete er meine Hände.

»Du irrst«, sagte ich lakonisch. »Hab keine Angst. Ich wollte nur sagen: Also ist es aus? Ist es aus zwischen uns beiden?«

Er sah mich finster an. Er nahm es mir übel, daß ich ihn zu einer Antwort zwang . . .

»Was ist aus? Was soll aus sein? . . . Hast du noch nicht

genug von diesem Leben? Fandest du es schön, unser Leben? Hast du Lust, es so weiterzuführen? . . .«

Endlich hatten wir die Rollen getauscht; nun war er derjenige, der sprach, der sich beschwerte und anklagte; ich brauchte nur noch zuzuhören, indes ich ihm insgeheim von ganzem Herzen antwortete: ›Weiterführen, oh ja, weiterführen, ganz egal, was für ein Leben, wenn es nur mit dir ist . . .‹

Ich warf nur hin und wieder: »Aber Jean . . .« ein, damit er fortfuhr und anschwoll wie ein Fluß vor einem zu schwachen Damm.

Er ging im Zimmer auf und ab.

»Dieses Leben weiterführen . . . Es tut mir leid, wenn ich dir etwas Kummer bereitet habe«, sagte er mit giftigem Gesichtsausdruck. »Aber ich glaube, wir sind quitt.«

»Bist du mir böse, Jean?«

Er blieb stehen, als wollte er mich herausfordern:

»Ja, ich bin dir böse. Das kann ich nicht leugnen. Ich kann auch nicht sagen, ob ich damit recht oder unrecht habe, aber ich bin dir böse.«

»Mein Liebster . . .«

So leise ich das auch gemurmelt hatte, er hörte es . . . Aber ich wankte auch vor Dankbarkeit unter diesem Groll, der mich wieder zu der Seinen machte. Süße, kriechende Dankbarkeit der gescholtenen Ehefrau! So blühte May unter Schlägen neu auf . . . Diesmal belehrte er mich eines Besseren und sagte scharf:

»Nein, du bist frei. Aber wenn es deiner ›weiblichen Würde‹, von der du in deinem Brief geschrieben hast, eine Genugtuung ist, dann sei gewiß, daß du dieböseste Erinnerung meines ganzen Liebeslebens bist.«

Ich hatte mich wieder gesetzt, lehnte den Kopf an den wohlbekannten Seidenbezug des Lehnstuhls und wiederholte mit leiser Stimme:

»Ja . . . sprich nur . . . sprich . . .«

Er zuckte die Achseln.

»›Sprich!‹ Es ist wirklich Zeit! Nach Monaten überlegenen Schweigens bist ausgerechnet du es, die mir zu sagen wagt: ›Sprich‹ . . . Du behauptest doch, mich denken zu hören, was hast du davon, wenn ich rede?«

»Oh Jean, dich denken hören . . . Das mag ich im Spaß gesagt haben, aber . . .«

»Lüg nicht!« schrie er. »Du lügst! Du hörtest mich denken, oder besser gesagt, du hast mir Gedanken unterschoben, die zu der falschen Vorstellung paßten, die du dir gemacht hast, nicht von mir, sondern vom *Mann*, dem Mann, deinem Widersacher, deinem Erzfeind . . .«

»Ja . . . sprich weiter . . .«

»Das Beste, was ich dir gegeben habe — das sinnliche Vergnügen —, hat dir dazu gedient, mich noch besser beleidigen zu können, du hast mir die Talente eines Zuhälters und die Mängel eines Idioten zuerkannt . . . Ach, du hast wohl gedacht, nur du könntest den anderen denken hören? . . .«

Er entfernte sich, um sich ein Glas Wasser einzuschenken, und ich hörte, wie die Flasche zitternd gegen den Rand des Glases schlug . . . Ich blieb regungslos sitzen und öffnete die Augen nicht, so sehr fürchtete ich, ihn zu stören . . . Aber er war glücklicherweise noch nicht am Ende:

»Und selbst wenn du dich in deiner eingebildeten Wahrsagerei nicht dauernd geirrt hättest, selbst wenn ich das minderwertige Individuum wäre, das du früher einmal ein für allemal geheiratet hast, — mich denken zu hören, ist ein ständiger Übergriff auf meine Ruhe, auf meine Sicherheit als denkendes Wesen und die heilige Unantastbarkeit, auf die ich ein Recht habe, und die du nicht verletzen darfst!« . . .

Ich öffnete nicht die Augen, ich nickte nur leicht mit dem Kopf und sagte mir: Gut. Sehr gut. Immerhin hat er gesagt ›du darfst‹ und nicht ›du durftest‹ . . .

Er schwieg. Und ich bewunderte ihn, wie er, auf und ab

gehend, vor Wut zitterte, eine Wut, auf die ich allmählich stolz wurde . . . ›Ihn in sich aufnehmen, ihn in sich tragen, so daß sein Licht, anstatt zu Ihnen zu dringen wie zu allen anderen . . .‹

»Aber Jean, warum hast du dich nicht verteidigt — warum hast du dich nicht geäußert?«

Er drehte sich so heftig um, als wollte er mich schlagen:

»Mich verteidigen! Mich äußern! Richterworte, da siehst du es, Richterworte, nach dem großen Schweigen des Richters! . . . warum ich eher als du?«

Dieses trotzige Kinderwort gefiel mir, und noch mehr gefiel mir, daß wir uns endlich mitten in einer Auseinandersetzung zweier Liebender befanden und daß diese scheinbar noch lange dauern würde . . .

»Du hast recht«, sagte ich ehrlich.

Er hatte sich auf ein kleines Sofa gesetzt, und sein Gesicht verriet deutlich, wie müde er war. Seit er ins Zimmer getreten war, hatte er noch keine einzige sinnliche Geste gemacht, hatte keinen jener rachsüchtigen Küsse versucht, die unsere einzige Sprache gewesen waren . . . So als hätte er dasselbe gedacht wie ich, warf er die mutlosen Worte hin:

»Es ist so einfach, miteinander zu schlafen . . .«

Ich nahm es ihm nicht übel, daß er vor meinen Augen wieder zu einem unschuldigen Wesen geworden war, das von einer Frau nicht mehr verlangt als weibliche Wärme, Mütterlichkeit und zwei lebendige Arme, die Schutz und Ruhe gewähren . . . Aber ich wagte es nicht, die Arme um ihn zu schlingen, ja, es schien mir, als würde ich es nie wieder wagen . . .

»Stimmt es«, fragte er mit derselben müden Stimme, »stimmt es, daß du zum Theater zurückkehrst? Zu deinem alten Beruf?«

Ich schüttelte den Kopf:

»Nein, Jean, das stimmt nicht. Auch das ist eine Lüge. Ich habe keinen Beruf mehr.«

Und insgeheim fuhr ich melancholisch fort:

›Ich habe keinen Beruf mehr, und es gibt auch keinen mehr für mich. Ich habe ein Ziel, und das steht hier vor mir; es ist dieser Mann, der mich nicht begehrt und den ich liebe. Ihn einzuholen, davor zu zittern, ihn gehen zu sehen, und geduldig darauf zu warten, daß er wiederkommt, das ist von nun an mein Beruf, meine Mission. Dann wird mir alles, was ich vor ihm liebte, zurückgegeben werden — das Licht, die Musik, das Rauschen der Blätter, der schüchterne Ruf vertrauter Tiere, das stolze Schweigen leidender Menschen —, all das wird mir zurückgegeben werden, aber nur *durch ihn* und unter der Bedingung, daß ich ihn besitze . . . Ich habe ihn so nahe bei mir gesehen, so fest an mich gedrückt, daß ich glaubte, ich besäße ihn. Törichterweise wollte ich ihn überwinden — ich hielt die Grenzen meiner Welt für ein Hindernis . . . Ich glaube, daß viele Frauen anfänglich so irren wie ich, ehe sie ihren Platz finden, der *diesseits* des Mannes ist . . .‹

»Was wirst du also tun?«

Ich versuchte meine ganze Antwort in einen Blick zu legen, aber seine Augen wichen mir aus, als wollte er sagen: »Nein, nein, es ist noch zu früh.« Er wirkte dabei übertrieben streng, so als wollte er mich für immer entmutigen, und ich mußte lächeln, denn er wußte ja nicht, daß ich ein ganzes Leben zur Verfügung hatte, um auf ihn zu warten.

»Was ich tun werde? . . . Das hängt ein wenig von dir ab, Jean, und wenn ich sage ›ein wenig‹, so . . . Aber vor allem werde ich dich jetzt zu Bett gehen lassen, es ist spät, und du mußt arbeiten . . .«

Ich hatte die Frucht aus Jade in die Hand genommen und streichelte sie, während ich mich in dem Zimmer noch nach anderen Spuren von mir umsah . . . Ich streichelte die kühle, glatte Frucht und steckte sie in meine Tasche.

»Sagst du denn gar nichts, Jean?«

Er folgte meinen Händen mit den Augen und verstand die symbolische Bewegung des Abschiednehmens.

»Leb wohl, mein Schweiger.«

Als ich aufstand, fühlte ich, wie meine Zuversicht und meine Hartnäckigkeit ebenso wie mein Körper ohnmächtig zu werden drohten. Ich rückte meinen Hut zurecht, um zu gehen, und sagte mir: ›Er wird mich gehen lassen . . . Aber ich bin noch nicht fort . . . Ich werde mich an irgendetwas klammern. Ich bin noch nicht fort.‹ Auch er war aufgestanden und überragte mich um einen ganzen Kopf. Ich hob die Augen zu ihm empor, und ich empfand ein merkwürdiges Gefühl der Hochachtung für mich, für die, die ich noch vor kurzem gewesen war, für die Renée des vorigen Jahres, für die Frau, die diesen Mann besessen hatte.

»Mein Schweiger, du sprichst kaum, und noch weniger schreibst du. In was für einem Schweigen hast du mich zurückgelassen!«

Er senkte den Kopf und wandte sich ab, wodurch er nicht mehr so schön war.

»Was willst du . . . Antworten, schreiben, noch mehr Szenen, noch mehr entsetzliche Worte, die man nicht mehr vergißt . . . Noch mehr Gift verspritzen, obwohl wir einander nun schon nicht mehr ertragen können? . . .«

»Es stimmt, daß . . .« gab ich demütig zu.

Und ich dachte:

›Ich weiß, daß er nicht vollkommen ist. Wenn das Schicksal ihn mir wiedergibt, werde ich noch oft dieses Lächeln eines feigen Tieres an ihm sehen, dieses Zurückweichen vor der peinlichen Wahrheit, vor der ehrlichen Anstrengung. Ich weiß, daß er alles von mir verlangen wird, ehe er selbst ein wenig gibt, und sich anmutig dafür entschuldigen wird, daß er nicht noch mehr verlangt. Aber da er mir, wie man allgemein sagt, so wie er ist, ›ganz gut gefällt‹, und da ich weder die Neigung noch das Recht habe, nur einem Helden anzugehören, will ich

Unvollkommene diesen unvollkommenen Jean und keinen anderen . . .‹

»Also, auf Wiedersehen, Jean.«

Ich gab ihm die Hand, und als er sich darüber beugte, um sie zu küssen, sah ich, daß seine Nasenflügel bebten, und daß seine schön geschwungene Oberlippe zuckte. Ich habe nur einen Augenblick gezögert — ihn wieder haben, ganz gleichgültig wie. Nur Zeit gewinnen! Mich mit ihm zu Boden werfen, aber nicht wieder, um uns voreinander zu verstecken, sondern in dem Bemühen, aus der stumpfen, dunklen Lust eine Liebe erstehen zu lassen, die unserer würdig sein wird, so wie in einem schweren, moschusduftenden Gefäß das schlanke Schilfrohr und die edle Schwertlilie erblühen.

Mit den Fingerspitzen streichelte ich zärtlich über sein empfindliches Ohr. Er zuckte zusammen und wandte sich ab wie eine Frau, die verführt werden soll . . .

»Mein Liebster . . .«

Er schüttelte den Kopf und warnte mich leise:

»Sieh dich vor! Das ist wieder nichts weiter als Begierde.«

Er umwarb mit den Blicken das, was er am meisten an mir liebte, meine Schultern, meinen Hals, meine Hände, die ich verschränkt hatte, um ihn nicht zu streicheln . . .

»Ich sage dir, hörst du, es ist nichts weiter als Begierde.«

»Ja, ja«, nickte ich mit dem Kopf.

Die Hand meines Herrn riß mich zu Boden.

»Das genügt dir? Das genügt dir? Ist das alles, was du von mir verlangst? Ist das alles, was du mir zu geben hast?«

Nicht stark genug, um zu lügen, ließ ich mich in seine Arme fallen und schloß die Augen, damit er nicht sah, daß es meine Seele war, die ich ihm schenkte.

Die Sonne geht unter und breitet die kegelförmigen Schatten der Klippen über das Meer. Die Stunden sind verflogen, und ich sitze noch immer an der golden beschienenen Mauer unter dem Leinendach. Dort unten, ganz weit entfernt, auf einer gezackten Klippe, steht eine kleine schwarze Gestalt, die sprunghaft ihren Platz verändert, sich nähert, stehen bleibt und wieder näher kommt. Er ist es. Er muß mein weißes Kleid auch sehen. Ohne Eile wird er kommen, denn ich erwarte ihn ja. Erst wenn ich ihn da unten schwarz und scharf umrissen am Strand sehe, dann werde ich mich erheben, um ihm entgegenzugehen. Ich werde mich auch nicht beeilen, denn er kommt ja zu mir. Er wird den Arm um meine Schultern legen, wird mir erzählen, daß der Tag schön war, wird mir von den Vögeln berichten, die er verfolgt hat, und von dem gelben Marder, der ihm entwischt ist. Wir werden nur wenige Worte wechseln, da sich all unsere Worte nach und nach im anderen speichern . . .

Morgen wird er wieder fortgehen, ängstlich darauf bedacht, jede Stunde seines kurzen Urlaubs in dieser Gegend, die er liebt, auszunützen. Er marschiert begeistert drauflos und entwickelt hier die Geschäftigkeit eines glücklichen Bauern. Ich folge ihm, aber ich bleibe zurück, langsamer, sanfter, verwandelt. Und wenn ich sehe, wie er sich auf das Leben stürzt, scheint es mir, als habe er meine Rolle übernommen, als sei er nun der gierige Vagabund, und ich beobachte ihn, auf ewig verankert . . .

Mitsou

1

Paris im Mai des Kriegsjahres 1917.

Das Theater Empyrée-Montmartre hat für die große Frühjahrsrevue »Ça Gaze« achtzehn junge Mädchen engagiert, dazu einen Komparsen, der »etwas schwach auf der Lunge ist«, und einen achtzigjährigen Tragöden für die unentbehrlichen Rollen des *Père de la Victoire,* des *Grognard de Raffet* und des *General Joffre.*

Die Garderobe von Mademoiselle Mitsou, dem Revuestar. Eine Papiertapete, die einst, als sie noch weiß und rosa war, rosaweiß geblümte Seide vortäuschen sollte. Das war lange vor Mitsous Zeit. Ein Holzgestell, das als Toilettentisch dient, mit Frottierhandtüchern bedeckt. Waschständer, Krug und Blechschüssel wie in einem Dienstbotenzimmer. Reismehl in Pappschachteln. Ein sehr schön gefaßter Brillantring inmitten der Schminkstifte und Puderdosen. Ein kleiner Diwan, so weich wie eine Parkbank, zwei lackierte Rohrstühle. Gesamteindruck: »Mehr braucht man nicht.«

Pause. Mitsou allein. Sie ruht sich aus. Ihre Kleidung besteht aus fraisefarbenen Strümpfen, deren Säume an das Trikot angenäht sind, ferner aus goldenen Schuhen und einem lila Kimono. Die Natur hat Mitsou mit jener Schönheit ausgestattet, die jetzt gerade in Mode ist: keine Nase — oder so gut wie keine —, sehr große Augen, so schwarz wie das Haar, runde Wangen und ein kleiner, trotziger, frischer Mund. Soweit das Gesicht. Der Körper ist schlank, wie sich's gehört, die Beine lang und edel, der Busenansatz tief, die Brüste klein. Alles perfekt, wenn nicht der Schenkel oberhalb des Knies ein klein wenig zu mager wäre. Doch wird dieses Pagenbein mit der Zeit sicher an Fülle gewinnen, ebenso wie der überzarte Nymphenrücken. Mitsou ist kaum vierundzwanzig Jahre alt.

Sie sitzt an ihrem Schminktisch, die Beine gerade ausgestreckt, damit sich die Strümpfe an den Knien nicht ausbeulen; der junge Rücken aber ist gebeugt und der Hals streckt sich wie der einer durstigen Gazelle. Fast könnte man daran zweifeln, daß Mitsou lebendig ist, würde sie sich nicht ab und zu die Wangen pudern, den Mund röter schminken oder die Augenwinkel mit dem Farbstift nachzeichnen. Gedankenlos sind die emsige Hand, die großen, düster glänzenden Augen, das klare, ernste junge Gesicht . . .

Ein Geräusch auf dem Gang, hinkende Schritte. Ein alter, knochiger Finger klopft an die Tür, der des Inspizienten Boudou.

BOUDOU *öffnet die Tür einen Spalt weit. Er ist zweiundsiebzig Jahre alt, sieht aber noch älter aus:* »Die Pause ist zu Ende. Jetzt kommen Sie bald dran, Mademoiselle Mitsou.«

MITSOU, *langsam erwachend:* »Danke, Boudou. Geht's Ihrem Fuß schon besser?«

BOUDOU: »Nicht viel besser. Wenn er bis Donnerstag nicht in Ordnung ist, werde ich ihn waschen und ihm einen Schafwollsocken und einen Baumwollsocken überziehen. Man darf nichts unversucht lassen, sage ich immer.«

Er entfernt sich und läßt die Tür offen. Geräusche auf dem Gang, schlurfende Schritte. Im Halbdunkel geht Beautey, der achtzigjährige Tragöde, vorüber. Er bleibt einen Augenblick stehen, und die Glühbirnen der Garderobe beleuchten die strahlende Generalsuniform, aber auch

Beauteys blutunterlaufene Augen und seine widerlich herabhängende Unterlippe.

BEAUTEY *zu Mitsou:* »Na, wie geht's, Kleine?«

MITSOU *über ihren Spiegel gebeugt, eilig:* »Gut, Monsieur Beautey, danke ... Oh, ich bin zu spät dran ...«

BEAUTEY: »Soll ich dir helfen?«

MITSOU, *entsetzt:* »Nein, nein, Monsieur Beautey, bemühen Sie sich nicht ... Was denken Sie!« *(Er entfernt sich.)*

MITSOU, *schaudernd:* »Lieber sterben als ihm ins Gesicht sehen. Es ist beinahe unanständig, so alte Leute auftreten zu lassen. Und das mir, die ich nicht einmal ein gestürztes Pferd sehen kann ...«

Über den Gang klappern zehn kleine Holzabsätze. In sympathischer englischer Unordnung ziehen die fünf Tirelireli-Girls vorüber. Aber Mitsou ist zu hochmütig, um den Kopf zu wenden. Dann folgen nacheinander das Kriegsbrot, die Papierkrise, das Saccharin, der schwachbrüstige Komparse ... Dahinter eine alte Dame in Filzpantoffeln; auf der linken Schulter ihres Plüschcapes ist der Orden der Akademie mit Nadeln festgesteckt: die Garderobiere.

Schließlich ein Lärmen und Piepsen wie aus einem aufgestörten Mäusenest: Petite Chose stürzt in die Garderobe. Ist Petite Chose häßlich oder hübsch? Sieht sie gut oder schlecht aus? Sie ist ein aufgeregtes kleines Frauenzimmer, die sich ständig so schlau dreht und wendet, daß ihr Aussehen sich jeder ernstlichen Beurteilung entzieht. Ihre gefärbten Haare fallen in Wellen bis über die Nasenspitze, die ihrerseits dem Haarschopf entgegenzustreben scheint. Die getuschten Wimpern, die clownesken Bäckchen, die Mundwinkel — alles an ihr strebt aufwärts, als hätte ein Windstoß es in die Höhe geblasen. Ihre Schultern zittern, ihre Hüften winden sich, sie legt die Hände um den Hals — um auf ihn hinzuweisen oder um ihn zu stützen? — und wenn sich ihre Knie beim Gehen aneinanderreiben, so weiß man nicht, ob Petite Chose friert oder ob sie komisch wirken will — oder ob sie einfach X-Beine hat? Stürzte Petite Chose in die Seine, so würden bei der Totenschau selbst ihre intimsten Freunde sie nicht erkennen, denn eigentlich hat keiner sie jemals wirklich gesehen . . .

PETITE CHOSE *in einem nicht sehr sauberen Bademantel, eine «stilisierte« Banane auf dem Kopf, stürzt sich auf Mitsou:* »Versteck sie mir, Mitsou, versteck sie bei dir! Man will sie hinauswerfen und mir eine Strafe aufbrummen!«

MITSOU *ruhig, mit hochgezogenen Brauen:* »Wen?«

PETITE CHOSE: »Die beiden Kleinen da, die doch so reizend sind! *(Sie deutet auf den Gang.)* Versteck sie mir so lang, bis Boudou seinen Rundgang beendet hat! *(Schmeichlerisch und unter übertriebenen Verrenkungen)* Dir wird man keinen Skandal machen, du bist der Star, du darfst empfangen, wen du willst!«

MITSOU, *königlich:* »Allerdings. Das wäre ja noch schöner, wenn ich nicht empfangen dürfte, wen ich will. Aber ich lasse hier niemanden herein und ich will keine Leute in meiner Garderobe haben, die ich nicht kenne.«

PETITE CHOSE *drängend:* »Nur eine Minute, Mitsou. In deinem großen Wandschrank! Sie sind sooo reizend! *(Ohne die Antwort abzuwarten, ruft sie mit halblauter Stimme hinaus:)* Schnell, schnell, ihr beiden, beeilt euch!«

Sie zieht zwei junge Leutnants in die Garderobe, einen in Khaki und einen in Himmelblau. Der in Khaki sieht auffallend gut aus, der in Himmelblau noch besser.

MITSOU *betrachtet die beiden wie Möbelstücke:* »Ich habe damit nicht das geringste zu tun!«

DER IN KHAKI: »Mademoiselle Mitsou, wir haben Sie

eben auf der Bühne sehr bewundert. Gestatten Sie mir, daß ich mich Ihnen vorstelle . . .«

MITSOU, *die ihn nicht zu hören scheint, über seinen Kopf hinweg zu Petite Chose:* »Stell dir bloß vor, meinem Freund fällt es ein, noch vor dem zweiten Bild mit seinen beiden Geschäftsfreunden in meine Garderobe heraufzukommen, dann ist hier die Hölle los!«

DER BLAUE, *verärgert über Mitsous Nichtachtung:* »Mademoiselle, ich will mich Ihnen nicht länger aufdrängen, wenn meine Anwesenheit . . .«

MITSOU *weiterhin zu Petite Chose:* »Verstehst du, mir ist es ganz gleichgültig, ob sie in meinem Wandschrank sind oder sonst wo — darum geht es nicht. Aber wie das aussieht! Du weißt doch, daß ich nicht eine von denen bin, die . . .«

PETITE CHOSE *unabweisbar:* »Ich weiß, ich weiß. Aber mir zuliebe wirst du es doch tun, du bist doch eine so gute Seele! *(Zu den beiden Leutnants)* Hopphopp ihr zwei, rasch hinein in den Wandschrank! *(Zu Mitsou)* In diesem Haus gibt's nichts als Dramen. Denk dir, Boudou hat einen frischgefangenen Soldaten in der Kleiderkammer dieser alten Ziege, der Weiß, gefunden. Er hat gesagt, er meldet das der Direktion. Eine Giftschlange, dieser alte Boudou . . .«

BOUDOU, *die Tür öffnend, verbindlich und argwöhnisch:* »In fünf Minuten kommen Sie an die Reihe, Mademoiselle Mitsou.« *Er blickt Petite Chose, die die Türen des Wandschranks hinter den Leutnants geschlossen hat, scharf an.)*

PETITE CHOSE *liebenswürdig:* »Wie geht's, Boudou? Was macht der Fuß?«

BOUDOU, *kalt:* »Danke, es geht ihm leidlich. Wenn er bis Donnerstag nicht in Ordnung ist, werde ich ihn waschen und ihm einen Schafwollsocken und einen Baumwollsocken überziehen.«

PETITE CHOSE: »Im äußersten Notfall muß man eben auch zu solchen Mitteln greifen, Boudou!«

Er geht hinaus. Petite Chose öffnet den Wandschrank. Die beiden Eingesperrten, die sich flach gegen die Rückwand des Schrankes drücken, würden ihren Platz selbst für das Kriegskreuz nicht aufgeben. Sie sagen kein Wort und amüsieren sich königlich.

PETITE CHOSE: »Da seht ihr, wie er euch geschnappt hätte, der alte Schleicher, ohne mich! Jetzt komm ich aber dran! Ich höre schon das Finale der ›Gifthölle‹! *(Sie küßt beide mit erstaunlicher Behendigkeit. Leise zum Blauen, auf Mitsou deutend:)* Auf die dürft ihr nicht rechnen, wenn ihr euch unterhalten wollt . . . *(Davonstürzend schreit sie:)* Seid schön brav, ihr Lieben! Ihr seid bei einer feinen Dame zu Gast!«

Diese Schmeichelei entlockt Mitsou ein herablassendes Lächeln. Allein mit den beiden jungen Leuten, die immer noch aufrecht und steif im Wandschrank stehen, wirft sie den Kimono ab, unter dem sie nur die langen fraisefarbenen Strümpfe, ein Beintrikot und ein Tüllhemdchen trägt. In aller Ruhe schnürt sie das Taillenband des Trikots fester, streckt die Beine hoch, um die Strümpfe an der Innenseite der Schenkel zu glätten, schlüpft vorsichtig in die schwarzrote Tüllwolke, aus der ihr Kostüm (für die Rolle der »Rose Jacqueminot«) besteht, und pudert sich Achselhöhlen und Hals. Jede ihrer Gesten zeugt von einer gleichgültigen Ungeniertheit und einer zerstreuten Schamlosigkeit, die jeden Gedanken an Koketterie ausschließen. Zwischendurch einmal ruft sie den Leutnants ein trockenes »Na, wie geht's da drin im Wandschrank?« zu, das nicht sehr freundlich klingt.

DER BLAUE *ganz Auge, aber sehr korrekt:* »Danke, Madame, ganz ausgezeichnet.«

MITSOU: »Oh, jetzt bin ich gar zur Madame avanciert. Sehr schnelles Avancement, das muß man sagen. *(Schwei-*

gen. Sie bemüht sich, ihr Gürtelband hinten zuzuhaken, aber es gelingt ihr nicht.) Ich möchte doch wissen, wohin sie schon wieder verschwunden ist, diese alte Eule von einer Garderobiere!«

DER BLAUE *aus dem Wandschrank steigend:* »Darf ich Ihnen helfen, Madame?«

MITSOU: »Da kann ich nicht nein sagen. Am Gürtelband sind vier Haken, sehen Sie? Das übrige schaffe ich allein, das sind Druckknöpfe. *(Sie hält ihm gänzlich ungerührt ihren nackten Rücken hin.)* Danke sehr.«

Ohne sich umzuwenden nickt sie dabei dem Bild zu, das der Spiegel zurückwirft: zwei braunhaarige, jugendliche Köpfe mit großen Augen, die einander ähneln wie Bruder und Schwester. Mitsou lächelt, der Blaue lächelt — und nun gleichen sie einander noch mehr.

DER BLAUE *sich verneigend:* »Nichts zu danken, Madame.« *(Er kehrt in den Wandschrank zurück. Schweigen.)*

MITSOU *setzt sich und weist auf den Diwan:* »Ich kann Ihnen nicht anbieten, Platz zu nehmen, denn solange Boudou nicht auf der Bühne zu tun hat, ist die Gefahr nicht vorüber. Sowie er auf die Bühne kommt, um die Geräusche in den Kulissen zu machen, können Sie sich aus dem Staub machen. Boudou macht nämlich hinter der Bühne den Schrei des Verdammten, den Glasermeister und den Blumentopf, der aus dem Fenster fällt.«

DER IN KHAKI, *um auch etwas zu sagen:* »Der reinste Proteus!«

MITSOU *einfach:* »Nein, er heißt Boudou. Und er ist seit der ersten Aufführung der Revue dabei.« *(Schweigen. Mitsou lackiert sich die Nägel.)*

DER BLAUE *höflich:* »Und wie sind Sie mit Ihren Rollen in dieser Revue zufrieden, Madame?« *(Er spricht in kühlem Ton, betrachtet Mitsou aber mit feurigem Blick. Jedesmal, wenn er sie »Madame« nennt, drückt sie ihr Erstaunen da-*

durch aus, daß sie ihre schön geschwungenen Brauen ein wenig hochzieht.)

MITSOU: »Sehr zufrieden. Besonders, weil man hier nicht nur Talent braucht, um Erfolg zu haben.«

DER BLAUE und DER IN KHAKI: »Ach so?«

MITSOU *mit wichtiger Miene:* »Die Schwierigkeit, hier auftreten zu dürfen, ist das Alter. Die Direktion engagiert keine Darstellerin, die älter ist als fünfundzwanzig. Das ist in dem Haus so üblich. Ich bin vierundzwanzig.«

DER BLAUE: »Ich auch.«

MITSOU: »Nein, wirklich? Das ist aber komisch!«

DER BLAUE: »Was es doch für komische Sachen auf der Welt gibt . . .«

DER IN KHAKI: »Glauben Sie, daß Mademoiselle Petite Chose nicht älter als fünfundzwanzig ist?«

MITSOU: »Sagt sie. Aber Sie kennen sie ja sicher viel besser als ich.«

DER IN KHAKI und DER BLAUE: »Aber nein!«

MITSOU: »Nicht möglich!«

DER IN KHAKI: »Wir haben sie heute abend zum erstenmal gesehen. Ein Freund hat uns ihr vorgestellt. Der Feigling hat sich inzwischen aus dem Staub gemacht. Sie wissen, der, den man bei Madame Weiß aufgestöbert hat. Wir ahnten nicht, daß die Hauspolizei in einem Konzertcafé so streng ist.«

MITSOU *empört:* »Wir sind hier in einer Music-Hall und nicht in einem Konzertcafé! Außerdem muß das sein. Sonst würde es hier schön zugehn! Ich kann in meiner Garderobe empfangen, wen ich will, das steht in meinem Vertrag.«

DER BLAUE: »Und Sie empfangen viele Leute?«

MITSOU *würdig:* »Was denken Sie! . . . Niemanden.«

Im selben Augenblick klopft es. Erstaunt öffnet Mitsou den Mund, zieht die Augenbrauen hoch und sagt nichts. Es klopft wieder, und die Tür geht auf. Es erscheint Mitsous Freund, ein eleganter Herr, im vollen Glanz seiner fünfzig Jahre.

DER ELEGANTE HERR *küßt Mitsou die Hand:* »Liebe kleine Freundin! *(Er dreht sich um und sieht die beiden Leutnants im Wandschrank. Leiser Aufschrei.)* Ah! *(Denn er ist nervös. Dann ermannt er sich wieder und versucht, sich ungezwungen zu geben.)* Ich hatte Ihnen doch gesagt, kleine Freundin, daß Ihr Wandschrank nicht groß genug sein würde für all Ihr Spielzeug!«

Die beiden jungen Leute steigen aus dem Wandschrank. Auf ihren Gesichtern steht deutlich die Hoffnung zu lesen, es würde nun endlich wirklich lustig werden.

MITSOU, *an derlei Psychodramen nicht gewöhnt, findet zunächst keine Worte. Dann sagt sie ganz einfach die Wahrheit. Sie deutet auf die beiden Offiziere:* »Die gehören nicht mir, sondern Petite Chose!«

DER ELEGANTE HERR *bitter:* »Ach, Mitsou!«

MITSOU: »Boudou hat sie in ihrer Garderobe erwischt, und da hat sie sie in meinem Wandschrank versteckt.«

DER BLAUE: »Aus dem wir nun heraussteigen, Madame, um Ihnen unsere Entschuldigungen und unsere Verehrung ergebenst zu Füßen zu legen.«

DER IN KHAKI *als Echo:* »Tschuldigung . . . Verehrung . . . Monsieur . . .«

DER ELEGANTE HERR, *hochrot:* »Monsieur . . . Monsieur . . . *(Die Tür schließt sich hinter den beiden Leutnants. Schweigen.)* Mitsou!«

MITSOU: »Was? *(Der Herr schweigt vorwurfsvoll.)* Ach so — deshalb? Das ist doch Unsinn. Ich habe Ihnen doch gesagt, sie gehören Petite Chose. Ich kann keine Ausreden erfinden. Schon daran, wie dumm ich dastehe, müssen Sie doch sehen, daß ich die Wahrheit sage.«

DER ELEGANTE HERR: »Zwei Offiziere! . . . Zwei auf

einmal! . . . Ach, Mitsou, dieses Laster habe ich bisher an Ihnen nicht gekannt . . .«

MITSOU *düster:* »Ich auch nicht. Weder dieses noch ein andres.«

DER ELEGANTE HERR *gerührt:* »Das ist wahr, Mitsou. Aber Sie müssen zugeben, daß allem Anschein nach . . . Sie sahen übrigens gut aus. Besonders der Blaue . . .«

MITSOU *hebt den Blick zu dem Spiegel, in dem kurz zuvor zwei junge Gesichter zu sehen gewesen waren:* »Finden Sie?«

DER ELEGANTE HERR: »Wie heißt er?«

MITSOU *erstaunt:* »Na sowas! Ich weiß nicht einmal, wie sie heißen, noch wer oder was sie sind.«

PETITE CHOSE *vom Gang her:* »Bist du da, Mitsou?«

MITSOU *die Tür öffnend, streng:* »Ja, Komm nur herein, du!«

PETITE CHOSE *außer Atem:* »Du hast sie also weggeschickt? Zum Glück habe ich sie noch getroffen, sie sind eben hinuntergegangen.«

MITSOU: »Entschuldige dich erst einmal bei meinem Freund! Den hat fast der Schlag getroffen! Stell dir nur vor: er kommt und findet zwei Soldaten in meinem Schrank . . .«

PETITE CHOSE *sich in gewohnt schmeichlerischer Weise dicht an den eleganten Herrn anschmiegend:* »Wirklich? Das tut mir aber leid! Sie dürfen mir nicht böse sein — auch Mitsou dürfen Sie nicht böse sein. Sie sind doch so entzückend! Haben Sie sie gesehn, Monsieur? Vor allem der Blaue. Der hat Augen . . .«

DER ELEGANTE HERR *neidisch:* »Was für Augen denn?«

PETITE CHOSE *leidenschaftlich:* »Feurige Augen! Und erst sein Mund! Finden Sie nicht, Monsieur? Mitsou, hast du seinen Mund gesehn? Und seine Nasenflügel? Hübsche, kleine Nasenflügel, die zittern, wenn er tief atmet . . . Übrigens, wenn man's recht bedenkt, ist der in

Khaki ebenso hübsch. Er hat einen wunderbaren Teint. Haben Sie das bemerkt, Monsieur?«

DER ELEGANTE HERR *trocken:* »Ich muß gestehen, daß ich dem nicht so viel Aufmerksamkeit geschenkt habe wie Sie.«

PETITE CHOSE *begeistert:* »Ach! Mir entgeht nicht so leicht etwas! Monsieur, Monsieur, Sie werden das Ballett der rasenden Kabylen versäumen!«

DER ELEGANTE HERR: »Das habe ich bereits gesehen.«

PETITE CHOSE, *ganz Weltdame:* »So bleiben Sie uns also erhalten. Welch ein Fest!«

DER ELEGANTE HERR: »Nein, denn ich muß zu meinen Gästen zurück, zwei Mehlexporteuren, die ich im Parkett zurückgelassen habe.«

PETITE CHOSE: »Zwei Mehlexporteure? Oh! Schicken Sie sie mir doch! Sehen sie gut aus?«

DER ELEGANTE HERR: »Der eine ist mein Onkel, der andere dessen Schwager.«

PETITE CHOSE, *als ob sie Bitterwasser zu schlucken bekäme:* »Man muß nicht von allem haben!«

Abgang des eleganten Herrn.

MITSOU *in belehrendem Tonfall:* »Da siehst du, in was für Unannehmlichkeiten du mich mit deinen Uniformierten fast gebracht hättest! Glücklicherweise habe ich es mit einem intelligenten Mann zu tun!«

PETITE CHOSE *in nicht minder belehrendem Tonfall:* »Ein intelligenter Mann ist jeden Tag darauf gefaßt, Hörner aufgesetzt zu kriegen, oder er ist kein intelligenter Mann. Und Unannehmlichkeiten? Was ist das schon Besonderes? Das ganze Leben besteht aus Unannehmlichkeiten!«

Sie rollt sich zappelnd auf dem Sofa zusammen, nur die Knie hält sie still, um die Beintrikots zu schonen.

MITSOU *würdig und verdrossen:* »Gott sei Dank habe ich in den drei Jahren, seit ich mit Pierre beisammen bin, vergessen, was Unannehmlichkeiten sind.«

PETITE CHOSE *reißt ihre kleinen Augen ungläubig auf:* »Nein! Wirklich? Nicht ein einziger Streit? Keine einzige Versöhnungsszene?«

MITSOU: »Nicht so viel! Er streitet nie mit mir. Und ich nicht mit ihm: Eintracht.«

PETITE CHOSE: »Na, sehr spaßig kanns ja nicht zugehn bei dir zu Haus! Und was ist mit der Front?«

MITSOU: »Welche Front?«

PETITE CHOSE *außer sich:* »Welche Front? Die Front! Der Schützengraben! Der Krieg! Du wirst doch irgend jemanden, den du liebst, an der Front haben?«

MITSOU: »Nein, denn ich bin seit Juni 1914 mit Pierre beisammen.«

PETITE CHOSE *die Füße gegen die Zimmerdecke erhoben:* »Als ob das ein Grund wäre! — Apropos, die beiden Kleinen, die Hübschen meine ich, wo sind die eigentlich an der Front?«

MITSOU: »Keine Ahnung.«

PETITE CHOSE: »Hast du sie denn nicht gefragt?«

MITSOU: »Nein.«

PETITE CHOSE: »Wovon habt ihr denn dann gesprochen?«

MITSOU: »Ich weiß nicht . . . Warte . . . Sie haben mich gefragt, ob ich mit meinen Rollen in der Revue zufrieden bin.«

PETITE CHOSE *in die Höhe springend:* »Deine Rollen! Die Revue! . . . Sind das Gespräche mit Leutnants auf Urlaub? Wo bist du denn erzogen worden? O weh, ich habe ihre Adresse nicht! Aber die brauche ich! Unbedingt!«

Pfeilgeschwind stürzt sie zur Tür hinaus. Wiederauftritt der alten Garderobiere. Sie tritt lautlos ein. Mitsou, in Nachdenken versunken, hört sie nicht.

DIE ALTE DAME *dicht an Mitsous Ohr mit kaum hörbarer Stimme:* »Man ist schon bei den ›Gefangenen Blumen‹ angelangt.«

MITSOU *fährt zusammen, legt eine Hand aufs Herz und schreit:* »Ha! Sie, Sie werden's noch dahin bringen, daß ich an einem Herzschlag sterbe! Ich möchte bloß wissen, wo Sie sich diese Gespenstermanieren angewöhnt haben.«

DIE ALTE DAME *flüsternd:* »Ich war vor dem Krieg Krankenpflegerin . . .«

MITSOU: »Wie viele haben Sie denn auf dem Gewissen, die vor Schreck gestorben sind? Geben Sie mir meine Lanze! . . .«

Sie ergreift eine rosenumrankte Holzlanze und betrachtet im Spiegel ihr reizendes Bild. Wie wenig unterscheidet sich doch in einem sehr jungen Antlitz der Ausdruck stiller Heiterkeit von dem grundloser Verzweiflung! . . . Petite Chose stürzt herein, schwingt eine Karte und hüpft auf beiden Beinen umher.

PETITE CHOSE *schreiend:* »Ich habe sie! Ich habe sie! Die Namen, die Adressen, die Feldpostnummer! Alles!«

MITSOU: »Sind sie schon fort?«

PETITE CHOSE: »Fort? Sie wollen überhaupt nicht mehr fort. Sie sagen, es ist hier viel lustiger als im Saal. Ich spiele meine Szene, so schnell ich kann, und komme dann wieder.«

MITSOU: »Wo sind sie denn?«

PETITE CHOSE: »In der Kostümkammer von Christophette Colombe. So ein Spaß, sag' ich dir! Wir schieben ihnen unter dem Vorhang Bier und Brötchen durch. Wir sind halbtot vor Lachen!«

Sie entflieht, vor Freude glucksend. Mitsou geht mit dem betretenen Gesichtsausdruck eines bestraften Kindes resigniert und brav zur Bühne hinunter.

2

Zwei Tage später. Derselbe Ort. Zehn Uhr. Mitsou vor dem Schlußbild »Der rote Sieg«. Ihr Kostüm besteht aus einem Hauch von feuerrotem Musselin und einer Art Bauchlatz aus purpurfarbenem Samt. Dazu trägt sie einen versilberten Holzdegen.

MITSOU *gähnend:* »Ich weiß nicht, was mit mir los ist heute abend. Mein Magen krampft sich zusammen und die Rippen tun mir weh. Ich muß zu viele Kalorien gegessen haben, wie mein Freund immer sagt. *(Die mit dem Orden der Akademie geschmückte alte Dame in Pantoffeln nickt verständnisvoll mit dem Kopf.)* Wissen Sie vielleicht, was Kalorien sind?«

DIE ALTE DAME: »Selbstverständlich.«

MITSOU: »Also ich — wenn mir mein Freund die Sache mit den Kalorien erklärt, da glaube ich zuerst immer, diesmal werde ich's verstehen, und dann versteh ich's doch wieder nicht. *(Melancholisch:)* So geht's mir mit allem übrigens. Er hat kein Glück mit mir. *(Schweigen. Mitsou betrachtet ihr Spiegelbild. Plötzlich:)* Und dieses Rot wächst mir jetzt schon zum Hals heraus. Zuerst die ›Rose Jacqueminot‹, dann die ›rote Seele des Sieges‹ — hol's der Kuckuck! Wie weit sind denn die da unten?«

DIE ALTE DAME *neckisch und gebildet:* »Chi lo sa?«

MITSOU: »Nein, nein, geben Sie sich keine Mühe. Das macht mir keinen Eindruck. Gehen sie lieber zur Tür und horchen Sie.«

DIE ALTE DAME, *nachdem sie die Tür geöffnet hat:* »Sie sind bei der ›Panne der exotischen Lebensmittel‹. Ich höre die Stimme von Mademoiselle Petite Chose.«

MITSOU: »Sie haben aber gute Ohren. *(Schweigen. Es klopft.)* Wer ist da?«

EINE STIMME: »Ein Paket für Mademoiselle Mitsou.« *(Die alte Dame nimmt das Paket und reicht es Mitsou.)*

MITSOU *wendet das Paket, ehe sie die Schnur durchschneidet, um und um:* »Was ist denn heute für ein Festtag?«

Sie macht das Paket auf. Es enthält zwei hübsch geschliffene und gravierte Flaschen, eine Puderdose und einen Brief.

MITSOU *langsam lesend:*

Madame,

ich bin der blaue Leutnant, ich allein, denn der Urlaub meines Kameraden in Khaki ist früher zu Ende als der meine. Als ich vorgestern abend das Theater verließ, kam mir der Gedanke, daß Sie wohl Ihre ganze Monatsgage für den Kauf des 16-PS-Renouhard, der auf Sie wartete, verwendet haben dürften, denn in Ihrem Ankleidezimmer quillt der Puder aus der Originalschachtel, und das Eau de Toilette trägt noch die Etikette des Kaufhauses, aus dem es stammt. Wollen Sie zum Dank für eine Ihnen aufgedrängte Gastfreundschaft diese Kristallgegenstände annehmen und für Puder und Verveine-Parfum verwenden? Leider sind sie nicht gerade erlesen schön, aber — ich sage es auf die Gefahr hin, Sie einigermaßen brutal in Erstaunen zu versetzen — es ist Krieg!

Mit dem Ausdruck ehrfurchtsvoller Hochachtung

der blaue Leutnant

MITSOU *betrachtet, nachdem sie sehr aufmerksam gelesen hat, die drei Gegenstände, dann den Brief, dann wieder die drei Gegenstände und beginnt schließlich ganz leise nochmals zu lesen:* »Madame, ich bin der blaue Leutnant . . . *(Laut zu der alten Dame:)* Aber warum nennt er mich Madame?«

DIE ALTE DAME: »Aus Zartgefühl.«

MITSOU: »Kann sein, daß das zartfühlend ist, aber höflich ist es nicht. Geben Sie mir einmal die Puderdose her, damit ich meinen Puder hineintue.«

DIE ALTE DAME: »Das ist keine Puderdose.«

MITSOU: »Keine Puderdose?«

DIE ALTE DAME: »Nein, es ist ein Konfitürentopf.«

MITSOU *verletzt:* »Ein Konfitürentopf? Warum nicht gleich eine Kaffeekanne?«

DIE ALTE DAME *hartnäckig:* »Weil es ein Konfitürentopf ist. Eine sehr hübsche Konfitürenschale im Restaurationsstil. Aber Sie können trotzdem Puder hineintun.«

MITSOU: »Ein Glück, daß Sie mir wenigstens das erlauben. *(Klingeln auf dem Gang. Mitsou erhebt sich jäh.)* Ich komme dran! Schnell, meinen Degen! . . . Wenn es Ihnen nicht zuviel Mühe macht, dann, bitte, tun Sie, während ich auf der Bühne bin, den Puder in den Konfitürentopf und das Verveine-Parfum in die Flaschen . . . in beide Flaschen, damit es zusammenpaßt.«

Sie geht hinaus: Die alte Dame beginnt sich höchst seltsam zu betragen, das heißt, sie füllt in der Tat die Flaschen, schüttet sich dabei keinen Tropfen Parfum auf ihr Taschentuch oder in ein eigenes Fläschchen, unterläßt es — obwohl sie allein ist — aufzuschnupfen, zu rülpsen oder in der Nase zu bohren, liest den offen auf dem Tisch liegenden Brief nicht, klaut keine Watte . . . Offenbar ist sie eines jener Originale, wie man sie erst seit dem Krieg antrifft. Es klopft . . .

DIE ALTE DAME *verbirgt Brief und Umschlag hastig in ihrer Schürzentasche:* »Herein!«

DER ELEGANTE HERR, *immer noch fünfzigjährig, besonders fein gekleidet:* »Ist Mademoiselle auf der Bühne?«

DIE ALTE DAME: »Ja, mein Herr! Es ist eben das Bild ›Der rote Sieg‹«.

DER ELEGANTE HERR *erblickt die Kristallgegenstände und fährt zusammen:* »Was ist das?«

DIE ALTE DAME: »Zwei Parfumflaschen und eine Puderdose. Ich sage Puderdose, aber eigentlich ist es ein Konfitü . . .«

DER ELEGANTE HERR *unterbrechend:* »Woher ist das?

DIE ALTE DAME: »Von Dauvel, wie Sie sehen. Es steht auf der Etikette.«

DER ELEGANTE HERR *ungeduldig:* »Wer hat es geschickt?«

DIE ALTE DAME: »Das weiß ich nicht. Wahrscheinlich hat Mademoiselle die Dinge selbst gekauft? Mademoiselle war nicht sehr gut ausgestattet, was die Toilettengegenstände anbetrifft.«

DER ELEGANTE HERR *bestürzt:* »Nicht gut ausgestattet?! Fürchterlich sieht es hier aus! Hundertmal wollte ich schon . . . Aber sie hat mir immer gesagt, daß die Garderobe in einer Music Hall . . . und daß überdies für Kriegsrevuen . . .«

DIE ALTE DAME *gerührt:* »Wie großherzig von ihr!«

DER ELEGANTE HERR *fortfahrend:* ». . . daß für Kriegsrevuen, die mitunter nicht mehr als fünfzehn Aufführungen erleben . . . *(Er geht sehr aufgeregt hin und her)* Ich versichere Ihnen, ich habe darauf bestanden . . . Mein Tapezierer sollte das alles hier . . .«

Er hält wieder inne. Der elegante Herr beginnt seine Sätze mit beeindruckender Leichtigkeit, beendet sie jedoch nur selten. Schweigen. Mitsou kehrt aus dem ›Roten Sieg‹ zurück, erhitzt als käme sie aus einem Dampfbad. Sie hat unterwegs ihren purpurfarbenen Latz aufgeknöpft und den goldenen Lorbeerkranz abgenommen; ihren silbernen Degen schleift sie wie einen Besenstil hinter sich her.

MITSOU *außer Atem:* »Ha! Ist das heute eine Menschenmenge! *(Ihren Freund erblickend:)* Ach, Sie sind da?«

DER ELEGANTE HERR *küßt ihr die Hand:* »Kleine Freundin! . . .«

MITSOU *bemerkt, daß der Brief verschwunden ist:* »Sie sehen, mir ist ziemlich heiß. Haben Sie jetzt ein Abonnement hier? Oder machen Sie Petite Chose den Hof? *(Sie setzt sich und streift die Schuhe ab; der Seufzer, den sie dabei ausstößt, kommt durchaus nicht aus einem bewegten Herzen.)* Oh, meine armen Füße!« *Sie beobachtet das Gesicht des eleganten Herrn im Spiegel.)*

DER ELEGANTE HERR: »Mitsou?«

MITSOU *sich abschminkend:* »Ja, ja — ich bin's . . .«

DER ELEGANTE HERR: »Diese Kristallsachen sehe ich heute zum erstenmal.«

MITSOU: »Ich auch.«

DER ELEGANTE HERR: »Haben Sie sie selbst gekauft?«

MITSOU: »Muß ich mir denn alles selber kaufen?«

DER ELEGANTE HERR: »Ja, aber dann . . . Woher kommen . . . Was bedeuten . . .«

MITSOU, *deren von Vaseline glänzendes Gesicht wie eine sich auflösende Rose aussieht:* »Sie sind ein Geschenk eines Bewunderers.«

DER ELEGANTE HERR: »Ach so! Und dürfte man seinen Namen erfahren?«

MITSOU: »Sie dürften vielleicht, aber ich weiß ihn selber nicht.«

Es fällt ihr plötzlich auf, daß sie die Wahrheit sagt und ihre Behauptung doch nicht glaubhaft klingt; sie wechselt mit ihrem Spiegelbild einen Blick, in dem zum erstenmal ein boshaftes Teufelchen aufblitzt: die List . . .

DER ELEGANTE HERR *gereizt:* »Madame belieben zu scherzen!«

MITSOU *wendet sich mit ungewohnter Heftigkeit um:* »Madame? Seit wann bin ich Madame?«

DER ELEGANTE HERR *verwirrt:* »Aber, Mitsou . . . das

ist eine Redensart . . . Man sagt ›Madame belieben zu scherzen‹ so wie man sagt ›Madame sind zu gütig‹« . . .

MITSOU *steif:* »Ich beliebe aber nicht zu scherzen und bin heute abend nicht zu gütig!«

DER ELEGANTE HERR: »Aber, Mitsou!«

MITSOU *in Hitze geratend:* »Wirklich unglaublich!«

DER ELEGANTE HERR: »Was ist unglaublich?«

MITSOU *im selben Ton:* »Sie suchen Streit mit mir. Sie fragen mich: Wer hat diese Glassachen geschickt? Und ich antworte Ihnen: Ich weiß es nicht, weil ich es wirklich nicht weiß. Es ist nicht meine Art, Lügengeschichten zu erzählen. Wenn ich bei Premieren Blumen oder sonst etwas geschickt bekomme, zeige ich Ihnen dann etwa nicht immer die Karten und alles?«

DER ELEGANTE HERR: »Aber gewiß, Mitsou!«

MITSOU: »Na also! Und wenn ich nun behaupte, daß ich die Person, die mir diese . . . diese . . . *(mit einem fragenden Blick auf die Garderobiere:)* diesen Konfitürentopf geschenkt hat, nicht kenne, so heißt das, daß ich sie wirklich nicht kenne!«

DER ELEGANTE HERR, *der in den zwei Jahren einer Liaison ohne Wolken und ohne Sonnenschein noch nie so viel zu hören bekommen hat:* »Aber ja, Mitsou. Beruhigen Sie sich, kleine Freundin! Das macht die Hitze . . . Und dann, drei Matineen in der Woche . . . Ich werde Ihnen morgen eine Flasche Kognak aus dem Jahre 1848 schicken lassen . . .«

MITSOU *nervös, während sie sich ankleidet:* »Nein, danke! Genug Flaschen, bloß keine Flaschen mehr! Und nun nichts als fort von hier! *(Mit einem feindseligen Blick auf ihren Ankleideraum:)* Ekelhaft ist es hier. Alle Krankheiten kleben an den Wänden. Und dieser Tisch! . . . Puh!«

DER ELEGANTE HERR: »Aber Sie selbst wollten doch niemals . . . Morgen lasse ich meinen Tapezierer kommen und . . .« *(Es klopft.)*

MITSOU, *sehr nervös zusammenfahrend:* »Wer ist da?«

Eeine Stimme: »Madame Mitsou?«

Mitsou: »Ja! Was gibt's?«

Die Stimme: »Der Chauffeur von Madame läßt Madame sagen, daß er Madame an der Ecke der Straße erwartet, weil die Schutzleute ihn nicht wie sonst vor dem Haus halten lassen.«

Der elegante Herr: »Gut, gut! Hier! *(Er öffnet die Tür einen Spalt weit, um ein Trinkgeld hinauszureichen. Als er sich umdreht, bemerkt er zu seiner Verblüffung Tränen in Mitsous Augen.)* Mitsou! Was fehlt Ihnen denn, kleine Freundin?«

Mitsou: »Nichts fehlt mir . . . *(Stotternd:)* Das macht . . . die Hitze . . . Und dann drei . . . drei Matineen in der Woche . . . *(Plötzlich schluchzend:)* Und dann . . . und dann, was haben sie nur alle heute abend, warum nennen sie mich denn alle Madame . . . diese Rohlinge!« *(In Tränen aufgelöst geht sie ab, gefolgt von dem sehr bestürzten eleganten Herrn . . .)*

3

Bei Mitsou. Eine Parterrewohnung mit »allem Komfort«, das heißt mit dem Komfort, den man für dreitausend Francs Miete in der Gegend des Trocadéro bekommt. Zwei ziemlich große Zimmer mit den Fenstern zur Straße, zwei kleinere nach dem Hof hinaus. Der Hof ist selbstverständlich »ein großer, heller, mit Topfgewächsen begrünter Hof«. Badezimmer, Ankleidezimmer, Küche und Speisekammer liegen zwischen den Hof- und den Straßenräumen in einer eher düsteren Zone; aus einem schmalen Lichtschacht fällt ein bläulicher Schimmer, der mit der elektrischen Beleuchtung ein unangenehmes Zwielicht ergibt. Man atmet hier unweigerlich einen öden Geruch von Keller, Gas, Spülwasser und Messingputzmitteln.

Mitsous Einrichtung ist höchst merkwürdig, obwohl ihre Absichten bestimmt die besten waren. Sobald ihre Einkünfte es ihr gestatteten, hat sie ehrfürchtig und emsig zusammengetragen, was sie in den armen Tagen ihrer Kindheit neidvoll bewundert hatte. Alles ist da: eine Merowingerkrone aus Kupfer hängt als elektrische Lampe über dem Eßtisch, ihre bunten Glassteine spiegeln sich in einem trostlosen Service aus weißem Porzellan mit Goldmonogramm von vorschriftsmäßiger Eleganz. Und echte Damasttischtücher, meine Liebe! Und ein großes, reichverziertes Rokoko-Himmelbett, über das geschnitzte Amouretten eine Wolke gestickten Tülls herabfallen lassen. Und eine dreiteilige — ach, warum nicht hundertteilige! — Chaiselongue, bespannt mit Seidendamast. Neben der Chaiselongue steht ein kleiner Damenschreibtisch, den man am liebsten fragen würde, ob er sich nicht im Stockwerk geirrt habe, so wenig paßt dieses altehrwürdige, grazile Möbel von der Farbe welkender Rosen in diese Umgebung.

Wenn die Bettwäsche auch nicht besonders fein ist, so trösten wir uns damit, daß Mitsou, um die haltbare Ware zu verschönern, sie mit einer Unmenge von Hohlsäumen und einer breiten Zwirnspitze versehen hat lassen. Daß das Badezimmer blauweiß gehalten ist, versteht sich von selbst. Soll ich auch noch den modernen und »sehr praktischen“ Toilettentisch schildern? — eines jener handwerklichen Meisterstücke, das die Reize eines Zahnarztstuhles mit dem Charme eines Patentschlosses und der Schönheit eines amerikanischen Büroschreibtisches in sich vereint.

Was den Salon anlangt . . . Doch nein, über den spreche ich nicht. Ich habe den Leser schon genug gequält.

Einen kurzen Blick nur möge er auf die Rokoko-Bukette werfen, auf die falschen oder echten Porzellanfigürchen, die Miniaturtabatieren — und, nicht zu vergessen, auf ein hochmodisches Kissen, das sich in wohlgenährter Frechheit breitmacht, bunt gefleckt wie die Wange eines

Clowns, kreuz und quer gestreift wie ein Eisenbahnsignal, ein Jockeygewand oder ein Handtuch, das eine ganze Woche lang zum Abschminken gedient hat . . . Zurückweichen wird der geneigte Leser schließlich vor dem Sofa, einer irrwitzigen Kombination aus Bronzebeschlägen, violettem Samt und Einlegearbeiten in farbigen Hölzern und Perlmutt . . . Begeben wir uns also zu Mitsou zurück in ihr Boudoir (ein Hofzimmer), das neben dem Schlafgemach (einem Hofzimmer) liegt. Nutzloser Sonnenschein fällt von der Straße her in den Salon und das Eßzimmer, geheiligte Räume, die Mitsou für »Empfänge« reserviert — was also besagen will, daß sie nie den Fuß hineinsetzt.

Es ist halb zwölf Uhr mittags. Mitsou widmet sich häuslichen Pflichten: bewaffnet mit jenem frivolen Gegenstand, der nichts reinigt, aber auch niemanden beschmutzt — einem Flederwisch — liebkost sie die Kunstgegenstände ihres Boudoirs. Sie trägt einen rosafarbenen Pyjama, der an den Knöcheln, an den Handgelenken und am Hals mit Tüllvolants eingefaßt ist; das Haar hat sie zu einer chinesischen Frisur aufgesteckt.

MITSOU *zum Stubenmädchen:* »Zwanzigmal habe ich Ihnen schon gesagt: die elektrischen Lampen gehören hierher, möglichst weit weg von der Wanduhr — und die Kerzenleuchter hierher, möglichst nah dran.«

DAS STUBENMÄDCHEN *müde und blaß wie alle notorisch unausgeschlafenen Stubenmädchen:* »Ach ja, das vergeß' ich immer.«

MITSOU *betrachtet sie:* »Sie sehn heute aus, als ob Sie sich den Magen verdorben hätten.«

DAS STUBENMÄDCHEN *einfach:* »Nein, Mademoiselle, es ist nur der achttägige Urlaub meines Bräutigams, der heute früh abgelaufen ist.«

MITSOU: »Ach so! Ist es immer noch derselbe? Der Korporal?«

DAS STUBENMÄDCHEN: »Ja, freilich! Nur ist er jetzt nicht mehr Korporal, sondern Feldwebel.«

MITSOU *aufhorchend:* »Aha! Was für eine Uniform hat er denn jetzt?«

DAS STUBENMÄDCHEN *erstaunt:* »Was für eine Uniform? Eine Zuavenuniform.«

MITSOU *gleichgültig:* »Ach so, ein Zuave. Das sind nicht blau, die Zuaven . . . *Das Telephon klingelt:* Heben Sie ab?«

DAS STUBENMÄDCHEN *zurückkehrend:* »Der gnädige Herr läßt Mademoiselle sagen, seine Sitzung wird so lange dauern, daß er nicht zum Mittagessen kommen kann.«

MITSOU *gleichgültig:* »Gut . . . *(Trällernd:)* Gut — gut — gut — gut . . . Sagen Sie Julienne, sie soll die Auberginen lassen. Ich mag sie nicht.«

Schweigen. Staubwischen. Mitsou weiß nicht, was saubermachen heißt. Sie kann an Blumen in einer Vase herumnesteln und dreimal hintereinander die Falten eines Vorhanges ordnen. Aber Kupfer blank zu putzen, einem Spiegel den Glanz klaren Wassers zu verleihen, Palisanderholz so zu polieren, daß es wie dunkles Öl glänzt — das wird Mitsou erst lernen, wenn sie die ersten Falten bekommt, Fett anzusetzen und geizig zu werden beginnt.

MITSOU *plötzlich und laut:* »Louise! *(Das Stubenmädchen kehrt zurück)* Wenn das so ist, dann bin ich heute Mittag ganz allein.«

DAS STUBENMÄDCHEN: »Wie so oft.«

MITSOU *ärgerlich:* »Wie so oft, ja vielleicht. Aber heute wird mir das den Appetit verderben . . .«

DAS STUBENMÄDCHEN: »Mademoiselle könnten Ihre Frau Mutter einladen.«

MITSOU: »An einem Samstag? Nein, ihre Samstagskunden würde Mama für ein Mittagessen mit mir doch nicht aufgeben! Samstag legt sie der Herzogin von Montmoreau die Karten und sagt einem Gemeinderat aus dem Kaffeesatz die Zukunft. Was denken Sie! . . .«

DAS STUBENMÄDCHEN: »Oder den Gesangslehrer?«

MITSOU *empört:* »Damit ich wieder sein Gebiß klappern höre, wenn er ißt? Ich danke! Haben Sie nichts Besseres vorzuschlagen? *(Einer plötzlichen Eingebung folgend:)* Aber rufen Sie doch Mademoiselle Petite Chose an — das wäre eine Idee.

DAS STUBENMÄDCHEN: »Hat Mademoiselle Petite Chose denn ein Telephon?«

MITSOU: »Wagram 66-66.«

DAS STUBENMÄDCHEN: »Wagram 66-66? Das ist doch die Nummer unseres Milchhändlers.«

MITSOU: »Unseres Milchhändlers? Sie scherzen.«

DAS STUBENMÄDCHEN: »Mir ist nicht nach Scherzen zumute. Vor einer Stunde erst hab ich diese Nummer angerufen, weil Julienne den Reibkäse vergessen hatte.«

MITSOU *unsicher:* »Verlangen Sie die Nummer trotzdem . . . ich fresse einen Besenstiel, wenn ich mich irre!«

DAS STUBENMÄDCHEN *geht telephonieren und kommt mit angewiderter und hochmütiger Miene zurück:* »Mademoiselle Petite Chose hat zugesagt.«

MITSOU: »Na, sehn Sie!«

DAS STUBENMÄDCHEN: »Mademoiselle wohnt im Hinterhaus des Milchhändlers. Er gestattet ihr, das Telephon zu benützen. Ich habe ja gesagt, daß Mademoiselle nicht aussieht wie jemand, der . . .«

MITSOU *unterbricht sie streng:* » . . . der ein Stubenmädchen hat, das mit zerzaustem Haar, in dem auch noch die Bettfedern hängen, herumläuft. Gehen Sie sich kämmen. Ich will in meinem Haus keine hängenden Strähnen sehen, wo bei mir selbst jedes einzelne Haar glatt frisiert ist!«

Das Stubenmädchen geht. Nachdem Mitsou noch den Staub von einer Vitrine aufgewirbelt hat, in der wahrlich kein sehenswerter Gegenstand zur Schau gestellt ist, legt sie den Flederwisch fort und kleidet sich an, was eine Angelegenheit von fünf Minuten ist. Sie trägt Schuhe aus Antilopenleder, ein Höschen aus rosa Voile, und ihr Oberkörper schimmert durch das Hemd wie eine erlesene Traube durch ein Tüllsäckchen. Darüber wird nun ein Kinder- oder Großmamakleid gezogen, ein Kleid aus grünem Taffet, das weder Taille, noch Gürtel, noch Sattel, noch Kragen, mit einem Wort überhaupt nichts hat, nicht einmal einen Unterrock über den Waden.

Mitsou ist damit beschäftigt, sich die Fingernägel zu maniküren — das heißt, sie mit viel zu viel Lack zu bemalen —, als Petite Chose, lärmend und zappelig wie ein Foxterrier, zur Tür hereinkommt. Wenn sie einen Augenblick stillhielte würde man bemerken, daß ihr Jerseykostüm aus dem billigsten Warenhaus stammt, daß ihr Hut aus Papierfilz besteht und daß sie recht abgenützte Schuhe trägt; niemals aber wird sie einem die Muße gönnen, dies zu beobachten. Der Kragen aus grauem Hasenfell gibt ihrem Sommerkostüm einen modischen Anstrich und reicht ihr bis zu den Augen, die man als blau bezeichnen kann — zumindest die Lider sind blau.

PETITE CHOSE *tritt nach Küssen, Umarmungen und Begrüßungsrufen einen Schritt zurück:* »Wieso fällt dir eigentlich ein, mich zum Mittagessen einzuladen?«

MITSOU *verlegen:* »Ich weiß nicht . . . das schöne Wetter . . ., die Auberginen . . . magst du Auberginen?«

PETITE CHOSE: »Warum nicht?«

MITSOU: »Ich dachte mir, daß du das gerne essen würdest. Leg doch deinen Pelzkragen ab und deinen Hut. Wir sind ganz unter uns.«

PETITE CHOSE: »Hübsch ist es bei dir! Ich bin nur einmal abends auf einen Sprung hier gewesen, aber bei Lampenlicht kann man eine Wohnung nicht so beurteilen. Was für ein Glück, daß du hier keine Sonne hast, sonst schießen nur die Tapeten, und auch manche Bilder vertragen kein Sonnenlicht.«

MITSOU *bescheiden:* »Oh, ich habe nichts Besonderes hier, aber es ist alles ganz persönlich. Ich habe bei der Einrichtung niemanden um Rat fragen wollen.«

PETITE CHOSE: »Ja, man muß selber wissen, was einem gefällt. Was Möbel anlangt, darf man nie auf andere Leute hören. Ich zum Beispiel habe ja nur ein bescheidenes Quartier, aber wenn ich auf die anderen gehört hätte, dann hätte ich schon längst meine ganze Sammlung zum Fenster hinausgeschmissen.«

MITSOU: »Was für eine Sammlung?«

PETITE CHOSE: »Eine Sammlung von Reiseerinnerungen.«

MITSOU *erstaunt:* »Bist du denn so viel gereist?«

PETITE CHOSE: »Ich? Nie. Es sind Reiseerinnerungen von Bekannten. Vor dem Krieg habe ich Leute aus aller Herren Länder gekannt.«

MITSOU: »Das muß ja sehr interessant sein . . .«

PETITE CHOSE *verächtlich:* »Ach, jetzt will ich von Ausländern nichts mehr wissen, diese Zeiten sind vorbei. Seit dem Krieg interessiere ich mich nur mehr für Khaki oder Blau . . .«

MITSOU *lebhaft:* »Ja, ich wollte dich nämlich gerade . . .«

DAS STUBENMÄDCHEN: »Mademoiselle, das Essen ist angerichtet.«

MITSOU: »Nach dem Essen muß ich dich noch was fragen.«

Sie zieht Petite Chose mit sich. Arm in Arm gehen sie in das Eßzimmer und setzen sich unter die Merowingerkrone. Mittagessen. Sardinen, Radieschen, eine fade Seezunge, ein graues Filet, weiche Pommes frites, gefüllte Auberginen. Mitsou versteht noch nichts vom Essen. Zwar trinken die Damen einen ausgezeichneten Chablis — ein

Geschenk des eleganten Herrn —, aber sie wissen ihn nicht zu würdigen.

PETITE CHOSE, *einen Teller betrachtend:* »Man kann sagen, was man will, weißes Porzellan ist doch immer am elegantesten. Noch dazu mit Monogramm! Übrigens — was ist das für ein Name? Hast du dir einen arabischen Namen zugelegt?«

MITSOU: »Nein, das hat mein Freund erfunden. Pierre ist Direktor zweier Aktiengesellschaften. Sie heißen: ›Minoteries Italo-Tarbaises‹ und ›Scieries Orléanaises Unifiées‹, und aus den Anfangsbuchstaben M. I. T. S. O. U. haben wir meinen Namen gemacht — Mitsou.«

PETITE CHOSE *herausplatzend:* »Nein!«

MITSOU *ebenfalls in Lachen ausbrechend:* »Doch!«

PETITE CHOSE *sich windend:* »Ha, ha, ha! Und ich habe erst neulich . . . Wie heißt er nur? . . . Ach, was weiß ich — einem Freund, den man mir vorgestern vorgestellt hat, gesagt, daß du einen persischen Namen hast.«

MITSOU: »Persisch?«

PETITE CHOSE: »Na ja, so wie das russische Ballett. Wie findest du das? *(Sie lachen.)* Wie gut es doch tut, so zu lachen!«

MITSOU: »Ja, das bringt einen auf andere Gedanken.«

PETITE CHOSE: »Möchtest du denn auf andere Gedanken kommen?«

MITSOU *ausweichend:* »Nein . . . Aber ich weiß nicht, mir ist in letzter Zeit nicht besonders fröhlich zumute.«

PETITE CHOSE: »Das liegt an der Jahreszeit. Mir hat neulich der Arzt im Theater die Brust abgehorcht und mir dann gesagt, ich bräuchte Landluft, gute Ernährung, Ortsveränderung . . . Ich hab ihm seinen Verordnungszettel aus der Hand gerissen und drunter geschrieben: Wilson, Poincaré, Albert, Georges, Victor, Emmanuel etc. Zum Kuckuck mit Landluft und gutem Essen! Es lebe das Kriegsende und mein Auto!«

MITSOU: »Das Land! Ich war nie auf dem Land, außer den zwei Autoausflügen mit meinem Freund. Also ich bin eine geborene Pariserin und das Land tut mir nicht gut. Damals, als ich mit Pierre bei den ›Deux Amants‹ gewohnt hab — reg dich nicht auf, so heißt das Hotel — da hat's mich erwischt . . . Ich weiß nicht, was es war . . . Der Sonnenuntergang und die Wolken und dieser Himmel, der gar kein Ende genommen hat . . . Es hat mich umgeschmissen . . . Ich war ganz schwindlig . . . wie zugeschnürt, so als müßt' ich ersticken. Und dann hab ich fürchterlich zu heulen angefangen und zu Pierre gesagt: Führ mich zurück, hab ich gesagt, führ mich zurück oder ich sterbe! In Paris war dann alles wieder gut. Das Land ist nichts für mich, glaub ich.«

PETITE CHOSE, *leicht beschwipst:* »Auf mich hat die Landluft eine ganz komische Wirkung . . . Kaum angekommen, lieg ich schon im Bett . . .«

MITSOU: »So krank macht sie dich? *(Durch Petite Choses unanständiges Gelächter aufgeklärt:)* »Aber, Petite Chose, denkst du denn immer nur d a r a n ?«

PETITE CHOSE: »Und du? Denkst du denn nie daran?«

MITSOU *auch leicht beschwipst, aber melancholisch:* »Doch, manchmal davor . . . aber niemals während . . .«

PETITE CHOSE, *Arme und Beine gegen den Himmel streckend:* »Mein Gott! Ist es denn wahr, daß die Freuden der Liebe den Armen vorbehalten sind?«

MITSOU: »Ach, weißt du, reich bin ich ja noch nicht, aber arm war ich auch einmal, und . . .« *(Sie schüttelt traurig den Kopf.)*

PETITE CHOSE, *sehr interessiert:* »Wie? Nicht möglich? Aber, meine arme Mitsou, warum begibst du dich auch . . . *(da das Stubenmädchen gerade den Kaffee hereinbringt)* . . . in die Hände einer Schneiderin, die es nicht versteht, dich jugendlich zu kleiden? Geh doch zu einer anderen . . .«

MITSOU: »Nein, das liegt mir nicht, jemanden so im

Handumdrehen aufzugeben. Und weißt du, der Gedanke an eine Veränderung, an all die Komplikationen . . . Da verlier ich schon im voraus den Mut!« *(Beide lachen.)*

PETITE CHOSE *schnuppert den Duft des Kaffees:* »Ah, der gute Kaffee! Alles kann ich entbehren, nur den Kaffee nicht. Hast du auch Zucker, Mitsou?«

MITSOU: »Aber natürlich!«

PETITE CHOSE: »So viel, daß ich zwei Tassen trinken kann?«

MITSOU: »Selbstverständlich. Eine Portion Kaffee, das reicht immer für zwei Tassen.«

PETITE CHOSE: »Außer im Restaurant.«

MITSOU: »Möchtest du rauchen? Ich habe Zigaretten da.«

PETITE CHOSE *prahlerisch:* »Ich auch, Madame. *(Sie zündet sich eine an.)* Meine sind sogar militärische. Die zwei Hübschen von neulich haben sie mir geschenkt.«

MITSOU, *Petite Chose die Zigarette aus dem Mund nehmend:* »Zeig her! Welcher von den beiden hat sie dir geschenkt? Der in Khaki oder der in Blau?«

PETITE CHOSE: »Das weiß ich nicht mehr.«

MITSOU: »Hast du sie wiedergesehn? Hast du . . .« *(Sie hält inne.)*

PETITE CHOSE *schlürft, beschwipst und etwas ermattet, ein großes Glas Likör aus:* »Ob ich was habe? *Mitsou schweigt.* Ach so! Nein, denke dir, ich hatte keine Zeit. Und nun sind sie fort. Aber das macht nichts, ich finde schon wieder andere, ebenso hübsche.«

MITSOU: »Also, du hast nicht mit ihnen . . .«

PETITE CHOSE: »Aber nein, sonst würde ich's dir doch sagen.« *(Schweigen, Zigaretten, Kaffee, Likör.)*

MITSOU, *sehr sanft:* »Du bist wirklich lieb, Petite Chose. So gemütlich sind wir noch nie beisammengesessen.«

PETITE CHOSE: »Ja, man kann sich täglich sehen und doch nichts voneinander wissen.«

MITSOU: »Da hast du recht! Meinen Freund zum Beispiel sehe ich seit drei Jahren jeden Tag und kenne ihn nicht besser als am Anfang.«

PETITE CHOSE, *belehrend:* »Ja, aber das ist doch ganz natürlich! Ein ernster Freund ist wie ein Gast. Worüber willst du reden mit ihm? Über sein Haus, über seine Geschäfte . . . damit kommt man nicht weit . . . ›Guten Tag, Liebster, wie geht es den Kindern? Hat sich der Kleinste schon von den Masern erholt? Dein Geschäftsfreund hat ein Gesicht, das ich mir nie merken kann . . . Und die Generalversammlung, war sie lustig?‹ Mit einem Wort, nichts als Banalitäten . . . Aber einen Liebhaber, einen Flirt, einen Herzensfreund, den lernt man in dreiviertel Stunden besser kennen als den anderen in drei Jahren.«

MITSOU: »Glaubst du?«

PETITE CHOSE *entschieden:* »Ich weiß, wovon ich rede, verlaß dich drauf! In dreiviertel Stunden — manchmal in noch kürzerer Zeit — weißt du, was für ein Liebhaber er ist, ob er danach fröhlich oder traurig ist, ob er Geld braucht, ob er eben sein Gehalt gekriegt hat, ob dein Hut ihm gefällt, ob er deine Freundinnen kennt, ob er beim Rennen Wetten abschließt, ob er Lust hat, dich wiederzusehen . . . Kurz, alles Wesentliche! Sogar wenn du ihn nie mehr wiedersiehst, bleibt er doch ein Jemand, eine Erinnerung, ein Mensch, der existiert.«

MITSOU *träumerisch:* »Eine Erinnerung . . . Hast du viele . . . solche Erinnerungen?«

PETITE CHOSE *schenkt sich noch ein Glas Likör ein:* »Na, und ob . . . und ich hoffe, ich werde noch viele sammeln!«

MITSOU *keusch:* »Aber, Petite Chose! . . .«

PETITE CHOSE *beschwipst:* »Was denn! Was denn, Petite Chose? Was hat Petite Chose denn getan? Selbstverständlich ist es noch nicht aus. Kann denn ich was dafür, daß wir in einer solchen Zeit leben?«

MITSOU: »In einer solchen Zeit?«

PETITE CHOSE *immer lebhafter:* »In einer Zeit, wie sie vielleicht seit Beginn der Welt noch nicht da war. Hat es das je zuvor gegeben: Straßen voller junger Leute, junge Leute jeder Art, hübsche Burschen, die schon durch ihre Kleidung alle Blicke auf sich ziehen, die jeder Frau begehrliche Blicke zuwerfen und dabei ihre weißen Zähne blitzen lassen? Nein, nicht wahr? Und da will man uns verbieten, ihnen in die Nähe zu kommen? Und da kriegen wir Dinge zu hören wie: ›Der Zynismus der Frauen kennt keine Grenzen! Diese Kreaturen hängen sich an unsere Söhne, unsere Männer, unsere Brüder, unsere Vettern.‹ Darauf kann ich nur antworten: ›Madame! . . .‹«

MITSOU *gerührt, am Likör nippend:* »Wem antwortest du?«

PETITE CHOSE, *ohne sie zu hören:* »›Madame, ich eigne mich nicht fürs Stricken. Ich mag keine Verbände anlegen und kann keine Pakete ins Feld schicken, denn ich habe keinen Pfennig! Ich eigne mich nur für das eine . . . Nun, Sie wissen schon! Und wenn ein schöner Kerl vor mir steht, dann werd' ich mich nicht auf dem Absatz umdrehen! Ein schöner Kerl noch dazu, der vielleicht morgen schon in den Tod gehen wird!‹«

MITSOU *erregt:* »Nein, nein, nicht morgen schon!«

PETITE CHOSE, *fortfahrend:* »›Deshalb, Madame, wenn Sie mich nicht an Armen und Beinen fesseln, werde ich weiter leben wie bisher. Ich werde diese Arme ausbreiten, wann immer es mir beliebt, werde jeden glücklich machen, wenn ich nur Lust dazu habe, einerlei ob's ein Khakifarbener ist, Madame, oder ein Blauer.‹«

MITSOU, *mit einem Aufschrei:* »Nein, nicht den Blauen!«

PETITE CHOSE, *zur Wirklichkeit zurückkehrend:* »Wie? Was? Was ist los? Was für ein Blauer?«

MITSOU *außer sich:* »Der Blaue! Der mit dem Konfitürentopf. Der den Brief geschrieben hat!«

PETITE CHOSE *springt vom Stuhl auf, läßt ihren Likör*

im Stich und läuft zu Mitsou: »Erklär mir, mein Kleines, erklär mir . . .«

MITSOU, *ohne Atempause:* »Ich will die Adresse von dem blauen Leutnant haben, den du in meinem Wandschrank versteckt hast, der mir die Glassachen geschenkt hat, der mir geschrieben hat, aber seine Adresse nicht angegeben hat!« *(Sie läßt den Kopf auf die verschränkten Arme fallen.)*

PETITE CHOSE: »Nein, sowas!«

MITSOU *schmiegt sich, den Kopf wieder hebend, an Petite Chose:* »Ich wußte doch, daß du die Adresse hast . . . aber ich hab mich nicht getraut, dich gleich darum zu bitten . . . Petite Chose, gib sie mir! Bitte, Petite Chose, gib mir die Adresse, seine Adresse . . .« *(Sie weint.)*

PETITE CHOSE, *als wäre Mitsou eben das Ehrenkreuz verliehen worden:* »Na also! Gott sei Dank! Das ist ja großartig! Gratuliere! Du sollst sie haben, aber ja, du kriegst sie, die Adresse . . . Na endlich, Gott sei Dank!«

Sie wiegt sie mütterlich in den Armen. Küsse, Geflüster, Verschwörung . . .

4

MITSOU AN DEN BLAUEN LEUTNANT

Monsieur,

Ich weiß nicht, wie ich Ihnen für die hübschen Sachen danken soll, die Sie mir geschickt haben. Ich verstehe genug von schönen Dingen, um zu wissen, daß sie von jemandem ausgewählt worden sind, der Geschmack hat. Wenn Sie mir die Freude machen, mich wieder zu besuchen, dann werden Sie in meiner Garderobe vieles verändert finden und sehen, daß Ihr schönes Kristall darin den Ehrenplatz einnimmt.

Mit vielen freundlichen Grüßen

Mitsou

P. S. Wenn das nicht zu indiskret ist, möchte ich Sie nach dem Datum Ihres nächsten Urlaubs fragen.

Der blaue Leutnant an Mitsou

Madame,

Sie haben mich beschämt: Ihnen die bescheidenste, die banalste Kleinigkeit zu schicken und dafür ein Briefchen zu erhalten, aus dem Humor, Ursprünglichkeit und Pariser Anmut leuchten — das ist zuviel, das ist viel zuviel! Wie viele meiner Kameraden würden mich beneiden, wenn ich ihnen dieses Kärtchen zeigte, und sie würden es ohne Zweifel den Anfang eines Abenteuers nennen. Aber diese Kameraden wissen eben nicht, daß ich kein Abenteurer bin, und daß Sie in der Revue des Empyrée-Montmartre den jugendlichen Ernst, das künstlerische Gewissen und die vornehme Haltung verkörpern — die HALTUNG, groß geschrieben, die zu einem Automobil und einem würdigen Freund gehört. Habe ich auch nichts vergessen? Wenn es doch der Fall sein sollte, entschuldige ich mich im vorhinein, Madame, mit aller Bescheidenheit eines Mannes, der, obwohl Sie seinen Namen und seinen Vornamen kennen, es sich in den Kopf gesetzt hat, zu verbleiben, als der anonyme und ehrfurchtsvolle

blaue Leutnant

MITSOU AN DEN BLAUEN LEUTNANT

Monsieur,
ich habe mich über Ihren Brief sehr gefreut. Er hat nur vier Tage gebraucht, was nicht viel ist in einer solchen Zeit, ich meine, einer Zeit, die so langsam vergeht. An manchen Tagen vergeht sie noch langsamer als sonst, und man weiß nicht, warum. Es gibt Komplimente, die einem keine Freude machen, ja, die einen sogar traurig stimmen; das fiel mir ein, als ich Ihren Brief las. Es macht mir mehr Freude, Ihre hübsche Schrift zu betrachten, als Ihren Brief nochmals zu lesen; denn es sind Stellen darin, die so aussehn, als ob Sie mich für eine andere hielten, als ich bin. Wenn Sie sie in der Hoffnung geschrieben haben, daß ich sie nicht verstehe, so ist das kein schöner Zeitvertreib für einen jungen Mann wie Sie. Und wenn Sie geglaubt haben, ich würde sie verstehn und verletzt sein, so nehmen Sie bitte zur Kenntnis, daß sie mir nicht viel Eindruck gemacht haben, und daß eine Frau keine Zeit hat, empfindlich zu sein, wenn ihre Gedanken mit etwas beschäftigt sind. Wenigstens weiß ich jetzt, wie sich die französischen Offiziere die ›vornehme Haltung‹ vorstellen: im Tüllhemd mit fraisefarbenen Strümpfen.
Nichts für ungut und auf Wiedersehen. Und vergessen Sie das nächste Mal nicht, daß ich Sie gebeten habe, mir das Datum Ihres nächsten Urlaubs mitzuteilen.

Mitsou

DER BLAUE LEUTNANT AN MITSOU

Madame,
wenige Briefschreiberinnen dürfen sich gleich Ihnen rühmen, in fünfzehn Zeilen so viel Wesentliches auszudrükken: Ironie, Schicklichkeitsgefühl und die Andeutung eines Geheimnisses. »Das Geheimnis der jungen Diva« —

welch schöner Titel für einen Film in dreiundzwanzig Kapiteln! Haben sie also gelogen, diese weit geöffneten Augen, die dem Getriebe des Lebens gleichgültig zuzusehen schienen? Dachten sie doch an etwas? Was die Ironie betrifft, so habe ich, wenn ich nicht wieder für einen Rohling gehalten werden will, kein Recht, mich darüber zu wundern. Man lebt nicht ungestraft in der fiebrigen Atmosphäre der Music Hall und inmitten der alten Witzbolde, die die Revuen verfassen. Ich habe nur einen von ihnen kennengelernt: er war ein glänzender Bürokrat, der das kriegstaugliche Alter längst überschritten hatte. Allabendlich verzeichnete er auf einem Notizblock die Ereignisse, die Witze und die Zoten des Tages in alphabetischer Reihenfolge.

Und was das Datum meines nächsten Urlaubs betrifft, Madame, das bestimmen die Deutschen. Vielleicht in zwei Monaten, falls sie sich brav ruhig verhalten — vielleicht auch nie, wenn sie angreifen. Ist es nicht ärgerlich, daß mein nächster Besuch in Ihrer Garderobe von diesen Leuten abhängt?

Ich verbleibe in aller Ehrfurcht, Madame,

Ihr blauer Leutnant

Mitsou an den blauen Leutnant

Sie haben es entschieden, Sie sind »mein blauer Leutnant«. Sehn Sie, es ist doch komisch mit den Worten. Sage ich »mein Leutnant«, so ist das etwas ganz gewöhnliches, schreibe ich aber »mein blauer Leutnant« hin, wird daraus etwas Herzliches! Petite Chose nannte einen ihrer Freunde »mein violettes Wasserhuhn«, aber ich will überhaupt keine Vergleiche anstellen. Ich möchte Sie nur bitten, mich »Mademoiselle« zu nennen und nicht »Madame«. Ich habe keinen anderen Grund dafür als den, daß ich das nicht leiden kann.

Ich habe in Ihrem Brief nichts »Wesentliches« entdecken können. Vielleicht haben Sie auch nichts dergleichen geschrieben, es sei denn, die Stelle, wo Sie von den armen alten Herren sprechen, die die Revuen verfassen. Diese Stelle hat mir fast geschmeichelt, weil ich das Gefühl hatte, als spräche Ihr Herr Vater mit mir. Ältere Herren machen sich nämlich gerne über das Leben hinter den Kulissen lustig, so als würden sie es kennen, und kichern verschmitzt dazu.
Beim zweiten Lesen Ihres Briefes war mir aber ganz klar, daß Sie ihn geschrieben haben. Ich sah Sie auf einmal vor mir, wie Sie damals im Wandschrank standen, genau so jung. Denn ein Mann muß sehr jung sein, um nicht zu verstehen, daß eine Frau, die sagt, sie denkt an E t w a s, damit sagen will, sie denkt an J e m a n d e n.
Leben Sie wohl, mein blauer Leutnant! Petite Chose schickt Ihnen die besten Grüße, und ich wünsche Ihnen von Herzen, daß Ihnen kein Leid geschieht.

Mitsou

Der blaue Leutnant an Mitsou

Mademoiselle Mitsou, mir ist, als könnte ich Ihnen heute nichts als Dummheiten schreiben. Man sollte auch nach zwei durchwachten Nächten — eine davon habe ich als Wachtposten verbracht — keinen Brief an eine Frau schreiben. Mademoiselle Mitsou, Ihre Einfachheit, Ihre scheinbare Einfachheit beunruhigt mich mehr, als mir lieb ist. Sie d e n k e n? Das liegt wohl an unserem Alter. Wir sind beide Jahrgang 93, wenn ich nicht irre. Auch ich denke. Ich denke an meine Familie, an meinen Soldatenberuf, an die flüchtigen, etwas rohen Vergnügungen, die die Urlaubstage mir bringen, an — an meine Marraine, werden Sie jetzt gewiß vermuten! Aber diese Vermutung ist falsch. Ich habe keine Marraine und will auch keine ha-

ben. Meine Freunde und Kameraden, die ganze Mannschaft, alles rings um mich lebt in einer wahren Briefschreiborgie, gibt sich einer derartigen Übertreibung des Marrainespieles hin, daß ich nicht die geringste Lust verspüre, dabei mitzutun.
Doch Sie, Mademoiselle Mitsou, »Mitsou, die denkt« — geistert am Ende das freundliche Gesicht meines Kameraden in Khaki durch Ihre Träume? Ach, wie dumm von mir! Es handelt sich — es k a n n sich nur um einen Zivilisten handeln. Wir Vorübergehenden, wir rufen, schon im Davoneilen, »auf Wiedersehen« . . . »bis dann« . . . »vielleicht«. Wir geben ein Versprechen, und die Zivilisten halten es. Denn sie sind ja da — vielleicht nicht immer, aber doch zumeist! Oh, wieviel haben sie uns dadurch voraus!
Vielleicht wird mich Ihr nächster Brief in den Rang eines Vertrauten erheben. Es ist ganz recht so, ganz kriegsgemäß, daß der Vertraute seine jungen Jahre im Schützengraben vergeudet und dort den Roman eines glücklichen Geliebten liest, der sein Vater sein könnte. Mademoiselle Mitsou, ich lausche Ihnen. Mein Wohlwollen ist Ihnen sicher, und zwar um eines Satzes willen, der Ihrer zerstreuten Feder gerade in dem Augenblick entschlüpft ist, als ich seiner sehr bedurfte: »Ich wünsche Ihnen von Herzen, daß Ihnen kein Leid geschieht.«
Ihr ehrfurchtsvoller und müder

blauer Leutnant

MITSOU AN DEN BLAUEN LEUTNANT

Mein blauer Leutnant,
ich konnte nicht anders, ich mußte lachen, als ich Ihren Brief las, erstens, weil ich schon so froh war, als ich Ihre Schrift auf dem Kuvert sah, und zweitens, weil Sie schreiben: »ein Satz, der Ihrer zerstreuten Feder entschlüpft

ist.« Meine zerstreute Feder! Du lieber Himmel! Man sieht, daß Ihnen das Schreiben leicht fällt. Wie kann denn meine Feder zerstreut sein, wenn ich beim Schreiben doch auf so vieles achten muß, auf die Schrift, auf die Orthographie, auf das, was ich Ihnen verständlich machen will! O nein, ich bin nicht zerstreut, wenn ich Ihnen schreibe. Und jetzt, wo Sie anfangen, eine gute Meinung von mir zu kriegen, darf ich erst recht nicht nachlässig sein oder mich gehen lassen!
Meine Briefe langweilen Sie also nicht zu sehr? Was soll ich dann erst über Ihre Briefe sagen! Sie werden es vielleicht nicht glauben, aber ich habe noch nie mit jemandem korrespondiert. Ich bin aus Paris und rühre mich nicht weg von hier. Die Bekannten, die ich habe, sind auch alle aus Paris, und die Pariser geben lieber drei Sous fürs Telephon aus, als daß sie einen Brief schreiben. Ich möchte, daß Sie verstehen, was für ein Ereignis in meinem Leben es bedeutet, daß ich nun anfange, Briefe zu schreiben, und noch dazu Briefe an Sie. Ich kann nicht abschätzen, wie groß der Unterschied zwischen den Briefen ist, die ich Ihnen schreibe, und denen, die Sie verdienen würden. Aber ich schreibe Ihnen, ohne zu lügen. Und so dumm diese Mitsou auch sein mag, sie wird es schon merken, wenn die Zeit gekommen ist, wo sie Ihnen nicht mehr schreiben soll. Solche Sachen lernt man, Gott sei Dank, auch ohne etwas von Grammatik zu verstehen.
Ich gebe zu, daß ich in meinen vorletzten Briefen versucht habe, mich ein wenig über Sie lustig zu machen. Warum auch nicht? In der kurzen Zeit, die ich Sie gesehen habe, sind Sie mir so jung vorgekommen, so ernst — ganz wie eine männliche Mitsou. Genau wie Mitsou haben Sie Angst, daß man Sie nicht genügend achtet, Sie nehmen Ihren Beruf genau so ernst wie sie, und vielleicht sagen Sie auch wie sie: »Vergiß nicht, daß du vierundzwanzig bist und daß Spaß und Scherz erst im reiferen Alter erlaubt sind.«

Weil ich diese Vorstellung von Ihnen habe, fühle ich mich bereit, Ihnen alles zu verzeihen und Ihnen nichts durchgehen zu lassen. Ich bilde mir gerne ein, daß wir irgendwie miteinander wetteifern, daß wir Rivalen sind wie zwei Freunde oder wie Zwillinge. Das macht mir Mut und gibt mir das Recht, Ihnen Fragen zu stellen — zwei Fragen zum Beispiel:
1. Ist eine Wachtpostennacht sehr gefährlich?
2. Brauchen Sie nicht ein paar unnütze Dinge?
Denn eine Familie, die denkt zwar daran, einem nützliche Dinge zu schicken, aber nichts anderes.
Es würde mir Freude machen, Ihnen einige von den Dingen zu schicken, die zu nichts gut sind und nur das Leben angenehmer machen.
Es ist jetzt sehr schön in Paris. Ich wünsche Ihnen, daß Sie auch so schönes Wetter haben, vor allem aber wünsche ich mir, daß es in zwei, oder vielmehr in eineinhalb Monaten noch ebenso schön sein wird. Ich genieße den Sonnenschein von zehn Uhr morgens an. Sie werden das recht spät finden, aber ich brauche nicht früher aufzustehn, denn vor zehn Uhr kommt keine Post, ich habe nachgefragt. Dann kommt die zweite Post um zwölf Uhr mittags, und das ist mir sehr angenehm, denn die Person, die Sie in meiner Garderobe getroffen haben, kommt um eins zum Mittagessen, und da bin ich froh, wenn die Post vorher kommt. Danach kann ich beruhigt einkaufen gehen oder sonst etwas, denn erst um sieben oder halb acht Uhr kommt die nächste, ich meine, die nächste interessante Post.
Um halb sieben nehme ich ein ausgiebiges Tee-Abendbrot, und da die Post im Augenblick sehr launenhaft ist, kann es passieren, daß ich bei der Rückkehr aus dem Theater einen Brief finde, der erst nach meinem Weggehen gekommen ist. So war es mit Ihrem letzten Brief, und ich war darüber so betroffen, als wäre ein lebendiger Mensch in meinem Zimmer gesessen.

Ich schreibe Ihnen da sehr lange und sehr dumme Sachen, aber es hat mir solche Freude gemacht, sie Ihnen zu schreiben, daß ich nicht den Mut habe, den Brief zu zerreißen. Ich denke an Sie und wünsche Ihnen eine gute Nacht, mein lieber blauer Leutnant — hoffentlich ist es nicht wieder eine Wachtpostennacht!

Mitsou

DER BLAUE LEUTNANT AN MITSOU

Mitsou, ich habe Ihren Brief. Ich lese ihn voll Staunen darüber, daß ein kleines Mädchen, das sich ohne Scheu nackt zeigt, ihr Wesen so sehr verbergen kann. Mitsou, weder habe noch werde ich jemals die Anmut Ihrer Gestalt vergessen, die ich dank Ihrer hochmütigen Gelassenheit aus der Tiefe des Wandschranks bewundern durfte. Doch als ich damals, in Betrachtung versunken, dastand, verspürte ich keineswegs die Lust, Ihnen zuzurufen: »Wer sind Sie, Mitsou?« Dies frage ich Sie heute, als hätte ich Sie noch nie gesehen. Sie, Mitsou, der es an stilistischer Gewandtheit mangelt und deren Handschrift die einer Schülerin ist. Sie haben in Ihren Briefen doch niemals verfehlt, mir genau das zu sagen, was Sie mir sagen wollten — nicht mehr und nicht weniger. Sie haben mir nicht geantwortet, Mitsou, als ich Sie ein wenig leichtfertig nach dem bevorzugten Gegenstand Ihrer Gedanken fragte. Sie haben darauf nicht geantwortet — haben mir jedoch einen genauen Stundenplan der Briefzustellung in Paris gegeben.
Oh, kluge Mitsou, Sie haben mich gelehrt, wieviel Romantik ein Eisenbahnfahrplan enthalten kann! Nichts ist schöner und aufregender an einem Abenteuer, als wenn zwei Wesen, die noch nichts voneinander wissen, doch schon die gebieterische Notwendigkeit fühlen, zu gewissen Stunden beieinander zu sein! . . . Mitsou, ich will Sie von nun ab einfach nur Mitsou nennen. Mitsou, ein Wort

noch, und ich sage »Du« zu Ihnen . . . Nein, ich tue es nicht. Das erste »Du« ist ein leidenschaftlicher Aufschrei, und in einem Brief schreit man nicht.
Nein, liebste Mitsou, eine Wachtpostennacht ist nicht sehr gefährlich. Aber sie ist eine Erprobung, die einem zwei schwere Bürden auferlegt, die im Laufe der Nacht immer schwerer werden: Verantwortung und Einsamkeit. Die Verantwortung ist die leichtere von beiden; man vermag sie abzuschätzen, man kennt sie, man trägt sie mit Würde. Die Einsamkeit aber überwältigt einen mit Träumen, mit Schaudern, mit unheimlichen Bildern, deren man sich kaum erwehren kann, mit einer Empfindsamkeit, die man zu unterdrücken versucht . . . Eigentlich dürfte ich Ihnen das gar nicht gestehen, Mitsou.
Sie wollen mir also unbedingt das schenken, was Richard Wagner — in wahrhaft gutem Französisch — »l'enivrant superflu« nannte? (Ihre allerliebste, schlichte Wendung »Brauchen Sie nicht ein paar unnütze Dinge« wäre ihm niemals eingefallen.)
Nun gut denn! Ich brauche:
1. Eine Photographie von Mitsou.
2. Ein Stück fraisefarbenen Samt, so groß wie meine beiden großen Hände, um ein Buch einzuschlagen, das ich liebe. Von welchem Farbton? Dem der Strümpfe der »Rose Jacqueminot«.
Das ist vorläufig alles. Bitte machen Sie sich aber auf weitere Forderungen gefaßt. Liebe Mitsou, ich küsse ehrfurchtsvoll Ihre schmalen kleinen Pfoten und bin

Ihr blauer Leutnant

Mitsou an den blauen Leutnant

Mein lieber blauer Leutnant,
so manche Frau hätte beim Lesen Ihres letzten Briefes geglaubt, es sei ein Liebesbrief. Ich nicht, glücklicherweise!

Obwohl Sie hie und da schwierige Wörter verwenden, besteht doch keine Gefahr, daß ich mich darüber täusche, was sie wirklich bedeuten. Ich fühle mich schon geschmeichelt genug und bilde mir nichts Unmögliches ein.
Ein Bild von Mitsou und der Samt gehen heute in einem kleinen Paket ab. Die Farbe des Samtes stimmt genau. Und die Photographie zeigt auch »Rose Jacqueminot«. Aber wie düster ist dieses Rot auf dem Bild! Von nun an will ich keine Rollen in Rot mehr spielen, das wirkt zu traurig.
Petite Chose hat gemeint, ich soll Ihnen ein Säckchen schicken, wie sie es ihren Freunden schickt. Es sind kleine Säckchen, in die sie nichts anderes hineintut als Küsse. Ich aber schicke Ihnen, wie bisher, nur meinen innigen Wunsch, daß Ihnen nichts Böses geschehe. Dieser Satz erinnert mich immer an die Sätze, die ich als Kind zu Neujahr auf feines Spitzenpapier schreiben mußte. Es tut mir leid, daß ich keinen schöneren für Sie erfinden kann. Aber das macht nichts. Mein Wunsch ist mehr wert als ein schöner Satz, denn ein Satz lebt nicht, mein Wunsch aber lebt. Er ist so wirklich wie die kleine Schwalbe oder Taube auf dem altmodischen Briefpapier. Ich sehe ihn, er bewegt sich, er fliegt, er hat ein Gesicht, er ist rings um Sie, auf Ihrem Kopf, an Ihrer Brust — ich sehe ihn so deutlich, als würde ich selbst an Ihrer Brust liegen . . . Das Säckchen von Petite Chose wäre sicher sehr hübsch und sehr schön bestickt, aber es würde nur eine kleine Stelle beschützen. Mit meinem Wunsch bin ich viel unbesorgter, er hüllt Sie ganz ein.
Wie komisch Sie doch sind, mein lieber blauer Leutnant, mit Ihrem »Wer sind Sie, Mitsou?« Ich hätte niemals gedacht, daß Sie die Rolle des alten Herrn in der Revue so gut spielen können: »Wer sind Sie denn, mein schönes Kind?« Wäre ich noch bei Mayol in der Weihnachtsrevue, dann würde ich Ihnen, mit Flügeln, Helm und Lanze verkleidet, antworten: »Ich? Ich bin die heroische Liebe!«

Ich bin nicht die heroische Liebe. Ich bin gar nichts Besonderes, das kann ich Ihnen versichern. Sie haben mich ja damals aus dem Wandschrank ganz gesehen: eine kleine Künstlerin, jung, nicht häßlich, die dem Publikum gefällt und nicht viel Talent hat. Sie staunen über meine Bescheidenheit? Sehn Sie, wir in der Music Hall wissen fast alle recht gut, was wir wert sind, trotz des Ansehens, das wir uns geben. Nehmen wir zum Beispiel Petite Chose: sie versucht dadurch interessant und originell zu wirken, daß sie nie still hält; alles an ihr dreht und windet sich. Und ich, weil ich ein kindlicher Typ bin, ein regelmäßiges Gesicht habe und Augen, die ich so aufreiße, daß mir die Stirn davon weh tut, weil das gut zu meinen langen Beinen, meinem kleinen Mund und meinem Nichts von einer Nase paßt — bei mir haben sich die Revueverfasser gedacht: »Die wird in den unanständigen Rollen glänzend wirken, also werden wir sie ihr geben.« So einfach ist das also. Aber Sie, der Sie kein Revueschreiber sind, sollten doch keine andere Mitsou suchen als die, die Sie gesehen haben! Ich habe mich vor Ihnen ausgezogen? Nur deshalb, weil ich nichts Böses dabei gedacht habe, sonst hätte ich den Wandschirm vorgestellt. Ich habe keine drei Worte gesprochen? Das kommt daher, weil ich das Pulver nicht erfunden habe, wie man so sagt. Beweis dafür ist, daß ich kein Wort herausgebracht habe, um die Situation zu retten, als die bewußte Person in meine Garderobe gekommen ist. So, das ist alles. Mehr ist über Mitsou nicht zu sagen, die eine brave kleine Modistin war und sich vor dem Elend und vor der Werkstatt fürchtete, weil sie das am besten kannte. Und deshalb hatte sie Lust, das zu versuchen, was sie am wenigsten kannte, nämlich das Theaterleben. Man glaubt immer, man wird in dem, was man nicht gelernt hat, leichter Erfolg haben als in dem, was man gelernt hat, das ist ganz natürlich.

Das übrige, mein Privatleben, können Sie sich wohl vorstellen. Sie haben ja gesehn, von wem es abhängt — bis zu

dem Tag, an dem ich von dieser Abhängigkeit genug haben werde. Meine Freunde? Die sind rasch aufgezählt: Ich bin zu jung, um männliche Freunde zu haben — in meinem Alter geht das immer schlecht aus. Und mit Freundinnen ist es auch nicht so einfach. Da gibt es die Entfesselten, die vor nichts mehr Ehrfurcht haben. Sie trinken und rauchen Opium. Manche, die ich kenne, sind seit dem Krieg Maschinschreiberinnen oder Telephonistinnen, aber die behandeln unsereinen, als wären wir Luft. Andere wieder sind dasselbe wie ich, und das sind die allerärgsten! Wenn ich eine Stunde lang mit ihnen beisammen war, frage ich mich: »Was, bin ich am Ende auch so? Bin ich wirklich in meinem Alter auch schon so öde und langweilig, wenn ich nicht auf der Bühne stehe?« Da kann ich genauso gut vor meinem Spiegel sitzen bleiben, das ist weniger beschämend. Was soll man machen! Man gewöhnt sich bald daran, allein zu sein, und ist dabei ganz zufrieden, wenn nicht plötzlich ein Ereignis . . . Es gibt im Leben nur drei große Ereignisse: den Tod, die Berühmtheit oder die Liebe. Mein lieber blauer Leutnant, welches von den dreien wird mir wohl als erstes auf den Kopf oder ins Herz fallen? Ich warte.
Nein, nein, küssen Sie mir nicht die Hände, nicht einmal in einem Brief. Sie sind nicht schön genug, die weiße Schminke verdirbt sie, und dann habe ich mir auch zuviel roten Lack auf die Nägel getan. Nun pflege und schone ich sie, damit sie besser sind, wenn Sie kommen. Küssen Sie mir lieber die Armbeuge, sie ist von so vielen grünen und blauen Flüssen durchzogen, daß Sie beim Küssen an nichts anderes als an Ihre Generalstabskarte zu denken brauchen.

Ihre Mitsou

P. S. — Aber ich will auch eine Photographie!

Liebe Mitsou, ich möchte Sie sehen! Ich möchte Sie sehen! Was soll ich Ihnen sonst noch sagen? Ich möchte Sie sehen! Ich fühle mich sanft, schwach und wie umnebelt. Mich lockt, mich zieht etwas Weiches, Tiefes, Unbestimmtes. Ich fühle mich glücklich und gleichzeitig jeglichen Glücks beraubt. In mir ist eine Unruhe und zugleich eine gewisse Trägheit, und beides hat seinen eigenen Zauber. Ein Zustand der Jugend . . . Ihre Photographie erinnert vor allem an Sie und dann auch an einen Satz von Francis Jammes über ein junges Mädchen, »das wie eine dunkle Rose aussah und sang . . .« Mitsou, wollen Sie mich küssen? Ich frage das, weil ich mich sehr danach sehne. Die acht Wochen unbedingter Aufrichtigkeit, die hinter uns liegen, verpflichten mich dazu, Ihnen nichts zu verschweigen. Mitsou, küssen Sie mich! Wenn ich denke, daß ich Ihnen das Gürtelband zugemacht und dabei nur darauf geachtet habe, Ihre kaum verhüllte Haut zwischen den Haken nicht einzuzwicken . . . Ich erinnere mich, daß Ihre Arme und die Kurve Ihres Rückens gegen das Begonienrot Ihrer Wangen im grellen Licht ganz grün aussahen. Grün wie weißer Flieder, den man im Winter künstlich zum Blühen zwingt . . . Ich erinnere mich, wie Sie kalt und keusch Ihre schlanken Arme gehoben haben, um mir zu helfen . . . Mitsou, ich kann den Geruch von Verveine nicht leiden. Ich liebe nur e i n Parfum, den Duft von Teerosenblättern in einer Sandelholzbüchse, die vielleicht einmal feinen Tabak enthielt — den Duft von Mitsou. »Große Veränderungen« in Ihrer Garderobe? Warum? Warten Sie noch. Lassen Sie mich Ihre Garderobe so wiedersehen, wie ich sie seinerzeit aus der Tiefe des Wandschrankes gesehen habe . . . Verändern Sie nichts, verbannen Sie daraus nur e i n Möbelstück! Ein Möbelstück, das hereinkam, als ich da war, etwa fünfundfünfzig bis sechsundfünfzig Jahre alt und wenig stilvoll. Dann wird alles gut sein. Ach, liebe, liebe Mitsou, wie mir alles an Ihnen gefällt, und besonders Ihr Bemühen, mir in Ihren Briefen Ihr Leben eintönig, öde und leer wie eine unmöblierte Mansarde zu schildern! Wissen Sie, daß mein Leben nicht weniger leer ist? Mitsou, uns vierundzwanzigjährige Jungen hat der Krieg von der Tür des Gymnasiums weggeholt. Er hat Männer aus uns gemacht; aber ich glaube, es wird uns immer fehlen, daß wir nie junge Männer waren. Sie ist für uns verloren, jene kostbare Zeit, in der man lernt, seine Stimme und seine Bewegungen zu beherrschen, mit seiner Freiheit außerhalb der Familie fertigzuwerden, vor allem aber, wie man sich ohne Angst und ohne kannibalische Gier jenen Frauen nähert, die nicht nur an das Vergnügen oder an unser Geld denken . . . Mitsou, verzeihen Sie mir, daß ich Sie mit solchen Dingen langweile. Mein Kummer hat aber nun einen neuen Stachel und ich schwanke zwischen zwei Befürchtungen: werde ich als ein gealterter Gymnasiast vor Ihnen stehen oder als ein zu junger Mann, gleich einer vorzeitig abgefallenen Frucht, die auf einer Seite schon reif, auf der anderen noch grün ist . . .?

Hören Sie, Mitsou: in zehn Tagen, Mitsou, werde ich . . . ja, Mitsou, in zehn Tagen werde ich in Paris sein. Nur achtundvierzig Stunden. Eine kurze Mission . . . Die Brutalität dieses Geständnisses erschreckt mich selbst. Es treibt mir die Schamröte ins Gesicht — wie der Versuch, im Gedränge nach einem Busen oder einer Hüfte zu greifen, wofür man sich nachträglich selbst verachtet.

Hier ist die Photographie, um die Sie mich gebeten hatten: Sie ist vergilbt und ungerahmt, und ich sehe sehr häßlich darauf aus, weil ich die Nase in der Sonne verziehe. Die kleinen Erhebungen, die Sie im Hintergrund sehen, sind die deutschen Linien — zum Teufel, nur vierhundert Meter entfernt! Mitsou, wie köstlich der rosa Samt doch duftet — ich bin mit dem Kopf darauf eingeschlafen.

Ihr blauer Leutnant

Mitsou an den blauen Leutnant

Lieber blauer Leutnant, ach, ich habe nicht mehr den Mut, Ihnen zu schreiben: ich werde Sie wiedersehn! Ich habe Sie schon auf der Photographie wiedergesehn, von der Sie behaupten, sie sei häßlich. Trotzdem fühle ich, fühle es so deutlich, daß ich fast den Verstand darüber verliere, daß Sie sie just deswegen ausgesucht haben, weil es auf der ganzen Welt nichts Schöneres gibt als Ihre Gestalt, die sich gegen den Himmel abhebt, und weil man darauf Ihre elegante Erscheinung so gut sieht und Ihre Kopfhaltung und Ihre besondere Art, das Kinn zu heben. Nein, nein, sagen Sie nicht, daß sie häßlich ist; sie gefällt mir, sie macht mir Herzklopfen, sie bringt mich völlig aus der Fassung. Ich halte es nämlich nicht länger aus. Glauben Sie mir, ich habe mich so sehr beherrschen müssen seit dem Tag, wo ich Ihnen, anstatt einen so dummen Brief zu schreiben, ganz einfach hätte schreiben wollen: »Ich muß Sie wiedersehn, denn ich bin ganz verändert, ich glaube, ich liebe Sie . . .« Und wie gut es doch war, daß ich mich zurückgehalten habe! Schon deswegen, weil es möglicherweise noch gar nicht stimmte. Mir tat nur alles weh, so ähnlich wie kurz vor einer Grippe. Ich kann gar nicht sagen, wie mir war. Ich habe mich bei Petite Chose beklagt, daß mir abwechselnd heiß und kalt ist, und habe mir von der Garderobière Pulver gegen Kopf- und Magenweh geben lassen. Ich verstand nicht, verstehen Sie? Sogar Ihre Geschenke sah ich an, als würden sie mir etwas zuleide tun, ich beschimpfte sie und rief: »Dieser blaue Leutnant glaubt wohl, ich habe auf ihn gewartet mit seiner Puderdose!« Kurz, lauter Dummheiten und Mißverständnisse. Ich spreche nicht so gut wie Sie. Mir entgehen immer alle möglichen Feinheiten. Aber wie Petite Chose so schön sagt: »Wer den Mund hält, sagt keinen Unsinn.« — Ich hoffe sehr, ich werde den Mund halten, wenn Sie da sind — bei mir . . . Ich muß mich noch schnell vor Ihnen ausleeren, wie man einen Korb ausleert, um zu zeigen, daß das, was unten liegt, ebenso gut ist wie das, was oben liegt. Seit zwei Monaten fühle ich mich nämlich von so neuen Gedanken erfüllt, so süßen, quälenden Gedanken, daß ich keine Worte finde, um sie auszudrücken.

Vorhin glaubte ich noch, daß ich Ihnen nicht mehr schreiben könnte. Und jetzt kommt es mir so vor, als ob ich Ihnen so viel Wichtiges und Dringendes zu sagen hätte, daß dieser Brief niemals ein Ende nehmen wird. Da fällt mir zum Beispiel ein, daß Sie mich nie in Privatkleidung gesehen haben. Das ist ja schrecklich! Was soll ich nur machen? Und dann habe ich Sie nie gefragt, ob Sie kleine Hüte mögen. Ich trage nämlich keine anderen. Meine Röcke sind nicht sehr kurz, müssen Sie wissen. Und dann trage ich keine grellen Farben auf der Straße, erstens, weil Krieg ist, und zweitens, weil ich mich von den Regenbogenfarben der Theaterkostüme erholen muß. Ich trage also Dunkelblau, Dunkelgrün, Schwarz und Weiß. Am Tag schminke ich mir auch die Wangen nicht. Meine Frisur ist ganz glatt, und die Ohren lasse ich frei, weil sie sehr klein sind.

Was wollte ich noch alles sagen? Das übrige haben Sie ja gesehn, und das tut mir jetzt leid. Ich habe nichts wirklich Häßliches an meinem Körper, außer den Zehen, vielleicht durch die Modeschuhe. Und dann habe ich am Nacken, dicht unter dem Haaransatz eine Narbe — (von einem Malheur mit einer Hutnadel.) Aber da ich den Kopf nur dann vor Ihnen beugen werde, wenn ich mich schäme oder kränke, so hängt es ja nur von uns beiden ab, ob Sie diese Narbe überhaupt zu Gesicht bekommen.

Ich weiß nicht recht, was geschehen wird. Ich weiß nicht einmal, ob überhaupt etwas geschehen wird. Aber ich hoffe es so sehr! Wir sind sehr jung und allen Gefahren ausgesetzt. Aber noch ehe ich Sie richtig kennengelernt habe, ja sogar wenn Sie mich bald vergessen sollten, möchte ich Ihnen von ganzem Herzen »Danke« sagen.

Vielleicht werde ich im Spiegel nun bald eine freudestrahlende Mitsou sehen. Vielleicht auch eine weinende. Auf jeden Fall aber wird es nicht mehr die Mitsou von früher sein. Diese dumme, diese vernünftige, die nicht lachte und niemals weinte, diese arme Mitsou, die nichts hatte, nicht einmal einen eigenen Kummer. So bin ich Ihnen, mein lieber blauer Leutnant, für mein ganzes Leben zu Dank verpflichtet, denn Sie haben eine Frau beschenkt, die nichts hatte,

Ihre Mitsou

5

Bei Mitsou. Sie wartet auf ihn. Er muß seit Mittag in Paris sein; aber er hat eine Familie . . . Er hat Mitsou versprochen, zum Tee zu kommen. Sie erwartet ihn. Am Tag vorher hat sie einen englischen Tee- und Likörtisch gekauft, Portwein, drei Spitzenschürzen für das Stubenmädchen, Parfums um hundertfünfundzwanzig Francs und einen Hut, und sie ist stundenlang bei der letzten Anprobe zweier Kleider von einem Fuß auf den anderen getreten. Morgens hat sie Blumen und Früchte besorgt.

Es ist fünf Uhr. Die neuen Parfums glänzen durchsichtig und grün wie Chartreuse in den Flaschen auf dem Toilettentisch; der Cherry Brandy, der Portwein und der Kognak auf dem Likörtisch hingegen sehen aus wie Toilettewasser und wie flüssige Schminke, mit denen sich Mitsou Lippen, Zahnfleisch und Zunge röter färbt. Den Blumen ist heiß. Die Sonne, die langsam ihre Bahn zieht, wirft einen Strahl auf die Kirschenschale, einen goldenen Fleck auf das Tischtuch und berührt endlich die Schulter Mitsous, die seit langem wartend in einem Lehnstuhl sitzt.

MITSOU, *plötzlich aufstehend:* »Es ist fünf Uhr. *(Der*

Klang Ihrer eigenen Stimme schüchtert sie ein und sie wiederholt leiser:) Es ist fünf Uhr.«

Sie öffnet eine illustrierte Zeitung und legt sie gleich wieder fort, denn die Blätter zittern in ihren Händen. Sie versucht, das Zimmer der Länge und Breite nach zu durchschreiten, aber das Zimmer hat weder Länge noch Breite, und schließlich flüchtet sie zum Fenster, hinter den Spitzenvorhang, und fühlt, daß sie nun endlich den Platz gefunden hat, von dem sie sich nicht mehr wegrühren wird, bis . . . bis ein Wagen heranrollt, bis sie die Hupe und das Türschlagen eines Taxis hört, bis eine Klingel ertönt.

Sie trägt ein schwarzes Seidenkleid, am Hals smaragdgrün bestickt, mit kurzen Ärmeln, die — wie Petite Chose sagt — beim »Mageren« des Armes enden. Mitsou sieht heute zwar nicht sehr gut aus, doch ihre ungeschminkte Blässe, ihre langen, schweren Wimpern, ihr weiches Haar — ebenfalls wie aus schwarzer Seide — und der altmodisch lange, vornehme Schwanenhals verleihen ihr den Ernst, den schwarz-weißen Zauber einer romantischen Heldin — aber welche romantische Heldin hätte ein so winziges Näschen?

Sie ist durstig und beißt sich auf die trockenen Lippen. Sie lehnt die Stirn gegen das halboffene Fenster, genießt den leichten Luftzug und meint, daß durch ihr Gehirn tausend wirre Gedanken schwirren; in Wirklichkeit denkt sie an gar nichts — sie wartet. Sie sieht auf die Straße und wirft manchmal einen Blick auf ihre kleinen, kothurnenähnlichen Schuhe. Ab und zu huscht ein sorgenvoller Gedanke durch die ängstliche Leere ihres Geistes, erschüttert diese flüchtig und entschwindet wieder. ›Ich glaube, ich hab eine Laufmasche im Strumpf. Ich hätte ein Aspirin nehmen sollen . . . Wenn er keine Zeit hat, mit mir zu Abend zu essen? . . . Wenn ich Pierre im Restaurant treffe? . . . Und wenn er mit mir heute abend nach Hause kommen will, was werde ich da sagen? . . . Ich hätte doch den schwarzen Hut nehmen sollen statt dem schwarzgrünen . . . Es ist halb sechs . . . Vielleicht ist er verhindert . . .‹

Mit einemmal ist das Taxi da. Mitsou hört eben noch eine Stimme, die dem Chauffeur streng befiehlt, ›drei Francs‹ zu nehmen. Zwei Türen öffnen und schließen sich. Er steht vor ihr und . . . erkennt sie nicht wieder. Auch wenn er sie sich hundertmal vorgestellt hat — auf dem Hintergrund eines sternenhellen Himmels, einer mondlosen Nacht, einer lehmbraunen Erdmauer, eines bunten Traumhintergrundes — eine Mitsou im Straßenkostüm, im Pyjama oder im Morgenkleid —, er hat sie ja doch nur ein einziges Mal gesehen, kaum bekleidet, in Tüll und fraisefarbenen Strümpfen . . . Er ist überrascht und verlegen. Er ist gekommen, um ›Mitsou‹ zu schreien, die Arme auszubreiten und eine zarte Gestalt in einem Hauch von zerknittertem Tüll an sich zu ziehen . . . Aber hübsch findet er sie und rührend, dieses blasse, schwarz gekleidete Mädchen, das ihm da die Hand reicht.

Mitsou dagegen hat ihn sofort wiedererkannt, von Kopf bis Fuß. Sie ist weder überrascht noch enttäuscht. Sie lächelt nur über die unerwartete Entdeckung, daß ihr blauer Leutnant nicht so schwarzes Haar hat, wie sie geglaubt hatte; eher dunkelbraun, ein wenig rötlich im Nacken. Und sie findet sofort die richtigen Worte.

MITSOU: »Wie schön Sie sind!«

Er lächelt. Er küßt die kleine, ausgestreckte Hand. Er ist errötet und wagt nicht, die runde, weiße, gepuderte Wange mit dem silbrigen Flaum zu küssen. Übrigens erwartet Mitsou auch gar keinen Kuß. Sie setzt sich, weist auf einen Stuhl ihr gegenüber und spricht . . .

MITSOU: »Sind Sie gut hierhergekommen?«

DER BLAUE LEUTNANT: »Recht gut, aber sehr langsam natürlich.« *(Schweigen.)*

MITSOU: »Wollen Sie ein Glas Portwein?«

DER BLAUE LEUTNANT: »Wenn Sie auch eines trinken, ja bitte.«

MITSOU, *zwei Gläser füllend:* »Die Zigaretten stehen neben Ihnen.«

DER BLAUE LEUTNANT: »Danke. Wenn Sie auch eine rauchen.

Sie zündet sich eine Zigarette an und bläst den Rauch sehr weit von sich. Er trinkt. Sie trinkt. Sie stellt ihr Glas mit zitternder Hand ab, und der zarte Stiel bricht entzwei.

MITSOU, *als wäre die Decke eingestürzt:* »Ach!«

DER BLAUE LEUTNANT *sich erhebend:* »Ach, endlich! Auf diesen Schrei habe ich gewartet.« *(Er nimmt Mitsou in die Arme und bedeckt sie mit Küssen.)*

MITSOU, *nachdem er sie losgelassen hat:* »Es ist ein durchsichtiges Glas . . .«

DER BLAUE LEUTNANT: »Was, wie?«

MITSOU, *heftig atmend:* »Das bringt Glück. Sie schmiegt sich wieder in die Arme des Leutnants. Küssen Sie mich weiter, bitte . . . Solange Sie mich küssen, vergesse ich wenigstens meine Schüchternheit.«

DER BLAUE LEUTNANT: »Ich will tun, was ich kann, um Ihnen Mut zu machen . . .«

Es gelingt ihm. Ihre eiskalten Händchen werden warm und weich, der zarte Körper in seinen Armen gibt nach und scheint sein Leben auszuhauchen. Mitsou hat die Augen geschlossen; der Leutnant aber betrachtet aus nächster Nähe ihre schwarz umrahmten, gewölbten Lider, ihre freie Stirn und hinter ihr den mit Nippsachen gezierten Kamin . . .

DER BLAUE LEUTNANT, *beiseite:* »Wenn ich einmal nur einen Augenblick allein in diesem Zimmer hier bin, dann hat für die Gipsstatuette dort das letzte Stündlein geschlagen . . .«

MITSOU *nach Atem ringend:* »Ach! . . . *(Sehr leise und ganz sacht:)* Robert . . .«

Er ist so entzückt, als hätte sie ihm ein Geschenk gemacht. Noch nie hat sie ihn Robert genannt.

ROBERT *leise:* »Ja, Mitsou, ich bin's.«

Der Flüsterton macht sie beide sicherer; sie sind den Klang ihrer Stimmen noch nicht gewohnt.

MITSOU: »Da sind Sie also!«

ROBERT: . . .

MITSOU: »Essen Sie mit mir zu Abend?«

ROBERT: . . .

MITSOU: »Aber nicht hier.«

ROBERT *zur Wirklichkeit erwachend:* »Warum nicht hier?«

MITSOU *verlegen:* »Weil nämlich — *(er runzelt auf alle Fälle die Stirn, und sie beeilt sich zu lügen)* — weil nämlich das Essen bei mir für Sie nicht gut genug ist. Bei mir wird nichts Feines gekocht.«

ROBERT *entrüstet:* »Aber, Mitsou! Sind Sie denn keine Feinschmeckerin?«

MITSOU: »O doch . . . Aber Kuchen und Süßigkeiten gibt's ja nirgendwo mehr.«

ROBERT: »Es gibt doch noch andere gute Dinge. Also, was werden wir heute abend essen? Kommen Sie einmal hierher auf meine Knie und bestellen Sie. Warmen Hummer? Huhn mit Pilzen?«

MITSOU *trotzig:* »Nein . . . Ich möchte kalten Lachs mit sehr viel Mayonnaise. Und dann vielleicht Kalbsbries . . . das ist mir gleichgültig . . . Das Dumme ist, daß wir früh essen müssen, wegen der Revue.«

ROBERT: »Ist es noch immer dieselbe Revue?«

MITSOU: »Nein, eine neue seit Freitag.«

ROBERT: »Spielen Sie darin große Rollen?«

MITSOU: »Das glaub ich! Ich spiele ›Das Bauchdekolleté‹, ›die Freiheit, die die Welt erhellt‹, ohne Trikot, und ›die Kleine aus dem sechzehnten . . .‹«

ROBERT: »Aus dem sechzehnten Jahrhundert?«

MITSOU: »Nein, aus dem sechzehnten Bezirk, eine von denen, die in der Nähe des amerikanischen Militärlagers wohnen und die sich — Sie können sich schon vorstellen, womit — beschäftigt.«

ROBERT *träumerisch:* »Seltsame Sitten . . .«

Schweigen. Er vergißt, Mitsou zu küssen, und blickt um sich. Der chirurgische Toilettentisch hypnotisiert ihn. Er hat Lust, Mitsou mit bedauerndem Interesse zu fragen: ›Wie kommen Sie denn dazu?‹, denn er kann nicht glauben, daß sie ein derartiges Möbel auf dem Gewissen hat . . .

MITSOU: »Er ist originell, nicht?«

ROBERT: »Wer, Mitsou?«

MITSOU: »Mein Toilettentisch. Ein junger Künstler hat ihn ausgeführt, er hat nur einen einzigen solchen gemacht, und dann ist er gestorben.«

ROBERT: »Recht spät . . .«

MITSOU: »Wieso recht spät? Er soll erst dreißig gewesen sein.«

ROBERT: »Nein, ich habe mich versprochen, ich wollte sagen: zu spät.«

MITSOU *in ahnungsloser Unschuld:* »Aber nein, im Gegenteil, ich sagte Ihnen doch . . .«

ROBERT: »Sagen Sie nichts, Liebste!«

MITSOU *stürmisch:* »Oh, ich bin so froh, daß Sie bei mir

sind! Sie müssen wissen, hier sind Sie bei mir, das ist m e i n Zuhaus. Haben Sie meine Vitrine gesehn? Und den Damastschaukelstuhl — gefällt er Ihnen? Setzen Sie sich einmal darauf . . . und die Radierungen, sie sind alt, so alt, etwas Älteres gibt es überhaupt nicht mehr! Sehn Sie?«

ROBERT *leise, mit größter Milde:* »Ja, ich sehe. Man wird das alles verbrennen müssen.«

MITSOU: »Alles verbrennen?«

Sie blickt ihn an, und er redet nicht weiter, denn sie reagiert entwaffnend auf ironische Bemerkungen: Wenn sie etwas nicht versteht, schweigt sie und öffnet die großen, geduldigen Augen so weit, daß die Spitzen ihrer geschwungenen Wimpern die Brauen berühren.

ROBERT *gerührt:* »Geliebte Mitsou!«

Er zieht sie an sich und fühlt in diesem Augenblick eine Welle der Zärtlichkeit für sie, weil er eben nahe daran war, sie zu verletzen.

MITSOU *schmachtend:* »Ach . . . also . . . Was tun wir nun?«

Er hat diese Frage nicht erwartet. Aber seine Hände gleiten von ihren Schultern die Arme und die Hüften hinab, mit so festem Druck, als wollte er den gefügigen jungen Körper nicht streicheln, sondern kneten, neu erschaffen . .

MITSOU *hellwach:* »Nein, o nein . . . ich sagte das nur, weil es schon spät ist . . .«

ROBERT: »Ich esse mit Ihnen zu Abend, Mitsou, wenn Sie mir die Ehre geben wollen.«

MITSOU *sehr ernst und so wie sie es fühlt:* »Die Ehre ist ganz auf meiner Seite.«

Er senkt die Augen, errötet leicht unter seiner schönen, sonnengebräunten Haut, wie jedesmal, wenn Mitsou mühelos all seine Erwartungen übertrifft.

ROBERT: »Ich begleite Sie in Ihr Theater, das eine Music Hall ist . . .«

MITSOU *ängstlich:* »Ja . . .«

ROBERT: »Und dann . . . *(Sie schweigt.)* Und dann begleite ich Sie bis zu Ihrer Haustür . . . *(Mitsous Augen bekommen einen leuchtenden, feuchten Glanz, und von einem ein wenig sadistischen Mitleid getrieben, beeilt er sich, hinzuzufügen . . .)* bis zu Ihrer Haustür; dann, Mitsou, werde ich Ihnen im Vertrauen sagen: ›Mitsou, der alte Diener meiner Mutter schläft sehr fest und hört das Läuten nicht, es könnte mir passieren, daß ich die Nacht auf dem Flur verbringen muß, wenn . . .‹«

Er hält inne. Keiner von ihnen hat Lust zu lächeln, und Mitsou senkt die Augen nicht. Ihr Blick ist so wenig der einer Frau und einer Liebenden, es liegt so viel Entschlossenheit, so viel Fatalismus und so wenig Hoffnung darin, daß das junge Herz des Mannes sich noch einmal vor Mitleid und Ehrerbietung zusammenzieht. Er schwingt sich auf die Höhe von Mitsous Einfachheit empor . . .

ROBERT: »Mitsou, wollen Sie mich?«

MITSOU: »O ja, mit größter Freude!«

Und er wundert sich, wie diese abgedroschene Wendung, verjüngt durch eine beinahe fromme Stimme, taktvoll darüber hinweggeht, daß es sich zwischen ihnen um eine Liebesgeschichte handelt.

6

Das Restaurant Lavoie. Da es erst sieben Uhr ist und noch mehrere Tische frei sind, finden Mitsou und ihr Leutnant einen guten Platz an einem Ecktisch, und werden beflissen von einem Kellner und einem Oberkellner bedient. Es ist noch heller Tag, die dumpfe Luft riecht nach Melonen und Erdbeeren. Robert betrachtet mit Entzücken den schweren goldigen Abenddunst, der den Himmel hinter der Madeleine zart grün erscheinen läßt.

EIN KELLNER *zwölf Jahre alt und ernst, wie es seinem Alter entspricht:* »Lebensmittelmarken, meine Herrschaften?«

ROBERT: »Lassen Sie, Mitsou, ich habe welche.«

MITSOU: »Ich auch. Ich habe Zusatzkarten, weil ich einen Ausweis für Nachtarbeit habe. Geben Sie ihm nur zwei, das ist mehr als genug.«

ROBERT: »Aber ich habe Hunger, Mitsou. Hier, junger Mann!« *(das ernste Kind entfernt sich.)*

MITSOU: »Sitzen Sie da gut? Möchten Sie nicht lieber meinen Eckplatz?«

ROBERT: »Nein ich sitze hier sehr gut, Mitsou.«

Er blickt mit der etwas gespielten Sicherheit eines dreiundzwanzigjährigen Lebemannes und mit einer geheuchelten Mißlaunigkeit um sich, die andere Gäste davor warnen soll, Mitsou anzusehen, und ihnen zu verstehen gibt, daß er schon sehr an sie gewöhnt, ja geradezu blasiert ist. Nachdem er diese stumme Warnung zwei müden Abgeordneten, zwei Damen vom amerikanischen Roten Kreuz und einer Gruppe geschwätziger höherer Offiziere zugeworfen hat, beschließt er, sich selbst an Mitsou zu freuen — an Mitsou im schwarzen Hut mit grünem Rand, Mitsou im schwarzen Seidencape, das ihr von den Schultern gleitet und ihren langen, weißen, biegsamen Hals, den Hals eines Opfertieres, erstrahlen läßt.

Sie sieht mit einemmal außerordentlich hübsch aus.

ROBERT: »Wie gut Schwarz Ihnen doch steht, Mitsou!«

Und gleichzeitig fragt er sich: ›Warum sieht Mitsou, die nicht geschminkt ist, deren glattgekämmtes Haar Stirn und Ohren freiläßt, die ihre Bewegungen beherrscht und ihre Stimme noch nicht ein einziges Mal erhoben hat — warum sieht sie doch nicht wie eine Dame aus?‹ Diese Frage beschäftigt ihn derart, daß er nicht bemerkt, daß der Oberkellner neben ihm wartet und auf seinem fetten Römerantlitz seine Gedanken zur Schau trägt: ›Meine Zeit ist kostbar . . . aber bitte, verschwenden wir sie auf dem Altar des Vaterlandes und klagen wir nicht . . .‹

MITSOU *durch Roberts betrachtenden Blick geschmeichelt:* »Robert . . .«

ROBERT: »Ach ja! Mitsou, wollen Sie nicht Hummer essen? Seit vier Monaten habe ich keinen gesehen. Homard à l'indienne?«

MITSOU: »O ja! Mit Mayonnaise und allen Scheren.«

DER OBERKELLNER *die Augen rollend über diese traurige Welt:* »Mayonnaise paßt nicht zu Hummer auf indische Art. Der Reis ist mit Safran und Curry zubereitet.«

MITSOU: »Oh, das macht nichts. Dann bestellen Sie mir die Mayonnaise extra.«

ROBERT: »Schreiben Sie die Mayonnaise auf. Huhn mit Pilzen . . . Ah, wie schön, Mitsou, daß es das heute gibt. Mitsou, essen Sie gerne Huhn?«

MITSOU: »O ja! Hauptsächlich, wenn Salat dabei ist.«

DER OBERKELLNER: »Salat paßt nicht zu Huhn mit Pilzen — es ist mit einer Sauce und . . .«

MITSOU: »Macht nichts. Einen Salat extra.«

DER OBERKELLNER: »Erdbeeren, Himbeeren, Kirschen in Eis, Bananen, Fruchtsalat?«

MITSOU *lebhaft:* »Kirschen in Eis! Kirschen in Eis!«

ROBERT: »Aber das ist doch nicht gut, Mitsou! Da schmeckt man ja die Kirschen nicht mehr!«

MITSOU: »Das ist ja gerade das Lustige.«

ROBERT: »Kirschen für Madame! Und für mich Walderdbeeren mit Schlagsahne. Schicken Sie mir den Weinkellner. Mitsou, Bordeaux, Burgunder oder Champagner?«

MITSOU: »Das ist mir egal. Ich kann keinem Wein anmerken, aus welcher Gegend er ist.«

ROBERT: »Ich glaube, es gibt hier einen sehr guten Bordeaux, der im Glas ein wenig nach Kaffee und Veilchen duftet . . .«

MITSOU *entsetzt:* »Was, und das ist erlaubt?«

ROBERT: »Burgunder kommt nicht in Betracht, der paßt nicht zum Hummer und verträgt sich auch nicht mit dem Huhn . . .«

MITSOU: »Moussiert der Burgunder?«

ROBERT: »Wenn man ihn dazu zwingt . . . Ich sehe schon, wir werden unbedingt Champagner trinken müssen . . .«

MITSOU: »Ja, ja! Einen Champagner ohne Geschmack! *(Der Weinkellner, obwohl anwesend, hat es aufgegeben, sich für das Gespräch zu interessieren.)*

ROBERT *entsetzt:* »Ohne Geschmack? Wo wurden Sie erzogen, Mitsou?«

MITSOU *peinlich berührt wegen des Kellners:* »Jedenfalls nicht in der Schankstube!«

ROBERT *zum Weinkellner:* »Eine Flasche Brut. Mineralwasser, Mitsou?«

MITSOU: »Ja, eines, das prickelt.«

Sie warten auf den Hummer. Gäste setzen sich an die noch leeren Tische. Das Amerikanische ist vorherrschend.

Blonde Offiziere, mit Wangen rot wie Winteräpfel, bewundern Mitsou bis zur äußersten Grenze des Anstands — das heißt, sie stellen von Zeit zu Zeit ihr halbvolles Glas nieder, blicken Mitsou mit halboffenem Mund an und vergessen zu trinken. Robert runzelt die Brauen, um die Genugtuung des Besitzenden zu verbergen. Mitsou vergleicht ihn mit den Anwesenden und stellt fest, daß er der bestaussehende von allen ist. Und sie übertreibt damit kaum. Ihr Liebhaber ist braun und schlank und hat schmale Finger, deren feine Knöchel sich unter einer dünnen Haut bewegen. Sein nicht gestutzter Schnurrbart bedeckt eine kurze Oberlippe, die die Nasenspitze ein wenig herabzieht, wenn er spricht. Und die Augen, die, wie Mitsou findet, ›für einen Mann sehr groß‹ sind, liegen geheimnisvoll tief in ihren Höhlen.

Sie sind beide sehr jung und sehr ernst und schweigen. Sie betrachtet ihn — er aber beobachtet sie. Der Rausch fehlt — er wird schon kommen. Man bringt den Champagner vor dem Hummer, und während Mitsou mit blinzelnden Augen nur ein wenig an dem schäumenden Getränk nippt, trinkt er sein Glas in einem Zuge leer.

MITSOU *lachend:* »Das ist besser als Faßwein, wie?«

Er antwortet auf diese tiefe Weisheit mit einem Kopfnicken. ›So, nun hab' ich's‹, denkt er. ›Nun weiß ich's: sie ist weitaus hübscher, wenn sie traurig ist, als wenn sie lacht. Ich müßte ihr sentimentale und traurige Dinge erzählen. Aber das kann ich nicht! Warum nicht? Ich habe ihr doch ganz ungezwungen lange Briefe geschrieben . . .‹ Er bemerkt, daß er gar nicht sicher ist, ob er an diesem Abend Mitsous Geliebter werden möchte. ›Was für ein Vieh ich bin‹, denkt er just in dem Augenblick, da das Tier, das fröhliche und gierige Tier in ihm verstummt.

MITSOU *zum Oberkellner, der sie bedient:* »Danke, genug!«

ROBERT *protestierend:* »Aber Sie haben nur eine halbe Schere!«

MITSOU *vornehm:* »Ich nehme vielleicht noch einmal. Aber ehrlich gestanden mag ich so exotische Tiere nicht sehr.«

ROBERT *wider Willen lachend:* »Ich könnte wetten, daß Sie nie das Meer gesehen haben, Mitsou.«

MITSOU: »Doch, einmal in Deauville. Ich hab mich dort schrecklich gelangweilt.«

ROBERT: »Das kann ich gut verstehen.«

MITSOU: »Nicht wahr? Das freut mich, daß Sie derselben Ansicht sind. Mir sagt es nichts.«

ROBERT: »Was?«

MITSOU: »Deauville. Ich bin zwar nur im Auto durchgefahren und nur zwei Tage geblieben. Aber ich habe kein Verständnis für die Orte, wo die Leute den ganzen Tag im Freien bleiben. Ich verstehe, daß man in ein Kasino geht oder in einen Teesalon. Aber alle diese Leute im Freien, das sieht ja so aus, als ob sie keine Wohnung hätten . . .«

ROBERT: »Aber die frische Luft, Mitsou! Und das Meer! Die wilde Brandung von Deauville!«

MITSOU *den Kopf schüttelnd:* »Nein, das sagt mir nichts. Das Land macht mir keinen Spaß . . . *(Ihn betrachtend:)* Mit Ihnen vielleicht doch . . . Mit Ihnen sogar die Bambushütte, wenn Sie wollen . . .«

ROBERT *entwaffnet und durch das Essen gekräftigt:* »Mitsou, Liebste! Wir werden zur Bambushütte fahren. Aber nicht im Auto — ich habe kein Auto, Mitsou.«

MITSOU: »Ich auch nicht.«

ROBERT: »Aber . . .«

MITSOU: »Ach so, das vor dem Theater, meinen Sie. Das gehört nicht mir. Es gehört Pierre. Er braucht es für seine Geschäfte.«

ROBERT *kalt:* »Ach so.«

MITSOU *ahnungslos fortfahrend:* »Er hat sehr viel zu tun. Glücklicherweise!«

ROBERT *nervös:* »Haben Sie mir nichts Angenehmeres mitzuteilen?«

MITSOU *immer noch ahnungslos:* »Wie meinen Sie das?«

ROBERT: »Mitsou, sprechen Sie nicht von — von der betreffenden Person, das muß doch nicht sein.«

MITSOU, *die jetzt immerhin schon drei Gläser Champagner getrunken hat:* »Oh, sind Sie empfindlich . . . Aber morgen früh werde ich Ihnen, auch wenn ich Ihnen heute nacht nicht gefalle, doch etwas geschenkt haben, was ich noch niemandem geschenkt habe . . .«

ROBERT: . . .?

MITSOU: »Nein, nein, nicht das, was Sie glauben — nur meine Liebe. Das ist ganz einfach: ich war noch nie richtig verliebt, jetzt bin ich es . . . Sie sehen, daß die betreffende Person nicht sehr zu beneiden ist, und daß es Unsinn ist, wenn Sie . . .«

Er küßt ihr die Hand und behält die feinen, langen, warmen Finger, die seinen Druck so aufrichtig erwidern und sich ihm so freimütig anvertrauen, zwischen den seinen. Dabei überkommt ihn eine merkwürdige Halluzination. Er sieht den Satz, den Mitsou eben ausgesprochen hat, geschrieben vor sich und liest ihn da draußen im spärlichen Sonnenlicht, das zwischen zwei Erdwällen hindurchfällt: ›Ich war noch nie richtig verliebt, jetzt bin ich es.‹ Ein mahnendes Zucken der kleinen Hand weckt ihn. ›Was habe ich nur?‹ fragt er sich. ›Ich glaube, Gott verzeih mir die Sünde, ich habe vergessen, daß Mitsou da ist, daß sie vor mir sitzt . . .‹ *(laut:)* Kellner, noch eine Flasche, bitte!«

MITSOU: »Noch eine Flasche? Aber Sie werden einen Schwips kriegen! *(Sie bricht in grundloses Gelächter aus.*

Flügelschlagend mit den Armen:) Mir ist so heiß! Mir ist so heiß! Wollen wir nicht fortgehen?«

ROBERT: »Fortgehen? Und das Huhn mit den Pilzen im Stich lassen? Da kommt es gerade, wie gerufen.«

MITSOU: »Da kommt es gerade, wie gerufen. Das ist ein Satz aus meiner Rolle in der nächsten Revue.«

ROBERT: »Die verspricht ja interessant zu werden . . .«

Es wird serviert. Mitsou ißt wenig, Robert weniger, als er gehofft hat. Das Gespräch flaut immer mehr ab und beschränkt sich schließlich auf einige Ausrufe, Händedrucke und verschwörerische Blicke; doch ihr Gelächter verbirgt die Dürftigkeit des Dialogs. An den Nachbartischen beneidet man das Liebespaar, das sich so gut zu unterhalten scheint. In Wirklichkeit jedoch beginnt Robert trotz der Wirkung des Champagners und des guten Essens zu verzweifeln. Er hat Mitsous Beine zwischen seine Stiefel genommen, und sie duldet den rauhen Druck seiner Reiterknie . . . Trotzdem begehrt er sie noch immer nicht . . . Er möchte eigentlich gar nichts — oder nur eines: fortgehen, fortgehen, fortgehen . . . eine stille Gasse vor sich haben, in der der Tag verdämmert, oder eine breite, menschenleere Allee im Frühlingsgrün oder auch nur eine der öden, von Lastautos und Kanonen zerfurchten Landstraßen im Felde . . . Mitsou nimmt so wenig Platz in seinen Wünschen ein, daß er darüber erschrickt. Er sucht in den trunkenen und bewundernden Blicken der Amerikaner Anlässe zur Begierde oder zur Eifersucht. Er ruft sich das Bild der halbnackten Mitsou in fraisefarbenen Strümpfen vor Augen. Er beschimpft sich, er versucht vergeblich, sich aufzupeitschen . . . Schließlich macht er gar keine Anstrengung mehr, ihr zu imponieren oder auch nur zu gefallen. Er stellt ohne Freude fest, daß Mitsou lebhaft wird, wie eine Perle leuchtet, daß der Wein ihr Gesicht nicht rötet, daß vielmehr ihre Nasenflügel blaß und durchsichtig bleiben . . . Ohne Freude und ohne Groll hört er dann und wann, wie sie in belehrendem Ton manchmal anerzogene Binsenweisheiten einflicht: ›Malvenblätter machen nüchtern, hat meine Mutter immer gesagt . . . Wenn man einen Mann zwei Schritte allein tun läßt, so kann man sicher sein, daß er drei Dummheiten macht, sagt meine Mutter . . . Meine Mutter hat mich gelehrt, daß jemand, der unter einem steht, einen nicht beleidigen kann . . .‹«

Er spinnt sich immer mehr in trübe Gedanken ein. Am liebsten würde er die Serviette hinwerfen und . . . adieu! Plötzlich hört er mit ungeheurer Erleichterung Mitsou nach der Zeit fragen. Er beschwindelt sie um fünf Minuten.

MITSOU: »Oh, so spät schon? Mein Liebster, ich muß ins Empyrée . . . O weh! O weh! Wie schade! Und mir dreht sich der Kopf . . .«

ROBERT: »Kellner, die Rechnung! Unsere Mäntel . . .« *(Er steht zu früh auf.)*

MITSOU *in engelhafter Harmlosigkeit:* »Wo gehn Sie hin? Haben Sie Bauchweh? Im ersten Stock oben . . .«

ROBERT *entsetzt:* »Ob ich . . .? Sie sind verrückt, Mitsou!«

MITSOU: »Wieso? Haben Sie nie Bauchweh?«

ROBERT *bemüht, abzulenken:* »Die Königin von Spanien hat keine Beine, Madame!«

MITSOU: »Das ist mir neu. Was sagen denn die Spanier zu einer so verstümmelten Königin? Habe ich meine Handschuhe? Ja, die habe ich! Habe ich meine Tasche? Nein, ich habe sie nicht.«

ROBERT *offenkundig etwas beschwipst und von der Mitsou allgemein gezollten Aufmerksamkeit elektrisiert, beginnt ein Kinderlied vor sich hin zu summen.*

Sie gehen durch das Restaurant, und alles blickt auf sie. Mitsou kämpft mit Schwindelgefühlen und wappnet sich mit vornehmem Hochmut, Robert mimt eine nachlässige Ungezwungenheit, die ungefähr so gut zu ihm paßt wie ein Kleid mit Schleppe.

Sie treten ins Freie. Die lang anhaltende Frühlingsdämmerung beleuchtet die Madeleine. Kleine Kinder verkaufen die Abendzeitungen und welke Narzissen. Würde das Bündel nicht zwanzig Sous kosten statt zehn Centimes, so wäre alles wie im tiefsten Frieden. Mitsou schaudert ein wenig, Robert streckt sich und atmet tief, froh, dem geschlossenen Raum entkommen zu sein.

EIN DIENER AN DER TÜR *zu Robert:* »Taxi?«

MITSOU: »Ja, und zwar schleunigst.«

Sie stützt sich auf Roberts Arm, während die zwei livrierten Diener so leichtfüßig, als wären sie keine Erdenwesen, an die beiden Enden der Rue Royale laufen und den vorüberfahrenden Taxis auflauern. Dann und wann fängt einer ein Taxi im Flug, springt auf, bleibt ein wenig daran hängen und läßt es dann um einer besseren Beute willen im Stich . . . Schließlich kommt ein erlegtes Fahrzeug nahe an den Gehsteig heran und hält.

ROBERT *zum Chauffeur:* »Zum Empyrée Montmartre.«

DER CHAUFFEUR *gehässig:* »Weiter nicht?«

ROBERT *schroff, wie es sich für einen wohlerzogenen Mann in dieser Situation gehört:* »Sie werden fahren, wohin ich will. Steigen Sie ein, Mitsou.«

MITSOU *zum Chauffeuer, der den Mund zu einer Entgegnung öffnen will:* »Nein, weiter sicher nicht! Glauben Sie, daß ich mich je an Ihr Gesicht gewöhnen könnte?«

Der Chauffeur fährt ohne weitere Widerrede ab, da er den unverkennbaren Akzent einer Landsmännin gehört hat. Mitsou lehnt den Kopf an Roberts Schulter, und Robert legt seinen Arm um Mitsous schmale Hüften. Es ist der schönste Augenblick. Die frische Luft, die Geschwindigkeit, der grünblaue Lichtschein der Gaslaternen, der Alkohol, der in ihren Adern pocht, Mitsous Duft für Robert und für Mitsou das Erlebnis eines Mundes, der ihren Mund küßt — all das ist köstlich. Zum erstenmal genießt Mitsou diese weichen Lippen, diese kühne Zunge, diese lückenlosen Zähne. Ach, der kleine Zahn da unten, der schärfer ist als die anderen . . . Die Lust an dem Biß ist so heftig, daß Mitsou sich von ihrem Geliebten losmacht.

MITSOU *mit zurückgeworfenem Kopf und geschlossenen Augen:* »Ah, jetzt hast du mich gebissen . . .«

Er drückt sie ohne Schonung gegen die Polsterung des Wagens. Er genießt es, daß er sich, endlich, erregt fühlt, er ist voll hastiger Gier und denkt kaum an die Frau, die er begehrt . . . Trotzdem entsinnt er sich ihres Namens und ruft sie leise: »Mitsou!«

MITSOU *mit schwacher Stimme:* »Ja . . . Aber, wie willst du denn . . . Wir sind schon da . . . Laß mich los, wir sind schon da! Laß mich doch, sag ich dir, du siehst ja, daß ich nicht die Kraft habe, dir irgendwas zu verwehren . . .«

Er hört nicht und gehorcht nicht, aber das Taxi hält vor den düsteren violetten Lampen, die den Vorübergehenden anzeigen, daß dies der Eingang zu einem Vergnügungsetablissement ist.

MITSOU *wankend:* »Kommst du?«
ROBERT: »Wohin?«
MITSOU *auf den Künstlereingang deutend:* »Mit mir . . . Wartest du nicht auf mich?«
ROBERT *gereizt, gierig:* »Nein, komm du mit mir.«
MITSOU *verzweifelt:* »Aber das kann ich doch nicht! Ich muß spielen! Willst du den Schlüssel?«

ROBERT: »Was für einen Schlüssel?«

MITSOU: »Den von meiner Wohnung. Da kannst du dich ins Bett legen und auf mich warten.«

ROBERT *schockiert:* »Nein!«

MITSOU *immer verzweifelter:* »Was willst du denn tun?«

ROBERT *erstaunt, daß sie ihn, seinen Armen entronnen, noch duzt:* »Spazierengehn . . . Draußen warten . . . Ins Kino gehen . . .«

MITSOU: »Aber warum willst du mich nicht auf der Bühne sehen?«

ROBERT *düster:* »Ich weiß es nicht. Ich habe keine Lust mehr, dich auf der Bühne zu sehen.«

MITSOU *gekränkt:* »Dabei habe ich gerade so hübsche Kostüme und ein ernstes Couplet ›der Efeu auf dem Schlachtfeld‹, ich trage dazu einen kleinen Gürtel aus Efeublättern und einen gleichen Kranz im Haar . . .«

ROBERT *in Lachen ausbrechend:* »Oh, ist das komisch!«

MITSOU *verblüfft:* »Robert! Was haben Sie denn?«

ROBERT: »Nichts! Ich denke an die Leute, die glauben, daß auf dem Schlachtfeld Efeu wächst . . . Seien Sie mir nicht böse, liebste Mitsou. In zwei Stunden erwarte ich Sie mit einem Taxi.«

MITSOU *ungeschickt:* »Nicht nötig. Ich habe den Wagen . . .«

ROBERT, *sie unterbrechend:* »Schenken Sie ihn einem Armen, Mitsou, oder fahren Sie allein damit. Ich werde ein Taxi nehmen.«

Er zieht den Hut, küßt ihr die Hand, als ob sie ihm nicht den Mund hinhielte, und sieht ihr nach. Sie läuft mit vorgestrecktem Kopf wie eine kleine Beamtin, die sich verspätet hat, und sie dreht sich nicht um, weil sie fürchtet, hinter sich im traurigen violetten Licht der Bogenlampen das düstere, unzufriedene, undankbare Gesicht eines jungen Mannes zu sehen, dessen Mund noch gerötet ist vom letzten heftigen Kuß.

7

Bei Mitsou. Sie tritt vor Robert ein. Er blinzelt im elektrischen Licht und mißt die Möbel mit feindseligen Blikken. Mitsou dreht sich um und betrachtet ihn. Sie hat sich so stürmisch in das Taxi gestürzt, in dem er sie erwartete, die Fahrt war so kurz gewesen (einige beglückende Küsse, ein paar abgebrochene Sätze: ›Sehr voll das Theater? Nicht zu müde? — Was haben Sie wohl die ganzen zwei Stunden getrieben?‹ und so weiter), daß sie gar nicht die Muße gehabt hat zu ergründen, ob er — wie sie das kindlich nennt — ›noch immer böse‹ ist. Er ist nicht böse, er ist auf der Hut. Er prüft die unbekannten Türen, blickt auf die baumelnde Merowingerkrone und betrachtet schließlich das Schlafzimmer, dessen Luxus infolge seiner Banalität süßlich provinziell wirkt. Provinz mit geknüpften Vorhängen, Spitzen und dicken Teppichen. Das blendend saubere Bett, ein Doppelbett. Nicht sehr feine Wäsche, hellblaue Bänder an den Kopfkissen, die Steppdecke aus hellblauer Seide . . . Ein großes Bett zum Schlafen und Kinderzeugen.

›Wenn ich mich diesem Bett nähere‹, sagt sich Robert, ›dann bin ich verloren‹ — denn er hat eben bemerkt, daß er fast umfällt vor Müdigkeit . . .

MITSOU: »Mein Liebster, hier können wir ungestört plaudern, es ist niemand hier. Kommen Sie, damit ich Ihnen alles zeige! Da ist das Badezimmer, ich lasse das Wasser gleich einlaufen. *(Er hört das Rauschen des Wassers und lächelt vor Behagen. Er hat schon morgens gebadet und würde gerne stündlich ein Bad nehmen, wenn man ihn dazu aufforderte.)* Hier ist das Boudoir, und hier geht's auf den Gang hinaus zum W. C. Kommen Sie her, damit ich Ihnen den Lichtschalter zeige.«

ROBERT, *schamhaft wie nur ein Mann:* »Aber, Mitsou, lassen Sie nur, ich werde ihn schon finden.«

MITSOU: »Das sagt man so, und dann hat man's in der Nacht eilig, steht auf, stößt sich an allen Ecken und kommt schließlich in die Küche . . . Sehen Sie, hier links von der Tür ist der Schalter. Ist Ihnen das unangenehm, wenn ich Ihnen das W. C. zeige? Mein Gott, was sind Sie kompliziert! Sie schämen sich doch auch nicht, etwas zu trinken zu verlangen, und dann trauen Sie sich nicht von dem zu reden, was die Folge davon ist . . . Und hier ist der Salon.«

Er folgt ihr und wirft einen flüchtigen Blick auf die Kissen im Hottentottenstil und auf das falsche Meißner Porzellan. Er denkt nur an das Bett. Diese großen Kopfkissen, unter die man die Arme steckt, um sich bequem zurechtzulegen, die Musik der Federmatratze und das faltenlose weiße Bettuch . . . Nur hineinfallen . . . und schlafen, schlafen . . .

›Schlafen?‹ denkt er und gibt sich einen Ruck. ›Als ob es sich jetzt um Schlafen handelte! . . .‹

Mitsou hat ihn ins Schlafzimmer zurückgeführt. In ihrem schwarzen Kleid, mit ihren keusch gesenkten Lidern und ihrem vornehmen Hals sieht sie demutsvoll aus wie eine Braut. Robert rührt dieser Anblick nicht, doch merkt er wohl, daß Mitsou in Schwarz gegen das weiße Spitzengewebe ein schönes Bild abgibt. Und er lächelt.

ROBERT: »Woran denken Sie, Mitsou?«

MITSOU, *die Augen hebend, ganz junges Mädchen:* »Ich denke, daß ich mich nun nebenan im Boudoir ausziehen werde. Das Bad ist eingelassen, ich brauche nur zehn Minuten, dann lasse ich das Wasser frisch ein und dann . . .«

ROBERT, *sehnsüchtig das Bett betrachtend:* » . . . und dann gehn wir zu Bett!«

MITSOU *geschmeichelt:* »Liebster!« *(Sie hängt sich an seinen Hals, küßt ihn und entflieht.)*

ROBERT, *allein gelassen, bleibt einen Augenblick vor dem Bett stehen:* ›Nur meine Wange‹, sagt er sich, ›nur meine Wange auf das Kissen legen dürfen, während ich warte . . . Nicht daran zu denken! Wenn ich erst meine Wange auf dieses weiße Linnen gelegt habe, findet Mitsou ein schnarchendes Ungeheuer in Stiefeln auf dem Bett liegen . . .‹

Er wirft sich in einen Lehnstuhl, bildet sich ein, an Mitsou zu denken, verfällt aber sofort in den starren Schlaf des Soldaten, sitzend, mit vorgestrecktem Kopf und harten Zügen. In diesem Zustand der Versteinerung suchen ihn plötzliche, heftige Träume heim: Bilder aus dem Krieg und aus der Jugendzeit — beides ist noch so nah — folgen einander in wirrem Wechsel: schwarzes Blut in Lachen, Feuergarben, dann wieder ein Sommerhaus auf dem Land, ein Fluß mit einem flachen Boot in der Sonne . . . Eben fischt er als barfüßiger kleiner Junge Kaulquappen mit seinem Strohhut — als Mitsou wiederkehrt . . .

MITSOU *in einem pfirsichblütenfarbenen Hemdchen, die gelösten Haare um die Wangen, sehr bewegt und tapfer:* »Ich bin fertig . . .«

ROBERT *beglückt, weil sie nicht im Pyjama ist:* »Das sind die Worte eines Opfers, mein Liebling.«

Er nimmt sie in die Arme und wird ernst, weil sie nackt ist und weil sie zittert.

ROBERT: »Mitsou, verzeihen Sie meinen unpassenden Anzug. Darf ich ins Badezimmer gehn?«

MITSOU *ebenfalls sehr ernst:* »Ja. Das Bad ist eingelassen. Ich glaube, es ist alles Notwendige da.«

Er geht. Während er, unter lautem Geplätscher mit Bürste und Waschlappen hantierend, das warme Wasser genießt und Mitsous Vorsorglichkeit bewundert — neue Seife, frische Tücher, Badesalz, Essenzen — legt sie sich angstvoll ins Bett. Sie bebt ein wenig und beobachtet, wie das rosa Band an ihrem Hemdchen zittert. Ehrfürchtig lauscht sie dem gedämpften Lärm, der aus dem Badezimmer dringt. Sie erinnert sich plötzlich, wie Petite Chose vorige Woche die Treppe im Empyrée hinunterhuschte und ohne Scham rief: ›Fein, fein, nun wollen wir lieben, lie-ben!‹ Mitsou, der es weder nach Tanzen noch nach Jubeln zumute ist, denkt einen Augenblick nach und schüttelt den Kopf: ›Ja, Ja! Aber bei Petite Chose war es keine Liebesgeschichte.‹ Ein wenig beschämt denkt sie an jenen weit zurückliegenden Tag zurück, an dem sie sich mit kalter Liebenswürdigkeit einem eleganten älteren Herrn hingab, der sie vergebens liebkoste. ›Wie fern das alles ist! Ich kenne mich überhaupt nicht mehr aus! Ich werde gar nicht wissen . . . Ich werde mich benehmen wie eine alte Jungfer . . .‹ Sie seufzt. Ohne anzuklopfen tritt Robert ein. Er ist im Bademantel.

MITSOU *im Bett aufgerichtet:* »Aber ich habe Ihnen doch einen Pyjama zurechtgelegt! Auf dem Stuhl neben der Badewanne!«

ROBERT *ganz frisch und fröhlich durch das Bad:* »Glauben Sie, daß ich ›von Herrschaften abgelegte Kleider‹ trage?«

Er läßt, seiner Wirkung sicher, den Bademantel fallen und steht nackt vor ihr. Sie wendet — und das ist schade — die Augen ab, macht sich ganz klein auf ihrer Seite des Bettes und sagt: ›Sie werden sich erkälten!‹ Mit einem Satz ist er im Bett, schlägt die Decke zurück, gräbt sich in die Kissen, schlingt den linken Arm um Mitsous Hüfte und drückt ihren ganzen Körper an sich. Sie stößt einen Schrei aus wie ein gefangenes kleines Tier und schweigt, nur ihr Atem geht keuchend unter der heftigen Umarmung . . .

ROBERT *sieghaft:* »Ah! Ah!«

Er könnte aber nicht sagen, ob sein Siegesjubel der gefangenen Mitsou gilt oder der Bettwäsche, die seinen Körper umhüllt — sanftes, glattes, kühles Leinen, ein tausendmal entbehrtes Lustgefühl. Vor sich sieht er ein junges Gesicht mit großen Augen, die im Halbdunkel sehr schwarz aussehen, ein junges, rundes Gesicht, hell wie ein Stern und von einem Kranz dunkler Haare umrahmt. Er berührt fast die Nase, die winzig kleine Nase, die so bequem ist für Küsse auf den Mund . . . Er atmet einen Hauch ein, der noch nach Zahnpasta riecht, und den Duft der mit Toilettewasser abgeriebenen Wangen. Er schiebt mit seinem nackten Knie zwei seidenverhüllte Knie auseinander und bettet sein Bein bequem zwischen zwei Schenkel, deren schöne Form und straffe Muskeln er tastend wahrnimmt. Er fühlt sich wohl. Am liebsten würde er jetzt zu dieser unbekannten Frau, die er so eng umschlungen hält, sagen: ›Meine Liebe, bleiben wir so. Schlafen wir, wenn es uns freut, oder plaudern wir — nur nicht zu lange. Oder streicheln wir einander, ganz zart, geschwisterlich fast. Wir können ja Schlimmeres tun, wenn uns die Lust danach packt. Sie wird uns vielleicht mitten in der Nacht aus dem Schlaf reißen . . . Aber ach! diese linde Frist ist uns verwehrt. Ich muß, wenn nicht einer in der Achtung des anderen sinken soll, dieses Seidenhemd, das sich doch so angenehm weich anfühlt, fortschieben, muß unsere geschwisterliche Umarmung lösen, muß ungestüm werden, und du mußt dich mir hingeben . . . Gewiß werden wir nachher zufrieden sein — zufrieden wie Kinder, die eine Fensterscheibe einwerfen, um den anderen zu imponieren, nur um festzustellen, daß die Scheibe am Ende vielleicht doch besser war als der kalte Luftzug . . . Komm!‹ Dieses letzte Wort denkt er nicht mehr, sondern spricht es laut aus: »Komm!«

MITSOU *in unbestimmter Angst:* »Wohin?«

ROBERT *barmherzig, denn sie ist sehr hübsch:* »Aber, mein liebstes Kind, ich bin sehr unartig, mußt du wissen! Komm heraus aus dieser Ruhe, reißen wir uns aus dieser Paul-und-Virginie-Romantik, aus diesen sentimentalen Träumereien. Willst du nicht mit mir kommen?«

MITSOU, *der es in diesem Augenblick ganz gleichgültig ist, daß sie ihn nicht versteht:* »Doch!«

Aber sie schließt die Augen, und ihre Hände bleiben ebenso keusch wie ihre Lider.

ROBERT *ganz leise:* »Schläfst du, Mitsou?«

MITSOU *ebenso:* »Ja.«

Sie wirft durch die halbgeschlossenen Lider einen Blick auf den hübschen nackten Faun über sich. Er lacht, als er die schwarzen Augen aufblitzen sieht — nervös bricht auch sie in lautes Lachen aus. Sie sind der unbeschwerten Fröhlichkeit der Tiere ganz nahe, es gelüstet sie nach freundschaftlichen Bissen, nach einer spielerischen Balgerei — aber beide erinnern sich, daß die notwendige, die unvermeidliche Liebesumarmung bevorsteht. ›Komm!‹ . . .

Er setzt all seinen Willen daran, den seine Jugend bald entflammt, und wählt eine wenig originelle Methode. Zuerst der Mund, ja, der Mund! Dann der Busen — den Busen nicht vergessen! Diese Brüste, die weder rund sind wie reife Äpfel noch länglich wie Zitronen und sich von seinen Händen leicht umspannen lassen, sie verdienen wohl die zärtliche Wollust, die schamlose Inbrunst, die er ihnen widmet . . .

MITSOU *überwältigt und dem Weinen nahe:* »Ah!«

Der Schrei, ihr verzweifelt geöffneter Mund, die Hoffnung, sie werde gleich in Tränen ausbrechen, erhitzen den Angreifer weit mehr, als er geglaubt hat. Er überspringt alle Stationen, die die klassischen Liebesregeln vorschreiben, und hat von seinem willenlosen Opfer, das mit aufgelöstem Haar unter ihm liegt und keinen Widerstand leistet, nichts mehr zu fordern. Heimlich genießt er einen Augenblick lang das Wohlgefühl, das ihn durchströmt, dann beginnt die Vereinigung, langsam, begleitet von leisen Klagen, im Rhythmus zweier Körper, die einander wiegen, als gälte es einen Schmerz zu lindern und zu betäuben . . .

Auf dem Spitzenwandbehang von Mitsou Schlafzimmer zeichnet sich zum erstenmal ein prächtiges Bild ab: der Schatten eines nackten Reiters, schmal in den Hüften, breit in den Schultern, der sich über sein unsichtbares Reittier beugt . . .

8

Drei Uhr nachts. Er schläft. Sie erwacht — vielleicht, weil er sich bewegt hat, oder weil sie vergessen haben, das Licht abzuschalten. Sie ist noch schlaftrunken und verwirrt, erinnert sich aber sofort: ein junger Mann ist da, ein junger Mann, der gegen Mitternacht auf kurze und fast stumme Weise ihr Geliebter war, und danach sofort neben ihr in todähnlichen Schlaf gefallen ist.

Sie ist erschöpft, aber hellwach jetzt und erinnert sich eines besonderen Glücksgefühles, des Glücks, einen schönen heißen Körper umschlungen zu haben, der wie duftendes Holz roch, und sich so innig an sie schmiegte wie eine Schlingpflanze. Dabei war er so schön und wurde schöner und immer noch schöner mit jeder Minute. Dafür ist sie ihm dankbar, nicht für seine ungestüme Leidenschaftlichkeit, an der ihr nichts liegt.

Er schläft auf der Seite, einen Arm unter den Kopf geschoben. Sie fühlt sich schuldig, weil sie ihn betrachtet — würde er in wachem Zustand dulden, daß sie seine Adern unter der weißen Haut so genau studiert, und das braune Kraushaar, das zwischen den flachen Brustwarzen in Form einer Lilienblüte wächst? Eine weiße Narbe auf der Schulter. Zwei runde Impfmale auf dem Oberarmmuskel. Die Rippenbogen zeichnen sich unter der Haut ab. Ist er in den letzten Wochen nicht blasser und magerer geworden? Wo er wohl aufgewachsen ist? Und wie? Die feinen Hände, ganz dunkel gegen die weißen Arme, welche Arbeit mußten sie wohl verrichten, was hat sie gehärtet und ihre Nägel abgestumpft — Erde, Stahl, Feuer?

Wird es ihr gelingen, diese geöffnete Hand zu küssen, ohne den ernsten, schlafenden jungen Mann zu wecken? Nein, er hat sich bewegt, er bewegt sich, und sie rückt von ihm ab. Er träumt. Die Haut auf seiner Stirn, die Augenbrauen, die zitternden Mundwinkel, sein ganzes Gesicht belebt sich mit einemmal auf eine Weise, die mit seinem Lächeln, seinem Mienenspiel im Wachzustand keine Ähnlichkeit hat. Wer ist es, der fern unserer Welt diesen Gefangenen des Traumes quält? Zu ihrem Entsetzen sieht Mitsou, wie er ringt, seufzt, wie seine Füße zucken, wie er vergeblich versucht, sich zu erheben . . . Mit einem Aufschluchzen verebbt der Ausdruck der Angst auf dem armen Gesicht, als Mitsou sich eben entschließen will, den Träumer zu sich selbst zurückzuholen, und er versinkt wieder in die heitere Ruhe eines Schlafes, den wahrscheinlich Krieg, Angst, Abwehr und Todeskampf durchkreuzt haben . . .

Vorgebeugt und die Hand noch ausgestreckt, die den schlafenden Geliebten wecken wollte, sieht Mitsou die letzten Wellen des Traumes verebben. Eine letzte unruhige Zuckung, das Aufblitzen eines schmalen, perlmuttfarbenen Streifens zwischen den Augenlidern . . . und er schläft friedlich weiter, von allen Seelenqualen befreit. ›Man könnte meinen, er geht fort‹, denkt Mitsou. Aber sie verdrängt diesen Eindruck, die vage und schmerzliche Vorstellung des Geliebten, der ihr auf den Wogen des Schlafes entgleitet . . .

Sie hat keine Lust zu schlafen. Das Bett duftet. Niemals hat sie auf diese Weise über den Schlaf ihres Freundes, des eleganten älteren Herrn, gewacht. Wie er wohl schlafen mag? Sie weiß es nicht. Einen Augenblick denkt sie an den gepflegten Fünfzigjährigen im blauen Pyjama; ein Schauder läuft ihr über den Rücken, und sie wendet sich eilends von dem Bild ab: ›Das gehört sich nicht.‹ Ein anderes Bild steigt auf, das ihres Freundes am Eßtisch um ein Uhr mittags . . . ›Was tun?‹ Es ist drei Uhr morgens. Sie hat also noch zehn Stunden vor sich. Sie wendet unwillkürlich den Kopf zum Fenster, hinter dem der Tag graut — die instinktive Bewegung von Gefangenen oder Tieren hinter Gittern . . . ›Was tun?‹ Die Wahrheit sagen? Das ist ihr erster Gedanke, denn sie ist trotz ihrer Jugend unkompliziert, ein wenig träge und sanftmütig. Aber diese Wahrheit wird sie nicht ohne die Einwilligung des Mannes bekennen, der hier an ihrer Seite schläft; das Geheimnis gehört nicht ihr allein. Es gibt einen Namen, den sie Pierre weder aus Prahlsucht, noch aus Grausamkeit, noch im Taumel der Freude verraten wird; sie wird ihn erst aussprechen, wenn die Zeit dazu gekommen ist. ›Nein‹, sagt sich Mitsou, reuig den Kopf schüttelnd, ›nein, ich darf Pierre nichts sagen. Bis auf weiteres ist es anständiger zu lügen. Robert hat zu entscheiden, und wenn er sich nicht entscheidet — nun, dann . . .‹ Sie betrachtet ihn angstvoll. Er ist jetzt in die tiefen Regionen des Schlafes hinabgetaucht, wo ihn keine Träume mehr stören. Er ist schön wie ein Toter, aus dessen Antlitz die Farbe nicht gewichen ist. ›Ist dieser Mann mein Leben?‹ betet Mitsou. ›Ach! Wenn er wollte . . .‹ Und sogleich ist sie zum banalsten Heroismus bereit: ›Wenn er nur wollte, könnte ich alles, was ich hier habe, entbehren, ich würde ein möbliertes Zimmer mieten. Ich verdiene siebenhundert Francs im

Monat, achthundert bei der nächsten Revue . . . ich würde meinen Brillantring verkaufen . . . Ich könnte wieder zum Film gehen, wie vor drei Jahren. Und er würde mich abends vom Theater abholen, wenn der Krieg aus ist . . .‹ Sie lächelt, doch es ist ein schattenhaft flüchtiges Lächeln: ›Nein, er würde mich nicht abholen. Er würde mich nicht in meiner Garderobe erwarten. Er würde sich nicht mit Petite Chose oder Alice Weiß unterhalten, während ich auf der Bühne bin . . . Er ist zu stolz, er ist böse, er ist etwas Besonderes.‹

Die Spatzen beginnen zu zwitschern. Sie ist des Denkens müde, gähnt vor Kälte und Hunger, und das Unbehagen des Morgengrauens befällt sie. Sie hat nicht die Kraft, sich eine Banane, ein paar Kirschen oder die Keks zu holen, die kaum vier Schritte entfernt auf dem Tisch stehen. Sie redet sich so lange ein, daß sie unglücklich ist und nicht mehr schlafen kann, bis sie zurücksinkt und gegen Roberts reglosen Körper geschmiegt, die Knie in seinen Kniekehlen, einschläft . . .

Fünf Uhr. Das blaue Morgenlicht hinter den Vorhängen wird rosig. Durch ein Knacken oder Türenschlagen im Haus geweckt, ruft Robert: ›Ja!‹ und setzt sich im Bett auf. Ein Blick auf das Zimmer, ein zweiter auf das schwarze, von weißem Linnen umrahmte Köpfchen der schlafenden Mitsou. Er wacht auf, wie es einem zwanzigjährigen Soldaten geziemt: fröhlich, tatendurstig, bereit, aufzuspringen und in den Sonnenschein hinauszulaufen. Mitsou aber schläft . . . ›Arme Kleine, sie hat die ganze Nacht durchgeschlafen, und ich habe sie nicht gestört.‹ Er will sie in die Arme schließen, besinnt sich jedoch und nimmt sich die Zeit, mit den Fingern durch die Haare zu fahren, sich die Augen zu reiben und einen Schluck fades Mineralwasser aus der neben dem Bett stehenden Flasche zu trinken. Er bedauert, wie ein ›alter Ehemann‹ geschlafen zu haben, und beugt sich über Mitsou . . . Sie hat undeutlich gefühlt, daß sich in ihrer Nähe etwas bewegt, zieht jedoch nur die Arme an den Körper, die ihr Gesicht verbargen. Sie ist blaß, die doppelte Wimpernreihe, die ihre Lider umrahmt, wiederholt — gleich der Spiegelung eines Brückenbogens im Wasser — in umgekehrter Richtung den Bogen der Brauen. Der geschlossene Mund ist ganz klein und traurig.

›Wie hübsch sie ist‹, stellte er fest. ›Schade . . .‹ Er hätte dies beinahe laut gedacht und hält erstaunt inne. ›Schade, daß — was? Ach, nun weiß ich es . . . Daß es mit meiner Verliebtheit vorbei war, als ich Mitsou wiedersah. Gleich werde ich ihr beweisen, daß sie schön ist und daß ich jung bin, doch es wird keinerlei Bedeutung haben. Nein, keinerlei Bedeutung, aber es bekümmert mich, daß es so ist . . . Zwischen Mitsou und mir liegt etwas Störendes. Daß sie in mir ein Ideal sieht, ist ja nichts Schlimmes, doch nun habe auch ich zu wünschen begonnen, sie möge etwas Besonderes sein — und zufälligerweise ist sie das auch. Sie ist anders als die kleine Germaine von Weihnachten, als Lili vom März, und auch mit — wie hieß sie nur? — mit Cricri vom September letzten Jahres hat sie keinerlei Ähnlichkeit . . .‹

Er läßt ohne Bedauern einige Erinnerungen an sich vorüberziehen und setzt jedesmal ehrlich hinzu: ›Mitsou ist besser. Mitsou ist weitaus sympathischer, und trotzdem hat mich noch nie ein Abenteuer so wenig befriedigt wie dieses. Ist sie im Liebesspiel zwar zärtlich, aber zu unerfahren? Daran kann's nicht liegen. Ist sie dumm? Nicht im geringsten. Ein Geschöpf mit so feinen Sinnen, mit einer solchen Gabe, zu fühlen, was sich nicht ausdrücken läßt, ist nicht dumm. Ihr großer Fehler ist . . .‹

Er streicht ganz zart eine Haarsträhne aus Mitsous Gesicht und versucht seinen Vorwurf in Worte zu fassen: ›Ihr großer Fehler besteht darin, daß sie einen zwingt, an sie zu denken, während man selbst versucht ist, ihr zu sagen: Du kleiner Kummer, du — du hast nicht das Zeug, zu einer großen Liebesqual zu werden!‹

Ein vom Fenster gegenüber zurückgeworfener Sonnenstrahl tanzt wie ein goldenes Spiegelchen über die geschlossenen Vorhänge, und der junge Mann wird von einer körperlichen Unruhe erfaßt, von einem unbestimmten Groll und dem sehr deutlichen Wunsch, fortzugehen . . .

›Ich kann übrigens ohne weiteres gehen‹, denkt er, während er die schlafende Mitsou betrachtet, die mit zunehmender Helligkeit an Blässe verliert . . . ›Nichts wird mich zurückhalten, nicht einmal sie; sie wird mich ohne Vorwurf und ohne Klage freigeben. Ja, sie würde mich freigeben, doch in dem Augenblick, in dem ich sie verließe, würde ein Ruf von ihr ausgehen, das uneingestandene Flehen eines stolzen Bettlers: Ich brauche nichts, und ich habe nichts verlangt . . .‹

Er fühlt die Gefahr, in Mitsous Achtung zu sinken, was immer er auch tun mag, und in einer plötzlichen brutalen Regung zuckt er die Achseln: ›Wie angenehm! . . .‹

Der Anblick der immer noch reglos schlafenden Mitsou besänftigt ihn wieder. ›Sie ist so hübsch‹, wiederholt er. ›Sie wird etwas Dummes sagen, sobald sie aufwacht. Aber mit Dummheiten haben mich auch Cricri und Lili wahrlich nicht verschont, ohne daß ich ihnen das übel nahm. Oder sie wird mir einen jener sentimentalen Gemeinplätze an den Kopf werfen, die so groß und so alt sind wie die Welt und mit denen sie mich beschämt . . .‹

Das fremde Zimmer erhellt sich allmählich, und er betrachtet es mit feindseligen Blicken.

›Ich war weder darauf gefaßt, diese kitschige Statue hier zu finden, noch eine an Ketten baumelnde Ampel, noch den Spitzen streuenden Amor über meinem Haupt. Was hatte ich eigentlich erhofft, als ich herkam? Eine Frau, die weder Lili, noch Cricri — noch Mitsou ist. Ich mache mir etwas vor, ich beweihräuchere Mitsous negative Tugenden, anstatt mir ungeschminkt einzugestehen: Sie hat mich weder zum Lachen gebracht, noch zu Tränen gerührt; ihre Leidenschaft, deren Wellen nicht höher schlagen als die eines leise bewegten Sees, hat mich nicht in die wilde Brandung einer Wollust zu reißen vermocht, die betört oder erschüttert. Dies einmal festgestellt, habe ich wohl nichts weiter zu tun, als fortzugehen. Und kann den Lilis früherer Monate noch eine „Mitsou vom Mai" hinzufügen? — Nein. Irgend etwas in diesem Geschöpf stellt eine Forderung an mich, die zu erfüllen mein Alter und mein Soldatenberuf mich entheben. Sie scheint den glühenden Wunsch zu hegen, mit meiner Hilfe zu der Frau zu werden, von der ich träume. Von ferne ähnelt sie ihr schon. Zu früh hat der Zufall die Schmetterlingspuppe aufgerissen, in der, schon lebendig, aber noch unausgereift und ohnmächtig, die Larve meiner künftigen Liebe schlummerte. Ich habe aber, o du, meine künftige Liebe, nicht den Wunsch, die Hülle, in der du deiner Vollendung entgegenreifst, noch weiter aufzureißen. Es ist nicht meine Schuld, daß ich seit drei Jahren ein Leben führe, in dem alles Tun und Lassen von krankhafter Intensität, von fast religiöser Bedeutungsschwere geprägt ist. Es ist ein Leben, das einen schließlich dahin bringt, alles schwer zu nehmen, sogar die Tatsache, daß man nicht liebt. Ohne Zweifel ist es eine Folge dieses Lebens, daß ich hier auf deinem Bett liege, Mitsou, und unseren beiderseitigen Irrtum abwäge, statt in aller Freundschaft fortzugehen und dir aus der Ferne Feldpostkarten zu schicken. Nicht wahr, Mitsou, du wirst nicht daran sterben, daß ein verfrühter Lichtstrahl auf dein knospengleiches Wesen gefallen ist? Nein, du wirst, ein wenig beschädigt, zu deinem embryonalen kleinen Leben zurückkehren. Dich zum Erblühen zu bringen wird, glaube ich, nicht meine Aufgabe sein. Ein reiferer Mann wird dich erwecken, einer der geduldiger, leichtherziger und verständnisvoller ist als ich, der nicht wie ich an dem Beigeschmack von „Provinzialismus" in jedem deiner Worte und Gedanken Anstoß nimmt.

Wer nicht weiß, was wir jungen Soldaten im Krieg für ein Leben führen, wie ängstlich überspannt, skeptisch und resigniert, wie anspruchsvoll und elend, wie bitter, frühzeitig gealtert und doch kindlich gläubig wir sind, der begreift auch nicht, wie sehr uns dieser „Provinzialismus“ die kurzen Tage der Rückkehr zu unserem früheren Leben, zu unseren Städten, unseren Gütern und unseren Frauen verderben kann.

Immerhin, Mitsou, habe ich um deinetwillen an die Frau gedacht, die ich lieben werde. Wahrscheinlich wird sie deine Sanftmut haben und denselben Stolz wie du, Kummer schweigend zu tragen. Und ich wünschte, sie hätte außerdem ein ebenso warmes Herz wie du, unter ebenso schönen kleinen Brüsten. Schon stelle ich mir vor, daß sie und ich dieselbe Sprache sprechen und einander ohne Staunen begegnen werden . . .‹

Er hängt seinen Gedanken nach, die sich mehr und mehr verdüstern, als er sich ausmalt, wie einsam er sein wird, während er auf die richtige, die endgültige Mitsou wartet . . . Draußen klatscht der Wasserstrahl aus einem Schlauch auf das Pflaster, und leere Milchkannen scheppern wie Kuhglocken in den Alpen . . . Der nackte junge Mann springt entschlossen auf und beugt sich dann über die schlafende Mitsou:

»Leb wohl, Liebste!« murmelte er leise, ehe er sie weckt. Dann rüttelt er sie wach, zieht sie an sich, küßt sie und sagt laut und fröhlich:

»Guten Morgen, Mitsou!«

9

Am selben Tag um drei Uhr.

Mitsou hat mit dem eleganten Herrn bei sich daheim zu Mittag gegessen, und dieser hat keine Veränderung an ihr bemerkt. Von nun an ist sie imstande, ein Geheimnis zu wahren, bei gegebenem Anlaß zu lügen, zu schweigen, um nicht ohne Not zu lügen, und um ihres Geheimnisses willen auch die gewohnten erbärmlichen Zugeständnisse zu machen.

Der Herr ist eben fortgegangen und hat Mitsou das tröstliche Versprechen gegeben, daß er erst am nächsten Tag zur selben Zeit wiederkommen wird.

Endlich allein, hätte sich Mitsou zum erstenmal fast einem stürmischen Freudenausbruch hingegeben. Sie hätte Lust gehabt, aus reinem Übermut eine Vase zu zerschlagen, mit beiden Füßen zugleich auf das Damastsofa zu springen, ein Kissen gegen die Decke zu schleudern oder ein paar gellende Schreie auszustoßen. Der elegante Herr ist eine halbe Stunde früher als gewöhnlich fortgegangen, also hat sie noch eine halbe Stunde Zeit, sich schön zu machen. Robert soll sie um fünf Uhr mit dem Taxi abholen, und sie wollen durch den Bois de Boulogne bis zu den menschenleeren Alleen von Auteuil fahren. Als er sie am Morgen verließ, war sie müde gewesen und ein wenig enttäuscht, weil er vor der Ankunft des Stubenmädchens, noch vor dem Frühstück verschwinden wollte; aber die Morgenumarmung hatte lange gedauert und war beglükkender gewesen, als sie erwartet hatte.

›Als er beim Fortgehen gesagt hat: Ich bete dich an‹, überlegt Mitsou, ›da hatte ich fast gehofft, er wird sagen, daß er mich liebt . . .‹

Die Erinnerung ist zu süß, als daß sie lächeln könnte, und ihr ernster Gesichtsausdruck ändert sich auch nicht, als es läutet und sie sich mit einer Gewißheit, die im ersten Augenblick fast etwas Erleichterndes hat, sagt: ›Ein Brief! Er kommt nicht.‹

DAS STUBENMÄDCHEN *eintretend:* »Es ist ein Brief für Sie abgegeben worden.«

MITSOU *mit schwacher Stimme:* »Wartet der Bote auf Antwort?«

Das Stubenmädchen: „Nein, Madame. Es war ein gewöhnlicher Soldat. Er ist schon wieder fort."

Mitsou: „Gut, danke!"

Sie öffnet den Brief nicht sofort. Sie ruht sich einen Augenblick aus, weil eine seltsame, rein körperliche Schwäche sie befallen hat, ähnlich der, die man nach starkem Nasenbluten oder nach einem Ohnmachtsanfall empfindet. ›Komisch‹, denkt sie, ›mir ist, als ob mein Herz blaß geworden wäre.‹ Dann setzt sie sich ans Fenster, öffnet den Brief und liest:

Meine geliebte Mitsou,
der Hauptmann, den ich auf seiner Mission hierher begleitet habe, fährt heute abend wieder ab.

Mitsou hält inne, um nach diesem kurzen Satz Atem zu schöpfen. Sie sagt sich: ›Ich verstehe. Er ist also nicht etwa böse auf mich oder hat irgendeinen Hintergedanken.‹ Sie lächelt sogar, um sich zu beweisen, daß alles in Ordnung ist. ›Mein Gott, es ist eben Krieg!‹

Meine geliebte Mitsou,
der Hauptmann, den ich auf seiner Mission hierher begleitet habe, fährt heute abend wieder ab. Es versteht sich von selbst, liebe Mitsou, daß auch ich abreisen muß. Ich dachte nicht, daß ich die Nacht im Eisenbahncoupé an der Seite eines rauhen Kriegers würde verbringen müssen . . . Ich fürchte, mein zartes, sanftes Liebes, ich werde nicht die rechten Worte finden, Ihnen zu sagen, wie sehr ich Sie vermisse, wie sehr . . . (Sehen Sie, da kehre ich unbeabsichtigt zu dem »Sie« unserer Briefe zurück, obwohl wir uns heute früh so aufrichtigen Herzens — und Leibes »Du« sagten . . .) Ich werde nicht die rechten Worte finden und habe auch keine große Lust, es Ihnen zu sagen. Erinnern Sie sich, wie Sie mich vor ganz kurzer Zeit noch

als Zwilling, als Altersgenossen, als Kameraden behandelten? . . . Ihr verliebter Kamerad, Mitsou, wird Ihnen verschweigen, was er, indem er von Ihnen scheidet, am meisten vermißt und was am wenigsten — das eine wie das andere wäre geeignet, Ihre Eitelkeit anzufachen und gleichzeitig Ihren braven Jungmädchenstolz zu verletzen.

Das Beste, was Sie tun könnten, meine liebste Mitsou, wäre, daß Sie sich, sobald Sie diesen Brief gelesen haben, an den alten rosa Schreibtisch, der in Ihrem Boudoir steht, setzen und mir schreiben. Dann werde ich da draußen nicht zu lange auf Ihren ersten Brief warten müssen. Sagen Sie mir nur ganz gerade heraus, ob Sie sehr böse waren über unseren versäumten Nachmittag, unsere verschobene Nacht. Sagen Sie mir auch, wofür Sie sich entschieden hätten, wenn Sie hätten wählen müssen: für eine lange Spazierfahrt oder für eine kurze Nacht — eine Nacht, die spät anfängt und früh aufhört? Ich habe diesmal nicht die Zeit gehabt, Ihnen solche Fragen zu stellen, Fragen, die man eigentlich nur Mund an Mund, Körper an Körper gepreßt fragen sollte, so daß jede Ausflucht unmöglich wird. Ich bin bisher in keines Ihrer Geheimnisse eingedrungen und habe die liebe Gewohnheit auch nicht aufgegeben, lange, quälend lange — vier Tage mindestens — zu warten, bis Sie einen Ihrer Schleier fallen lassen und das Echo Ihrer Worte zu mir dringt. Dieses Zwiegespräch, das nicht selten durch äußere Hindernisse noch verzögert wird, vermittelte mir das Bild einer sehr sanften, wenig leidenschaftlichen Mitsou, eine Vorstellung, die mir bei unserer stürmischen Umarmung heute nacht verlorenging . . .

Ich weiß nicht, wann ich wiederkommen werde, weiß nicht, ob ich wiederkommen werde. Erschrecken Sie nicht, Liebste. Ich meine damit nur, daß die Straßen schlecht sind, daß man sich bei einem Autounfall das Bein brechen kann und daß in meinem Regiment wegen des schmutzigen Wassers die Dysenterie herrscht. An das andere, an »die andere Gefahr«, wie Sie es nennen würden, denkt man doch nicht. Wenn Sie mir nur schreiben, Mitsou! Zynisch, wie ich zuweilen bin, brenne ich vor Neugier — nun, da ich die eine wie die andere mit solchem Entzücken an mein Herz gedrückt habe — Mitsou im Batist-hemd und Mitsou auf dem Papier einander gegenüberzustellen.

Noch ein Geständnis — ein ebenso unvorsichtiges: Wenn Sie, meiner müde, ehe Sie mich wiedergesehen haben, in einigen Wochen einem anderen Leutnant — blaugekleidet und in Mitsou verliebt, wie es sich für Frankreichs Offiziere geziemt — Ihre Gunst schenken sollten, so darf ich doch bestimmt damit rechnen, daß diese Veränderung mir einen letzten Brief eintragen wird, einen Brief, in den Mitsou ihre gefährliche Einfachheit, ihre unwiderstehliche Aufrichtigkeit hineinlegt, einen Brief, in dem sie durch Argumente entwaffnet, die ihre Beweiskraft allein den Tatsachen entlehnen?

Ich scherze, Mitsou! Und das zeugt von recht schlechtem Geschmack am Ende eines Briefes, in dem man klagen und vor Ärger fluchen wollte . . . Ich küsse nur Ihre Hände, Mitsou, und versage mir für einige Zeit die süße Erinnerung an Ihren empfindsamen Körper.

Ihr blauer Leutnant

10

Mitsou an den blauen Leutnant

Ich sitze an meinem kleinen Schreibtisch. Aber ich habe mich nicht gleich hingesetzt und habe meinen Brief nicht ohne nachzudenken begonnen, wie Sie von mir verlangten. Erstens liegt das nicht in meiner Natur. Und dann muß man einem Menschen doch Zeit lassen, einen Brief zu lesen, ihn genau zu lesen, zu lächeln, sich zu schneuzen, sich die Augen zu wischen und darüber nachzudenken. Außerdem habe ich Ihnen schon einmal geschrieben, daß ich nicht schnell schreiben kann. Sie haben Ihren Brief übrigens auch nicht schnell geschrieben. Für einen plötzlich abkommandierten Offizier war er recht lang. Mein Liebster, das ist kein Vorwurf, schieben Sie also nicht gleich die Augenbrauen bis in die Mitte der Nase! Es ist kein Vorwurf, und ist doch einer. Ich frage mich, ob es mir nicht lieber gewesen wäre, wenn Sie geschrieben hätten: »Muß mit Hauptmann abreisen. Küsse.« Wie ein Telegramm, meine ich. Werden Sie jetzt bitte nicht böse! Lassen Sie mich zuerst alles sagen, was nicht gut ist, das Bessere kommt dann nach. Sie reisen also ab, das ist abscheulich und noch schlimmer als das. Aber warum entschuldigen Sie sich dafür? Es kommt mir vor, als würden Sie sich nicht entschuldigen, weil Sie abreisen, sondern weil Sie mich verlassen. »Ah!« werden Sie nun sagen, »diese Mitsou! Wie kann ich denn abreisen, ohne sie zu verlassen!« Man kann's! Das ist nur schwer zu erklären, aber nicht schwer zu verstehen . . . Mein Liebster, Sie müssen sich etwas merken — und das ist, daß ich Sie liebe. Oh, ich sage das nicht so, wie man ein Geschenk macht, ganz im Gegenteil. Mein armer Freund, ich liebe Sie. Aber ich gebe Ihnen die Erlaubnis, wenn Sie das lesen, auszurufen: »O weh, das hat mir noch gefehlt!« Denn eine Frau, die liebt, sogar so ein kleines dummes Ding wie ich, wird unerträglich; sie versteht, sie errät . . . Es ist dann wie mit der Elektrizität, sobald der Strom eingeschaltet ist: vor einer Minute war da nur eine Schnur und eine dumme Glasbirne, und nun glüht auf einmal ein Faden, der alles erleuchtet.

Eine gute Seite hat das Übel für Sie, und zwar, daß ich jetzt weiß, daß Sie sich auf mich verlassen können. Sie können sich in allem auf mich verlassen; ich werde auf Sie warten, wenn Sie wollen, daß ich auf Sie warte; ich werde erraten, was Sie sich zu sagen schämen; und wenn es Ihnen einfallen sollte, mir zu erklären: »Es ist aus mit uns beiden«, dann werde ich Ihnen zeigen, daß ich mich benehmen kann und kein Riechsalz und keinen Essig brauche.

Und noch etwas: wenn Sie lieber hätten, daß ich mir einen anderen Beruf suche, daß ich etwas lerne, daß ich mich in diesem oder jenem ändere, so werde ich das ebenfalls können — schon damit ich gescheiter reden lerne und Sie sich besser mit mir unterhalten.

Nehmen Sie nun das Unglück, daß ich Sie liebe, nicht schon etwas leichter? Oh, ich hoffe es sehr! I c h fühle mich schon getröstet, weil nichts mir mein Unglück verheimlicht, besonders Ihr Brief nicht. Mein geliebter blauer Leutnant, es ist nicht schwer zu erkennen, daß Sie ohne zu wollen versuchen, mit beiden Beinen unsere gestrige Begegnung zu überspringen. Man kann nicht liebenswürdiger sein, als Sie es sind, wenn Sie über unsere vergangene Korrespondenz sprechen. Ein ungebildeter Kerl hätte mir geschrieben: »Ich war rasend in Dich verliebt, bevor ich Dich kannte, streichen wir die letzten vierundzwanzig Stunden und beginnen wir von vorn.« Aber wozu wäre die Bildung denn gut, wenn nicht dazu, daß man auf einem feinen Silbertablett serviert, was einem andere einfach ins Gesicht schleudern würden.

»Aha«, werden Sie sich jetzt sagen, »aha, diese Mitsou ist beleidigt.« Ich bin nicht beleidigt, ich bin auch nicht verzweifelt, Liebster, und wenn man mir nur einen ganz kleinen Schubs gibt, dann gestehe ich sogar, daß ich mich jetzt schon viel wohler fühle als heute früh. Stellen Sie sich vor, heute früh, als Sie fort waren, da fragte ich mich noch: »Wer wird mir wohl sagen, was er über mich denkt?« Und natürlich habe ich nicht erwartet, das von Ihnen selbst zu erfahren. In Ihrer Gesellschaft sagt man einer Frau nicht: »Du bist das Letzte vom Letzten!« — man sagt: »Madame, meine ehrerbietige Hochachtung, ich gehe mir Zigaretten holen, warten Sie bitte einen Augenblick«, und damit verläßt man sie fürs ganze Leben. Ich bin nicht das Letzte vom Letzten, aber trotzdem habe ich große Angst gehabt, Sie nie mehr wiederzusehn, nicht einmal brieflich . . .

Jetzt, wo ich den ersten Schreck überstanden habe, sehe ich, daß nicht viel Schlimmes geschehen ist. Ich sage mir: »Kopf hoch, er denkt noch an dich, stellt Fragen, will noch etwas wissen von dir . . .« Sie sollen alles wissen, mein Liebster. Sie müssen nur fragen. Ob mir ein Spaziergang am Tag lieber gewesen wäre oder unsere nächste Nacht? Darauf antworte ich Ihnen ohne Zögern: die Nacht. Mein Liebster, nachts ist es weniger peinlich, nicht so intim. Ich brauche mich Ihnen nicht unterlegen zu fühlen, solange ich nackt bin und in Ihren Armen im Bett liege. Das Schrecklichste ist, daß wir wieder aufstehen müssen, und da zittere ich vor Ihnen. Alles, was Sie vergeblich von mir erhofft haben, während wir beisammen waren, habe ich von Ihnen gehabt. Ich habe mich noch immer nicht von dem Staunen darüber erholt, wie weich Ihre Haut ist, wie ernst Sie aussehen, wenn Sie schlafen, und daß Sie ohne Hemd im Bett liegen. Ich hätte auch nicht gedacht, daß Sie so kleine Füße haben. Und dann habe ich geglaubt, daß ein so feiner junger Mann, der mit so vielen Umständen und Manieren im Restaurant ißt, in der Liebe alle möglichen Umwege machen wird. Aber nicht im geringsten! Wie ich gemerkt habe, daß Sie an nichts anderes denken, als mich ganz einfach und ganz und gar zu nehmen, — ich kann Ihnen gar nicht sagen, wie glücklich ich da war. Und da wollen Sie, daß ich Sie nicht liebe?

Mein Liebster, das Schwierige für Sie war, von mir nicht geliebt zu werden. Das fast Unmögliche für mich ist, von Ihnen geliebt zu werden. Ich sage f a s t unmöglich, weil ich nun einmal so bin, daß ich mich weder mit dem größten Unglück noch mit dem größten Glück abfinde. »Viel zu vernünftig für ihr Alter, diese Mitsou«, sagen meine Kolleginnen. Wenn ich es nicht wäre, hätte ich letzte Nacht, als Sie schliefen, nicht so lange nachgedacht über Sie. Während Sie schliefen, Liebster, habe ich schon auf das Höchste, das Sie mir geben könnten, verzichtet. Aber nur aus Klugheit — denn ich habe gehofft, mir dadurch ein ganz klein wenig von Dir zu erhalten . . . Du findest mich wohl sehr demütig! Glaub nicht, daß ich bettle. Wenn Du mir antwortest: »Adieu, Mitsou«, so werde ich nicht sterben daran. Mein Herz ist hart genug, daß man es mit Kummer füttern kann. Da bin ich, glaube ich, eher wie meine Kollegin Gitanette, die, wenn man sie über ihren großen Kummer trösten will, immer wieder antwortet: »Wozu gebt ihr euch solche Mühe, mir meinen Kummer zu nehmen? Was bleibt mir denn dann noch!«

Vorläufig gebe ich trotzig die Hoffnung nicht auf, daß Du mir etwas Besseres schenken wirst als Kummer. Kennengelernt hast Du mich auf der Bühne, wo ich drei Couplets sang, aber in meinem Kopf waren nicht einmal ebenso viele Gedanken. Was Dir an mir gefallen hat, hast Du selbst in mich hineingelegt; aber ob es von Dir kommt oder nicht, herausreißen kannst Du es jedenfalls nicht mehr, es ist fest verwurzelt! Warst Du nicht gerührt, daß ich in den vier Monaten so gewachsen bin? Das Pech ist nur, daß sich alle Knospen wieder geschlossen haben, kaum daß Du vor mir gestanden bist . . . Trotzdem, eine Frau, die sich eine Liebe in den Kopf setzt, wächst schnell, blüht, nimmt Gestalt an und Farbe, so daß sie auch den Anspruchsvollsten bezaubern kann. Mein Liebster, ich will versuchen, Dein Traum zu werden. Das ist ein sehr großes, ehrgeiziges Ziel, mein lieber blauer Leutnant, und Sie haben mich ja gar nicht zu einem Spaziergang durch das ganze Leben eingeladen . . . Fangen wir also mit dem Leichtesten an — wenn Sie noch nicht allen Mut verloren haben, dann bitte vergönnen Sie mir noch einmal, an Ihrer Seite zu schlafen, schenken Sie mir noch einmal die Überraschung, Ihnen so leicht in die Freude folgen zu können — gewähren Sie mir das Vertrauen und die Freundschaft Ihres Körpers: vielleicht wird mich das eines Nachts unverhofft ganz sachte bis zu Ihnen führen.

Mitsou